源氏物語受容の諸相

宮川葉子 著

青簡舎

はじめに

『源氏物語』は日本文化の宝庫である。もっとも文化という語彙自体その規定は難しいが、本書では、後世の人間が物語を受けとめる中で形成してきた成果という意味合いで用いることにしたい。

『源氏物語』は、物語として読み解いても、物語に描かれた有職故実を例にとっても、登場人物の準拠を探っても、歴史に沿って概観しても、あまりに深く広い作者の目配りに驚かされる。並な表現ではあるが、やはり後世に多大な影響を与えた天才だと言わざるを得ない。

そうした中、本書は『源氏物語』の受容の諸相に視座を据え、おもに文化面から論じたものである。文化の宝庫であることを大いに意識するからである。従って敢えて章立てはなさず、諸相ごとに区切って論じる形式を採った。

「伝本」。「尾州家河内本『源氏物語』の来歴試論―豊臣家から徳川家への伝来をめぐって―」と表題を付した。新たに何が見つかったといった素晴らしい報告ではないが、『尾州家河内本　源氏物語』[注一]が世に出たのを機に、以前から気がかりであった尾州家本の伝来の可能性を論じた。タイトルに「試論」を付したように、あくまで試論であって、幾度考えても結論を出すには至らなかったのであるが、それだけに共に考えてもらいたいという論点であることを示しておきたかったのである。

「註釈」。「『花鳥余情』の成立前後―「大乗院寺社雑事記」を中心に―」と「『源氏年立抄』―高松宮家旧蔵国立歴史民俗博物館蔵本―」の二つを扱った。いずれも一条兼良の著述である。

前者は、「花鳥余情」の成立に関しての論述である。応仁・文明の乱を避け、兼良は奈良興福寺別当の隠居所大乗院に疎開した。兼良息尋尊が別当であったからである。蔵書なども手元におけない不自由な疎開生活の中で、「花鳥余情」は編み出されていったのであった。一方、尋尊の克明な日記「大乗院寺社雑事記」（以下「雑事記」と略）には、奈良での父親の生活を見続けた、尋尊ならではの記述があるに違いないとの予測からそれを辿った。結果、当時の兼良の情況、宗祇の尽力、足利義政・日野富子夫妻との関係、美濃の斎藤妙椿の経済援助、大内との交流など、「雑事記」から浮かび上がってくることは多々あった。また、尋尊がどうやら兼良の指示で「河海抄」の書写をなしていたらしいことも知ることができた。「花鳥余情」が世に出るまでには、紆余曲折があり、単純に論じることは難しいのではあるが、尋尊の多大な支援という面を措いては語れないことを確認できたのは成果であった。

後者は、兼良の「源氏物語年立」の翻刻と解説である。国立歴史民俗博物館現蔵の高松宮家旧蔵本「源氏物語年立」[注二]（以下「年立」と略）は、霊元院皇子有栖川宮の所蔵にかかった一時期もあった素性正しい一本である。「湖月抄」[注三]や、『花鳥余情』[注四]に引かれる「年立」より、兼良の学説を知り得る点で、価値が認められるのが「歴博本年立」である。もっとも兼良の「年立」自体、宗祇や三条西実隆等により、そしてさらには本居宣長によって修正されてゆくのではあるが、「年立」という概念をうちたて、物語の読者の利便を考え編み出された兼良の「年立」を翻刻しておくことは無駄ではないと考えた。

「梗概」。「伝後土御門院自筆『十帖源氏』―寺本本の位置づけ―」と表題した。該本は、故寺本直彦氏の所蔵にかかるもので、既に寺本氏によって解説もなされているのであるが、[注五]影印と翻刻を付して紹介し、改めてその位置付けを論じたものである。本作品は、玉鬘十帖のみの梗概書で大部な作品ではないが、後土御門院の宸筆であることや、一見「源氏大鏡」「源氏小鏡」の類のようでありながら、連歌の寄合は一切記されてはおらず、その作成目的は何であったのかといった興味も湧く作品である。

「評論」。「新注時代の『源氏物語』評論―「源註拾遺」「源氏物語新釈」「源氏物語玉の小櫛」「源氏物語評釈」―」と、「楽翁と『源氏物語』」の二つからなる。

前者は、契沖の「源註拾遺」、賀茂真淵の「源氏物語新釈」、本居宣長の「源氏物語玉の小櫛」、萩原広道の「源氏物語評釈」の四つの注釈書を採り上げ、「源註拾遺」に始まる所謂新注時代の物語論を論じたものである。中世以来の物語論とどの点がどのように異なるのか、各注釈の目指すところは那辺にあったかなどを、具体例を挙げつつ論じた。

後者は、白河藩主で寛政の改革で名高い楽翁こと松平定信の文化圏に迫った。ともすると政治家としての面のみ採り上げられがちであるが、文化人としての水準の高さも大いに論じられなくてはならない人物である。当然のごとく『源氏物語』への造詣も深く、「花月草紙」に見られる源氏注釈は、堂々たる物語論であったのは驚きであった。

「絵画」。「白描源氏物語絵巻―後土御門院勾當内侍筆「源氏物語絵巻」―」を紹介した。平安末期の所謂国宝源氏物語絵巻の誕生以降、現代まで様々な源氏絵が誕生しているが、当該白描源氏物語は、後土御門院時代に勾當内侍が絵筆を執ったもので、光源氏が須磨・明石へと流謫して足かけ三年後に都に帰り咲くまでを描く白描の絵巻。着色画が多い中、白描であるというのも希少価値がある。某古書店の配慮を得て宮川が素人撮影をなしたものである。従って画面の劣悪さは言い訳できない程のものであることは諒解をお願いしたい。しかも、原本が切断されたばらばらな状態であったため、写真を用いて復元を試みたのであるが、あるいは脱落・散逸してしまった紙片があった可能性もあり不安も残る。さらに残念なのは、原本が既に他所の買い上げにかかり、実物を見る機会が限られてしまった点である。ただ、本書「梗概」で、伝後土御門院自筆の『十帖源氏』を採り上げたように、応仁・文明の乱を中心とする乱世を生きた天皇の周辺で、絵画における源氏受容もなされていた実態を知るには貴重な史料であろう。

「舞台」。「宝塚と『源氏物語』」を論じた。宝塚は申すまでもなく世界にも珍しい女性ばかりの歌劇団である。華やかな雰囲気が多くのファンを魅了して止まないのはともかく、そうした洋物の舞台で『源氏物語』を演じたらどうなるのか。また、宝塚で『源氏物語』は幾度採り上げられ、それはどういう脚色であったのかなどに迫った。決められた上演時間内に多くを表現しなくてはならないという制約がある中、洋物の世界を日本古来の風俗とどう合体させたのか、脚本はどのあたりに焦点を置いたのか、装束や調度類、はたまた男性貴族の化粧は如何様に工夫したのかといった面から論じた。

「エピローグ」。「『源氏物語』の京都」。『源氏物語』を生み出した京都を、改めて地理的に考察してみた。地理的に歴史的に『源氏物語』を解析する視点も必要だと思うからである。恐らく千年前と大差のない気候風土。これこそ『源氏物語』の世界を繙くとき避けては通れない環境問題でもある。

一書を通して論じたかったのは、こうした面にも『源氏物語』は脈々と受け継がれているのだということの確認をとる点にある。「後世の人間が物語を受けとめる中で形成してきた成果」は、数限りないと思われるし、そうした作品に出会うごとに、一層『源氏物語』そのものが有する文化の深さに感動してゆくことになるのであろう。受容研究は枯渇することはないと信じている。

〔注〕

一、岡嶌偉久子氏解説・平成二十二年十二月より順次刊行・八木書店。オールカラーでの影印本であるため、朱点、書き込み、引き歌を示す長点などが明確に区別でき、白黒では本文か書き込みかの判断が付かず、読み間違えそうな箇所が発生しないという利便性がある。

二、『国立歴史民俗博物館蔵　貴重典籍叢書』文学篇　第十九巻〈物語4〉として、平成十二年五月に、臨川書店から影印本が刊行されている。

三、北村季吟著、有川武彦氏校訂『源氏物語湖月抄上・増注』（昭和五十七年五月第一刷・講談社）首巻に「源氏物語諸巻年立」として収載。本書には、「改め正したる年立の図」として本居宣長作のそれも付されている。

四、伊井春樹氏編『松永本　花鳥余情』（源氏物語古注集成　第一巻・昭和五十三年四月・桜楓社）各巻冒頭に個別に掲載されている。

五、寺本直彦氏『源氏物語論考　古注釈・受容』（平成元年十二月・風間書房）。

源氏物語受容の諸相　目次

はじめに……1

伝本

尾州家河内本『源氏物語』の来歴試論……13
—豊臣家から徳川家への伝来をめぐって—

註釈

「花鳥余情」の成立前後……41
—「大乗院寺社雑事記」を中心に—

「源氏年立抄」……73
—高松宮家旧蔵国立歴史民俗博物館蔵本—

梗概

伝後土御門院自筆『十帖源氏』……159
—寺本本の位置づけ—

評論

新注時代の『源氏物語』……265
―「源註拾遺」「源氏物語新釈」「源氏物語玉の小櫛」「源氏物語評釈」―
楽翁と『源氏物語』……291

絵画

白描源氏物語絵巻……313
―後土御門院勾當内侍筆―

舞台

宝塚と『源氏物語』……373

エピローグ

『源氏物語』の京都……407
あとがき……411

収録既発表論文……413
索引……415

伝本

尾州家河内本『源氏物語』の来歴試論
――豊臣家から徳川家への伝来をめぐって――

（一）

尾州家河内本『源氏物語』については、早くに山岸徳平氏による『尾張徳川黎明会蔵河内本源氏物語開題』（昭一〇・尾張徳川黎明会、以下『開題』と略）に、十五章に及ぶ詳細な考察がある。光行・親行父子のこと、旧蔵者であり奥書筆者である北条実時の事跡、高松宮御本河内本との異同等々全てそれに譲るが、山岸氏が第九章で考察された「尾州家本の内容及び来歴と容器―文匣―」を手がかりに以下来歴の試論を述べたい。

（二）

まず『開題』の必要箇所を引用する。

この実時奥書の源氏物語を、連歌師か、又は関白家乃至は然るべき公卿が、秀次に献上したか、若しくは、秀次の権力によって献上せしめたものであらう。（略）これが、豊臣家に伝来して、大阪（ママ）の役後、他の什物と共に家康の手に帰したのであらう。それを家康が、関東下向の時、他の什物と共に、尾州家に残したものに相違ない。家康は、元和元年（注・一六一五）五月、大阪夏の陣を終り、七月、京都の二条城を発し、途中、名古屋に数日逗留して、同月廿三日駿府に入った。（略）尚ほこの本に、「御本」の印の無いのは、家康から寄贈を受けた駿河御譲本、即ち「御本」の印のあるものと、自ら別な系統から伝来した事を證するものであらう。然し、尾州家に於ても、この本の伝来を記したものは見えない。其れらの点も亦、家康が関東下向の際、一時尾州家に預けて置いたものが、其の侭、尾州家の什物となつてしまった事を、證するものであらふと思ふ（一八七頁、傍線類宮川以下同）。

これは河内本が古書収集癖のあった秀次（秀吉甥）の掌中に落ちて後、尾張徳川家に至る来歴を述べたものである。このうち傍線箇所にまず疑問を呈したい。

大坂夏の陣で勝利した家康が、ひとまず京都二条城に引揚げ、そこから駿府に帰る当該旅程は、「台徳院殿御実紀巻四十」（以下「実紀」と略。なお特別断わらない変体漢文は「実紀」の引用）等に従えば次のようであった。

八月四日午刻、二条城出発。膳所泊。五日、膳所から水口へ。折からの雨で八日迄滞留。九日、亀山泊。十日早朝、四日市へ。そこから船で伊勢湾を横断、夕刻名古屋着。宰相義直（尾張家祖、家康九男）出迎える。十一日、義直に美濃・信濃での三万石増封を言い渡す。十二日は雨で足踏みを余儀なくされる。ということは、当初の家康の名古屋滞在予定日数は、増封言い渡しのための一日のみであったと思しい。十三日、名古屋から岡崎へ。以後吉田、中泉（現在の磐田）、掛川、田中を経て二十三日駿府へ帰還。

以上家康の駿府への帰還の旅は、八月四日から二十三日に至る二十日間で、七月のものではなく、名古屋に数日逗留してもいない。名古屋には八月十日夕刻到着、雨により滞留が延びた一日を含めても、十三日朝まで足掛け四日の滞在であった。もっとも山岸氏はこれを数日とみなされたのかもしれない点は譲ったとしても、八月の旅を七月とされたのは不審である。そこで不審に喚起され、当該河内本が大坂落城後に家康の手に落ち、駿府への帰還途次、義直に預け置かれたとされた山岸氏の推測を再確認しておきたいのである。

前提として、河内本は秀次が入手、文禄四年（一五九五）七月十五日の秀次（二十八歳）自刃以降は秀吉のものとなり、慶長三年（一五九八）八月十八日の秀吉（六十三歳）薨去後は秀頼所属として大坂城内に蔵されていたとの山岸氏説（『開題』）。さらに氏は、河内本の容器（文匣）に関し、「要するに抽斗の金具等だけは、尾州家によって作られた容器であり、其の他は豊臣氏の作ったものらしい。桐の模様をあしらってあるのは、豊臣氏の因縁を示すものかと考えられる」とされたのに一応従った上で、河内本が大坂城を出て後、尾州家に至るまでを中心に考察してゆくことにする。

（三）

夏の陣における豊臣終焉の様は「実紀」によると次のようであった。

慶長二十年（一六一五）五月八日辰刻、秀頼、生母淀（小谷城主浅井長政長女、母信長妹市）他、大野治長等股肱の徒は大坂城二丸帯曲輪（おびくるわ）に籠居。豊臣方の籠城を知った茶臼山（現在の天王寺公園内の丘で、大坂城の南方約五キロ地点。ここには家康を始め秀忠・義直・頼宣〈家康十男、紀州家祖〉等、家康の子息達も詰めていた）の徳川陣営は、「秀頼母子并扈従の男女恐く」に自殺を命じた。同日午刻、帯曲輪の土庫中において、従一位前右大臣秀頼（二十三歳）、淀（四十九歳）

等自刃。「実紀」はその最期を「大坂覚書」「東遷基業」を出典に次のように記録する。

庫中には念仏唱名の声高く。みな自殺ある様なれば。外より鉄炮を打かけしに。内よりも火を放て。自殺せし君臣の尸はみな焼たり。

「自殺せし君臣の尸はみな焼たり」から、秀頼等が籠っていた二丸帯曲輪の大半が灰燼に帰したのが推測できる。同時に天守閣にも火が廻ったのは、「佐竹右京大夫義宣は先月大坂落城し。天守に火かゝる時平岡へ参着す」（六月二十二日の条）とあるのに確認され、天守を含む本丸部分の痛手も深かったらしい。秀忠が、「西国の軍勢は百余日在留して。城の焼跡を掃除」（五月八日の条）するよう命令したのも火災の大きさを語ろう。

さておのれの最期を覚悟の籠城の場合、人間の常として財宝類を敵の手に渡すくらいなら諸共にと考えるのではなかろうか。二丸帯曲輪に秀頼等が籠ったのは、そこに豊臣家伝来の財宝類が備蓄されていたのを暗示する。仮にそうなら、「尸はみな焼」け、「城の焼跡」の掃除に百余日も要する崩壊に、河内本のみならず典籍類は炎の犠牲になった可能性は高い。

しかし秀頼等が果てた翌九日、徳川方は早速「安藤対馬守重信。青山伯耆守忠俊。阿部備中守正次大坂にのこり。在庫存在の金銀を査検」させ、同月二十四日にも「後藤庄三郎光次に、大坂の金銀を査検」すべく命じ、豊臣方の金銀を徳川方が収納しているから、少なくとも金銀は焼け残ったらしい。

その後大坂城は、六月八日、松平忠明（亀姫腹の家康孫。天正十一年〈一五八三〉生。同十六年家康の養子となる）に与えられる。それは「大坂城に存在の武具。器械。玉薬等も悉く給ふ」、謂わば居抜きの譲渡であった。山岸氏は、河内本は「大阪(ママ)の役後、他の什物と共に家康の手に帰したのであろう」（『開題』）とされたが、家康が大坂城から運び出したのは、金銀だけで、武具、器械の類は悉く忠明に与えられたと考えられる。あるいはその中に河内本があったというのであろうか。

ところで家康はかつて金沢文庫の典籍類が貴顕の好事家により無秩序に持出されている状況を憂い、江戸城内に富士見文庫を創設、金沢文庫を移動させた（「東照宮御実紀」付録巻二十二）。そこにうかがえるのは典籍類の散逸を食い止め収集する方針で、もし大坂城内に典籍類が残されていたなら、とりあえずそれらを駿府（葵文庫）か江戸へ移動させたものと考える。しかし大坂城内からの搬出は金銀以外記録を見ず、豊臣方の典籍類は秀頼達と運命を共にした可能性が高い。それでいて河内本が生き残っているというのは、それが落城以前に城外に持出されていたためと考えざるを得ないのである。

一方家康は稀書を得意気に昵近公家衆達に見せることが度々あった。従って家康が夏の陣で河内本を入手していたなら、陣終了後暫く二条城に滞在し、七月二十日、中院通村に『源氏物語』講釈[注一]をさせた際、閲覧に供されたものと考える。同月二十九日、家康の女房達も聴聞を許された通村の帚木巻講釈の折[注二]、「今度大坂落人の内に、源氏を読の女有」（「泰平年表」）ことが話題になっていたのなどがそれを補強しよう。「源氏を読の女」については未詳ながら、「嵯峨のかよひ」で、飛鳥井雅有が為家から『源氏物語』談義を受け始める文永六年（一二六九）九月十七日の条に見える阿仏尼の姿を想起させ、豊臣方の『源氏物語』享受の実態をある程度類推できる。

(四)

以上、夏の陣終結時に家康は河内本を入手しておらず、どうやらそれは落城以前に大坂城を出たと考える以外にないようである。そこにはどのような可能性が考えられるのであろう。以下三つから考察してみたい。

まず千姫に関わる可能性。

夏の陣の最中、安全に城外に出ることができ、かつ河内本を携えていて不似合いではない人物に秀頼正室千姫がいる。千姫（「徳川諸家系譜」は「千代姫」とつくるが、「代」は衍字かとする傍注に従う）は、秀忠と御台所於江与（浅井長政三女）の長女として慶長二年（一五九七）伏見城に誕生。同八年七月、十一歳の秀頼に嫁した。於江与の実姉淀が秀頼生母であるから、従兄妹同士の婚姻。政略結婚とはいえ、わずか七歳での輿入れには凄じいものがある。二人の間には子供がないまま十二年経過、落城寸前に千姫は大坂城を出た。その後元和二年（一六一六）、本多忠刻（ただとき）に再嫁、忠刻卒去に伴い寛永三年（一六二六）十二月落飾、江戸城竹橋御殿へ入り天授院と号し、北之丸様と称す。寛文六年（一六六六）二月、七十一歳で逝去、小石川伝通院へ葬られた。千姫出奔の様子を「実紀」は次のように伝える。

秀頼の北方（千姫君）は秀頼母子助命をこはせ給はんとて城を出給ひしを。坂崎出羽守成政道にて行あひ進らせて。茶臼山へ護送し奉る（元和元年五月七日の条）。

五月七日は秀頼母子自刃の前日。千姫は自発的に夫と姑の助命嘆願を期し城を出たかのようながら、実際は多く言われるように、家康孫・現将軍息女をむざむざ大坂城中で落命させるに忍びない徳川方が、離縁を強要した結果と見る方が真実に近いのであろう。坂崎出羽とて偶然行き合ったのではなく、千姫を徳川陣営に無事送り届ける任を帯び、予め城外の適所に配されていたに違いない。

それはともかくこの時千姫が河内本を携えていた可能性を考えてみたいのである。豊臣家の終焉が旦夕に迫った状況下、政略とはいえ七歳で輿入れ以来十二年を共に暮らした妻が去りゆくにあたり、秀頼が形見の品を託すとしたら（そこには最後の助命嘆願の期待も込められていたであろうことは想像に難くないが）、河内本はうって付けではなかったか。

孝標女の耽溺ぶりを引くまでもなく『源氏物語』は享受者の多くに婦女子を擁して来たし、当時も依然禁裏や公家、将軍家等の女性に人気を博していた。それは飛鳥井雅康筆大島本が大内義興女と吉見正頼の婚礼の調度品となったり、[注三]元和元年七月十八日の中院通村の後陽成院女御中和門院前子（ちゅうかさきこ）への進講（「通村日記」）や、二条城における将軍家女房達の通村の帚木進講聴聞、[注一]更には豊臣方の源氏読みの女のことなどに充分類推できる。その上、形見の贈与が武家社会で日常的になされていたのは「実紀」や『寛政重修諸家譜』等のいたるところに見られ、単なる感傷的想像からだけでなく、秀頼が千姫に形見として河内本を託しても突飛ではなかろう。

（五）

千姫を該当者に宛てるなら忘れてならないもう一人の女性がいる。秀頼が千姫と同じ位形見を託したかったであろうその女性は秀頼息女天秀尼である。大坂落城の四日後にあたる五月十二日の「実紀」に次の記事がある。

京極若狭守忠高は秀頼息女八歳なるを捕へて献ず。これは秀頼の妾成田氏（五兵衛助直女）の腹に設けしを。北方養ひ給ひしなり。助命せられ。後年比丘尼となり。鎌倉松岡東慶寺に住持して。天秀和尚といへるは是なり。

徳川勢は豊臣の残党を根絶やしにする方針であったから、息女に続き同月二十一日、伏見の橋の下に身を潜めていたのを発見された秀頼息国松丸は、二日後、六条河原で首を刎ねられた。しかし息女の方は女性であったことで助命されたらしい。彼女は、子供のなかった千姫が母親代りをしていたらしいのは「北方養ひ給ひ」に察しられ、豊臣家伝来の河内本を承け継ぐにふさわしい人物。平穏な世であったなら、それが婚礼調度に加わりもしたであろう。

ところで息女が落飾後住持を勤めた東慶寺は、鎌倉四大社寺の一つで、臨済宗円覚寺派の寺。江戸中期以降、縁切寺として夫の暴挙に悩む女性の拠り所となるが、それも弘安八年（一二八五）、北条時宗夫人潮音院殿覚山志道尼により開山された時から尼寺であったことに由因を求め得るようである。歴代住持は、後醍醐天皇皇女用堂尼、足利氏の息女達、そして当該天秀尼といった名門の女性が勤めることが多く、ために寺格も高く、松岡御所の別称をもって呼ばれ、江戸時代の寺領は百十二貫三百八十文であったという。現在の東慶寺宝物館には天秀尼愛用の「小倉百人一首」一組が蔵されており、そうしたことから推しても河内本と天秀尼の組合わせは不自然ではない。

以上千姫と天秀尼の二人について、河内本を大坂城外に持出すにふさわしい人物という面から考察してみた。しかし、この二人には、河内本と尾州家を結ぶ必然を説明し得ないという共通の弱点がある。しかも二人共たとえ河内本を携え城外に出たとしても、その身柄はいったん家康のもとへ送られたのであったから、河内本もとりあえずは家康の手に入った公算が大きい。家康の入手はなかったらしいのは既述の通りで、家康に渡っていない以上次の段階の尾州家への譲渡も起こりえないことになってしまう。

（六）

残る一つの可能性の考察に移る。

大坂城落城を遡ること約二箇月、慶長二十年三月十三日、豊臣方から五人の使者が家康を駿府に訪ねた。目的は同月五日、京都所司代板倉勝重が家康に注進した豊臣謀反の嫌疑への弁明であったと思しい。五人の内訳は、秀頼の使者として青木一重。淀の使者として常高院尼（浅井長政次女。京極高次後室。同忠高生母）、二位尼（渡辺勝姉）、正栄尼（渡辺糺母）、淀の乳母と伝わる大蔵卿局（大野治長母）の四人。

一方、その頃家康は、丸一箇月後に迫った義直（尾張家祖、十六歳）と浅野幸長次女の婚儀出席のため名古屋へ赴く準備中であったという。翌十四日、家康の妾阿茶局と本多正純は家康の命で常高院尼の旅宿へ出向き、旅の労を労った。[注四] この時、常高院尼にだけは密かに任務が与えられ、他の三女性とは別行動をとることになる点は後述する。続く十五日、豊臣方の使者達は駿府城に登る。青木一重は城中で家康に謁見、「秀頼公自書ならびに金襴十巻」に、蒔絵と鷹の打枝十枝を個人的に添えて献じた。淀の使者の女性達は奥御殿で家康に謁見、冬の陣以降の大坂の窮状に仁恵ある計らいを期待する旨の淀の口上を伝えた。

そしてここに一役かったのが河内本『源氏物語』ではなかったか。つまり河内本は義直婚儀の祝儀の名目で、豊臣方から献じられたものではなかったのかと考えたいのである。

淀の口上は、煎じ詰めれば浪人達の不穏な動きを大目に見て欲しいというもので、こうした一家の存亡にかかる重大な依頼事をなすのに、果して手ぶらであったであろうかと思う。冬の陣終結直後徳川方に内堀まで埋められ、二、三丸は破棄され、本丸のみ裸城で残された大坂城ではあったが、豊臣の誇りを保ちつつ、物乞いにならない範囲での釈明と窮状の提訴に、豊臣方はそれなりの知恵を絞ったはずである。その結果が、折から間近に迫る義直婚儀の祝儀の名目での河内本贈呈ではなかったのか。

青木一重は、秀頼からと、一重個人の二本立てで献上品を差し出していたのに、淀からの献上品の言及がない。ここに淀からの献上品が河内本であった可能性を見たいのである。秀頼からの品が婚姻の祝儀にふさわしい金襴十巻や蒔絵と鷹の打枝十枝であったようにである。

こうした重大な依頼事に古筆の名物が使われた例は、天福本『伊勢物語』の場合にも指摘できる。それは「北条記」巻四「氏真小田原退出之事」(『続群書類従』巻第六百九下本・第二十一輯上「合戦部」)の、武田信玄が「今川より伝し定家の伊勢物語をまいらせて。色々頼み申入る」記事である。永禄三年(一五六〇)桶狭間に散った義元を継ぎ今川の氏長者となった氏真は、統率力を欠いていた。そこを狙われ、同十一年十二月、信玄に駿府を攻められ、邸を焼かれ、逆心者を出し、氏真は北条氏康のもとに身を寄せる。ところが元亀元年(一五七〇)十月、氏康が病死すると、信玄女を室にする氏政は岳父に与してゆく。そこを利用し信玄は、かつて義元から贈られた(一説に信玄が酔ったふりをして黙って持ち帰ったとも)天福本『伊勢物語』を氏政に贈り、氏真を亡きものにすべく手助けを依頼したというのである(宮川葉子『三条西実隆と古典学〈改訂新版〉』〈平一一・風間書房〉第二部第三章第三節)。

信玄が天福本『伊勢物語』を氏政に贈り、氏真の引き渡しを頼むところに、大坂方が家康に豊臣の安泰を頼む代償に河内本を贈る構図が重なって来る。

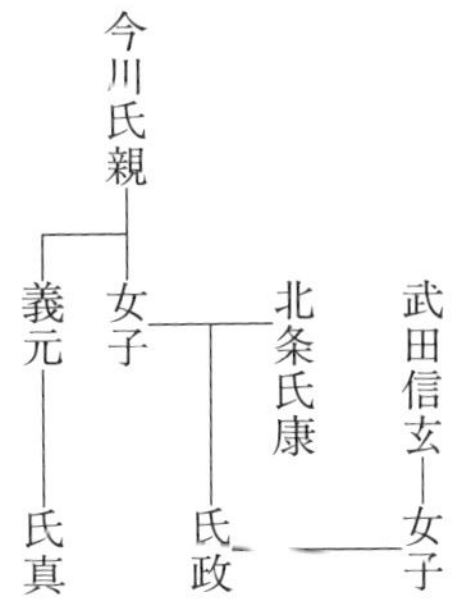

（七）

淀の口上に対し家康は「我は尾州より京にのぼり。河摂の民を検察し。政令を正すべし」（元和元年三月十五日の条）と応答している。そこには次のような事情があった。

冬の陣の折、豊臣勢に味方し戦ったのは、豊臣領摂津・河内・和泉の人民のみならず大坂に集結した浪人達であった。彼等の励みは大坂勝利の暁の恩賞であった。ところが戦いは和議をもって終結。恩賞の宛てが外れた領民が、租税を払わず、浪人達は不穏な動きに走っても、豊臣の味方であった行きがかり上取り締まれない、それが淀の訴えであった。

対する家康の答えは、人民の検察と政令の改定を約するもので、豊臣方に仁恵ある計らいを期待させる程の魅力もない代りに、浪人達の不穏な動きの黒幕を豊臣と決めて責めるものでもなかった。淀の使者達が家康の答えをどのように理解したか正確なところはわからない。しかし家康が「我は尾州より京に」のぼる目的を、戦いへの移行の危険性を孕むものとは解さず、ひとまずは安堵したようである。河内本贈呈の効果はあったと言うべきか。

使者達が安堵した一つには、家康が女性達の関心の矛先を大坂窮状から別な方面へ振り向けてしまった点にもあった。家康は女性使者に向かい、

尾州にて宰相婚儀行はるれば。我も近日尾州へ赴なり。田舎に生立し女房共儀式にならはねば。三女は先達て尾州にいたり其指揮すべし(同上)。

と依頼。その上で「我は尾州より京にのぼり」云々と続けたから、発言順に受け取る限り、「三女」の協力で儀式を遺漏なく行ないたい親心が前面に出ており、続く上洛はついでであって、戦に繋がりはしないであろうと安心させる妙な説得力を持っていたのである。

彼女達は家康の依頼を素直に受入れた。もっとも家康はこの時既に常高院尼にだけは、阿茶局経由で豊臣謀反の嫌疑を解くべく条件を単独大坂へ伝える任務を与えていたのであるから、彼女の心中は複雑であったのは推測に難くない。

という次第で、常高院尼を除く三女性は「先達て尾州にいた」るはずであった。しかし実際に駿府を発ったのは丸半月以上も後の四月二日。この間、青木一重は江戸の秀忠のもとを往復、三女性はそれを駿府で待っていたのである。その二日後の四日、家康も駿府を発輿。七日目の四月十日名古屋に入った。ということは、三女性と一重も名古屋まで七日間必要であったわけで、四月二日に発った彼等は八日にしか到着できなかったはずである。

しかも十一日には、一重と三女性と再度大坂から駆けつけた常高院尼の五人は早速家康の宿所に呼びつけられた。そこで豊臣逆心の真偽確認に上洛する家康の予定が言い渡され、常高院尼と二位局は大坂の秀頼母子へのそれの伝達、

大蔵卿局・正栄尼・一重は京都で徳川勢の上洛を待つことが命じられ、即座に行動に移らせられている。従って、仮に三女性が「田舎に生立し女房共」を指揮、義直の婚儀に一役かえたとして、それはせいぜいが家康到着までの一両日のみ。婚儀指南依頼自体が豊臣の内部分裂を目論んだ家康の作戦ではなかったかと思われて来るのである。

こうしたやり口は冬の陣に移行した方広寺鐘銘事件にも見られた。慶長十九年（一六一四）八月十九日、大坂方の弁明役として呼びつけられた片桐且元は、家康に謁見すら許されず、その上難題を提示された。それでいて同じ頃、淀の使いとして駿府に下った大蔵卿局は歓待を受け、豊臣家安泰を約されたから、豊臣内部では家康の真意が測れないまま、揺らぎ始めていた諫め役且元への信頼が一挙に崩壊、内部分裂をきたし且元は失脚。ついに冬の陣へ突入してしまったのである。この度も同様の手口ではなかったのか。

大蔵卿局と息大野治長は強硬派であった。対する常高院尼は軟弱の謗りを受けようとも、浅井姉妹の無事を優先していた。彼女の姉は淀、妹は将軍秀忠室於江与であったからである。こうした対立関係を見越す家康が、何はともあれ常高院尼と大蔵卿局を二分しようと考えて不思議ではない。そこで常高院尼には家康の条件を大坂へ伝える役（以前の片桐且元の役に似通う）、残る三女性には指南役を各々振り宛てる。折から義直の婚儀は一箇月後に迫っており、口実は充分揃っていた。

（八）

ではなぜ河内本と指南依頼がつながるのか。それは家康が徳川方の女房達を「田舎に生立し女房共」と貶めて呼んでいることに関連しよう。この貶めた呼び方は、河内本ほどのものを贈呈出来る豊臣の女房として、その洗練度を評価、優越感を与える力があったということなのである。これと似た話は時代が聊か上るが『とはずがたり』巻四に見られる。そこでは鎌倉遊行中の後深草院二条に、平頼綱が新将軍久明親王（後深草院皇子）着任準備のアドバイスを求める。二条は北条の武士達を田舎者と軽蔑しつつも、内心では都人のセンスが評価されたのに満足していた。同様に、豊臣の女達が家康の依頼に誇りかな気持ちになったことは大いに考えられる。自家の女房を一段貶しめ、相手を有頂天にさせた家康のやり方は巧みであったと言わざるを得まい。

ところで通村の帚木進講の折、大坂の落人の源氏読みの女が話題にのぼっていたのは既述した。それは豊臣方に源氏読みの女を囲んでの物語愛好会的なものが存在していたらしいのを類推させる。そうした雅な雰囲気を楽しんで来た大蔵卿局等には、家康の謙辞を文字通り受取り、徳川方を田舎者と侮る気持ちがなかったとはいえない。もっと言うなら、文化水準の高さを自負したい豊臣方であったからこそ、格調高く優雅な贈り物として河内本を選んだのであったかもしれないのである。三女性が素直に家康の要請に従ったところには、豊臣安泰を期しての恭順というより、河内本贈呈で豊臣方の文化水準を思い知った田舎者家康が、案の定指南依頼をして来たと手前勝手に解釈している様子さえ幻視できるように思う。しかし家康は一枚も二枚も上手で、指南依頼そのものが作戦であったらしいのは既述の通りである。

かくして義直の婚儀は、豊臣の使者が一部は大坂、一部は京都へと急ぎ出発させられた翌日の四月十二日、幸長女が熱田の旅宿から名古屋へ入輿し執り行われた。それは、

供奉の輿五十挺。騎馬の女房四十三人。長持三百棹従へり。北方より義直卿へ時服十領。銀二百枚。生母へ時服

十。銀百枚まいらせらる。

という豪華なものであった。大御所家康の九男と徳川譜代浅野幸長の次女の婚姻は、いうなれば徳川新政権内部の祝言で、豊臣方の協力などもとより必要とはしなかったのである。

山岸氏は『開題』で、当該河内本に「御本」の印、即ち駿河御譲本の印証がないのは、家康が夏の陣の戦利品として収納、駿河へ帰る途中、尾州家にたまたま預け置いたもので、御譲本とは伝来系統を異にするためであろうとされた。しかし仮に義直婚儀の祝儀として豊臣方から贈られたものであったなら、当初から義直所属であり、「御本」の印がないのも当然ということになる。

更に、寛永三年（一六二六）の尾州家における「御書籍目録　地部」には河内本に関し、

源氏物語古筆奇合書目録一巻　近衛殿自筆　廿三冊一箱

とあり、「源」の文字上に「義」の墨印が押されているという。山岸氏はこの「義」は義直の「義」であり、「恐らく義直即ち敬公の秘蔵、又は座右愛玩の書籍たるを示す印であろう」（『開題』一八八頁）とされた。しかしたまたま家康により預けおかれたものが、いつしか尾州家に加わったのであったなら、果たして秘蔵書らしい「義」の印を捺し愛玩の跡を留めるであろうか。やはり幸長息女との婚儀の祝儀として当初から義直所属であったからこその押印であったと考えてみたい。

以上その収納の容器が「桐の模様に掛合ひ塗」（『開題』）であることをもって、豊臣の関与は間違いないとされた山

岸氏の推論に出発、河内本が大坂夏の陣を契機に豊臣から徳川へ渡る可能性を三つ考察してきた。しかしそれにしてもどうして史料に河内本の存在が少しも登場しないのであろう。そこに河内本は浅野幸長息女が入輿の際、携えて来たといった、夏の陣を介在させない面での考察も要請されているのであろうか。

（九）

浅野幸長の父長政は、秀吉・家康に仕えた武将。天正十八年（一五九〇）九月、秀吉が五奉行を置いた時、その筆

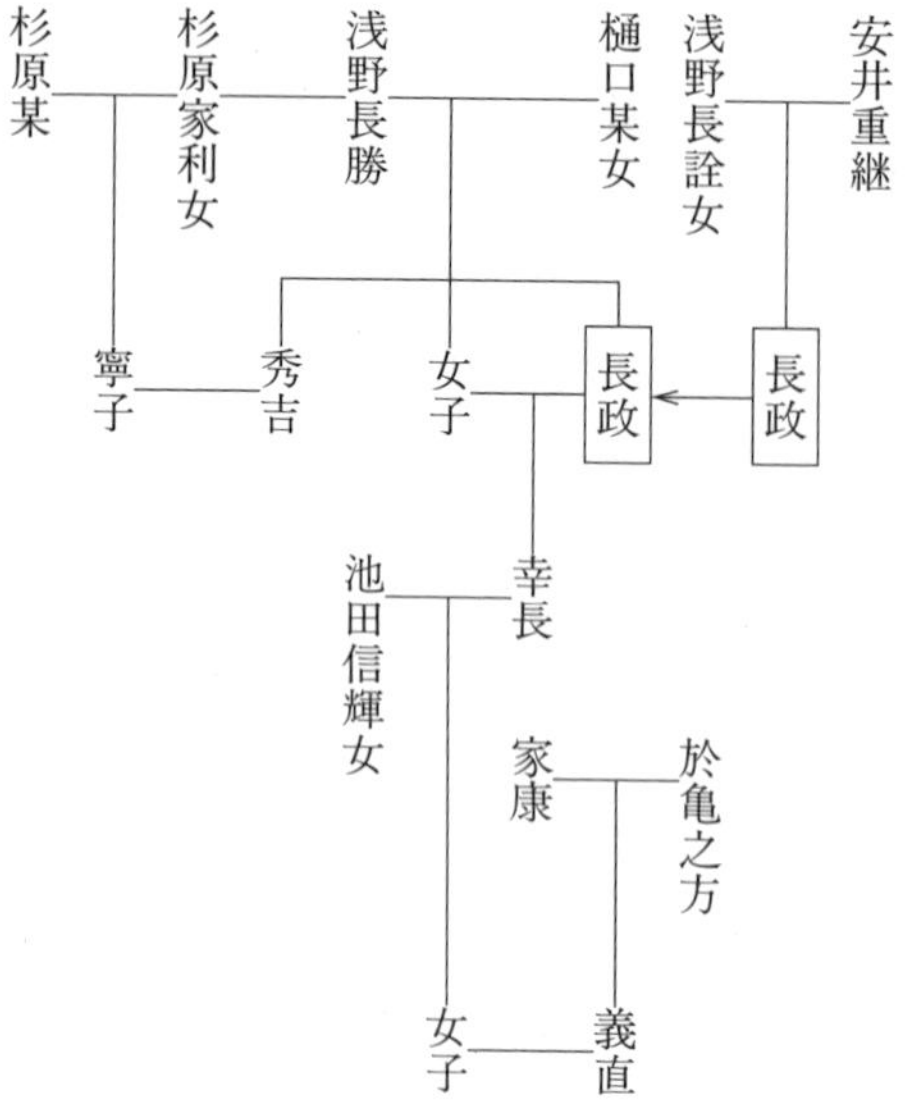

頭となった。筆頭になれたのは軍功もさることながら、長政の出自によるところが大きかったようである。[注五]『寛政重修諸家譜』巻第三百九によれば、安井重継の長子長政は、織田信長の弓衆浅野長勝の養子になり、その女を室にした。そこに生まれたのが幸長である。一方、長勝は事情あって秀吉も養育していたから、長政と秀吉は「兄弟の約」を結んでいたという。因みに秀吉は長政より十二歳の年長。更に長勝は、後妻に杉原家利女を迎え、彼女が先夫杉原某との間に得ていた女子の面倒も見る。この女子が後に秀吉北方となる寧子（ねね）である。つまり秀吉・長政・寧子は長勝の世話のもと、義兄弟妹として育

ってきたのであった。その関係を略系図に示したのが右記である。

こうした関係がある以上、秀吉が入手した河内本が何時しか弟格の長政へ、更に幸長へと伝わり、幸長女の輿入の際、尾州家へもたらされた可能性も考えられるように思う。しかも秀吉には気前よく古筆を贈与している卑近な例があるのである。

天正十四年（一五八六）四月、秀吉は家康との和睦を期し、築山殿を喪って後、御台所を置いていなかった四十五歳の家康に、四十四歳の妹朝日姫を入輿させた。その結納に本多忠勝は大坂に赴く。忠勝は酒井忠次・榊原康政・井伊直政と共に所謂家康の四天王に数えられた人物。それを喜び秀吉は、「粟田ノ脇差・定家小倉ノ色紙・菅家ノ歌このたひハぬさもとりあへず手向山紅葉のにしき神のまにまに」（『徳川幕府家譜』）を忠勝に与えた。これらは秀吉自身も言う「何れも天下ノ名物」であった。和睦のために仕組んだ婚姻が首尾よく運び、機嫌をよくした秀吉の大盤振舞でもあろうが、こうした気前良さは「兄弟の約」を交わした長政にもなされたと思しい。慶長三年（一五九八）八月、臨終間近の秀吉が長政一人を枕頭に呼び、遺言を伝え「遺物若干あたへられ」たのなども（『寛政重修諸家譜』前引同巻）それを裏付けていよう。秀吉・長政父子関係の史料にも河内本を語る記事はないのであるが、あるいはここの「遺物若干」が河内本であったといった可能性も考えられなくはない。しかし史料による裏付けのない論は単なる思いつきの域を出ず、結局浅野方からの考察も現段階では確定的な結論につながるものではない。

（十）

以上来歴の可能性を四つ考察した。尾張義直の婚儀の祝儀として豊臣が献じたものかとの推論が最も可能性が高いように思うものの、なお現段階では確定的結論とは言えない。繰り返すが、本論は秀次の時、河内本は豊臣家に入ったという山岸論を前提として進めて来た。しかし全く視点を変え、豊臣家への伝来そのものが存せず、別なルートからの尾州家への伝来を考える必要もあるのかもしれない。ただいずれにせよ河内本『源氏物語』は確かに尾州家に伝わっているのであり、今後もいくつかの可能性を念頭に置き、史料を探索しつつ考察を続行してゆく必要性を思う。なぜならそこには『源氏物語』の享受史が自ずと語られているはずだからである。

〔注〕

一、中院通村の家康に対する源氏物語講釈については宮川葉子『源氏物語の文化史的研究』（平九・風間書房）第三章第二・三・四節に詳述したが、概略は次のようである。元和元年七月二十日に通村は二条城で初音巻を講釈（桐壷巻指定を、一方的に初音巻に変更しての講釈であった）。それが気にいった家康は続く七月二十九日と八月二日の両日に帚木巻を講釈させ、その時は隣室で女房達にも聴聞させた。

二、この時家康が帚木巻を進講させた確かな理由はわからない。但し竹本筑後之掾の「鸚鵡ヶ杣」に次のような条がある。

逍遥院入道内府公ハ御日待の夜尺八鼓三味線などのあそびの中にいで我も一芸せんとて帚木しなさだめの巻を素読あそはされしにあやしの下部まで聞人感に堪て外の歌三味線もけをされしとかや源氏のよミ曲堂上の御伝授にハ清濁文字うつりハもちろん御ン声になまりをかけさせ給ふ所ふしを付させ給ふ所も有とかや伝へうけ給る是らをこそ音曲の亀鑑とも申べかめれ（傍点宮川。引用は平成四年度全国大学国語国文学会春季大会（於立正大学）公開講演会における水原一氏の講演「読みがたりの問題など―文学の生態論的関連―」のレジュメによる）

実隆が帚木巻を素読、堂上独特の読み曲を持つそれが音曲の亀鑑かとまで言われていたのが知られる。勿論竹本筑後掾（義太夫）自身、浄瑠璃節の来歴を門弟に伝える目的で音曲に引きつけているのではあるが、それはともかくこの記事は三条西家の読みの型を伝えるものかと思う。一方「源氏清濁」「源氏詞清濁」は、後水尾院を中心とした堂上における源氏講釈の中でも「よみ」の実態を知る貴重な史料で、主に三条西学統のそれを伝える（『源氏清濁・岷江御聞書』昭五八・京都大学国語国文資料叢書三十七）。「鸚鵡ヶ杣」の「源氏のよミ曲堂上の御伝授にハ清濁文字うつりハもちろん」とは、まさに「源氏清濁」に書き留められてある事柄を実隆が実演したものであったのであろう。

さて「帚木しなさだめの巻」（「しなさだめの段」と同義であろう）を実隆が素読したのは、宗祇が「雨夜談抄」で述べたように、帚木巻が独立した一つのテーマを持つ巻であったことが大きく関与していよう。しかも余興として、尺八や三味線の代りに演ずるに、適当な長さと理解しやすい内容であるのも理由の一つであろう。家康が女房達に聴かせたのも、女性評論が中心テーマであったためと思しい。家康は実隆の素読まではともかく、品定めの段がスポットの演目に適し、堂上方の読み曲が存するのは知っていたと思しく、通村から三条西学統の読み曲を聴きたいというのが帚木指定の理由であったのかもしれない（家康が予想を越え源氏物語に詳しかったのは注一同著で論じた）。源氏読みの女が話題にのぼっていたのも、家康が「源氏読み」に拘った証左ではなかったか。

なお「鸚鵡ヶ杣」にこうした記述があることは、既に伊井春樹氏が『源氏物語注釈史の研究　室町前期』（昭五五・桜楓社）第一部第四章第四節注1で、今井源衛氏『源氏物語研究』を引いて述べられ、水原氏も指摘されている。

三、この点についても注一同著第二章第三節で詳述した。

四、阿茶局について少々補足しておく。『徳川幕府家譜』は家康と婚姻関係にあった女性を十二人上げる。その内訳は御台所（正室）二人、御部屋（もと貴人の妾を指したが、徳川将軍家では将軍の寵を得、その落胤を生んだ女性をいう）十人である。その中に阿茶は見えない。又「柳営婦女伝系」にもその名を見ない。しかし『寛政重修諸家譜』巻第千四十三、藤原支流神尾忠重、元勝の譜中にはかなり詳しい事跡等が載る。

父は飯田筑後某。神尾孫左衛門忠重に嫁すが、天正十六年（一五八八）四月に夫死去。その後の事情は不明ながら、いつしか家康の寵を得るようになった。家康の子を生むことはなかったが、家康出陣の際は戦場に従い、大坂冬の陣には和議の特使として活躍。『徳川幕府家譜』に名が見えないのは、御部屋としての資格がないためと思われる。その働きぶりを「実紀」により概観しておく。

慶長十九年（一六一四）十二月十四日、家康の上洛に随行の阿茶は、大坂四天王寺の茶臼山陣営で、常高院尼と共に講和の特使を命じられる。同十六日、岡山陣営から茶臼山を訪れた秀忠が、家康等と密議をなす席に連なる。同十八日、本多正純と共に大坂城からやってきた常高院尼（夫の没後大坂城内に居住）と、京極忠高の陣所で落合い和平の具体案を検討。翌日再び同じメンバーで会見、常高院尼は和議条件への秀頼母子の承諾を伝え、もって冬の陣は終結した。このように和議締結の全権大使に任じられていたのは、阿茶の力量を語る。

さてその阿茶が常高院尼を訪ね旅の労を労えば、冬の陣終結時と同様、和議成立を期待させる効果はあったはずである。しかしこの度は密かに豊臣方への降伏条件が伝えられたのは本文でも述べる。なお夏の陣終結直後の元和元年七月二十九日、二条城で通村の帚木巻進講を聴聞した女房衆がいたのは既述の通りで、ここの女房衆とはこの度も家康に随行した阿茶（当時六十一歳）とその配下であった。

阿茶は家康薨去後（元和二年）も秀忠に重用され、元和六年（一六二〇）、秀忠女（後の東福門院和子）入内にあたっては母代となり上洛、後水尾院の勅諚により叙一位、宸翰の屏風を拝領。寛永三年（一六二六）、秀忠・家光の上洛時にも従い、九月六日の後水尾院等の二条城行幸の際は、禁中への出迎え役を勤め、饗応の細部に采配をふるう。寛永九年（一六三二）正月二十四日、秀忠薨去により剃髪、雲光院と称す。寛永十四年正月二十二日、八十三歳で逝去。法名周栄。神田雲光院（後深川へ移転）に葬られた。「古老茶話」も「生前の内一位に叙し参内す。大坂のあつかひにかゝる、其器押しはかるべし」と、彼女の器量を評価する。

以上見てくると、戦場に従う様は木曽義仲の愛妾巴御前を髣髴させ、男に負けない辣腕ぶりは家光乳母春日局を想起させる（阿茶は春日局より二十四歳年長）。単なる家康の愛妾にとどまらず、能力を充分に発揮し家康・秀忠二代に仕えた女性として無視できない存在である。

五、浅野幸長は天正四年（一五七六）生まれ。浅野長政長子。秀吉、家康に仕え、石田三成謀反の折は、細川忠興・加藤清正・蜂須賀至鎮等と所謂七人衆となり家康を支援、関ケ原の戦いでは禁裏守護と洛中警護に手腕を発揮、その軍功により慶長五年（一六〇〇）十月、和歌山城三十七万石余を賜い紀伊守を名乗る。同十八年（一六一三）、三十八歳で逝去。なお付け加えるなら、元禄十四年（一七〇一）三月、勅使饗応役として登営途上、吉良上野介義央に遺恨の白刃をふるい切腹に及んだ浅野内匠頭長矩（ながのり）は、幸長の弟長重から数え四代目にあたる。

【補説】

平成二十二年十二月、八木書店より『尾州家河内本源氏物語』の影印本が、全巻カラーで出版された。以後、四箇月ごとに全十冊本が順次出版される予定である。解説は岡嶌偉久子氏の担当。岡嶌氏には既に『源氏物語写本の書誌学的研究』（平成二十年五月・おうふう）の大著があり、「第二章　尾州家旧蔵河内本源氏物語」において、百十ページにわたる好論が展開されており、最終巻に掲載予定の解説を待たずとも多くを知ることができる。詳細はそれにゆずるが、全巻オールカラーの第一冊目を手にしての感想めいたものを補説として載せておきたい。

大半の影印本が口絵は除き、白黒写真でなされている中、八木の企画は出版業界の不況のみならず、世の経済活動の沈滞に敢えて挑戦したとも見えるものである。オールカラーの利点の第一は、朱点が明確に目に飛び込んでくるというところにあろう。白黒だと何故の点なのかが判断できにくい場合に度々出会う。しかし、オールカラーは、朱と墨が棲み分けられており、実に読み進みやすいのである。出版経費は高額になっても、こうした実物をより一層身近に感じられる形での出版は、本当の意味での文化伝達の方法といえよう。

ただ残念なのは、桐壺巻に二丁分の落丁がある点である。岡嶌氏はその部分を、『源氏物語大成』を用い、示しておられるが、オールカラーにあって、二丁分の白紙はとても淋しい思いになる。勿論これは『尾州家河内本源氏物語』の欠陥なのであって、八木のせいでも岡嶌氏のせいでもないのは言わずもがなである。

落丁部分の一つは、『大成』八・④～九・③に該当する、

よとのみのたまはするに日ゝにをもり給てたゝ五六日のほとにいとよはうなれははゝ君なく〳〵そうしてまかて

させたてまつりたまふかゝるおりにもあるましきはちもこそと心つかひしてみこをはとゝめたてまつりてしのひてそいて給かきりあれはさのみもえとゝめさせ給はす御覧したにをくらぬおほつかなさをいふ方なくおもほさるいとにほひやかにうつくしけなる人のいたうおもやせていとあはれと物を思ひしみなから事にいてゝもきこえやらすあるかなきかにきえいりつゝものし給を御覧するにきし方ゆくすゑおほしめされすよろつのことをなく〳〵ちきりのたまはすれと御いらへもえきこえ給はすまみなともいとたゆけにていとゝなよ〳〵とわれかのけしきにてふしたれはいかさまにとおほしめしまとはるてくるまの宣旨なとのたまはせても又いらせ給てさらにえゆるさせ給はすかきりあらむみちにもをくれさきたゝしとちきらせ給けるをさりともうちすてゝはえゆきやらしとのたまはするを女もいといみしとみたてまつりて

かきりとてわかるゝ道のかなしきに

とある箇所。二つは『大成』一二・⑪～一三・⑩に該当する、

人も心よはくみたてまつるらむとおほしつゝまぬにしもあらぬ御けしきの心くるしさにうけたまはりはてぬやうにてなむまかて侍ぬるとて御ふみたてまつるめもみえ侍らぬにかくかしこきおほせ事をひかりにてなんとてみ給ほとへはすこしうちまきるゝこともやとまちすくす月日にそへていとしのひかたきはわりなきわさになむいはけなき人をいかにと思ひやりつゝもろともにはくくまぬおほつかなさをいまは猶むかしのかたみになすらへてものしたまへなとこまやかにかゝせ給へり

宮木のゝつゆふきむすふ風のをとにこはきかもとを思ひこそやれとあれとえみたまひはてすいのちなかさの

いとつらう思給へしらるゝに松のおもはんことたにはつかしう思給へ侍れはもゝしきにゆきかひ侍らんことはましていとはゝかりおほくなんかしこきおほせことをたひ〳〵うけ給はりなからみつからはえなん思たまへたつましきわか宮はいかにおもほししるにかまいりたまはん事をのみなむおほしいそくめれはことはり

とある箇所。

前者は桐壺帝と更衣の悲しい別れ、後者は更衣母と帝の歎きを語り、共に和歌が一首宛含まれる情緒的な場面であって、物語鑑賞上では、所謂「よみどころ」なのである。こうした「よみどころ」が落ちているということは、意識的に切り取るなり、抜き取る（製本のやり直しなどの際に）なりといった行為を疑いたくなる。もっともこの点は、岡嶌氏の詳細な分析を伺ってから結論を出すべきであろうが。

一方、桐壺巻における著名な河内本と青表紙本の違いに触れておく。桐壺帝が長恨歌絵を眺めながら更衣の追憶に耽る箇所である。池田本（桃園文庫蔵・伝二条為明筆）を底本とする『大成』には、

大液芙蓉未央柳もけにかよひたりしかたちをからめいたるよそひはうるわしうこそありけめなつかしうらうたけなりしをおほしいつるに花とりのいろにもねにもよそふへき方そなき（一七・⑨〜⑪）

とある。『尾州家河内本』では、

たいえきのふよう（大液芙蓉）も・けにかよひたりし・かたち・いろあひ・からめいたりけん・よそひハ・うるわしう・けふ

らにこそハ・ありけめ・なつかしうらうたけなりしありさまハ・をミなへしの風になひきたるよりもなよひ・なてしこのつゆにぬれたるよりも・らうたく・なつかしかりし・かたちけハひを・おほしいつるに・花とりの色にも・ねにも・よそふへき・かたそなき（13ウ。「・」は朱点、傍線宮川以下同）

とある。四点を採り上げ両者を比べてみよう。

一、『大成』に「大液芙蓉未央柳」とある「未央柳」が『河内本』にはなく、「大液芙蓉」も「たいえきのふよう」と仮名書きにし右脇に「大液芙蓉」と傍書する。

二、『大成』の「からめいたるよそひ」は、「からめいたりけん・よそひ」

三、『大成』の「うるわしうこそ」は、「うるわしう・けふらにこそハ」

四、『大成』の「うるわしうこそありけめ」の後に、『河内本』では右傍線を付した箇所が挿入された形になっている。

以上は、既に『大成』で採り上げられていることではあるが、再確認のため敢えて比較した次第である。なお別本の「御物本」（東山御文庫蔵）は当該箇所が、「なつかしうらうたけなりしありさまはをみなへしの風になひきたるよりもなよひなてしこの露にぬれたるよりもらうたくなつかしかりしかたちけわひの恋しさを」となっていて、『河内本』の末尾に「恋しさを」が加わった表現となっている。また、同じく別本の「陽明文庫本」（伝後深草院宸筆・近衛公爵家蔵）は、「おはなの風になひきたるよりもなよひなてしこのつゆにぬれたるよりもなつかしかりしかたちけはひを」とあり、「国冬本」（伝津守国冬筆・桃園文庫蔵）は、「陽明文庫本」の右傍線部分が、「なつかしうらうたけなりし」とあって、「らうたけなり」が加わった表現となっている。さらに「麥生本」（麥生鑑綱筆・桃園文庫蔵）は、「なつかしうらうたかりしを」とある。これは青表紙の池田本が「なつかしうらうたけなりしを」とあるのに近似し、「らうたけなり」が「らうたかり」と変じているに過ぎない。

見てくると、総じて『河内本』は、本文が増大しているという意味では、別本の「御物本」「陽明文庫本」に近い。しかし「陽明文庫本」が「おはな」とするのは独自異文。尾花は薄の別名で、同じ秋の七草ながら、「おみなえし（女郎花）」とは別種の植物である。それにしても何故こんなに本文が揺れたのであろうか。紫式部はいずれを書いたのであろうか。それとも書写段階で、書き込みや訂正部分が本文に紛れ込んだといった事情があったのであろうか。恐らく永遠に解決のつかない問題ではあろうが改めて確認しておいた次第である。

註釈

「花鳥余情」の成立前後
――「大乗院寺社雑事記」を中心に――

（一）

四辻善成の「河海抄」、一条兼良の「花鳥余情」は、共に三条西実隆の源氏学に多大な影響を与えた注釈書である。兼良と実隆は、直接師弟関係を結ぶには年齢差があり過ぎたが、宗祇・肖柏を介しその源氏学は実隆に受容されたという関係にある。

以下、従来あまりなされていない「花鳥余情」成立の前後を考察することを本稿の目的としたい。

「花鳥余情」は、奥書に「文明四年竜集壬辰除月上澣桃華居士七十一歳誌焉」（伊井春樹氏編『松永本　花鳥余情』〈源氏物語古注集成第一巻〉）とあることで、文明四年（一四七二）十二月の成立と判る。兼良七十一歳時であった。当時兼良は、応仁・文明の乱（一四六七―一四七七）を避け、応仁二年（一四六八）八月から、息男の奈良興福寺大乗院門主尋尊を頼り、門跡の隠居所成就院にあった。

本稿では尋尊の日記「大乗院寺社雑事記」（臨川書店、以下「雑事記」と略。特別断わらない和製漢文は同書の引用）を多く参照しつつ考察を進めて行くことにする。

（二）

文明四年は、後土御門天皇（在位九年目、三十一歳）が足利将軍（義政、三十八歳）の室町亭に同宿の内に明けた。新年の節会等は一切行われず、関白（二条政嗣、二十八歳）も未拝賀であった。世情は相変らず混乱していたからである。一月十五日、山名持豊（宗全、六十九歳）が細川勝元（四十三歳）に和平を申し入れるが失敗、混乱の長期化が予測された。ただ後世から見るなら、応仁・文明の乱も、この頃から次第に戦い自体に中だるみ現象が現れ、それは翌文明五年三月の宗全、同五月の勝元の相次ぐ死去により一層顕著になることになる。

洛中に比べ、奈良は比較的平穏であった。元日、兼良は疎開に同道した家族と「一献、三荷」を共にし、正室（東御方。小林寺殿中御門氏）は実子尋尊（四十三歳）に「貝」を贈ったりしている。六日には連歌があり、兼良は「梅柳いそく都のにしき哉」と詠む。奈良では当時、連歌は毎月ほぼ二回宛て行われていた。また同十四日の「御茶在之」、廿四日の「十種茶在之」[注一]とあるのは、利休などに見る所謂茶の湯の作法のそれか否かは未詳ながら、茶の湯的なものが既に行われていたのを伝える。二月には「薪猿楽」（後世の薪能）が度々行われ、「金晴（注・金春カ）・宝生・観世」が参上。兼良も見物したことであろう。奈良に疎開していたお陰で、兼良は後の日本文化の一範疇を占めてゆく茶の湯や能楽にも、ゆとりを持って関与できたのであった。

三月二日、「夜前姫君誕生、三条局腹也、御産所成就院、予妹也」[注二]とあるのは、兼良の息女誕生を語る。生涯に四人の妻（小林寺殿・屋女房・康俊女・三条局）に計二十六人の子女を得た兼良の、二十五番目の子にあたる。因みに末子は兼良七十五歳時の誕生であった。兼良の学問を見る場合、その精力的な体力も無視できず一応述べておく。

五月一日、「自公方御歌點被申之、（中略）公武女中等御詠云々」とあり、将軍義政が自詠歌と公武女房達の詠歌添削を依頼。兼良が歌人としても地位を確保、指導者として期待されていたのを語る。[注三]こうした将軍家との繋がりは、文明九年（一四七七）十二月に奈良を引き払い帰洛した兼良が、義政・日野富子の寵愛を得て、『源氏物語』講釈を行い、[注四]更に富子には「小夜寝覚」、義尚には「文明一統記」の政道教訓書を贈る（いずれも同十一年）に至るのでもあった。

（三）

兼良の実力に依拠したのは将軍ばかりではなかった。五月廿七日の条には、

成就院ニ参申、故大内影讃申入之、金少々・北絹進上之云々、大内者本来非日本人、蒙古国者也、或又高麗人云々、其船寄来于多々羅濱之間、則以其所之号為多々羅氏、於中国・九州一族数輩在之、希有事也、近者

義弘（応永五年滅亡　大和宇多郡地頭）──持弘──教弘（嘉吉元年入滅、）
　　　　　　　　　　　　　　　　　└─、、──政弘（近日在京、天下大乱、）

とあり、右のような系図までが記される。但し系図は左記のように訂正されるべきである（『山口市史』一四五頁「大内氏の略系図」による）。

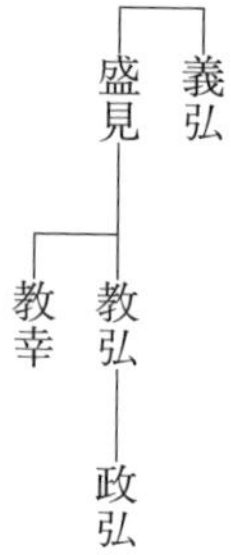

当時山名持豊率いる西軍に加担、山口から上洛していた「大内」は政弘で（尋尊が挙げる系図の政弘尻付にも「近日在京、天下大乱」とある）、彼が「故大内」の影讃を依頼したというのである。「故大内」を『史料綜覧』は教弘とする。教弘は『山口市史』収載の略系図に知られる通り政弘の父であった。

一方、兼良の「花鳥口伝抄」（尊経閣文庫蔵「古今集伝受」所収本）奥書には、

　這秘抄花鳥余情之中別紙被隠之題目、三ケ大事之外十ケ条口伝也、依大内記左京兆政弘朝臣所望令書写校合了、尤此禁方不可被出相（窓カ）外者矣／文明第三暦孟夏天／沙弥御判

とある（前掲『松永本　花鳥余情』三七二頁。傍点宮川、以下同じ）。また再稿本「花鳥余情」（国立国会図書館蔵十冊本）[注五]識語にも、

　本云
　此抄十五冊拭老眼馳禿筆、仍字体不分明、雖可招後嘲、大内左京大夫政弘朝臣所望之間、不能固辞、所令付属也、汗顔々々／文明八年七月下旬／釈沙門覚

とあって（同上三八八頁）、政弘は兼良から「花鳥口伝抄」と「花鳥余情」の双方を贈られているのがわかる。注六 因みに「花鳥余情」内の十三箇条の秘説集が「花鳥口伝抄」、「花鳥口伝抄」に二箇条を加えた十五箇条のそれが「源語秘訣」である。

「花鳥口伝抄」の右年紀「文明第三」には問題がある。『源氏物語事典下巻』（東京堂）所収「注釈書解題」において、大津有一氏は「三」は「六」の誤字かとされた。本稿冒頭で述べたように、「花鳥余情」の草稿は文明四年十二月の成立。その前年の文明三年に、まだ成立していない「花鳥余情」の秘説集「花鳥口伝抄」が贈られるというのは、事の順が逆であろうとの理論に立たれてのものであった。それに対し伊井氏は、「応仁二年に着手した『花鳥余情』（注・「花鳥余情」の着手年の考察は後述）は、文明三年にはおおよそ形をなす過程にあったと考えれば問題はなくなる。（中略）『花鳥余情』の〈別紙〉を予定して自分なりに十三ケ条を選び出し、求められるまま政弘に与えたのである。あるいは政弘から秘伝書の所望があった折、兼良はこの際、作成している『花鳥余情』に〈別紙〉を設けることを思いつき、十三ケ条を抜き出して整理し、新たに説明を加えたとも考えられよう」（前掲解題三七二頁）と述べられた。

（四）

ところで兼良は文明五年六月廿五日、尋尊を奉行、興福寺別当前大僧正経覚を戒師、政覚・尊誉を剃手に出家、門覚と号する。尋尊は「雑事記」で出家当日まで「殿下」、時に「大閤」と呼んでいた兼良を、極めて厳密に「禅閤」と呼び替えた。こうした厳格な性癖は、有職故実に造詣深い兼良譲りのものと推測される。その兼良が出家前に自らを「沙弥」と呼び「花鳥口伝抄」にかく記すであろうかとの疑問が湧くのである。

一方、政弘が「故大内」の影讃を求めて来た前引の記事は、兼良と政弘の初期の接触を語るように思われてならない。尋尊が系図を挙げ、国籍や旧姓多々羅（多くは多々良）の由来にまで言及するところには、既に前年「花鳥口伝抄」を贈られていた旧知の仲というより、新たな交流の開始を感じさせるからである（因みに「花鳥口伝抄」が大内に贈られたとする文明三年暦孟夏天（四月）の「雑事記」は欠けており、贈与の有無は確認できない）。しかも政弘が山名持豊に呼応し河野通春等と兵庫に至り、続いて上洛を果した応仁元年（一四六七）八月以降、持豊が細川勝元へ和平を申し入れた（既述）文明四年一月まで、戦乱は全国的に特に激しく、古典学に興味を示したくとも物理的ゆとりがないというのが現状ではなかったか。それが、戦乱の長期化は必定ながら、和平申し入れがなされるなど政局が変化、いささか余裕のできたこの時期に、政弘は「天下無双才人」（「十輪院内府記」文明十三年（一四八一）四月二日の兼良薨去に関する条）の誉れ高い兼良に、まずは先祖の影讃を依頼することで近づいたのではないかと考えるのである。

以上により、「花鳥口伝抄」の「文明第三」は大津氏説に従い、文明六年と仮定してみたい。また政弘と兼良の仲介役は、宗祇であったと思しい。それは例えば文明元年七月十一日に、「宗祇自東国上洛、参申殿下」、同月十三日に「殿下渡御、御連歌在之、宗祇参申」とあるような兼良（尋尊曰の「殿下」）と宗祇の関係に推測できる（この点は永島福太郎氏『一条兼良』〈昭三六再版・吉川弘文館〉六五頁にも指摘がある）。

（五）

右のように考えるに際し、もう一つ解決しておかなくてはならないのは、「花鳥余情」奥書（前掲『松永本　花鳥余情』奥書）で、出家前の兼良が「居士」を用いた点である。繰り返すが「花鳥余情」は文明四年の成立、兼良出家は文明五年である。

伊井氏は『源氏物語注釈史の研究　室町前期』（昭五五・桜楓社）において、ここの「居士」の使われ方は、「〈在家ながら仏道に帰依しようとする者〉の意味を有する〈居士〉としての立場」（二七六―七頁）の主張ではないかとされ、兼良は実際の出家よりかなり以前から「仏道帰依者」の意識が強く、従って「花鳥余情」で自らを「居士」と呼んだと同様　その前年の「花鳥口伝抄」でも「沙弥」と称したのではないかと推測された。

述べたように、大津有一氏の説に従い「花鳥口伝抄」を文明六年成立と仮定するなら、文明五年に出家した兼良が「花鳥口伝抄」で「沙弥」と称するのは問題なく、「花鳥余情」で「居士」と呼んだ点のみが問題として残る。

「居士」には勿論、伊井氏の言われたように「在家ながら仏道に帰依しようとする者」の意もある。しかし、例えば手近な『改訂新潮国語辞典』が「徳や学問があって、官に仕えず、民間にある人。処士」を第一義とするような用例に従ってもよいのではあるまいか。

文明二年七月廿日、兼良は尋尊に関白辞任を伝えた。それは「雑事記」の廿一日の条に、「昨夕令参殿下、被仰云、御当職事御辞退之、可得其意之由被仰出之」とあって確認できる（因みに「公卿補任」は「七月十九日謙退（未拝賀）」とする）。つまりこの時点から、官に仕えない自由な身を「居士」と呼び得たわけで、あえて仏道帰依者の立場の強調と考えなくてもよいかと思うのである。

ところで永島福太郎氏は、前掲『一条兼良』において、「続本朝通鑑」の伝える逸話を引き、兼良が自己評価の高い人物であったことを次のように述べられた。

兼良を招くばあい、その席上に菅天神（菅原道真）の像はかけられなかったというのである。自分より菅丞相を尊重するのかと怒って、天神像を破ったという。連歌会などは、天神講として文神菅天神の御影を掲げ、その法楽として行なう例だったが、兼良は自分の頭上に菅公をのせるのかといってこれを喜ばなかったというのである。兼良はつねづね、自分は菅公に優るものが三つあるといっていた。菅公は右府だが自分は相国（太政大臣）である、菅公の家柄は微賤だが、自分の方は摂家である、菅公が知っているのは漢土では李唐以前、本朝では延喜までのこと、自分はそれ以後のことを知っているという三つであった（九七頁）。

この逸話に見られる兼良が、自らを「居士」と呼んだ場合、そこには「徳や学問がある」人物という、自己評価の高さが浮び上がってくるように思う。

更に、関白辞任の翌月、八月四日の「雑事記」には、

大閤御息六歳（ママ、七歳カ）若君可為家得（督）之由、被申合土佐前殿下、不可有子細之由前殿御書到来、雖為御弟可為御猶子分之由、
自大閤被申之者也、御母儀中納言□□□位女也、宣旨殿被号二条（ママ三条御局カ）御局者也、

とある。そもそも一条家の家督は、兼良長男教房が嗣いでいた。しかし教房は応仁二年に土佐に下向したきり上洛の気配なく、結局教房の弟である冬良を、教房の猶子として家督に決め直したというのが右記事である。こうして一条家の家督が決まったことも、七十歳を目前にした兼良には安心感を得ることであり、「官に仕えず、民間にある」自分の立場を、堂々「居士」と呼びうる一助になったのかもしれないと考える。

以上、草稿本「花鳥余情」成立の文明四年において、兼良が「居士」と称したのは、仏道帰依者の気持を込めたと

いうより、「徳や学問」があり、「官に仕えず」、民間人として堂々生きている人物を自負した結果と考えたい。それが許されるなら、「花鳥余情」で出家前にも拘らず「居士」と称したのは別段問題ないことになる。勿論伊井氏が強調されたように、現在残る全ての写本が「花鳥口伝抄」成立を「文明三年」としており、「六年」とするものは一本もない点は気になるところではある。しかし「花鳥口伝抄」の第一次写本が、たまたま「六」を「三」と誤写、それが踏襲された可能性も否定しきれず、一応成立の順序は、「花鳥余情」―「花鳥口伝抄」―「源語秘訣」と考えておく。

（六）

「雑事記」には、兼良が「花鳥余情」の作成に従事しているといった記事は少しも登場しない。その中にあって文明四年七月十一日の条は異彩を放つ。

　光源紙〔氏〕物語朱書河海集二十巻書写事今日成弁了、善成公御作也、水源抄ハ光行之作、紫明抄ハ光行之息親行之作也云々、

これについても既に伊井氏が、

『河海抄』の書写のことのほかに示される『水原抄』『紫明抄』は、関連として記されたにすぎないのか、現に尋尊の手もとにあったのか、兼良との結びつきはあるのか、などといった事情は、これだけでは分りかねる。しか

し、『花鳥余情』のできあがるまぎわだけに、何らかのかかわりがこの記事の背後にはあると、私は考えてみたくも思う（『源氏物語注釈史の研究』一七五頁）。

と述べられたが、それ以上の探索はされなかった。

そもそもこの記事は何を語るのであろう。『源氏物語』の表題を「光源氏物語」とするものは多い。例えば素寂「紫明抄」、四辻善成「河海抄」が、共に序において「光源氏物語」と呼ぶようにである。従ってここの「光源氏物語」は『源氏物語』そのものであるのは動かない。

「朱書」は、「河海集」が朱で書かれてあったと考える以外になさそうである。また「河海抄」を「河海集」としたものを見ず、これは尋尊が「河海抄」に親しんでいなかったための書損ではないかと思う。というのも尋尊が『源氏物語』を読破した文明十年七月時点では「河海抄」と正しく記しているからである。[注七] 併せて「河海抄」の作者を「善成公御作也」と断わり、以下河内方の注釈書やその著者名を書き留めているのも、それが尋尊にとって新たに得た知識であったのを語るように思う。もっとも尋尊が「水源抄ハ光行之作」とするのは、正しくは「親行カマトメタ」、「紫明抄ハ光行之息親行之作也」とするのは「光行之息素寂之作也」とするべきではあるが。

鈴木良一氏はその著書『大乗院寺社雑事記―ある門閥僧侶の没落の記録―』（〈日記・記録による日本歴史叢書　古代・中世編18〉一九八三年・そしえて）において、尋尊が詳細に過ぎる日記を記した点について、

尋尊は後に実際に役立つと考えたから、色々なことを書きとめたに違いない。すなわち雑事記は覚書であり、平安時代いらいの貴族の日記の伝統をひいているが、雑事記では、この日記のいわば覚書性が、ほとんど異常なま

でに徹底している（二七頁）。

と述べられた。鈴木氏論を敷衍すると、尋尊はこの時、「河海抄」の存在や河内方の注釈書の存在を初めて認識、いずれ役に立つと覚書的に記したものと考えられるのである。

論を「朱書河海集」に戻そう。「光源氏物語朱書河海集」とは、『源氏物語』本文のそこここに「河海抄」が朱で引用されている状況を語っているのではなかろうか。その「書写事今日成弁了」というのである。「弁」の第一義は「区別」。つまりこれは『源氏物語』本文に朱書されていた「河海抄」だけを区別して抜き出し、別な一本に仕立てたことを意味しているのではあるまいか。

（七）

ではその先に何が言えるのであろう。伊井氏が「『花鳥余情』のできあがるまぎわだけに、何らかのかかわりがこの記事〈注・「雑事記」の当該「朱書河海集」の記事〉の背後にはある」（前引）と考えられたように、「花鳥余情」の成立時期と絡める時、いささかの推論を試みたくもある。

奇想天外な発想ながら、「花鳥余情」作成の折に、兼良が使用した『源氏物語』とは、朱書で「河海抄」が書き込まれた「光源氏物語朱書河海集」そのものであったのではなかろうか。兼良の「河海抄」への評価は、「花鳥余情」前言に、「なにかしのおとゝの河海抄はいにしへいまをかんかへてふかきあさきをわかてりもとも折中（イ抄衷）のむねにかなひて指南のみちをえたり」〈前掲『松永本　花鳥余情』〉とあるのや、実際に「河海抄」へ依拠しての注記が多い点に充分察しられ、自らの源氏本に「河海抄」を朱で書き込んでいた可能性も否定しきれないのである。

もしこの仮定が許されるなら、兼良が「光源氏物語朱書河海集」を尋尊に渡し、「河海抄」を源氏本文と区別し抜き出して書写するよう指示、応じた尋尊が作業に従事し完成したのが「雑事記」の右記事であった可能性が出てくる。そして「河海抄」を「河海集」と誤記する程度の知識しか持ち合わせていなかった尋尊が、河内方の注釈書や著者名を記録しているところには、兼良が作業依頼にあたり、従来の注釈書のあらましを語っていた姿も彷彿させる。

ところで伊井氏は『源氏物語注釈史の研究』で宮内庁書陵部蔵「河海抄」（桂宮本）の巻一末に、

文明四年三月上澣、以或本加書写、但彼本有誤事等、以推量雖陳直、猶不審字等、遂以証本可令校勘者也、桃花野人判、

とあるのを引かれ、「文明四年三月に兼良がこの書を写したというのではなく、すでに所持していた本に、他本と校合して不足の注記などを書き加えたというのであろう」（一七五頁）とされた。こうして兼良は証本とすべき「河海抄」を作り上げたのである。それにもかかわらず尋尊に書き抜きさせた理由は何か。

それは兼良が「花鳥余情」を本格的にまとめるべく決めたこととその時期に関ってくるのではなかろうか。つまり兼良は「光源氏物語朱書河海集」に、直接自説を書き加え、時には源氏本文や「河海抄」の記事の取捨選択をなしつつ（具体的には不用な個所を墨で消したり、必要個所には引用符号を付し、自説に組み入れるなどした構図を想定している）、草稿本「花鳥余情」を纏めようとした、そのように作業を進めると「河海抄」は本来の姿を失う、そこで予め「河海抄」を書きぬいておく必要があったのではないかと考えてみたいのである。

「河海抄」をもう一本作るためだけなら、三月に書写を終えたそれ（伊井氏の論にある「すでに所持していた本に、他本と校合して不足の注記などを書き加えた」一本）を祖本に、転写させればよかったであろう。しかし恐らく兼良の尋尊への依頼はそれ以前であったと思しい。「河海抄」は大部な書であるし、源氏本文と同居した形式の中から区別して書き抜くには、かなりな時間を必要としよう。『源氏物語』に然程近くはなかった当時の尋尊にはなおさらのことである。それを見込み、兼良はかなりゆとりをもった計画を立てたはずである。

ではそれは何時か。確証は何もないのであるが、二年前の文明二年七月、関白を辞任した直後頃、つまり「居士」と堂々名乗れる状況になった時ではなかったかと考えたい。そして尋尊の作業が進んでいた当年（文明四年）三月、たまたま「河海抄」の「或本」を利用できる機会を得た兼良が、自らの注釈書にも必要になる正しい注記等を書き加えて証本を作成する。かたや尋尊は兼良の「河海抄」書写とは全く無関係に依頼された作業を忠実に進め、その作業の全てを終えたのが「雑事記」にある七月十一日であったという関係になるのではなかろうか。

この場合、順次終了していったであろう尋尊の作業部分を追いかけるように兼良が注釈作業を進行させることは可能であったであろう。従って実際に兼良が注釈作業に要した期間は、文明二年秋頃から当年十二月までの二年数箇月程度ではなかったかと推測している。

（八）

以上「雑事記」の「光源氏物語朱書河海集」を始発に、「花鳥余情」と絡め推論に推論を重ねて可能性を探ってきた。その中で最も述べたかったのは、「花鳥余情」の注釈作業は、二年数箇月程度でなされたのではなかったかという点である。

一方「花鳥余情」奥書には、

愚応仁之乱初避上都暫寓九条之坊困敦之秋重赴京纔卜十弓之地爾来已歴五秋蛍(愁)（以下略、前引『松永本　花鳥余情』）

とある。伊井氏は「このように述懐的に記すこと自体、兼良の注釈作業に要した実際の年月を、思い出しながらのことばなのであろう」（前掲『源氏物語注釈史の研究』一七四頁）とし、「已歴五秋蛍」を「花鳥余情」作成に要した五年の歳月を示すものと解された。

ところで、中原康富の日記「康富記」の文安元年（一四四四）二月三十日の条に、

参一条殿、源氏御談義令聴聞、今日初所参入也、乙女巻被始遊之

とあり、兼良は既に「花鳥余情」成立の二十八年前に源氏講釈をなしていた。またその五年後の宝徳元年（一四四九）十一月には「源氏和秘抄」、更に四年後の享徳二年（一四五三）六月には「源氏物語年立」を著し、寛正二年（一四六一）十一月には時の帝後花園院に源氏講釈をなし、[注八]世間における源氏学者としての評価は高かったであろう点についても、既に伊井氏の言及がある（同上『注釈史』一六九頁）。

こうした約三十年に及ぶ兼良の源氏研究の足跡を勘案する時、「花鳥余情」を纏めるのに、果たして五年の歳月を

要したであろうかとの疑問が湧くのである。勿論、疎開後も、絶えず源氏研究を気に留めていたことは、文明四年三月上澣に「河海抄」の或本を写し加えていたのなどが語る。しかし、「已歴五秋蛍」の文辞自体は、応仁二年（一四六八）八月に奈良へ移って以来、帰洛のあてなく過ぎ行く疎開生活の年月を数え、かく述べたまでと考えたい。何故ならこれと同様の語り口は、文明五年五月に美濃へ下向した折の旅日記「ふち河の記」（「群書類従」巻第三百三十六）冒頭部に、

応仁のはじめ世の乱しより此かた。花の都の故郷をばあらぬ空の月日のゆきめぐる思ひをなし。ならのはの名におふやどりにしても。六かへりの春秋ををくりむかへつゝ。うきふししげきくれ竹のはしになりぬる身をうれへ

（後略）

とあるのにも見られるからである。つまり文明四年を「已歴五秋蛍」、文明五年を「六かへりの春秋ををくりむかへ」と述べるのは、疎開以来の年数を数えて嘆くという、同じ発想に立ってのものと判断されるという意味である。

以上から、兼良が「花鳥余情」をまとまった注釈書として作成しようと決意したのは、文明二年秋、尋尊に「朱書河海集」の抜き書きを依頼した頃、それは即ち兼良の関白辞任直後に重なる頃で、伊井氏の推定より二年以上後のことではないかと考えるのである。文明四年十二月に出来た「花鳥余情」が、草稿本でしかなかったのも、五年の歳月をかけて練り上げたというより、一応の区切りをつけた状態がそれであったということのように思われてならない。

では何故文明四年十二月に、兼良は源氏研究に一応の区切りをつけ、「花鳥余情」を著しておく必要があったのか。これは家督に決めた冬良の元服と大いに関係があるように思う。

（九）

冬良の元服に関しては「雑事記」文明四年十二月十五日の条にまず、

赤口自三乃上洛、若君御元服事申沙汰二千疋進上云々、国時宜巨細相語了、

として登場する。当時美濃（尋尊はしばしば「三乃」と記す）では、守護の土岐氏に替り守護代斎藤妙椿が勢力を伸ばし始めていた。歌人としても京都に名を馳せていた妙椿は、早くから兼良に興味を示していたようで、「雑事記」にも時折献金する姿がうかがえるし、文明五年の兼良の美濃下向は妙椿の誘いによるものであった。因みにその折の旅日記が前引の「ふち河の記」である。そしてここの二千疋の背景にも妙椿の影が見え隠れする。[注九] 兼良は、尋尊の大乗院に疎開していたからこそ、大乗院の経済力でなんとか対面を維持できていたものの、自身では家督冬良の元服の費用すら捻出できず、妙椿の好意に甘えざるを得ないのが実情であった。荘園制度崩壊により陥った経済的窮迫状態を打開できずにいたのは、当時の公家に共通のものであったのは、実隆の日記に詳しいところである（注九同書）。

続いて同月廿日の「雑事記」には、

成就院ニ参申、御元服廿九日、名字可為冬良云々、

とある。美濃から二千疋の経済援助を得た兼良は、若君の名字を冬良と付け、元服の日時も決定したのである。そして元服当日の廿九日には、

若君九歳、於成就院御元服、理髪勧修寺中納言経茂卿、加冠大閤、公卿四条前中納言、殿上人松殿・竹屋、

とあり、一条家跡継ぎ冬良の元服の儀は、実父兼良を加冠役に無事執り行われたのであった（但し「公卿補任」は日付を廿五日とする）。

九歳での元服はいささか若い方に属するが、兼良が自らの七十一歳という年齢に鑑みての措置であったのであろう。そしてこの時点で、兼良が積み重ねて来た一条家の家の学を相伝する相手は、正式に冬良である状況が整ったとも言えるのであった。

幾度も引用して来たが、草稿本「花鳥余情」の成立は、文明四年十二月であった。そして冬良が一条家と、兼良の学問体系を継ぐべく元服、一人前となったのも、文明四年十二月であった。ここに、兼良が冬良の元服を射程距離に入れ、自らの関白辞任直後から「花鳥余情」完成に向けて積極的に動き出した姿を想定せざるを得ないのである。更に言うなら、翌文明五年六月に兼良が出家するのも（前述）、冬良の元服が区切り目になったものと考えるべきかもしれない。

（十）

次に草稿本「花鳥余情」の書写について触れておく。

『松永本　花鳥余情』に添えられた古筆了仲の〈証文〉は、四条隆量筆である旨鑑定する。また、各巻末の隆量の識語により、書写は文明九年正月以降、少なくとも文明十一年十一月までは続いたとわかる。[注一〇]

隆量（文明四年時、四十四歳）は、冬良元服当日、列席者として「雑事記」に登場していた。また翌文明五年一月廿六日には「日本紀御談義被始之、予丁聞、四条前中納言所望故云々」とあり、隆量の所望に応じた兼良が「日本紀」講釈を開始している。因みにこの講釈は同年二月一日・六日・廿日と続き、二月廿一日には「神代上御談義」が終了。三月十日に再び「成就院ニ参申、日本紀御談義」とあり、以後三月十五日・廿二日の講釈を経て、廿八日には「成就院ニ参申、神代巻御談義今日事了」と記され、この日で下巻の講釈も終わったらしい。

また隆量と『源氏物語』の関係も浅くはない。隆量から数え八代前の隆親（隆親から四条を名乗る。四条家の家業は包丁〈料理〉）は、『とはずがたり』の作者後深草院二条の外祖父で、学説を構えるほどの源氏学者であった。[注一一] しかも隆量自身、桃園文庫旧蔵「源氏物語人々居所」の所出に関与している。こうした関係から、隆量が「花鳥余情」の書写にあずかることは大いに考えられるのである。

さて隆量の識語のうち、第一冊（巻一・二末）には、

此抄者、禅閤[兼良公]御抄也、此道之珍璧、末代之亀鏡、更以不可令陵爾、可貴可重而已、予閑暇之時分、以紹永本連々終書功、追可校達者也、一部書写之者有之、／文明九載正月　日／岐陽隠叟藤（花押）

とある。また第十五冊（巻二十九・三十末）のものには、兼良の奥書の転写が次のようにある。

花烏余情全部、紹永法眼加書写之条、最以数奇之至不堪感悦者也／小春中澣／沙門御判（以上識語の引用は、『松永本花鳥余情』解題三七五〜三七七頁）

紹永は美濃の国の連歌師。「新撰菟玖波集」に十句入集。文明四年七月には美濃革手正法寺での「何路百韻」、同年十二月には「美濃千句」を興行。宗祇との親交が深かったという（同上、三七九頁）。その紹永が「花鳥余情全部」に「書写之条」を加えることにより、清書本の体裁が整ったのを兼良は「不勘感悦」と喜んでいるのである。前に想定したように、兼良の草稿本が『源氏物語』本文に「河海抄」を朱で書き込んであったものの上に、余白などを利用し「河海抄」を適宜取捨選択するなどしながらなされていったものなら、清書本として独立した一本になったそれは、兼良にとって名実共に「不堪感悦」であったことであろう。

ところで紹永の清書にあたり、伊井氏は「『花鳥余情』の情報は宗祇から紹永へと伝わり、兼良も浄書本作成を依頼する気になったものと推定したい」と述べられた（同上、三七九頁）。宗祇と紹永の親交に鑑み、その可能性も大いにあろう。しかし私は別な可能性を付け加えておきたい。

本稿（八）に引用した「ふち河の記」は、文明五年五月に、妙椿の招きに応じた兼良が美濃に旅した折の日記であった。その中に紹永は登場しないのであるが、五月九日に歌の披講、十日には百韻連歌の記事があり、こうした折、連歌師として名を馳せていた紹永の参加は充分考えられる。兼良は草稿本「花鳥余情」を自ら美濃に運び、紹永に清書を依頼したのではあるまいか。

そこには、兼良が以前から紹永法眼の存在を知っており、源氏注釈書を清書させるに相応しいと考えていたことが想定される。述べたように、和歌に造詣深い妙椿は兼良に少なからぬ興味を示し、冬良の元服には二千疋の提供をなしていた。その妙椿を介し紹永の存在が兼良に伝わっていた可能性は高い。兼良が自らの美濃下向に草稿本「花鳥余情」を携えて行き、紹永に依頼した可能性も一応考慮しておく必要があるように思う所以である。

（十一）

さて、文明六年夏に政弘に「花鳥口伝抄」を贈っていた兼良は、文明八年七月下旬に「花鳥余情」も贈与する（本稿（三）（四））。

政弘はこの時、「花鳥余情」のみならず、兼良の『伊勢物語』注釈書「伊勢物語愚見抄」も同時に贈られていたのは、宮内庁書陵部蔵本「愚見抄」の識語により確認できる。大内氏でも特に政弘が古典籍収集に熱心であった点等は既に述べたのでそれに譲る（宮川葉子『源氏物語の文化史的研究』（平九・風間書房）第二章第三節「大島本「源氏物語」の伝来―大内氏滅亡の陰で―」）。

さて兼良が政弘に贈るにあたり、初稿本（紹永清書本と言い換えてもよい）に若干手を加え、それが初稿本と再稿本の二系統になる点は、伊井氏の前掲解題に譲るが、文明八年七月下旬に再稿本が出来あがっているということは、書写に一年近くかかったとして、文明七年末頃には政弘からの依頼が入っていたと考えられる。しかし「雑事記」に政弘の依頼も、兼良の書写完成も確認することはできない。一方紹永への書写依頼は、文明五年五月、兼良の美濃下向時ではないかと推測した。それが完成したのは、年は不明ながら「小春中澣」、即ち十月中旬であった（前項所引の隆量書写本第十五冊に転写の兼良奥書）。文明五年五月以降文明八年春までに「小春」は五・六・七年の三回ある。「雑事記」に見る限り、どの「小春」にも該当記事はないのであるが、想定したように兼良の草稿本が「河海抄」を朱書した源氏本文に直接書き込む形式でなされていたとするなら、その清書となるとかなりな時間を要したであろうから、該当する「小春」とは、文明七年十月と考えてよいのかもしれない。仮にそうなら、政弘の書写依頼は紹永の清書がなって直後ということになる。あるいは紹永の清書終了を待ち構えての依頼であったのかもしれない。

（十二）

兼良の政弘への再稿本贈与に関連し、考察を加えておきたいことがある。

再稿本のうち、国会図書館蔵本には、兼良が文明八年七月下旬に書写を終えた旨の識語があったのは、前に引用した通りであるが（本稿（三））、それに続き次の識語もある。

這抄一条禅閤所作也（本云）、奥書等委細見右、以彼自筆之本借請政弘朝臣、於防州勝音寺令書写之、第一二、第三四、第五六、第七八、第廿九三十、以上五冊予書之、其余十帖仰量続朝臣令書之、再三校合之、可備証本而已／文明十二年九月中旬／従一位判

これについて伊井氏は、「続く三条公敦（従一位）の識語は、周防まで出かけて行って政弘本を借り出し、同国の勝音寺で転写したとの内容である」（同上解題、三八八頁）と述べられたがいかがであろう。

三条公敦は、三条西家の宗家にあたる家筋の人物。実隆は文明九年、公敦から「下野入道本」宇治十帖を借り禁裏に進上したり、「年中行事」の読み曲（くせ）を伝受したりしていたが、文明十一年四月、政弘を頼り山口に下向、帰洛することなくかの地で果てた（注九同書第一部）。

つまり公敦が「花鳥余情」を書写できたのは、政弘のもとに身を寄せていたからであり、「周防まで出かけて行って政弘本を借り出し」たのとは少々ニュアンスが異なるのである。公敦の山口下向は文明十一年四月、国会図書館蔵本の識語は文明十二年九月。公敦は山口に下向した翌年秋に「花鳥余情」の五冊分を書写し終えたのである。作業の開始は文明十二年春頃か。残りの十帖分を書写させたと公敦が識語で述べる量縝については、「尊卑分脈」「公卿補任」「公卿諸家系図」「寛政諸家系譜」等に名前を見ず未詳。ただ、公敦が書写した場所と伝える勝音寺に関しては、米原正義氏が著書『戦国武士と文芸の研究』（平六年四版・おうふう）で次のように述べられた。

勝音寺（大内持盛菩提寺であった）は御薗生「防長地名渕鑑」に「旧址山口市上宇野令字滝ノ嶽山南麓、今観音と字す。香山の側なり」とあって旧址が知られる。慶長十九年大通院となった（五八四頁）。

そして政弘の家集「拾塵和歌集」巻十雑歌下釈教に載る次の個所を引用された（当該引用は『私家集大成中世Ⅳ』所収本による）。

勝音寺にて、古寺鐘といふことを人々よみしに

さかの山むかしの夢をのこす也此古寺のあかつきのかね（一〇八七）

此鐘の銘夢窓国師手跡なれはかくよみ侍し也

勝音寺が由緒ある寺であったのがわかる。それと同時に、公敦の山口での居所は勝音寺ではなかったかと考えてもいる。

（十二）

「花鳥余情」初稿本・再稿本を考察して来た。最後に献上本について触れておきたい。

献上本とは、文明十年春、後土御門院の要請により兼良が書写献上に及んだことによる呼び名である。川瀬一馬氏が「一条兼良自筆の献上本花鳥余情」（『日本書誌学之研究』）において、存在を明らかにされた点は伊井氏が言及された通りである。献上本の一伝本で、川瀬氏により紹介された龍門文庫蔵本十五冊は、第一冊が兼良自筆、以下は寄合書きである。その第一冊末に、

依　勅命馳禿筆加書写訖／文明十年春／老衲覚恵

とあるという（前引解題、三九五頁）。

ところで、文明四年三月に兼良が書写、七月に尋尊が書き抜きを完了した二本の「河海抄」はその後どうなったのであろう。兼良が献上本を書写したと奥書を記すその同じ年、即ち文明十年四月十三日の「雑事記」に気になる記事

がある。

難波新左衛門尉上洛、河海抄一合進之、屏風一双半・籠丸二間同進之、御記共少々如御注文進上了、

これは難波新左衛門尉（未詳。但し「雑事記」には時々京都と奈良を往復している記事が登場）が上洛するにあたり、尋尊は「河海抄」をはじめ、屏風や籠丸（未詳）の他、注文に従って「御記」も少々託したというのである。

兼良が文明九年十二月中旬に、奈良を引き払い上洛したのは既に述べた。上洛したものの、居所は期待したようには定まらず、宗祇が大いに奔走するのである。[注一一] そうした状況が予測されたからであろう、兼良は大切な典籍類を尋尊に預けたまま上洛、その一部を今、新左衛門尉経由で取り寄せたらしい。その中に「河海抄」があったのである。ただしこの「河海抄」は前掲二本のうちのいずれとも断定できない。しかし常識的には、兼良が「証本」と呼ぶ自らが文明四年三月に書写に関与した一本とは思うが。

ではこの時期に兼良は何のために「河海抄」を取り寄せたのであろう。その目的は二つあったと考える。

一つが献上本にかかわるものである。献上本は兼良の識語に「文明十年春」とあり、少なくとも三月までには書写が終了していたはずである。奥書に校勘に関する記述はないが、「河海抄」はその作業に利用されたのではあるまいか。そしてそこには協力者として宗祇が浮ぶ。宗祇は兼良の上洛後も尽力を惜しんでおらず、尋尊は宗祇の書簡により兼良の安否を知った時も多かったからである。[注一二]

もう一つの目的は次に引用の「雑事記」文明十年四月廿五日の条に関係があると考える。

松殿少将為御使下向、（中略）京都事色々相語之、源氏御談義一日ハ公家衆、一日ハ武家衆、各日ニ二反在之、此外又近日於公方御台可有之、又畠山も可参申云々、希有事也云々、凡不得其意者也、

尋尊のもとへ兼良の使者として下向した松殿少将（中山宣親カ）が語るには、兼良が公家と武家の各々を対象に源氏講釈を開始、近日中には義政の御台、即ち富子相手にもそれを行ない、そこには畠山も参加する予定であるという。この記事に関して鈴木良一氏は『大乗院寺社雑事記―ある門閥僧侶の没落の記録―』（前掲）において、

兼良は帰京すると、源氏ばやりの風潮のなかで、その権威者として引っりだこになり、公家・武家を問わず、さらに日野富子にも講義し、希有のこととされた。そのうわさを聞いて尋尊も不可解とした。およそ摂家たる者が、相手かまわず講義することを異常としているのだが、同じく異常と感じても、尋尊は朝廷貴族と多少色あいが違い、非難の的を兼良よりも義政夫妻の方においているように思われる。義政夫妻が大閤たる兼良をよびつけて講義させること不届とし、少なくとも口惜しく感じているように思われるし、さらにいうと、古典文学の享受は門閥貴族僧侶の特権である、と何となくにしろ感じていたのではないかとさえ考えられる（一三一頁）。

との見解を述べられた。

実隆も生涯に幾度か源氏講釈をなすのであるが、古典籍の書写と同様、それは荘園収入を失った公家にあって、かなりな比重で家計を潤す手段であった。従って家督冬良の元服の費用すら個人的には調達できず妙椿を頼り、しかも尋尊の庇護を離れ、京都での生活を再開した兼良にとって、源氏講釈は効率のよい収入源であったはずなのである。

「古典文学の享受は門閥貴族僧侶の特権」であると考える尋尊にとって、名門一条家の格式を置き去りにしたかのような、兼良の義政夫妻への源氏講釈が不快であったというのが鈴木氏の解釈である。尋尊の門閥意識は相当に強く、そうした面はおおいにあったであろう。それと同時に、禅閤たる兼良が、生活のために自らの学才を商売道具にしていることへの不快さもあったものと考える。

それはともあれ、この公家・武家・富子への源氏講釈のためにも、兼良は「河海抄」を必要としたのではあるまいか。

ところで『史料綜覧』同年四月十日の条には、

一条兼良、源氏物語ヲ講ズ

とある。ということは兼良の源氏講釈は、松殿少将が尋尊に報告する二週間前に既に始まっていたのである。恐らく兼良は講釈を引きうけた時は、「花鳥余情」さえあれば事足りると考えていたのであろう。ところが実際に講釈を開始してみると、やはり「河海抄」で確認をとる必要が出て来た。折から献上本の校勘に必要となった「河海抄」を奈良に取りにやっていた。兼良の講釈の具体像は、右引用の「雑事記」以外に登場しないのだが、献上本の校勘に用いる一方で、自らの「花鳥余情」と合わせ「河海抄」を活用してのそれであったことは推測可能であろう。「河海抄」を取り寄せた初期の目的は献上本校勘であったのが、講釈にも活用する結果となったという方が正しいかもしれないが。

かくして奈良疎開中にまとめた「花鳥余情」は、兼良と尋尊各々が書写に関与した二本の「河海抄」のいずれかと共に、最晩年の兼良が、洛中で再開した生活の糧を得るための源氏講釈にも活躍した注釈書であった。それほどに兼良は、「河海抄」に拘り続けていたようである。

〈注〉
一、「雑事記」の当該詠末尾に「桃」とあり、桃華坊を称した兼良のものとわかる。
二、三条局は、はじめ権中納言局、後に三条局・南御方と呼ばれた町顕郷女。兼良晩年の寵愛者で、冬良の生母でもある（永島福太郎氏『一条兼良』〈昭三六・吉川弘文館〉）。延徳二年（一四九〇）四十八歳で逝去（「実隆公記」）。
三、『史料綜覧』によれば、文明四年一月から四月までの義政の和歌・連歌への関与は次の通りである。
　一月十七日　幕府和歌会
　二月十七日　義政、百韻連歌会ヲ行フ　同廿三日　五十韻連歌御会、義政等之ニ陪ス　同三十日　義政、連歌ヲ賦ス
　三月　二日　連歌御会、義政之ニ陪ス　同十一日　義政、百韻連歌会ヲ行フ
　四月十六日　和歌御会、義政之ニ陪ス　同十九日　百韻連歌御会、義政之ニ陪ス
兼良への添削依頼は右のどれにあたるのか、あるいは右以外であるのかは未詳だが、堂上同様、義政が和歌・連歌に熱心であったことだけはわかる。
四、「雑事記」文明十年四月廿五日の条に、
　源氏御談義一日ハ公家衆、一日ハ武家衆、各日ニ二反在之、此外又近日於公方御台可有之、
とあり確認できる。
五、該本が再稿本であることは、前掲『松永本　花鳥余情』の伊井氏解題に詳しい。
六、政弘への「花鳥口伝抄」「花鳥余情」贈与に関しては、既に米原正義氏『戦国武士と文芸の研究』（昭五一初版・桜楓社、平六第四版による）、伊井氏『松永本　花鳥余情』・『源氏物語注釈史の研究　室町前期』（昭五五・桜楓社）等に指摘されている。
七、「雑事記」文明十年七月廿八日の条に、

光源氏物語予近日披見之、此物語ハ紫式部作分也、西宮左大臣事思出之、自須磨巻書初之、今夜ハ十五夜なれハと云處より書初云々、此書ニ色々秘説口伝在之、紫明抄十巻・河海抄・奥入・花鳥余情抄ニ巨細被注了、

とあり、桐壺から夢浮橋までの年立と巻名の由来を、例えば次のように並びの巻を立てて挙げる。

一　桐壺　源氏誕生至十二歳、十三・四・五歳見へす、　此桐壺ハ取語テ為名
二　箒木　十六歳夏、　以歌為名、は、木々の心をしらて、
　　空蟬　同夏、　以歌為名、うつ蟬の羽にをく、
　　夕顔　同自夏至十月、　以歌并語為名、心あてにそれかとそ見る、
三　若紫　十七歳自三月至冬、　以歌為名、手に摘て、
　　末摘花　十七・春、十八、同、　以歌并詞、なつかしき色とも、／猶かの末摘花にほひやかにさしいてたりと詞也、

夢浮橋の終わった次には、「清少納言之作加巻々名」として、「桜人　巣守　八橋　さしくし　花見　嵯峨野上下」、「古物語名」として、「伊勢物語　竹取、、うつほ」以下十二箇の物語名を列挙。次に「源氏数本事」として、「行成卿自筆世尊寺先祖今世ニ不伝　源光行以八本之校合本子々、　二条帥伊房本世尊寺先祖　冷泉中納言朝隆本　堀川左大臣俊房本久我殿元祖之兄弟号黄表紙、　従一位麗子ヨシ当家一条殿相伝本、土御門源左大臣女、号京極比政所　法性寺関白本唐紙小草子、号尚侍殿本　五条三位俊成卿本　京極中納言定家本、号青表紙、」の八本を挙げる。続いて源氏物語の成立時期、広まった時期、「水原抄」の作者、紫式部の略歴、「河海抄」・「紫明抄」の作者、「源氏物語のおこり」の概略、「以上此等御代事ヲ下心ニハ書作也云々」として源氏物語の時代に相当の各帝を列挙。更には物語の内容に踏み込み、「衣の色を人のさまにより定たる事」として、「紅梅ハ紫の上、　桜ハ明石中宮、　山吹ハ夕顔の内侍、　白ハ明石上、　柳ハ末摘花、　青ハ空蟬尼、　あさ花田ハ花散里、」などとし、「人々のかたちを花にたとへたる事、若菜の下巻ニ見へたり」では、「女三宮二月はかりに、青柳のわつかにしたりたるさまして、鶯の羽風ニミたれぬへし、」をはじめ、「明石中宮　紫上　明石上　夕顔内侍頭」の各女性を形容する。そして最後に「居所事」として「二条院源氏母更衣の家也、　東院故院御領二条院の東也、」以下、「六条院　中宮の御方　花散里の御方　明石の御方　春宮のおはしますまち　三条　三条宮　楊名介か家」の八箇所が挙がる。年立や巻名の由来は「花鳥余情」に倣っているのは確かであろうが、他の注釈書類からの引用も多く混ざっている。しかし自ら注釈書をひも解きながら独習したにしては簡略過ぎるようで、誰かの講釈を聴聞し、その要点のみ筆記したのを「雑事記」に転写したかと見えるのであるが、当該記事の冒頭に「光源氏物語予近日披見之」とあるのを

そのまま信じるなら、尋尊自らで読んだということなのであろうか。さらなる検討が必要であろう。

八、この点に関しても伊井氏の言及がある。講釈開始の翌日にあたる十一月三日の「雑事記」には、

　昨日二日大閤・関白御両所御参内、被談光源氏物語、室町殿同御参内云々、連々可有御談義云々

とある。ここの大閤は前関白准三宮兼良六十歳。関白は兼良長男従一位教房三十九歳。時の関白である長男共々参内した兼良が源氏を語ったその場に、室町殿すなわち義政も同席したというのである。伊井氏はこの講釈に関し「当日は関白一条教房・足利将軍義政も聴聞するという栄誉に浴することになった」（同上『注釈史』一七一頁）とされた。しかし、兼良と関白は父子、義政は当時征夷大将軍左大臣従一位二十七歳であったことを勘案すると、兼良の、後花園院への進講を栄誉と感激した教房と義政が、同席を願い出たという方が適切なように思う。そのことは「雑事記」同月十日の条に、

　去七日大閤御参内、源氏御談義、其次御会在之、御発句御製、

　　聞こゑも玉の数ある霰哉

　　まさこも雪もなひく松風　大閤

　親王御両所・関白殿同御参内、家門面目不可過之云々、

とある記事からもうかがえる。「家門面目」というのは、兼良が帝前で講義をしたことを指していると思われるからである。因みに兼良の講釈を後花園院が「玉の数ある霰」と詠むのは、兼良の講釈が見事であったことへの帝の感動を伝え、また兼良句の「松風」は、講釈の巻がそれであったことを示唆するのかもしれない。講釈のなされた十一月初旬は、「松風」巻に相応しい季節でもあった。

九、斎藤妙椿が、東氏の居城を攻め、常縁がそれを嘆く歌を贈ったことで、領地奪回に成功した逸話等、宮川葉子『三条西実隆と古典学〔改訂新版〕』第二部第二章第三節「東常縁の宗祇への古今伝授―宣長の批判は正当か―」において述べた。妙椿の動静の詳細はそれらに譲る。

一〇、隆量の書写に関しては大半の識語に年号が記されているが、一部それらがなかったりする。しかしそれも「一連の作業過程で書写されたと考えてよい」（伊井氏『松永本　花鳥余情』解題、三八〇頁）と思われる。ところが巻五・六は明応七年五月、巻二十九・三十は明応五年九月の書写で、一連の作業からは大幅に遅れている。これをどう考えるかも伊井氏のご論に譲

るが（同上、三八〇―三八一頁）、隆量が「花鳥余情」書写に払った多大な努力は評価されよう。

一一、宮川葉子「とはずがたり覚書―その源氏物語受容を中心に―」（「文学・語学」134号、平四・七）で、「河海抄」行幸巻に、四条大納言隆親卿説柴高六七尺雌雄一双を付なり殿上儀式にたてらる又大臣家亭元服移徙如此用之産所へ遣には根引小松に付也是秘事也

とある記事を引用、以下のように論じた。

これと略同の記事はすでに「原中最秘鈔」の松風巻に引かれていて、四条大納言が秘説をとなえていたことが知られる。（中略）その内容は人に鳥を贈呈する折の作法に関するもので、彼は「柴」に鳥をつけて贈るのだと早くから主張していた。ところが「紫明抄」は「しはにつくる也これは秘事なり、とて、人を丶とすとかや、この義はなはた凡卑也」とそれを否定したのである。それを承けてか当該「河海抄」で秘事として扱われているのは後半部「産所」以下の作法に関してであって、どうも柴付説の方は秘事の座を降りてしまっているらしい。ただ目下のところは「原中最秘鈔」や「河海抄」に見られるような「四条大納言隆親卿説」が存在し、そのうちの「柴付説」は「紫明抄」によって否定されてしまいはしたが、かつては「秘事」の座を占めていた時期もあったということ、及び「産所」以下の説は相変らず秘事として伝えられていたらしいことに注意したいのである。言うまでもなく四条大納言は二条の外祖父隆親である。彼が「秘事」発案者として一説を構えていたところには「源氏物語」に通暁していた姿を想定してみてもよいと考えるのである（三七頁）

「河海抄」に、先祖隆親の学説が引かれていることは、隆量にとって誇らしいことであったであろう。しかもその「河海抄」を最も尊重した兼良が、新たに作成した注釈書が「花鳥余情」であったのであるから、隆量が何としても書写したいと念願した気持は想像に難くない。

一二、兼良上洛関係の記事を「雑事記」に見ておく。

文明九年

十二月十七日　禅閤御上洛、御板輿、御共随心院殿・松殿・各馬・夏弘・常弘・秀永、自一乗院殿木津ニ被仰付歟、般若寺辺ニ御迎参申云々、北面衆以下至般若寺参申、馬大部庄一疋服庄一疋、人夫倉庄一人・院入一人・十座二人、河内夫銭方、

廿二日　自禅閤御書被下之、自武家御申子細在之間、於京都可有御越年云々、珍重事也、畏入了、
廿七日　成就院ニ参申、明日御上洛也、
廿八日　今御所　三条殿　姫君両所　左衛門督殿　兵衛佐殿（以下上洛に関連した女房や人夫、輿、馬等の記事が続くのは省略）
自禅閤御書被下、小塩庄事被退伊勢八郎、悉以御安堵奉書昨日廿七日到来云々、廿三日於禁裏御連歌、
野も山も雪に平の都哉　桃
草木も風のしつかなる時　准后
鶯ハ斬（軒）のうてなに伝来

文明十年
正月十八日　禅閤ハ細川之内者イハラ木在所ニ御遷云々、
三月　八日　自宗祇方書状到来、弓場（伊達）之弟八郎上洛、六角進退事申入歟、禅閤御在所畠山方より廿五坪可進上云々、小塩庄事ハ不及遵行、珍事、〃〃
十日　禅閤御在所ハ室町殿焼跡之東ニ畠山陣屋在之、面七間奥ヱ三間半在之、既以御移住云々、今法師之説也、
十五日　宗祇方より書状到来、禅閤御在所定候条珍重也、但御在京今分ハ不可得也、又可有御下向も外聞実儀不可然事也、珍事旨申給之、自予方可調法之由申給之、宗祇之心を一分なり共公方ニ持申度之由申給之、近日風と越後国へ宗祇可下向云々、

兼良がまず様子を見がてら上洛（十二月十七日）。越年することにしたので（同廿二日）、家族も追って上洛した（同廿八日）。しかし京都での居所は、上洛を促した義政が約束していた程のものは確保されず、一条家の庄園のトラブルも解決せず、細川被官人の所などに身を寄せた挙句（正月十八日）、室町殿の焼け跡の、二十五坪（横七間、奥三間半）程の、広いとは言いがたい土地になんとか落ち着いた（三月八日・十日）というのがおおよその内容である。一旦上洛した以上は、奈良への再下向は外聞の悪いことであった（三月十五日）。それはともかく、こうした状況がある程度予測されたからなのであろう、兼良は上洛に際して、貴重な典籍類は尋尊に預けておいたらしいのは本文でも述べる。なお、「宗祇之心を一分なり共公方ニ持申度

之由申給之」には、宗祇が兼良に献身的に尽くし、それに感動している尋尊の姿がある。兼良と宗祇の古典学を考える場合、無視できない一行であろう。

源氏年立抄
――高松宮家旧蔵国立歴史民俗博物館蔵本――

はじめに

国立歴史民俗博物館には、高松宮家旧蔵の貴重典籍類が多数所蔵されている。そのうち『源氏物語』の注釈書類として、「原中最秘抄」「源氏年立抄」「源氏書写目録（源氏おほえ）」「源氏物語初音巻聞書」「弘安源氏論議」の五作品が臨川書店より影印本として出版された（平成十二年五月『貴重典籍叢書』文学篇　第十九巻〈物語4〉）。

そして当該第十九巻の解題は宮川が担当した。各作品の成立の経緯等はそれら解題を参照願いたいが、このうち一条兼良の初期の源氏研究成果というべき「源氏年立抄」をここに第一部翻刻、第二部解題として掲載し、研究の利便に供したいと思う。

なお、以下翻刻にあたっては、原典に朱で書き込まれている細字等は、なるべく右脇に「（朱）四月」等として収録したが、あまりに些末なものは煩雑さを避けるため省略した。また原典で字のポイントがおとしてあるものについては、翻刻にあたってもポイントをおとして識別しやすくした。句読点を私に付すことはひかえたが、多く旧字は通行の字体に改めた。

第一部 翻刻

漢家の詩文にハ 年譜 目録といふものありて 所作の前後 昇進の年月をかうかへ見るにその便をえたり しかるに源氏物語五十四帖において 諸家の注釈これおほしといへとも いまた一部のとしたちをミす これによりて冷泉院の御誕生つねの人にかはる事なしといへとも 旧説に三年胎内にましますといへり 又かほる大将の昇進 たけ河 紅梅よりのち宇治の巻のうつりに相違の事おほし 水原 河海の諸抄にも筆をさしをき侍り いま愚意のおよふところ いさゝか詩文の例になそらへて 五十四帖のとしたちをしるす そのうち きりつほよりまほろしの巻まてハ 光君の年齢をもて巻をさため 匂ふの巻より宇治十帖にいたりてハ 薫大将の昇進をもて段〻をわかてり たとへハなをつかをもて天津そらをうかゝひ はまくりをもてわたつ海をはかるかことし かならす伝聞の人にあひてそのあやまりをたゝさむ事 わかのそむ所なりといへり 享徳みつのとのとりのとし 六月にこれをしるす

源氏物語諸巻年立

○桐壺巻

六條院誕生歳
桐壺帝在位

六條院ハ桐壺御門の御子、母は更衣、大納言のむすめなり。更衣、御門の御おほえならひなく時めき給へれハ、楊貴妃のためしもひきいてつへき事になむありける。さきの世にも御契やふかゝりけむ、世になくきよらなる玉のおのこ御子さへむまれ給へり。すなハち六条院の御事をいへり。

二歳

三歳

○桐壺巻

・若宮御着袴事　源氏君是也

・夏母御息所病悩事　桐壺更衣是也

・同人聴輦車宣旨退出内裏則卒去事

・若宮依母服退出内裏御事

・御息所葬送愛宕(ヲタキ)同贈三位事

・秋遣靫負命婦訪更衣母事

・故更衣遺物御装束一領御髪上調度奉御門事

・御門御覧長恨哥絵事

・同恋慕故御息所給事

・日数以後若宮参内叓

四歳

○桐壺巻

・春一宮立坊叓　朱雀院是也　母弘徽殿女御　二条右大臣之女

五歳

六歳

○桐壺巻

・若宮喪外祖母北方支

七歳

○桐壺巻

・若宮御書始支

八歳

九歳

十歳

十一歳

○桐壺巻

・若宮於鴻臚館謁高麗人支

・若宮賜源氏姓支

・先帝女四宮入内支　藤壺女御是也　後号薄雲女院

・源氏君常祗候藤壺御方事

・以上事此巻に見侍れと、いつれの年の事とたしかにさためかたし。但四ケ年の間をハいてさるへし

十二歳

○桐壺巻

・源氏御元服支　於殿東廂有此支　・加冠左大臣　・理髪大蔵卿蔵人引入大臣禄賜馬鷹事

・其夜左大臣女為源氏君副臥㕝　葵上是也

をんな君はすこしすくし給へるといへるハ、其時葵の上十六歳になり給へる事をいへり。紅葉の賀巻に、

四年ハかりのこのかミにおはすれはと云々

・蔵人少将嫁右大臣四君㕝　蔵人少将後号致仕大臣是也　左大臣之子也

・造作二条院㕝　内御曹司ハなを淑景舎也

十三歳

十四歳

十五歳

以上　三ケ年㕝物語中無所見

十六歳　源氏為中将　蔵人少将為頭中将

○箒木巻

・光君称号㕝

・夏雨夜物語品定㕝　・頭中将見源氏君艶書等㕝　・左馬頭藤式部丞参籠御物忌㕝　・女房品定并往問答㕝　・馬頭物語女多人㕝　・頭中将物語女㕝夕顔上是也　・式部丞物語女㕝

・翌日源氏君退出葵上宿所㕝

・其夜為中神方違一宿紀伊守中川家㕝

・同時始見空蟬君㕝　空蟬君ハ権中納言右衛門督之女為伊予守之室

・小君初参源氏事　小君ハ空蟬君之弟也

・小君伝源氏書於空蟬君叓

・源氏又為方違宿中川家叓　空蟬君不見参叓

○竪横空蟬巻

・源氏自中川家帰給叓

箒木巻の給詞にかけてかきつゝけ侍り。すなハち中川にとまり給へる夜の叓也

・同六月比又伴小君宿中川家叓

・空蟬君与　西御方打碁叓　・西御方ハ伊与守之女也　・源氏君垣間見給事

・小君引導源氏君令通空蟬君寝所女脱置薄衣遁去叓

・源氏君人違逢西御方叓　西御方号軒葉荻（ママ）是也

・源氏取薄衣出給叓

・老人君見源氏誤小輔君叓

・源氏還二条院送哥於空蟬君有返歌叓

○竪夕顔巻

・夏比通六条御息所之次、為訪大弐乳母違例尋五条家給叓　六条御息所は前坊御息所也　・後ニ秋好中宮母と見えたり　・今年御息所廿四　・中宮ハ八歳になり給へし

・同時見付夕㒵宿叓　・使随身折花之次主人女出扇令置花叓　・其扇書哥則又源氏遣返哥事

・其夜宿六条御息所給叓

・惟光参之次問夕㒵案内給叓

・伊予守上洛叓

・源氏又宿六条給叓　・翌朝与女房中将君戯給叓　・侍童折花献之叓

・惟光夕皃宿垣間見叓

・源氏君密通夕皃宿叓　・惟光催御共叓

・八月十五夜留夕皃宿与女同車向河原院事　右近君同乗

・同十六日夜夕皃君為鬼所魘頓滅事　歳十九

・奉移夕皃君於東山辺叓　・右近君同乗叓

・源氏触穢籠居二条院叓

・同十八（朱）七歟日夜源氏向東山見夕皃君死骸給事　・帰京之時於河原堤落馬叓

・右近君参候二条院叓

・九月末右近君物語之次知夕皃君始給絶叓

夕皃上ハ三位中将之女生年十九　・若君三歳作　・西京乳母所之由見此時物語　・若君ハ玉鬘君是也

・空蟬君奉消息於源氏則遣返哥叓

・蔵人少将通西御方叓　蔵人少将ハ二条右大臣之子也　・源氏贈軒端荻哥叓

・夕皃上四十九日仏叓於比叡法華堂修之叓　文章博士作願文　四十九日ハ十月五日にあたれるなるへし

・十月一日伊予守伴空蟬君下国叓　・源氏餞送櫛扇事　・又返遣薄衣事

十月叙三位兼中将

十七歳

○若紫巻

・源氏瘧病支
・為加持三月廿日向北山聖坊事
・遊山之次隙望其僧都姉尼等隠居所支
・御共人〻物語諸国名所之次申出明石入道女有様事
・小柴垣ノ間見之次見十歳許女子給事　紫上是也　・尼君則紫上外祖母也
・僧都来告源氏君渡御事於姉尼公支
・僧都奉請源氏於我坊事
・僧都語尼上并姫君様事
・同時源氏対面尼君之次乞姫君給支
・明日北山聖奉加持并僧都参候事　聖人奉独鈷僧都奉贈物等事
・源氏遣消息於尼公許事
・頭中将左中弁以下参御迎支
・僧都持参琴源氏弾給支
・源氏君帰京向葵上宿所支
・又之日遣書北山尼上許事
・二三日後又遣惟光於北山相尋少納言乳母事
・藤壺宮煩病退出支　・源氏君憑王命婦密通支
・藤壺宮御懐妊支

あつき程ハいと、おきもあかり給はす。み月ハかりになれハといへり。これハ六月の㕝也。しからハ御懐妊ハ四月よりの㕝なるへし。

・源氏見夢遣人原(アハセ)之㕝　藤壺事也
・秋七月藤壺参内㕝
・九月比源氏過六条京極之次訪故按察大納言旧宅㕝　紫姫君外祖母尼之里也
・十月朱雀院行幸舞人以下沙汰㕝
・北山尼公卒去㕝　為九月廿日㕝云々
・源氏宿紫上京極家逢少納言乳母給㕝
・翌朝出帰給之路使随身歌妹之門㕝　此女不知誰人也
・遣惟光於京極家問姫君給事　（朱）此時源氏出大殿之㕝也　・源氏菅攬和琴哥常陸哥事
・源氏自出迎取紫姫君於二条院㕝　・少納言乳母同乗西対寄御車事
・姫君手習之次書源氏返歌㕝　（朱）紫上十歳

竪◯横 末摘花巻

おもへともなを夕皃の露にをくれしといふ発端の詞ハ夕かほの巻にうけてかけり。故為横并也

・大輔命婦語常陸宮姫君有様㕝　末摘花是也
・朧月夜比立聞常陸姫君琴音㕝　・頭中将立隠透垣之本見顕㕝
・同時源氏与頭中将同乗向大殿御所合物音㕝
・源氏与頭中将語常陸宮琴音給㕝

・源氏童病叓
若紫之始同時叓也　横之并これに見たり
・八月廿日始見参常陸姫君給事
・朱雀院行幸舞人楽人等定事
・源氏遣消（ママ息脱カ）於常陸宮叓
・於大殿御所人〻習舞楽等叓
・冬比宿常陸宮給叓　・女房著貂裘叓　・使随身払橘樹雪事
これよりのちハ若紫巻以後叓也。故又為竪并
・歳暮常陸姫宮送御装束於源氏許事　・源氏返哥事　・哥求子歌事

○紅葉賀巻
・神無月十余日朱雀院行幸　・先於内裏有試楽事　・源氏中将同頭中将舞青海波事　・藤壺女御与源氏贈答叓
・行幸其夜舞賞源氏叙正三位頭中将叙正下四位叓
・源氏於藤壺女御三条宮対面兵部卿宮叓紫父
・十二月卅日紫姫君除服叓　九月廿日外祖母尼君卒去十二月廿日三ケ月服満故也
十月為宰相中将
竪十八歳

○末摘花
・正月七日宿常陸宮叓
・翌日還二条院与紫君戯叓　・平仲物語叓

○紅葉賀巻

・正月一日参朝拝給㕝

・紫君ひゝな遊事

・正月二日参賀処〻給事　内東宮・一院三条宮等也　此一院為古来不審

・二月十余日藤壺女御御産男子㕝　冷泉院是也

去年四月藤壺里居之比、与源氏有密通事。則懐妊の事あり。それよりことしの二月まてハ十ヶ月満也。然を原中秘抄に、横竪の年紀を知すして、冷泉院ハ三年胎内におはしますと迫りて、羅睺羅尊者六年耶輸陀羅の腹に有し事を例にいたせり。大あやまれる事也

・源氏送消息於王命婦許事

・四月若宮初参内㕝　・若宮似源氏給㕝

・源氏折撫子花送王命婦許㕝

・紫君習箏給㕝

・夏比源氏与源典侍戯事

・源内侍於温明殿弾琵琶㕝　・源氏歌東屋立寄給㕝　・頭中将見顕引解直衣帯事　・此時源内侍五十七八之人也。二十欤のわかう人とハ頭中将をいふへし。但源氏君今年廿一と云説ある欤。こゝにてハ一往かなふ様なれ共、不可然事共あり。後にしるすへし。

・十(朱)七カ月藤壺女御立后事

・源氏任宰相兼中将㕝

・中宮入内源氏供奉支

十九歳

○花宴巻

・二月廿余日南殿桜宴事　・源氏宰相中将舞春鶯囀　・頭中将舞柳花苑支
・其夜於弘徽殿細殿通右大臣六君事　朧月夜内侍是也　・取替扇支
・翌日後宴事
・源氏対面大臣殿之次語先日花宴支共事
・三月廿余日二条右大臣弓結則（朱）ユミノケチ　有藤花宴支
・其日源氏著布袴向二条第支
・始知扇之主支　・右大臣六君是也（朱）朧月夜内侍上

或説以葵巻初年為花宴同年之支。是によりて紫上十二歳の時与源氏有密支といへり。就此説有数ケ難破。一云、二条右大臣藤宴ハ三月下旬也。齊院御禊ハ四月支也。其間朱雀院受禅、冷泉院立坊、源氏任大将、齊院宮卜定等支有て、いくはくの日数もなきに、此等支いつの程に可被行哉。・二云、花宴時ハ源氏宰相中将歳十九歳也。もし同年の説につかハ、源氏十九のとし任大将給へり。然は若菜巻に、六条院の昇進の事をいふに、廿に一あまりて宰相にて大将兼給とあるに相違すへし。又桐壺巻与箒木巻之間の三ケ年を除て今年までをかそふれハ、廿二歳なるへし。それ若菜巻の詞に相違せり。・三云、女子ハ十四にて天癸至始有男事と医書に見たり。天癸とハ月をいふ。紫上十二にてその振舞あるへきとおほつかなし。・四云、花宴巻に冷泉院二歳にならせ給。身尽巻に春宮にて十一の時御元服ありと見たり。しからハ二年不足すへし。・五云、齊院御禊ハ諸司に入給はんとて御禊あり。紫野に入給はんとても御禊あり。これを二度禊といへり。葵巻御禊ハ第二度禊也。しからハ初度禊はいつはかりの事にてか侍へき。四月に両度ありといはゝ、無其例叓也。・問云、二度禊とハ何証拠をもてかいふや。答云。齊院初度禊にハ、勅使参議一人のミ供奉す。野宮に入給はんとての禊にハ、大納言中納言参議以下各供奉す。故に葵巻の詞に、御けいの日もつかうまつり給かんたちめなと、かすさたまりたる事なれと、おほえことにかたちあるかきりをえらせ給へれハとかけり。公卿数輩供奉のよし分明也。次に此物語の叓、みな先例を模してかきたる物なるに、源氏君大将にて御禊に供奉し給といへるは、貞観三年四月十二日賀茂齊院親王御禊に、源定朝臣大納言右大将にて供奉侍る例をかけり。その時の禊も入紫野給時の御禊なり。・六云、齊宮、齊院ミな一代に一度立かへらるゝ事あり。しからハ秋好中宮の齊宮になり給ふ叓も、朱雀院受禅以後の事なるへきに、あふひの巻に齊宮ハこそ中へまいり給へりしを、さま〳〵さハる事ありて、この秋入給てとかけり。花宴まてハきりつほの御門の御在位なり。それに同年といハゝ、去年齊宮入諸司といふ叓相違すへし。

朱雀院在位

廿　歳

物語中無所見但桐壺御門位を朱雀院にゆつり給叓、去年今年之間の叓なるへし。紅葉賀巻の末に、御門をりゐさせ給なんの御心つかい、ちかくならせ給へはとあれハ、桐壺御門脱屣ハなを去年の叓たるへき歟。

廿一歳

○葵巻　源氏大将叓始見此巻　致仕大臣為三位中将

・源氏大将為東宮御後見叓　東宮冷泉院也

・前坊姫宮為齊宮叓　秋好中宮是也。齊宮卜定叓物語の中たしかならすといへとも、去年と定叓あるへし。三年齊畢伊勢へハくたり給ゆへ也。

・葵上懐妊叓

・弘徽殿后腹女(朱)桐壺皇女三宮立齊院給叓

・四月齊院二度御禊叓　・大将君為勅使参議供奉事　・葵上見物与六条御息所争車叓　・殿上将監勤大将仮随身叓

・賀茂祭日紫君鬢曽木叓

・与紫上同車見物祭叓

・源典侍折扇妻書哥送源氏車事

・葵上煩物気叓　六条御息所生霊也

・六条御息所同煩心地源氏君出訪給事

・齊宮可有両度御祓叓

・葵上生男子事　夕霧大将是也

・八月廿余日葵上俄卒去事　歳廿五　・葬送鳥辺野叓

・源氏君着妻室服叓

・九月齊宮入左衛門府叓

・六条御息所送付菊枝文事　源氏君有御返叓

・同月齊宮入野宮叓

・十月三位中将着姉(ママ妹カ)服参源氏方事

・源氏折撫子花以君乳母宰相君物語給㕝
・源氏与葵上女房中納言君物語給㕝
・葵上中陰畢源氏始出仕事
・大殿於源氏御曹司見手習哥等給㕝
・源氏参院并中宮給㕝　着無文袍巻纓㕝
・還二条院改服給事
妻服三ヶ月也。葵上八月卒故十月除服歟。但九十日未満除服あるへからすといへとも、西対へわたりたまふによりてしはらく着吉服給歟。
・源氏君与紫君始有密通㕝　女房年十四
・三日夜餅事　号子之子㕝

廿二歳　大将

○葵巻
・正月一日参所〻給㕝　参大殿献消息於宮御方㕝
二条右大臣越左大臣任太政大臣

○榊巻
・六条御息所相伴齊宮可有下向事
・九月七八日比源氏参野宮給事　対面御息所㕝
・十六日齊宮群行㕝　齊宮十四歳御息所卅云〻
・源氏奉榊枝文於御息所㕝

・十月院御薬𠀋　行幸并行啓𠀋
・十一月院崩御𠀋
・十二月廿日御中陰畢中宮移三条宮給事　大将君参給𠀋
　大将
廿三歳
〇榊巻　天下諒闇
・大将君籠居𠀋　宿物袋𠀋
・二月御匣殿任尚侍𠀋　朧月夜あふひの巻に為御匣殿以梅壺為御曹司𠀋
・桃園姫宮為賀茂齊院𠀋　・大将君未思離給𠀋　槿齊院是也
・大将君又於細殿之局見参尚侍𠀋　・近衛夜行𠀋
・頭少将出自藤壺之次奉逢大将𠀋
・密通三条宮一日籠居塗籠中𠀋　・無実儀𠀋
・秋詣雲林院𠀋　・習読天台法文𠀋　・遣書於二条院𠀋　・奉書於槿齊院事
・奉雲林院紅葉於三条宮事
・九月廿日夜源氏於内御方御物語𠀋
・退出之次頭弁奉見源氏誦白虹貫日之句𠀋
・参東宮御方啓中宮給𠀋
・朧月夜内侍上送書於源氏𠀋　有返哥
・十一月一日故院御国忌奉書於中宮事

・十二月十余日中宮御八講叓
・結願日中宮御落飾事　御戒師山座主　・命婦君同出家叓
大将
廿四歳
○榊巻
・正月参入道宮給叓
・左大臣致仕表叓
・夏雨日三位中将等参会有掩韵興叓
・十［(朱)二欤］日許之後中将負態事　・中将二郎君歌高砂叓　時八九歳紅梅右大臣是也
・尚侍君里居之次度〻密通叓
・雷雨之日父大殿来尚侍君御方見付源氏　・君帯通且紙叓
・二条太政大臣以尚侍叓ハ訴申大后叓
○花散里
・夏参麗景殿女御許之次過中川女家前叓
中川女不見系図人也　麗景殿故院［(朱)桐］女御花散里之姉也
・於麗景殿女御御許逢三君給叓　三君花散里也
廿五歳　除名
○須磨巻
・源氏君有左遷定叓　可為三月廿余日云〻

・前二三日渡大臣殿給㕝　・対面中納言之君事　・若君御乳母宰相君伝宮御消息事

・還二条院留西対給㕝

・次日渡花散里給㕝　・先対面麗景殿㕝

・還二条院留守㕝共聞渡西対㕝

・遣書於尚侍許㕝

・参北山御墓㕝　先参入道宮給事　・左近蔵人将監取御馬口事

・遣書於王命婦啓東宮(朱)冷泉院御方給㕝

・二条姫君(朱)紫上惜別㕝

・申時下着須磨浦㕝　・過大江殿㕝　・行平中納言隠居地事

・長雨之比立使者遣書於京所之㕝　二条院入道宮内侍上大臣殿等〻

・奉書於齊宮又自齊宮有御使㕝

・見花散里以下御文給㕝

・七月内侍上帰参内裏㕝

・須磨山里秋景気催哀事

・手習作絵㕝

・出近海之廊㕝　御共人〻詠哥㕝

・十五夜見月思故郷㕝

・筑紫五節君過此浦之次奉消息㕝

・京人〻奉悲大将君㕝

・山里冬気色事　・源氏君弾琴㕝

・良清遣消息於明石入道不返答㕝

・明石入道夫婦相語㕝

廿六歳　三位中将為宰相

○須磨巻

・三月花比思都㕝

・三位（(朱)到仕）中将任宰相来訪須磨配所㕝　・山里調度事　・海人献海津物㕝　・宰相作文盃酌事　・黒駒為引出物㕝

・三月一日上巳祓㕝　・雨風雷鳴㕝

・源氏君夢想㕝

○明石巻

・雨風於不休㕝

・自二条院御使来事

・立種〻大願給㕝

・雷落廊火焼㕝

・又夢見故院給㕝　・任住吉神導可避此浦之由㕝

・三月十三日明石入道艤御舟奉迎源氏君㕝　・去一日夜夢想㕝

・源氏君乗舩渡明石浦㕝　濱館有様㕝

・書御文令帰京使㕝
・明石入道参源氏申昔物語㕝　六十許入道云〻
・四月更衣装束㕝
・召琴弾廣陵散㕝
・明石入道参御前弾琵琶㕝　・入道語吾娘能弾箏之由㕝　・入道又弾箏㕝
・入道語心中所願奉祈住吉神及十八年之由㕝
・又之日遣消息於岡辺宿㕝　・入道書返哥㕝
・次日又遣書㕝　明石上書返㕝
・御門御夢奉見故院給㕝　三月十三日㕝也
・二条太政大臣薨逝㕝
・八月十二三日比乗御馬給出岡辺家㕝　・対面明石上事
・遣書於二条院㕝
・源氏君書絵給二条院君同書絵給㕝
廿七歳　七月任権大納言復本位
○明石巻
・正月主上（朱）朱御薬㕝
・七月廿日源氏帰京宣旨㕝
・明石上懐妊㕝　六月よりの㕝也

・帰京前二三日向明石上許合物音惜別亊
於難波修祓亊
・帰京着二条院給亊
・復本位任権大納言亊　・去大将事
・八月十五夜初参内亊
・使帰之次遣消息於明石亊
・筑紫五節君奉文於源氏亊
○澪標巻
・十月奉為故院行御八講亊
・御門与尚侍与御物語亊
廿八歳　二月任内大臣
○澪標巻
・二月春宮（朱）冷御元服亊　御年十一云々
・同廿余日春宮受禅亊　冷泉院是也
（朱）鬚黒妹承香殿御腹御子立坊亊
・同時源氏大納言任内大臣亊
・致仕左大臣為摂政任太政大臣亊　歳六十三（二イ）云々
・（朱）後ニ致仕権中納言四君腹女君可入内亊（朱）雲井雁姉号弘徽殿女御　歳十二云々

・二条院東院造作叓　花ちる里なとすませんとおほす也

・三月十六日明石上産叓　女子

・宿曜師勘申源氏御子可有三人之由叓

　中のおとりハ太政大臣にてくらゐをきハめ給へしといへるは、夕霧大将事也。竹川の巻に左大臣に任する由ハ見たれとも、そのゝちの昇進ハ五十四帖のうち所見なし。こゝの所には始終の事をいへるなるへし。

・宮内卿宰相之女為明石姫君御乳付下向叓　少将君是也

・源氏物語明石上叓紫君怨給叓

・五月五日明石姫君五十日叓

・五月雨比渡花散里方給叓

・源氏君如元以淑景舎為御曹司事

・(朱)薄雲 入道宮准太上天皇事　・御封院司等叓

・八月権中納言女入内叓　弘徽殿女御是也

・源氏住吉詣叓　・此時明石上同詣住吉遙奉見源氏叓　・左近将監任遷尉叓　・賜童随身十人事　・若君騎馬供奉叓

　・難波御祓叓　・惟光以源氏之紙哥遣明石上之叓

・(朱)秋好中宮也 齊宮帰京六條御息所因病為尼叓

・源氏詣六条御息所給叓　・遺言前齊宮叓

・七八日以後御息所卒去叓　卅六なるへし

・奉御文於前齊宮叓

・院（朱）朱御方念六条前齊宮給事

・源氏参入道宮申前齊宮御入内支給支

○横

○蓬生巻

・源氏君遷須磨給後常陸宮姫君孤處御栖居事

　・宮中荒廃支　以上源氏君廿五六歳間支

・源氏帰京支

・十月故院御八講支　権大納言殿と見たり

・姫君御乳母侍従伴姑大弐北方下向筑紫事　以上源氏廿七歳時支

・四月渡花散里給之次見付蓬生宮以後惟光御消息事

・同時源氏分入蓬生露給事

・送衣裳等於蓬生宮又令払庭草等支

・可奉渡二条院東院之由示給支　以上当年支也故横并といふなり

此巻詞云、ふたとせハかりこのふる宮になかめ給ひて、ひむかしのゐんといふ所になん、のちにはわたしたてまつり給ひける云々。此詞にて伊（朱）親欤行本には関屋の次に、よもきふの并ををけり。たゝし此巻の所詮ハ四月に、源氏の君のよもきふの露をはらひ給事也。関屋の巻ハ九月の石山まうての御ことをいへり。四月と九月とのちかひによりて、よもきふせきやと并を次たり。二とせハかりの詞ハものかたり作者の、筆のつゐてにかきたるはかりなり。故伊（朱）親欤行説をハ当流に不用之也。

○関屋巻

・伊予守任常陸下向以来事　榊巻時分源氏廿二歳事也
・源氏帰京次年秋常陸守上洛事　九月卅日也
・同日源氏石山詣事　常陸守於路奉逢事
・自石山出給時左衛門佐参御迎事　左衛門佐ハ昔小君也
・常陸守卒去事
・空蟬君為尼事

冷泉院在位

廿九歳

前齊宮御入内の事絵合の巻にはいつころとたしかにミえされとも、六条御息所周忌のうちハ入内なとのことあるへからす。そのうへ絵あはせ給事三月十余日とミえ侍れハ、かた〳〵ことしの事にてハあるへからす。よて源氏廿九歳をハ無事としにとり侍るへし。

卅歳　内大臣

○絵合巻

・前齊宮御入内事　梅壺女御也後号秋好中宮
・朱雀院送刺櫛筥薫衣香等給事
・主上好絵給事
・源氏君奉絵於御門事
・三月十余日梅壺女御与弘徽殿女御絵合事

左・平内侍のすけ　・侍従内侍　・少将命婦
右・大江内侍のすけ　・中将命婦　・兵衛命婦
・朱雀院奉絵於梅壺給事
・又於御前有絵合事　以後涼殿西庇為其所模天徳哥合例也　・源氏御絵須磨巻出来仍左方勝畢是ハ廿日アマリノ事歟
・源氏与帥宮御物語事
・物合之次有御遊事　（朱）廿日あまりの月さし出てとあり
・山里立御堂事　嵯峨御堂也

○松風巻

・東院造畢花散里移給事　花散里にしのたいにすみ給ふ
・明石上可有上洛之由事
・明石上修理大井山庄事　雄蔵殿是也
・明石上并母上奉具姫君上洛住大井家事
・秋源氏君出嵯峨給其次対面明石上事
・渡御寺給之定例時講等事　御堂模棲霞寺也
・桂殿逍遥事　・小鷹狩事
・両三日逗留大井家給事
・自内裏有御書使事
・帰二条院給若君事語於紫上給事　明石姫君三歳云々

○薄雲巻

・大井里冬住居事

・明石姫君可奉渡二条院有様事

・十二月姫君奉迎二条院事

・同著袴事

卅一歳

○薄雲巻

・正月出大井里給事　源氏引箏明石上弾琵琶事

・摂政太政大臣薨事

・天変頻示事

・三月入道御悩事　・行幸三条宮事

・入道宮崩御事　三十七云〻

・法務僧都候夜居之次与主上御物語事　・主上為源氏御子事

・桃園中務宮薨給事　元為式部卿(朱)槿父

・源氏可任太政大臣之由有御気色源氏固辞給事

・秋加階并聴牛車参内事

・権中納言任大納言兼大将事

・王命婦任御匣殿事　・源氏問給事

・齊宮女御出二条院給事　・住寝殿給与源氏有父子儀事
・源氏参齊宮女御御方御物語事　・女御好秋給事
・又渡紫上西対御物語事　・女君報告給事
・渡大井里給事

○槿巻

・九月齊院御服移桃園宮給事　・女御宮同宿給事
・源氏参桃園宮給事　先参女五宮次参齊院御方対面宣旨局事
・翌朝奉槿花於桃園齊院事
・源氏在東対迎齊院宣旨語給事
・紫君依前齊院御事怨源氏給事
・十一月又参桃園宮給事　・源内侍候桃園宮為尼対面源氏事　七十一許歟　・参齊院御方有人傳御返許事
・十二月在二条院与紫君語給事
・雪團叓　・昔於中宮御前作雪山事
・与紫君物語人〻上共給事
・故薄雲女院見源氏夢怨給事

卅二歳　諒闇　任太政大臣

○乙女巻

・四月一日更衣改凶服事

・槿齊院除服事源氏訪給事
・大殿若君御元服事　夕霧大将是也　・六位還殿上事
・冠者君付字事　於東院有此事
・入学事
・寮試事　・文人擬生事
梅壺女御立后事（朱）秋好中宮是也　・源氏立后連続事
・源氏任太政大臣事　・大将任内大臣事
・冠者君与内大臣四君腹姫君比〻奈遊等事（不審）　雲居雁是也【頭注：追勘云母按察大納言北方云〻四君母如何】
・内大臣殿依姫君事怨大宮給事
・姫君奉渡内大臣殿給事　姫君歳十四云〻
・五節事　・良清惟光女為五節事
・冠者君聴直衣参内事
・源氏遣文於前筑紫五節事
・冠者君遣文於惟光女五節事
・花散里君為冠者君之御後見事
卅三歳　太政大臣
○乙女巻
・正月太政大臣覧青馬㕝　忠仁公例云〻

二月朱雀院行幸事　三月女院御忌月故也
・於御前文章生試事
・於栢殿太后御対面事
・大学君補進士事
・同秋除目任侍従事
・六条院造作事　六条京極中宮御故宮辺四町云〻

卅四歳

○乙女巻
・春式部卿宮五十御賀事（朱）紫父　私云此御賀ハ去年冬カラ沙汰アリテアラマシ迄ニテサタナシ
・八月六条院造畢御方〻移徙事　花散里艮町　紫上巽町　中宮坤町（ヒツシサル）
・九月秋好中宮被奉紅葉於紫上事　紫上御返事付五葉松事
・十月明石上渡六条院事　乾町（イヌイ）

卅五歳

○玉鬘巻　紫上廿七八之由見此巻実廿八也
・夕皃上離別以来事
・玉鬘君四歳時伴少弐下向筑紫叓　源氏十七歳時叓
・同君十歳時少弐卒去事　源氏廿三歳時也　以上ハもとの事也
・三月大夫監来少弐館叓　今年玉鬘廿二歳也

・四月玉鬘君逃筑紫上洛事　故少弐北方兵衛君豊後介等相伴也　九条取宿也
・秋玉鬘君詣八幡并長谷寺事
・於長谷寺逢右近君事
・右近君帰参六条院語申玉鬘君叓
・源氏君遣文於玉鬘君方叓　有返哥
・同君先渡右近五条家事
・十一月同君渡六条院艮町事　以東御方為後見叓
・其夜源氏対面玉鬘君事
・年暮賦装束於人〻方給叓　・紫上　・花散里　・玉鬘君　・末摘花　・明石上　・空蟬君
・末摘君唐衣哥事　・和歌髄脳叓

○竪卅六歳　太政大臣
○初子巻

・春初六条院春御前事
・歯固祝事
・一日子日引小松叓
・明石御方奉檜破子鬚籠於姫君給叓
・渡花散里御方給事
・渡西対姫君御方給叓

・渡明石御方宿給事
・正月二日六条院臨時客事
・渡東院御方〻給事
・十四日男踏哥事　・参六条院支
・可有私後宴事

○竪
胡蝶巻

・三月廿余日春御前舩楽支　中宮御方女房乗舩也
・其夜於春御前有御遊事　・兵部卿歌青柳給事
・西対姫君人〻通情支　・兵部卿宮挿頭藤花給事
・中宮季御読経支
・春御方供花支　・蝶鳥舞童支
・紫上被奉消息於中宮事
・四月人〻通艶書於西対姫君支　兵部卿宮　右大将鬚黒大将也　中将君柏木是也
・源氏君与玉鬘君物語事
・源氏以玉鬘御支語紫上給事
・源氏与玉鬘君戯給事

○竪
蛍巻

・玉鬘君思煩給事

・兵部卿宮参西対給事
・源氏君聚蛍於直衣袖給事
・五月五日出馬場殿給事　・騎射并競馬𠮟
・源氏君宿花散里方御物語事
・永雨中御方〻玩絵物語等事
・源氏与玉鬘御物語事　・天台法文𠮟
・紫上為明石姫君又玩物語絵𠮟
・夕霧中将常参明石姫君御方絵𠮟
・右中将依念玉鬘君与夕霧中将御中好𠮟
・内大臣殿不忘後撫子給又見夢令原（アハセ）𠮟

○竪
常夏巻

・六月六条院東釣殿逍遥𠮟　・内大臣公達参会𠮟　・源氏尋近江君事
・源氏渡西対公達皆為御共𠮟
・西対御前瞿麦花盛𠮟
・源氏君弾和琴歌貫河給𠮟
・内大臣毀（ソシリ）源氏給𠮟　西対姫君𠮟也
・内大臣殿渡雲井雁姫君方給𠮟
・其時窺見近江君与五節君打双六事

・内大臣殿与近江君語給事
・近江君奉文於女御殿事　有返哥
○竪
篝火巻
・源氏毀(ソシリ)内大臣給事　近江君叓也
・秋初源氏渡西対給事　・篝火叓　・枕琴副臥給叓
・源中将頭中将弁少将参西対合物音遊叓
○竪
野分巻
・中宮御前植秋花事
・八月野分事
・紫御前修理前栽事
・夕霧中将大風中参六条院事
・同中将自妻戸之融奉見紫上事
・中将又参三条大宮給事
・未明中将参花散里次参紫上御方事
・源氏君以中将君為御使被訪申中宮事
・中宮御方童共虫籠飼露叓
・中将参源氏御方申中宮御返事給事
・源氏君参中宮給事　・中将候御供事

・次渡明石御方給
・次渡玉鬘御方給事　源氏与姫君戯給中将奉見怪思㕝
・次渡花散里方給事
・次渡明石姫君御方給事
・中将申出硯紙書文給事　・付苅萱枝事
・中将奉見明石姫君事
・中将又参三条大宮給事
・内大臣参三条宮給事　被申御子達事事

○竪御幸巻
・西対姫君事
・十二月大原野行幸事　・西対姫君見物事　・以二蔵人左衛門尉一為御使雉一枝　・自内被献太政大臣事
・次日源氏君渡西対御物語事　昨日行幸見物事也

卌七歳　太政大臣

○御幸巻
・三条大宮自去年冬病悩事
・二月一日源氏君渡三条大宮給事　・玉鬘君事申大宮給事
・大宮以御文被招請内大臣殿事
・内大臣参三条宮給事　・着布袴事　・源氏君対面事　・語玉鬘君事給事

・十六日玉鬘君御裳着事　・自三条宮被献櫛筥事　・中宮被献裳唐衣御髪上具事　・常陸宮被遣装束事　・内大臣結腰給事
・近江君参女御殿被申内侍上所望之由事
・内大臣参女御給之次被食出近江君事

○藤袴巻

・内侍上御宮仕間事
・玉鬘君着祖母服又夕霧宰相中将着外祖母服事
夕霧中将宰相のよしはしめてこゝにミゆ。又三条大宮うせ給へる事いつころとたしかにみえ侍らす。たゝし下の詞に御ふくもこの月にはぬかせ給へきを、日つゐてよろしからさりける、十三日ハかはらへいてさせ給へきと云〻。これハ玉鬘君の八月にうハの服をぬき給ふ事をいへり。祖母は五ヶ月の服なれハ八月まてをかそふるに四月に三条の宮はかくれ給ならし。
・宰相中将為源氏御使参玉鬘申御門御趣給事
・八月十三日玉鬘君除服事
・宰相中将持蘭花奉玉鬘給事
・宰相中将参殿御前申玉鬘御返支給事　其次御物語事共あり
・十月可有入内之由事
・柏木頭中将為内大臣御使参西対給事
・九月西対姫君念人達競申事　・姫君申兵部卿宮返事許給事

○槇柱巻

・十月比右大将依弁君媒介見参西対姫君事
・三日夜御消息為源氏君御沙汰亨
・十一月内侍所女房参内侍上御方事
・大将留守時源氏君渡内侍上御許物語給亨
・内侍上可有入内間亨
・大将本室煩物気事　式部卿宮御女槇柱姫君母儀也
・父宮欲奉移大将本室於我宮亨
・大将与北方物語給亨
・大将欲出尚侍許給之時北方懸火取灰亨
・翌朝大将送文於尚侍許陳先夜不参子細亨
・木工君与大将君贈答亨
・大将出尚侍上許事
・大将還故里見女君達給事
・式部卿宮奉渡大将北方亨　姫君書哥挿槇柱事
・式部卿宮北方怨源氏給亨
・大将参式部卿宮恨申給亨
・大将伴男君十歳八歳還故里給亨

卅八歳
○槙柱巻
・正月尚侍参内事　承香殿東面為曹司
・男踏歌事
・大将候職曹司之時兵部卿宮読哥謀自大将之由奉尚侍曹司事
・其夜主上渡御尚侍曹司事
・尚侍退出大将許事　・主上御消息尚侍申返事給事
・二月六条院送消息於尚侍事　有返哥
・源氏弾東琴歌風俗事
・三月渡西対見山吹花給事
・鴨子送尚侍許事　・大将書返哥事
・十一月尚侍生男子給事
・柏木頭中将常参尚侍許事
・近江君振舞事
　詞云秋のゆふへたゝならぬにと云々。これハ秋の事を思ひ出して巻の末にかける也
卅九歳　太政大臣
○梅枝巻
・春宮御元服可為二月明石御裳着同前事

・正月卅日源氏君合薫物給事
・二月十日兵部卿宮参六条院給事　瑠璃器二付梅枝
・槿齊院送薫物於源氏給事
・御方〻合薫物各(ヲノ〳〵)被奉源氏兵部卿宮判給事　齊院黒方　源氏侍従　紫上梅花　花散里荷葉　明石上薫衣香方
・終夜合物音遊給事　・明方兵部卿宮帰給事
・明石姫君御裳着事　・於六条院中宮御方有此事
・廿余日春宮御元服事
・明石姫君入内延引四月事
・御調度・色〻御草子等事　・御方〻書本事　・源氏君書草子給事
・兵部卿宮参六条院給事　・宮御草子持参給事
・人〻に認物語事
・兵部卿宮召寄嵯峨帝古万葉集延喜古今集等給事
・内大臣殿思煩雲井雁姫君給事
・源氏君教訓御子宰相中将給事
・内大臣殿与雲井雁語給時分自夕霧宰相中将有御書事　女房有返哥

○藤裏葉巻　秋太上天皇尊号

・夕霧宰相中将恋雲井雁給事
・三月廿日大宮御忌日内大臣殿参極楽寺夕霧同参給事

・内大臣殿引宰相中将袖誘引給事
・四月一日比藤花盛内大臣以頭中将為御使招宰相中将給事　其四月七日也
・源氏君下賜御直衣於宰相中将事
・宰相中将向内大臣第事　・内大臣物語給事　・頭中将折藤花加客人盃事　・弁少将哥葦垣事　・頭中将引導宰相中将
令見参雲井雁事
・宰相中将遣後朝文於女方事
・源氏又教宰相中将給事
・(朱)四月八日灌仏事
・紫上詣賀茂御形給事
・同賀茂祭見物給事　・語昔御息所車争事
・藤内侍祭出立所夕霧宰相中将見訪給事　藤内侍ハ惟光女也
廿余日明石姫君入内事　其夜紫君同車給　御本以墨滅也
三日過後紫上退出明石上参内事
明年源氏君可有四十御賀事
秋六条院准太上天皇事　・内大臣任太政大臣事　・夕霧任中納言事
・夕霧中納言賜菊於大夫乳母支　雲井雁乳母六位宿世といひし人也
・夕霧移住三条殿支　故大宮御所也
・太政大臣渡三条殿給支

・十月廿日余六条院行幸㕝　朱雀院御幸㕝　・於馬場殿有競馬㕝　・奏池魚并雉等㕝　・殿上童舞㕝　・御遊召宇陀法師事

○若菜上

・朱雀院御悩㕝

・梅壺［（朱）藤欤］女御御腹女三宮御㕝　・御歳十三四云〻　・可有御裳着事

・春宮行啓朱雀院事

・年暮中納言君参朱雀院御物語㕝

夕霧今年十九なり。廿にならんとてのしはすの事なるによりて、廿にもまたわつかになる程なれはとあり

・朱雀院召出女三宮御乳母達物語給事

・御乳母語弟左中弁［六条院家司］女三宮可被付嘱申六条院事

・太政大臣就内侍上為御子衛門督被望申女三宮㕝

・女三宮可被付嘱申六条院之条可然之由春［（朱）今欤］宮思食事

・女三宮御裳着事　・於朱雀院栢殿有此事　・太政大臣為御腰結事

・秋好中宮献装束櫛筥於朱雀院行幸　私云御哥アリ

・吉事三ケ日後朱雀院御出家事　山座主為御戒師

・六条院渡朱雀院給女三宮御後見事領状給事

・又之日女三宮事語紫上給事

四十歳

○若菜上

・女三宮可渡六条院給事又六条院四十御賀沙汰事

・正月廿三日左大将（朱）ヒケクロ北方（朱）玉鬘献若菜事　・大将男二人此次見参六条院事　・依朱雀院御薬不召楽人聊有御遊事

・二月十余日女三宮渡六条院給事　・南御殿西放出立御帳事

・紫上与女三宮御中事　・紫上見源氏御夢驚給事

源氏自紫上御方送消息於女三宮御方給事　女三宮住寝殿給也

源氏令見梅花紫上給事

・源氏昼時分渡女三宮給事

・朱雀院移西山御寺給事

・朱雀院献御消息於女三宮給事　・同送御文於紫上給事

・朧月夜内侍上住二条宮源氏密通事　・女房中納言君引導事　・池藤盛事

・尚侍上対面事語紫上給事

・明石女御自夏比御腹気暫出六条院給事　南御殿東面為御座　紫上此方へわたり給て御対面あり　女三宮にも同御たいめんあるへし

・源氏見紫上手習歌事

・明石女御紫上女三宮等各御見参事

・十月紫上為六条院御賀於嵯峨御堂供養薬師仏事

・廿三日於二条院有御賀事　於寝殿放出有此事
・十二月廿日余秋好中宮為源氏御賀七大寺御誦経事
・夕霧中納言任大将事
・自内裏賜六条院御賀事　夕霧大将奉行於艮町有此事

四十一歳

○若菜上

・正月一日始明石女御御産御祈事　歳十四
・二月明石女御渡明石御町中対給事
・明石尼君母上与女御御物語事
・三月十余日女御御産事
・七日夜自内御産養事
・明石入道文送母君事　・須弥山夢事　・同送尼君文事
・明石上参女御御方奉見入道文箱事
・紫上奉抱若宮事
・源氏君見被文箱給事
・紫上与明石上御中事
・大将君与女三宮御事
・柏木衛門督与女三宮御事

三月於六条院有鞠興事　・大将先於艮町有鞠事　・又於寝殿東面蹴鞠事　・衛門督自御簾隙奉見女三宮事　・衛門督抱猫事　・食椿餅等飲酒事
・衛門督与大将同車退出給㕝
・衛門督付小侍従奉文於女三宮事

○若菜下

・衛門督奉念女三宮為病㕝
・三月卅日六条院弓会㕝
・衛門督参春宮語申女三宮御猫事給事　・同愛猫事
・蛍兵部卿嫁槙柱姫君給㕝　外祖母大宮（父致紫父）とりもち給㕝

四十二歳
四十三歳
四十四歳
四十五歳
四十六歳

○若菜下巻

此巻の詞云　はかなくてとし月もかさなりて　うちのミかと御くらゐにつかせ給て十八年にならせ給ぬと云〻

冷泉院御位につき給て此かたことしまて八十八年にあたる也　しからハ源氏四十二より四十五までの事物語に見えさるへし　はかなくてとし月もかさなりてといふことはの中にこもれるなるへし

・春宮受禅事　今上是也
・太政大臣上致仕表叓
・鬚黒左大将任右大臣為摂籙叓
・六条女((朱)明石)御御腹一宮立坊叓
・夕霧右大将任大納言事
・十月廿日六条院住吉詣叓　・女御殿対うへ同車事　・あかしの御方尼上又同車事
・女三宮叙二品給事
・紫上養明石御腹女一宮給事
・花散里養大将藤内侍腹三君給事
・為明年朱雀院五十御賀人〻習舞事
・源氏奉教琴於女三宮給事
今上在位
四十七歳

○若菜下巻

・正月十九日女楽事　明石上琵琶　紫上和琴　明石女御箏　女三宮琴
・御方〻花喩事
・源氏君与夕霧大将語音曲(語)給事
・其夜源氏君渡紫上対給御物語事　・人〻御事語給事
紫上ことし三十七になり給ふよしみえたり　三年の相違あり　誠ハ四十歳になり給へり

・夕方渡女三宮御方給事
・自暁方紫上痛胸給事　・御賀延引事　・二月中不本復事
三月紫上渡二条院給事
・衛門督任中納言嫁娶朱雀院女二宮事　落葉宮是也
・衛門督相語小侍従君事
・四月十余日御禊前夜衛門督密通女三宮事
・祭日衛門督独吟歌事　落葉哥事也
・六条院渡女三宮之口紫上俄又絶入仍立帰給事
・物気出現事　六条御息所霊也
・紫上御受戒剪額髪事
・六月比紫上少減事
・女三宮自四月比懐妊事
・源氏渡女三宮御方給事
・衛門督文小侍従奉見女三宮則挿茵端給叓
・源氏求扇之次見付茵端文事
・源氏渡二条院給叓
・小侍従以源氏見付文事語衛門督事
・源氏又渡女三宮給事

・二条内侍上出家事　・源氏遺文有返事事
・朱雀院御賀依女三宮御悩十月又延引攴
・山御門(朱)朱送文於女三宮事
・十二月十余日御賀試楽事　・衛門督称病不参源氏召給事　・衛門督試楽未終早出病悩事
(朱)此段注ニ書
衛門督離女二宮渡父大殿御前給事
・明石女御又生男宮給事　匂宮是也
・廿五日御賀事

四十八歳　匂宮二歳

〇柏木巻

・正月衛門督病重事
・衛門督奉文於女三宮事
・致仕大臣請葛木山験者事
・衛門督与小侍従語攴　・見女三宮御返事攴
・女三宮生男子給事　薫大将是也
・女三宮対面源氏望出家給事
・山御門俄渡六条院給奉見女三宮給事
・女三宮落髪攴　・御物気現形攴　六条御息所
・衛門督任権大納言攴

・大将君見権大納言病㕝　・一条宮事申付大将給㕝
・二月柏木大納言死去事
・三月若君(朱)薫五十日㕝
・源氏見若君(朱)薫誦楽天詩事
・四月大将渡一条宮給㕝　母御息所対面事
・大将参致仕大臣殿給事　・奉見一条御息所哥事
・四月大将又渡一条宮㕝　御息所対面等事
・秋若公匍匐給事

四十九歳　薫君二歳

○横笛巻

・二月柏木権大納言一周忌六条院修御誦経給事
・朱雀院献笋野老於入道宮給事　・源氏見宮御返事給事
・若君握笋給㕝
・秋大将訪一条宮給事　・御息所対面事　・大将引和琴給事　・女二宮引箏事　・贈物笛事
・大将帰我殿夢見右衛門督事　笛事
・大将若君咀嚏母君腹立給事
・大将為衛門督誦経珍皇寺事
・大将参六条院給㕝　三宮三なりにてとあり　・匂宮今年三歳になり給ふ也　・紫上御方にまします也

・大将奉抱三宮参女御御方給㕝
・大将奉見若君思出衛門督事
・大将参六条院語申一条宮御事　・又語申笛夢事

竪五十歳　薫三歳

○鈴虫巻

・夏入道宮供養持仏事　・院親(ミツカラ)言法花経給事
・入道宮可住三条宮給事　朱雀院御処分也
・秋入道宮六条院寝殿作秋野放生事　・閼伽具等事
・十五夜入道宮詠月給折節源氏君参給事　・松虫鈴虫品定事　・源氏引琴給㕝　・兵部卿宮大将君等参宮御方給㕝　・源氏念故衛門督給事
・同夜冷泉院御消息献六条院　六条院則参冷泉院給事　・有和哥作文興事　・六条院於中宮御方御物語事
・中宮為六条御息所修善事

○夕霧巻

・大将念一条宮給㕝
・一條御息所煩物気移小野給㕝
・大将送僧布施浄衣等於小野二宮有返報事
・八月廿日大将向小野訪御息所病事　・押入宮御方給対面事
・明日還六条院東御殿給事

・大将遣消息於一条宮事
・阿闍梨律師語申大将事於御息所事
・御息所召少将君問大将殿事少将君陳答事
・夕方御息所与宮御物語叓
・大将奉文於一条宮御息所見給事　御息所有返事
・大将渡三条殿与雲井雁物語事　・雲井雁奪取御息所返事事　・明日大将求出後文於席下見之事
・大将依次日不出小野先遣文叓　大夫監為使
・一条御息所思煩宮御事俄絶入事
・自処々訪一条宮給事
・御葬送日大将出給又帰京事
・九月十三日大将渡小野給事
・帰京之次過一条故宮前事
・帰三条宮又遣文於小野事　・宮有御返事
・六條院聞大将与一条宮御中事
・大将君参六条院之次問一条御息所御忌給事
此巻詞云一条のミやすところのいミハミちぬらんな　きのふけふとおもふ程にミとせのあなたになるよにこそあれと云々　柏木衛門督去々年卒去　さて三とせのあなたにとの給ふ也
・一条宮可移住一条故宮事大将召大和守仰付叓

・一条宮移徙叓　・大将住東対南面給事
・三条殿人〻聞此事驚歎叓
・大将暫住六条院花散里御方物語給事
・大将帰三条殿雲井雁怨給叓
・雲井雁号御方違渡父大殿給叓
・大将渡三条殿留守所給事　・次参大殿給事
・大殿献消息於一条宮叓　蔵人少将為使
・藤内侍送文於雲井雁許事
・藤内侍雲井雁二人御腹男女数叓

五十一歳　薫四歳

○御法巻

・紫上病悩不本復請出家暇給叓
・三月十余日紫上供養千部法華経事　於二条院有此事
・紫上送消息於明石御方事　匂宮為御使
・法会畢各还六条院給事
・夏(朱)紫上二条院病悩明石中宮行啓事　・住二条院東対給事
・紫上与匂宮御物語叓　・対前梅桜可献給事
・秋紫上病悩聊減給事　・源氏君中宮等御物語事

・八月十四日明方紫上卒去事
・六条院仰大将君令落紫上御髪事　大将参見空蟬給事
・紫上葬送事　六条院出給事
・致仕大臣訪六条院給支
・秋好中宮訪六条院給事

五十二歳　薫五歳

○幻巻

・春兵部卿宮参六条院給事
・六条院思往事給支
・中納言局中将局候御前支
・中将君為紫上御形見支
・二月対前紅梅盛支
・匂宮愛二条院桜花給事
・六条院渡入道宮御方給事　・若宮与若君遊給事
・夕方渡明石御方給御物語事
・明日遣消息明石御方事
・四月一日自花散里献更衣御装束事
・祭日与中将君贈答哥事

・五月十四日夜大将君候御前給叓
・六月見池蓮給事
・七夕詠前栽露事
・八月十五日紫上周忌供養極楽曼陀羅事　・中将君扇書歌給事
・九月見菊綿給事
・十月時雨雲井雁鳴渡事
・十一月五節日大将君頭中将蔵人少将等参六条院事
・歳暮六条院欲素懐有其儲事　・破旧反古等給事
・御仏名叓　・導師給盃事

雲隠巻ハ有其名無其巻　源氏君崩給事をこの名にこめ侍る也　抑紫明抄ニ六条院を頓滅といへるハ僻事也　まほろしの巻に世をさり給ふへき心まうけをし給へる事うたかひなきうへ　やとり木の巻に故院二三年のするに世をそむき給へるさかの院といへり　六条院嵯峨院にうつりすみ給へる事かれこれその証拠分明なり　其趣ハ河海抄なとにもあら〳〵しるしつけられ侍り　源氏の御事ハ今年にとゝまりぬ　これよりのちハかほる大将の事をとし立にかき侍るへし

薫六歳
七歳
八歳
九歳

十歳
十一歳
十二歳
十三歳
かほるの六歳より十三までの事ハ物語の中に所見なし　六条院隠居嵯峨院事并光かくれ給へる事この八ヶ
年の中にこもり侍るへし
十四歳　四位侍従　匂宮十五歳
○匂兵部卿巻
・光隠後御方〻御処分事
・三宮御元服後号兵部卿宮事
・夕霧右大臣奉渡一条宮於花散里艮町事　一条宮三条殿分月十五日通住給㕝
・薫君為冷泉院御猶子於院元服㕝
・今年二月任侍従事
竪横○竹河巻
・鬚黒大臣薨逝後玉鬘内侍上㕝
・玉鬘御腹君達自方〻望給㕝
・薫君為四位侍従事　其比十四五ハかりにていときひわにありとみえたり
十五歳　四位侍従

○横竹河巻

・正月一日右大臣以下参尚侍御許事　・夕霧右大臣与玉鬘君御物語事
・同日参入道宮三条宮給㕝
・夕付四位侍従参尚侍許給事　・宰相君詠梅哥事　・主侍従勧酒事
・同廿余日四位侍従渡藤侍従許㕝　蔵人少将来会事
・四位侍従弾和琴㕝　・相似故致仕太政大臣爪音事
・藤侍従歌竹川事
・明日四位侍従送文於藤侍従事
・三月内侍之姫君姉君与妹君打碁給事　・藤侍従見證事
・以桜花為碁賭事　・右勝㕝
・蔵人少将垣間見㕝
・蔵人少将念姉姫君事
・蔵人少将来藤侍従許憂姉姫君事　・又来中将局述懐事
・四月上臈達於内侍上御前申念人事　・中将御許執申蔵人少将事
・九日玉鬘腹姉姫君参冷泉院給事　・母君同参給事
・其日蔵人少将送消息於中将御許事　尚侍有返哥
・源侍従常参冷泉院給事　見藤花事
・蔵人少将嫌妹姫君事

・御門召中将逆鱗姉君無入内事中将申尚侍給事
・自七月冷泉院御息所姫君懐妊事
・源侍従参院候御遊給事
十六歳　秋任右中将又任宰相
横○竹河巻
・正月男踏歌㕝　参冷泉院事
・源侍従参冷泉院事　・院渡御息所御方源侍従参御共事　・侍従与女房昔物語事　御遊事
・四月院御息所誕生女宮事
・中姫君入内譲与尚侍職㕝
・玉鬘上有出家之志事
○匂兵部卿宮巻
・秋源侍従任右近中将事　・院御給加階事　秋ハ秋除目に任中将也　十四年の秋にハあらさるへし
・源中将冷泉院中設曹司事
・母女三宮修念仏御祈事
・源中将疑吾身非六条院御子歟事
・源中将有異香㕝　匂兵部卿愛花香事
○橋姫巻　宰相中将
・宇治八宮女子有二人事　姉ハあけまきの大君と申　・妹ハ中君と申　・母君卒去事

・京宮炎上移住宇治給事　以上事当年以前事也
・宇治阿闍梨参冷泉院之次語申八宮御有様事　宰相中将候御前聞給叓
　薫中将ハ座に任する事ことしの秋冬の間成へし
・冷泉院付阿闍梨送御消息於宇治宮給事
・薫宰相中将参宇治給事　習法文等事

十七歳

十八歳　宰相中将

○橋姫巻　宇治一

　宰相中将宇治八宮に心よせつかうまつり給こと　ミとせハかりになりぬと見えたり　薫君参宇治事去〻年よりの事也

・秋末優婆塞宮移阿闍梨寺給叓
・薫中将参宇治宮給事　・八宮御留守姫宮達合物音事　・薫宿井人垣間見事　・琵琶撥招月事　・見参老人事　・老人物語柏木ノ衛門督昔事老人ハ弁君也　・暁帰給事
・明日奉文於宇治事　・左近将監為御使送経布施物等事　八宮自寺出給日也
・薫中将参匂兵部卿語申宇治姫宮有様事
・十月五六日比薫中将参宇治事　・合物音給事（宇治宮琴 中将琵琶）　・八宮無跡事申付中将給事　・暁方召出弁君問先日物語給事
　・奉故衛門督文袋事
・帰京参三（(朱)女二）条宮給叓

十九歳　秋任中納言

○匂兵部卿巻

・薫宰相中将叙三位叓

此巻詞云　十九になり給とし三位の宰相にて猶中将もはなれ給はすと云〻　この心ハ宰相中将にて此就有しか　三位になり侍れと宰相も中将も猶もとのことくのよしなり　そのゆへハ宰相ハ四位の相当の官なるゆへ也　宰相中将といはれしことハ　はしひめの巻のはしめに見えたり

・匂宮思合院(朱)冷女一宮給事

・薫中将参三条宮給事

・夕霧右大臣以藤内侍腹六君為一条宮養子事

・於六条院之行賭弓還饗事　于時夕霧右大臣兼左大将

○横紅梅巻　横

・按察大納言室家并子達事　本室無系図有女子二人　麗景殿女御中君之母儀也　当腹槇柱姫君有男子一人又相見兵部卿之時女子一人有也　・匂宮の心つくし給へる人也

・姫君参東宮給叓　歳十七八云〻　麗景殿女御也

・中君与宮姫君一処遊態給叓

此巻ニ薫を源中納言といへるハあやまり也　源中将とかくへき也　其故ハ夕霧右大臣任左大臣　按察大納言任右大臣事ハ　此秋かほる任中納言給同時事也　それに夕霧を右大臣とかき紅梅のおとゝをハ按察大納言とかき侍れハ昇進の前の事なり　されはいまた源中納言と申へからされとも同年の事なるによりて源中

　納言とハかけり　物語つくる事はミなのちに人のかくゆへ也

・按察〈(朱)紅〉大納言折梅花以御子若君為使献兵部卿宮事

・兵部卿宮念懇宮姫君不承引中君支給事

・按察大納言又献梅哥於兵部卿宮事

・兵部卿宮色〻敷事　念懇宇治八宮君給支

　匂兵部卿宮念八宮姫君給支ハ薫中将物かたり申されし後の事也　物語の事ハ去年の秋の事也

○竪
竹河巻

・薫為宰相中将支

　詞云所の中に源侍従とていといみしうきひわなりしと云しハ宰相中将にてとあり云〻　かほる十六歳の秋まてハ源侍従といふ　そのとしの末に宰相中将とみえたり

・三位〈(朱)夕霧子〉中将嫁竹川左大臣御女事　此三位中将ハ蔵人少将事也　夕霧右大臣御子也　三位中将にいつの程になり給ふとハみえす

・人〻昇進事　・夕霧右大臣　転左大臣　・按察〈(朱)紅梅〉大納言　任右大臣兼左大将　・薫宰相中将　任中納言　・三位〈(朱)夕霧子〉中将　任宰相　以椎本巻考之此除目ハ当年秋事也

・源中納言参玉鬘前内侍上申慶事

・前内侍上愁院御息所不安御事給事　里居給事

・紅梅右大臣大饗請申兵部卿宮給事

・前内侍上謂〈ノタマフ〉紅梅右大臣与槙柱姫君間事

・大饗明日宰相中将参前尚侍御許事宰相中将廿七八云々

○椎本巻　宇治二

・二月廿日比匂兵部卿宮泊瀬詣事

・帰京之次留宇治給事　・夕霧右大臣御献餉事　・薫宰相中将参御迎事

・宇治八宮遣御消息於薫中将事　・匂宮見給有返哥事

・薫中将伴人〻参八宮合物音事

・匂宮遣消息於宇治宮事　中君書御返事給事

・藤大納言参御迎事

・宇治宮御女年齢事　あね君廿五　中君廿三云〻

・其秋宰相中将任中納言　竹川巻末詞同時也

・七月源中納言詣宇治給事

・宮姫君達御事申付源中納言給事　物音定事

・大将君引箏給事

・源中納言逢弁君物語事

・兵部卿宮常通書於宇治事

・暮秋八宮為御念仏移阿闍梨寺給事　・申置姫君達間事

・自念仏三昧結願同八宮病悩事

・八月廿日夜中八宮薨給事

・源中納言聞宮御事驚歎事　訪阿闍梨事
・九月匂宮紅葉逍遥留給事
・匂宮遣消息於宇治事　大姫君書返事給中君不書給故也
・早旦匂宮遣御文於宇治事　無御返事
・御中陰終源中納言参宇治給事　・姫君聊対面給事　・去老人物語事
・源中納言対面匂宮之次物語宇治姫君達事
・宇治姫君達御有様事　・年暮事
・年暮源中納言訪宇治給事　・対面姫君之次語匂宮御趣給事　・与宿井人語給事

廿歳　中納言

○椎本巻

・春初自阿闍梨許献芹蕨於宇治宮事
・花比匂宮送消息於宇治事　中君有返事
・兵部卿宮責恨源中納言給事
・三条宮焼亡入道宮移六条院給事
・六月炎日源中納言出宇治給自障子穴奉見姫君達事

○総角巻　宇治三

・秋宇治八宮一周忌法事
・源中納言訪宇治給事　・名香糸総角事　・匂宮御心向語申姫君給事　・召出老人物語事　・今夜留宇治事　・姫君対

面事　・暁帰給事
・明日源中納言献文於宇治事　・姫君除服事
・源中納言渡宇治召例老人物語事　・姫君心強事
・其夜宿宇治老人引導源中納言奉入姫君寝所事　・姫君赴隠屏風陰事　・逢中君無実事
・明朝源中納言奉文於姫君事　姫君有返哥
・源中納言参兵部卿宮語宇治事兵部卿宮又語源中納言給事
・八月廿六日彼岸結願日源中納言奉伴兵部卿宮出宇治事
・源中納言与姫君物語事　語匂宮出給之由給事
・匂宮忍入中君寝所給事　源中納言のまねをし給ふなり
・暁天源中納言匂宮同車還京給事
・明旦匂宮御文送宇治中宮事　御使賜衣事
・宇治中君三日夜餅事
・源中納言送消息於中君事　有返哥
・及深更匂宮参宇治給事　乗馬云ゝ
・九月十余日源中納言奉伴匂宮於宇治給事
・兵部卿宮可奉渡中君於京宮事　・源中納言又欲渡姫君於三条宮事

此巻夕霧おとゝを右おほい殿とかける本あり誤り也　転左給て後の事也　右をハひたりとよみつくへきなり

・十月一日兵部卿宮為紅葉御覧逍遥宇治事　・舟楽事　・依中宮仰右衛督参御迎斗　・宮献御文於中（君歟）宮事　・不出宇治宮直帰京給事　・姫君中君等怨兵部卿宮無渡給事

・内中宮聞食兵部卿宮宇治御忍行御気色悪事

・左大臣殿六君可嫁兵部卿宮給事

・兵部卿宮参女一宮御方見在五絵給事

・兵部卿宮久不出宇治給事

・源中納言参宇治給事　・姫君病悩無対面事　・明日聊対面帰給事

・中君昼寝夢見故宮給事

・十月卅日兵部卿宮献消息於宇治事

・十一月姫君病悩同前事　・源中納言訪出給事

・仰阿闍梨今行祈事　・阿闍梨夢見故宮為追善行不軽給事

・源中納言与中君詠哥事

・源中納言籠宇治給事　・思遣京事給事　・物語姫君候事

・宇治姫君卒去事　・同送葬事　・中君恋慕事

・兵部卿宮中陰之中渡宇治給事　・宿宇治事　・中君隔物見参事　・源中納言奉逢物語事　・明日兵部卿宮還京給事

・年暮源中納言欲帰間事

・兵部卿宮可奉渡中君出京二条院用意事

廿二歳　中納言

○早蕨　宇治四

・正月自阿闍梨方送蕨土筆於中君方㕝

・源中納言参兵部卿宮給折梅献給事　・物語宇治中君可渡京事

・二月一日比中君可移二条院給㕝　・除服間事　・源中納言奉御車御前等事　・前日中納言君渡宇治給対面中君事

・与弁尼物語事　・弁出家事

・中君与弁尼物語惜名残給㕝

・移徙日事　二月七日也それを一日ころといふ也藤裏葉巻とおなし

詞云七日の月のさやかにさしいてたると云〻

・廿余日中納言可渡三条宮給㕝

・夕霧六君御裳着㕝　可渡兵部卿宮給事延引㕝

・源中納言望二条院桜参中宮御方給㕝　・兵部卿宮出逢給事

○宿木巻　宇治五

・藤壺女御御腹女二宮御㕝

・夏母女御卒去仍女二宮御着裳延引事

・四十九日過後女二宮参内㕝

・秋末行幸女二宮藤壺御覧菊㕝　・与源中納言打碁給事

・夕霧左大臣六君㕝　・右大臣とかける本ハあやまれるなり

・按察大納言紅梅御方事
此時按察（朱）紅梅大納言ハ右大臣也　然ともあせちの大納言といはれし時分より兵部卿宮ハ中君を思かけ給へるに
よりてもとの官をかける也物語の作者の詞也

○宿木巻
廿三歳　中納言

・夏女二宮御除服叓
・御門以女二宮欲乞嫁於源中納言給事　・源中納言不恋故宇治姫君事
・夕霧六君可家（ママ嫁カ）兵部卿宮可為八月叓
・宇治中君自五月比懐孕事
・八月源中納言折槿花参二条院奉見中君事　・此次色〻物語事
・十六日兵部卿宮嫁娶叓　・左大臣六条院東御殿云〻　・二条院中君独詠給事
・明日兵部卿宮奉文於六条院叓
・与二条院中君御物語事　・六条院御返事持参事　・継母落葉宮書之給事
・兵部卿宮出六条院給事
・三日夜餅事　源中納言出六条給事
・源中納言宿按察君局給事
・兵部卿宮昼見六君給事　廿一二歳云〻
・兵部卿宮出二条院給難有事

・中君遣文於源中納言事　・可出宇治給事
・又之日源中納言参二条院給事　・隔几丁対面事　・押入母屋中不及実事　・明日奉文事
・兵部卿宮渡二条院給事　・怪中君移香給事　・二三日留給事
・源中納言送衣裳於二条院事
・源中納言常奉艶書於二条院事
・源中納言又参二条院給事　入簾中夜居僧座給事
・中宮語出手習君（朱）故宮落胤腹事於源中納言為故姫君形代事
・九月廿余日源中納言出宇治宮給事　・召出弁尼対面事　・召阿闍梨仰御忌日経仏事　・懐宇治故宮可為寺事　・源中納言其夜留宇治与弁尼昔物語事
・源中納言問形代事於弁尼令委申之事　故宮御子母曰中将君云〻後為陸奥守之妻　陸奥守又為常陸守云〻　女歳二十許云〻
・於宇治折蔦紅葉献二条院給事　兵部卿宮見之中君有文返事
・菊盛兵部卿宮与中君合物音事
・夕霧大臣参二条院給事
廿四歳　正月任権大納言兼大将

○宿木巻

・自正月卅日中君悩給事
・直物日源中納言任権大納言兼右大将叓

・参二条院有答拝叓
・於六条院設大将饗事　兵部卿宮渡給
・二月二条院中君誕生男子事
・御生養叓　棊手銭事
・廿日余藤壺女二宮御裳着事　・又之日大将参給事
・御門賜御文於大将母儀入道宮事
・宮若君五十日事
・大将参二条院給見宮若君給事
・三月晦日御門渡御藤壺事
・藤花宴事　・御贈物事　・御遊事　・大将賜天盃事　・立文台講和哥事
詞云あせちの大納言われこそかゝるめもみむとおもひしか云々この按察大納言も紅梅の右大臣也　この人女二宮の御母藤つほの女御を思かけて　そのことかなはすして　はてハ女二宮をえまほしく忠給へる也　それハいまたあせちの大納言といはれ給し時の事なれは物語の我にかくかけり
・其夜女二宮(朱)今上藤壺腹退出大将三条宮事
・四月大将出宇治造御堂事　・常陸前司女自長谷寺下向事　・大将垣間見事　・尼君(朱)弁対面大将殿事　・大将消息常陸守母以尼君伝之事

○東屋巻　宇治六
・中将拇(カシツク)宮姫君叓

・中将君欲嫁宮姫君於左近少将事　・左近少将称非常陸守之女嫌之事

中人以此事告常陸守領状事

詞云左大臣殿　あせちの大納言　式部卿の宮なとのいとねん比にほのめかし給けれと云〻　この左大臣殿

ハ夕霧左大臣也　あせちの大納言ハ紅梅右大臣也　常陸守之妻為中人にて右大臣になり給ふ事をしらて

き丶ならひしま丶にあせちの大納言といへる也

・左近少将嫁娶事　常陸女十五六云〻

・中将君奉文於二条院中君事　故宮姫君欲預申間事

・姫君移居二条院西庇之北給事

・中将君於二条院伺見宮御有様事　・常陸守聟左近少将参二条院事

・兵部卿宮参中宮給事

・中将君与二条院君御物語事

・大将殿参二条院給中将君伺見事

・大将与中君物語事　・謂彼形代在此殿之由事　・大将欲得形代事

・大将異香引薬王品事

・中君伝大将心趣於中将君給事

・常陸守妻迎車立二条院廊方兵部卿宮見咎給事

・中君浴湯給事

・兵部卿宮見付姫君押対面事　・右近君少将君思憂事

・中宮御胸痛之由人告申事　・兵部卿宮参中宮給叓
・中君喚姫君物語給叓
・乳母行常陸殿語宮御振舞事
・常陸殿参二条院伴姫君帰京家事　三条辺云々　・常陸殿又帰守家事
・常陸殿読萩歌送聟少将事
・宮姫君在三条家詠給事　・母上送文事
・秋末大将殿出宇治見新造御堂給事　・逢弁尼問宮姫君御事
・大将折草花帰京奉見女二宮事
・大将遣車於宇治迎弁尼事　・弁尼行三条家叓
・九月十三日大将到三条家逢弁尼事　・引入車事　・逢姫君事
・大将殿伴姫君行宇治事　・尼君侍従君同車事
・大将殿遣御文於女二宮告為仏餝二三日逗留事

○浮舟巻　宇治七
・兵部卿宮不忘宮姫君給事
・大将殿与中君不違昔情事

廿五歳　大将
○浮舟巻
・正月宇治姫君献付小松鬚籠卯槌等於二条君事　・匂宮見付其文問給事

・兵部卿宮怪思大将宇治通召大内記道定問給事　・大内記語申聞及分事　大内記為大将家司聟故知之也
・兵部卿宮召具大内記案内者夜陰出宇治給事　・自法性寺留車乗馬給事　・宮立聞給事　・宮作大将之由扣戸入給事　・右近君思大将之由奉逢事　・姫君欲思人違事　・右近君奉見宮驚思事
・其翌日宮逗留給事　母君為石山詣迎車来依称物忌返遣事
・未明兵部卿宮帰二条院給事
・大将参兵部卿宮給事
・二月大将渡宇治給事
・十日内御作文事
　詞云かの君もおなしほとにて　いま二三まさるけちめにや　すこしねひまさるけしきと云々　かほる大将にほふ宮に二三のこのかみといへる事不審也
・兵部卿宮又出宇治給事　・伴女乗舟渡橘小嶋事　・時方御男因幡守所領在家為宿也
・又之日深夜送女於本宮匂宮帰京㕝
・宮御文大将御文同持来宇治事
・大将可渡宇治姫君事語女二宮給事
・匂兵部卿宮今月卅日可奉渡之由示送宇治事
・母君与弁尼未知宮忍通事語姫君進退事
・姫君欲投身事
・宮御使大将御使行会宇治大将御随身付目見送宮御使帰参大将申此子細事

・兵部卿宮於台盤所見宇治返事大将怪見事
・大将聞随身申詞疑兵部卿宮見給文事
・大将遣文於宇治粗露此事給叓　・姫君不見大将御文返遣之事
・侍従与右近物語見二夫之女悪様事　姫君聞給事
・大将内舎人承仰警固宇治事
・姫君為死出立焼文等事
・兵部卿宮遣御文無返事仍自身又出宇治給事
・宮御使伴侍従君敷行騰宮有対面仰所存事　・宮空帰給事
・宮御文有最後詞事
・母君夢見悪可慎給之由送文事　京使今夜不帰

○蜻蛉巻　宇治八

・四月宇治姫君投身事　（此分本ニハ無私注書）母君之使昨夕不帰仍今朝又有使事
・宮御使参宇治聞姫君失給之由帰参叓
・時方為宮御使行向宇治事　・逢侍従君事
・母君来問子細事
・車載故姫君衣裳等於向山焼上之表葬送事
・大将殿七ヶ日参籠石山先送使於宇治事
・兵部卿宮欲思宇治事心地悩給事　・大将訪参給事

・蜻蛉式部卿宮薨大将着服事
・大将以宇治姫君事語申兵部卿宮給支
・五月大将献哥於兵部卿宮給事
・自宮遣時方於宇治召右近君給支　・右近不参仍侍従君参事　・櫛筥装束等為侍従贈物事
・大将殿渡宇治給事　・右近君物語兵部卿宮通給始中終事
・大将殿召律師示給彼追善法之事
・大将殿遣文於常陸母上事　・使贈班犀帯太刀等事
・常陸守来母上所聞姫君失給之由大驚思事
・四十九日仏事律師取行事　・兵部卿宮銀壺納金贈右近君事
・二宮伺式部卿給事
・大将念人一品宮女房小宰相献文於大将事
・明石中宮奉為六条院并紫上被行八講支
・大将自馬道方奉見一品宮（(朱)明石腹）事　・女房共玩氷事　・大将念申一品宮事
・大将謂女二（宮カ）君不似一品宮給支
・大将参中宮見絵給支
・大将帰一品宮御方給支
・一品宮渡中宮御方給支
・一品宮女房大納言君与中君（(朱)宮カ）御物語事　・大将与宰相君事　・匂宮与宰相姫君事

・自一品宮献御文於女二宮給事　・被進絵物語事　・芹川大将絵事
・兵部卿宮又迎侍従物語給事　・侍従参中宮伺候事
・蜻蛉式部卿宮姫君迎取中宮御方給事　・兵部卿宮心怨給事
・大将参中宮給立寄一品宮与弁君中将君戯言事
・中将君引箏大将戯給㕝　大将引和琴㕝
・蜻蛉式部卿宮姫君以西対為御方事　・大将参其方給事　・年長女房出逢物云事

○手習巻　宇治九

・横川僧都母尼并妹長谷詣帰路宿宇治院事
・宇治院樹下有変化物事　・近寄見之女也妹尼養性事　・此女則浮舟君也
　宇治住人来僧都所物語宇治姫君失給之子細　そのさうそうの雑事ともつかうまつり侍りはて　きのふハえまいり侍らさりしといふ　然則此巻与蜻蛉巻始同事也　并ならハ横并に取へし　但蜻蛉巻ハ一向に京方宇治事等をかけり　手習巻ハ小野尼の見付て小野へゐてかへる事をいへり　彼是たかいにしらさるによりて二巻ニ同時の事をかけり
・設車二両載件女各帰小野事
・四五月間其女悩給事
・僧都妹尼母共聟中将訪横川僧都之次来小野事　・中将自簾隙見此女事　・一宿横川事
・又之日中将来小野尼所㕝　・念彼女事
・八月十余日中将小鷹狩次来小野事　・中将吹笛事　・尼君等合物音事

・九月妹尼君又参長谷事　・与少将君打碁事
・中将来小野事　・中将不意得空帰事
・横川僧都出京之次来小野母尼所事
・手習姫君請僧都出家叓　・立帰又送文事
・妹尼君自長谷下向事
・横川僧都奉加持一品宮夜居之次中宮御物語事　・語申宇治院変化物由来事　・大将念人小宰相君在御前聞僧都物語事
・僧都登山之次来小野事
・中将来小野逢妹尼公事　・中将自几丁隙見手習尼君驚惜事

廿六歳　大将

○手習巻
・春初小野栖居叓
・大尼公之孫紀伊守来小野事　・語大将殿与姫君由来事　・手習君聞之給事
・小宰相君以僧都物語告大将殿事
・大将参山中堂之次欲訪横川事

○夢浮橋巻　宇治十
・夏大将来横川対面僧都物語事
・大将間(マヽ、問カ)件女事給僧都委語所見及事

・大将欲尋小野請僧都文事　・常陸守子童為大将御共　・僧都賜文於此童事
・大将帰京又之日彼童令持文遣小野事　・童ハ手習君弟也　・先是今朝自僧都方遣消息於小野事　・童見参姫君奉大将殿御文事　・姫君無返事童帰参事
右以後成恩寺殿兼良公御自筆本件本兵衛兼右卿為所持
書写之了頗為証本可秘蔵者也　此内朱点私之儀也
弘治参丁巳卯月廿一日　　生各判（方形陽刻）職仁

第二部　解題

（一）書誌

一冊。縦二八・二センチ、横二〇・九センチ。袋綴。一部綴糸破損。料紙鳥の子。墨付本文六五丁。前後に遊紙一丁。表紙は無地濃灰色の斐紙。題箋なく直付で左肩に「源氏年立抄」とする。内題「源氏物語諸巻年立」。

（二）成立の経緯

一条兼良（かねら）（生没一四〇二―一四八一）の手になる源氏物語の年譜・目録。成立の経緯は兼良の序に明らかである。即ち漢家の詩文には年譜・目録が備わり、「所作の前後昇進の年月」を考勘する利便を提供しているのに比べ、我が国では源氏物語の注釈が諸家により多く出されている割には「いまた一部のとしたち」をみない。そこで「詩文の例になそらへて五十四帖のとしたち」を記すことにしたという。その際、「きりつほよりまほろしの巻まて八光君の年齢をもて巻をさため匂ふの巻より宇治十帖にいたりて八薫大将の昇進をもて段〻をわかてり」とあり、物語正篇では源氏の年齢、続篇は薫の年齢を基本としたのであった。成立は序文の末尾に「享徳みつのとのとりのとし六月にこれをしるす」とあるから、享徳二年（一四五三）六月とわかる。兼良五十二歳。後花園院（生没一四一九〜一四七〇・在位一四二八〜一四六四）の治世、将軍は足利義政（生没一四三六〜一四九〇・在職一四四九〜一四七三）であった。なお、「年立」は「としだて」と呼ぶ向きも多いが、兼良本人は「としたち」と呼んでおり、今はそれに従った。

（三）「源氏年立抄」の評価

物語の登場人物の年齢や出来事を年紀として描きだした兼良の試みは画期的であった。兼良は、空白の年の想定と所謂並びの巻についての考察に特に独自性を発揮したのであったが、結果として異見もそこに集中することになった。特に続篇での薫の年齢が批判の対象となり、「種玉編次抄」で宗祇（生没一四二一〜一五〇二）が、「細流抄」で三条西実隆（生没一四五五〜一五三七）がそれぞれ部分修正を加え、本居宣長（生没一七三〇〜一八〇一）が「源氏物語玉の小櫛」で「改め正したる年立の図」を可視的・立体的に示すことにより全面改訂となった。

兼良自身も年紀のありようへの考察は常に念頭を離れなかったようで、「年立」成立後二十年を経てなった「花鳥余情」（文明四年〈一四七二〉十二月成立。成立の前後に関しては、本書「註釈」の部に「花鳥余情」の成立前後―「大乗院寺社雑事記」を中心に―」で論じたので参照願いたい）におけるそれは変更箇所を持つ。そして兼良の年立を「旧年立」、宣長のそれを「新年立」と通称する。

兼良の考察は確かに宣長によって否定されてしまったのではあった。しかし兼良が空白の期間の根拠にした物語の読みは、いまだ新鮮な精緻さがある。紙幅の関係で引用はかなわないが、例えば「或説以葵巻初年為花宴同年之叓是によりて紫上十二歳の時与源氏有密叓といへり」と始まる、花宴巻と葵巻の間に一年の空白があることを六箇条にわたり考証する部分などは、堂々たる学説で、有職故実に詳しく、博学であった兼良の面目躍如たるところでもあったのであろう。兼良の源氏学のありようを再度検討し、構造論、構想論への道筋を改めて考察する必要を思う。

（四）歴博本の特徴

高松宮家旧蔵国立歴史民俗博物館現蔵の当該「源氏年立抄」（以下歴博本と略）の書写時期は、奥書に「弘治参丁巳卯月廿一日」とあり、弘治三年（一五五七）四月二十一日とわかる。成立が享徳二年であったから、約百年後の書写ということになる。また奥書には「右以後成恩寺殿兼良公御自筆本件本兵衛兼右卿為所持書写之了頗為証本可秘蔵者也此内朱点私之儀也」とあり、吉田兼右（吉田兼倶玄孫。元亀四年〈一五七三〉薨、五十八歳）所持の兼良自筆本を祖本に書写したことも知られている。但し書写者については「生名判」（「名」字は一応「名」としたが、あるいは「各」かもしれない）とあるだけで実名が記されず未詳。

一方、奥書の次に約一行分をあけた下方に、縦横一・三センチの方形陽刻の「職仁」印が押されている。職仁は霊元院（生没一六五四—一七三二・在位一六六三—一六八七）の皇子。[注一]その所持に係る素性正しい一本であったのを自ずと伝えていよう。なお「源氏年立」の写本の代表的なものに、宮内庁書陵部本、筑波大学蔵本等がある。

（五）歴博本奥書と「湖月抄」本奥書

「源氏年立」の手軽な翻刻に「源氏物語湖月抄」（講談社学術文庫本）上巻付載のもの（以下「湖月抄」本と略。但し引用にあたっては、返り点・ルビの類は省略した）と、「岷江入楚」（源氏物語古注集成本）の各巻冒頭に引用のそれがあるが、「岷江入楚」のものは「湖月抄」本のそれより若干誤脱が多いから、引用等には注意を要する。

さて歴博本に忠実な「湖月抄」本の奥書の一つには次のようにある。

源氏物語年立一冊者故禅定閤下所製作也
件正本應仁大乱於桃防（ママ）文庫為白浪奪取畢
爰経十年不慮感得之懌無物于取喩此一帖以彼真本加書写者也
未流布世間雖無出窓外感数奇之志付属左金吾訖深秘箱底莫令他見
永正七載季夏中吉　前博陸叟（後成恩寺殿御息一條殿冬良公也）

右の署名「前博陸（関白）叟」は、兼良息冬良（但し兄教房の養子となり一条家を継いだから、系図上は兼良孫）五十歳。兼良作「源氏物語年立一冊」は応仁の乱（一四六七〜六九）の折、白浪（盗賊）が兼良の桃花坊文庫から盗み出した。それが十年を経て（文明八、九年頃か）、思いがけず手元に戻ったので書写した。世間に未流布のものながら、今回数奇の志ある左金吾（左衛門督・持明院基春、六十歳）に、永正七年（一五一〇）夏に譲ることにしたというのである。

もう一つの奥書は、

一本奥書云
右年立者愚身四代曩祖後成恩寺禅閤之述作也

則以家秘本令書写者也
頗後代可謂亀鏡者也
桃花末葉生年十五歳書之

とある。「桃花末葉」は「愚身四代曩祖後成恩寺禅閤」とあるのから兼冬と思しい。彼は天文廿三年（一五五四）二十六歳で薨ずるから「生年十五歳」時とは天文十二年（一五四三）。その年に兼冬により書写された一本もあったことを伝える奥書である。

以上をまとめてみよう。まず永正七年（一五一〇）夏に冬良が兼良自筆本を祖本に書写（基春への譲渡が当年で書写は以前とも解せる）。天文十二年（一五四三）に兼冬が同じく兼良本（「家秘本」は代々一条家に伝わる兼良自筆本と解してよかろう）を祖本に書写。更に弘治三年（一五五七）四月に、やはり兼良自筆本を祖本に書写がなされ、それが歴博本ということになる。いずれも兼良自筆本を祖本に書写された第一次写本であることで、歴博本と「湖月抄」本に大差がないのであろう。但し次の「(六)　歴博本と「湖月抄」本の異同」に示すように、「湖月抄」本には一部錯簡があり、それのない歴博本は評価される。

なお歴博本は吉田兼右所持の兼良自筆本を祖本にしての書写であった。ということは、天文廿三年に兼冬が早世して程なく兼良自筆本は兼右の手に渡ったと考えられ、兼良自筆本「源氏年立抄」の流伝を語る記事として興味がある。

(六)　歴博本と「湖月抄」本の異同

歴博本は四七丁（当該翻刻では翻刻の終わった四頁後に相当）に付紙三枚を持つ。うち一つは、

元日ヨリ六日マテ五十五枚
四十六枚
卅八枚　　合八十四枚
　廿六枚
中　卅七枚　合百七枚
　四十四枚
　卅八枚
　廿九枚
下　四十枚　合百七十三枚
　卅四枚
　卅二枚

とあり、書写者の書写の進捗状況の覚え書きと思われる。[注二]
二つは「名のミして――袖（たもともイ）もけさハ」と一行あるのみで引歌の指示かと見えるが、源氏物語に「名のみして」の文言を見ず要領を得ない。
三つは書写者の筆で次のようにある。

私註之

次日源氏送文於玉鬘君給事（昨日行幸見物之事 哥ハナシ）
自玉鬘君有返事哥在之事　紫上玉鬘文
見給事同与源氏物語事　又自源氏送哥於
玉鬘君給事
右私註之本書此分ナル歟　コ、ノ註落ルヤウナル歟仍
私ニ註多　又源氏渡西対給トハ見ヘヌ歟送文給歟
重可尋聞之

一方、「年立抄」の御幸巻は十項目の事項が列挙されるのであるが、その三項目までを引用してみよう。

・西対姫君事
・十二月大原野行幸事　・西対姫君見物事　出二蔵人左衛門尉一鷹御使雉一枝　自内被献太政大臣事
・次日源氏君渡西対御物語事　昨日行幸見物事也

三項目の「次日源氏君渡西対御物語事　昨日行幸見物事也」とあるのに対し付紙の「私」は、クレームを付けているらしい。「私」は、大原野行幸で冷泉帝を見た玉鬘に言及する。物語には、

またの日、大臣、西の対に、「昨日、上は見たてまつりたまひきや。かのことは思しなびきぬらんや」と聞こえ

たまへり。白き色紙に、いとうちとけたる文、こまかに気色ばみてもあらぬが、をかしきを見たまうて、「あいなのことや」と笑ひたまふものから、よくも推しはからせたまふものかな、と思す。御返りに、「昨日は、
うちきらし朝くもりせしみゆきにはさやかに空の光やは見し
おぼつかなき御事どもになむ」とあるを、上も見たまふ（小学館日本古典文学全集本〈旧版〉三・二八五頁以下）。

とある箇所。行幸翌日、出仕に対し相当に心が動いたはずと見抜く源氏が、玉鬘に対し敢えて感想を求める手紙を送る場面である。「私」は言う。「年立抄」には源氏が西対の玉鬘のもとへ渡り、直接話をしたかのように記すが、手紙のやりとりがあっただけではないかと。

「私註」の「私」が書写者本人なのか、他の人物なのか判定できないが、内容からすると、かなり物語に精通していることが判るし、「重可尋聞也」からは、質問があればそれを質す師匠の存在も見え隠れする。源氏学と称される一統が脈々と続いている気配を感じることのできる付紙の内容である。

以下歴博本にあって「湖月抄」本にない脱落項目の代表的なものを中心に異同を挙げておく（初子3「一日子日引小松叓」とあるのは、初子巻の3項目にある「・一日子日引小松叓」が「湖月抄」本には脱落していることを示すものとする）。

（一）　初子3　「一日子日引小松叓」
（二）　胡蝶4　「中宮季御読経叓」ガ9ノ位置ニアリ。歴博本ガ正。
（三）　蛍5　「源氏君宿花散里方御物語事」
（四）　御幸9　「近江君参女御殿被申内侍上所望之由事」

（五）　若菜下44　「廿五日御賀事」

（六）　夕霧18　「帰三条宮又遣文於小野事　・宮有御返事」

（七）　橋姫8　「明日奉文於宇治事」ニ係ル細書ノウチ、「送経布施物等事　八宮自寺出給日也」ノ箇所

（八）　椎本28　「源中納言対面匂宮之次物語宇治姫君達事」ノ次ニ、総角11「暁天源中納言匂宮同車還京給事」以降、総角30「宇治姫君卒去事」マデノ細書ヲ含ム二十項目分ガ誤入。二頁分ノ錯簡ト思シイ。

（九）　椎本30　「年暮源中納言訪宇治給事・対面姫君之次語匂宮御趣給事　・与宿井人語給事」

（十）　宿木5　「夕霧左大臣六君叓」ノ次ノ細書「右大臣とかける本ハあやまれるなり」

（十一）　東屋2　「中人以此事告常陸守領状事」

（十二）　手習11　「手習姫君請僧都出家叓」ノ次ニ「中将文来返答姫君出家之由事　・立帰又送文事」ガ歴博本ニ[注三]脱落。

〔注〕

一、「本朝皇胤紹運録」（『群書類従』巻第六十）によれば、正徳三年（一七一三）誕生。母は松室備中守重篤女の右衛門佐局。享保元年（一七一六）有栖川宮家を相続、同十一年（一七二六）親王宣下。同十二年（一七二七）元服。任中務卿、叙二品。時に十五歳。寛延二年（一七四九）叙一品。明和六年（一七六九）薨去、五十七歳。大徳寺に葬られる。号本明圓心院。一方、和田英松氏『皇室御撰之研究』（初版昭和八年明治書院・再版昭和六一年国書逸文研究会）によれば、親王の業績として、「職仁親王御日記」「留書」「其葉」「職仁親王百首」「詠歌覚悟」「愚考一歩抄」「御教訓」「類題和歌集」「聴書竝覚書」の九つを挙げるが、そのいずれもが「高松宮御所蔵」。「源氏年立抄」が親王の蔵書の一つであり、それが親王の業績共々高松宮に委譲された経緯を語る。

二、「元日ヨリ六日マテ五十五枚」とあるから、何年かの正月元日より六日までに五十五枚を書写したらしく、平均して一日九枚強を写したということになろう。ここの五十五枚及びそれに続く四十六枚・卅八枚の合八十四枚には、何も記されていないが、次のブロックには各々「中」「下」とあるから、どうやら「五十五枚」「四十六枚」「卅八枚」の合計百三十九枚は、「上」に属する枚数と判断される。ということは、「上」が「百三十九枚」、「中」が「百七枚」、「下」が「百七十三枚」の三部三冊からなる形態であったのを語っているのであろうか。但し、該本の墨付は、二オから六六オの一二八頁分で、上・中・下の合計が四一九頁にも上る右の数値からはほど遠い。あるいは祖本はもっとゆったりと紙幅を割いて書写されていたということなのであろうか。現段階ではこれ以上の言及は不可能である。

三、唯一といっても過言ではない歴博本の大きな脱落箇所である。

梗概

伝後土御門院自筆『十帖源氏』
――寺本本の位置づけ――

はじめに

本論は、後土御門院自筆『十帖源氏』の現存全巻の影印と翻刻、収載歌と『源氏物語大成』との比較、梗概部分と『源氏物語』原典との差異を通し、作品としての独自性を指摘すること、作者の類推に及ぶことをおもな目的とする。

当該作品は玉鬘十帖[注一]のみの梗概書。大部な作品ではないが、後土御門院宸筆であること、『源氏物語』享受史上、重要な位置を占める梗概書であること、一見『源氏大鏡』『源氏小鏡』の類のようでありながら、連歌の寄合は一切記されず連歌を意識していたとは考えにくいことなど、謎も興味も多く存するからである。

一、後土御門院自筆『十帖源氏』の存在

（一）

後土御門院自筆『十帖源氏』（以下『十帖源氏』と略）は、すでに故寺本直彦氏著『源氏物語論考　古注釈・受容』（平成元年十二月・風間書房）第三部第二章「後土御門院『十帖源氏』（残簡）覚書き」で紹介され、伊井春樹氏編『源氏物語注釈書・享受史事典』（平成十三年九月・東京堂出版）でも〔本文・文献〕の項で取り上げられ存在は知られてい

る。

当該『十帖源氏』は故寺本氏ご架蔵本。この度ご遺族のご好意で原典を拝見し、撮影させていただく機会を得た。寺本氏のご論に導かれながら、あらためて考察を試みる所以でもある。

さて寺本氏は右同書冒頭で書誌を以下のようにまとめておられる。

一、桐箱入[注二]で、箱の右肩に「後土御門院十帖源氏」と墨書する。内容とは別筆。箱もその墨書も書写当時のものではなく、表紙と同じく近世初期のものと思われる。

一、表紙は紺地に金色の細かい蔦唐草模様の緞子で、いわゆる遠州緞子[注三]。見返しは金地に金銀の切箔・野毛模様がある。この表紙も近世初期のものと思われる。

一、縦二一・四糎、横一三・五糎。一冊。列帖装。料紙は楮紙。二葉を貼り合わせ、厚手で両面に書く。六葉ずつ二括り、合計二十四葉。第一葉は裏から書きはじめ、最終葉は白紙。したがって墨付は二十三葉。一面九行、一行二十字前後。和歌は二、三字下げ、二行に書く。

一、内容は、十七玉かつら巻とその并九帖、都合十帖の梗概書で、原典の和歌は、藤袴巻「わすれなむと思ふものから」の一首を逸する以外は全部をふくむ。

一、箱の墨書以外、外題・内題・奥書・識語の類はない。

一、書写年代は室町中期。

大要以上のようであるが、いったい箱右肩の墨書「後土御門院十帖源氏」とは、後土御門院の「筆」「作」「御蔵」等のいずれに解すべきなのであろうか。こうした書き方は、通常伝称筆者の名を示すものであり、後土御門天皇の御名「成仁」の署名ある詠草（講談社、日本書蹟大鑑第八巻86―87所収）等とくらべて見ても、確証はないが、後土御門院宸筆である可能性が高いという（四三一～二頁）。

そして寺本氏は筆蹟・箱書・表紙等に関し、元古筆学研究所所長の故小松茂美博士、所員神崎充晴氏のご教示を得られたことを注された（四六三頁〔注〕1）。

（二）

寺本氏は後土御門院と『源氏物語』の関係が深いことを、

①切臨の『源義弁引抄』が伝えるように定家自筆青表紙本の外題が後土御門院宸筆であること。
②竜門文庫蔵『花鳥余情』第一冊は、一条兼良が後土御門院の勅命により書写献上したものであること。
③甘露寺親長が『源氏物語』全巻書写の記念になした源氏供養の詠源氏巻々和歌において、桐壺二首・蓬生三首・宿木二首は後土御門院詠であったこと。
④『新撰菟玖波集』には、後土御門院の独吟源氏詞連歌百韻が残ること。

の四点を上げて述べられた（四三三～五頁）。

一方、『十帖源氏』の名を持つ野々口立甫作の仮名草子十巻十冊（万治四年〈一六六一〉四月成立）と、当該『十帖源氏』は別個のもの。[注四] しかしそれ以前、連歌師猪苗代兼載（永享四年〈一四三二〉～永正七年〈一五一〇〉）の和歌・連歌等に関する雑談をまとめた『兼載雑談』には「十帖の源氏」とある（日本歌学大系第五巻・四〇九頁）。後土御門院と兼載は同時代人。しかも兼載は、後土御門院から准勅撰集の綸旨を得た『新撰菟玖波集』の編纂に関与、院の下命で百句連歌を進献、さらには兼載の連歌学書『若草山』が院の乙夜の叡覧に備えられるなど、相互に交渉があり、しかも共に『源氏物語』に通じていたことを勘案すると、「十帖の源氏」と『十帖源氏』が同一のものを指す可能性は高いと寺本氏は述べられる。

さらに氏は、『兼載雑談』の「十帖の源氏」は、蓬生巻に関連していることに推し、『十帖源氏』の呼び名は、いわゆる玉鬘十帖から来たのではなく、本来は物語全巻を、十帖十冊に分けて扱った中の、一帖一冊が伝存した残簡であったことに由来しているのではないかとされる。その辺り、寺本氏の論を引用しておく。

現存後土御門院『十帖源氏』は、外題も内題もなく、奥書識語の類もない。箱右肩に「後土御門院十帖源氏」と墨書するのは、近世初期頃と推定されており、由来あるものと考えられるが、それは『十帖源氏』が本来十冊揃いの本で、散逸したどこかに筆者や書名が示されており、箱書はこれに拠ったと憶測するのが穏当ではあるまいか。以上によって、現存後土御門院『十帖源氏』一冊は、本来源氏物語全巻にわたった梗概書『十帖源氏』十冊のうち、散逸をまぬかれた残簡一冊と考えたい（四三八～九頁）。

〔注〕

一、『源氏物語』の成立を構造・構想の視点での解析した学説での呼称。物語は、紫上の物語を中心とする紫上系と、玉鬘の物語を中心とする玉鬘系に解析できること。紫上系物語には、玉鬘系物語の人物がほとんど登場しないのは、まず紫上系物語が最初に書かれ、後に物語の内容に幅を持たせるために玉鬘系が書かれ、物語の随所に挿入されたのだとする学説。反対論も多いが、科学的な解析は明解で、大いに考察されねばならない学説として一斉を風靡した。

二、桐箱　縦二十三・〇センチ　横十五・一センチ　高さ一・八センチ。箱の表に直書で「後土御門院自筆十帖源氏」とする。

三、小堀遠州は、江戸前期の茶人であり、作庭家。近江の出身。豊臣・徳川両氏に仕え、作事奉行・伏見奉行を勤仕。遠江守であったので遠州と称す。茶道を古田織部に学んで遠州流を創設し、徳川家光の茶道師範ともなる。和歌・生け花・建築・造園・茶具の選択や鑑定にも秀でていた。生没一五七九～一六四七。

四、野々口立甫（一五九五～一六六九）は江戸時代初期の俳人。京都の人。名は親重。業は雛屋（雛人形を売る家）。連歌や和歌や俳諧に長け、松永貞徳門下であったが、後に貞徳の門を去り、一派をなした。多芸多才で俳画にも巧みで、その画才が「十帖源氏」の挿絵に大いに発揮されたのでもある。

二、影印と翻刻

翻刻にあたっては、なるべく原典に忠実にするため、あえて句読点を私に付さなかった。影印の一オ・二ウなどは、同頁下段に載せた翻刻の一ウ・二オなどに合致している。

表紙は紺地に細かい金色の蔦唐草模様の遠州緞子。

見返しは金地に金銀の切箔・野毛模様　21.4cm×13.5cm

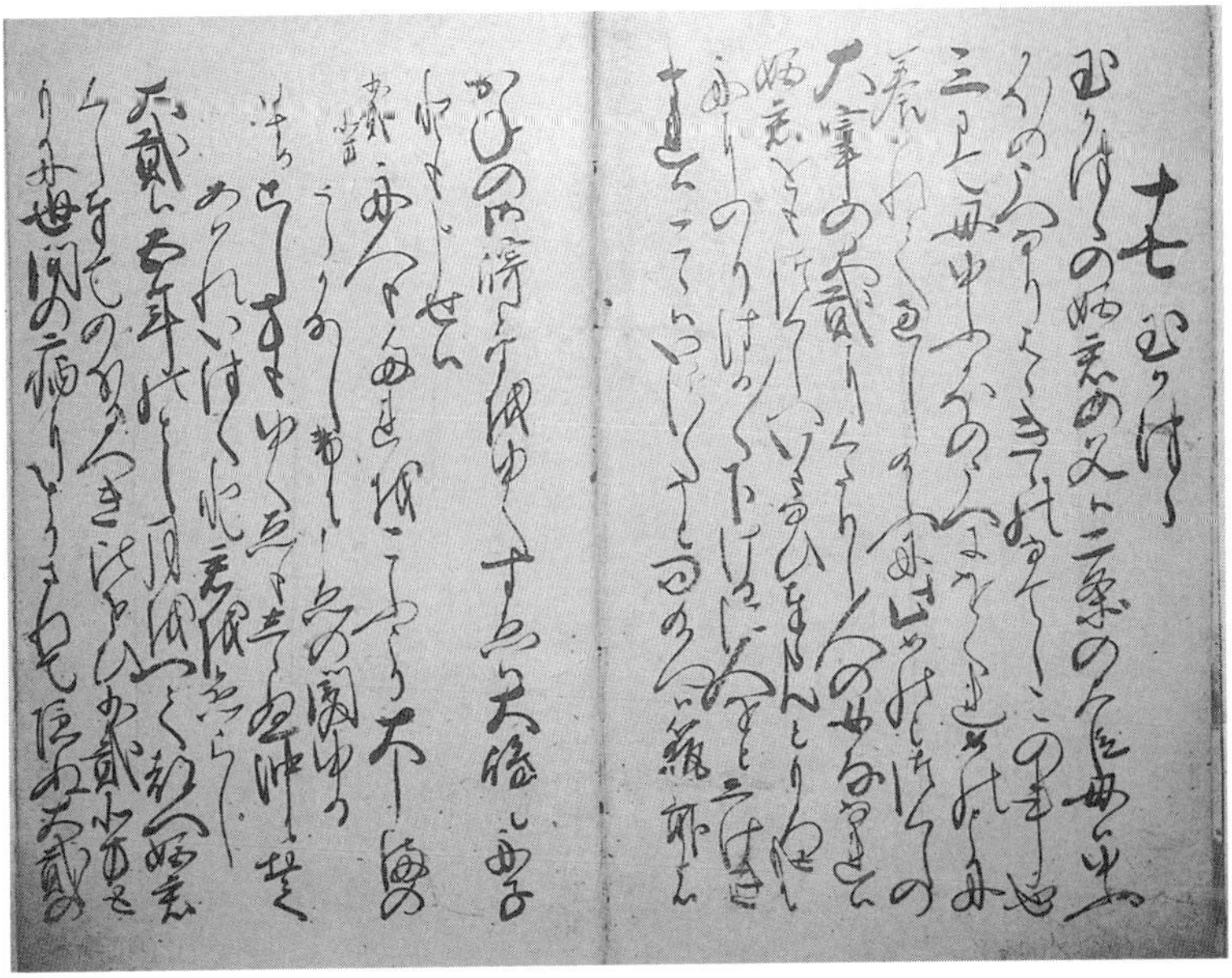

一ウ

十七　玉かつら

玉かつらの姫君の父ハ　二条の大臣　母ハゆふ
かほのうへなり　はゝきゝのなてしこの事也
三にて母ゆふかほのうへにをくれ　めのとに
養ハれて過し給ふに　此めのと　つくしの
大宰の大貳にくたりし人の女房なれハ
姫君をもつくしへいさなひ奉らんと　もろともに
舟にのり　はる〳〵下けるに　人をとしけき
けれハ　こゝハいつくそと問給へハ　筑前の

二オ

かねの御崎　なをゆくすゑハ大嶋と　舟子
とも申せハ

少貳北方　舟人もたれをこふとか大しまの
うらかなしけにこゑの聞ゆる

むすめ　こし方もゆくゑもしらぬ沖に出て
あハれいつくと君を恋らし

大貳ハ五年のとし月をへて　都へ姫君
くし奉てのほるへき比をひ　少貳北方と
もに世間の病にをかされて隠ぬ　大貳の

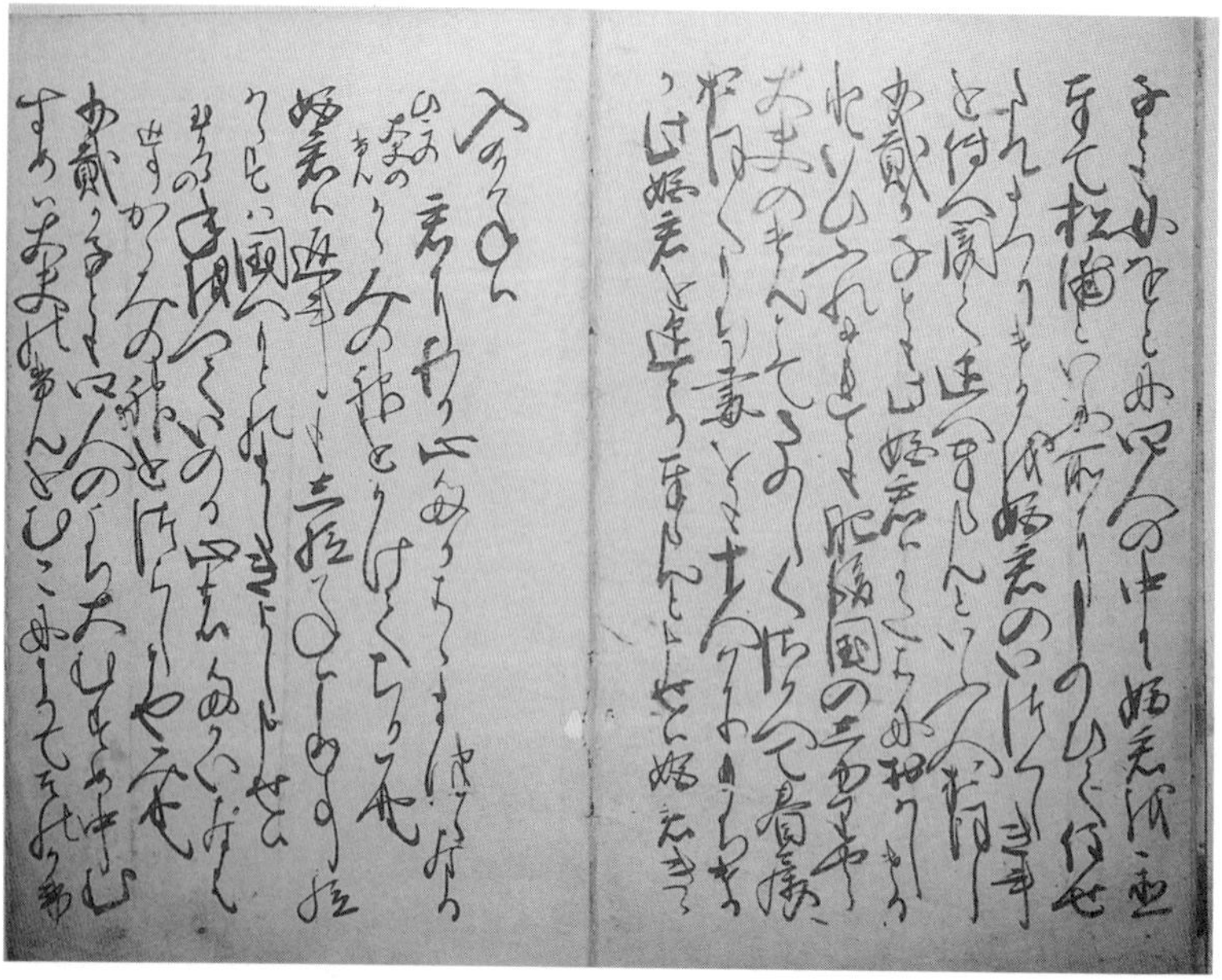

二ウ
子とも女をとに（ママこカ）四人の中に姫君を置
奉て　松浦といふ所にしのひて住せ
たてまつりけるを　姫君のいつくしき事
を傳へ聞て　迎へ奉らんといふ人おほし
少貮か子とも　此姫君ハかたはにおハしける
といひふれけれとも　肥後国のしゆりやう
大夫のけんとて　たのしくさかへて眷属
おほくもち　妻をも十人はかりもちける
か　此姫君を迎とり奉らんと申せハ　姫君きゝ
三オ
入給ハねハ
ひこの大夫のけん
　　君にわか心たかはゝまつらなる
　　かゝみの神をかけてちかハむ
姫君ハ返事もし給ハねハ　返事給
はらすハ国へもとるましきよし申せハ
玉かつらの返事
　　年をへていのる心のたかいなは
　　かゝみの神をつらしとやみむ
少貮か子とも四人のうち　大むすめ　中む
すめハ　大夫のけんをむこにとりて　そのかけ

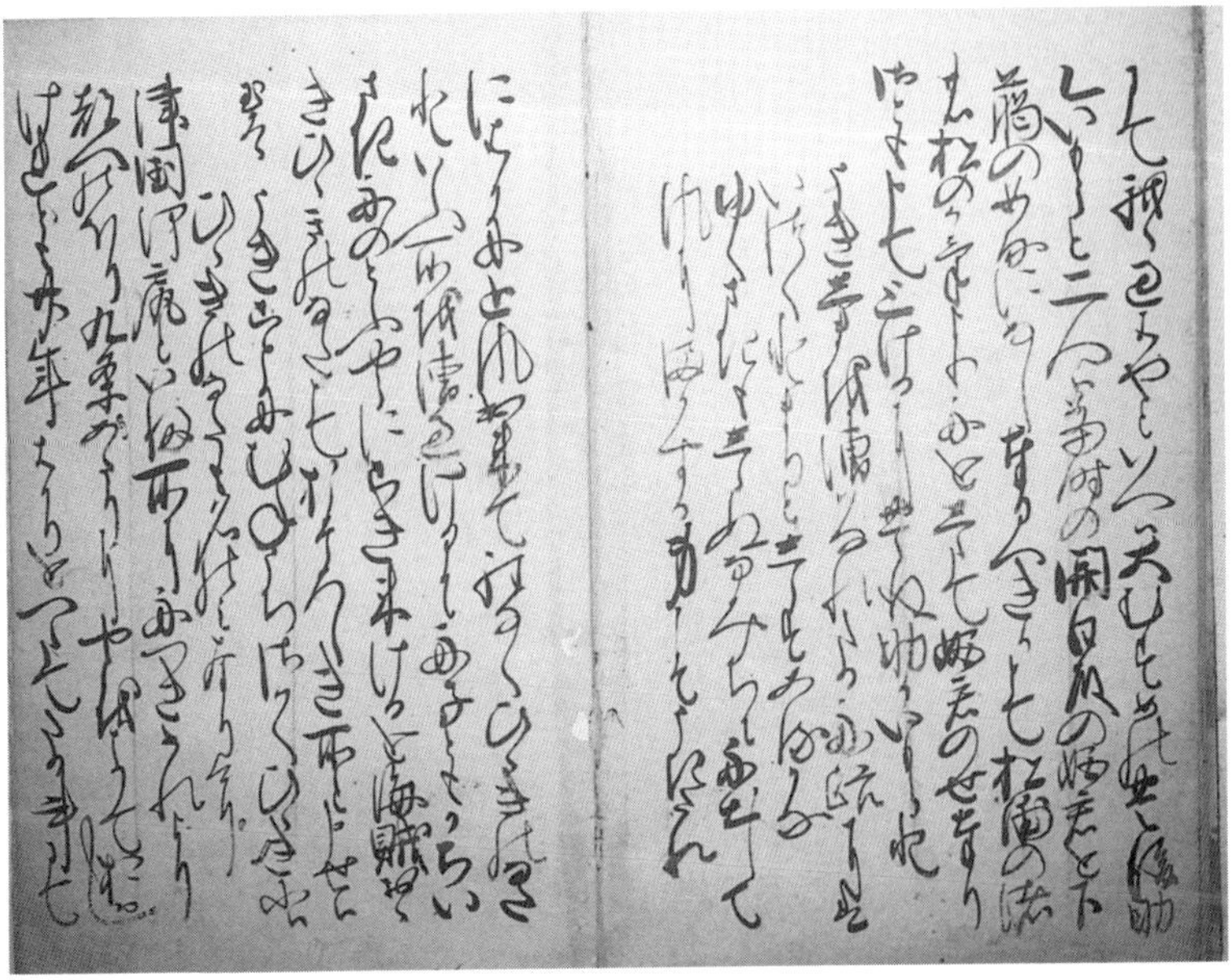

三ウ

にて我ら過はやといへハ　大むすめの豊後助
乙いもうと二人ハ　當時の関白殿の姫君を下
臈の女房になし奉るへきかとて　松浦の渚
の松のかけより舟をしたて　姫君のせ奉り
御とも申て上けるに　豊後助かいもうと
　うきしまを漕ハなれたる舟路には
　いつくとまりとしらすあるかな
　ゆくさきもしらぬなみちに舟出して
　風にまかする身こそうきたれ

四オ

にはかに追風出来て　程なくひゝきのなた
といふ所を漕過けるに　舟子ともか　ちい
さき舟のとふやうにこき来けるを　海賊おゝ
きひゝきのなたとて　おそろしき所と申せハ
玉かつら　うきことにむねうちさハくひゝきにハ
　ひゝきのなたも名のミなりけり
津国河尻といふ所に舟つき　それより
都へのほり　九条あたりにやとをとりておハし
けれとも　廿年はかりをへたてたる事にて

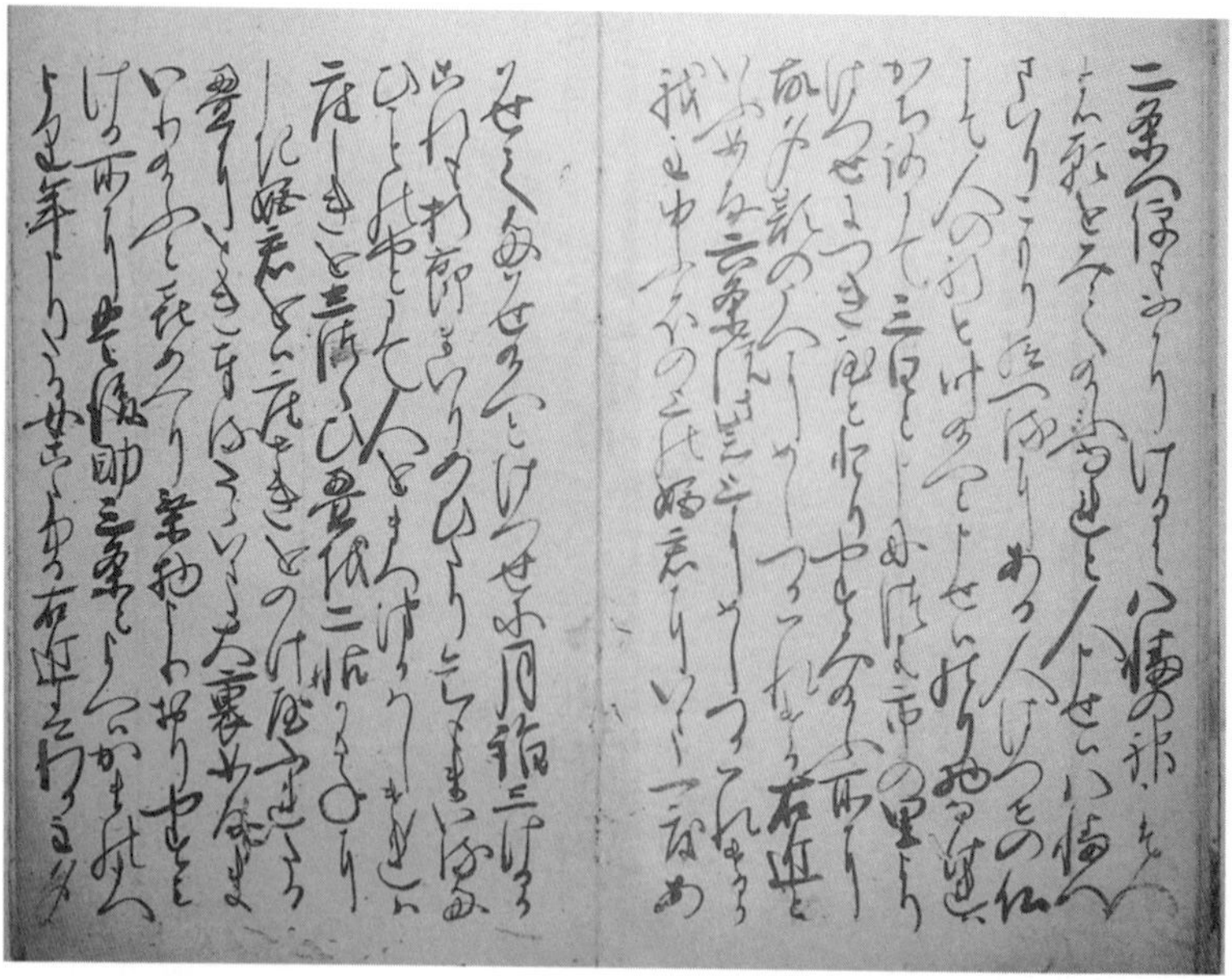

四ウ
二条へ便もなかりけるに　八幡の神こそ人
の願をみて給ふなれと人申せハ　八幡へ
まいりこもり給へるに　ある人　はつせの仏
こそ人の祈を叶給へと申せハ　のり物なけれハ
かち路にて三日と申に　つは市の里より
はつせにつき　やととりやすみ給ふ所に
故夕顔のうへにめしつかハれける右近と
いふ女房　六条院紫上にめしつかハれけるか
我主ゆふかほの上の姫君に　いま一度あ
五オ
ハせてたハせ給へと　はつせに月詣しけるか
これも折節まいりあひたり　是もまいるた
ひことのやとにて　人をまつつかハしけれハ
座しきをしつらひ　畳を二帖かさねに
しき　姫君をハ座せきをのけ　やふれたる
畳にをき奉る　たゝいま大裏女房ま
いり給ふと㐂あへり　乗物よりおり　やすミ
ける所に　豊後助　三条とよへハ　かまのまへ
より年よりたる女こたゆる　右近は　わか主夕

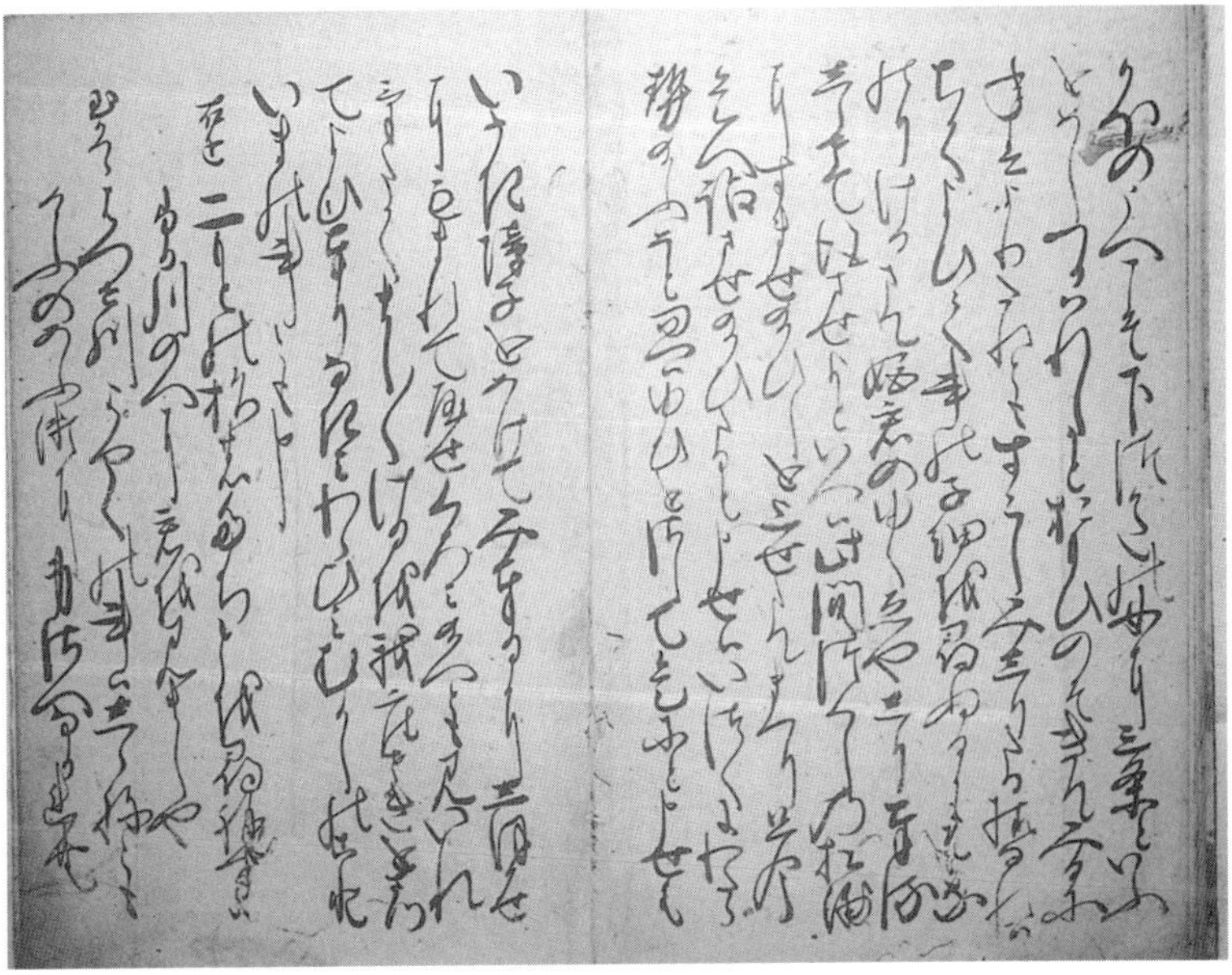

五ウ
かほのうへこそ　下つかたの女に三条といふ
をめしつかハれしかとおもひ　のそきてみるに
年はよりたれとも　すこしみしりたる様なれは
ちかくよひて事の子細を尋ぬるにそ　な
のりける　さて　姫君のゆくゑやしり奉る
しらせて得させよ　といへハ　此間つくしの松浦
にすませ給ひしを上せたてまつり　只今
是へ詣させ給ひたると申せハ　いつくにわたら
せ給ふそと問へハ　ゆひをさして　是にと申せは

六オ
いそき障子をあけてみ奉るに　しほかせ
にもまれてやせくろみ給へとも　みいれ
気たかくましく〵けるを　我座せきをさつ
てよひ奉り　なきミわらひミむかしのこと
いまの事ゝも申

右近
　二もとの杉のたちとを尋ねすハ
　ふる川のへに君を見ましや

玉かつら
はつせ川はやくの事ハしらねとも
けふのあふ瀬に身さへなかれむ

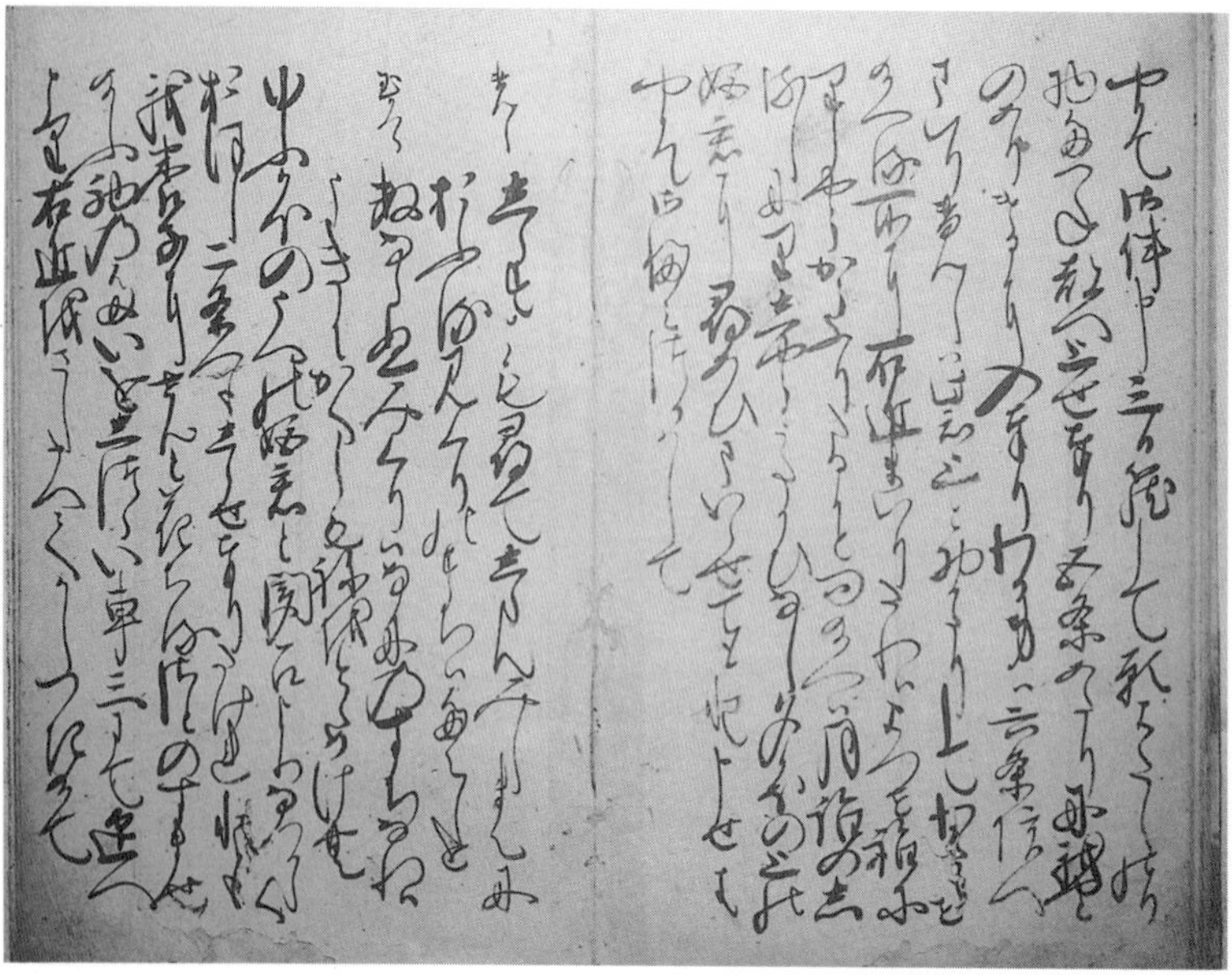

六ウ
やかて御伴申　三日籠して願はたし　のり
物たつね都へ上せ奉り　五条あたりに我やと
のありけるに入奉り　わか身ハ六条院へ
まいり　けんしハ紫上と物かたりしてわたらせ
給へる所に右近まいりたれハ　はつせ詣に
りしやうかうふりたるかと問給へハ　月詣のし
るしに　りしやううたかひなし　夕かほの上の
姫君に尋あひまいらせて候と申せは
やかて御ふミつかハして
七オ
けんし
しらすとも尋てしらんみしまえに
おふるみくりのすちハたえしを
玉かつら
数ならぬみくりハなにのすちなれハ
うきにかくしもねをとゝめけむ
ゆふかほのうへの姫君と聞召よりなつかしく
おほし　二条へもしらせ奉りたけれとも
我養子にせんと　花ちるさとのすませ
給ふ西のたいをしつらい　車三にて迎へ
とり　右近をさしそへてかしつき給て

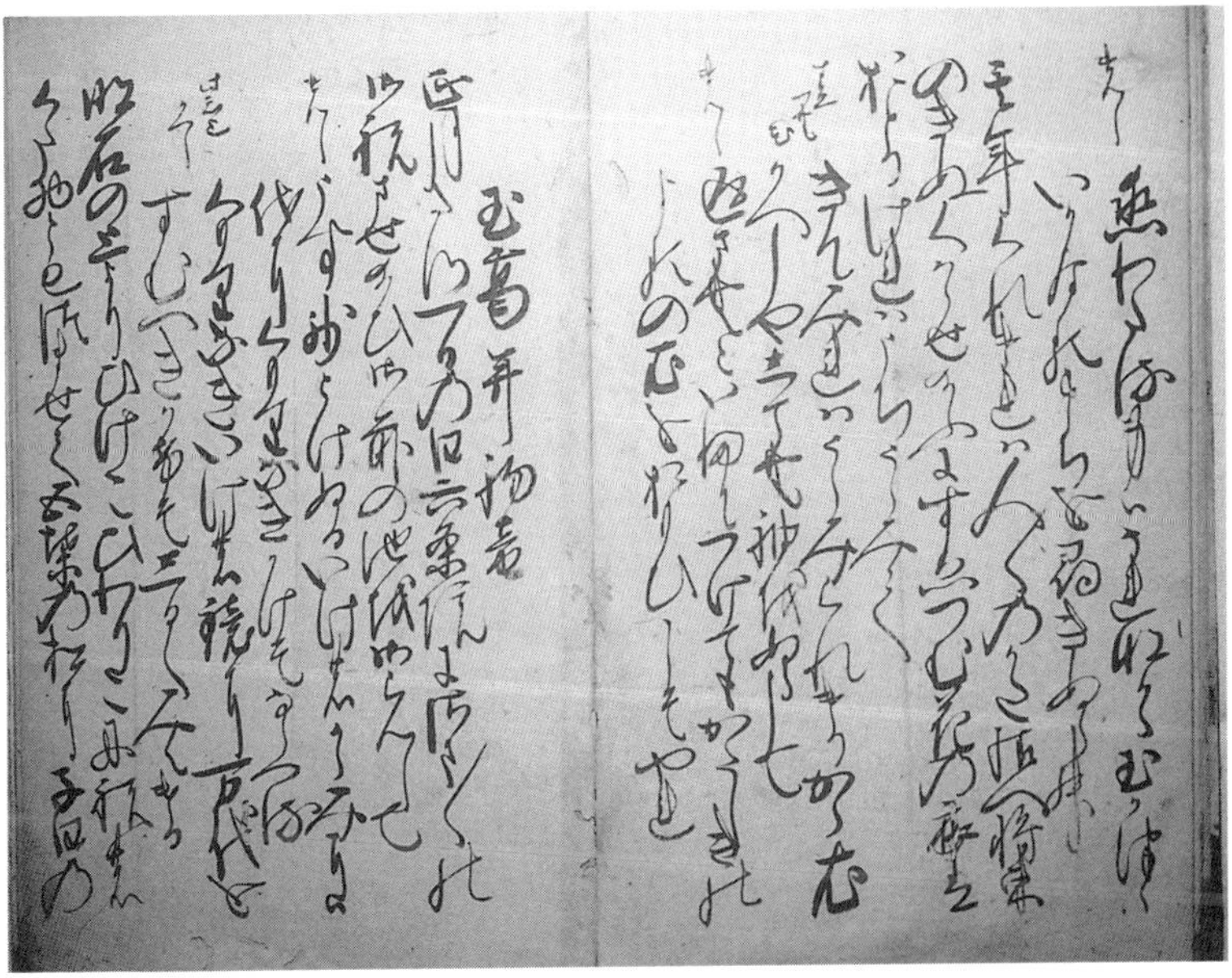

七ウ

けんし
恋わたる身ハそれなから玉かつら
いかなるすちを尋きぬらむ

其年くれけれハ　人〳〵のかた様へ装束
のきぬ　くハらせ給ふに　すゑつむ花の衣は
おとりけれハ　うちうらみて

すゑつむ花
きてみれハうらみられけりから衣
かへしやしてむ袖をぬらして

けんし
返さむといふにつけてもかたしきの
よるの衣をおもひこそやれ

八オ

玉葛　并初音

正月たつ一日の日　六条院にさま〳〵の
御祝させ給ひ　御前の池を御らんして

けんし
うす氷とけぬるいけのかゝみにハ
代にくもりなきかけそならへる

紫上
かへし
くもりなきいけの鏡に万代を
すむへきかけそしるくみえける

明石の上より　ひけこ　ひわりこに祝の
くた物ともつませて　五葉の松に子日の

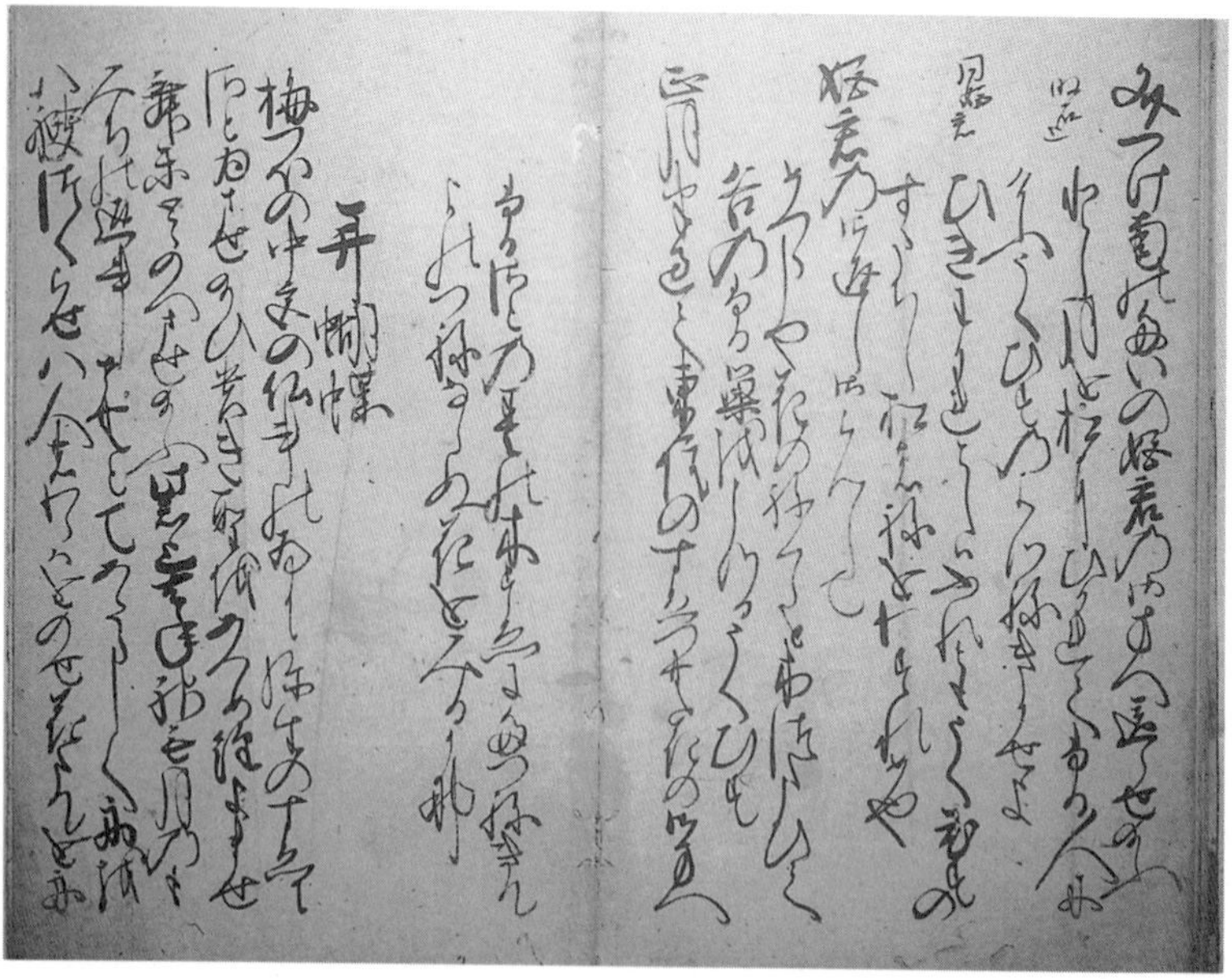

八ウ

文つけ　南のたいの姫君の御方へ送らせ給ふ

明石上

とし月を松にひかれてふる人に
けふうくひすのはつねきかせよ

同姫君

ひきわかれとしハふれともうくひすの
すたちし松のねをわすれめや

姫君の御返し御らんして

めつらしや花のねくらを木つたひて
谷のふる巣をとつるうくひす

九オ

正月半過て　東院のすゑつむ花の御方へ

ふるさとの春の木すゑにたつねきて
よのつねならぬ花をみるかな

并蝴蝶

梅つほの中宮の仏事の為に　弥生のすゑに
さとゐさせ給ひ　貴き聖をあつめ経よませ
舞楽とゝのへさせ給ふ　紫上　去年神無月の　も
みちの返事せむとて　あたらしく舟を
八艘つくらせ　八人のわらはをのせ　花たてを舟

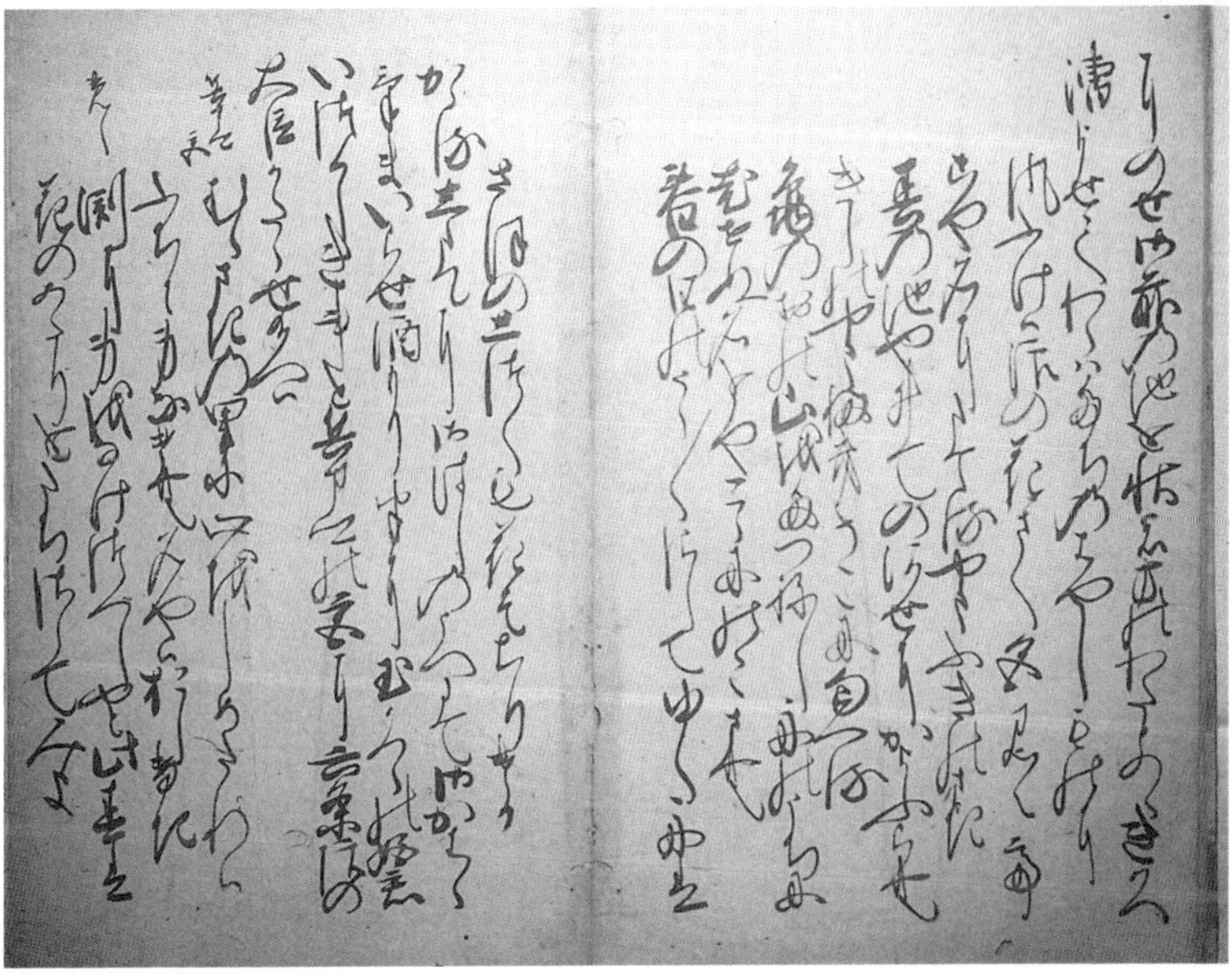

九ウ

にのせ　御前の池を秋の方のわたとのゝきハへ
漕よせて　わらハたちのはやしものに

　風ふけハ浪の花さく色みえて
　こや名にたてるやまふきのさき
　春の池やゐての河せにかよふらむ
　きしのやまふきそこに匂へる
　亀のおの山をたつねし舟のうちに
　老せぬ名をやこゝにのこさむ
　春の日のうら〳〵さしてゆく舟は

十オ

　さほのしつくも花そちりける
かゝるしたてに　御はしのうへにて御かはら
けまいらせ　酒もり半に　玉かつらの姫君
いつくしき事と　兵部卿の宮に六条院の
大臣かたらせ給へハ

兵部卿宮
　むらさきのゆえに心をしめたれハ
　ふちに身なけむ名やハおしけき

けんし
　淵に身をなけつへしやと此春は
　花のあたりをたちさらてみよ

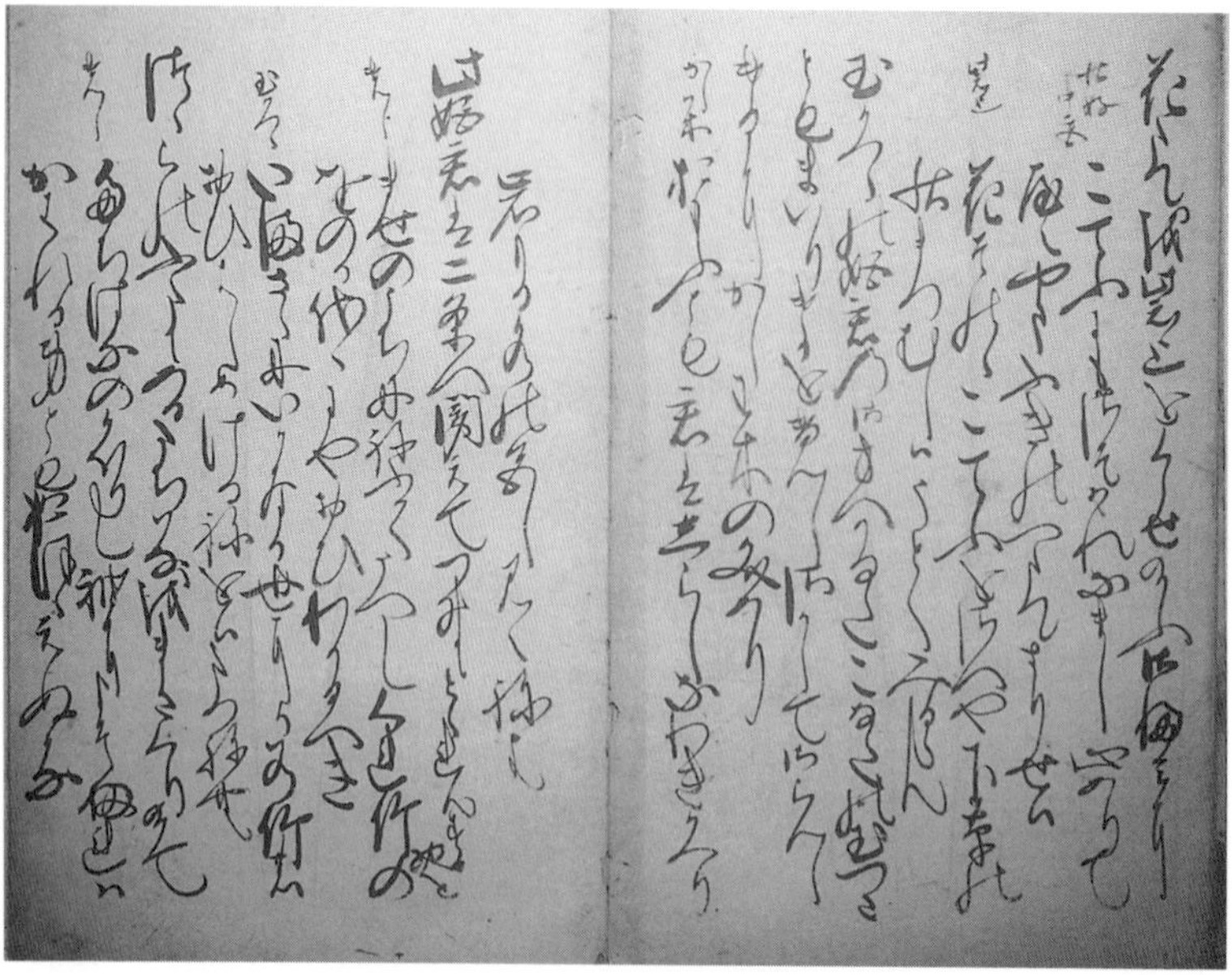

十ウ

花たてを紫上をくらせ給ふ　御ふミに

秋好中宮　こてふにもさそハれなまし心ありて
やえやまふきのへたてさりせハ

紫上　花そのゝこてふをさへや下草の
秋まつむしハうとくみるらん

玉かつらの姫君の御方へ　かなたこなたの玉つさともまいりけるを　けんしさかして御らんしけるに　かしわ木の文あり

かしハ木　おもふとも君はしらしなわきかへり
岩もる水の色しみえねは

十一オ

此姫君は　二条へ聞えてつゐにとられんする物を

けんし　ませのうちにねふかくうへしくれ竹の
をのか代〻にやおひわかるへき

玉かつら　いまさらにいかなる世にか若竹の
おひはしめけるねをハたつねむ

つゝらのふたにあるたちハなをまさくり給て

けんし　たちはなのかほりし袖によそふれハ
かはれる身ともおほゝえぬかな

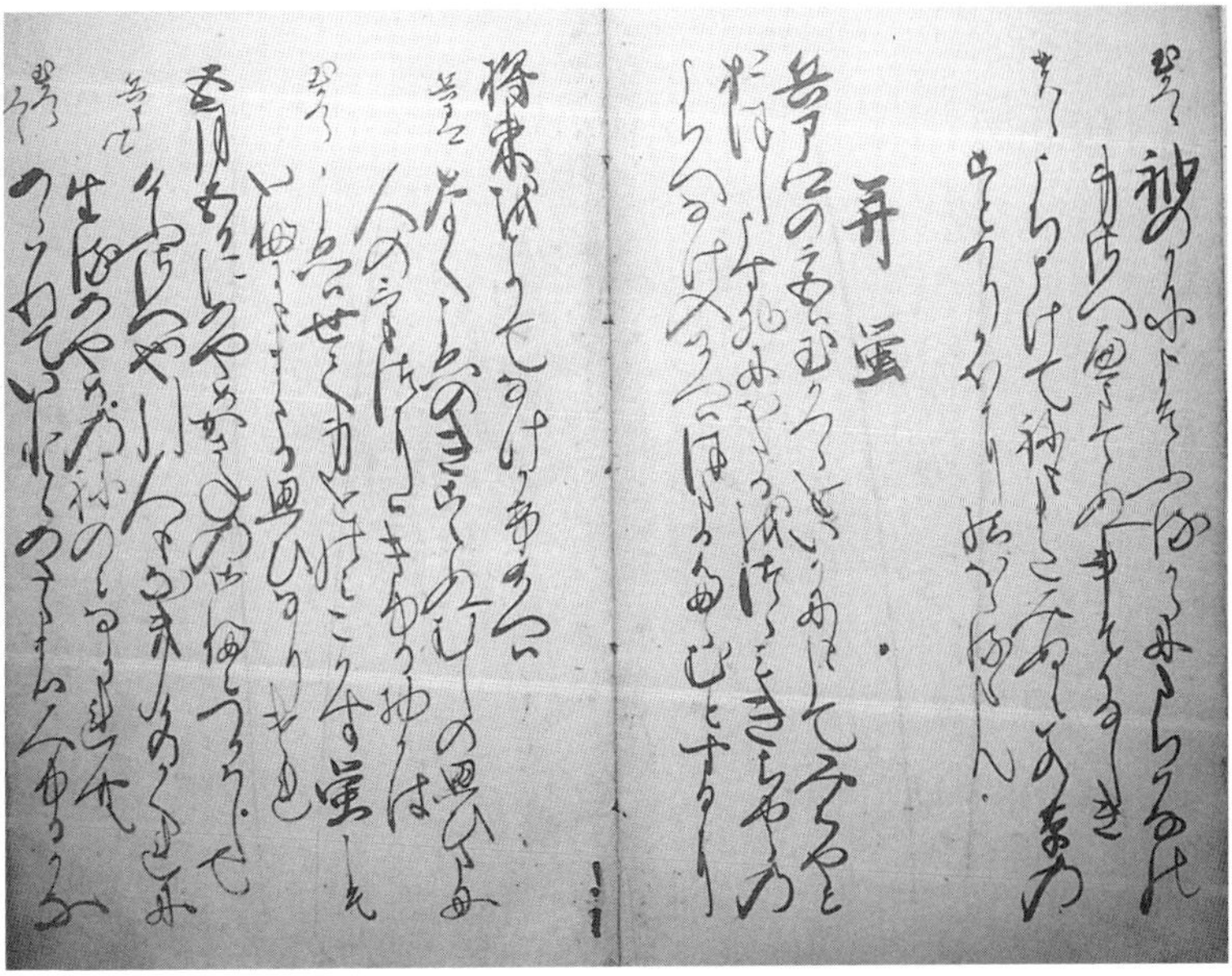

十一ウ

玉かつら
袖のかによそふるからにたちハなの
身さへへたてぬ事そかなしき

けんし
うちとけてねもまたみぬに若草の
ことありかほに結ほゝるらん

并蛍

兵部卿の宮ハ　玉かつらをいかにもしてみはやと
おほし　うす物にほたるをつゝミ　きちやうの
うちへなけ入給へハ　ほたるたゝむとするに

十二オ

将束（ママ）をとりてなけかけ給へハ

兵部卿
なくこゑのきこえぬむしの思ひたに
人のけつにハきゆる物かは

玉かつら
こゑハせて身をのミこかす蛍こそ
いふにもまさる思ひなりけれ

五月五日に

兵部卿
あやめかさねの御ふミつかハして
けふさへや引人もなきみかくれに
生るあやめのねのミなかれむ

玉かつら
かへし
あらハれていとゝあさゝのみゆるかな

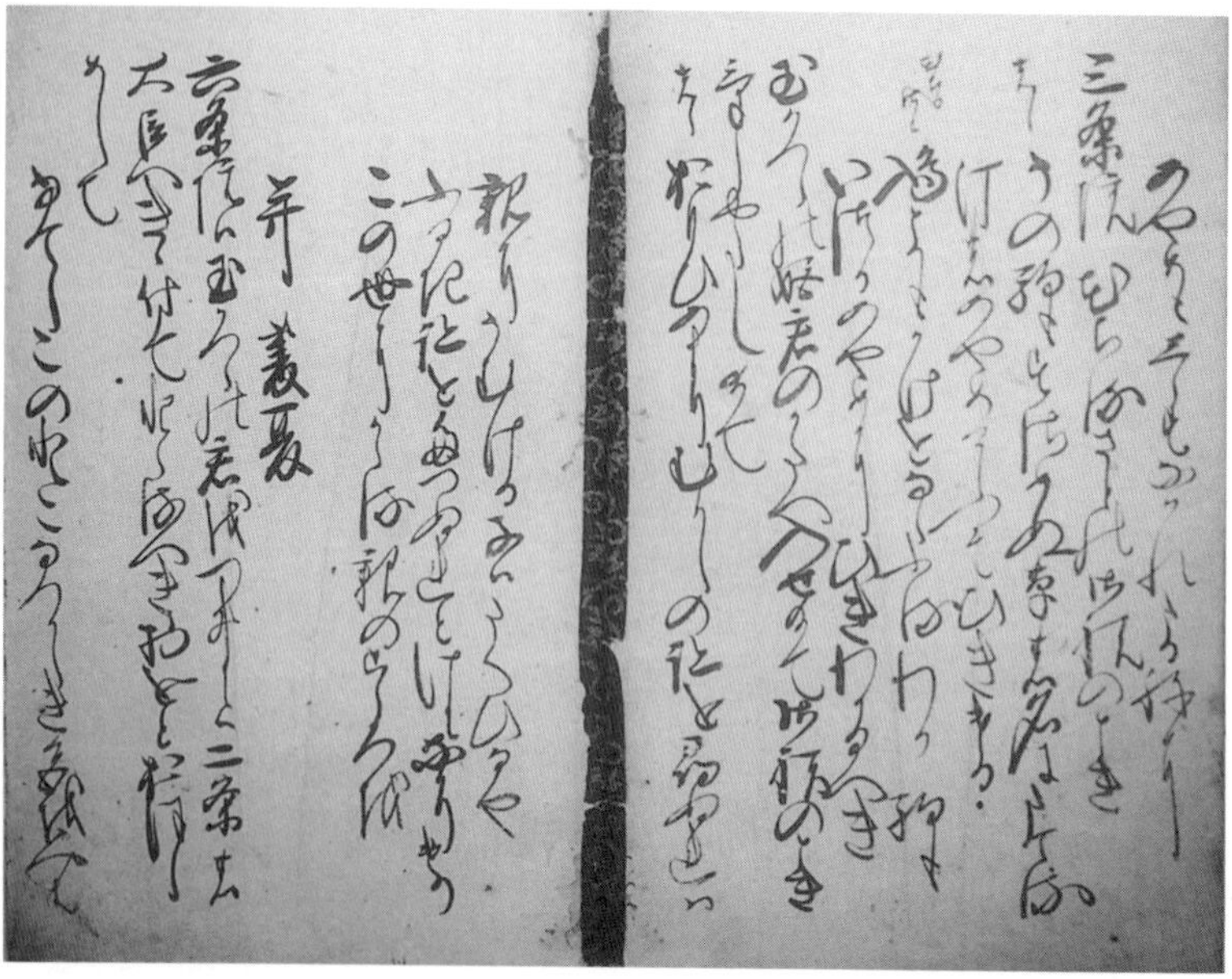

十二ウ
あやめもしらすなかれたるねに
三条院（けんし）　花ちるさとの御祝のとき
その駒もすさめぬ草の名にたてる
汀のあやめけふそひきける
（花ちる さと）鳰とりもかけをならふるわか駒も
いつかあやめにひきわかるへき
玉かつらの姫君のかたへ入せ給て　御祝のとき
けしやうし給て
（けんし）おもひあまりむかしの跡を尋ぬれハ
十三オ
親にそむける子ハたくひなや
ふるき跡をたつぬれとけになかりけり
この世にかゝる親のこゝろを
并麥夏
六条院ハ　玉かつらの君をつゐにハ　一条の
大臣へき、付て　とらるへき物をとおほし
めして
なてしこのとこなつかしき色をみは

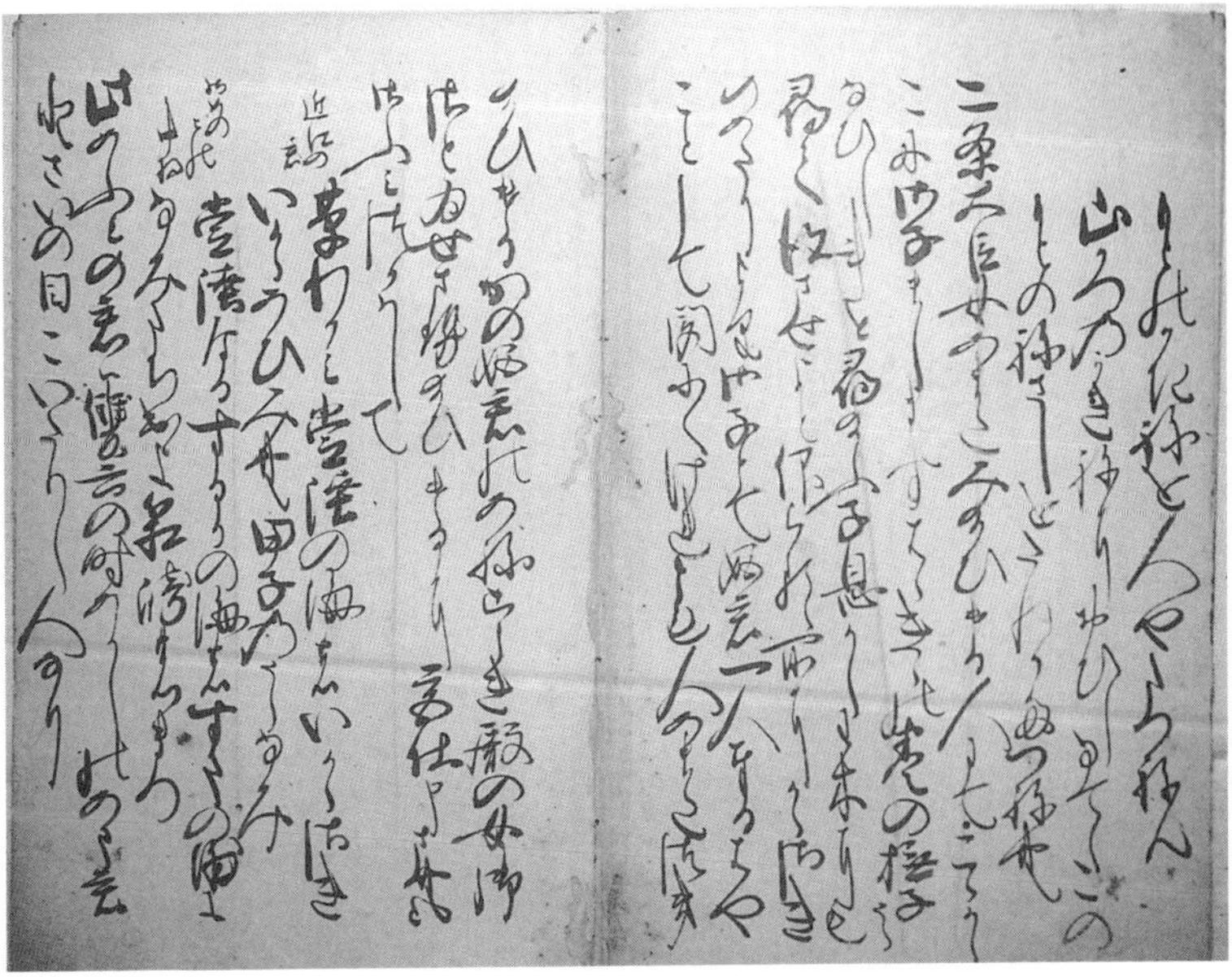

十三ウ

もとのかきねを人やたつねん
山かつのかきねにおひしなてしこの
もとのねさしをたれかたつねむ
二条大臣　女あまたみ給ひける人にて　こゝかし
こに御子ましますはゝきゝの巻の撫子うし
なひし事を尋給ふ　子息かしわ木にも
尋て得させよと仰らるゝ所に　からさき
のあたりより御子とて姫君一人奉る　はや
ことして聞にくけれとも　人あまたつき
十四オ
給ひける　かの姫君のあね　こうき殿の女御
さとゐせさせ給ひけるに　宮仕申さむと
御ふミつかはして

近江の君
草わかミ常陸の海のいかゝさき
いかゝあひみむ田子のうらなみ

御めのとの中将
常陸なるするかの海のすまの浦に
なみたち出よ箱崎のまつ

此あふミの君ハ　雙六の時　あかしのあま君
とさいの目こいたりし人なり

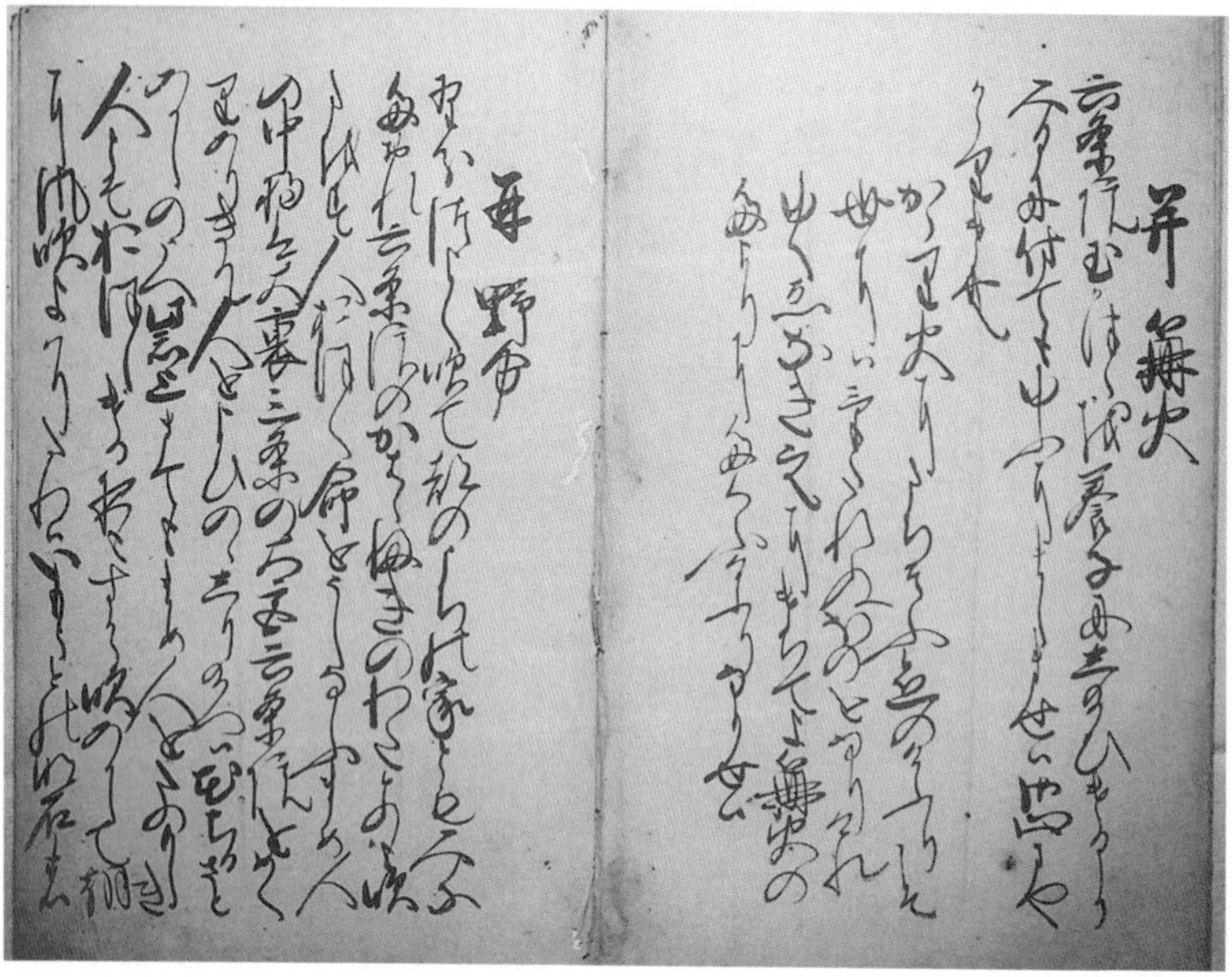

十四ウ

六条院　玉かつらを養子にし給ひけるか
みるに付てもゆふにましませハ　御心にや
か丶りけむ

并篝火

か丶り火にたちそふ恋のけふりこそ
世にハけたれぬほのをなりけれ
ゆくゑなき空にけちて丶よ篝火の
たよりにたくふけふりなりせハ

十五オ

并野分

野分つよく吹て　都のうちの家ともみな
たおれ　六条院のかはらふきのわたとのも吹
たをす　人おほく命をうしなふ　まめ人
の中将は　大裏　三条の大宮　六条院をめく
りありきて　人をよひの丶しり給へハ　花ちるさと
あかしのうへ　紫上までもまめ人をたのもしき
人とそおほしける　夜もすから吹あかして　朝
に風吹よハりたれハ　いもうとの明石の

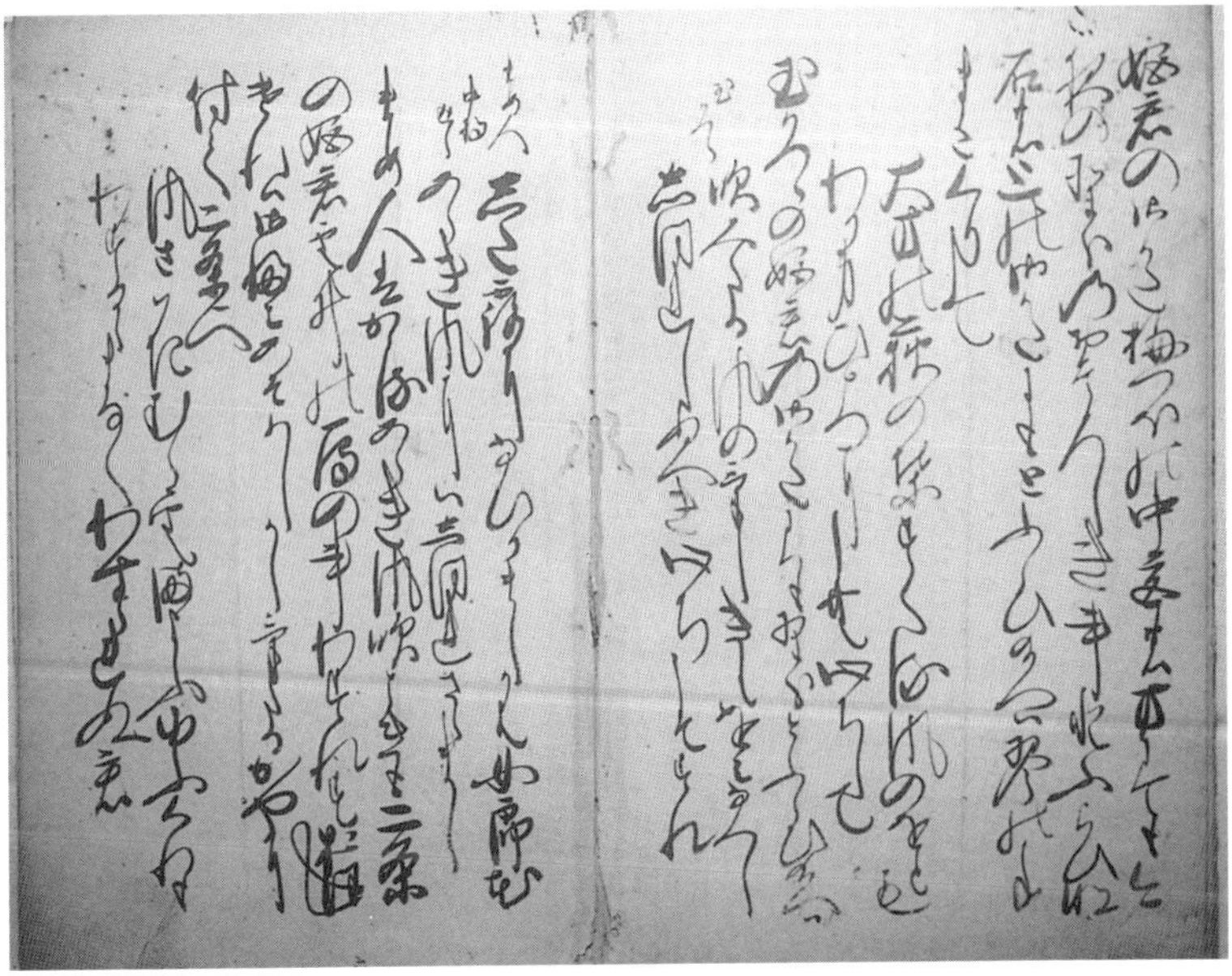

十五ウ
姫君の御かた　梅つほの中宮の方にても今
夜の野分のおそろしき事とふらひ　明
石の上の御かたにもとふらひ給へハ　琴の手
まさくりして
　大方の荻の葉すくる風のをとも
　わか身ひとつにしむ心ちして
玉かつら
玉かつらの姫君の御かたにても野分とふらひ給へハ
　吹みたる風のけしきはをミなへし
　しほれしぬへき心ちこそすれ
十六オ
まめ人
中将返し
　した露になひかましかは女郎花
　あらき風にハしほれさらまし
まめ人は　かゝるあらき風吹ときも　二条
の姫君雲井の雁の事わすれすおほし
けれハ　御ふミあそはし　かしけたるかやに
付て二条へ
　風さハきむら雲まよふゆふくれも
　わするゝまなくわすられぬ君

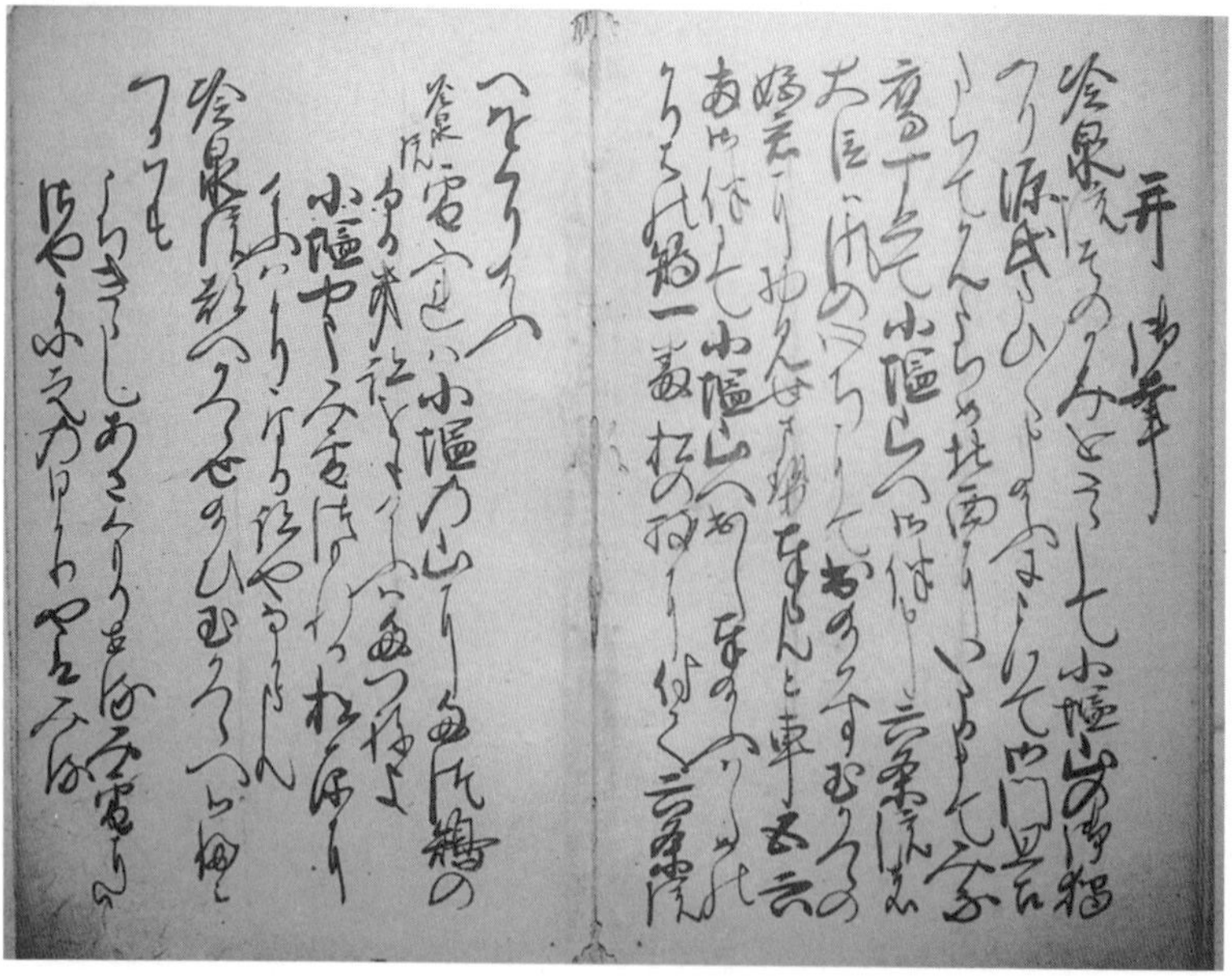

十六ウ

并御幸

冷泉院　そのかみをたゝして　小塩山の御狩
あり　源氏たひ〱申給ふによりて　御門思召
たちて　かんたちめ　北面にいたるまてみな
鷹するゑて小塩山へ御伴申　六条院の
大臣ハ風の心ちにて出給ハす　玉かつらの
姫君に物見せさせ奉らんと　車五六
両　御伴にて　小塩山へ出し奉給ふ　ハしめの
かりはの鴙一番　松の枝に付て六条院

十七オ

へをくり給ふ

冷泉院

雪ふれハ小塩の山にたつ鴙の
ふるき跡をもけふハたつねよ
小塩やまみ雪つもれる松原に
けふハかりなる跡やなからん

冷泉院都へかへらせ給ひ　玉かつらへ御ふミ
つかハす

うちきらしあさくもりせるみ雪には
さやかに空のひかりやはみる

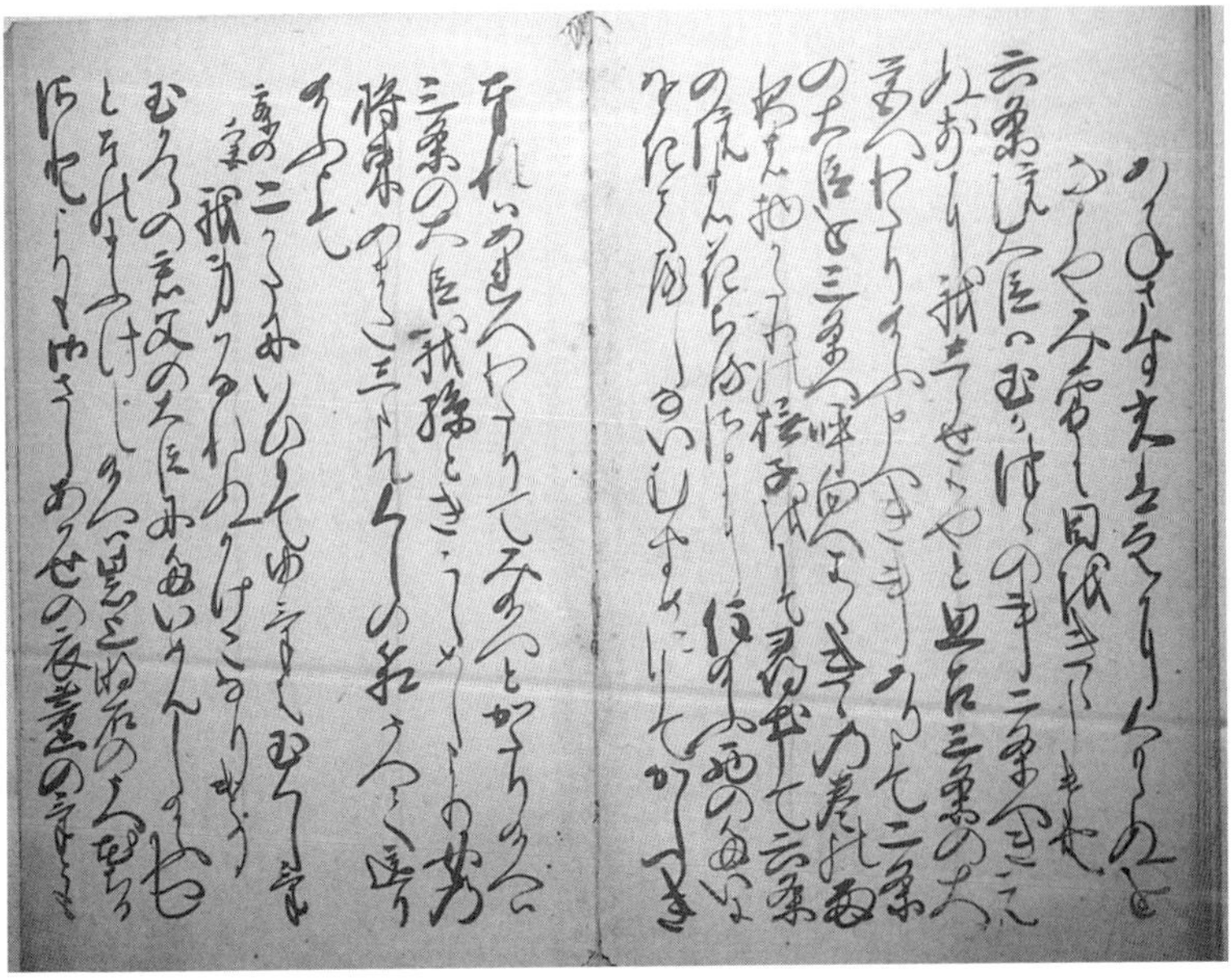

十七ウ

　あかねさす光は空にくもらぬを
　　なとやみ雪に目をきらしけむ

六条院大臣ハ　玉かつらの事　二条へきこえ
ぬ前に　我しらせはやと思召　三条の大
宮へわたり給ふ　申へき事ありとて　二条
の大臣を三条へ呼向へ　はゝきゝの巻の雨
夜の物かたりの撫子をこそ尋出して　六条
の院の花ちるさとに住給ふ　西のたいに
をきて　やしないむすめにしてかしつき

十八オ

奉れハ　あれへわたりてみ給へ　とかたり給へハ
三条の大臣（ママ宮カ）　我孫ときこしめしより　女の
将束（ママ）あまたしたて　くしの箱そへて送り
給ふとて

二（ママ三カ）条の大宮
　　二かたにいひもてゆけは玉くしけ
　　　我身ハなれぬかけこなりけり

玉かつらの君　父の大臣にたいめんし給ふへし
と　そのまふけし給へハ　紫上　明石のうへ　花ちる
さとよりも　御さしあハせの衣　薫のけとも

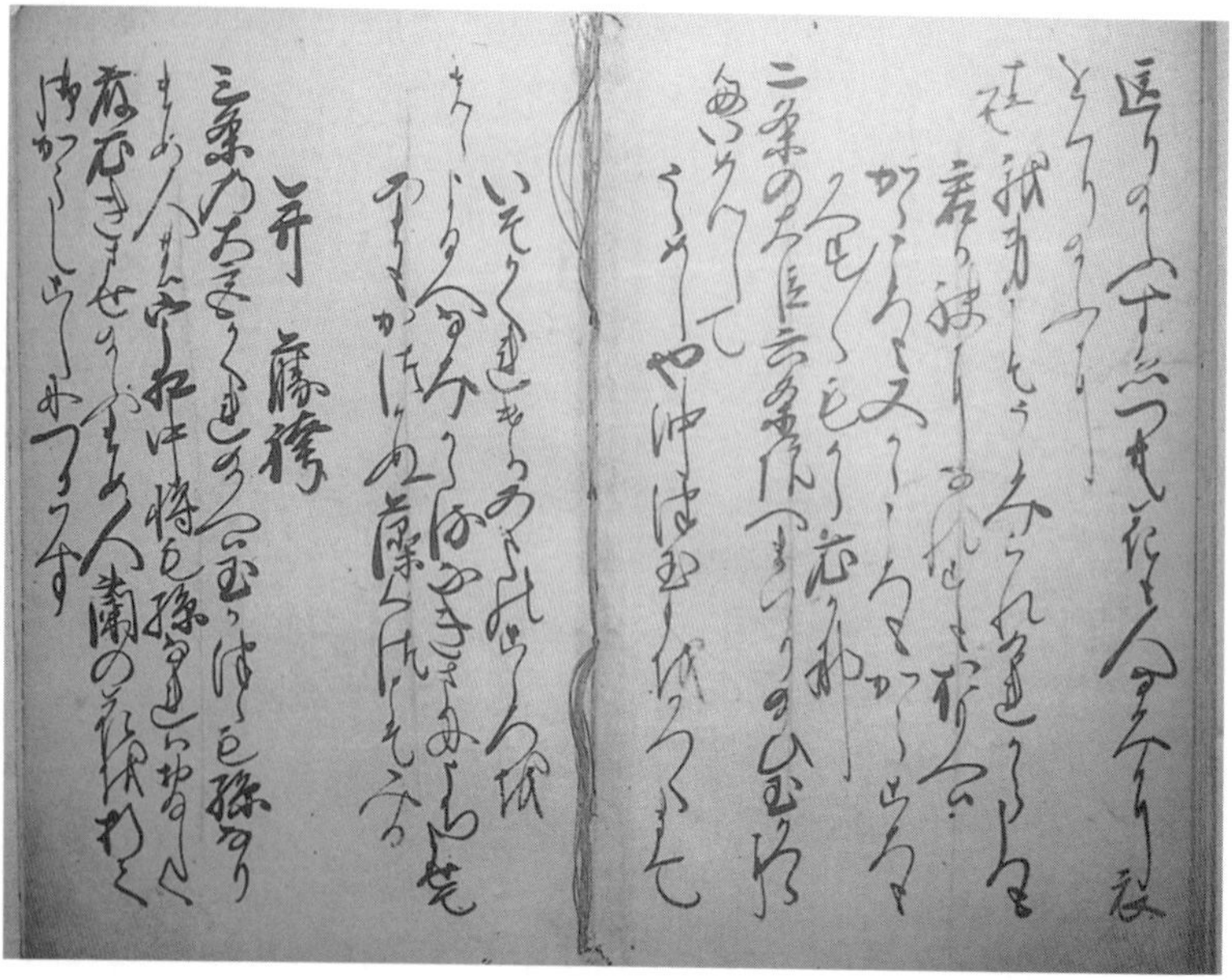

十八ウ
送り給ふ　すゑつむ花も人なみに衣
をくり給ふに
すゑつむ
　我身こそうらみられけれからころも
　君か袂になれすもおもへハ
　からころも又からころもからころも
　かへす〳〵もから衣かな
二条の大臣　六条院へまいり給ひ　玉かつらに
たいめんして
　うらめしや沖津玉もをかつくまて
十九オ
けんし
　いそかくれけるあまのこゝろを
　よるへなみかゝるなきさにうちよせて
　あまもかつかぬ藻くつとそみる
并藤袴
三条の大宮かくれ給へハ　玉かつらも孫なり
まめ人の宰相中将も孫なれハ　おなしく
藤衣きさせ給ふ　まめ人　蘭の花を折て
御かうしこしにつかハす

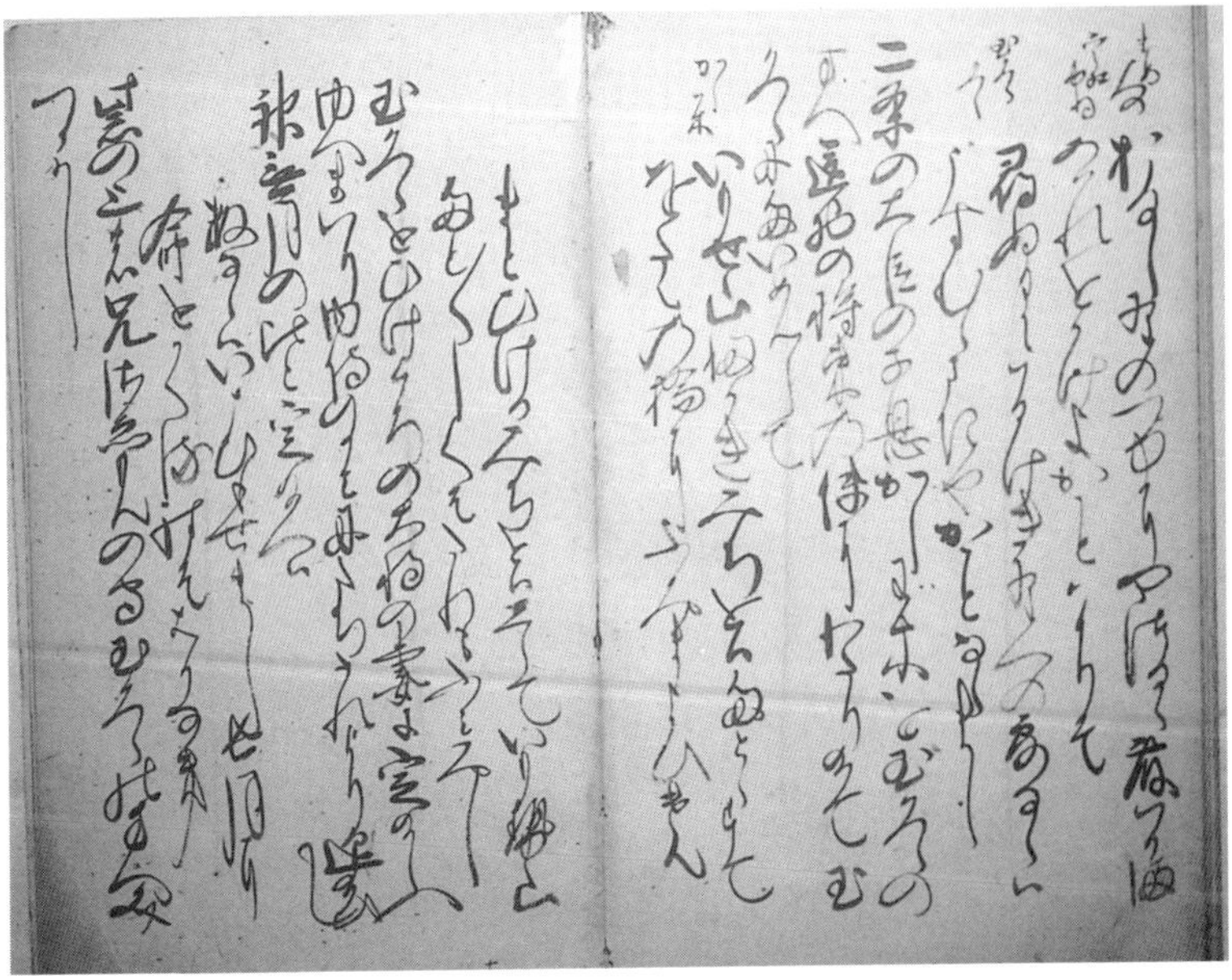

十九ウ

まめ人の
宰相中将

おなし野のつゆにやつるゝ藤ハかま
あハれをかけよかことはかりそ

玉かつら
かへし

尋ぬるにハるけき野への露ならハ
うすむらさきやかことならまし

二条の大臣の子息かしわ（ハ）木を　玉かつらの
方へ送物の将（ママ）束の使にわたり給て　玉
かつらにたいめんして

かしハ木

いもせ山ふかきみちをハたとらすて
をたえの橋にふみまよひけん

二〇オ

まとひけるみちをハしらていもせ山
たと〳〵しくそたれもふミみし

玉かつらをひけくろの大将の妻に定給ふ
内へまいり　内侍のかミにたち　それより迎給ひし
神無月の比と定給へハ

数ならハいとひもせまし長月に
命をかくる程そはかなき

紫の上の兄　さゑもんの守　玉かつらの方へ文
つかはし

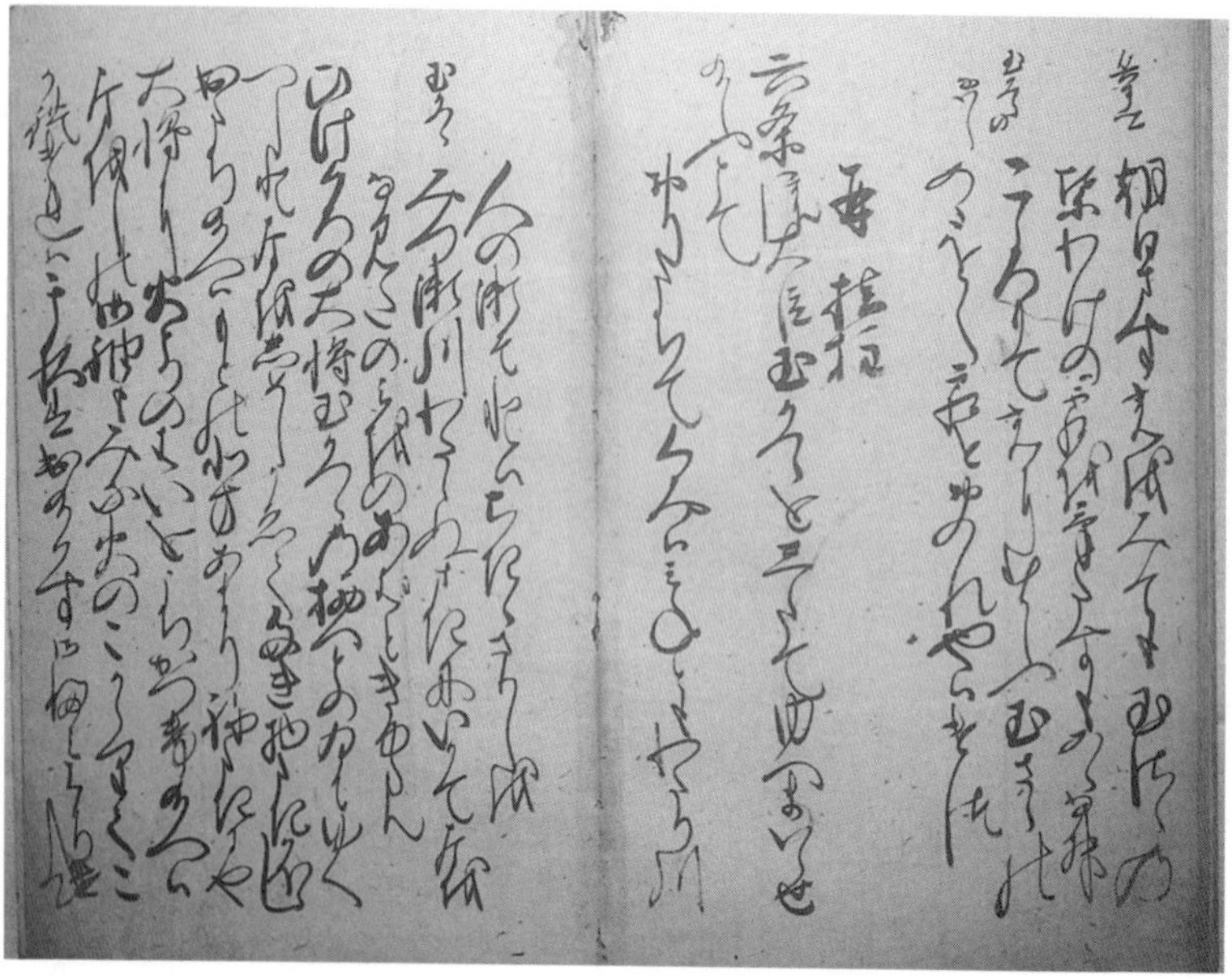

二〇ウ

兵部卿
朝日さす光をみても玉さゝの
葉わけの霜をけたすもあらなむ

玉かつらのないし
こゝろもて光にむかふ玉さゝの
あたをく霜をおのれやハけつ

并槙柱

六条院大臣　玉かつらをしたて　内へまいらせ
給ふとて　おりたちてくみハみねともわたり川

二一オ

人の瀬そとハちきらさりしを

玉かつら
みつ瀬川わたらぬさきにいかてなを
なみたのミをのあはときゆらん

ひけくろの大将　玉かつらの栖へとのゐにゆく
へしと　なをしめしかゑて　たき物たきかほらし
出たち給へハ　もとの北方あまりねたきにや
大将に火とりのはいをうちかつけ給へハ
なをしの御袖もみな火のこかゝりて　こ
かれけれハ　其夜は出給ハす　御ふみはかり遣して

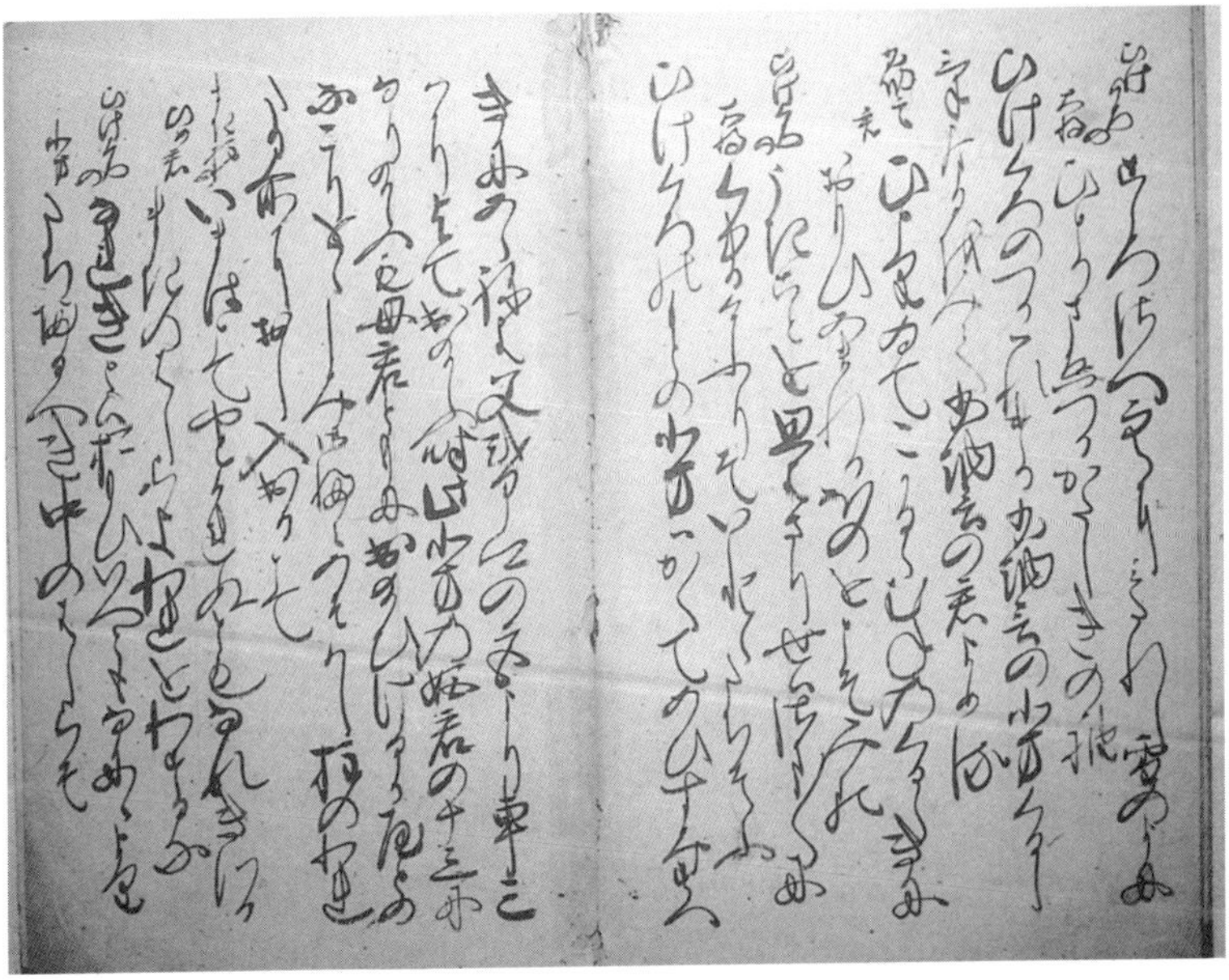

二一ウ

（ひけくろの大将）こゝろさへ空にみたれし雪のよに
ひとりさゑつるかたしきの袖

ひけくろのつかハれける少納言の　北方くるし
けなるをみて　少納言の君よめる

（少納言君）ひとりゐてこかるゝむねのくるしきに
おもひあまれるほのをとそみる

（ひけくろの大将）うきことを思はさりせハさま〳〵に
くゆるけふりそいとゝたちそふ

ひけくろのもとの北方ハ　かくてあひすみすへ

二二オ

きにあらねは　父式部卿の宮より　車三
ハかり乞て出給ふ時　此北方の姫君の十三に
なり給ふも　母君ともに出給ひけるか　屋との
なこりをゝしみ　御ふミあそはし　柱のわれ
たる所におし入けるとて

（まき柱のひめ君）いまはとてやとかれぬともなれきつる
まきのはしらよわれをわするな

（ひけくろの北方）なれきとハおもひいつともなにゝより
たち帰るへき中のはしらそ

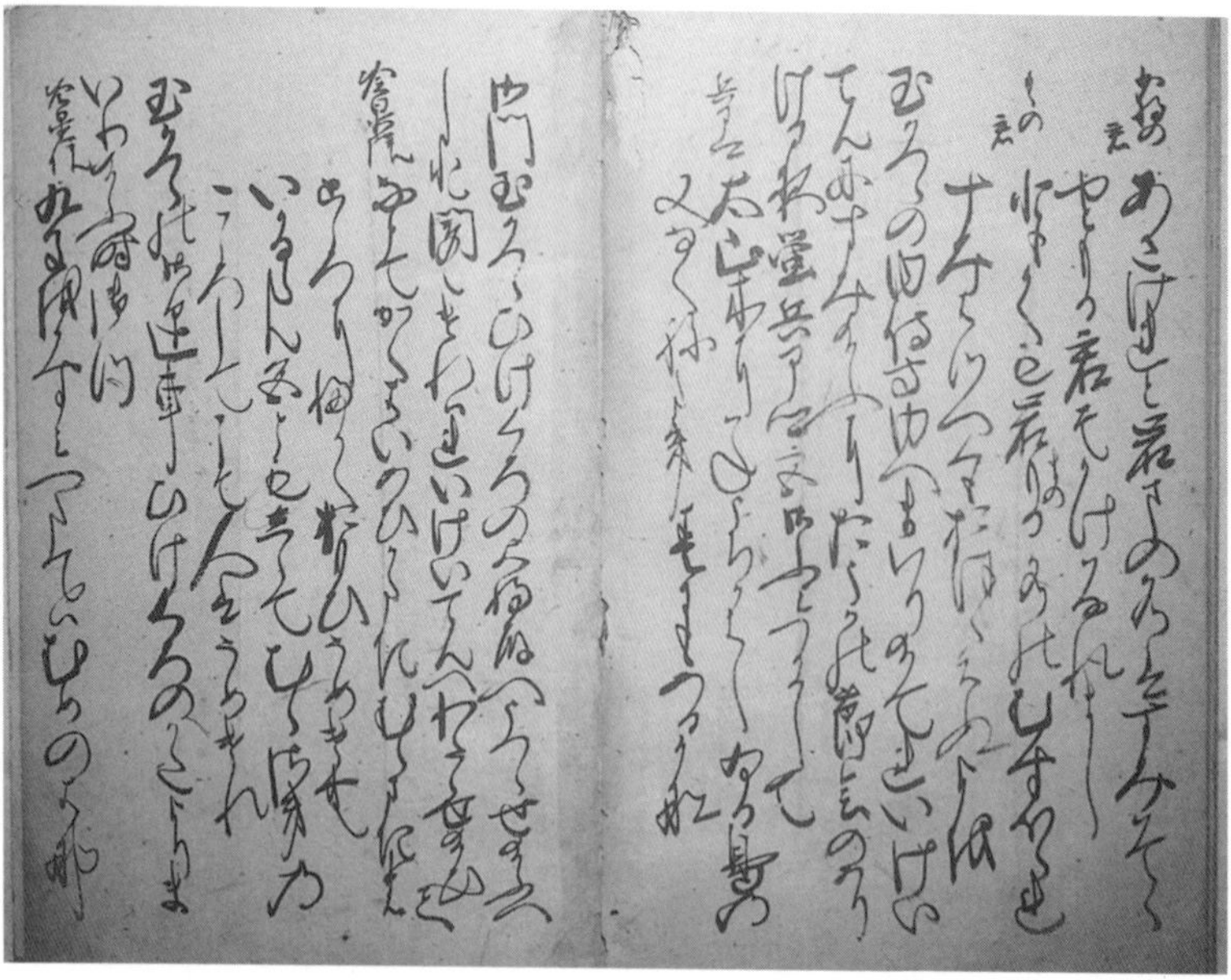

二二ウ

少将の君

あさけれと岩まの水はすみハて、
やともる君そかけハなれまし

もくの君

ともかくも岩もる水のむすほゝれ
すみはつへくもおほゝえぬよを

玉かつらの内侍守　内へまいり給て　れいけい
てんにすみ給ふに　たうかの節会のあり
ける夜　蛍兵部卿宮　御ふミつかハして

兵部卿

太山木にハねうちかはしゐる鳥の
又なくねたき春にもあるかな

二三オ

御門　玉かつら　ひけくろの大将殿へうつらせ給ふへ
しと聞えけれハ　れいけいてんへわたらせ給ひて

冷泉院

なとてかくはいあひかたきむらさきの
こゝろにふかくおもひそめけむ
いかならん色ともしらてむらさきの
こゝろしてこそ人はそめけれ

玉かつらの御迎車　ひけくろのかたよりま
いり給ふ時　御門

冷泉院

九重をかすミへたてハむめのはな

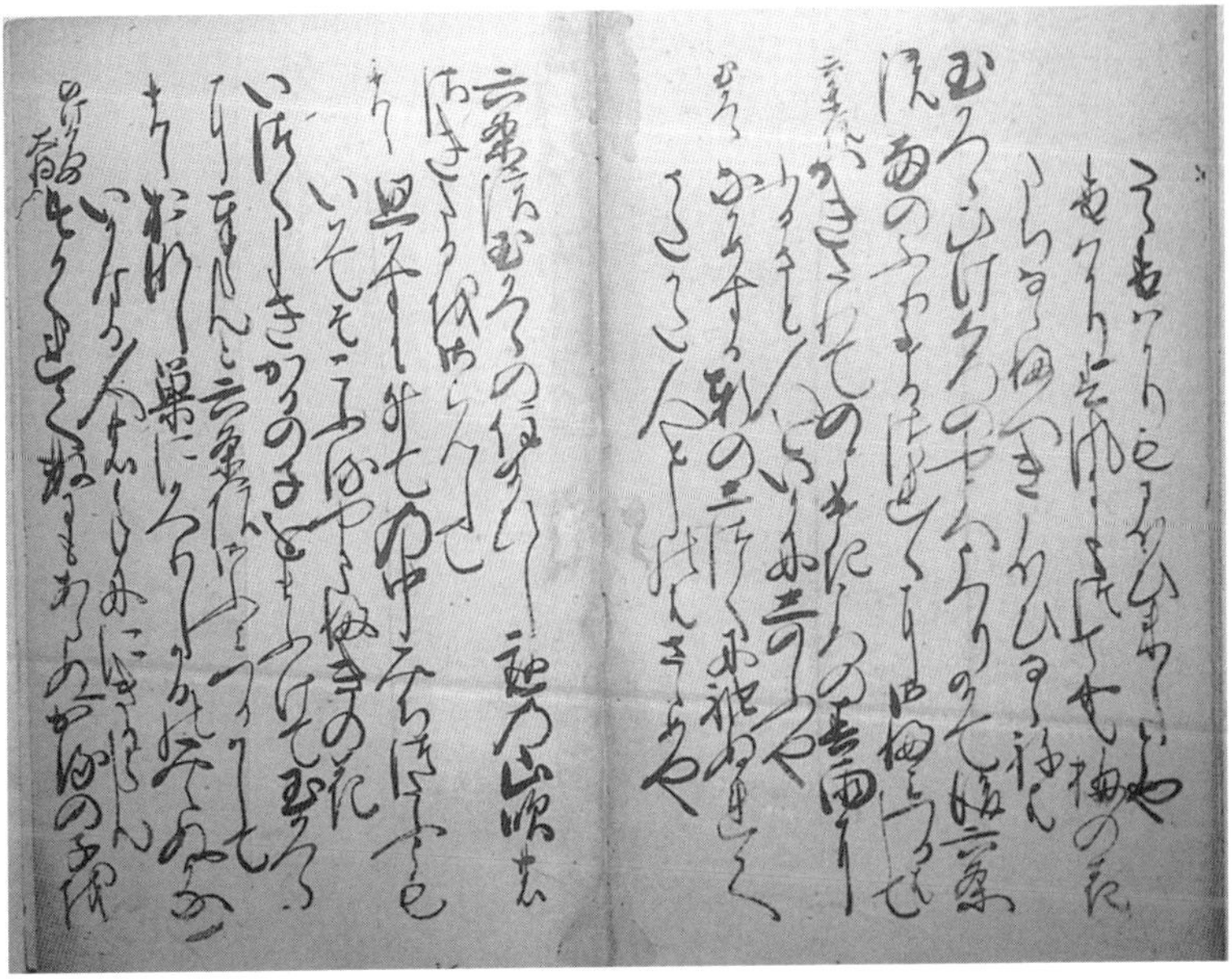

二三ウ

た丶香ハかりもにほひ来しとや
香ハかりは風にもつてむ梅の花
たちならふへきにほひならねは
玉かつら　ひけくろのやとへうつり給て後　六条
院　雨のふりけるつれ〳〵に御ふミつかはして
六条院
かきたれてのとけきころの春雨に
ふるさと人をいかにしのふや
玉かつら
なかめする軒のしつくに袖ぬれて
うたかた人をしのはさらめや

二四オ

六条院　玉かつらの住給ひし庭の　山吹の
さきたるを御らんして
けんし
思ハすに井ての中みちつたふとも
いハてそこふるやまふきの花
いつくしきかるの子をまふけて　玉かつら
に奉らんと六条院　御ふミつかはして
けんし
おなし巣にかへりしかるのみえぬかな
いかなる人の手ににきるらん
ひけくろの大将
すかくれて数にもあらぬかるの子を

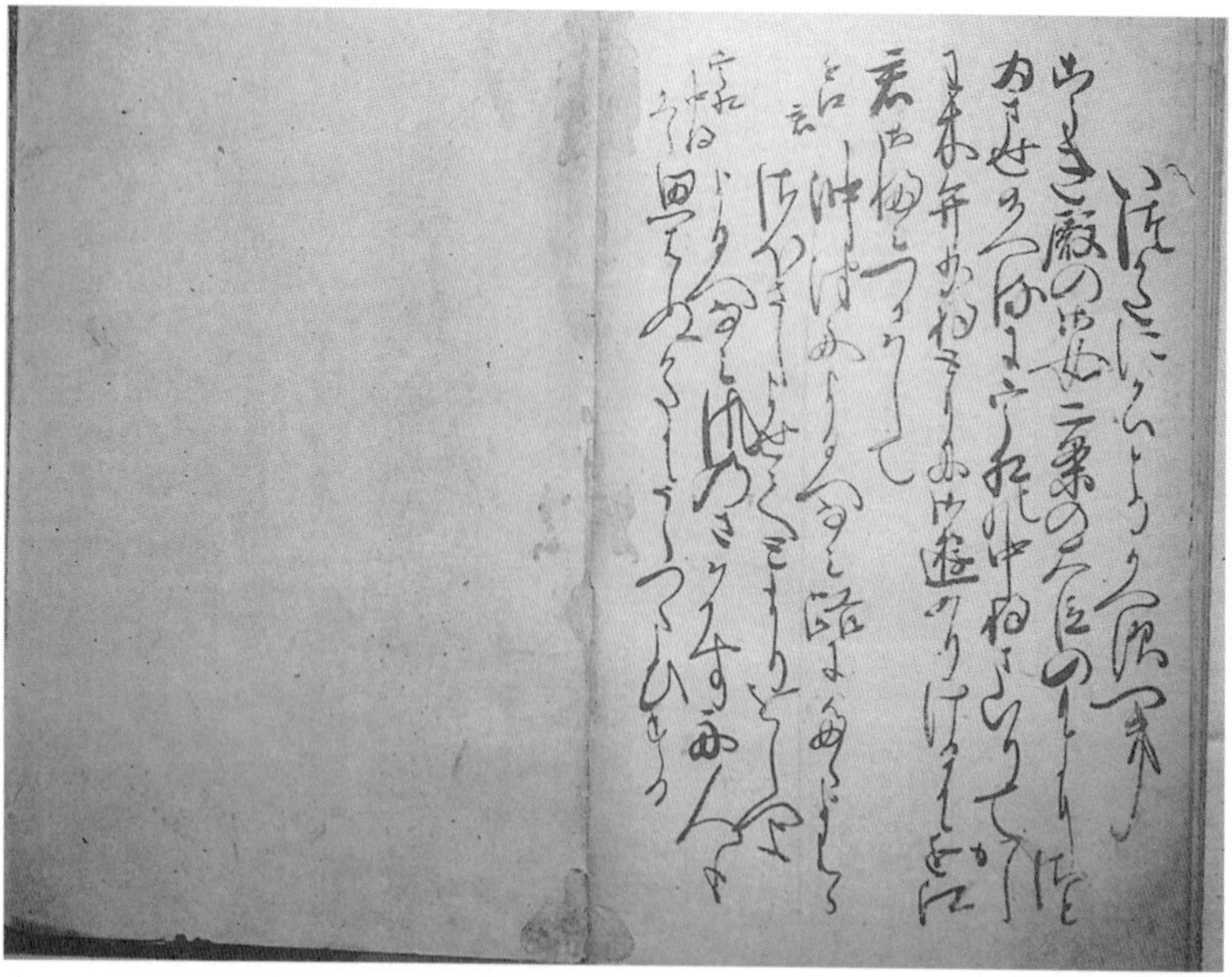

二四ウ

いつかたにかハとりかへすへき

こうき殿の御女　二条の大臣のもとにさとゐさせ給へるに　宰相の中将まいりてかしわ木　弁少将ともに御遊ありけるに　近江君　御ふミつかはして

近江の君
沖津舟よるへなミ路にたゝよはゝ
さほさしよせてとまりをしへよ

宰相中将かへし
よるへなミ風のさハかす舟人も
思はぬかたにうらつたひする

三、『十帖源氏』の和歌

これと同類の試みはすでに寺本氏が前掲同書でなされ（四三九頁以下）、「『十帖源氏』の和歌の本文は、『源氏大鏡』類やその隣接資料のうち、特にどれかの一本の系統にかたよることはないが、比較的には『源氏物語提要』の和歌本文に近いといえるであろう」（四四九頁）と結論しておられる。ただ氏は全和歌ではなく「本文系統をうかがうに便な二十余首」（四三九頁）を選んで論じられたのであった。そこで私は全八十九首に調査を及ばせた。

ここでは『源氏物語大成』（以下『大成』と略）によって玉鬘から真木柱までの歌九十首（藤袴の「忘れなむと思ふもものの悲しきをいかさまにしていかさまにせむ」の左兵衛督の歌一首を逸しているので八十九首）を列挙し、『十帖源氏』のそれと比較を試みたい。そうすることにより、院が依った『源氏物語』本文の系統をある程度類推できるのではないかと考えるためである。

なお青表紙本・河内本・別本という呼称は相応しくないとの学説が、新美哲彦氏により提出されており[注一]、大いに首肯されるところである。それを今更青表紙本・河内本・別本の分類に従うのは憚られるが、新美氏案が学会の共通認識に至っていないこともあり、従来の認識との混乱を来す恐れも考慮し、取り敢えず『大成』の呼び名に従うことにした。

なお、巻名は〔　〕を付してわかりやすくした。また、巻中の和歌に通し番号「一」「二」を付し、『大成』の表記のままで掲出。従って申すまでもなく、末尾に（七二一・3）などとあるのは、『大成』の七二一頁3行目を意味する。そして『十帖源氏』との異同がある場合には、『大成』抽出和歌の右脇に①・②などとして明示し、次の行にそれが『大成』諸本とどういう関係にあるのかを書き抜いて示した。異同のない場合は、当然次の行の記述はない。

例えば、

①いつくに　(十) いつくと　(青) いつくに横　いつこと池　(河) いつくと河　(別) いつこと別

などとした場合、「①いつくに」は『大成』抽出和歌との相違箇所。「(十)」は『十帖源氏』、「(青)」は青表紙本、「(河)」は河内本、「(別)」は別本を意味する。さらに、

②こふらん　(十) 恋らし

などとした場合の網掛けは、『十帖源氏』の独自異文を明記するのが目的である。なお、各巻の末尾にあたる箇所に、巻ごとの結果をまとめて記述しておいたので参照願えればと思っている。

〔玉葛〕

一、ふな人もたれをこふとかおほしまのうらかなしけにこゑのきこゆる（七二一・3）

二、こしかたもゆくゑもしらぬおきにいて、あはれ①いつくに君を②こふらん（七二一・4）

①いつくに　(十) いつくと
(青) いつくに横　いつこと池
(河) いつくと河
(別) いつこと別

②こふらん　(十) 恋らし

三、君に①もし心たかは、まつらなるか、みの神をかけてちかはむ（七二六・10）

①もし　(十) わか

（青）しも三

（別）しも保

四、としをへていのる心のたかひなはかゝみの神をつらしとやみむ（七二六・14）

五、うき嶋をこき①はなれても②ゆくかたやいつくとまりと③しらすもあるかな（七二八・7）

①はなれても　（十）ハなれたる

②ゆくかたや　（十）舟路には

（別）ゆきかふや保

③しらすも　（十）しらす

六、ゆくさきも①みえぬ浪路にふなてして風にまかするみこそうきたれ（七二八・8）

①みえぬ　（十）しらぬ

七、うきことに①むねのみさはくひゝきにはひゝきのなたも②さはらさりけり（七二九・1）

①むねのみさはく　（十）むねうちさハく

②さはらさりけり　（十）名のミなりけり

（青）なのみ也けり肖

（河）なのみなりけり河

（別）なのみなりけり陽麦阿

八、二もとの杉のたちとをたつねすはふる河のへに君をみましや（七四〇・8）

九、はつせ河はやくの事はしらねともけふのあふ瀬に身さへ①なかれぬ（七四〇・10）

①なかれぬ　（十）なかれむ

一〇、しらすともたつねてしらむみしまえにおふるみくりのすちはたえしを（七四五・8）

一一、かすならぬみくりや①なにのすちなれはうきにしもかく②ねをとゝめけむ（七四六・7）

①みくりや　（十）みくりハ

②うきにしもかく　（十）うきにかくしも

一二、こひわたる身はそれなれと①玉かつらいかなるすちをたつねきつらむ②（七五一・7）

①それなれと　（十）それなから

（河）それなから御大

②きつらむ　（十）きぬらむ

一三、きてみれはうらみられけりからころもかへしやりてん①袖をぬらして（七五五・3）

①かへしやりてん　（十）かへしやしてむ

一四、かへさむといふにつけてもかたしきのよるの衣をおもひこそやれ（七五七・1）

以上、玉鬘巻の歌は十四首。うち、『十帖源氏』と『大成』間に異同のない歌は五首（一・四・八・一〇・一四）。約三分の二に異同があることになる。

そのうち、『十帖源氏』のみに見られる独自異文（網掛けで示したことは既述）は、

二②　五①③　六①　七①　九①　一一①②　一二②　一三①

の十項に及ぶ。

勿論この他に、例えば「三」の「君にもし」の「①もし」部分、『十帖源氏』は「わか」、青表紙本の三条西家本、

別本の保坂本は「しも」とあるような場合は、三条西家本も保坂本も『大成』との間に異同を持つものとして扱い、『十帖源氏』のみの独自異文とは数えていないが、それも異文と数えると、

二①　三①　五②　七②　一二①

の五項が加算され、独自異文と合算すると十五項もの異同があることになるのである。他の諸本と比較して、『十帖源氏』の異文の多さが目立つのは認めなくてはならないのである。

〔初音〕

一、うすこほりとけぬるいけのかゝみにはよにたくひなき①かけそならへる（七六四・8）

①たくひなき　（十）くもりなき
（青）くもりなき慈横
（河）くもりなき河
（別）くもりなき別

二、くもりなきいけのかゝみによろつ世をすむへきかけそしるくみえける（七六四・10）

三、とし月をまつにひかれてふる人にけふうくひすのはつねきかせよ（七六五・3）

四、ひきわかれとしはふれともうくひすのすたちしまつのねをわすれめや（七六五・9）

五、めつらしやはなのね①くらにこつたひてたにのふるすをとつるうくひす（七六八・4）

①ねくらに　（十）ねくらを

六、ふるさとの春のこするにたつねきてよのつねならぬはなをみるかな（七七二・8）

六首の歌のうち、独自異文は五①の一首のみ。一①は、『十帖源氏』のみならず、青表紙の二本、河内本・別本共に「くもりなき」とあり、『大成』の「たくひなき」がむしろ独自異文の感がある。一と五の異文を合算すると、『十帖源氏』は二項の異文を有することになる。

〔蝴蝶〕

一、かせふけはなみの①花さへ色みえてこやなにたてるやまふきのさき（七八二・12）

①花さへ　（十）花さく

二、はるのいけやゐてのかはせにかよふらんきしの山ふき①そこも②にほへり（七八二・13）

①そこも　（十）そこに

②にほへり　（十）匂へる　（河）にほへる平　（別）にほへる陽保

三、①かめのうへの②山もたつねしふねのうちにおいせぬ③なをはこゝにのこさむ（七八二・14）

①かめのうへの　（十）亀のおの

②山も　（十）山を

③なをは　（卜）名をや　（青）なをや横

四、春の日の①うらゝにさしてゆくふねはさほのしつくも花そちりける（七八三・1）

①うら、に　（十）うら〳〵　（別）うら〳〵陽

五、むらさきのゆへにこゝろをしめたれはふちに身なけんなやはおしけき（七八五・3）

六、ふちにみをなけつへしやとこの春は花のあたりをたちさらてみよ（七八五・5）

七、はなそのゝこてふをさへやした①くさに秋まつむしはうとくみるらむ（七八六・7）

①したくさに　（十）下草の

八、こてふにもさそはれなましこゝろありてやへ山①ふきをへたてさりせは（七八七・4）

①山ふきを　（十）やまふきの

九、おもふとも君はしらしなわきかへりいはもるみ①つにいろしみえねは（七八九・13）

①みつに　（十）水の　（河）水の御　（別）みつの陽

一〇、ませのうちにねふかくうへし竹①のこのをのかよゝにやおひわかるへき（七九三・14）

①竹のこを　（十）くれ竹の

一一、いまさらにい①かならむよかわかたけのおい②はしめけむねをはたつねん（七九四・2）

①いかならむよか　（十）いかなる世にか　（河）いかなる世にか御

②おいはしめけむ　（十）おひはしめける

一二、たちはなのかほりしそてによそふれはかはれるみともおもほえぬかな（七九六・4）
一三、①そてのかをよそふるからにたちはなのみさへ②はかなく③なりもこそすれ（七九六・9）
　　①そてのかを　（十）袖のかに
　　　　（青）かほ朱（を朱）大
　　②はかなく　（十）へたてぬ
　　③なりもこそすれ　（十）事そかなしき
一四、うちとけてねも①みぬものをわかくさのことありかほにむすほゝるらむ（七九九・10）
　　①みぬものを　（十）またみぬに

十四首の歌のうち、独自異文は、

一①　二①　三①②　七①　八①　一〇①　一一②　一三②③　一四①

の十一項。歌数で数えれば九首で、〔玉鬘〕巻同様、約三分の二が独自異文ということになる。また『十帖源氏』にも諸本にも異同があるものは、

二②　三③　四①　九①　一一①　一三①

の六項。右十一項に加えると十七項が『十帖源氏』の異文である。

なお、七と八の歌は物語の順に従うなら逆になっている。紫上から中宮に宛てた和歌が先になるべきである。こうした例は、『源氏大鏡』（ノートルダム清心女子大学古典叢書第二期12・福武書店・昭和五三年）玉鬘巻で、大夫監から逃れ上京する箇所で、玉鬘と乳母が詠み交わす歌の順序が逆になっている箇所（六六丁ウ）などにもみられるように、『大鏡』『小鏡』類にはままある杜撰さであるのは既に指摘されている。

〔蛍〕

一、なくこゑ①もきこえぬむしの思ひたに人のけつにはきゆるものかは（八〇九・8）

①こゑも　（十）こゑの　（青）こゑの横

二、聲はせて身をのみこかすほたるこそい①ふよりまさるおも②ひなるらめ（八〇九・11）

①いふより　（十）いふにも

②おもひなるらめ　（十）思ひなりけれ　（別）おもひなりけれ阿

三、けふさへやひく人もなきみかくれにおふるあやめのねのみなかれん（八一一・10）

四、あらはれていと、①あさくもみゆるかなあやめもわ②かすな③かれけるね④の（八一一・13）

①あさくも　（十）あさ、の

②わかす　（十）しらす

③なかれける　（十）なかれたる

④ねの　（十）ねに

五、そのこまもすさめぬ草①となにたてるみきはのあやめけ②ふやひ③きつる（八一五・1）

①草と　（十）草の

②けふや　（十）けふそ　（別）けふそ阿

③ひきつる　（十）ひきける

六、にほとりにかけをならふるわかこまはいつかあやめにひきわかるへき（八一五・3）

①にほとりに　（十）鳰とりも

②わかこまは　（十）わか駒も

七、思ひあまりむかしのあとをたつぬれとおやにそむけるこそたくひなき（八一八・10）

①たつぬれと　（十）尋ぬれハ

②こそ　（十）子ハ

③たくひなき　（十）たくひなや

八、ふるきあとをたつぬれとけになかりけりこのよにかゝるおやの心は（八一八・13）

①おやの心は　（十）親のこゝろを

全八首のうち、三の一首のみが『大成』に合致するだけで、七首（約九割）に異同がある。『十帖源氏』の独自異文は、

二①　四①②③④　五①③　六①②　七①②③　八①

の十三項に及ぶ。『十帖源氏』も諸本もが異同を持つものは、

一①　二②　五②

の三項。独自異文と合算すると十六項にのぼる。

〔寮夏〕

一、なてしこのとこなつかしき色をみはもとのかきねを人やたつねむ（八三六・7）

二、山かつのかき①ほにおひしなてしこのもとのねさしをたれかたつねん（八三六・10）

①かきほ　（十）かきね

三、くさわかみひたちのう①らのいか丶さきい②かてあひみんたこのうらなみ（八四八・2）

①うらの　（十）海の

（青）うら（うみ）の為佐

（河）うみの河

②いかてあひみん　（十）いか丶あひみむ

四、ひたちなるするかのうみのすまの浦になみたちいてよはこさきの松（八四九・4）

四首のうち、二、三の二首に異同がある。五割の異同率。『十帖源氏』の独自異文は、

二①　三②

の二項。『十帖源氏』諸本共に見られる異同は、

三①

の一項。併せて三項の異同ということになる。

〔篝火〕

一、か丶り火にたちそふこひのけふりこそよにはた①えせぬほのをなりけれ（八五六・12）

①たえせぬ　（十）けたれぬ

二、行ゑなき空にけちてよか丶り火のたよりにたく①けふりとならは（八五七・1）

①けふりとならは　（十）けふりなりせハ

二首共に異同を持つ。十割ということになる。しかも諸本は異同がないから、『十帖源氏』のみが独自異文を持つことになる。

〔野分〕

一、①おほかたにおきのはすくる風のをとも②うき身ひとつにしむ心ちして（八七三・7）

①おほかたに　（十）大方の

②うき身　（十）わか身

（青）わか（うき）身御

二、ふきみたる風の①けしきにをみなへししほれしぬへき心ちこそすれ（八七五・11）

①けしきに　（十）けしきは

三、した露になひかましかはをみなへしあらきかせにはしほれさらまし（八七六・1）

四、風さはきむら雲①まかふ②夕にもわするゝまなくわすられぬ君（八七七・12）

①まかふ　（十）まよふ

（青）まよ（か）ふ御―まか（よ）ふ三

（河）まよふ七大

（別）まよふ麦阿

②夕にも　（十）ゆふくれも

四首のうち三首に異同がある。七割五歩。『十帖源氏』の独自異文は、

一①　二①　四②

の三項。『十帖源氏』諸本共に異同を持つものは、

一②　四①

の二項。合計すると『十帖源氏』の異文は五項ということになる。

〔御幸〕

一、雪[①]深きをしほの山にたつきしのふるき跡をもけふは尋よ（八八八・2）

①雪深き　（十）雪ふれハ

二、小塩山みゆきつもれる松原にけふはかりなるあとやなからむ（八八八・5）

三、うちきえし[①]あさくもりせし[②]み雪にはさやかに空の光[③]やはみし（八八八・11）

①うちきえし　（十）うちきらし

（青）うちきらし御横肖三

（河）うちきらし河

（別）打きらし麦

②あさくもりせし　（十）あさくもりせる

③光やはみし　（十）ひかりやはみる

四、あかねさす光は空にくもらぬを①なとてみ雪にめをきらしけむ（八八九・5）

①なとて　（十）なとや

五、ふた方にいひもてゆけは玉くしけわか身はなれぬかけこなりけり（九〇二・9）

六、我身こそ恨られけれから衣君かたもとに①なれすとおもへは（九〇四・7）

①なれすと　（十）なれすも

七、唐衣又から衣からころもかへす〳〵も①から衣なる（九〇四・13）

①から衣なる　（十）から衣かな

（別）からころもかな麦

八、うらめしや興津玉もをかつくまて磯かくれける①あまの心よ（九〇六・2）

①あまの心よ　（十）あまのこゝろを

九、よるへなみかゝるなきさにうちよせてあまも①たつねぬもくつとそ②みし（九〇六・5）

①たつねぬ　（十）かつかぬ

（別）かつかぬ麦

②みし　（十）みる

全九首のうち、異同がないのは二、五の二首のみ。八割弱が異同を持つことになる。『十帖源氏』の独自異文を持つものは、

一①　三②③　四①　六①　八①　九②

の七項。『十帖源氏』諸本ともに異同があるものは、

三①　七①　九①

の三項。合計十項ということになる。

〔藤袴〕

一、おなしの、露にやつる、ふちはかまあ①はれはかけよか②ことはかりも（九二〇・10）

①あはれは　（十）あハれを

②かことはかりも　（十）かことはかりそ

二、たつぬるにはるけき野への露ならはうすむらさきやかことならまし（九二〇・13）

三、いもせ山ふかきみちをはた①つねすてをたえのはしに②ふみまよひける（九二七・2）

①たつねすて　（十）たとらすて　（青）たとら（たつね）すて肖

②ふみまよひける　（十）ふみまよひけん

四、まとひけるみちをは①しらすいもせ山たと〳〵しくそたれもふみ、し（九二七・4）

①しらす　（十）しらて　（青）しらて御鎮池肖三　（河）しらて河

五、かすならはいとひもせまし長月に命をかくるほとそはかなき（九二九・3）

六、あさ日さすひかりをみてもたまさ、のはわけの霜をけたすもあらなむ（九二九・6）

※七、「式部卿の宮の左兵衛督はとの、うへの御はらからそかししたしくまいりなとし給君なれはをのつからいとよくもの、あないもき、ていみしくそ思ひわひけるいとおほくうらみつ、けて／わすれなむと思ふも物のかなしきをいかさまにしていかさまにせむ」（九二九・8〜12）に関する記事と歌のみ欠落。これについては改めて「四、『十帖源氏』と物語本文との異同」で述べる。

八、心もてひかりにむかふ[1]あふひたに[2]あさをく霜を、のれやはけつ（九三〇・2）

①あふひたに　（十）玉さ、の

②あさをく　（十）あたをく

本来八首あるべき和歌が七首しかないため（便宜上、右では「七」の通し番号を付し、※を付して注意を促した）、正確な数値は得にくいが、分母を七と考えても、『十帖源氏』と『大成』が一致するのは、二、五、六の三首。半分を超えない。また『十帖源氏』の独自異文は、

一①②　三②　八①②

の五項。『十帖源氏』諸本共に異同を持つものは、

三①　四①

の二項。合計すると七項になる。

〔槇柱〕

、おりたちてくみはみねともわたり川[1]人のせとはたちきらさりしを（九三八・11）

①人のせとはた　（十）人の瀬そとは

（青）ひとのせとは|と（た）御―人のせにとはた池

（別）せゝとは長

二、みつせ川わたらぬさきにいかてなを涙のみをのあはときえ①なん（九三八・14）

①きえなん　（十）きゆらん

三、心さへそらにみたれし雪①もよにひとりさえつるかたしきの袖（九四七・8）

①雪もよに　（十）雪のよに

（青）ゆきの（も）よに御

（別）ゆきもよも長

四、ひとりゐてこかるゝむねのくるしきに思ひあまれるほのをとそみし①（九四八・7）

①みし　（十）みる

（別）みる長

五、うきことを思①ひさはけはさま〳〵にくゆるけ②ふりそいとゝたちそふ（九四八・11）

①思ひさはけは　（十）思はさりせハ

六、いまはとてやとかれぬともなれきつるまきのは①しらはわれをわするな（九五一・14）

①はしらは　（十）はしらよ

（別）はしらに麦―はしらよ阿

七、なれきとはおもひいつともなにゝよりたち①とまるへきまき②の柱そ（九五二・2）

①たちとまるへき　（十）たち帰るへき

②まきの柱そ　（十）中のはしらそ

八、あさけれと①いし間の水はすみはてゝやともる②君やかけ③はなるへき（九五二・5）

①いし間　（十）岩ま

②君や　（十）君そ

③はなるへき　（十）ハなれまし

九、ともかくもいはまの水のむすほゝれ①かけとむへくもおもほえぬよを（九五二・7）

①かけとむへくも　（十）すみはつへくも

一〇、みやま木にはねうちかはしゐる鳥のまたなくねたき春にもあるかな（九五九・9）

一一、なとてかくはひあひかたき①むらさきを心にふかく思ひそめけむ（九六〇・5）

①むらさきを　（十）むらさきの

一二、いかならん色とも①しらぬ②むらさきを心してこそ人はそめけれ（九六〇・9）

①しらぬ　（十）しらて

②むらさきを　（十）むらさきの

一三、①九重にかすみへたては梅のはなたゝかはかりも匂ひこしとや（九六二・1）

①九重に　（十）九重を

一四、かはかりは風にも①つてよ②はなのえにたちならふへき③にほひなくとも（九六二・5）

①つてよ　（十）つてむ　（河）つけよ大

②はなのえに （十）梅の花

③にほひなくとも （十）にほひならねは

一五、かきたれてのとけき比の春雨にふるさと人をいかにしのふや（九六四・1）

一六、なかめする軒のしつくに袖ぬれてうたかた人をしのはさらめや（九六四・10）

一七、思はすにいてのなかみち①へたつともいはてそこふる山ふきのはな（九六六・1）

①へたつとも （十）つたふとも

一八、おなしすにかへりしか①ひのみえぬかないかなる人②かてにきるらん（九六六・9）

①かひの （十）かるの （青）かり（ひ）の為

②人か （十）人の （別）人の陽麦阿

一九、すかくれてかすにもあらぬかり①のこをいつかたにかはとり②かくすへき（九六七・1）

①かりのこを （十）かるの子を

②とりかくす （十）とりかへす （青）とりかへす御横為池三―とりか|へ（く）す大 （別）とりかへす陽保長阿

二〇、興津ふねよるへなみ路にたゝよはゝさほさ①しよらむとまりをしへよ（九六九・9）

①さしよらむ　（十）さしよせて

二一、よるへなみ風のさはかす舟人も思はぬかたにい[①]そつたいせす（九六九・13）

①いそつたいせす　（十）うらつたひする

二十一首の歌のうち、『十帖源氏』と『大成』が一致するのは、一〇、一五、一六の三首のみ。一割五分にも満たない。また『十帖源氏』の独自異文は、

二①　五①　七①②　八①②③　九①　一一①　一二①②　一三①　一四②③　一七①　一九①　二〇①
二一①

の十八項に及ぶ。『十帖源氏』諸本ともに異同を持つものは、

一①　三①　四①　六①　一四①　一八①②　一九②

の八項。合計すると二十六項にのぼる。

以上見てくると、『十帖源氏』は独自異文を極めて多く含む和歌を収載しているのが明かになる。勿論諸本も異同はいくつかあったが、諸本の異同があるところでは必ずといって良いほど『十帖源氏』も異同を持つから、独自異文とこれら諸本との共通の異同を合わせると、非常に大きな率での異同が存在することになるのである。また、諸本と『十帖源氏』を比較してみても、どの諸本と近いかなどといったことは、データー不足でとても結論づけられない。

これだけ独自性の高い和歌を収載する『源氏物語』が『十帖源氏』作者のもとにあり、それをテキストに『十帖源氏』をまとめたといったことを想定してよいのであろうか。それにしてもあまりの独自異文の多さはそんなに単純には割り切れないものを含むように思われてならない。

こうした独自性の高い和歌を七割八割と含む『源氏物語』、しかも諸本のどれにも近いとはいえない『源氏物語』が、実際に存在したのであろうか。それとも適当に引用者が和歌をアレンジして引いたなどという事情が存するのであろうか。

次項では、物語と『十帖源氏』の異同を中心に見て行きたい。

〔注〕

一、新美哲彦氏「揺らぐ「青表紙本／青表紙本系」」（「国語と国文学」第八十三巻第十号・平成十八年十月号）において、「青表紙本／青表紙本系」の諸問題を分析された上で、『源氏物語』諸本をどう扱ってゆくべきなのかについて、第一に、さまざまな誤解や曲解を生んできた「青表紙本系」「河内本系」という名称の使用を止め、例えば第一類（旧青表紙本系）」「第二類」（旧河内本系）という名称に変更すること。第二に、通常の文献学的処理（本文的特徴）によって、巻ごとに『源氏物語』諸本の見取り図を再構築することを提案されている。

四、『十帖源氏』の物語本文

前項で確認して来たように、『十帖源氏』が引く和歌と物語の和歌とではかなりな異同があり、しかもそれらは他の諸本に見られない独自性の高いものが多かった。

では『十帖源氏』の梗概部分は物語とどのような関係になっているのであろうか。この項ではそれを確認して行きたい。勿論、梗概である以上、物語そのままである必然はなく、さまざまなアレンジメントが加えられている可能性は高いであろう。そこで、例えば創作が加わってはいないか、誤読はないか、物語の先後関係の逆転はないかなどに注意しながら以下考察を進めることになる。

その場合、『源氏物語』本文の引用は、小学館日本古典文学全集本（旧版）を用い、「物語」と略した上で、引用頁数を引用末尾に（　）を付して示した。「後土御門院自筆十帖源氏」を『十帖源氏』と略すのは前項同様である。

〔玉鬘〕

①一ウ3　三にて母ゆふかほのうへにをくれ

物語には、「かの若君の四つになる年ぞ、筑紫へは行きける」（八二頁）とある。『十帖源氏』では、「三にて」夕顔と死別したとする。物語は、八月に夕顔が頓死、その翌年二月に乳母の夫は少弐に任官（地方官の司召は通常二月であるとし〈こ〉）、「四つ」になった玉鬘を伴い筑紫へ下ったと語るのに対し、『十帖源氏』は夕顔頓死時点での玉鬘の年齢に注目した表現となっている。

②一ウ4〜5　此めのとつくしの大宰の大貳にくたりし人の女房なれハ

物語には、「その御乳母の夫、少弐になりて行きければ、下りにけり」（八二頁）とある。『十帖源氏』では「大宰の大貳」とするが少弐とあるべき。大弐と少弐の混用は他にも幾つか見られるのは後述するが、「大弐」でも「少弐」でも物語の展開にさしたる影響はないとの『十帖源氏』作者の読みを語るか。

③一ウ8　こゝハいつくそと問給へハ

玉鬘にここはどこかと質問させている。しかし物語では、「幼き心地に母君を忘れず、をりをりに、『母の御もとへ行くか』と問ひたまふにつけて」（八三頁）とあり、玉鬘の質問は夕顔を尋ねての航海かというのであって、現在地を問うものではない。

④二オ1～2　かねの御崎なをゆくするゑハ大嶋と舟子とも申せハ

物語には、「舟子どもの荒々しき声にて、『うら悲しくも遠く来にけるかな』とうたふを聞くままに…（略）…金の岬過ぎて」（八四頁）とある。舟子が「かねの御崎」と大嶋の位置関係を答えたとする『十帖源氏』とは意味合いが異なる。因みに「金の岬」は、「福岡県宗像郡玄界町にある鐘の岬。その沖に大島がある」（物語八四頁頭注八）。

⑤二オ3～6　「舟人も」と「こし方も」の和歌

『十帖源氏』は「舟人も」の詠者を「少貳北方」とするが、物語では乳母の娘達二人（あね君といもうと、後の兵部の君）が互いに詠じたもの（八四頁）。もっともこの箇所『花鳥余情』（伊井春樹氏編『松永本　花鳥余情』・源氏物語古注集成1、桜楓社）は、少弐夫婦の歌とした上で、「河海抄に少弐女二人と尺せられ侍れといか、覚え侍り兵部君はいまたあてきといひておさなき時の事也歌なとよまん事おほつかなし」とする。少弐の娘達の年齢を兼良は幼年だと解するのである。ということは、娘達を玉鬘の乳母子と考えていたのであろうか。興味ある点ではあるが、今はこれ以上触れない。

⑥二オ7　大貳ハ五年のとし月をへて

物語には、「少弐、任はてて上りなむとするに」（八五頁）とある。少弐を大弐とする誤りは②で指摘した通り。さらに「少弐の任期は五年」（物語八五頁頭注一六）ではあるものの、物語自体に「五年」の数値はない。それを『十帖源氏』は「五年のとし月をへて」と正確に記述するのである。『十帖源氏』作者は、①にも見られたのと同様、物語にない数値を独創的に盛り込みたい意図があるか。

⑦二オ8～9　少貳北方ともに世間の病にをかされて隠ぬ

物語には、「重き病して、死なむとする…（略）…にはかに亡せぬれば」（八五～六頁）とあり、病は「重き病」であって、「世間の病」（所謂流行病と解して）とはいささかニュアンスが異なるのではあるまいか。また逝去したのは少弐一人であったはずが、『十帖源氏』は、「少貮北方ともに」他界したことにするから、物語に描かれる以後の乳母の活躍もないことになる。乳母が生きていたからこそ、大夫監から玉鬘を守り通し、豊後介や兵部の君も無理を押して玉鬘を擁し上京。石清水八幡や長谷寺に詣でるのであり、乳母の存在は玉鬘の物語の展開上、大きな原動力である。それをいち早く退場させてしまった『十帖源氏』作者の意図は奈辺にあったのか。

⑧二オ9～二ウ1　大貮の子とも女をとに（ママこカ）四人

『十帖源氏』が少弐を大弐とする誤りは指摘した通りとして（②⑥）、「女をとに」は「女をとこ」の誤記であろう。とするなら、乳母夫妻の子供は男女合わせ四人となる。しかし物語では、娘二人、男子三人の合計五人。数値の差異は物語展開上、さしたる問題ではないとの『十帖源氏』の読みの姿勢を語るか。

⑨二ウ2　松浦といふ所にしのひて住せ

物語には、「この住む所は、肥前国とぞいひける」（八七頁）とはあるが、「松浦」と特定してはいない。因みに肥前国は、「佐賀・長崎県をいう。乳母は少弐の没後、筑紫国の人々の難を避けて肥前に移住したのだろう」（八七頁頭注二七）と解釈されているように、玉鬘の移住は類推できる。しかしそこを「松浦」と特定するのは、『十帖源氏』の独自性といえる。

⑩二ウ8　妻をも十人はかりもちける

物語は、大夫監が乳母になす自己アピールを、「おとど（私注・乳母）もしぶしぶにおはしげなることは、よからぬ女どもあまたあひ知りてはべるを、聞こしめしうとむななり」（九〇頁）とする。多くの妻妾の存在が、玉鬘との婚姻の妨げなのは重々承知しているというのであるが、『十帖源氏』が「十人はかり」とする数値そのものは物語に見えない。①⑥⑧などに見られる独自の数値の盛り込みか。

⑪三オ4～5　返事給はらす八国へもとるましきよし申せハ

返事をもらえなければ面目丸つぶれで肥後に帰国できないと、弱音を吐きながら監は返事を強要するのである。しかし物語にこの訴えはない。

⑫三オ6　「玉かつらの返事」とある和歌

物語では、「年を経て」（九二頁）の和歌は、二人の娘に代作を拒まれた乳母が、さすがに余り待たせるのも失礼かと、心に思いついたまま詠んで監に与えたもので、玉鬘の詠ではない。⑤の場合同様、詠み手を誤っている例。

⑬三オ8　少貳か子とも四人

⑧で述べた通り、少弐の子供は女子二人、男子三人の計五人。「四人」とするのは誤読。

⑭三オ8～三ウ2　大むすめ中むすめハ大夫のけんをむこにとりてそのかけにて我ら過はやといへハ大むすめの豊後助乙いもうと二人ハ

物語では、二郎と三郎が監に語らわれ味方につき、玉鬘と監の婚姻を勧める（八八～九頁）のであるが、大むすめや中むすめが監を婿にとることで、一家の安泰を図ろうとする発言はない。また物語では、「中の兄なる豊後介」（八九頁）とあるのに知られるように「豊後介」は長男（『十帖』は「豊後助」の表記）。しかし『十帖源氏』では、「大むすめの豊後助」の記述に察しられるように、少弐の長女を豊後助その人とし、あたかも宮仕えでの召し名が「豊後助」であったための呼称だと言わんばかりなのである。その上で、「大むすめの豊後助」と「乙いもうと」の二人は玉鬘の味方になったとする。となると、「大むすめ」と「大むすめの豊後助」、「中むすめ」と「乙いもうと」との関係をどう捉えていたことになるのか。少弐一家の系図が実に不明瞭なものになってしまう。物語の梗概書にとって、少弐の子供が四人であろうと、五人であろうとさしたる支障はないとの『十帖源氏』作者の読みの姿勢の現れで、⑬で既述したことの延長線上にある現象か。

⑮三ウ2　當時の関白殿

当時玉鬘の父、かつての頭中将は内大臣に昇進。しかし関白殿ではない。物語が描く摂関政治にあっては、摂政・関白に就くことの意味は大きかった。入内させた女子に皇子を得て立坊・即位とことを進め、帝の外戚として権力を振るう祖父こそが政治の首領だからである。因みに物語が準拠にした醍醐帝の時代、左大臣が最高位で、摂政も関白も置かれていない。次の朱雀帝時代では、摂政太政大臣・関白太政大臣（従一位藤原忠平が長くその地位を占めた）が最高位。次の村上帝時代の当初三年は、藤原忠平が相変わらず関白太政大臣。しかし天暦三年（九四九）に七十歳で致仕、同年八月に薨去後は、再びしばらくは左大臣が最高位であったように（『公卿補任』）、「関白殿」が最高位の時期はかなり限定されるのである。一方、後土御門院の治世（寛正六年〈一四六五〉～明応九年〈一五〇〇〉）は、最初の二年間（寛正六～七年〈二月二十八日に文正元年に改元〉）は、足利義政が左大臣として最高位にあり、関白（二條持通）は第二位の地位であったが、文正二年（一四六七・三月五日、応仁元年に改元）、所謂応仁の乱勃発後は、一時の例外（長享三年〈一四八九〉～延徳二年〈一四九〇〉の二年間のみ、近衛政家が太政大臣として最高位にあった）を除き、関白が第一位にある。ということは、後土御門院治世においては、関白は即ち最高位を意味していたとみなせるのである。玉鬘の父を「関白」と呼ぶ『十帖源氏』作者は、そうした社会状況が思わず顔を出し、「関白殿」を使用した可能性が高いのではあるまいか。

⑯三ウ3～4　松浦の渚の松のかけより舟をしたて

物語では「類ひろく」（九四頁）なったため、致し方なく北九州に残ることになった姉との別れを悲しむ妹の兵部の君を、「年経つる古里とて、ことに見棄てがたきこともなし、ただ松浦の宮の前の渚と、かの姉おもとの別るるをなむ、かへりみせられて、悲しかりける」（同上）のであるが、玉鬘一行が、「松浦の渚の松のかけ」から舟出した記述はない。『十帖源氏』はこのように、物語にない記事を妙にリアルに表現する傾向にある。

⑰三ウ8～9　「ゆくさきも」の歌

『十帖源氏』は、直前の「うきしまを」の歌も、当該「ゆくさきも」の歌も、「豊後助かいもうと」を詠み手とするが、「ゆくさきも」は玉鬘詠。⑤で述べた通り、『十帖源氏』は詠者を誤認する傾向が多いと言わざるを得ない。

⑱四オ2～4　舟子ともかちいさき舟のとふやうにこき来けるを海賊おゝきひゝきのなたとておそろしき所と申せハ

このあたり物語では、「早舟といひて、さまことになむ構へたりければ、思ふ方の風さへ進みて、危きまで走り上りぬ。ひびきの灘もなだらかに過ぎぬ。『海賊の舟にやあらん、小さき舟の、飛ぶやうにて来る』など言ふ者あり。海賊のひたぶるならむよりも、かの恐ろしき人の追ひ来るにや、と思ふにせむ方なし」（九四～五頁）とある。玉鬘一行に、飛ぶようにやって来る小舟は海賊のものかと言う者もある。玉鬘達は海賊よりも何よりも大夫監が追っ手を寄越すのが怖いのである。『十帖源氏』では、海賊の恐怖とひびきの灘の難所ぶりを統合して、「海賊おゝきひゝきのなた」というのであるが、玉鬘一行が恐れる監の存在が浮かびあがって来てはいない。

⑲四オ5～6　「うきことに」の歌

乳母の歌。「兵部の君の歌とする説もある」（九五頁頭注一八）とあるが、『十帖源氏』は玉鬘の詠とする。

⑳四オ7　津国河尻といふ所に舟つき

物語には、「川尻といふ所近づきぬ」（九五頁）とある。『十帖源氏』はそこが「津国」であるとわざわざ国名を明記する。なるべく贅肉を落とすはずの梗概にあって、余分な説明を加えた例である。

㉑四オ9～四ウ1　廿年はかりをへたてたる事にて二条へ便もなかりけるに

年が隔たったために、二条（内大臣）への伝手がなくなってしまったというのである。物語にこうした理由は語られていない。もっとも「廿年はかり」の表現自体は、椿市の宿で夕顔に親しく仕えていた下人三条が右近に呼び出され、「筑紫国に二十年ばかり経にける下衆の身」（一〇一頁）云々と語る所に登場してはいるが。

㉒四ウ４～５　のり物なけれハかち路にて

玉鬘達の長谷参詣に際し、経済的理由で乗物の調達ができなかったと言いたげな口吻。しかし物語には、「ことさらに徒歩よりと定めたり」（九八頁）とあり、「長谷寺参詣には牛車も使われたが、とくに信心の深さを示すため、徒歩で行くこともあった」（同頁頭注一〇）と解釈されている。当時の玉鬘には徒歩での参詣が必須であったのであり、この場合、「のり物」の有無は問題ではないのである。

㉓四ウ５～６　三日と申につは市の里よりはつせにつきやととりやすみ給ふ

物語には、「椿市といふ所に、四日といふ巳の刻ばかりに、生ける心地もせで行き着きたまへり」（九九頁）とある。『十帖源氏』は「三日」とするが「四日」が正しい。さらに『十帖源氏』は椿市経由でそのまま初瀬に至り宿をとったとする。しかし物語では宿をとったのは椿市。椿市は、「三輪山麓。奈良県桜井市三輪金屋。昔から、長谷寺参詣の人か宿った所。ここから長谷寺まで約四キロメートル」（同頁頭注一七）とするように長谷寺参詣の拠点。玉鬘達が宿を定めるのに不都合ではない。『十帖源氏』が椿市を通過させ、いきなり長谷寺まで玉鬘達を至らせてしまうのは創作以外の何物でもない。

㉔五オ１　はつせに月詣しけるか

物語には、「この御寺になむたびたび詣でける」（一〇〇頁）とはあるが、「月詣」とはない。右近は幾度か参詣してはいたものの、「月詣」ではなかった。それを敢えて「月詣」とするのは、『十帖源氏』作者の時代の反映か。

㉕五オ4～5　座しきをしつらひ畳を二帖かさねにしき

右近を宿泊させたい宿主の法師が、右近用の座を設えさせる場面。物語では相部屋を余儀なくされた時、玉鬘達は奥へ移り、「軟障などひき隔て」（一〇〇頁）、プライバシーを確保。そこへ右近が招じ入れられたことのみ描かれる。右近用に畳を二帖重ねに敷いた記述などない。完全に『十帖源氏』の創作。

㉖五オ5～6　姫君をハ座せきをのけやふれたる畳にをき奉る

右近に「二帖かさね」の畳を提供するため、玉鬘の座席であった畳を取り外して充て、代わりに玉鬘には破れた古畳を与えたというのである。これも全くの『十帖源氏』の創作。

㉗五オ6～7　たゝいま大裏女房まいり給ふと氐あへり

物語では、宿主の法師が右近一行を、「せめてここに宿さまほしくて、頭掻き歩く」（一〇〇頁）とあるが、右近を「大裏女房」などと呼んではいない。太政大臣源氏に仕える右近を身分上々の婦人だと、宿主の大歓迎ぶりを強調したくての『十帖源氏』の創作と見える。

㉘五オ7　乗物よりおり

右近が宿へ入る折の表現。物語には、「これも徒歩よりなめり」（九九頁）とあり、右近も徒歩での参詣であったのはあきらか。それを「乗物よりおり」とするのは、㉗を勘案する時、身分高貴な「大裏女房」は、乗物を利用して当然との発想にもとづく『十帖源氏』の創作か。

㉙五オ8～9　豊後助三条とよへハかまのまへより年よりたる女こたゆる

物語では、豊後介が玉鬘のお呼びを、「三条、ここに召す」（一〇一頁・「三条、ご主人様のお呼びだぞ」）と伝えるが、三条がどこにいたかの記述はない。しかし『十帖源氏』では、「かまのまへより」とし、あたかも竈の前で食事の用意でもしていたかに読める。こうした創作は、右近が三条を呼び寄せても、「食物に心入れて、とみにも来ぬ」（同上）ことなどから連想した創作であったのかもしれない。

㉚五ウ6～7　此間つくしの松浦にすませ給ひしを

⑨で既述したように、『十帖源氏』は玉鬘の肥前国での居所を松浦と特定したが、物語には「松浦」の断定はない。

㉛五ウ8～9　いつくにわたらせ給ふそと問へハゆひをさして是にと申せは

右近が三条に、「まづおとど（私注・乳母）はおはすや。若君はいかがなりたまひにし。あてきと聞こえしは」（一〇二頁）とたたみかけると、三条が、「みなおはします。姫君も大人になりておはします。まづおとどに、かくなむ、と聞こえむ」（同上）と答え、一旦奥へ下がる場面。それに続き双方から「け遠く隔てつる屏風だつもの、なごりなく押し開けて」（同上）劇的再会が果たされるのであるが、玉鬘を「ゆひをさして」、ここに夕顔の遺児の姫君がなどと指し示す記述はない。

㉜六オ1　いそき障子をあけてみ奉るに

右近側と玉鬘側の隔ては、軟障と「屏風だつもの」（一〇二頁）であって、「障子」ではない。相部屋にならざるをえなかったための、俄仕立ての間仕切りなどを細かに読みとってはいない表現。双方を隔てる建具を払いのけたという事のみが、『十帖源氏』作者には必要なのであったということか。

㉝六オ1～3　しほかせにもまれてやせくろみ給へともみいれ気たかくましく〳〵けるを

右近の目に映った玉鬘の様子。しかも障子を開けて再会を喜び合った場面でのこととして描かれる。しかし、物語では右近が実際に玉鬘を見るのは、御燈明などの用意を調え、夜にならないうちにと長谷寺へ上る時のこと。物語には、「右近は、人知れず目とどめて見るに、中にうつくしげなる後手の、いといたうやつれて、四月の単衣めくものに着こめたまへる髪のすきかげ、いとあたらしくめでたく見ゆ」（一〇三～四頁）とある。『十帖源氏』が、「しほかせにもまれてやせてくろみ給へとも」とするのは、北九州からの舟旅で日焼し、慣れない舟旅に痩せてしまったと言いたげなのであるが、こうした記述は物語には一切なく創作と言わざるを得ない。もっとも「くろみ」の表現自体は、右近が物の間から覗いて見た豊後介の様子を、「ふとり黒みてやつれたれば」（一〇一頁）とあるのなどを混用しているのかもしれないが。

㉞六オ3～4　我座せきをさつてよひ奉り

㉖・㉗で、宿主が玉鬘の畳を取り上げ、二帖重ねにして右近に提供したことになっていた。その二帖重ねに玉鬘を招き座らせたというのである。これも『十帖源氏』の創作。

㉟六ウ1～2　のり物たつね都へ上せ奉り

右近は車を用意し、それに玉鬘を乗せ、自らも同車して上京したと読める。しかしこれも物語にはない。

㊱六ウ2　五条あたりに我やとのありけるに入奉り

『十帖源氏』は、㉟で用意した車に玉鬘と同車し、五条あたりの右近の家へ連れて行ったとする。しかし物語には、「出づとても、かたみに宿る所も問ひかはして、もしまた追ひまどはしたらむ時と、あやふく思ひけり。右近が家は、六条院近きわたりなれば、ほど遠からで、言ひかはすもたづき出で来ぬる心地しけり」（一一一～二頁）とあるのに鑑み、上京は右近と玉鬘達は別行動で、お互いの連絡方法だけは確保したと読める。玉鬘が一旦右近の家に移り、そこから改めて六条院へ入るのは（一二二頁）、長谷寺の帰途ではなく後日のこと。物語を端折った形の創作。因みに右近の家が五条であったのは物語の右同箇所に、「右近が里の五条に」（同上）とあり確認できる。

㊲六ウ5～6　はつせ詣にりしやうかうふりたるかと問給へハ

六条院に参上した右近に、源氏が「長谷詣のご利益はあったか」と尋ねているらしい。しかし物語では、源氏が長引いた右近の里居を、男性がらみの「何か訳ありであろう」とからかうのであり、長谷詣は知らない設定（一一二～三頁）。このあたりも『十帖源氏』の創作といえよう。

㊳六ウ6～7　月詣のしるしにりしやうたかひなし

㊲の続きの場面。源氏が右近に長谷詣のご利益を問うのであるが物語にはない部分。また右近は度々長谷詣をしていたものの、「月詣」ではなかったのは㉔で既に指摘した通りである。

㊴七オ6　二条へもしらせ奉りたけれとも

玉鬘の父、内大臣に知らせてやりたいとは思うけれどもというのである。しかし物語には、「父大臣には何か知られん」（一一六頁・「どうして父大臣に知られる必要があろうか」）と、源氏には伝える意思のないことがはっきり語られている。

㊵七ウ4～5　すゑつむ花の衣はおとりけれハうちうらみて

玉鬘巻末に語られる衣配り。物語には、「かの末摘花の御料に、柳の織物の、よしある唐草を乱れ織れるも、いとなまめきたれば、人知れずほほ笑まれたまふ」（一三〇頁）とあり、見事な新年用の装束ながら、末摘花には似合いそうにないのを思うと、源氏はついつい苦笑されるのである。従って末摘花が、「衣はおとりにけれハ」（自分用の装束が他の女性のそれより劣っていたのを）恨んで、「きてみれハ」の歌を返したのではないのである。物語を誤読した例といえよう。

〈初音〉

①八ウ6　姫君の御返し御らんして

明石御方が明石姫君の「ひきわかれ」云々の返歌（八ウ4〜5）を見て、感慨にふけりつつ詠む歌であるが、物語には、「小松の御返りを、めづらしと見けるままに」（一四四頁）とあり、明石御方に敬語の使用はない。それを「御らんして」と敬語を用いるのは、『十帖源氏』作者の、登場人物に対する待遇を自ずと語るものであろう。

②八ウ9　正月半過て東院のするつむ花の御方へ

物語では、臨時客（正月（主として二日）に摂関大臣家で、親王、公卿たちを饗応する儀〈一四五頁頭注二六〉）が終わり、男踏歌（隔年の正月十四日に行われた）が実施される（一五二頁以下）までの間に、源氏が二条東院に末摘花と空蟬を訪れたのである。『十帖源氏』がいうような「正月半過て」ではない。

③九オ1〜2　「ふるさとの」の和歌

当該詠は、「独りごちたまへど、聞き知りたまはざりけんかし」（一四九頁）とある源氏の独詠で、「するつむ花の御方へ」の贈歌ではない。

〔胡蝶〕

①九オ4〜6　梅つほの中宮の仏事の為に（略）貴き聖をあつめ経よませ舞楽とゝのへさせ給ふ

物語では、「三月の二十日あまりのころほひ（略）、中宮、このころ里におはします」（一五七頁）とだけあり、その目的は語られない。「貴い聖」に読経させたり、舞楽を整えさせてもいない。もっともこれらは後に描かれる「中宮の御読経」（一六三頁。河内本は「季の御読経」〈頭注一五〉）を指すのであろうが、総じて物語冒頭の前半には、紫上と中宮の春秋優劣競べの結末が、後半には季の御読経が描かれ、それを混同した、いやむしろ季の御読経に中心を置いたのが『十帖源氏』の書きよう。梗概の構成に不足感が残る。

②九オ6～7　紫上去年神無月のもみちの返事せむとて

物語では、「かの『春まつ苑は』とはげましきこえたまへりし御返りもこのころやと思し」（一五七頁）とある箇所でのこと。しかし「春まつ苑は」云々は、「去年神無月」ではなく九月。少女巻に、「九月になれば、紅葉むらむら色づきて、宮の御前えもいはずおもしろし（略）。御消息には、『こころから春まつ苑はわがやどの紅葉を風のつてにだに見よ』（略）大臣、『この紅葉の御消息、いとねたげなめり。春の花盛りに、この御答へは聞こえたまへ』」云々とあった（七五～六頁）。それを『十帖源氏』が「神無月」とするのは、①で述べたように中宮の季の御読経を中心に梗概を組み立てた結果であったと思しい。

③九オ7～8　あたらしく舟を八艘つくらせ八人のわらはをのせ

物語には、「唐めいたる舟造らせたまひける（略）、龍頭鷁首を、唐の装ひにことごとしうしつらひ」（一五七～八頁）とある。因みに『紫式部日記』寛弘五年十月十六日の記事に、「その日、あたらしく造られたる船ども、さし寄せさせて御覧ず。龍頭鷁首の生けるかたち思ひやられて、あざやかにうるはし」云々とあることが指摘されているように（二五七頁頭注一二）、胡蝶巻は『紫式部日記』の当該記事（一条天皇の土御門邸行幸の段）を踏まえていると思しく、胡蝶巻の成立時期を類推できるヒントになると考えるのだが、それはともかく、龍頭鷁首は申すまでもなく、中国伝来の架空の動物、龍と鷁の頭部を船首に飾った舟。多く二艘一対で用いられたが、『十帖源氏』が「八艘つくらせ」とする根拠は奈辺にあるのか。まさか龍頭鷁首を四対用意した意とも思えず疑問である。物語からは、中宮側の「若き女房たちの、ものめでしぬべき」（二五八頁）を龍頭鷁首に乗せ、秋の町から春の町へ連続している池を漕ぎ進み、春の町の、まさに春爛漫を見物させる企画であったのがわかる。身分上、春の町へ出向くことが叶わない中宮の代わりに、中宮方の女房達が招待されたわけである。

この折の龍頭鷁首の「楫とりの棹さす童べ」（同上）は全員、角髪（みづら）を結い唐風ないでたち。しかし物語に人数の明記はない。もっとも『年中行事絵巻』に見られる龍頭鷁首の説明文では、例えば「棹を操る舵取はそれぞれ四人」（秋山虔・小町谷照彦氏編『源氏物語図典』・小学館・七九頁）などとあり、おそらく物語は龍頭に四人、鷁首に四人の漕ぎ手を想定しているのであろう。対する『十帖源氏』、「あたらしく舟を八艘つくらせ」、それに「八人のわらはをのせ」たとあるのであるから、漕ぎ手は各舟一人宛ての計算。一人で漕ぐ舟となると、小さい和船が思われてならず、龍頭鷁首を連想することは難しくなる。もっとも、①②で指摘したように、『十帖源氏』は季の御読経に焦点を合わせ梗概化したらしく、「八人のわらは」は、「鳥蝶にさうぞき分けたる童べ八人」（一六三頁）との混同から起きた数値なのかもしれない。

④九オ8～九ウ2　花たてを舟にのせ御前の池を秋の方のわたとのゝきハへ漕よせてわらハたちのはやしものに

物語の順に従うなら、中宮側の女房が龍頭鷁首に乗せられて春の町を訪問、感動の中に⑤に挙げる四首の和歌を詠むのであるが、『十帖源氏』では、季の御読経との混同のため、「花たて」（物語では銀の花瓶・黄金の瓶〈一六三頁〉）が早速登場、女房四人が詠んだ四首の和歌が、「わらハたちのはやしもの」として扱われている。

⑤九ウ3～十オ1　「風ふけは」以下、四首の和歌

これら四首は龍頭鷁首上で、中宮方の女房達によって詠まれたもの（一五九頁）。『十帖源氏』曰くの、「わらハたちのはやしもの」（童達が演じた囃子物、ここでは出し物の意か）ではない。

⑥十ウ1～5　御ふミに…（略）…　秋好中宮の「こてふにも」の歌、紫上の「花そのゝ」の歌

物語の順に従うなら、花瓶に添えられた紫上から中宮宛ての「御消息」（一六四頁）が「花そのゝ」の歌。それへの

返歌が秋好中宮の「こてふにも」の歌。歌の先後が逆になっている。

⑦十ウ7～8　けんしさかして御らんしけるに

源氏が玉鬘に求愛する男性達の恋文を勝手に「さかして」（探して）ご覧になるというのである。物語には、「対の御方に、人々の御文しげくなりゆくを、思ひしことと、をかしう思いて、ともすれば渡りたまひつつ御覧じ、さるべきには御返りそそのかしきこえたまひなどする」（一六七～八頁）とあって、「さかし」出してこっそり見たのとはニュアンスが異なる。

⑧十一オ7　つゝらのふたにあるたちハなをまさくり給て

物語には、「箱の蓋なる御くだものの中に、橘のあるをまさぐりて」（一七七頁）とある箇所だが、箱の特定はできない。それを『十帖源氏』は「つゝら」（葛籠）とするのである。また物語では「御くだもの」の中には橘もあったとするが、『十帖源氏』では、橘のみが入っていたと解釈したらしい表現となっている。橘の存在のみが必要なのだという簡略方法か。

〔蛍〕

①十一ウ6～8　兵部卿の宮ハ玉かつらをいかにもしてみはやとおほしうす物にほたるをつゝミきちやうのうちへなけ入給へハ

物語には、源氏が玉鬘に近寄ってゆき、「御几帳の帷子を一重うちかけたまふにあはせて、さと光るもの、紙燭をさし出でたるか、とあきれたり。蛍を薄きかたに、この夕つ方いと多くつつみおきて、光をつつみ隠したまへりけるを、さりげなく、とかくひきつくろふやうにて」（一九二頁）とある。蛍を多く集め、それを「かた」（一九二頁頭注三には、「『かたびら』の誤写か。他に、羅の衣の袖をさす、とする説、『かみ（紙）』『かたち（蚊館）』などの誤脱説などがある」とある。『十帖源氏』が「うす物」とするのは、分かりやすいか）に包み予め用意していたのを几帳の中へ放ったというのである。蛍のあかりで兵部卿宮に玉鬘の容姿を見せてやろうという心憎い源氏の演出。ところが『十帖源氏』は、蛍を事前に用意し、放ったのは兵部卿その人とするのである。源氏が、若公達の物想いの対象として、玉鬘を扱ってみたいとする物語の意図からは外れる解釈であるのは明か。

②十二オ1　将束（ママ）をとりてなけかけ給へハ

物語には見えない一節。『十帖源氏』は、兵部卿が装束を脱いで飛び立とうとする蛍を目がけて投げ入れたとでも解釈したのであろうか。意味不明。

③十二オ6　五月五日にあやめかさねの御ふミつかハして

物語では、「宮より御文あり。白き薄様にて、御手はいとよしありて書きなしたまへり」（一九六頁）とある。兵部卿宮から玉鬘に宛てた手紙は、「白き薄様」なのである。「あやめの白い根に結びつけたから、白色の紙を用いた」（一九六頁頭注二）とあるように、紙は白であった。それを『十帖源氏』は「あやめかさね」とする。それなら夏の装束の色で、山科流では、表を萌葱、中倍（なかべ）を紫、裏を濃い紅梅と伝えるのはさておき、白とは考えていないことだけは確かなようである。

④十二ウ2　三条院花ちるさとの御祝のとき

「三条院」の意味は不明。ここは六条院、即ち源氏を指すべき箇所。また「花ちるさとの御祝のとき」も意味が明確ではないが、これは五月五日、左近衛府での騎射を終えた夕霧が同僚達を伴い花散里の住まう夏の町にやって来て、そこの馬場で騎射をなした折のこと。その夜久々に花散里を訪れた源氏が、夕霧の養育係である花散里にとって今日の盛事け面目の立つ祝儀であったであろうと思っているらしいあたり（一九七～二〇一頁）の意味合いを『十帖源氏』は「御祝」としたか。

⑤十二ウ3～6　「その駒も」と「鳰とりも」の二首の和歌

『十帖源氏』は「その駒も」を源氏、「鳰とりも」を花散里の詠とするが、物語では詠み手が逆。即ち「その駒も」が花散里、「鳰とりも」が源氏詠。花散里が「駒でさえ相手にしない汀のあやめのような私」云々と詠じてこそ、彼女のひかえ目な性格の良さがにじみ出て来るはずなのであるが。

〈常夏〉

①十三ウ4～6　二条大臣女あまたみ給ひける人にてこゝかしこに御子ましますはゝきゝの巻の撫子うしなひし事を尋給ふ

物語には、「内大臣は、御子ども腹々いと多かるに、その生ひ出でたるおぼえ人柄に従ひつつ、心にまかせたるやうなるおぼえ勢にて、みななし立てたまふ。女はあまたもおはせぬを、女御もかく思ししことのとどこほりたまひ、姫君もかく事違ふさまにてものしたまへば、いと口惜しと思す。かの撫子を忘れたまはず、もののをりにも語り出でたまひしことなれば」云々とある（二一〇頁）。玉鬘の実父内大臣に男子は多くあるが、女子の手持ちは少なく、しかもその現状が思うようではないことを歎いているのである。弘徽殿女御は冷泉帝の後宮で秋好中宮に立后で負け、雲井雁は夕霧との幼恋が発覚して入内を諦めざるをえず、玉鬘は行方不明だからである。ただこの内大臣の嘆きは蛍巻に描かれるのであって、『十帖源氏』が常夏巻で扱うのは正しくない。また『十帖源氏』が、「二条大臣女あまた」とするのは、述べたように、「女はあまたもおはせぬを」（二一〇頁）と齟齬をきたすのは明かである。

②十三ウ7～8　からさきのあたりより御子とて姫君一人奉る

近江の君の出生に関しては、彼女の早口に閉口する内大臣に向かい、近江の君が、「舌の本性にこそははべらめ。幼くはべりし時だに、故母の常に苦しがり教へはべりし。妙法寺の別当大徳の産屋にはべりける、あえものとなん嘆きはべりたうびし」云々（二三六頁）と語る箇所が手がかりだと読めるように物語には語られている。「妙法寺」は、「滋賀県八日市市妙法寺町にある。延暦寺の別院。」（同頁頭注六）とあり、さらに「以上の近江の君の言葉から、その母は近江守あたりの娘で宮仕えに出て、内大臣と関係したとの説がある。『近江の君』の呼称も、この条に由来する」（同頭注九）と注するが、『十帖源氏』が「からさきのあたりより」とするような、具体的地名は登場していない。

③十四オ6～7　「常陸なる」の和歌

『十帖源氏』は詠み手を「御めのとの中将」とするが、これは弘徽殿女御付きの女房中納言が女御の代詠をしたもの（二四二頁）。

〔篝火〕

①十四ウ5～8　「かゝり火に」と「ゆくゑなき」の二首の和歌

『十帖源氏』では、二首とも源氏の玉鬘への恋心を詠むものと解しているらしいが、「ゆくゑなき」は、源氏の「かゝり火に」の歌への玉鬘の返歌（二四九～二五〇頁）。

〔野分〕

①十五オ2～3　都のうちの家ともみなたおれ

『十帖源氏』は、野分の激しさに都中の家が倒壊したとするが、物語にはそうした記述はなく、『十帖源氏』の創作部分。

②十五オ3～4　六条院のかはらふきのわたとのも吹たをす
　物語では、三条宮に泊まった夕霧が、「六条院には、離れたる屋ども倒れたり」（二六二頁）と、その部分的倒壊の情報を得るのであるが、瓦葺きの渡殿が吹き倒された記述はない。ただ物語のもう少し先に、源氏と紫上の寝所の前の高欄に寄り掛かる夕霧の目に映った庭の様子を、「山の木どもも吹きなびかして、枝ども多く折れ伏したり。草むらはさらにも言はず、檜皮瓦、所どころの立蔀、透垣などやうのもの乱りがはし」（二六二～三頁）とあるから、六条院の一部屋根は瓦葺きであったと察しられる。「檜皮瓦」を注して、「当時、宮殿、貴族の建物は、主として檜皮を用い、瓦は棟などの一部に使用した」（二六二頁頭注一六）とするから、『十帖源氏』は渡殿を瓦葺きと解したか。あるいは三条宮（大宮邸）の被害状況を、「殿の瓦さへ残るまじく吹き散らす」（二六〇頁）とある瓦と混同したか。はたまた後土御門院時代の多くの建造物の実態を伝える結果となっていると見るべきか。

③十五オ4　人おほく命をうしなふ
　物語に人命が失われた記述はない。戦火や天災で人命が多く失われていた日常を目の当たりにした『十帖源氏』作者の時代背景を自ずと語るように思う。

④十五オ6～8　人をよひの、しり給へハ花ちるさとあかしのうへ紫上まてもまめ人をたのもしき人とそおほしける
　夕霧が野分の朝に大活躍、源氏の妻妾方が大いに頼っているというのである。しかし、夕霧の母親代わりの花散里は別として、明石御方や紫上までが夕霧を頼りにした記事は物語にない。というより、かつての藤壺との不義密通を反芻する源氏は、夕霧が紫上に気持を寄せるのを恐れ、紹介さえしないのであるから、「たのもしき人とそおほしけ

る」ことはあり得ないのである。このあたりも『十帖源氏』の創作といえよう。

⑤十五オ9～十五ウ3　いもうとの明石の姫君の御かた…（略）…明石の上の御かたにもとふらひ給へハ

『十帖源氏』は夕霧一人が全員の見舞いに歩き回ったように解するが、物語では、夕霧は各女性を見舞う父源氏に従っただけである。

⑥十六オ1～2　「した露に」の和歌

『十帖源氏』は詠み手を「まめ人中将返し」とし、直前の玉鬘の「吹みたる」の歌への返歌と解す。しかしこれは源氏の詠（二七三頁）。⑤で述べたように、夕霧一人が各女性を見舞ったと解する『十帖源氏』は、玉鬘への見舞も夕霧のものとするから、こうした誤読がおきたものと思われる。

〔御幸〕

①十六ウ2～3　冷泉院そのかみをたゝして小塩山の御狩あり

物語には、「その十二月に、大原野の行幸とて」（二八一頁）とあるだけで、冷泉院が「そのかみをたゝし」（典礼の先例に正しく則ってといった意味か）た記述はない。これも『十帖源氏』作者の創作か。もっとも「古来、醍醐天皇延長六（九二八）年十二月五日の大原野行幸が准拠とされてきた。とくに『河海抄』は、それを記す『李部王記』（醍醐天皇皇子重明親王の著）との類似を指摘」（二八一頁頭注九）とあるように、准拠を史実に求めうることを、このように記述したのであったかもしれない。また「大原野の行幸」とはせず、「小塩山の御狩」とするのも面白い。小塩山は大原山（大原野の背後の山で歌枕）の別称であるが、ここの行幸は野行幸であるから、「大原野」が欲しいところと思われるのであるが。

②十六ウ3～4　源氏たひ〳〵申給ふによりて御門思召たちて

『十帖源氏』は大原野行幸を提案し、強力に帝に勧めたのは源氏だとの口吻。しかし、物語にそうした経緯はなく、これも創作と思しい。

③十六ツ4　かんたちめ北面にいたるまてみな

野行幸に従ったメンバーの記述。物語には、「今日は親王たち上達部も（略）随身馬副（略）左右大臣内大臣納言より下、はた、まして残らず仕うまつりたまへり」（二八二頁）とある。一方『十帖源氏』の「北面」は北面の武士のこと。院の御所の北面にあって、院中を警護した院直属の武士で、白河法皇の時代（在位一〇七二～八六）に始まるから、物語の時代に「北面」はいない。にもかかわらず「北面」が登場しているのは、『十帖源氏』の成立時期を類推させる一要素である。

④十六ウ5～6　六条院の大臣ハ風の心ちにて出給ハす

源氏が大原野行幸に供奉しなかったのは物語も述べる。しかしその理由は、「今日仕うまつりたまふべく、かねて御気色ありけれど、御物忌のよしを奏させたまへりけるなりけり」（二八五頁）であって、物忌がその理由。それを『十帖源氏』が「風の心ち」とするのも創作である。

⑤十六ウ6～8　玉かつらの姫君に物見せさせ奉らんと車五六両御伴にて小塩山へ出し奉給ふ

行幸見物の人が多かったのを物語は次のように語る。「世に残る人なく見騒ぐを、六条院よりも御方々引き出でつつ見たまふ（略）桂川のもとまで、物見車隙なし…（略）…浮橋のもとなどにも、好ましう立ちさまよふよき車多かり。西の対の姫君も立ち出でたまへり」（二八一～二頁）。見物人達が「浮橋のもと」（二八三頁頭注一二に、「舟を用いて仮設された橋。『上輿ニ御シ、群臣馬ニ乗リテ橋（方舟、其上ニ輿ノタメニ板ヲ敷ク—割注）ヲ渡リ、桂路ヨリ野ロニ入ル』（李部王記）」）とあるのを参照すれば、大原野の入口付近まで詰めかけていたと想定される。しかし『十帖源氏』が、「小塩山」まで玉鬘を連れて行ってしまうのは、いささか行き過ぎの感がある。また『十帖源氏』の「車五六両」は、物語には一切登場しない数値。物語に「六条院よりも御方々引き出でつつ」（同上）とあるのを勘案し、こうした数値を設定したか。

⑥十六ウ8～十七オ1　ハしめのかりはの鴙一番松の枝に付て六条院へをくり給ふ

「ハしめのかりはの鴙」は、最初に狩場で得た鴙の意であろう。「一番」は「一つがい」。物語には、「雉一枝奉らせたまふ」（二八五頁）とある。「雉二羽（雄を上、雌を下に）を一本の枝につけたものという」（二八五頁頭注一五）と注されるように、ここの「一番」は雌雄一番の意味であろう。しかしそれが「初めの狩場」のもので、「松の枝」につけたという記述は物語にない。

⑦十七オ2～5　「雪ふれハ」（物語は「雪ふかき」）と「小塩山」の二首の和歌

『十帖源氏』は両首とも冷泉院の詠とするが、「小塩山」は源氏の返歌。巻名の由来になった歌でもある。

⑧十七オ6～7　冷泉院都へかへらせ給ひ玉かつらへ御ふミつかハす

玉鬘に手紙を遣わしたのは冷泉院ではなく源氏。物語には、「白き色紙に、いとうちとけたる文」（二八六頁）を、「またの日、大臣、西の対に、『昨日、上は見たてまつりたまひきや。かのことは思しなげきぬらんや』と」（二八五頁）贈ったとある。手紙の差し出し人を間違えたことは、次の⑨・⑩にも関連して来ることになる。

⑨十七オ8～9　「うちきらし」の歌

⑧との関連で、『十帖源氏』ではこれを冷泉院の詠と解すが、玉鬘の詠。

⑩十七ウ1～2　「あかねさす」の歌

⑧・⑨との関連で、『十帖源氏』は冷泉院の詠とするが、源氏の詠。

⑪十七ウ8〜十八オ1　花ちるさとに住給ふ西のたいにをきてやしないむすめにしてかしつき奉れハあれへわたりて見給へとかたり給へハ

大宮の三条邸に内大臣を呼び出し、そこで、源氏は玉鬘の今日までを語る。物語では多大な紙面を割く箇所であるが、『十帖源氏』が簡略にするのは梗概たる所以。別に問題はない。ただし、花散里の夏の町の西の対に玉鬘が住まっているので、「あれ（西の対）へわたりて見給へ」と源氏に語らせた意図は奈辺にあるか。源氏は、内大臣に玉鬘の裳着の腰結役を依頼、そこで親子の対面を果たさせようと企画したのであって、内大臣に西の対へ出向き、実子の存在を確かめよという意味合いではない。このあたりも『十帖源氏』の創作か。

⑫十八オ2〜4　三条の大臣（大臣は大宮の誤記と解して）我孫ときこしめしてより女の将束（ママ）あまたしたてくしの箱そへて送り給ふとて

玉鬘の裳着の日、大宮が祝いの消息を贈る場面のこと。物語には、「かくてその日になりて、三条宮より忍びやかに御使あり。御櫛の箱など、にはかなれど、ことどもいときようにしたまうて」（三〇四頁）とあるように、大宮が贈ったのは、「御櫛の箱など」。「女の将束（ママ）あまたしたて」たものではない。「女の将束（ママ）」への配慮は秋好中宮の役。「白き御裳、唐衣、御装束、御髪上の具など」（三〇五頁）が届けられたのであった。それとの混同か。

⑬十八オ8〜十八ウ1　紫上明石のうへ花ちるさとよりも御さしあハせの衣薫のけとも送り給ふ

物語には、「御方々みな心々に、御装束、人々の料に、櫛、扇まで、とりどりにし出でたまへるありさま、劣りまさらず、さまざまにつけて、かばかりの御心ばせどもに、いどみ尽くしたまへれば」（三〇五頁）とある。物語に「御方々」とのみあるのを、『十帖源氏』は「紫上明石のうへ花ちるさと」と三人を併記、その贈り物を「御さしあハせの衣」とする。「さしあハせ」は手持ちのものを急な用に役立てることであり、物語が述べるような、互いに挑み交わすほどに配慮し尽くした品々の意味は託せない。

⑭十八ウ3～6　「我身こそ」と「からころも」の二首の和歌

『十帖源氏』は二首とも末摘花の詠とするが、「からころも」は末摘花の出過ぎた行為に幻滅しながらの源氏詠。

〔藤袴〕

①十九オ7～8　まめ人蘭の花を折て御かうしこしにつかハす

祖母大宮の喪に服する夕霧と玉鬘。夕霧が蘭の花を口実に玉鬘に近づく場面。物語には、「蘭の花のいとおもしろきを持たまへりけるを、御簾のつまよりさし入れて」（三二四頁）とある。夕霧は「御簾のつまより」蘭を差し入れたのである。しかし『十帖源氏』は「御こうしこしに」（格子越しに）差し出すのでありニュアンスが異なっている。

②十九ウ8～二〇オ2　「いもせ山」と「まとひける」の二首の和歌

『十帖源氏』はいずれも柏木の詠とするが、「まとひける」は玉鬘の返歌（三三三頁）。

③二〇オ6～7　「数ならハ」の歌

『十帖源氏』に詠者の記載はないが玉鬘詠と考えているらしい。但しこれは鬚黒の詠。十月（神無月）の玉鬘入内が決まっている状況下、その前月にあたる九月だけはひとまず安心だと、はかない望みをつないでの詠である（三三六頁）。

④二〇オ8～二〇ウ2　紫の上の兄さゑもんの守玉かつらの方へ文つかはし

紫の上の兄とは、紫上の異腹の兄で、目下玉鬘に熱を上げている鬚黒の北の方の兄弟。式部卿宮の息男であり、源氏の不義密通の相手藤壺中宮の甥でもある。『十帖源氏』は「さゑもんの守」とするが、物語には「左兵衛督」（三三七頁）とある。「左兵衛督」も玉鬘に求愛の和歌を贈るが、それは、「忘れなむと思ふものの悲しきをいかさまにしていかさまにせむ」（同上）というもの。総じて『十帖源氏』は物語の全和歌を収載する形式を採っていた。ここは例外的に当該和歌のみが脱落してしまっている箇所なのである。一方、「朝日さす」云々の歌は『十帖源氏』も詠み手を「兵部卿」とするように、蛍兵部卿のもの。ということは、物語の順序に従うなら、「紫の上の兄さゑもんの守玉かつらの方へ文つかはし」は、二〇ウ1～2の兵部卿の歌の後に置かれるべき一文で、それに続き、「忘れなむと思ふものの悲しきをいかさまにしていかさまにせむ」の歌が配され（脱落していることは既述）、受けて二〇ウ3～4の玉鬘の返歌にならなくてはならないのである。丁が表から裏へかわる箇所でもあり誤記が起きたか。創作かと思しい記事を幾つか含む『十帖源氏』であるが、ここは左兵衛督を「さゑもんの守」と誤った点も含め、『十帖源氏』作者のミスが重なったものと見て差し支えなかろう。

〔槙柱〕

①二一ウ3　ひけくろのつかハれける少納言の北方くるしけなるをみて少納言の君よめる
　物語に、「御召人だちて、仕うまつり馴れたる木工の君、中将のおもとなどいう人々」（三五一頁）とあるように、鬚黒には召人がいたのであるが、それは少納言の君ではなく、木工の君と中将のおもと。更にここで北方になりかわり詠んだのは木工の君。召人の呼称など些細な点は物語の展開上影響ないとばかりに、無造作に扱われていたのは既に幾度か指摘した通りである。

②二二オ1～2　父式部卿の宮より車三ハかり乞て出給ふ時

ここの「車三はかり」は物語に忠実な数値。但し物語には、「御せうとの君たち、兵衛督は上達部におはすればことごとしとて、中将、侍従、民部大輔など、御車三つばかりしておはしたり」（三六二頁）とあり、鬚黒北方の兄弟が車を三台ほど仕立てて迎えに来たのであり、父宮が車だけ三台寄越したのとは若干ニュアンスが異なる。

③二三一オ2〜3　此北方の姫君の十三になり給ふも

『十帖源氏』は「十三」と断定的だが、物語には、「女一ところ、十二三ばかりにて」（三六一頁）と表現する。

④二三一ウ1〜2　「あさけれど」の歌

『十帖源氏』はこれを少将の君の詠とする。しかし物語には、「木工の君は、殿の御方の人にてとどまるに、中将のおもと」（三六五頁）とあって「あさけれど」の歌が続き、詠者は中将のおもととわかる。彼女は①で既述したように木工の君と同様、鬚黒の召人。『十帖源氏』作者は①の少納言の君の場合同様、ここの少将の君も、物語展開に格別関係しないと判断した結果なのであろう。

⑤二三一ウ5〜6　玉かつらの内侍守内へまいり給てれいけいてんにすみ給ふに

物語には、「承香殿の東面に御局したり」（三七三頁）とあり、玉鬘の局は麗景殿ではなく承香殿。因みに承香殿は紫宸殿の北、仁寿殿に続く北側の殿舎。

⑥二三二オ1〜2　御門…（略）…れいけいてんへわたらせ給ひて

玉鬘の御局は承香殿。⑤と同様の間違いである。

⑦二三二オ5〜6　「いかならん」の歌

『十帖源氏』はすぐ前の「なとてかく」の歌同様、当該歌も冷泉院のものと解しているようであるが、これは玉鬘の返歌（三七七頁）。

⑧二三オ7～8　玉かつらの御迎車ひけくろのかたよりまいり給ふ時御門

玉鬘の迎車は鬚黒が用意したというのであろうが物語にはない記述。物語には帝と玉鬘の別れの場面に、「御輦車寄せて」（三七九頁）とあり、「御迎車」の登場の余地はない。このあたり、『十帖源氏』作者独特の創作か、あるいは読みの杜撰さか。

⑨二三ウ2～3　「香ハかりは」の歌

『十帖源氏』は前歌同様、冷泉院の詠としているらしいが、これは玉鬘の返歌（三九〇頁）。

以上、異同とは言い難いかもしれない箇所にもこだわり列挙してみた。その結果、『十帖源氏』の創作といえそうな箇所、『十帖源氏』独自の解釈、『十帖源氏』のみに見られる数値、詠者の取り違えなどが、物語とのおもな異同であることが明かになった。特に、

1．【玉鬘巻】⑦二オ8～9　少弐北方ともに世間の病にをかされて隠ぬ

2．【玉鬘巻】⑩二ウ8　妻をも十人はかりもちける

3　【玉鬘巻】⑮三ウ2　當時の関白殿

4．【玉鬘巻】㉒四ウ4～5　のり物なけれハかち路にて

5．【玉鬘巻】㉕五オ4～5　座しきをしつらひ畳を二帖かさねにしき

6．【玉鬘巻】㉖五オ5～6　姫君をハ座せきをのけやふれたる畳にをき奉る

7．【玉鬘巻】㉝六オ1～3　しほかせにもまれてやせくろみ給へともみいれ気たかくましく〱けるを

8.【玉鬘巻】㊱六ウ2　五条あたりに我やとのありけるに入奉り
9.【玉鬘巻】㊵七ウ4～5　すゑつむ花の衣はおとりけれハうちうらみて
10.【胡蝶巻】①九オ4～6　梅つほの中宮の仏事の為に（略）貴き聖をあつめ経よませ舞楽と、のへさせ給ふ
11.【胡蝶巻】②九オ6～7　紫上去年神無月のもみちの返事せむとて
12.【胡蝶巻】③九オ7～8　あたらしく舟を八艘つくらせ八人のわらはをのせ
13.【蛍　巻】①十一ウ6～8　兵部卿の宮ハ玉かつらをいかにもしてみはやとおほしうす物にほたるをつ、ミきちやうのうちへなけ入給へハ
14.【常　夏】①十三ウ4～6　二条大臣女あまたみ給ひける人にてこ、かしこに御子ましますは、き、の巻の撫子うしなひし事を尋給ふ
15.【野　分】②十五オ3～4　六条院のかはらふきのわたとのも吹たをす
16.【野　分】③十五オ4　人おほく命をうしなふ
17.【野　分】④十五オ6～8　人をよひの、しり給へハ花ちるさとあかしのうへ紫上までもまめ人をたのもしき人とそおほしける
18.【御　幸】⑪十七ウ8～十八オ1　花ちるさとに住給ふ西のたいにをきてやしないむすめにしてかしつき奉れハあれへわたりて見給へとかたり給へハ

など十八例は全くの創作と言え、しかも紙幅をとっているだけに『十帖源氏』作者の真剣みさえ伝わって来るのである。『十帖源氏』の持つ独自のおもしろみといえるのかもしれないのであるが、何故ここまで創作する必要があった

のかと時として首をかしげざるを得ないのも事実なのである。

寺本氏も、右と略同の箇所を六点指摘された上で、

『十帖源氏』は、単に和歌や場面が前後するだけでなく、原典そのものの叙述と相違したり、さらに（4）（5）（6）（寺本氏が上げられたこれら番号は、（4）は初瀬での宿で玉鬘の畳を取りのけて右近に与え、代わりに玉鬘には破れ畳を充がう場面。（5）は豊後介の呼び出しに、三条が竈の前からやって来る場面。（6）は右近が三条に玉鬘のありかを問うと指さしてここにと教える場面）の初瀬参詣の玉鬘一行と右近一行とが椿市の宿で邂逅する場面に顕著なように、原典に全くない叙述をあえて加えている。これらは『十帖源氏』作者が、原典を読み誤った結果ではなく、意識的に変改し具体的描写を加えて、自己の創作欲を満足させるとともに、読者をいっそう楽しませようとしているものであろう。つまり『十帖源氏』は、忠実に原典を要約して梗概を語るというより、積極的に改変改作する方向に歩踏み出しているといえよう（四五七頁）。

と論じられた。さらに胡蝶巻冒頭部分にみられる、中宮の季の御読経と、紫上との春秋論争の順序が物語とは異なる先後関係を持つ点を上げ、『十帖源氏』のこうした傾向は、『源氏物語提要』（「十四世紀を代表する四辻善成の『河海抄』と、十五世紀を代表する一条兼良の『花鳥余情』との間に位置する。今川範政が提要の跋文に記す年次を信ずるならば、『永享四年（一四三二）八月十五日』の成立である」〈稲賀敬二氏編『今川範政　源氏物語提要』源氏物語古注集成第2巻・昭和五三年・桜楓社〉研究編・三六三頁）に類似する点があることに言及しておられる（四五九頁）。

五、後土御門院の生涯―その文芸・学芸を中心に―

（一）

当該『十帖源氏』の筆者とされる後土御門院については、稿者はかつて「実隆公記」と「雪玉集」「再昌草」などを丹念に調査、『三条西実隆と古典学（改訂新版）』（平成十一年・風間書房）をまとめた中で触れたことがある。それを参照しつつ、特に文芸・学芸に関連した事項を述べておきたい。それにあたり、まずは「本朝皇胤紹運録」（『群書類従』巻第六十）の範囲内で生涯を概観しておく。

後土御門院は、嘉吉二年（一四四二）五月二十五日に後花園院の第一皇子として誕生。母は嘉楽門院。内大臣大炊御門信宗の猶子であるが、実父は藤原孝長朝臣であった。諱は成仁（ふさひと）。長禄元年（一四五七）十二月十九日、親王に立つ。同二年四月十七日、十七歳で元服。寛正五年（一四六四）七月十九日、父院を襲い受禅。時に二十三歳。翌年十二月二十七日、即位。文正元年（一四六六）十一月二十六日、御禊。同十二月十八日、大嘗会。十二月に大嘗会が為された初例であった。時に二十五歳。

同二年（一四六七・三月五日応仁に改元）正月十八日、時の左大臣、足利義政の室町第に臨幸。兵革（戦（いくさ））からの避難であった。ここの兵革が応仁の乱の前触れであるのは、改元の元号に知られよう。同月二十日には一旦車ながら還幸できたのであったが、[注一]八ヶ月後の応仁元年八月二十三日、またしても義政第に臨幸となる。大乱（応仁の乱そのもの）に陥った洛中の危険を逃れるためであった。

ところが文明八年（一四七六）十一月十三日、室町第が火災で焼失。後土御門院は俄に北小路殿（小河第）に避難を余儀なくされる。義政・義尚父子もそれに従う事態であった。この時も車での移動であった。

その北小路殿も、文明十一年（一四七九）七月一日に焼亡。院は聖寿寺に臨幸せざるを得なかった。応仁・文明の乱後の混乱が収まってはいない時期、院は腰輿に乗りはしたものの供奉の儀式はなかった。

聖寿寺に十日ほど滞在した後、同月十日には日野政資邸へと移る。この時も腰輿ではあったが、秘密の移動であったことも手伝い供奉の儀式はなかった。行幸に供奉がないというのは、大乱による世の中の秩序の崩壊を語るものであろう。

政資邸で五箇月を送った院は、同年十二月七日、ようやく土御門殿の本皇居へ還幸することができた。還幸がかくも遅れたのは、乱の間、敵陣によって激しく傷められた皇居の修理に手間取ったためであった。何もかもが疲弊に疲弊した世情が察しられる。但し、この還御には、一応儀礼的な供奉が配されたのは救われるところであろう。

明応九年（一五〇〇）九月二十八日、院は土御門皇居の黒戸において、その五十九歳の生涯を閉じた。死因は前年からの腫瘍によるもの。生前に落飾も譲位の儀もないままの崩御であった。

後土御門院と諡され、同十一月十一日、泉涌寺に葬られることになった。その日、内裏の北側の築地を崩し、そこから霊柩車を出したという。葬儀費用がなく、崩御後四十余日にわたり、禁裏内の黒戸に安置されたままの院の遺体は、ようやく弔いの時を得ることが出来たのである。「本朝皇胤紹運録」が「希代事也」（実に珍しいことだ）とするのも故なしとしない事態であった。

こう見てくると、院の生涯は応仁・文明の大乱に弄ばれ続けたといえよう。その側近として、三条西実隆は学芸に文芸にと協力し、自らの学才を発揮して行くのである。因みに実隆は寛正元年（一四五五）生まれであるから、院より十三歳年少であった。

ところで実隆が後土御門院・後柏原院・後奈良院三代に寵遇されたのは、左記略系譜につながるからでもある。

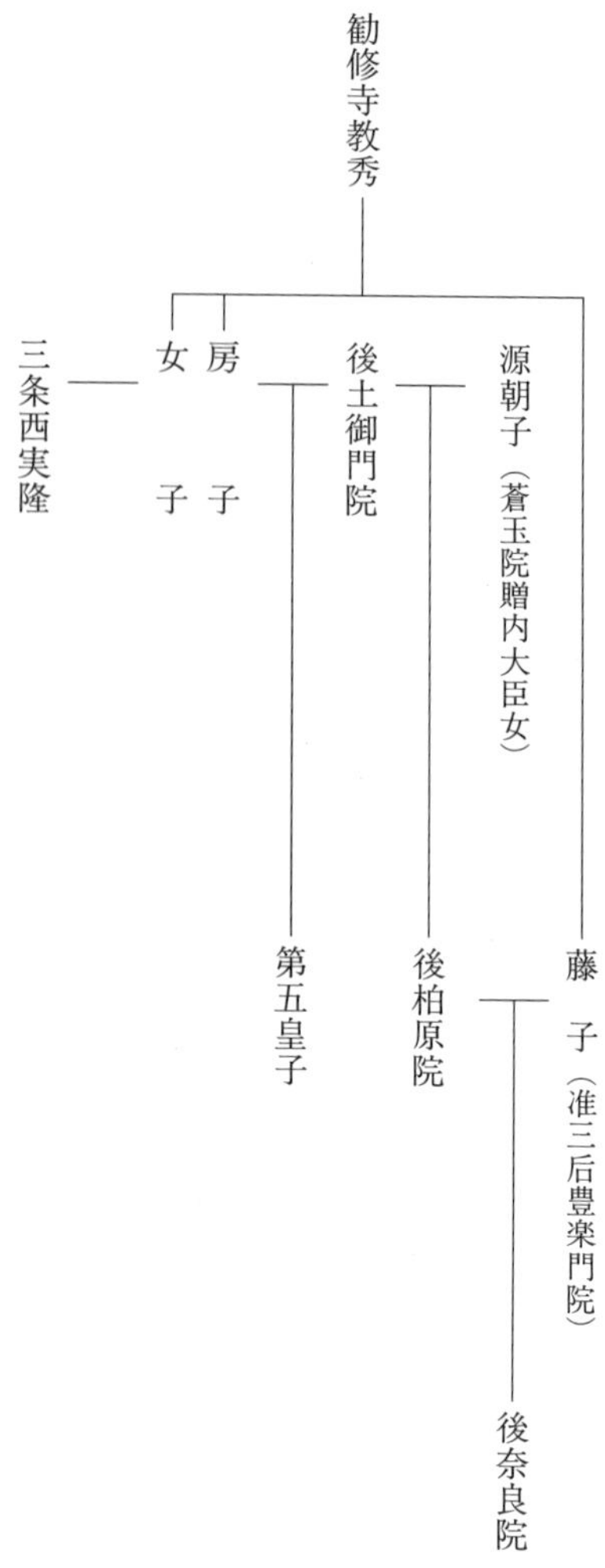

（二）

ここでは実隆と後土御門院に関係する文芸・学芸活動を年次を追ってみてゆこう。便宜上、実隆の二十代、三十代前半、同後半、四十代前半、同後半に一項をあてて区分し、年代ごとに①②などの通し番号を振った。ただし、文芸・学芸とは関係ない事項でも、☆を付して採録した場合もある。また、年号に続いて、実隆・後土御門院・後柏原院の各年齢を示した。後柏原院に関しては皇子時代の呼称、勝仁を用いた。

実隆と後土御門院の文芸等を介在させた関係が語られ始めるのは、「実隆公記」の文明七年（一四七五）からであった。以下特別に断らない場合、動作主は実隆である。

文明七年（一四七五）　実隆二一歳　後土御門院三四歳　勝仁一二歳
①六月十四日　禁裏二十首続歌開催される。初講師。
②七月末　禁裏本「古今集」に朱点・奥書を加える。
③十一月一日　帝前で「知良奴桜」を朗読。
④十一月二日以降　毎晩のように帝に「宇治拾遺物語」を読む。
文明八年（一四七六）　実隆二二歳　後土御門院三五歳　勝仁一三歳
①一月初旬　帝前で「石山寺縁起絵巻」巻四の詞を読む。
②二月中旬　禁裏本「原中最秘抄」の校合をなす。
文明九年（一四七七）　実隆二三歳　後土御門院三六歳　勝仁一四歳
①一月晦日　勅命で「代々集」巻頭和歌を書写。
②閏一月初旬　勅命で「仮名文字遣」を書写。これ以後、連日のように、勅命による典籍書写とその校合を繰り返す。それは前年（文明八年）十一月十三日の室町第火災で悉く焼失の典籍補充のためであった。室町第火災のため、後土御門院が北大路殿（小河第）に移ったことは（一）で既述したとおりである。
③閏一月下旬　三条公敦蔵「下野入道本宇治十帖」を借りて禁裏に進上する。
④四月中旬　勅命で「源氏物語系図」を校合する。
⑤七月七日　「七夕御歌合」開催される。左右十人宛。後土御門院・実隆左。
文明十年（一四七八）　実隆二四歳　後土御門院三七歳　勝仁一五歳

①一月下旬　新写の禁裏本「源氏物語」の不審箇所を直付けする。
②一月晦日　「原中最秘抄」新写の勅命。文明八年②の禁裏本は、同年十一月の室町第火災の犠牲に。
☆五月頃か　実隆、勧修寺教秀女（十七歳）と結婚。
③七月二十八日・二十九日　帝前で「御双紙共目録」を書く。
④八月初旬　禁裏本「源氏物語」の二帖分を書写する。
⑤この年　一条兼良から「花鳥余情」が後土御門院に献上される。

文明十一年（一四七九）　実隆二五歳　後土御門院三八歳　勝仁一六歳
①一月七日　御会始。
②一月十六日　勅命で「明恵上人絵詞」を書写する。
③一月十七日以降　土佐将監光信絵「高野雲絵詞」の直しと中書の勅命を得る。
〔「公記」、文明十一年十月以降、同十二年七月までの記事を欠く〕

文明十三年（一四八一）　実隆二七歳　後土御門院四〇歳　勝仁一八歳
①一月四日　帝前で「河海抄」の相違箇所を訂正する。
②一月下旬　帝前で「狭衣物語」第一を校合する。
〔「公記」、文明十三年四月下旬以降、同十四年分の記事を欠く。この間、寺本氏の覚え書きによれば、文明十四年六月二十二日、後土御門院独吟源氏詞百韻一巻がなされたという〕

文明十五年（一四八三）　実隆二九歳　後土御門院四二歳　勝仁二〇歳
①一月十七日　勝仁主催の月次連歌会に帝と共に列座する。

②九月五日　　参内し、「枕草子絵」三巻を読む。
③九月末　　勅命により「枕草子絵」の銘を書く。
④十一月下旬　　帝前で「左良志奈日記絵」を拝見する。

（三）

ここから実隆の三十歳代前半が開始する。実隆の壮年期である。

文明十六年（一四八四）　実隆三〇歳　後土御門院四三歳　勝仁二一歳
①三月二十日　　勝仁に「源氏物語」夕顔巻の一節を読む。
〔「公記」、同年四月以降八月までの約四箇月分の記事を欠く〕
☆九月六日　　妻の妹藤子（二一歳）が勝仁に入内。
②十一月八日　　帝前で「いはねの松と云絵」を一覧する。
③十一月十日　　「みしま江と云絵詞」を書くべく勅命を得る。
文明十七年（一四八五）　実隆三一歳　後土御門院四四歳　勝仁二二歳
①一月二十六日　　勅命により「源夢物語」を清書する。
②十月十五日〜十六日　　勅命で「太平記」巻十二を書写する。
③十二月八日　　長橋局での黒谷聖真正の「往生要集」講釈を聴聞する。
文明十八年（一四八六）　実隆三二歳　後土御門院四五歳　勝仁二三歳

①二月初旬　宗祇依頼の「源氏物語」桐壺巻の書写終功。勝仁に外題を依頼する。
②五月四日　勝仁「恋歌」を所望。「源氏物語」花宴巻の、「深き夜のあはれを知るも入る月のおぼろけならぬ契りとぞ思ふ」を染筆する。
③七月七日　勝仁に「伊勢物語愚本」を貸与する。
☆九月二日　夜半の暴風に洛中の民家の多くが倒壊。実隆邸も屋根を吹き飛ばされ、禁裏北門も転倒する。
④九月十七日　「同名々所」(別名頓阿法師抄)の堯孝法印自筆本を宗祇が書写。実隆を介し禁裏に進上する。
⑤十月一日　勝仁新写の「源氏物語」を仮閉じする。
⑥十一月五日　勝仁から「源氏物語」明石巻書写を依頼される。
⑦十一月十五日　月次連歌御会の席上、富士と浅間は千年交替で煙を立てる。ために浅間に煙の立つ今は、富士に立たないとの帝の発言がある。

文明十九年(一四八七・七月二十日、長享に改元)　実隆三三歳　後土御門院四六歳　勝仁二四歳

①一月十六日　文明十八年⑥の「源氏物語」明石巻を書写、勝仁に進上する。勝仁から胡蝶巻の新写を依頼される
②二月十一日〜二十二日　勝仁の「源氏物語」松風巻を校合する。また胡蝶巻(①)書写・校合する。
③二月下旬　同月十六日に立筆の「長秋詠草」の箱銘を勝仁に依頼する。勝仁から「源氏物語」柏木巻の書写を依頼される。

④三月下旬　　勝仁依頼の「源氏物語」柏木巻の書写が終功する。
〔「公記」、同年八月の一部及び九、十月分の記事を欠く〕
⑤十二月二日から三日間　御製「君すめは人の心のまかりをもさこそはすくにおさめなすらめ」を携え、湖東鈎（まがり）の安養寺へ赴く。御料所回復の支援を湖東に陣を張っている義尚に取り結ぶ為であった。

長享二年（一四八八）　実隆三四歳　後土御門院四七歳　勝仁二五歳
①一月中旬　「伊呂波文字鏁七」を勝仁に進上する。
②一月二十三日　帝前で「伊呂波文字鏁聯句（青蓮院伊與、法橋新作）」を見る。
③三月三日　勝仁に「源氏物語」宿木巻を書写進上する。
☆四月二十八日　後土御門院生母嘉楽門院薨去。実隆が葬送奉行を勤める。
④七月八日　勝仁、「源氏物語系図」の書写依頼をする。
⑤七月二十八日　「源氏物語系図」④を終功する。
⑥九月二日　勝仁依頼の「源氏物語」手習巻を校合し進上する。
⑦十月晦日以降　禁裏本「建保名所百首」を校合する。
⑧十二月三日　禁裏から伝後円融院（在位・一三七一～八二）宸筆の「永徳百首」と、伝伏見院（在位・一二八七～九八）宸筆の「明衡往来詞」（消息）の真贋査定を依頼される。
⑨十二月九日　勝仁の「源氏物語」本の外題を染筆する。

（四）

ここからは実隆の三十歳代後半。着々と古典学への造詣を深めて行く姿が印象的な時期である。時折一揆がおきる世情の不安や、年貢徴収がはかばかしくないための経済的不如意は伴うものの、家庭的にも子宝に恵まれ、後の三条西家の古典学を培ってゆける土台が整ったと言える時期である。

長享三年（一四八九・八月二十一日、延徳に改元）　実隆三五歳　後土御門院四八歳　勝仁二六歳

①一月八日　教国書写の勝仁本「源氏物語」（巻名は不明）を校合する。

②二月中旬　勝仁親王方で、坂東の学問僧厚首座の「毛詩」講釈を聴聞する。

③六月中旬　禁裏での厚首座の「毛詩」講釈を聴聞する。

④六月中旬　勝仁から全十巻三冊本の「論語」を下賜される。

⑤七月末　禁裏本「宝治百首」の新写本を校合する。

⑥七月末　応仁の乱以後途絶えた節会再興を図るべく勅命を得る。「踏歌節会次第」書写を開始する。

⑦十一月初旬　吉田兼倶が吉田斎場に降臨した神器を禁裏に持参する。帝は兼倶に二十二社伝・八社伝等を講釈させる。

延徳二年（一四九〇）　実隆三六歳　後土御門院四九歳　勝仁二七歳

①二月二日　勝仁主催の連歌御会が開催される。

②二月二日　後土御門院新写本「新和歌類句集」計四十五冊の銘を書く。これは「風雅集」から「新続古今集」に至る五代集の、二・三・四句を書き抜き、部類分けしたもの。

③三月一日　勝仁から「井蛙抄」の第五雑談巻（雑談巻は第六が正しい）の書写依頼される。
④三月初旬　勅命で書写した定家自筆「後撰拾遺難義」を見せる。
⑤三月二十九日　勅命により、定家自筆「三代集間事」の書写と校合をする。
⑥五月中旬～六月　吉田兼倶の七社講釈が行われる。
⑦六月十四日　七社講釈（⑥）の結願にあたり、吉田兼倶が「日本書紀」神代上下の和歌を講釈する。
⑧六月二十四日　禁裏十句連歌が開催される。
⑨七月二十二日　禁裏で春日社蔵「春日霊験絵」二十巻の詞を宣胤と共に朗読する。
⑩八月一日　禁裏で白拍子の芸系を引く女曲舞がなされる。
⑪八月十日　当年②で勅命を得て書写した「新和歌類句集」の草稿本が下賜される。
⑫閏八月二十六日　禁裏に「詠歌大概注」（宗祇作）を書写進上する。
⑬九月　帝前で読んだ「連歌抄物（宗祇法師作歟）」の書写を命じられる。
⑭十一月七日　帝と勝仁の御前で「源氏物語」橋姫巻を講釈。
⑮十一月十九日　帝に「源氏物語」椎本巻を講釈。
⑯十一月二十日　帝に「源氏物語」総角巻の前半を講釈。
☆十二月十一日　後土御門院の同母姉、安禅寺宮（名字恵春・道号芳苑）が五七歳で入滅する。
延徳三年（一四九一）　実隆三七歳　後土御門院五〇歳　勝仁二八歳
①一月中旬　禁裏から「朗詠注」下巻の校合依頼を受ける。
②二月二日　禁裏学問所において「源氏物語」総角巻の後半を講釈。

③二月十四日　帝前で「源氏物語」早蕨巻を講釈。
④二月二十日・二十六日・三月一日　帝と勝仁に「源氏物語」宿木巻を講釈。
⑤四月十五日・二十一日・五月四日　帝に「源氏物語」東屋巻を講釈。
⑥五月十日・十六日・二十八日　帝に「源氏物語」浮舟巻を講釈。
⑦六月十六日　帝に「源氏物語」蜻蛉巻を講釈。
⑧八月一日　先月（七月）二十六日に終功の「竹取物語」書写本を禁裏に嘉例（今でいうお中元）として進上する。
⑨八月五日・七日・二十三日・二十九日　帝に「源氏物語」手習巻を講釈。
⑩九月二十三日　帝に「源氏物語」夢浮橋巻を講釈。これで昨年（延徳二年）十一月七日に橋姫巻から始まった、二十回に及ぶ宇治十帖の講釈が終了。桐壺巻からの再講釈の勅命を得る。
⑪十月二十四日　帝に「源氏物語」桐壺巻を講釈。しかし以後は「公記」の欠巻も手伝い、講釈の進捗はたどれない。

延徳四年（一四九二・七月十九日、明応に改元）　実隆三八歳　後土御門院五一歳　勝仁二九歳
〔「公記」、三月の一週間分・五月一日分以外、九月までの記事を欠く〕
①三月五日　帝が邦高親王書写の「詞花集」を禁裏旧本と校合。その直しの勅命を得る。

明応二年（一四九三）　実隆三九歳　後土御門院五二歳　勝仁三〇歳
〔当年の「公記」で現存するのは、一月一～七日、同十七～二十四日、二月十七日、三月一日、五月一～晦日、六月一～十五日、九月一～五日〕

「公記」の欠如が手伝い、帝や邦高親王等との文芸を介した記事は見られない。

（五）

ここから実隆の四十歳代前半が始まる。実隆も不惑。公条は八歳になり侍従兼美作権介。一月六日には叙従五位の拝賀もなした。三条西家の跡取り公条の活躍が期待され始める時期でもある。

明応三年（一四九四）　実隆四〇歳　後土御門院五三歳　勝仁三一歳

〔当年の「公記」が現存するのは、一月分、八月一～五日のみ〕

「公記」の欠如が手伝い、帝や邦高親王等との文芸を介した記事は見られない。ただ、後土御門院に関連した出来事として、「公記」八月四日の大火災をあげておこう。当日、大宮辺りから出た火は、廬山寺塔頭の他、数百戸を焼いた。中でも経名（十五歳）が当主の大炊御門邸は、文書類の悉くを焼失させてしまう。経名の祖父信宗は後土御門院の外祖父にあたるから、院にとっては母方の実家の不幸は心を傷める要因であったことであろう。

明応四年（一四九五）　実隆四一歳　後土御門院五四歳　勝仁三二歳

①二月十七日　宗祇を中心とする「新撰菟玖波集」選定が再開。後土御門院から文明十年頃から明応三年の禁中連歌御会の作品や、後花園院の作品を借り出す。

②五月十二日　「新撰菟玖波集」の巻頭の御製句が寄せられる。

③九月二十六日　「新撰菟玖波集」（全二十一巻・巻子本）を奏覧に入れる。

④九月二十八日　後土御門院、「新撰菟玖波集」の再度の校訂を指示、銘の筆者は一条冬良が適任との仰せあり。

⑤十二月十五日　宗祇、「長門国住吉法楽百首」を勧発。御製や勝仁親王詠を希求。

明応五年（一四九六）　実隆四二歳　後土御門院五五歳　勝仁三三歳

①閏二月二十七日　御製や勝仁親王詠の短冊も揃い、「長門住吉法楽百首」の様相が整う。

②三月　禁中で円頓による止観の論談が連続五日間行われる。

③五月　禁裏本「長谷寺縁起」を大乗院本で校合する。

④六月十四日　妙善院富子（日野富子・同年五月二十日病没）の葬礼に際し禁裏で追善連歌興行される。哀傷の部に夕顔を三句の内に詠み込むことになり、勝仁親王は、「朝露はみし夕かほのなこり哉／あはれをとは、なてしこの宿」と吟じる。

⑤九月二十日　宗祇と共に、後土御門院依頼の「連歌嫌物事御不審条々」（全五十二項）の回答を相談し出来上がる。

⑥十一月一日　後土御門院、女房奉書を通じて、奏覧本「新撰菟玖波集」上部の能阿弥の句に、「花老にけり志賀故郷」とあるのを、「志賀山陰」に改めさせる。

⑦十一月一日　後土御門院が前月になした「春日法楽独吟百韻」を添削する。その七十三・七十四句は、「見ゆきせし紅葉の陰のいかはかり／たちまふ袖もか、やける庭」であった。

明応六年（一四九七）　実隆四三歳　後土御門院五六歳　勝仁三四歳

①十月二十一日　勅命による「日本書紀」巻第三神日本磐余彦天皇（神武天皇）の書写を終功。

明応七年（一四九八）　実隆四四歳　後土御門院五七歳　勝仁三五歳

①六月二日　勝仁親王のもとで、武田本「伊勢物語」を拝見。

②六月四日　禁裏本「伊勢物語」の校合をなす。武田本とのそれであったらしい。
③九月二十七日　勝仁親王のもとで、「源氏桐壺巻端一枚」を読む。
④九月二十七日　帝・勝仁親王・実隆の三人で、庚申六十四句をなす。
⑤十月二日　勝仁親王のもとで桐壺巻を読む。
⑥十月二日〜十一日　禁中で連日、一勤による「左伝」第三の講釈がなされる。
⑦十月七日　勝仁親王のもとで帚木巻を読む。
⑧十月九日　④でなした庚申六十四句の合点を、帝の所望で宗祇に取り次ぐ。
⑨十月十二日　勝仁親王のもとで帚木巻を読む。
⑩十月十七日　勝仁親王のもとで空蟬・夕顔巻を読む。
⑪閏十月八日　勝仁親王のもとで嘉禄本「古今集」を見る。
⑫閏十月十二日　帝の常御所で「伏見院比女房百首懐紙絶妙之手跡」を見る。
⑬閏十月十二日　勝仁親王のもとで夕顔巻を読む。
⑭閏十月十七日　禁裏で牧谿筆の、本尊観音・脇船主・夾山の三幅を見る。
⑮閏十月二十二日　勝仁親王のもとで若紫巻を読む。
⑯閏十月末　庚申の夜、帝・勝仁親王・実隆・姉小路基綱の四人で百韻連歌。
⑰十一月二日　勝仁親王のもとで若紫巻を読む。
⑱十一月三日　⑯での百韻連歌になされた宗祇合点を帝に進上。
⑲十一月七日　勝仁親王のもとで末摘花巻を読む。

⑳十一月十七日　　勝仁親王のもとで紅葉賀巻を読む。
㉑十二月七日　　勝仁親王のもとで花宴巻を読む。

（六）

ここから実隆の四十代後半が始まる。三条西家にとっては、子供の順調な成長の一方で、世の中は将軍家の内乱や土一揆などが相次ぎ混迷を極め、「実隆公記」も多くの記事を欠く。しかも、明応九年（一五〇〇）には後土御門院が崩御となるのである。

明応八年（一四九九）　実隆四五歳　後土御門院五八歳　勝仁三六歳
〔「公記」は同年七月一日から明応十年〈一五〇一〉二月二十九日までの、丸一年半余の記事を欠く。従って当該年⑪の項目以下は不明〕

①二月二日　　勝仁親王のもとで葵巻を読む。
②四月十七日　　勝仁親王のもとで葵巻を読む。
③四月二十二日　　勝仁親王のもとで葵巻を読む。
④四月二十七日　　勝仁親王のもとで榊巻を読む。
⑤五月二日　　勝仁親王のもとで榊巻を読む。
⑥五月十二日　　勝仁親王のもとで花散里巻を読む。
⑦五月十七日　　勝仁親王のもとで須磨巻を読む。

⑧五月二十二日　　勝仁親王のもとで須磨巻を読む。
⑨六月二日　　勝仁親王のもとで明石巻を読む。
⑩六月七日　　勝仁親王のもとで明石巻を読む。
⑪六月十二日　　勝仁親王のもとで明石巻を読む。
⑫六月二十二日　　勝仁親王のもとで澪標巻を読む。

既述したように、「実隆公記」は明応八年七月から翌々年の二月までの記事を欠くため、「実隆公記」による後土御門院や勝仁親王の動静をたどることは出来ない。それを宮川葉子『三条西実隆と古典学〔改訂新版〕』（前掲）により院の崩御までを補うと以下のようになる（一〇二頁以下）。

明応九年（一五〇〇）。実隆は四六歳、後土御門院は五九歳、勝仁親王（後柏原院）は三七歳の年が開けた。しかし早速のように一月十一日、後土御門院は不予。薬師像八万四千体の摺写がなされ、その効があってか回復。二月十日には、方違の行幸がなされ、月末には観花の御宴が開催された。三月七日には禁裏で猿楽も催される。

ところが三月十日、奈良に旋風が吹き荒れ、怪光が走ったのが凶兆であったかのように、院は再発。薬師仏摺写、吉田兼倶の祈祷、勝仁親王の御霊社千度祓が連続してなされた。この時も院は気力で立ち直り、三月十八日には、春日法楽和歌御会も持たれた。しかし、四月になって陰陽頭土御門有宗の祈祷や、三魂七魂安健祭、泰山府君祭、霊気道断祭などがなされているのに鑑みて、院の体調は次第に予断を許さない状況であったのではないかと思われる。

九月二日、諸国に大風が吹き荒れ、皇大神宮の諸殿が倒壊。大和では内乱が続くなか、同月二十六日、院の病状は重く、御座を黒戸御所へ移す。そして同月二十八日、ついに院は崩御となった。寛正六年（一四六五）以降、この日

まで院の寵愛に生きた実隆の落胆ぶりが偲ばれよう。実隆はその家集「再昌草」（私家集大成本）の序に、

先朝の登霞の御事にあひたてまつりて、いまはかきりに身をおもひとりて、御はふりの後のあした、ひたみちにおもひたつ事ありしかと、

と書き付け、院の跡を慕って出家まで考えたことが窺えるのである。

さて院は、十月四日入棺。二十一日には、後土御門院の追号が贈られた。そして二十五日、勝仁親王が践祚。十一月十一日、院は泉涌寺で火葬され、同月十九日、後柏原院は小御所から本殿に移り、実質的な治世の幕開けとなったのである。

六、後土御門院と『源氏物語』

以上、後土御門院の学芸を「実隆公記」を中心に概観してくると、後土御門院・後柏原院（当時の勝仁親王）父子は、実隆から『源氏物語』の講釈を得ているのがわかる。最初のうちは、実隆の方に力が足りず、遠慮がちに始めた講釈であったようだが、次第に実力を蓄え、専門家として遜色ない講釈に発展していったであろうことも推測されるのである。

「実隆公記」の記事が欠けていて完璧にはたどれない恨みは残るものの、後土御門院がおそらくは『源氏物語』全巻を読破していたであろうことは認めてよいと思われる。そしてそのことは、院が『源氏物語』の梗概程度のものなら創造する可能性を示唆しているのではあるまいか。

一方、寺本氏によれば（四三二〜四頁）、切臨の『源義弁引抄』に、「外題は青表紙に定家の打付書也百四代後土御

門院宸筆にて式の外題をまんなかにをし給へり」云々とあり、定家の青表紙本『源氏物語』の外題は後土御門院宸筆であったという。また竜門文庫蔵『花鳥余情』十五冊の第一冊は兼良自筆。その末尾に「依勅命馳禿筆加書写訖　文明十年春　老衲覚恵」とあることから、後土御門院の勅命によって一条兼良が書写献上したものとわかる。さらに、文明十八年（一四八六）二月十九日、甘露寺親長は自らの『源氏物語』一筆書写終功を記念し源氏供養を開催。源氏物語の巻名を題とする和歌会が供養の主な行事で、その際、後土御門院から賜った御製は、桐壺二首、蓬生三首、宿木二首であった。付け加えるなら、『新撰菟玖波集』には、文明十四年（一四八二）六月二十二日、後土御門院の独吟源氏詞連歌があるという。

さらに当時、宗祇は『源氏物語』の一部分に焦点を当て、匂宮巻以下の物語の年紀の不統一を考察した「種玉編次抄」（文明七年〈一四七五〉）、帚木巻こそが物語の総論であると述べた「雨夜談抄」（文明十七年〈一四八五〉）や、青表紙本の難解な本文を注解した「源氏物語不審抄出」（明応五年〈一四九六〉）をまとめていた。そのことに鑑みると、こうした物語の一部分を扱うやり方が、宗祇に『源氏物語』講釈を得、宗祇と昵懇であった実隆あたりから院へ伝わることは大いに考えられるのである。『新撰菟玖波集』編纂や、庚申連歌の添削を通し、直接の交渉はなくとも、実隆を介在した宗祇と後土御門院の交流は十二分にあったからである。

もっとも、応仁・文明の乱の後半、一条兼良は奈良において『花鳥余情』（文明四年〈一四七二〉）を世に出し、肖柏が実隆の補訂を得てまとめた青表紙本系統の最初の注釈書でもあり、かつ三条西家の源氏学の出発点ともいえる「弄花抄」が生まれ、九条家の家令富小路俊通が実隆の指導協力を得てまとめた「紫明抄」「河海抄」「花鳥余情」の選要「一源一覧」（明応五年〈一四九六〉）が作られたように、『源氏物語』全編を見通せる注釈書の作成も着々と為されていた事実は否めない。

しかしそうではあっても一方で、物語の一部分を取り上げた注釈書が作られていたことは、当該後土御門院の自筆本の原典の誕生と無関係とは思われないのである。

七、『十帖源氏』の全体像

（一）

『十帖源氏』は「原典各巻の歌を脱漏一首以外すべて取り入れた梗概書である点で、『源氏大鏡』の類、ないしその隣接資料の範疇に属する」といえ、「和歌の本文や配列順序、原典改変の叙述方法等は、『源氏物語提要』に近」く、また原典にない数量が具体的に示さるのは、典型的な改作とされる『源氏最要抄』と全く同一傾向の要素もはらんでいる（寺本氏、四六一頁）。

しかし一方で、「巻頭年立の記載、語釈、引歌、和歌の故事の解説、人物評、連歌付合等、いわば注釈的事項はふくまず、純粋に和歌を主とした梗概書の形態を保持している」点が、『源氏大鏡』や『源氏物語提要』と相違し、「むしろさかのぼって鎌倉期の『源氏古鏡』に接近」する。ただし必要な本文を原典そのままの形で借用しつなぎ合わせてゆくやり方は『十帖源氏』に異なる（四六二頁）。

こうした性格を持つ『十帖源氏』は、中世に於ける源氏梗概書の中でいかなる位置づけを持つのか。これに関しても寺本氏は次のように述べられた。

もし、源氏物語梗概書の歴史的展開の上から、『源氏古鏡』のように、和歌を主とする梗概書に終始して、注釈的事項を交えない形態から、『源氏大鏡』の類や『源氏物語提要』のように、梗概の中に注釈的事項を交える形態が展開してくると考えられるなら、『十帖源氏』は『源氏大鏡』の類や『源氏物語提要』に先行すると見ることも可能であろう。しかし一方、『源氏大鏡』類や『源氏物語提要』のような注釈的事項を交える梗概書から、その注釈的事項を除去したものが『十帖源氏』の形態であるとみられないこともない（四六二頁）。

そして「中世源氏物語梗概書の中で、他に類を見ない孤本」（四六〇頁）という存在であると結論づけられたのである。つまり極めて特異な存在なのが『十帖源氏』ということになる。

（二）

では『十帖源氏』の「十帖」とは何を語るのであろうか。

寺本氏は、猪苗代兼載の『兼載雑談』（日本歌学大系第五巻）に「十帖の源氏」云々とあるのや、野々口立甫の『十帖源氏』から類推し、『源氏物語』梗概書を十冊に分けて扱う場合、玉鬘十帖は分量的に一冊分として自然に落ち着くのを示しているらしいこと。現存の『十帖源氏』には外題も内題も識語奥書の類もなく成立の経緯が未詳であるが、箱右肩の墨書「後土御門院十帖源氏」は、近世初期頃と推定される由来あるもので、それは本来『十帖源氏』は十冊揃いであったのが散逸し、その散逸部分のどこかに筆者や書名が示されていて、箱書はこれに拠ったと憶測するのが穏当であろう（四三八頁）とされた上で、「現存後土御門院『十帖源氏』」一冊は、本来源氏物語全巻にわたった梗概書『十帖源氏』十冊のうち、散逸をまぬかれた残簡一冊と考えたい」と結論された（四三八～九頁）。

一方、伊井春樹氏編『源氏物語注釈書・享受史事典』（平成十三年・東京堂出版）「十帖源氏」の項は、〔本文・文献〕

に寺本氏の『源氏物語論考　古注釈・受容』をあげた上で、〔書誌〕において、「玉鬘巻を含む並び十帖の梗概書、写一帖。本来は桐壺巻以降全巻の、十帖仕立てだったのであろうが、現存本は残欠本といえる」とされている（三九九頁）。

寺本氏も伊井氏も、『十帖源氏』は全巻にわたる大部な梗概書であったのが、大半が散逸、玉鬘巻とその並びの九巻一冊のみが残ったのが現存『十帖源氏』とされるわけである。

これに関しいささか割り切れなさが残る。果たして全巻にわたる梗概書が最初から存在したのであろうかと。部分的な注釈書も作られていた当時、玉鬘十帖のみに焦点を合わせた梗概書が作られていても不思議はないのではないのか。並びの巻がまとまって現れる玉鬘十帖と宇治十帖。そこにこだわり、最初から玉鬘十帖のみを採り上げ、原典を改変した梗概書を作るという発想と営みがある可能性は否定できないのではあるまいか。

八、『十帖源氏』の作者

『源氏物語注釈書・享受史事典』（前掲）は〔著者〕の項で、『十帖源氏』の作者を「後土御門天皇か」とし疑問符付きながら著者が後土御門天皇である可能性も示唆している。

では作者を後土御門院だと仮定した場合、それを支持する論はどこまで展開可能であろうか。

見てきたように、当時、宗祇の「種玉編次抄」や「雨夜談抄」、「源氏物語不審抄出」がまとめられていた。こうした物語の一部分に焦点を合わせ物語を扱う方法は、宗祇と昵懇の実隆から院へ伝わる可能性は大であると言える。後土御門院と宗祇の直接の交渉はなくとも、宗祇の実力の程やその成果は、『新撰菟玖波集』編纂や庚申連歌の添削を通して、院に認知させるに十分であったからである。それ故、物語の一部分を取り上げた宗祇の注釈書は、後土御門院自らが部分的梗概書を纏める試みに影響を与えたものと私は見たいのである。

しかも、当該『十帖源氏』は物語を比較的自由に改作したり、内容を添加したり、順序を入れ替えたりしていた。これは、物語に俳諧味を取り入れたものとは考えられまいか。

『新撰菟玖波集』が編まれ、連歌師達が各地で活躍を見せていた当時、従来の和歌の伝統の中に連歌が対等の座を占めつつあった。俳諧連歌が俳諧として独立、完成して行くのは今暫く後のことではあるが、連歌が持つ俳諧性（ここで言う俳諧性とはおもしろみを加えた別な視点で創り上げた集団文芸という程度であり、俳諧の専門家からはご批正が出る危険を敢えて犯した表現を用いた）、その連歌を巻く手引き書でもあった『源氏大鏡』『源氏小鏡』類の、所謂寄合の部分を梗概化した文章で表現したもの、それが『十帖源氏』ではなかったのか。

紙幅の関係もある。そろそろ纏めよう。『十帖源氏』の作者は、現在のところ、その筆者でもある後土御門院であったと想定しておきたい。

そしてそう考えることが許されるなら、後土御門院の当該『源氏物語』の梗概書は、かなり独自性の高い、創作的な色彩の濃い作品であり、そうしたものが生まれる土壌は、『源氏物語』を介在させた院と実隆との交流や、連歌隆盛の時代背景を無視はできないことに思い至るのである。

ただ、後土御門院本人には、玉鬘十帖を採り上げ、しかも俳諧性に富む梗概書を創り上げたいと言った、ある意味大上段の構えがあったかとなると判断は難しい。反古に近い、刀傷のあるような料紙[注二]を利用したり、奥書や端書きを記すこともしていない点を勘案すると、創作した作品を残すのだという積極的な気はなく、所謂手慰みではなかったかと考える。

しかし譬えそうであっても、応仁文明の乱で混乱を極めていた時代の中で、『源氏物語』の新たな梗概が誕生していたという観点からも、現在残る故寺本氏蔵『十帖源氏』は、後土御門院作の自筆本として高い評価を改めて与えられる必要はあろう。

〔注〕

一、行幸には通常輿が用いられる。しかし緊急事態の最中、人員の配備も整わず警固の簡略も必須で、車の利用がなされたものと考える。天皇の威儀を保つことすら難しくなりつつある世相が知られる。

二、寺本氏のご遺族がご提供くださった寺本氏自筆の覚書（「後土御門院『十帖源氏』（残簡）覚書き」を纏められる折の、事前調査等をB５版の用紙に残されたメモ）には、『十帖源氏』の料紙の各所に見られる刀傷に関し、「ところどころ鋭い切りこみの線があるのは、「刀」によるか。なんのためか不審」とした上で、「伴大納言絵巻に同様の線があったか」との古筆学の小松茂美氏の談話が書き付けられている。寺本氏のご遺族が調査された結果、「伴大納言絵巻」にかような線はなかった由だが、何故の刀傷かは依然未詳。ただ、応仁文明の乱で混迷を極めていた中世、堂上方の経済状態は劣悪で、実隆等も典籍の書写には料紙・墨・筆・硯に苦労しているのが多々見られる。それは天皇にとっても例外ではなく、刀疵がついたため、反古になりかけていた紙を貼り合わせ、料紙として使用することなど、日常茶飯であったと想像される。ただ、そうした反古に近い料紙が用いられたところには、当該『十帖源氏』はあくまで草稿本で、いずれ清書の意図があったか否かは分からないながら、大々的な発表を意図していたものではないことを自と語るのではあるまいか。院の手慰みであったかと述べた所以でもある。

なお、本書「絵画」部でとりあげた「白描源氏物語絵巻―後土御門院勾當内侍筆「源氏物語絵巻」―」も、後土御門院の時代の産物であった。しかも、須磨・明石二巻にしぼった作品であった。そこに見られるのは、物語の一部分に焦点をあてての作品創作にしか〝ゆとり〟を割くことの出来なかった乱世の皇室の現実を見る思いがするのである。

評論

新江時代の『源氏物語』
――「源註拾遺」「源氏物語新釈」「源氏物語玉の小櫛」「源氏物語評釈」――

（一）　旧注から新注へ

旧注の始発は文明四年（一四七二）成立の一条兼良の「花鳥余情」であった。以後一部例外はあるが、旧注の整序、三条西家の源氏学の継承、連歌師の源氏研究の三方向に沿い多くの注釈書が誕生していった。結果十七世紀を迎える頃には、考証も鑑賞もが出尽くす。そこに出たのが旧注の集大成中院通勝の「岷江入楚」であった。慶長三年（一五九八）のことである。通勝は三条西実隆の息男公条（きんえだ）の娘を母にするから、これは三条西家の源氏学の到達点で、結論から言うなら公家の手になる最後の注釈書でもあった。ただ細川幽斎の素志を汲み十年の歳月を費やした膨大な成果ではあったが、一般からは遠い存在であった。

そこに諸注を簡潔に整理した北村季吟の「源氏物語湖月抄」が現れる。延宝元年（一六七五）に成立、二年後には板行された。本文、傍注、頭注を同時に見渡せるよう掲載した体裁と板行は読者の利便からも歓迎され、以後長く世に行われてゆく。その一方で熊沢蕃山の「源氏外伝」や安藤為章の「紫家七論」などの批評類も出るが、いずれも儒教的な観点にこだわる視野の狭さが難点であった。こうした旧注の大きな流れの中で、新しく生み出されようとしていたうねりが新注である。

以下本稿は、契沖の「源註拾遺」、賀茂真淵の「源氏物語新釈」、本居宣長の「源氏物語玉の小櫛」、萩原広道の「源氏物語評釈」の四つを採り上げ、そこに見られる物語論を見てゆくものである。

(二)　源註拾遺

「源註拾遺」は、僧侶であり国学者であった契沖（一六四〇～一七〇一）の手になる注釈書で八巻八冊からなる。第八巻末の奥書に、「元禄九年七月十九日　密乗沙門契沖　同十一年正月五日一校畢」とあり、「後加大意一巻共八巻全」と注されているので、元禄九年（一六九六）七月に第二巻以下の注釈部分が成立、その後「大意」を加えて第一巻とし、同十一年一月に一校を加えたこと、さらに「湖月抄之次率尓註愚意」とあるから、専ら「湖月抄」を基本に据えてまとめたと知られる。従って書名の「源註」は「湖月抄」のそれを指し、そこにもれたものを拾い補うのを意図したというのであろう。

契沖の物語論は「大意」で展開される。二十六項目からなるそれはいずれも断片的ながら、まず物語や紫式部の名の由来、物語六十巻説への疑義、作者は為時か紫式部かなどといった問題につき、『更級日記』『狭衣物語』『紫式部日記』等を引用しつつ実証的に論じる。[注一] そして『更級日記』を引用した後に、「此物語をほめたるは此更級記初なるへし。又紫の物語ともこれに名付たり」として、『源氏物語』を賞賛してそれを「紫の物語」と呼んだ嚆矢は『更級日記』だと指摘、菅原孝標女の『源氏物語』享受者としての役割を評価する。また「宝物集」巻四に見られる紫式部堕地獄説話から派生し、『新勅撰集』釈教収載の紫式部結縁経供養での権大納言宗家歌を引き、こうした供養歌が多く詠まれたことを推測、さらに「勅撰の集の中に此物語の名出たるは」[注二] として巻名和歌九首を例に挙げて和歌世界での物語享受の実際にも考察を広げる。因みに巻名和歌に触れる注釈書は「源註拾遺」だけで、そこに契沖の独自性も指摘できる。

では物語論として成功している「大意」の項目を実際に見てみよう。論の展開上、私に①、②の番号を付した。

①定家卿の詞に、歌ははかなくよむ物と知て、その外は何の習ひ伝へたる事もなしといへり。〈古今密勘に見えたり〉これ哥道においてはまことの習ひなるへし。然れは此物語を見るにも大意をこれになすらへて見るへし。

②式部か此物語をかくに人を引てあしくせんとは思ふましけれと、其身女にて一部始終好色に付てかけるに損せらるゝ人も有へし。又聖主賢臣なとに准らへてかける所に叶はすして、罪を得たれはにや地獄には入にけん。

③源氏の薄雲にことありしは父子に付ていは、何の道そ。君臣に付ていは、又何の道そ。匂兵部卿の浮舟におしたち給へるは朋友に付て何の道そ。夕霧薫のふたりは共にまめ人に似たれと、夕霧は落葉宮におしたちて柏木の霊に信なく、かほるの宇治中君の匂兵部卿に迎られての後、度〻たはふれしも罪すくなからす。

④春秋の褒貶は善人の善行、悪人の悪行を面〻にしるして、これはよし、かれはあしと見せたれはこそ勧善懲悪あきらかなれ。此物語は一人の上に美悪相ましはれる事をしるせり。何そこれを春秋等に比せん。

①は「顕注密勘[注三]」に見える定家の、「歌ははかなくよむ物」という詠歌のあり方を、『源氏物語』の大意考察の際にも援用すべきであるというのである。[注四]和歌・物語同一論でもあり、物語を寓意と捉えるべきではないとの主張でもある。「湖月抄」が「発端」において、「明星抄云」として「此物語の大綱荘子が寓言にもとづけり」（文法）などとしたことへの批判であった。

②は、式部は誰を悪人にしようと目論み筆を執ったのではなかったのであろうが、女の身で一部始終に好色事を描く間には悪人にされた人物もあり、また聖主賢臣の例に準え造型したはずの人物も、実際はほど遠くなった場合なども加わり、それが不敬の罪として地獄に堕ちる結果を招いたのかもしれないというのである。契沖が紫式部の堕地獄説をどの程度信じていたかは不明だが、僧侶なりの地獄観はあったものと思う。対する「湖月抄」は「明星抄」を引用し、「一部の大意、而には好色妖艶（カウショクエウエン）を以て建立せりといへども作者の本意人をして仁義五常の道に引いれ、終には中道実相（チウダウジツサウ）の妙理を悟らしめて、出世の善根を成就すべしとなり」（大意）とする。契沖は式部の本意がそうした教育的観点に立ってのものであったのなら地獄へ堕ちるわけはなく、式部堕地獄には人間の本当を描いたのが罪とされた点にあったのではないのかと反発するのである。

③は②の具体例を物語から引く。源氏が薄雲（薄雲女院、すなわち藤壺）と密通したのは、桐壺帝と源氏の父子関係から見るに果たして「仁義五常の道」[注五]か。帝と臣籍降下した源氏を君臣関係でとらえても何の道だというのか。薫が宇治に囲う浮舟に、匂宮が忍び密通したのは朋友の道でどう説明できるのか。「まめ人」とされる夕霧と薫だが、夕霧が落葉宮に無遠慮な振る舞いに及んだのは亡き柏木の霊に対し信なきこと。中君が匂宮によって自邸二条院に迎えとられて後に、薫が度々きわどい振る舞いに及ぶのも罪の重いことではないのか。どこに「作者の本意人をして仁義五常の道に引いれ、終には中道実相の妙理を悟らしめて、出世の善根を成就」すべきところが存するのかと例示しながら迫るのである。

④は古代魯国の歴史で孔子が儒教の立場から批判を加えたと伝わる五経の一つ「春秋」を取り上げ、その「褒貶」は善人の善行、悪人の悪行を記し、これはよし、あれは悪しと明示しているからこそ勧善懲悪を意図したのは明かである。しかし『源氏物語』は一人の人間の中に美と悪が同居していることを描くのであって、それを「春秋」に比し

て論じられようかと非難する。一方「湖月抄」は「明星抄」説として、「人の善悪を褒貶して此物語にしるし出せる処は左伝を学べり。孔子の春秋をしるさるる心は善をしるす所は、後人を善道にいさみを加へてすすましめんため、悪をしるすは、後生に見ごり聞ごりに懲すべきため也。されば勧善懲悪と云是也。此物語の作者の本意是也」（文法）とする。「勧善懲悪」を「作者の本意」とする箇所を契沖は論難の最大点とするのである。彼は歴史書「春秋」と『源氏物語』を同一視することがそもそもの間違いで、物語には物語としての領域と価値を認めるべきであると主張したのであった。

「大意」には次のような物語論もある。

古抄に台家の化義化法の両種の四教なとの沙汰あり。やさしくかける物語をこは〳〵しき物とす。寂蓮はおそろしき猪のしゝもふすゐのとこといひつれはやさしくなるとこそいひつれ。物語の中に（消）〈みつから〉その人ならぬ法師はいむことなとのたふときかたはあれと、ひしりたちこは〳〵しきよし（朱）〈みつから〉かけり。その作者をいふとて又こは〳〵しき物とせんことかは。

古注釈書には天台宗の一家の「化義化法[注六]の両種の四教[注七]」が物語に記されているなどとあるが、それは優美で情細やかな物語を無骨にするだけである。寂蓮法師は恐ろしげな猪も「ふすゐのとこ[注八]」と言い直す時、優美に聞こえると言ったではないか。勿論物語には僧侶も登場し、忌むことをさせる尊い場面も描かれるが、その場合もいかにも聖らしく無骨だと断っている。そこまで配慮した作者をどうして無骨な者にできようかというのである。

一方「湖月抄」は「明星抄」説として、「天台一家の心四教に付て化義化法の両種の四教あり。（三蔵、三大乗、四教の列挙は略）此物語四教をならべしるせり云々」（大意）とするから、それを批判したのは明かであろう。さらに次もある。

毛詩には關雎螽斯等の篇は后妃の徳化を示し、鄭衛の詩は淫放をいましむ。美悪水火のことし。但文章においては鄭衛の詩もおとるへからす。此物語は人〻の上に美悪雑乱せり。もろこしの文なとに准らへては説へからす。〈定家卿云。可翫詞花言葉。かくのことくなるへし〉

「毛詩」[注九]の「關雎螽斯」[注一〇]は后妃の徳化を、鄭衛[注一一]の詩は淫放を戒める意図で編纂されている。それは美と悪、水と火の如くに対照的ではあっても編纂の意図が教誡にあったから、みだらなはずの鄭衛の詩も見劣りはしない。ただ『源氏物語』は一人の人間に「美悪」両面が雑乱している様を描き出したものであるから、これらと同列に説くべきではない。ところが「湖月抄」が「称名院御説」（三条西公条の説）として引く所には、「おほむね荘子ヵ寓言を摸して作物語也といへども一事として先蹤本説（センジュウホンセツ）なき事をのせず。抑男女の道をもととせるは關雎螽斯（クワンシヨシウシ）の徳、王道治世の始たるにかたどれり。その中に好色婬（イン）風のよこしまなる事をしるせるは、隠よりあらはなるはなし。君子のつつしむ所、専（モッパラ）ここにあり。後人をしてこらしめんとなり。凡て仁義礼智の大綱より、仏果菩提の本源にいたるまで、此物語をはなれて何の指南をか求めん。」とある。「毛詩」に鄭衛の詩が収載されたのは「好色婬（イン）風のよこしま」が「君子のつつしむ所」であることを教えるためであったのと同様、物語は「仁義礼智の大綱」から「仏果菩提の本源」までを教える指南書であるとするのであるから、儒教・仏教にひたすら依る旧注を論破したい契沖が批難するのも道理であった。ただ契沖は何が何でも仏典や漢籍に準じて物語を読むのを否定するわけではない。次の発言がそれである。

諸抄に此物語の大意をいへる中に用ある事あり。不用なるもあり。法花に准らへ、史記左伝などになすらへたるよしなと、たとひ下心さる事ありとも、仮名にかける物に似合す。すてに作者のみつからきらへる事なれは、用ある事をのみ用へし。巻〻の次第、源氏昇進の次第等は用ある事なり。

諸注釈の大意は用不用を見極め取捨選択すべきであるというのである。物語を「法華経」、「史記」、「春秋左氏伝」に準じて考えるのは、たとえ作者がそのように心の底で考えていたとしても、仮名物語に漢籍を持ち出し云々するのは不似合いである。女性が才覚を振りかざすことを作者は嫌っていたからである。注一二 但し、「巻々の次第、源氏昇進の次第」などは大いに有用なので利用すべきであるとする。「巻〻の次第、源氏昇進の次第」はいわゆる「年立」を指す。一条兼良が発案し、三条西実隆が訂正し、本居宣長によってほぼ完成する物語の年表をこのように契沖は評価していたのであった。

以上、契沖の、儒教的な教誡説をしりぞけた自由な物語論は、真淵に引き継がれるのではなく、宣長の「もののあはれ」の論に直結してゆくことになる。そして彼の実証主義的方法による注釈によって、『源氏物語』注釈は新注の時代に入るのであり、「源註拾遺」の研究史上に占める意義は大きい。

(三)　源氏物語新釈

「源氏物語新釈」は賀茂真淵（一六九七〜一七六九）が著した五十四巻からなる注釈書。他に別記一巻と惣考一巻がある。自跋に主家田安侯の命で数年間を費やし宝暦八年（一七五八）四月に仕上げたとあるが、清水浜臣は「清石問答」[注一三]でこれを疑っており、成立と伝来に不明な点が残る。

総説である「惣考」において物語論が展開される。『賀茂真淵全集』（國學院大學蔵版・吉川弘文館・昭和二年）巻八でその実際をたどってみたい（私に句読点と濁点を付した箇所がある）。「惣考」は「源氏」「物語ふみ」「此ふみ書る人」「氏やから」「出てつかうまつれるとき」「学の才」「用意」「文のさま」「本意」の九箇条からなる。そして「物語ふみ」の冒頭において、「物かたりとは実録ならで人の口にいひ伝へたる事を、まことにまれいつはりにまれ、人のかたれらんまゝに書つけたるてふ心なり」と規定する。これは物語が「実録」ではなく虚構（フィクション）であることの明言であると同時に、『源氏物語』は古女房の語りを筆録したという体裁を採っているのを見抜いたものである。そして「此源氏も、先はもの語として昔延喜の御時よりの事の様に書たれども、実は式部のある時に見聞ことを専らとして、近き世々の事をもかねて書る物と見ゆ」として、時代設定は延喜でも実は紫式部みずからが見聞きしたことを専らに記すのだとする。真淵は式部が同時代をしっかり見据えて実証的に物語を書き進めたことも見抜いていたのである。さらに朱雀院・冷泉院といった実名が登場する理由について、唐詩が漢帝に代表させるのと同様、延喜に代表させただけであるからこそ、「いづれにもかたよらず作りごとのさま」を見せることもできたのだと説く。[注一四]

「此ふみ書る人」では、「河海抄」が引いて以後、長く支持を得ることになった石山寺参籠起筆伝説に対して、

是は甚しき偽説なるべし。此物語は紫の物かたりといひて、わか紫の上の事を本とせるを、須磨明石の巻はそれによりたる事にもあらず。[注一五]張本なる事もなし。文章をみづから書ぬ人は何の主意もわきまへずして、不意にいへるなるべし。すべていづれよりとはしれがたき事なり。強ていはゝ、本意をはゝき木の品定におきて、先きりつほの巻よりこそ書つらめ。文体もきりつぼそ最初也と見えたり。

と否定する。『源氏物語』は「紫の物かたり」とも言われるように、紫上を中心に描くもの。須磨明石には何の関連もないし伏線にもなっていない。文章を書くことをしない人間は、主眼の有り所には考えも及ばず、いきなり思いもよらないことを言い出すものなのである。とはいえ書き出しの巻の特定は難しい。ただ強いて言えば本意は帚木巻の雨夜の品定めにあり、文体から見ても桐壺巻が首巻かと思われる。須磨巻からの起筆を否定した上で、帚木巻の雨夜の品定めに作者の本意があり、それを見逃してはならないとの主張である。

雨夜の品定めは五月雨の夜、頭中将が源氏の宿直所（とのいどころ）を訪れたところに、藤式部丞と左馬頭が行き合いなされた女性評論。真淵はこの品定めを「本意」と捉えたのである。品定めでは女性のありようが論議され、各々が恋の体験談をなすから、そこに登場する女性達は自ずと後の物語の類型をなすことになった。『源氏物語』を女性評論と捉え、品定めを中枢に据える真淵の解釈は「用意」にも再度登場する。

> 物語に紫の上のらう〳〵じくおほどかに心やすき物からおもりかに用意深く、明石の上の心高き物からよくへりくだりたり。花ちる里の心しつかに物ねたみせず、されば紫の上と心しらひのむつまじき。あさがほの院のふかく名をゝしみ、玉かづらの上の人の懸想をさまよくいひのがれ、総角[注一六]の君の父みやの遺言をまもり、空蟬の強て貞節をなし、末摘花のすさめられぬ物から、こゝろ永く忍び過して待得たる、これらみな婦徳をあらはして、はやく品定にすきたはめるをしりぞけ、まめなるをあげて其外よきかとすればあしき事有をあげ、その害をあらはしたるは古へ人をいふ様におもへど、実は式部が心をしるしたる也。此心をもて一部をかければ、只文華逸興をもて論ぜん人は絵を見て心を慰むるが如し。式部が本意にたがふべし。かくいへばはた儒仏のみちを専ら引ていふ人も侍れど、それはまた過たり。おのづから何の道にもその心の相似たる事は、かくばかり多くの巻〳〵には

有事なり。なづむべからず。

ここでは物語に描かれる人物の具体例を挙げる。紫の上は配慮が行き届いているのにおっとりしていて親しみ深く、それでいて重厚で心遣いが深い。明石御方は気位が高いのに必要に応じては卑下も心得ている。花散里は落ち着いていて嫉妬にかられることはないから、紫の上への心遣いも細やかである。朝顔斎院は深く名を慎み浮名が流れるのを防いだ。玉鬘は中年源氏の求愛を上手に退けた。宇治大君は八宮の遺言を守り宇治を捨てることをしなかった。空蟬は心を強くして貞節を守った。末摘花は愛されてもいないのに源氏を信じ長く忍従して待った。これらはみな女性の守るべき徳義を現したものである。そしてこうした例は早く雨夜の品定めで戯れを専らとする好色な女性を退け、誠実な女性を評価していたこと、良い女性かと見れば実は悪い点があることも挙げ、そうした女性と関わる害も述べていた。それらは古人の例かと見えるが、実は紫式部の考えそのもの。様々な女性の有り様(よう)を描きたい式部の創作であるから、ひとえに文章の華やかさや奇抜なおもしろみだけを求め『源氏物語』を論じようとする人には、絵を鑑賞して心を慰めるだけのようなものである。それは紫式部の本意ではない。このように述べると、儒仏の道をひたすら引用して作者の本意だとする人もあろうが、それも誤りなのである。どの道にしろ儒仏の解釈と似通った事が多々あるのは、これほど多くの巻々の物語では当然のこと。それをいちいち儒仏にこと寄せるべきではないのである。――と真淵は雨夜の品定めを物語りの本意として捉え、かつ儒仏を持ち出しての解釈を退けているのは明かである。品定めを作者の本意とするのが真淵の物語論の中核であったのは注意しておく必要がある。

品定めに関しては、「文のさま」にも「品定は妙なる物也。論破論承論腹論尾先を鹿にして後細に入り繁より簡に帰し鄙より雅にうつる其体いひ尽しがたし。一部の骨髄にして多くの男女の品此うちより出る也」として登場し、いかにそれが物語全体の骨髄であるのかを力説する。ただ雨夜の品定めが物語の中核を占めるという発想は、既に宗祇（一四二一～一五〇二）が「雨夜談抄」（帚木別註）で品定めだけを採り上げ一冊をなしており、真淵の創見とは言い難い。それなのに真淵が「雨夜談抄」に言及しないのは何故であろう。彼が学んだ古注釈書に連歌師のそれは含まれていなかったというのであろうか。

一方真淵は「文のさま」において、

これはいと〳〵大きにふかくたくみ、かつは教となるへき所〳〵も侍るは、おほむね異朝の書などにならへるもの也。されば序跋記伝書等の諸体そなはり、波瀾頓挫照応伏案等の文の法あり。

とする。『源氏物語』は大層構想も大きく深く趣向を凝らし、一方で教えとなるべき所々もあるのは、総じて異朝の書にならったものであり、従って序・跋・記伝などのスタイルが備わり、波瀾・頓挫・照応・伏案などの文法も存するのであるというのである。[注一七][注一八][注一九]

ここには『源氏物語』が異朝の書、具体的には史記などの紀伝体の歴史書等に規範を仰いだのだという主張が見られる。ただこれらも既に「細流抄」が「春秋」「通鑑」「左伝」の例を引き、「此物語宇多の御代をしるさざるも能相かなへる歟」として、『源氏物語』が醍醐帝に准ぜられる桐壺帝の父に相当する宇多帝を記さないのは、「春秋」以下それぞれが記事の棲み分けをしたからなのだとするのと同じ発想であり、特に真淵の新機軸とも見えない。

さらに真淵は「本意」において、「和漢ともに人を教る書、丁寧にとくといへど、むかふ人のいはでおもふ心をあらはしたる物なし。只此ふみよく其心をいへり」、「人情のひく所ゆゑに、これをみるにうまずしてよくみれば、そのよしあし自然に心よりしられて男女の用意となれる事、日本の神教其物を以て諷喩する也」と述べる。

前者は、和漢で教育の書といわれるものは丁寧な解説であっても、それを読む人が自然と教えられる程のものはないのに比し、『源氏物語』には教育力が備わっているというのである。

後者の「日本の神教其物を以て諷喩する也」は、物語が日本の神教と同格といえるほど、男女の仲などの諷喩となっていると述べるものである。儒仏の教誡などの語彙は用いていないものの、賀茂神社の神官の支流を先祖とする真淵にあっては、神道の神の教えが『源氏物語』と同列で捉えられていたのである。とするなら旧注時代の教誡的解釈をさほど乗り越えたものではないということになってしまう。

前にも述べたように、「源氏物語新釈」は田安侯の要請で作られたというから、江戸期の、特に儒教を基本に据えた文治政策が採られていた時代を反映させた解釈を盛り込む必要があったのかもしれない。しかし結果的に「源氏物語新釈」に見られる真淵の物語論は、その前になった契沖の「源註拾遺」の斬新さに比す時、どうしても旧弊さから抜けきれていない恨みが残るのである。

(四) 源氏物語玉の小櫛

本居宣長（一七三〇〜一八〇一）による九巻九冊からなる注釈書。書名は一の巻の巻首に置かれる宣長の歌、「そのかみのこ、ろたづねてみだれたるすぢときわくる玉のをぐしぞ」による。藤井高尚（たかなお）の手になる注二〇「源氏物語玉の小櫛の序」（『本居宣長全集　第四巻』・筑摩書房・昭和五三年三刷）から、石見国浜田藩主松平康定の依頼で成ったと知られる。寛政八年（一七九六）に完成し、同十一年宣長の私塾鈴屋から版行された。

高尚は「序」において、「わが鈴の屋の翁の君は。天の下の物しり人にして。もとよりやまとごゝろのいと〳〵かしこくおはすれば。ちはやぶる神代のみふみをはじめて。いにしへの書といふふみを。ときあかしたまふまゝに。紫のふかき心をも。よくさとりえて。かのあまの子が黒かみをも。いさゝかもまよふすぢなく。ときくだしたまへる。」とする。

「やまとごゝろ」は日本人の持つ、やさしく穏和な心情を指すもので、「石上(いそのかみ)稿」において、「敷島のやまとごころを人問はば朝日に匂ふ山桜花」と詠んだ宣長が好んだ詞(ことば)であった。そして結論からいうなら「もののあはれ」論と総称される宣長の物語論は、この「やまとごゝろ」を基本にするものであったといえる。

高尚はまた宣長が「いにしへの書というふみ」、たとえば「古事記」などを説きあかし、[注二]その延長線上で「紫のふかき心」、すなわち『源氏物語』の本意を探求したのだという。それは「かのあまの子が黒かみをも。いさゝかもまよふすぢなく。ときくだしたまへる」ものであったとする。これは源氏が出自を尋ねても「あまの子なれば」と明かさず、某院で頓死してしまった夕顔の遺児玉鬘を二十年ぶりで訪ね出した源氏が、玉鬘を相手になす物語論に着目した宣長が、一筋の乱れもなく物語を解き明かしたことを述べているのであるが、この点は後に触れる。

さて宣長は宝暦七年（一七五七）、京都での医学修行を目的とした遊学を終えてふる里伊勢松坂へ帰ると、翌年から門人に『源氏物語』の講義を開始。晩年までに三回半の講釈を繰り返す。そのすべての成果の凝縮が「玉の小櫛」である。構成は、一の巻・二の巻が総論、三の巻は「改め正したる年立の図」を冒頭に置く年立論、四の巻は「湖月抄の本」と「異(コト)本」でなした本文の考勘、五の巻以下が各巻の注釈。物語論は総論に登場するが、そこに至るには二段階あった。

まず宝暦十三年（一七六三）に、「紫文要領」上下二巻が完成。「紫文」は申すまでもなく『源氏物語』のこと。それを補訂したのが「源氏物語玉の小琴」。「小琴」を更に改訂したのが「小櫛」という関係にある。従って総論は宣長の源氏研究の総轄でもあった。

一の巻は「すべての物語書の事」「此源氏の物語の作りぬし」「紫式部が事」「つくれるゆゑよし」「作れる時世」「此物語の名の事」「准拠」「くさぐ〵の事」「註釈」「引歌といふものの事」「湖月抄の事」「大むね」の十二項、二の巻は「なほおほむね」「くさぐ〵のこゝろばへ」の二項から成る。そして「すべての物語書の事」において早速「もののあはれ」が登場する。

物がたりとは、今の世に、はなしといふことにて、すなはち昔ばなし也、（略）大かた物がたりは、世の中に有リとある、よき事あしき事、めづらしきことをかしきこと、おもしろき事あはれなる事などのさまぐ〵を、書あはして、（略）世ノ中のあるやうをも心得て、もののあはれをもしるものなり、かくていつれの物語も、男女のなからひの事を、むねとおほく書たるは、よゝの歌の集共にも、恋の歌の多きと、同じことわりにて、人の情ココロのふかくかゝること、恋にまさるはなければ也、

物語に「男女のなからひの事」が多く描かれるのは、恋こそ「人の情ココロのふかくかゝること」で、「もののあはれをもしる」ことが出来るためだという理論である。その上で、「もののあはれ」を深く掘り下げながら物語論は展開して行く。

その過程で宣長が特に注目したのは、蛍巻で玉鬘を相手になした源氏の物語論であった。それを宣長は「紫式部が、此物語かける本意ホイは、まさしく蛍巻にかきあらはしたるを、それもたしかにさとはいはずして、例のふる物語のうへ

を、源氏君の、玉かづらの君に、かたり給ふさまにいひて、下心に、この物語の本意をこめたり」（「大むね」）と評価し、蛍巻の該当箇所に丁寧な注解を施す。これこそ前に触れた藤井高尚が「序」で「かのあまの子が黒かみをも、いさゝかまよふすぢなく。ときくだしたまへる」点であったのである。具体的に見てみよう。

宣長は源氏が、「さてもこのいつはりどもの中に、げにさもあらむとあはれを見せ、つきづきしくつづけたる、はたはかなしごとと知りながら、いたづらに心動き、らうたげなる姫君のもの思へる見る見るに、かた心つくかし」（引用け小学館日本古典文学全集本）と述べる箇所を引き、「下ノ心、げにさもあらんと、あはれを見せといへる、これ源氏物語のまなこ也、此物がたりは、しか物のあはれをしらしむることを、むねとかきたるもの也（略）そもそも此物語を、勧善懲悪のため、殊には好色のいましめなどいふは、ひがことなること、こゝの詞にても知ルべし」と断じる。これこそが宣長の「もののあはれ」論の根幹であり、『源氏物語』は「物のあはれをしらしむること」を主眼（宣長は「まなこ」と呼ぶ）に書かれたのであって、決して「勧善懲悪」のためや、「好色のいましめ」などを目的としてなどいないとしたのであった。

さらに源氏が「その人の上とて、ありのままに言ひ出づることこそなけれ、よきもあしきも、世に経る人のありさまの、見るにも飽かず、聞くにもあまることを、後の世にも言ひ伝へさせまほしき節ぶしを、心に籠めがたくて、言ひおきはじめたるなり」と言う箇所を引き、

紫式部此源氏の物語を作れる本意を、まさしくのべたるものにて、此物語は、まことに皆そらごとにてはあれども、むげにあともなき、すゞろごとにはあらず、其人の事と、正しく名をさして、有リのまゝにこそいはね、みな世ノ中につねにある事共にて、よき事あしき事の、目にあまり耳にあまるを、後の世にもいひつたへまほしく思は

る、が、心のうちにこめて、過しがたき故に、物がたりによせて、其事どもを書るぞ、然ればそらごとながら、そらごとにあらずと知るべしと也、然らば、此物語にかける事どもは、みな紫式部がまのあたり、その代に見たる事聞たることを、その人の名をかくして、書たる物かといふに、かならずしもしか（ママ・ず脱カ）、まさしく其人の其事とはなけれど、たゞつねに世ノ中に有て、見聞ク事の、深く心に感ぜられて、過しがたきすぢを、其人其事をつくりまうけて、其人に思はせいはせて心をのべたる也

と注する。「よきもあしきも、世に経る人のありさまの、見るにも飽かず、聞くにもあまること」を書き置くために適当な人物を設定、その人物に思わせたり言わせたりしたのが物語だというのである。物語生成論としても注目に値しよう。

　そしてさらに宣長は「物語にいへるよきあしきは、よのつねの儒仏などの書にいふ善悪とは、同じからざることあり、されば物語にいへるよきあしきを、ひたぶるに儒仏の善悪とのみ心得ては、たがふふしおほかるべし」ともいう。「よきもあしきも」儒仏の善悪のそれではないと区別したのである。

　これは契沖が「源註拾遺」で「春秋の褒貶は善人の善行、悪人の悪行を面々にしるして、これはよし、これはあしと見せたれはこそ勧善懲悪あきらかなれ。此物語は一人の上に美悪相ましはれる事をしるせり。何そこれを春秋等に比せん」（大意）と指摘していたことに重なってくる。そして宣長は契沖が「此物語は一人の上に美悪相ましはれる事をしるせり」として物語の大意は善悪入り乱れる人間の本当の姿を描くところにあったとしたのを一歩進め、紫式部の主眼は「物のあはれをしらしむること」にあり、その過程で「このいつはりどもの中に、げにさもあらむとあはれを見せ、つきづきしくつづけたる」手法を用い、作者は人間の真実を描いたのであると論を展開させたのであった。

では「もののあはれ」とは何なのか。二の巻「なほおほむね」冒頭において、宣長は、「物のあはれをしるといふ事、まづすべてあはれといふはもと、見るものきく物ふるゝ事に、心の感じて出る、嘆息(ナゲキ)の声にて、今の俗言(ヨノコトバ)にも、あゝといひ、はれといふ是也」とし、多くの例を挙げた上で、「かくて又物のあはれといふも、同じことにて、物といふは、言(イフ)を物いふ、かたるを物語、又物まうで物見物いみ、などいふたぐひの物にて、ひろくいふときに、添ることばなり」として、「あはれ」と「物のあはれ」を区別する。そして「さて人は、何事にまれ、感ずべき事にあたりて、感ずべきこゝろをしりて、感ずるを、もののあはれをしるとはいふを、かならず感ずべき事にふれても、心うごかず、感ずることなきを、物のあはれしらずといひ、心なき人とはいふ也」として、「もののあはれをしる」とは何かに言及してゆく。

そして物語に恋が多く描かれることに対し、「此恋のすぢならでは、人の情の、さま〳〵とこまかなる有さま、物のあはれのすぐれて深きところの味(ヒ)は、あらはしがたき故に、殊に此すぢを、むねと多く物して、恋する人の、さま〳〵につけて、なすわざ思ふ心の、とり〳〵にあはれなる趣を、いとも〳〵こまやかに、かきあらはして、もののあはれをつくして見せたり、後の事なれど、俊成三位の、恋せずは人は心もなからまし、物のあはれもこれよりぞしる、とある歌ぞ、物語の本意に、よくあたれりける」と論じる。

さらに儒仏の意に物語を注解することに対しては、「これはしか〳〵のをしへぞ、しか〳〵のいましめぞなどいひなせり、さるたぐひを、懲悪の教と心得るときは、物のあはれの深きも、さむることあれば、いたく作りぬしの本意をうしなふこと多きぞかし」として退ける一方で、「物語は、物のあはれを見せたるふみぞといふことをさとりて、それをむねとして見る時は、おのづから教誡になるべき事は、よろづにわたりて、おほかるべきを、はじめより教誡の書ぞと心得て見たらむには、中々のものぞこなひぞありぬべき」とする。物語に教誡的なものがあってもそれは初期の目的ではなく結果的に教誡となるのであって、「物語は、べちに物語のおもむきあることなるを、そのちかき例をばさしおきて、いと物どほく、たぐひことなる儒仏の書をもて」論じるべきではないとする。

こうして物語を儒仏思想や勧善懲悪から解放、人間の情（ココロ）から出る感動こそが物語の本質であることを見抜き、物語には「物語のおもむき」があり、それがすなわち「物のあはれをしらしむる」点であったとした物語論は、契沖の物語論同様にすがすがしさを伴ったものであった。

ただ、宣長のいう「もののあはれ」は、本当に「あはれ」を「ひろくいふ」ために「もの」を添えただけであると単純に規定してしまってよいのか、またすべて「もののあはれ」だけで物語を解釈して行くことの危険性はないのかといった新たな疑問も招来していた。物語を儒仏や勧善懲悪にはめ込んで解釈しようとした旧注のあり方は否定されてよかろう。しかし、儒仏思想等に支えられた解釈を必要とする箇所もあることを見逃してはならず、そのあたりが広道に難じられる点となる。

（五）　源氏物語評釈

萩原広道（一八一五～一八六三）による十四巻十三冊からなる注釈書。序に嘉永七年（一八五四）とあるが、病での中断があり、全ての刊行は文久元年（一八六一）であった。広道は岡山藩士を父に生まれたが七歳にして母に死別。特に定まった師もないまま大阪に出た。本居宣長に私淑しその学説を慕うが、終生貧困と中風に悩まされ、「源氏物語評釈」（国文註釈全書・國學院大學出版部・明治四二年）の刊行も中断しがちであった。体力と経済力に恵まれない中、契沖の「源註拾遺」からは一六五年後、真淵の「源氏物語新釈」からは一〇三年後、宣長の「玉の小櫛」からは六五年後の成立にあたる「源氏物語評釈」は、花宴巻までの未完ながら、江戸期の源氏研究の総決算的な労作である。

さて物語論は首巻に登場する。首巻は総論上と同下の二部からなり、上には「源氏物語といふ題号の事」「紫式部の事并日本紀の御局の事」「時世のありさまの事」「此物語称誉の事」「此物語の歌の事」「作者の用意の事」「物語の心ばへ并物のあはれを知るといふ事」「一部大事といふ事」の八項目、下には「此物語註釈どもの事」「引歌の事」「准拠の事」「巻々の名どもの事」「人々の名の事」「年立の事」「系図の事」「此物語に種々の法則ある事」「をり〳〵のけしきを書ける所の事」の九項目と、「頭書評釈凡例」及び本文訳注の凡例が収載される。このうち広道が特に力を入れた物語論は、「物語の心ばへ并物のあはれを知るといふ事」と「一部大事といふ事」の二項目に見られる。

広道はまず「物語の心ばへ并物のあはれを知るといふ事」の冒頭で、宣長が「玉の小櫛」一の巻「すべての物語書の事」で、物語は「もののあはれをしらしむるもの」であるとしたのを引き、「この源氏物語は。いかなる心にてつくれる。といふことの本意は。蛍巻に源氏君と玉かづらの君との物語の事の問答の中に。何となく書あらはされたるを。玉小櫛に引出て。其意を注せられたり。これまことによき考にて。作りぬしの意さながらに知らんことは。げにこのうへの事なんなかりける」として、蛍巻での源氏と玉鬘の物語問答に着眼し、そこに物語の本意があると指摘した宣長は慧眼であったと評価。さらに「実にこの物のあはれを知るといふ事物語ぶみのむねとある事は。この本居先生ぞはじめて見いでて。委しく説述られたるにて。いとも〳〵心ことにめでたき考になん有ける」と賛意を表する。

この姿勢は同項末尾でも、宣長が「玉の小櫛」二の巻「なほおほむね」で、「されば物語は、物のあはれを見せたるふみぞといふことをさとりて、それをむねとして見る時は、おのづから教誡になるべき事は、よろづにわたりて、おほかるべきを、はじめより教誡の書ぞと心得て見たらむには、中々のものぞこなひぞありぬべき」としたのを引き、

「これまたいみじき論にて。今までのちうさくどもに。かけてもいはれぬ事なるを。此翁ぞはじめて見出られたるにて。いとおかしくめでたし。かゝるにつけても玉小櫛は。此物語の注釈どもの中に。一きはぬけ出たる書なるを知るべし」と首尾一貫して述べられており、「もののあはれ」論の斬新性と、「玉の小櫛」の卓越性を評価する。

ただ広道は一つ疑問を提起する。「あはれ」の語義を、宣長が「玉の小櫛」二の巻「なほおほむね」冒頭で、「あはれといふは、このあゝとはれとの重なりたる物にて、漢文に嗚呼などあるもじを、あゝとよむもこれ也」と規定したことに関し、「物に感じてあゝといへるは。古今たがふことなきを。はれといへることは。をさ〳〵物にも見えざるに。今の俗言(ヨノコト)にも聞たることなし。もしくは伊勢わたりの方言などにや。いと心得がたし。さればたゞあはれといふは歎息の声とのみ見るべき也」として、「あはれ」を「あゝ」と「はれ」に分解して説いた宣長説へ疑義を挟み、あるいは宣長の出身地伊勢の方言かと遠慮した上で、「はれ」の類例を見ず、これは「あはれ」をひとまとまりで「歎息の声」と解するべきだとする。

するどい指摘であったが、ただ広道も「あはれ」と「もののあはれ」の区別にはさほど頓着していなかったらしく、両者の差異を論じてはいない。宣長が「物のあはれといふも、同じことにて、物といふは、言(イフ)を物いふ、かたるを物語、また物まうで物見物いみ、などいふたぐひの物にて、ひろくいふときに、添ることばなり」(「小櫛」二に巻「なほおほむね」)に賛同していたということなのであろうか。今少し掘り下げての考察が欲しいところであった。

広道が宣長を批判しつつ論じる物語論は、「一部大事といふ事」に登場している。まず広道は安藤為章[注一二]の「紫家七論」[注一三]を採り上げる。為章は源氏と藤壺の密通を「一部大事」、すなわち物語の肝要ととらえる。そして密通の結果冷泉院が誕生したのは実にあるまじき過ちながら、桐壺帝の孫の冷泉帝が帝位に就いた点から見れば、神武天皇の血脈が紛れたわけではなく、しかも冷泉帝には継嗣を儲けさせず、朱雀院の系統を正統に戻しているのであるから、皇胤が紛れたとは言いがたい。当時宮中でも読まれた物語に、用意深い式部が心得もない密通を書くはずもなく、もの丶まぎれをあらかじめ防ぐ「諷喩」を意図していたのだと解釈した。

次に広道は為章説への宣長の批判を引く。宣長は「小櫛」二の巻「なほおほむね」の末尾近くで、為章の「諷喩」説を「かにかくに此御事、わきて諷喩といふべきにもあらず、そも〳〵此物のまぎれは、古今ならびなき大事にはあれども、物語は物語なれば、さる世の中の大事を、一部の大事として、書べきにはあらず」と退けた。そして密通は、一つは最高位の身分にある男女の恋を描くことで物のあはれの限りを見せること、もう一つは源氏が准太上天皇になるということで栄華の極みを書き尽くすために選ばれた素材であったのだとするのである。

こうして為章と宣長の説を引いた上で広道は持論を展開する。帝が目にする物語に、あってはならない密通事件を包み隠さず描いたところには、為章が説くように諷喩を見るべきではないか。同時に柏木と女三宮の密通は源氏への報いで、当時信じられていた因果応報を覿面に見せたもので、やはり諷喩を読み取るべきではないかと。そして早くに桐壺巻で源氏を「光る君」、藤壺を「かゞやく日の宮」と呼び、二人を一対としてとりあげていたのは伏線と思われ、密通を物語の主旨として書きたかった作者の意図がそこに見えるとする。なかなか鋭い読みに支えられた指摘である。

広道は、宣長が「物語は物語なれば、さる世の中の大事を、一部の大事として、書べきにはあらず」とした点に対しても、「さる世中の大事のために。一部の物語は書たるもの、のやうにおぼゆる也」として、物語の中心は源氏と藤壺との密通にあると主張する。その上で、最高位の男女の恋を描くことで、物のあはれの限りを見せるためであったとした宣長に対し、密通に託された作者の意図は、「かく皇胤のまぎれぬばかりの事をしも。とりたて丶書ずとも物のあはれのふかきことはいくらもあらんを。殊更に此御かた〴〵のうへにしもかゝれたるは。別に心あるものに似たり」と指摘。そして「なほいはゞ宇治の巻々などは。かくあるまじき事のかぎりをばかゝれたらねど。もの、あはれのせちなることは。今すこしまさりて聞ゆるをもても。あはれのかぎりは。あながちに上なき御かた〴〵のうへならでも作りぬしの心にて。つくして見せんもやすかるべくなん」と続ける。

宣長がひたすら主張した「もののあはれ」を知らしめるのが物語の本意であり、そのために用意された素材の一つが源氏と藤壺の密通事件であったとする解釈に対し、広道は「もののあはれ」の極みを書くのが目的であるなら、なにも皇胤のまぎれでなくともいくらも素材はある。宇治十帖などは別段大それた事件は描かれないが、「もの、あはれのせちなること」が勝っているのは読めばあきらかであろう。あはれの極意は敢えて最高位の男女の恋に範を仰がずとも、作者の筆で十分に書ききることはできたのではないか。それなのに藤壺に源氏を忍ばせたのは、そこに諷喩を意図していたからなのであるという解釈である。宣長の論の弱点をみごとに突いたものであった。

また作者の本意は、源氏が准太上天皇になるという栄華の極みを書き尽くす点にもあったとした宣長説に対し、広道はそうとばかりは言えないとして次の論を展開している。

源氏の栄華は、藤裏葉巻で何事も心にかない、准太上天皇になり、六条院に朱雀院と冷泉帝の行幸を得たところまでは、たしかに「栄えのさかりのきはみをかゝれたる所」と見える。しかし若菜巻になり、源氏四十賀は別として、既に女三宮のことが語り出されるのは柏木の物の紛れの伏線であって、この巻からは「衰にむかふ始」であると見なくてはならない。柏木と女三宮の密通、薫誕生、柏木逝去、落葉宮の事まで「皆源氏君の御心をくるしめ給ふ事のみ」であり、「よきかたの事」ではない上、ついに御法巻で紫上は逝去してしまう。これこそ悲哀（カナシヒ）の極みで、幻巻はその悲しみだけが描かれているということを勘案すれば、「すべて源氏君のうへに。栄えばかりをかゝんと構（カマ）へたるにはあらざる事」は明かである。このように源氏の「あしきかたの事」も書いているのは、「みなかの物のまぎれの報応（ムクイ）を示せるもの」であり、為章説のようにそこには諷喩を見る必要があろうというのである。

こうして広道は源氏と藤壺との密通を物語の「一部大事」とする為章説を支持した。新注時代に入り、旧注を批判する所に始まった物語論。私淑した宣長の論をすべて支持するのではなく、その弱点をきちんと見極め、百年以上も前の為章説の有用性も多いに勘案したのが広道の物語論であった。

〔注〕

一、本稿で引く天理図書館本『源註拾遺』（岩波書店『契沖全集』第九巻・一九八二年第二刷）の「大意」第四項が引く『更級日記』には錯誤があると思われるが今は触れない。

二『源氏物語』の各巻の巻名を詠み込んだ歌のこと。巻々（まきまき）和歌などとも呼ばれる。

三、顕昭が注し、定家が補注を行った古今集の秘注。承久三年（一二二一）三月成立。歌学大系別巻五所収。訓釈・考証に重きをおく六条家説と、鑑賞・批評を重んじる御子左家（二条家）説とを定家が統合した点に価値がある。

四、実は「顕注密勘」のこの箇所を契沖は読み誤っている。「歌ははかなくよむ物」云々は、春上の七首目、「春やとき花やおそきときゝわかむ鶯だにもなかずもある哉」（十番歌）への顕昭注に登場する。顕昭は右歌を、「此歌の心は、春のとくたちたるか、花のおそくさくかとおぼつかなきに、鶯だにもなかば、春には成にけり、花のおそくさくなりけりと、きゝわかむための鶯もなかずとよめり。心は春に成たれども、鶯もなかず、花もさかずと待わぶる心なるべし。年内にも正月にも、春立日をばつけたれば、年おそしともいふべきにあらねど、歌はか様にはかなくよむ事のいみじきにこそ」と注した。これに対し定家は、「此両首事あさく云かひなき事をのみこのみ思説には、誠に歌ははかなくよむことのいみじきとのみ、ひた道に心え侍也」と批判するのである。十番歌は暦の上に春が来ても梅の花が咲かないもどかしさを、鶯の初音を待つ心に掛けて詠じた藤原言直（ことなお）の詠作。顕昭が「暦の春が早く来過ぎたのか、花の咲くのが遅過ぎるのか、その声を聞いたら判断できるだろうと思って待望している鶯までも、まだ鳴かないことであるよ」（片桐洋一氏『古今和歌集全評釈（上）』一九九八年・講談社）と注したのは的を射た解釈であった。そして顕昭は「年内にも、正月にも立春は告げてあるので、今更暦の春が早く来過ぎたとか、花が咲くのが遅すぎたなどと言うべきではないが、和歌は現実にある確実なことだけを詠むのではなく、ありもしないようなこと、事実性の乏しいことを詠むからこそよいのだ」（同参照）と続ける。それに対して定家は、「当該歌とそれに続く壬生忠岑の十一番歌の二首は、実をとらずに、言葉の遊びとも言ってよいような軽い表現を専らにする歌。顕昭等六条家一派は、歌を言葉だけのものと捉え、「はかなくよむ」のが高級であるかのようにひたすら思っているのだ」（同上）と非難したのである。従って「歌ははかなくよむ事」を推奨したのは顕昭、それを難じたのが定家であるから、契沖が定家の言の如くに記したのは誤りといわざるを得ない。ただ、「歌ははかなくよむ事」とは、「和歌は現実にある確実なことだけを詠むのではなく、ありもしないようなこと、事実性の乏しいことを詠むからこそよいのだ」と解釈した点は大いに採るべきである。仮に「和歌」を「物語」に置き換えて、「物語は現実にある確実なことだけを述べるのではなく、ありもしないようなこと、事実性の乏しいことを述べるからこそよいのだ」とする時、そこには立派な文学論があるからである。契沖のいう「此物語を見るにも大意をこれになすらへて見るへし」とは、そうした虚構文学に向きあう姿勢を示唆したものであったのである。

五、仁義はいつくしみの心と道理にかなった方法、五常は儒教でいう人が常に守るべき五つの道徳。「白虎通」では「仁・義・礼・智・信」、「孟子」では「父子の親、君臣の義、夫婦の別、長幼の序、朋友の信」、「書経」では「父は義、母は慈、兄は友、弟は恭、子は孝」にとる。以下の論述に推し契沖は「孟子」に依ったようである。

六、化義は天台宗で衆生を教導・感化する形式・方法。化法は仏が衆生を導くために説いた教え。

七、釈尊の一生の間の説法を四種類に分けたもの。

八、猪が萱や萩などを敷いて寝た所の意だが、猪そのものも指す。ここは後者。

九、「詩経」の別名。毛亨（もうこう）・毛萇（もうちょう）が伝えたからと言われる。斉詩・魯詩・韓詩は廃絶して伝わらず、毛詩のみ伝存している。

一〇、「關鴡螽斯」は鳥の鳴き声やイナゴのうごめきの意。自然の美しさをいうもの。

一一、「鄭衛」はみだらな音楽のこと。ともに春秋戦国時代の国名であるが、その国の音楽がみだらであったからと言われる。

一二、契沖は「大意」の一項で、『紫式部日記』にある、「日本紀の御つほね」とあだ名されたこと、弟惟規より「史記」を読み取るのが速かったので父親が式部が男子でないのを嘆いたこと、彰子に「楽府」を進講したことなどを引き、しかし日常生活

において は、「一の字をたに」真名を書くことはせず、ひたすら女性の賢しらを嫌っていたとする。

一三　石川雅望の問に答えたもので、文化二年（一八〇五）成立。一冊。国書刊行会編『源注余滴』付録（明治三九年）所収。『源注余滴』は五十四巻廿冊からなる石川雅望著の源氏注釈書。「湖月抄」の誤りを正すことを目的としているが、契沖の「源註拾遺」、真淵の「源氏物語新釈」、宣長の「源氏物語玉の小櫛」の成果を十分に踏まえたもの。

一四、起筆伝説は紫式部が上東門院彰子に仕えていた折、一条院妃の彰子は大斎院選子内親王（村上帝第十皇女）から目新しい物語を求められる。彰子の命に応じた式部が石山寺に籠り祈ったところ、折しも琵琶湖水に八月十五夜の月が映る。物語の風情が心に浮かんだ式部は、まず須磨・明石の両巻を書き始めたために、須磨巻には「今夜は十五夜也けりとおほし出て」とあるのである。書くにあたっては仏前の大般若の料紙を本尊に申請、それを翻して用いたというもの。

一五、伏線に同じ。あらかじめ後の素地を設け作っておくことである。

一六、宇治八宮の長女大君である。薫に気持が引かれながらも、父宮が「なまじなことで宇治を捨てるな」と遺言していたのに忠実に生きた。「総角の君」は、八宮の一周忌法要の飾りを作る大君に、催馬楽の「総角」に依拠しながら「あげまきに長き契りをむすびこめおなじ所によりもあはなむ」と詠んだ薫の歌による呼称。

一七、外国の朝廷の意であるが、ここでは中国を指す。

一八、記録と史伝。

一九、さまざまな事象に内在するきまり・約束事。

二〇、国学者。備中吉備津宮の社家藤井高久の息男として生まれ、家職を継ぎ従五位下長門守に補任される。栂井一室に和歌の手ほどきを受け、京都に遊学して橋本経亮などの知遇を得、松坂に下り宣長に入門。帰国後は文通により宣長の指導を得る。中古物語研究に力を注ぎ、屋代弘賢・平田篤胤等と交わり、師の死後は関西における鈴屋学派の泰斗と目された。生没一七六四～一八四〇（おもに岩波書店『日本古典文学大事典』参照）。

二一、「古事記伝」を著したことを指す。

二二、国学者。丹波の出身。貞致親王に仕えたのち江戸に下り水戸光圀に仕える。貞享三年（一六八六）光圀が「礼儀類典」編纂のために水戸城内に彰考館別館を構え、為章兄の為実が総裁となったため、同四年藩の直参となって協力。元禄十一年（一六九八）には彰考館万葉方に入り、光圀の「万葉集」注釈を担当。同十三年、光圀の命で契沖に師事し、「万葉代匠記」をもとに編纂を続行、正徳元年（一七一一）にまとめた。これが光圀著の「釈万葉集」五十一冊。生没一六五九～一七一六（おもに岩波書店『日本古典文学大事典』参照）。

二三、一冊からなる物語評論。「紫女七論」「源氏物語考」「源氏物語七論」とも。元禄十六年（一七〇三）成立。紫式部の人物像や物語の本旨を実証的に研究した先駆的な評論。特に本旨について、紫式部が好色に託して言葉やさしくやわらかに婦人に諷諫した点にあるとする。そして源氏と藤壺の密通を、物語全編の大事として「一部大事」と呼び、それを描いたのは我が国の人情風儀を用いて言外に感味深く教誡するためであったと結論する（おもに岩波書店『日本古典文学大事典』参照）。

楽翁と『源氏物語』

（一）

宝暦八年（一七五八）十二月二十七日誕生の楽翁松平定信（以下楽翁）は、十六歳にして、

心あてに見し夕顔の花ちりてたづねぞわぶるたそがれの宿

と詠み、京都の公卿達に喧伝されたという。注一これは申すまでもなく『源氏物語』夕顔巻をふまえてのもの。光源氏は「六条わたりの御忍び歩き」（以下『源氏物語』の引用は小学館日本古典文学全集本）の途中、五条の大弐乳母を見舞う。その隣家の板塀には夕顔が咲いていた。宮中では見慣れぬ花に興味を示し源氏が「一房折りてまゐれ」と命じると、隣家は深く香をたきしめた白い扇に一輪の夕顔を載せて贈った。扇には、

心あてにそれかとぞ見る白露の光そへたる夕顔の花

とあった。「白露が輝きをます夕影の中、美しい夕顔の花のようなお顔の持ち主は源氏様かと拝察いたします」というのである。花の所望者を源氏と推測、積極的に「源氏様でしょう」と問いかけた主は、文脈上夕顔が咲く宿の女、すなわち後に夕顔と呼ばれるその人と見る以外にない。しかし順次語られる彼女の内気な性格に矛盾するとの指摘も多々あるのは今おくとして、源氏は、

寄りてこそそれかとも見めたそかれにほのぼの見つる花の夕顔

と返す。「夕暮れ時にぼんやりと御覧になった美しい夕顔を、近くに寄って本当は誰なのか確かめたらどうですか」と応じたのである。そして二人は恋に堕ちた。夕顔が源氏の正室葵上の兄、頭中将の恋人とも知らずに。あげく連れ出した某院で夕顔は頓死してしまう。

こうした夕顔と源氏の悲恋の経緯をふまえ、楽翁は右を詠じたのである。「源氏をその人だと推測したあの夕顔の生命（いのち）もはかなく散ってしまい、訪ねてもひたすら淋しいだけの夕暮れの五条の宿だ」と。そして十六歳の楽翁がかく詠めたのは、少なくとも夕顔巻を読みこなしていたからであったと判断されるのである。

（二）

堀田正敦（まさあつ）[注二]は文化十一年（一八一四）十一月、「詠（えい）源氏物語和歌」を主催した。松野陽一氏によれば、[注三]これは『源氏物語』の巻名を題とする一種の定数歌。伝統にならい雲隠巻を一巻（ひとまき）に数え、鈴虫巻には和歌と共に林述斎（はやしじゅっさい）[注四]の漢詩を加えたため、詠者は総勢五十六人。

一方、文化・文政期（一八〇四～一八三〇）は、寛政の改革（一七八七～一七九三）を推進した楽翁や堀田正敦らをリーダーに、『藩翰譜（はんかんふ）続編』『寛政重修諸家譜（かんせいちょうしゅうしょかふ）』『徳川実紀』『新編武蔵風土記稿』等の大規模な官撰史料・地誌が幕臣編纂集団の手で進められ、述斎や幕府歌学方（かがくかた）の北村季文（きぶん）（季吟―湖春―湖元―春水―季春―季文）、楽翁の寵遇を得た文人画家谷文晁（たにぶんちょう）らの学芸専門家が活発な活動を行った時期に重なる。詩歌に限っても楽翁主催の「浴恩園和歌」[注五]「伊豆権現奉納和歌」、述斎主催「峡田山荘詩歌」なども開催されたから、当該「詠源氏物語和歌」も大きくは楽翁文化圏の催しの一つとしてとらえられるという。因みに楽翁と正敦は当年五十七歳であった。[注六]

さて十六歳時のこだわりを温め続けていたかのように、四十年後の当該「詠源氏物語和歌」において楽翁は再び「夕顔」を詠む。

　夕顔の露より馴（なれ）てかげきゆる月をちぎりの袖の上かな

「夕顔の露より馴て」は夕顔が白い扇に、「心あてにそれかとぞ見る白露の光そへたる夕顔の花」と「露」を詠み込み寄越したのに始まった源氏との恋。「馴て」で二人は急接近する。「かげきゆる月」は月影が消えるように某院で頓死した夕顔。「夕顔の露」の「露」は「かげきゆる」と併せる時、夕顔の命のはかなさを際だたせる。

ここで源氏は悲恋の経緯を思い出す。「露」をきっかけに、「八月十五日夜」、「隈（くま）なき月影」が「隙（ひま）多かる板屋残りなく漏り」来る夕顔の宿で契り交わした恋は、翌朝、某院へと夕顔を誘い出すまでに高まってしまったこと。「いさよふ月にゆくりなくあくがれんこと」（沈みかねる月に誘われ浮かれ出すこと）をためらう夕顔をなだめすかしていると、月が「にはかに雲がくれ」したことなどを。

「月をちぎり」は、前夜「板屋残りなく漏り」来ていた月影に情事の絶頂を、「にはかに雲がくれ」にその終焉の予測を担わせているのである。そして「袖の上かな」で、今では涙の露と月影のみ宿る袖こそ、夕顔に供した手枕であったと詠み結ぶ。「露」「月」「袖」に、二人の愛の高まりと終焉、夕顔の運命を重ねあわせた壮大な歌となっている。

かつて十六歳の楽翁は、「心あてに見し夕顔の花ちりてたづねぞわぶるたそがれの宿」と詠んだ。しかし四十年後、短かいが充実していた恋を、源氏になりきって詠んだのである。恋の経験も浅い青春の日々のそれと、さまざまな人生の出来事を経験した老年期のそれでは、素材のとらえ方に深まりが見られるのは当然であろうが、敢えて再び「夕顔」を詠むところに、源氏と夕顔の恋を青春の墓標のように刻み続けていた楽翁が思われてならない。

（三）

『花月草紙』[注七]（全一五六章・冒頭「目録」の表題による）の「源語の深意」（一三六章）・「源語の評」（一三七章）に、楽翁の『源氏物語』評論が登場する。ここではそれをいささか丹念に見てみたい。なお以下『花月草紙』の引用は、『日本随筆大成』〈第三期〉1（日本随筆大成編輯部編纂・昭和五一年・吉川弘文館）による。

まず「源語の深意」（一三六章）には次のようにある。

源氏物がたりの心ふかくつくれるがうちにも、ことにいといたう感じぬる事こそありけれ。その中にもすまのさすらひは、生涯のいとおほきなることなるに、そのはじめは花の宴の巻よりおこりたるを、人の心の霊妙、いかでそれをかんじしらざらんと思へば、はやそのことをかいおけり。人ずくなゝるけはひなり。おくのくるゝどもあきてひと音もせず、かやうにて、よの中のあやまちはするぞかしと思ひて、やをらのぼりてのぞき給ふとかいたる、いとをかしといひぬ（四四九頁）。

『源氏物語』が思慮深く書かれている中でも特筆すべきは花宴巻だ。源氏が須磨へ退却するのは「生涯のいとおほきなること」（生涯の一大事）だが、その発端は花宴巻。読者がなるほどと後に合点が行くよう、予め花宴巻で布石を敷いたのは作者のすぐれた構想力に依るというのである。そして原典の「人少ななるけはひなり。奥の枢戸も開きて、人音もせず。かやうにて世の中のあやまちはするぞかしと思ひて、やをら上りてのぞきたまふ」を引き、書きざまの巧みさを賞賛する。

若紫巻（第五巻）後半で、光源氏は義母藤壺女御と密通。紅葉賀巻（第七巻）で藤壺は皇子（表向きは桐壺帝の第十皇子）を出産した。新皇子の立太子・即位がスムーズに運ぶよう、帝は藤壺を立后させ新皇子の後見力を増大させた。そうした配慮の前に、源氏と藤壺は、新皇子即位の日まで、何としても密通を悟られてはならず、言動に細心の注意を払わなくてはならなくなったのである。

そうした中で行われたのが「二月の二十日あまり」の「南殿の桜の宴」。二十歳の光源氏は酔いに紛れて藤壺の御殿（飛香舎）近くを徘徊するが、隙のない戸締まりに落胆。引き下がれない思いで弘徽殿に立ち寄ると、何と細殿の「三の口」が開いている。女主人弘徽殿女御は清涼殿の夜御殿に上がっているため人は少なく、奥の回転扉も開いたままで人の気配もしない。こうした無用心がきっかけで男女の間違いは起こるのだと思いつつも興味をそそられ中を覗くと、「いと若うをかしげなる声の、なべての人とは聞こえぬ、『朧月夜に似るものぞなき』と、うち誦じて」光源氏の方へやって来るではないか。

「いと若うをかしげなる声」の主は弘徽殿女御の妹で、右大臣家の六女（朧月夜）。当時、右大臣は弘徽殿女御を早々に桐壺帝に入内させ、その腹に東宮（第一皇子・後の朱雀帝）を得ていたが、藤壺立后に心穏やかではなかった。右大臣側は、東宮の即位で一代だけは政権担当者となれるものの、新皇子が即位すれば、源氏を女婿にする左大臣側に政権を譲らなくてはならないからである。左大臣と右大臣が政敵であるのを重々承知し、手薄な戸締まりを難じていたにもかかわらず、右大臣方の殿舎に近づいたのが源氏の運命の分岐点であった。朧月夜は右大臣が東宮への入内を目論む姫であったからである。

二人は結ばれた。知った右大臣は葵上が逝去し目下正室不在の源氏に水を向けた。しかし、藤壺の姪の若紫を自邸に引き取ったばかりの源氏にその気はなく、すげなく断わる。娘は遊ばれただけだと煮えかえる右大臣は、何が何でもと朱雀帝に入内させるが、さすがに前歴娘を女御と呼ばせるのは憚られ、内侍（ないしのかみ）としてのそれであった。にもかかわらず二人は再び密会。源氏を忘れられない内侍が、病気で里下りした折を利用したそれが露見。右大臣側は后妃（こうひ）への密通は帝への謀反だと騒ぎ立てた。

不利な状況の中、藤壺との密通の皇子（朱雀帝即位に伴い東宮になっている）の将来を守るべく、源氏は自ら須磨へと退却したのである。こうした源氏の須磨流謫（るたく）に至る複雑な背景と経緯の「はじめは花の宴の巻よりおこりたる」という構想論は、『源氏物語』の構想の壮大さを讃えるもの。楽翁はそこに気づき、「源語の深意」で採り上げたと読めるのだが、ここに一つ問題がある。末尾が、「いとをかしといひぬ」と結ばれていて、楽翁の自論ではなさそうな点である。

（四）

『岷江入楚（みんごうにっそ）』[注八]は、「世の中のあやまち」の項目を立て、

聞書[注九]　こゝはた、世間の事也　されとも此事よりすまの浦の事もおこれり
或抄御説[注一〇]に此詞尤面白し　諸人のをしへ也　かやうなる時　わか心にあやまちなき様に用心すへし（『岷江入楚』の引用は、中田武司氏編・桜楓社源氏物語古注集成本による）

とする。実枝の講釈の「聞書」によれば、男女のあやまちなど世間一般のことながら、物語では朧月夜との一夜の過

ちが源氏の須磨流謫という一大事を招来することになったのであるという解釈である。

更に『岷江入楚』は公条の説（或抄御説）も引く。「世間一般論のようにこうした無用心がきっかけで『世の中のあやまち』はおこるのだと源氏に思わせる設定は実に面白い。しかしこのことは誰に対しても教訓となるところ。こうした折は、誰もが自分の心に過失無きようふるまい用心すべきなのである」と。こう見てくると、楽翁が「いひぬ」と結んだ学説は、『岷江入楚』を指すものと思われるのである。

一体、楽翁は宝暦八年（一七五八）に田安宗武の第七子として生まれた。宗武は徳川八代将軍吉宗次男。三卿[注一一]の一である田安家の祖であるから、楽翁は吉宗の孫にあたる。父宗武が五十七歳で薨去（明和八年〈一七七一〉）した後、安永三年（一七七四）に白河藩主松平定邦の養子となり、名を定信と改めた（幼名は賢丸）。楽翁十七歳時。本稿（一）に引いた十六歳時の夕顔巻の歌は、定邦の養子になる前年の詠歌ということになる。

さて父の宗武は延享三年（一七四六）に和学御用として賀茂真淵を雇い入れ、真淵は以後十三年にわたり田安家に仕え、その間に『源氏物語新釈』等の著作を進献しているから、年代さえ合えば楽翁は真淵に『源氏物語』を学ぶ機会もあったであろうが、楽翁誕生の宝暦八年（一七五八）は、真淵が田安家に仕えた末年。幼児に真淵の学説は及ばなかったのである。

従って十六歳にして夕顔を題材に和歌を詠み、文化十一年の五十八歳時、「詠源氏物語和歌」において再び夕顔を題材に詠むほど『源氏物語』に造詣深かったと思しい楽翁は、『源氏物語』を論じるにおいて、三条西家の源氏学集成『岷江入楚』に依ったらしい。あるいは他の注釈書類も参照し、右花宴巻にかかる記事においては、楽翁が諸手を挙げ賛同できる学説が『岷江入楚』であったから収載したということなのかもしれない。

因みに、賀茂真淵の『源氏物語新釈』花宴巻に、朧月夜との密会が須磨流謫の発端となったなどという解釈は載っていないし、楽翁文化圏の北村季文（本稿（二））の先祖、季吟の『源氏物語湖月抄』は『岷江入楚』を引いていないのでこうした解釈は知り得ない。ここに注釈書類を参照しながら『源氏物語』を読み進んだらしい楽翁を想定しておきたいのである。

（五）

『花月草紙』収載の「源氏の評」（一三七章）は、前項で引用した部分に続くものであるがいささか趣を異にし、かなり長いこともあり、適宜私に区切り、通し番号を付して論じて行きたい。

①源氏ものがたりに、薄雲の后に心をかけそめ給ひしは、たらちねにようにかよひ給ふとき丶て、何となうをさなき御時より、したはしく思ふをはじめとせしさまにかけるはをかし（四五八頁）。

源氏が藤壺（薄雲の后）に寄せる恋情は、生母桐壺更衣に酷似と聞き、幼時から何となく慕わしかったのが発端であるとする書きざまは興味深いというのである。

更衣は宮中のいじめに遭い逝去。源氏三歳、その顔さえ記憶に留められない折のことであった。更衣喪失の悲しみを忘れようと、桐壺帝は更衣に生き写しと聞く先帝（せんだい）の四宮（しのみや）（藤壺）を入内させた。『源氏物語』の主題の一つ、「形代（かたしろ）」[注二二]の登場でもある。周囲は源氏に、藤壺は亡き母上にそっくりだと告げる。最初は「母恋（ははこい）」の想いで憧れた藤壺であったが、いつしか想いは変化して行く。源氏と藤壺の不義密通の萌芽は、父帝が「形代」を求めた時点に既に存していのだという、物語を大きな構想で捉えた説である。

②花の宴のとき、酒のゑひにまぎれしあやまち、つひに身をおふるわざはひとなりしも、はじめのほど天が下にとゞろきたる御いきほひ、つひに榊の巻にいたりておとろへにたるころ、御みづからの行ひも、いと乱れもて行きて、わざはひをうながしけるさまも、かならずかゝるものなるをかいのせ（同上）、

花宴の夜半、酔いにまぎれてなした過ちが身の破滅を招いたのであるが、それはいきなりではない。その後も源氏の名は天下にとどろき慢心の日々を送ることが出来た。しかしついに賢木巻で状況が衰微、源氏自身の言動も大いに乱れ、禍を招来しているかのようになって行く。それは人間とは必ずこういうものなのだと知らせるべく書き載せてあるのだというのである。

酔いに紛れての過ちが破滅につながった経緯は、本稿（三）で述べた。朧月夜と弘徽殿の細殿で結ばれて以後もすぐに源氏に天罰は下らず、右大臣邸の藤花宴で朧月夜と再会し、翌年には右大将に昇進する。

一方、桐壺帝は朱雀帝に譲位、密通の皇子が立太子。御禊に供奉した源氏を一目見たさに大勢が一条大路に押しかけるなど、世間の人気もなかなかであった。私生活では、正室葵上と愛人六条御息所の車争いがもとで、御息所の生き霊に祟られた葵上は夕霧を産み落とすと逝去。その後、藤壺の形代（注一二）若紫と新枕を交わす。

しかし、賢木巻になると状況は大きく変わる。桐壺院の崩御で源氏は最大・最高の支援者を喪うからである。これが楽翁曰くの「おとろへにたるころ」の始まりであった。勢力は全て右大臣側へ帰した険悪な政情下、あたかも「わざはひをうながし」ているように朧月夜と密会したり、実家に戻った藤壺に無理矢理近づくなど、源氏の危険な行為

も目立つ。

源氏の恋情を避け、東宮（密通の皇子）の地位を守るため、藤壺は桐壺院の一周忌に出家。世は右大臣側の意のまで、源氏や薄雲女院（うすぐものにょいん）（藤壺）側に昇進等の沙汰はなく岳父左大臣も致仕。源氏は権勢に背を向け文事に更ける。

そんな時、里下がりした朧月夜との密会が露見したのである。取り巻く環境が変化して面白くないと、人間ともすれば捨て鉢になり、悪い方へ悪い方へと自らを導く性情を有する。まさに源氏はそこに陥ったのだと楽翁は解釈するのである。

（六）

③すまのさすらひに至りても、御みづから咎なきやうにいひ給ひて、何となくぬれぎぬき給ひしふりにかけれど、そのうらのなみかぜのとがめにて、大ぞらのゆるし給はざることをあらはし、つかひのものらが、都のなが雨のことなどいひて、まぎらしゝのち、大炊どのゝかみのおちけるも、すまのうらに限りたることを示したるいとたくみなり（同上）。

須磨流謫に関しても、源氏は自身に咎（とが）はなく、濡れ衣を着せられたと主張している。しかし、須磨の波風は大空が許容していないことを表明するもの。使いの者に都での長雨を語らせ、須磨だけが特別ではないと言い紛らわしても、その後の大炊殿への落雷は須磨に限られていたのは、実に巧みな筆遣いだと言うのである。

朧月夜との密会を帝に対する謀反だと騒ぎ立て、右大臣側は源氏を政界から葬り去ろうとする。東宮の地位を守るため出家した藤壺の生き様に倣い、源氏は流罪の汚名を着せられない先にと須磨へ退却した。

翌年の三月上巳(じょうし)、源氏は海辺で祓を行わせ、「八百よろづ神もあはれと思ふらむ犯せる罪のそれとなければ」と詠む。これといった罪を犯したわけではない私を、八百万の神々も哀れと思ってくださるだろうというのである。源氏は須磨巻冒頭から幾度も冤罪を主張、ここでも神々に身の潔白を誓ったのであった。

ところがこの歌が天に届いたかのように、「にはかに風吹き出でて、空もかきくれ」、肘笠雨(ひじかさあめ)（俄雨）が降り注ぎ、「雷鳴(かみ)りひらめ」く。楽翁はこれを潔白だと誓った嘘を天は許さず、雷を伴った暴風雨を与えたのだと解釈する。

そして物語はそのまま明石巻へ。風雨も雷も続いている。紫上が寄越した使者は、都も風雨で政治が途切れがちで仁王会(にんおうえ)が行われるらしいと言う。宮中での鎮護国家行事をなすほどの都の風雨の一連として須磨のそれを捉えた源氏は、個人への天罰に思い及ばない。ところが須磨では暴風雨がつのり、高潮も襲来、ついに館の廊に落雷し炎上、源氏は「大炊殿と思しき屋」[注一三]に移る。これこそ天が源氏個人に与えた天罰そのものであった。そしてそう読みとれる書きざまは実に巧みだと楽翁は評価するのである。楽翁は源氏の行為を「罪」と規定、必ず「罰」が下されるべきだとの立場で物語を読んだのである。

（七）

④また源氏の君、ふたゝびかへり給ひて、絵合に至りて、大臣の心いどみあふけしき、つねにみづからが威をふり給ふさまをしるし、後にいや高くなりきはまり給ひては、何のわざはひかあるべきと思ふに、女三宮のうしろみのこといできて、をはりまたくし給はざりしにとゞまれるぞ殊におぼえぬ（同上）。

再び都へ帰った源氏は、絵合巻で大臣同士の挑み合いをやるなど、常に自身が権威を振りかざし、それでいて最高位に上り詰めるから、これでは何かの禍(わざわい)がないはずがないと思っていると、女三宮の後見のことが出てきて、最終的にはまっとうな人生を終えることができなかったのは特に感じるところ大であるというのである。

足かけ三年の須磨・明石流浪の後、召還された源氏は中央政界に返り咲く。朱雀帝は譲位。密通の皇子が帝位に就いた。冷泉帝である。源氏も内大臣に昇進。冷泉帝にはかつての頭中将（葵上の同腹兄）の娘が弘徽殿女御として入内していた。源氏は摂関政治家として政権担当できる武器、則ち入内させその腹に皇子誕生を期待できる適齢期の娘を持っていなかった。

もし今、弘徽殿女御に皇子が誕生すればそれが次期東宮・帝となる可能性は高く、そうなると源氏の政権担当の機会は遠ざかる。それを危惧した源氏は薄雲女院（藤壺）と謀り、かつての愛人六条御息所の遺児を養女にし梅壺女御と名乗らせ冷泉帝に入内させた。源氏と薄雲女院にとって冷泉帝は実の子。我が子の治世を我が手に掌握する体制作りに協力しあったのである。

しかし当面は弘徽殿女御も梅壺女御も同格。そこで梅壺女御を中宮にすべくなされた画策が絵合。冷泉帝が絵を好むのを利用、頭中将側と源氏側が名画を提出しあっての競技であった。「大臣の心いどみあふけしき」がそれである。結果源氏方が勝利、梅壺女御は秋好中宮になった。

しかも源氏には明石御方との間に后がね[注一四]の姫が誕生。源氏が摂関政治家として政権担当できる体制は整う。息男の夕霧は大学寮で学問を積み着々と昇進、幼恋(おさなごい)も実らせた。もっとも薄雲女院の薨去は悲嘆であったが、彼女に近侍した夜居(よい)の僧が冷泉帝に実父は源氏であることを告げたことから、実父を臣下に放置出来ず、帝は源氏に准大上天皇の称号を授与。四町(よまち)からなる広大な六条院に朱雀院と冷泉帝の行幸を迎え入れ、明石姫君も東宮に入内し皇子を得るなど、源氏の栄華は極まった。

この世をば我が世とばかりに振る舞い、とんとん拍子で栄華の階段を上り詰めた源氏。しかし、そんなに良いことばかりが続くわけがない。朱雀院の寵姫女三宮の降嫁により紫上は失意のうちに病に倒れる。思慮の足りない女三宮と比べ、紫上のすばらしさを改めて思う源氏は紫上を二条院に移し付ききりで看病にあたる。

当主不在の六条院で柏木と密通した女三宮は柏木の子薫を生む。薫を我が子として抱き取らされた源氏は、かつての藤壺との密通を思い、因果応報の念に打たれる。結局女三宮は出家、紫上は逝去。生きる気力をなくした源氏は紫上の追憶だけの一年を生き、物語から退場して行く。

「をはりまたくし給はざりしにとゞまれる」は、最終的に源氏が栄華の人生を完結できないままで終わったのを言うのであろう。「またく」（全く）の範囲は不明ながら、楽翁は源氏の生涯を未完だと解釈したらしい。

（八）

⑤女三宮のものゝけは、柏木のいきすだまなどかくべきを、こは人もしらねばさはかゝで、かのみやすどころは、人々の心の残るより、はたかゝりけりとむかへて、思ふ心をしめしたるはいとをかし（同上）。

女三宮に憑いた物の怪は、本来なら柏木の生き霊などと書くべきを、二人の密通は世間の知らないことなのでそうは書かず、読者の記憶に刻まれている六条御息所の物の怪を再登場させ、怨念を語らせたのはとても興味深いというのである。

薫を出産した女三宮は出家を望む。体力の回復もままならず、父に会いたいと懇願する娘を案じ下山した朱雀院は、自らの眼前で出家させた。その後夜（ごや）の加持の折、物の怪が出現。「かうぞあるよ。いとかしこう取り返しつと、一人をば思したりしが、いと妬かりしかば、このわたりにさりげなくてなん日ごろさぶらひつる。今は帰りなん」と言い放つ。これより前、二条院で療養中の紫上にも六条御息所の物の怪（死霊）が憑き仮死状態に追い込まれるが、源氏が必死に対決し退散させていた。それが悔しくて女三宮にも取り憑いたのだという。

ここでの六条御息所の物の怪出現は唐突の感が否めず、楽翁が言うように柏木の生き霊とする方が理解が容易い。しかしそれを敢えて御息所の死霊とするところには、怨念の固まりになってしまった読者にお馴染みの哀れな御息所を登場させ、人間の業の深さを知らせる効果を期待したらしいと楽翁は解釈したのである。

⑥その比、藤氏のさかりになりて、君をなみし、いきほひを憚らずかいて、源氏の君を大臣の列にくはへ給ひて、藤氏をおししづめしことも、夕霧を大学寮にいれ給ひしも、皆か、らんかしと思ふことをよそごとにしてかけるぞたふとき。げにまたなきものがたりなりけり。さればみるごとに奥意の深きをおぼゆ（四五八～四五九頁）。

物語が書かれた時代は藤原氏の全盛期。物語は帝をないがしろにする藤原氏の勢いも憚らず書き、源氏を大臣に列して藤原氏を圧倒させたり、夕霧を大学寮に入れて学問をさせるなど、全部こうあるべきだと作者が思うことを、余所事にして書いた点が尊く、本当にまたとない物語になっている。だから読むたびに奥意の深さを思い知らされるというのである。虚構への讃美である。

紫式部が仕えた中宮彰子は藤原道長女。『大鏡』や『栄華物語』が伝えるように、栄華を窮め尽くし、「藤氏のさかり」のまったた中にあったのが道長であった。彼は彰子を一条天皇、次女妍子を三条天皇、三女威子を後一条天皇のそれぞれ中宮に立て、「一家三后」の外戚全盛を実現。しかも一条天皇に掣肘を加え、三条天皇に譲位を強要し、その皇子敦明親王（小一条院）に皇太子を辞退させるなど、強大な権力を発動したという。[注一五] まさに帝をないがしろにする行為をなした。しかし『源氏物語』では帝に対する藤原氏の横暴は描かれておらず、「君をなみし、いきほひを憚らずかいて」とある点だけには同意できない。楽翁は史実と物語を混同したのであろうか。

一方、源氏を太政大臣に至らせ、摂関政治家として権勢を振るわせたのは当時としては例外的な出来事であった。『河海抄』が源氏のモデルとする源高明は、[注一六] 正二位左大臣に至りながら、安和二年（九六九）にいわゆる安和の変に連座し大宰権帥として流された。事件が世間に与えた衝撃は大きく、『かげろふの日記』でも道綱母が大いに同情を寄せるが（中巻）、それはともかく、源氏は高明を超えて太政大臣、准太上天皇へと至り、藤壺中宮、秋好中宮の二人が続いて源氏から中宮に立ったという構想は、作者が賜姓源氏を尊重し、彼らが政権担当者となることで藤原氏の専横を圧して欲しいとの意図に支えられていたのが窺える。

楽翁はその点に気づいていたのである。また十二歳で元服した夕霧は源氏の子息として四位に叙せられても不思議ではなかった。しかし源氏は敢えて六位に留め、大学寮で学ばせる。親の七光りで若くして高位高官に就く不条理を避け、自らの実力で出世を遂げさせようとする源氏の思いを理解できない夕霧は不満を募らせたのではあったが、源氏の教育論は今でも充分に通用する新鮮さを保つ。これも不遇な学者を父にもった作者が、苦労せずに高位高官を独占する一部藤原氏へ抱く反感の表出であろう。

作者が「皆か丶らんかしと思ふこと」は、しかし現実からは遠いもの。それだからこそ作者は「よそごと」、つまり虚構を用い物語を構築したのである。そうした重厚な虚構に支えられた物語であるからこそ、「またなき」物語であり、「みるごとに奥意の深き」を思って感動するのだと楽翁は言うのである。

（九）

⑦たゞ仏の道にのみいりて、誠の道にくらければ、冷泉のみかど、光君の御子なりしことを、はじめてしろしめしたるところのかいざま、道しらぬよりしてあやまれりけり。こゝのみぞ、女わらべなんどのみても、道ふみたがうべくやと、危ふくぞ覚ゆる。薄雲、朧月夜なんどの、人の道に背けるは、わらはべもしりぬべければ、まよふべしとはおもはずなん。仏のことをばやんごとなくたふときかぎりかけれど、よゐの僧のようなき事さし出ていふさま、みところにまでかいたるは、またをかし（四五九頁）。

作者は仏道には詳しかったが、誠の道に暗かったので、冷泉帝が源氏の子であることを初めて知る箇所の書きざまは、道をしらないための誤ちを犯している。この箇所だけは女子供などが見てさえ、これでは道を踏み間違うのではないかと危ぶまれる。薄雲や朧月夜などが人の道に背いたのは子供だって知っているはずのこと。考え違いなどするはずはないと考える。仏に関しては限りなく尊く書いてある一方で、夜居の僧の無用な口出しが三箇所に書かれてあるのも奇妙であるというらしい。一部構想に納得ゆかないというのである。

「誠の道」の意味はよくわからないが、儒学を尊ぶ楽翁のこと、人道（人の人たる道。人倫）の意か。そうであるなら人道を心得ているはずの冷泉帝が、藤壺帰依の夜居の僧から聞かされ初めて出生の秘密を知るというのは不自然だというのである。女子供でも間違わずに理解できることを、帝ともあろうものがそんなことも知らずに帝位に就いていたのかと反発を招く可能性すらあるということらしい。夜居の僧の無用な口出しが三箇所にあるというのもよくわからないが、楽翁には夜居の僧により、初めて出生の秘密を知る構想は稚拙で納得がいかなかったのである。帝王たるもの、かくあるべきという儒教的な楽翁の考えが礎となっての論なのであろう。

ただ現代では「重大な秘密は僧の口からついに帝に知らされた。この一段が物語の構想上重要な位置を占めることはもとよりだが、それが帝と僧都との各々の性格や心理の磁場の中から、きわめて自然に実現してゆく経緯も注目される」[注一七]などの解釈に代表されるように、楽翁が抱いたような不満は論じられることはない。

（一〇）

⑧此のものがたりを、たゞにあはれをつくしたるものにて、させることわりあらはしたるものにはあらずと、もとをりのいひたるはをかし。されども、はし〴〵心はこめてかいたるにはうたがひなし（同上）。

本居宣長がこの物語は、ひたすら「あはれ」を尽くしたもので、特別な道理などを現したものではないと述べたのは興味ある。しかし端々に作者が色々な考えを籠めて書いたのも疑いなく、その点を見落としてはならないというのである。

本居宣長[注一八]は『源氏物語玉の小櫛』[注一九]で所謂もののあはれ論を展開、作者は「もののあはれ」を読者に知らせたくて物語を書いたのであるとした。中世以来専ら物語を儒教、仏教的な倫理観や勧善懲悪で捉えようとして来た姿勢を批判、人の心の本当を伝えるのが目的であったとした学説は、新鮮であったし、物語を自由に読む方向付けともなった。しかし「もののあはれ」とは何か、「あはれ」との差異はどこにあるのかといった点が明確ではなく、また儒教、仏教的な倫理観や勧善懲悪を下敷きにした読みを全く排除してしまってよいかという問題もはらんでいた。

それを楽翁は明確に指摘しているのである。「はし〴〵心はこめてかいたるにはうたがひなし」と。ただここに楽翁が『源氏物語玉の小櫛』も読破していたのが知られると同時に、一つを鵜呑みにせず、別な面からの考慮もなした上で物事を論じる楽翁の姿勢も窺えるのである。

以上、八個に分け「源氏の評」を見てきた。そこにわかるのは、楽翁は立派な文芸評論をなしえているという点である。詳細な注釈書を編んだわけではなく、ごく短い論評ではあるが、八個を通して読むと、物語の中枢を網羅し尽くしており、幾度も物語を読み直し、自家薬籠中のものとした後に、的確な論評を書いた経緯が想起されるのである。ただ残念なのは、宇治十帖への言及がない点である。楽翁は宇治十帖は読まなかったのであろうか。読んでも論評するに価しないと判断したのであろうか。謎は残る。

〔注〕

一、『心の双紙』解題（日本随筆大成〈第一期〉7・昭和五十年・吉川弘文館。丸山季夫氏担当）。

二、仙台侯重村（しげむら）の同母弟で宗村八男。母は坂氏。吉村（よしむら）（宝暦元年〈一七五一〉・享年七十二）―宗村（むねむら）（延享二年〈一七四五〉・享年二十九）―重村（しげむら）（寛政八年〈一七九六〉・享年五十五）と連なる家筋。『新訂寛政重修諸家譜』巻第六百四十五及び『同』巻第七百六十二によれば、宝暦八年（一七五八）仙台に誕生。奇しくも楽翁と同年。天明六年（一七八六）堀田正富（まさとみ）の養子となり、近江国で一万石を領し堅田（かたた）を居所としたのち、寛政元年（一七八九）大番頭となり若年寄に進む。楽翁等と寛政の改革を推進。極官摂津守従五位下。

三、「詠源氏物語和歌」（松野陽一氏校注〈岩波書店・新日本古典文学大系67『近世歌文集上』〉）。以下当該「和歌」引用は同書。

四、江戸後期の幕府儒官。名は衡（こう）。美濃岩村藩主松平乗蘊息。幕府の命により二十六歳で林家を嗣ぎ、湯嶋聖堂などの管理、学徒の養成、官撰諸書の編纂などにあたり、林家中興と称される。生没一七六八～一八四一。

五、現在の築地市場の辺りにあった海辺に面した楽翁の隠居所。一橋家から受け取った経緯や庭園の様子などは、『退閑雑記（たいかんざっき）』巻之七（続日本随筆大成6・昭和五五年・吉川弘文館・北川博邦氏解題）の第八項「わが浴恩園の事をしるす」に詳しい。なお『退閑雑記』は自序によれば、寛政五年（一七九三）七月、直接には典仁親王の太上天皇尊号事件で老中主座を辞した楽翁が、翌六年（一七九四）から「ふとかい初めて壱二巻に」したのが原形。寛政八年（一七九六）初夏から脚気を患い長期閑居を余儀なくされた頃、それを取り出し書き続け、同九年（一七九七）二月頃に十三巻に成し、「退閑雑記と名づけて書櫃の底へ投じ入」たのが正編。さらに寛政十二年（一八〇〇）に至り、後編四巻を書き続けたもの。

六、注二で言及。

七、文政元年（一八一八）、楽翁が致仕して六年後の成立。題簽「花月草紙」、内題「花月双紙」。六巻六冊。随筆。書名は堀田正敦序に「花によそへ、月になずらへて」とあるのに因む。「花によそへ、月になずらへて」はまさに歌人の心境を語る題名。ところで柳澤吉保側室、正親町町子（おおぎまちまちこ）作『松陰日記』（全三十巻）の最終巻の巻名は「月花」。徳川五代将軍綱吉薨去（宝永六年〈一七〇九〉）を機に、大老格であった吉保は政界を引退、駒込の六義園に隠る。それまでの吉保の栄華の半生の記録が『松陰日記』。その最終巻には、和歌の六義を現出させた「六義園」での和歌三昧の吉保の日常が綴られる。一方楽翁は浴恩園を経営した（注五）。吉保も六義園を経営した。そこには「花月草紙」と「月花」巻の類似性が見えるように思うのである。更に定信は「楽翁」、吉保は「楽只堂（らくしどう）」と号した。二人とも「楽」にこだわったのである。とはいえ、吉保薨去（正徳四年〈一七一四〉）に五十年以上遅れて誕生した楽翁（宝暦八年〈一七五八〉）、しかも楽翁は吉保に関する記述を遺しておらず、恐らく直接の影響関係はないのであろう。ただ同じく松平を名乗った江戸期の上流武家文人に共通する三点だけは指摘しておきたい。

八、慶長三年（一五九八）に完成の『源氏物語』の注釈書。全五十五巻。著者中院通勝（なかのいんみちかつ）（母が三条西公条女（さんじょうにしきんえだ）であるから、三条西実隆（さねたか）の曾孫にあたる。生没一五五六～一六一〇）が、細川幽斎（ゆうさい）の依頼を受けまとめたもの。総説の後、『源氏物語』の要語を摘出し、三条西公条（称名院・通勝祖父）・同実枝（さねき）（三光院・通勝伯父）の講釈の聞書や『河海抄』『花鳥余情』といった古注釈類を集成。三条西家の源氏学の集大成といえる。

九、講釈を受けた時に書き留めた師の学説。ここでは通勝が実枝に受けた講釈の内容。
一〇、称名院、すなわち公条の説。
一一、徳川家氏族の、田安（たやす）・一橋（ひとつばし）・清水（しみず）の三家。尾張・紀伊・水戸の三家（さんけ）（諸大名の上に位し、将軍に継嗣なき時は三卿と共に、尾張・紀伊両家から継嗣を出した）の下。
一二、そっくりな身代わり。もはや手にすることがかなわない愛する対象への愛情を、そっくりな身代わりを得ることで満足しようとする代償行為。血縁の有無にはかかわらない。源氏が藤壺の姪にあたる若紫を盗み出し生涯愛し、薫が浮舟を得て亡き大君（おおいきみ）との実らなかった愛を再生しようとし、あるいは晩年の源氏が兄朱雀院の寵姫女三宮の降嫁に藤壺の面影を期待し、柏木が女三宮との酷似を期待して女二宮落葉宮（おちばのみや）の降嫁を望んだりする箇所などに登場する構想。
一三、食物を調理する建物。
一四、将来后になることが予定されている女児。
一五、『日本古典文学大事典』（岩波書店）。藤原道長の項（目崎徳衛氏担当）。
一六、醍醐天皇第十七皇子。西宮殿、西宮左大臣とも呼ばれる。母は更衣源周子。天元五年（九八二）享年六十九歳で没。
一七、小学館日本古典文学全集本『源氏物語㈡』薄雲巻・四四三頁の頭注＊（印）。
一八、江戸中期の国学者。国学四大人の一人。鈴屋（すずのや）などを号した。伊勢松坂に小津定利男として誕生。上京し医学修業の傍ら『源氏物語』研究を開始、賀茂真淵に入門して古道研究に志し、三十余年をかけて『古事記伝』を完成。儒仏を排し、古道（日本古来の同義・精神文化）に帰すべきことを強調した。楽翁より約三十年の年長。生没一七三〇～一八〇一。本書「評論」の部「新注時代の『源氏物語』」（四）「源氏物語玉の小櫛」も参照されたい。
一九、『源氏物語』の注釈書。九巻。寛政八年（一七九六）になり、三年後に刊行された。これは楽翁が隠退し、『退閑雑記』を執筆していた時期に重なり、楽翁は『玉の小櫛』のもののあはれ論をじっくり読む機会はあったものと推測される。

絵画

白描源氏物語絵巻

――後土御門院勾當内侍筆――

（一）　玉栄筆「白描源氏物語絵巻」

絵画に描かれた「源氏物語」の現存最古の作品は、申すまでもなく伝隆能筆「国宝源氏物語絵巻」である。その華麗で巧緻な着色技術は、人物の内面を映し出す表情の豊かさと相まって、まさに国宝の名に恥じない。それは後世の源氏絵に多大な影響を与え、多くの作品が描かれ現代に至っている。

こうした作品の大半は「国宝源氏物語絵巻」がそうであったように、着色されその華麗さを競う向きもあるのに対し、白描の作品があるのも忘れてはなるまい。白描で名高いのが、ニューヨーク・パブリック・ライブラリーのスペンサーコレクション所蔵の「紙本白描源氏物語絵」[注一]であろう。筆者は近衛稙家女ではないかと言われている。[注二]注二に示した反町氏の目録に「玉英」とあるのは気に掛かるが（近衛稙家女であるなら玉栄とあって欲しいところだからである）、法名に慶福院とあるのを合わせ見る時、「玉英」は「玉栄（ぎょくえい）」と見なしてよいようである。

そうであるなら、玉栄は天正一七年（一五八九）に「源氏物語巻名和歌」を詠み、文禄三年（一五九四）に「源氏物語」の初心者向け注釈書『花屋抄（かおくしょう）』をなし、慶長七年（一六〇二）には、入門書的な「源氏物語」の梗概書『玉栄集』を著し、[注三]「源氏物語」に造詣深い女性であったから、絵筆を執り「源氏物語」絵巻を書写した可能性も大いに考えられる。

但し、玉栄が当該絵巻巻六の末尾に、「本のことくうつし申候」と記したのは（注二）、玉栄のもとにあった粉本を彼女が忠実に写し取ったことを語り、玉栄自身の創作に懸かるというのとは聊か趣を異にする点は押さえておく必要がある。ではその粉本の作者は誰かとなると今のところ未詳という以外にないが、少なくとも玉栄が模写したと記録する天文廿三年（一五五四）より以前であるのは動かない。

（二）　中野本「白描源氏物語絵巻」の書誌

さて、本稿の目的は、玉栄筆かとされるスペンサーコレクション所蔵本（以下該本をスペンサー本と呼ぶ）より、数十年前の「白描源氏物語絵巻」を紹介し解説等を加えることにある。

当該作品は、東京神田の中野書店店主、中野実氏所蔵の一本。中野氏のご厚意により、写真撮影、およびその掲載を許された（以下該本を中野本と呼ぶ）。なお結論から言うなら、中野本はスペンサー本の粉本ではない。構図も画法も詞も全く異なるからである。

まず書誌。縦一五・三センチの装丁紙に、縦一四・三センチの絵巻本体を貼る。サイズの点ではスペンサー本と略同。全長一二六二・三センチに及ぶ長大な巻子本。料紙は檀紙で四九枚継ぎ。但し一枚の長さは長短様々である。軸は直径一・六センチ、長さは一六・一センチの象牙。表紙は二五センチ。深緑の唐草文様の綾織。扉絵には金砂子を撒き大胆な斜線二本を書き入れた地に折松葉を描く。継紙の四八枚目で絵巻本体は終わり、四九枚目は識語。「源氏絵入一巻書畫共後土御門院勾當内侍女筆　真蹟也／慶応元　丑年冬　古筆了件［印］」とある。題箋は縦七・六センチ、横一・七センチの金色紙で、「後土御門院勾當内侍筆　源氏絵巻物」と墨書される。また縦一九センチ、横九センチ、高さ九・一センチの桐箱を持ち、蓋に直書で「後土御門院勾當内侍筆　源氏絵入巻物」と題箋略同の表題が墨書される。箱け茶の皮紐を持つ。さらに箱内には、縦一六・六センチ、横五・二センチの美濃半紙に、「自畫賛巻内　後土御院勾當内侍一入筆」と墨書され納められている。

（三）　須磨・明石巻の絵巻

スペンサー本は六巻から成っていたが（注二）、中野本は一巻のみで、一見規模が小さいように見える。しかし中野本は須磨・明石巻のみを取りあげてそれを一巻に仕立てたもので、須磨・明石巻に対する詳細の度はスペンサー本より高いといえよう。最初から須磨・明石のみを取りあげる企画であったのか、全巻にわたる企画であったのかは判然としないが、識語に「源氏絵入一巻」とある「一巻」に推し、一巻物として考案されたのではないかと考えている。

述べたように内容は須磨・明石の物語。即ち源氏が流罪の憂き目を見る前にと自ら須磨退却を決意。都人に別れを告げ、父桐壺院の御陵に惜別の挨拶をすませて須磨へ。須磨での憂愁を過ごし、落雷の恐怖に遭い明石へ。明石君と出会って結ばれ、召還の宣旨を得て上洛。朱雀院に帰還の挨拶に出向くという一連を、絵と詞で綴っている。

うち絵は十場面に及ぶ。料紙の半分に絵と詞を書く小規模なものから、料紙三枚に及ぶ大規模なものまで大きさは様々である。絵は白描を基本とするが、人物の唇に朱が配されている。また須磨巻での落雷の炎も朱の着色で、その炎は「風神来迎図」か「北野天神縁起絵巻」の菅原道真の霊が清涼殿に落ちかかる図を想起させ印象的である。

（四）作者について

作者については、識語に「後土御門院勾當内侍女筆」とあり、後土御門院時代の勾當内侍ということがわかる。後土御門院は、寛正五年（一四六四）七月から明応九年（一五〇〇）九月までの三十七年間在位の天皇。この間、応仁・文明の乱が勃発、禁裏本の多くが灰燼に帰し、その復活のため、院は三条西実隆等の協力を得て古典籍の書写をなすのである（宮川葉子『三条西実隆と古典学〔改訂新版〕』〈風間書房・平成一一〉）。結果的に後土御門院を中心とした堂上は、学問に熱心にならざるを得なかった。

そうした時代の勾當内侍（女官の最高位）とは誰か。恐らく四辻春子であろうと思われる。井上宗雄氏によれば、春子は既に文正元年（一四六六）四月に勾當内侍で、文明期の諸歌合に出席。後土御門院崩御後、文亀元年（一五〇一）二月には民部卿典侍と称し後柏原院にも仕えた。もとは南家高倉家の出身ながら四辻季春の養女となり、四辻姓で出仕したらしい。春子は中世小説の幾つかを作ったり、書写した可能性がある多能な才女であった。また「新撰菟玖波集」のわずか三人の女性作家の一人として、日野富子、西園寺実遠女とともに名を残し、文亀四年（一五〇四）正月に没した（『中世歌壇史の研究　室町後期〔改訂新版再版〕』〈明治書院・平三〉）。

（五）錯簡について

中野本の欠点は、現在の装丁を行うにあたり錯簡が起きたと思われる点と、恐らくは一枚分が散逸していて（以下Xと表示）、ために絵巻を断絶させてしまっている点であろう。

そもそも中野本は、最初は装丁などされず、単に身近な紙の切れ端を利用し描かれたに過ぎなかったのかもしれない。料紙の寸法がまちまちで、四・三センチ、五・三センチといった極めて短いものから、五六・五センチ、四三・五センチに及ぶ長大なものまであり、当初から料紙の全てを準備して取りかかった作品とは考えにくいからである。あり合わせの紙を継ぎ、絵と詞を書いた四辻春子は一応巻物の様相にはしておいたのであろう。現在の装丁は、慶応元年（一八六五）、古筆了件が極めを書いたのとほぼ同時期になされたものなのではなかろうか。ただいずれにせよ、錯簡は現在の装丁を行う際に起きたもので、各枚を改めて継ぎ合わせた人物（本人でないことだけは確かである）が、物語の筋に明るくなかった点に起因するように思う。

錯簡はかなり大幅なので、まず現状の各枚がどの位置に配されれば、物語に忠実になるのかを対照表にして次に示しておく。なお、その場合、第一、第二とあるのは現在の中野本の継ぎの順序、1、2とあるのは本来はあるべき順を示すものとする。

次に示す対照表によると、本来巻頭にあるべき1枚目が第二三に置かれ、第一紙には10枚目のものが来てしまって

第一	10	第一一	20	第二一	33	第三一	6	第四一	41
第二	11	第一二	21	第二二	34	第三二	7	第四二	42
第三	12	第一三	22	第二三	1	第三三	8	第四三	43
第四	13	第一四	23	第二四	2	第三四	9	第四四	44
第五	14	第一五	24	第二五	3	第三五	35	第四五	45
第六	15	第一六	25	第二六	27	第三六	36	第四六	46
第七	16	第一七	26	第二七	28	第三七	37	第四七	47
第八	17	第一八	30	第二八	29	第三八	38	第四八	48
第九	18	第一九	31	第二九	4	第三九	39	第四九識語	
第一〇	19	第二〇	32	第三〇	5	第四〇	40		

いる。しかも第二三に始まった1枚目は、第二四が2枚目、第二五が3枚目と順序通り続くが、4枚目となるはずの間に27、28、29枚目の三枚が入り込んでしまっている。

さらに、第三三（8枚目にあたるべき枚）と第三四（9枚目にあたるべき枚）との間に、少なくとも一枚（既にXと呼ぶことにした）があったのではないかと思われるのである。第三三は本稿「（七）絵詞の翻刻」【八】に示したように詞だけの枚で、「しほやくあまやいか、おもわむ」と、歌の下の句から書き出され、三三行分が書かれた後に、「きこゑてまたなくあはれなるものハ」の一行をもって終わっている。ところが現行での次の枚にあたる第三四（整序後の【九】）は、「さし給いて」といきなり始まる。「きこゑてまたなくあはれなるものは」に「さし給いて」が接続しないのは語法上からも明らかであろう。

この箇所を「源氏物語」本文（小学館日本古典文学全集本）で見てみよう。古来有名な「須磨には、いとど心づくしの秋風に」（三・一九〇頁）と始まる段である。第三三の「きこゑてまたなくあはれなるものは」に続いては、「かかる所の秋なりけり」とある。そのすこし先には、源氏が枕をそばだてて四方の嵐を聞き、あまりの寂しさに耐えきれず、「琴をすこし掻き鳴らしたまへるが、我ながらいとすごう聞こゆれば弾きさしたまひて」とある。この末尾の「さしたまひて」とは、第三四の冒頭にいきなり見られた詞であった。

やはり第三三と第三四は直接には接続しないのである。従ってここに想定できるXは次のような一枚か。

「かかるところの秋なりけり」と始まる詞書。これは第三三を受けたもの。

源氏が琴を弾いている図柄。

「琴をすこし掻き鳴らしたまへるが、我ながらいとすごう聞こゆれば弾き」までの詞書。これは現行の第三四に接続するもの。

（六）　絵の解説

図版として掲載した絵は、錯簡を整序し番号を付したものである。

①源氏が廂間に控え、御簾のあなたの几帳の陰では女性が顔に袖を当て泣いている。左手下方には女房と思しき女性が、やはり涙を袖で拭う仕草をしている。続く詞書には、「月まちいて、まかて給も御ともにた丶五六人ハかりしもの人のむつましけなりかきりして御むまにてをハする」とある。源氏が須磨へ下るにあたり、桐壺院の山陵に詣でる直前に藤壺を訪れた場面であろう。源氏が廂間に控えている構図は、中宮であり継母である藤壺と、臣下であり継子である源氏の立場の違いを際だたせている。物語の筋からしても、当該部分が当初の絵巻冒頭に置かれてあったと断定してもよいと思われる。

②二条院で紫上と別れを惜しむ源氏であろう。①図は源氏が廂間に控え、藤壺は御簾のあなたに几帳を隔て座していたが、ここでは源氏も紫上も寄り添うように近づき袖を濡らしている。続く詞書に「みちすからをもかけにつとそいてむねもふたかりなから御ふねにのり給ぬ」とある「をもかけ」は紫上のそれ。源氏は紫上を残し旅立つ道中、彼女の面影がちらつき離れなかったのである。

③②に引いた詞書末尾に「御ふねにのり給ぬ」とあったように、これは須磨へ向かう舟であろう。船子が二人舟を漕ぎ、源氏が腹心の従者のみ四人を伴い屋形の中に座っている。

④菊や薄、女郎花といった秋の草花が籬に咲き乱れる。源氏は左手を額にあて、右手には数珠を持って海を見やる。須磨の憂愁が描かれているのであろう。続く詞書に「そのようゐのいとなつかしうむかしものかたりし給ふさまいんにに給へりしもこひしう思いてられ給て御しのきよいいまこ丶にありとすんし給て」とあるのは、往年の名月の

夜、宮中でなされた管絃の遊びや帝の様子を思いだした源氏が、菅原道真の歌「恩賜の御衣は今此に在り」を口ずさむ場面のことである。なおこの図は、現状では表紙に直接続く巻頭に置かれているが、そうであってはならないことは既に「(五)錯簡について」で述べた。

⑤絵の左側に二人の男性が対座。顔を向けている男性が源氏か。袖を顔にあて涙をぬぐっている。対する男性は頭中将であろう。世間の非難を余所に、翌年春に源氏を須磨に尋ねた頭中将に感動する源氏を描いたものと思われる。右画面の簀子に座る三人の男達は、源氏の部下か頭中将の部下かの識別はつきにくい。また庭先に立つ牛飼童らしき二人は頭中将が連れてきた人物か。続く詞書には「やよひのついたちにいてくるミの日は」とあり、源氏が浜に出て禊をなそうとして急激な暴風雨に襲われる直前の記事であるのが確認できる。また庭木の桜は弥生に相応しく咲いている。

⑥家屋は落雷で炎上。波は荒れ狂い、松は枝葉が逆立つ。⑤の絵に続く詞書に「やよひのついたちにいてくるミの日は」とあったように、源氏は三月上巳に浜で禊をなす。突然の天候異変に慌てて住まいに戻るものの、わたり廊下に落雷。後方の建物が炎上する。絵では、前の突出した建物（これは源氏の居住区を意味するか）の後方部分に雷が落ちかかっている。なお図版では識別できないが、原典では炎の部分は朱の着色で、火の勢いを際だたせている。

⑦海は波が静まり、夜空には鎌のような月が見え、松も常態を取り戻している。ここは既に明石入道の邸らしい。源氏が琴を弾き、明石入道と思しい出家者が琵琶を奏でる図になっているからである。源氏が須磨から明石へと浦伝いする場面は描かれていないが、接続に不自然さはなく、敢えて脱落や紛失を想定する必要はなさそうである。続く詞書には「又の日のひるつかたにおかへに御文つかはす」とあるのに推し、入道は琵琶を弾きながら、源氏に娘明石君のことを切り出しているのであろう。

⑧源氏と明石君が結ばれた岡辺の宿の状況であろう。庭の籬に秋草が乱れ、右上方には月が見えるが、海は描かれず、それを描かないことで岡辺を表現したようである。明石君の脇には几帳に隠れるように琴が置かれている。彼女が楽器の名手であったのをこうした構図で表現したのであろう。源氏が右手を頬に当て、少々思案げな表情をしているのは、紫上を裏切った想いを語るか。

⑨源氏は都へ召還されることになった。源氏の子を懐妊中の明石君との別れの場面である。琴の緒の調子もあなたの心も変わらないで欲しいと歌を詠む源氏。二人は再会までの名残に合奏をしているのである。続く詞に「たち給ふあか月ハ夜ふかくいて給ふに」とあり、当該画面が源氏と明石君の惜別を描いているのは間違いなかろう。心なしか源氏の表情に悲しみが漂っている。

⑩中野本の中で最も長大な画面である。作者は三場面に分けて描きたかったらしい。右は二条院に到着した源氏が明石君に手紙を書く場面か。中央は内裏。源氏は長く裾を引きながら参内。清涼殿に入ろうとしている。同一異時場面の手法を用い、清涼殿に入った源氏も描く。上畳（あげだたみ）に座り源氏に対座する白い装束の男性は朱雀帝、一段下がった所で檜扇を翳す女性は朧月夜内侍か。左側には女房や武官装束の男性が見える。彼等は源氏が返り咲いたのに伴い、もとの官位に復した腹心の部下達なのであろう。

（七）　絵詞の翻刻

錯簡を整序した段階での絵詞を翻刻し載せておく。詳細を述べる紙幅を持たないが、絵詞は一見すると『源氏物語』本文をそのまま引用したかのようであるが、かなり省略や書き換えがあり、そこには梗概を述べたかった作者の意図を見ることができる。なお、【一】【二】とあるのは、長短さまざまな料紙を一枚単位で表示したもの。絵①、絵②とあるのは、（六）で解説した絵の番号に一致している。また【四】絵②、【五】絵②などと、二枚以上にわたり同一番号が振ってあるのは、【四】絵②の一部分が【五】の絵②にも及んでいることを意味する。

＊絵詞も全部図版として掲載したかったが、紙幅の関係でかなわなかったことを断っておく。一部絵に付載する詞により、筆跡の雰囲気を察していただければ幸いである。

〔注〕

一、当該作品の模写の一部は、二〇〇一年度の「日本美術修復計画フィリップ・モリスカレンダー基金」（フィリップ・モリス株式会社）のカレンダーの図柄として六枚が忠実に復刻されていて、比較的身近に見ることができる。

二、反町茂雄氏編『スペンサーコレクション蔵　日本絵入本及絵本目録』（弘文荘発行・一九七八年）の十八頁三七番の作品として、次のようにあり、花宴巻に関した部分の絵が図版に載る。

三七、「源氏物語絵巻」　伝慶福院玉英画　天文二三年写　六巻

高さ十五糎ほどの小型の絵巻。源氏の一帖ごとに主要の和歌と序詞とを書し、その情景を描いて居る。一帖二首ずつのが多いが、四首五首のも時に見られる。従って六巻がみな長尺である。絵は浅野家蔵の「枕草子絵巻」の流れをくむ線描で彩色はない。描線やや弱く、時にやや品下る箇所も見られるが、人物は男女とも顔貌ふくよか、豊艶の趣きのあるものが多い。第六巻末に「本のことくうつし申候、おかしきふてのあと御らんしわけかたう候　天文廿三年四月吉日」と記。古筆の極札に「慶福院玉英筆」とある。この人は近衛稙家（一五〇三―一五六六）の女であると言う。時代はほぼ相当するもの。紙面清白、保存よく、一の名品たるを失わない

また、当該作品についてはマーガレット・チャイルス氏「スペンサーコレクション蔵『源氏物語絵巻』（「国語国文」昭和五六

年七月）」に詳細な解説がなされている。

三、伊井春樹氏「花屋玉栄詠『源氏物語巻名和歌（解題と翻刻）』」（「詞林」平成元年四月）。

絵①

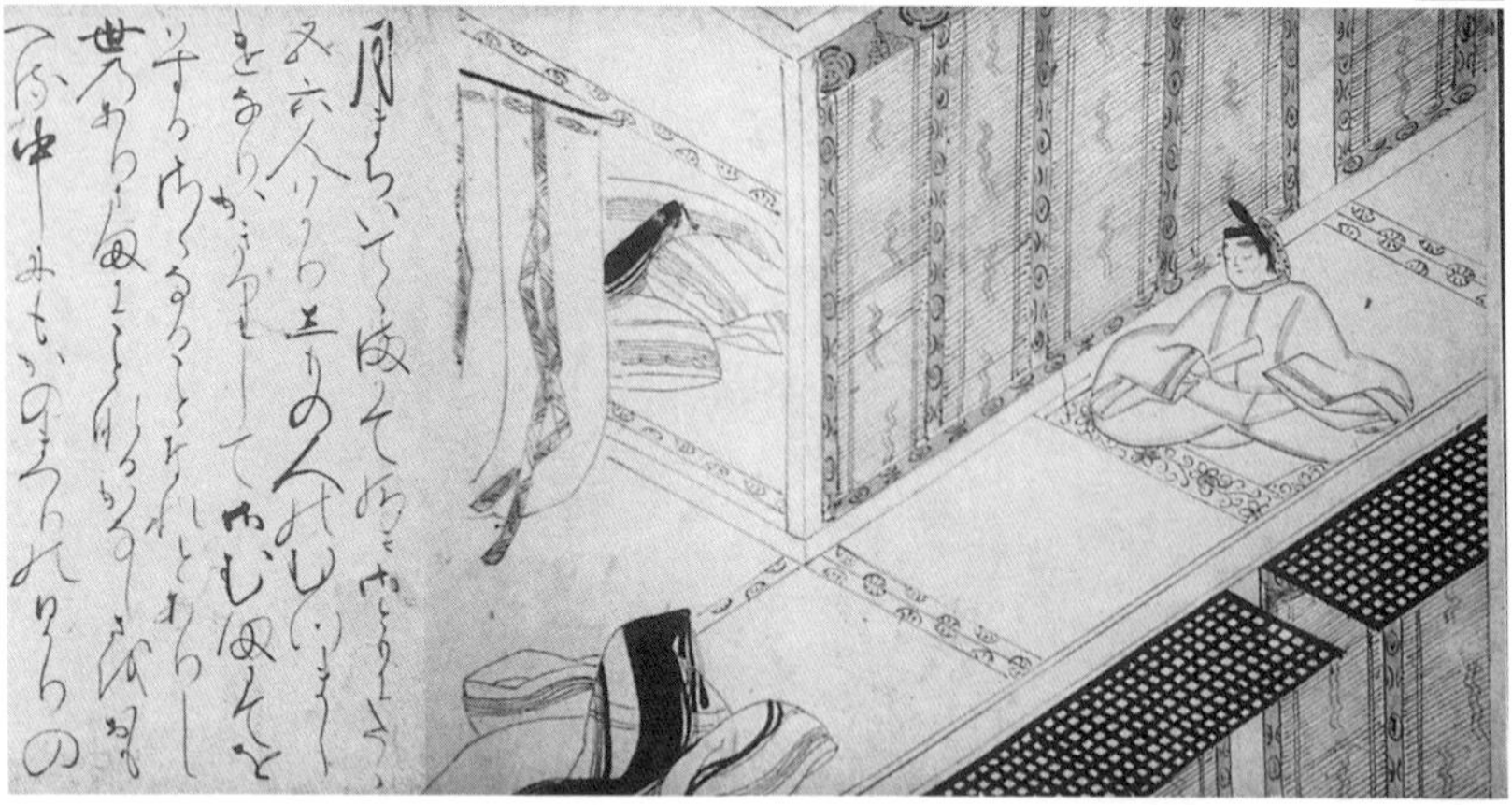

【一】

【一】　四三・二センチ（料紙の長さ。以下同じ）
一九行（墨付行数。以下同じ）

絵①

月まちいてゝまかて給も御ともにたゝ
五六人ハかりしもの人のむつまし
けなり（ママ）かきりして御むまにてを
ハするさらなることなれとありし
世のありさまにことなるかなしさをおも
へる中にもかのまつりの日かりの
御すいしんつかうまつりしうこんの
くら人うへきかふりもほとへつるをついに
とられてはしたなけれハ御ともにま
いれるなりかりの（ママもカ）宮しろをかれと
見わたすほとふと思いてられて
をりて御むまのくちをとる
　ひきつれてあふひかさしてそのかミを
　　思へハつらしかものミつかき
といふけにいかにおもふらむと人
よりことにはなやかなりしものを

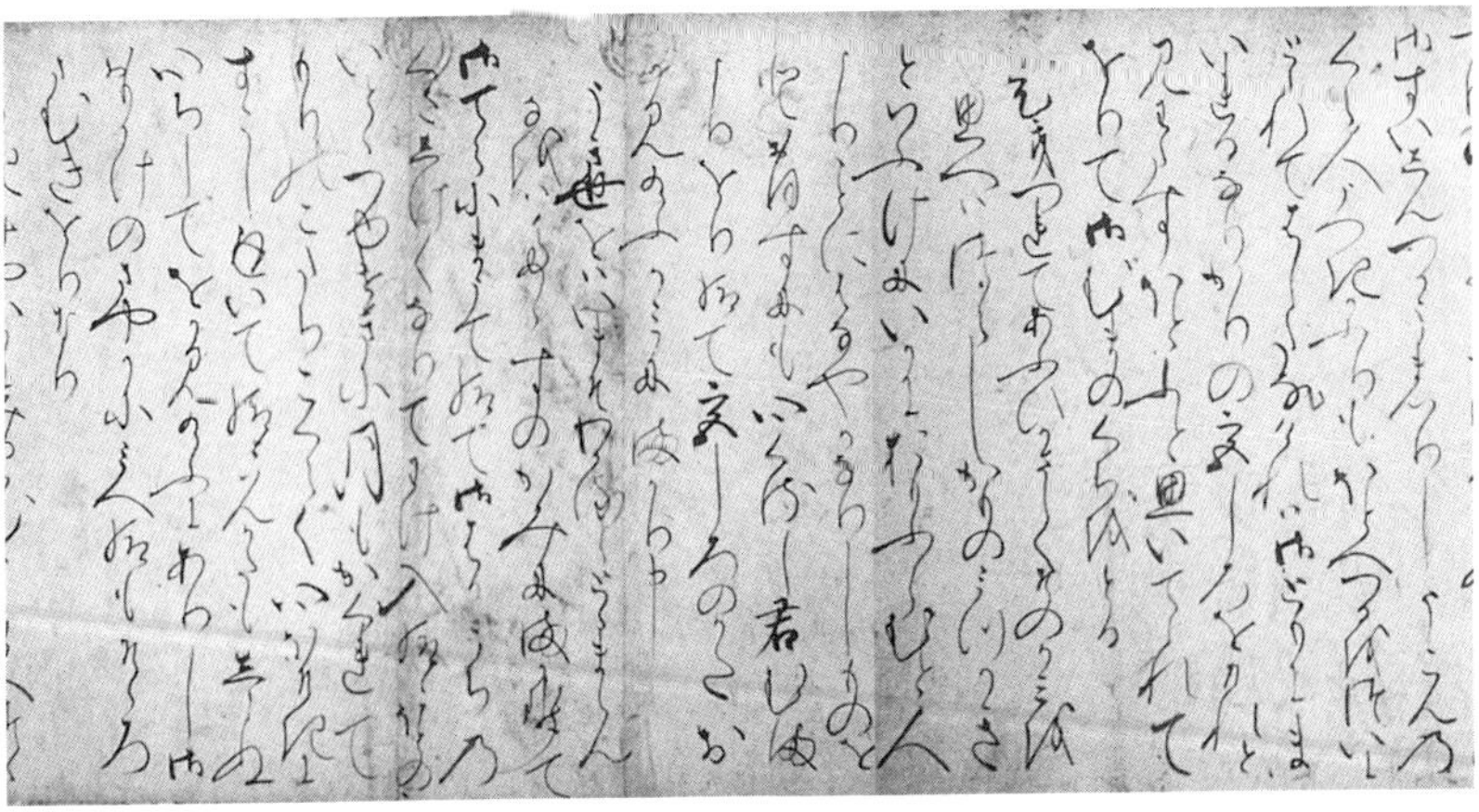

【三】　【二】

とおほすにも心くるし君むま
よりをり給て宮しろのかたお
かみ給ふかみにまかり申

【二】　四・三センチ　四行

うき世をハいまそわかるゝとゝまらん
なをハたゝすのかみにまかせて
御てらにまうて給て御はかミちの
くさしけくなりてわけ入給ほとの

【三】　三四センチ　二八行

いとゝつゆけきに月もかくれて
もりのこたちこくらく心ほそきに
すこし返いて給ハんかたもしらぬ
心ちしてをかみ給ふにありし御
おもかけさやかにミへ給もそゝろ
さむきをりなり

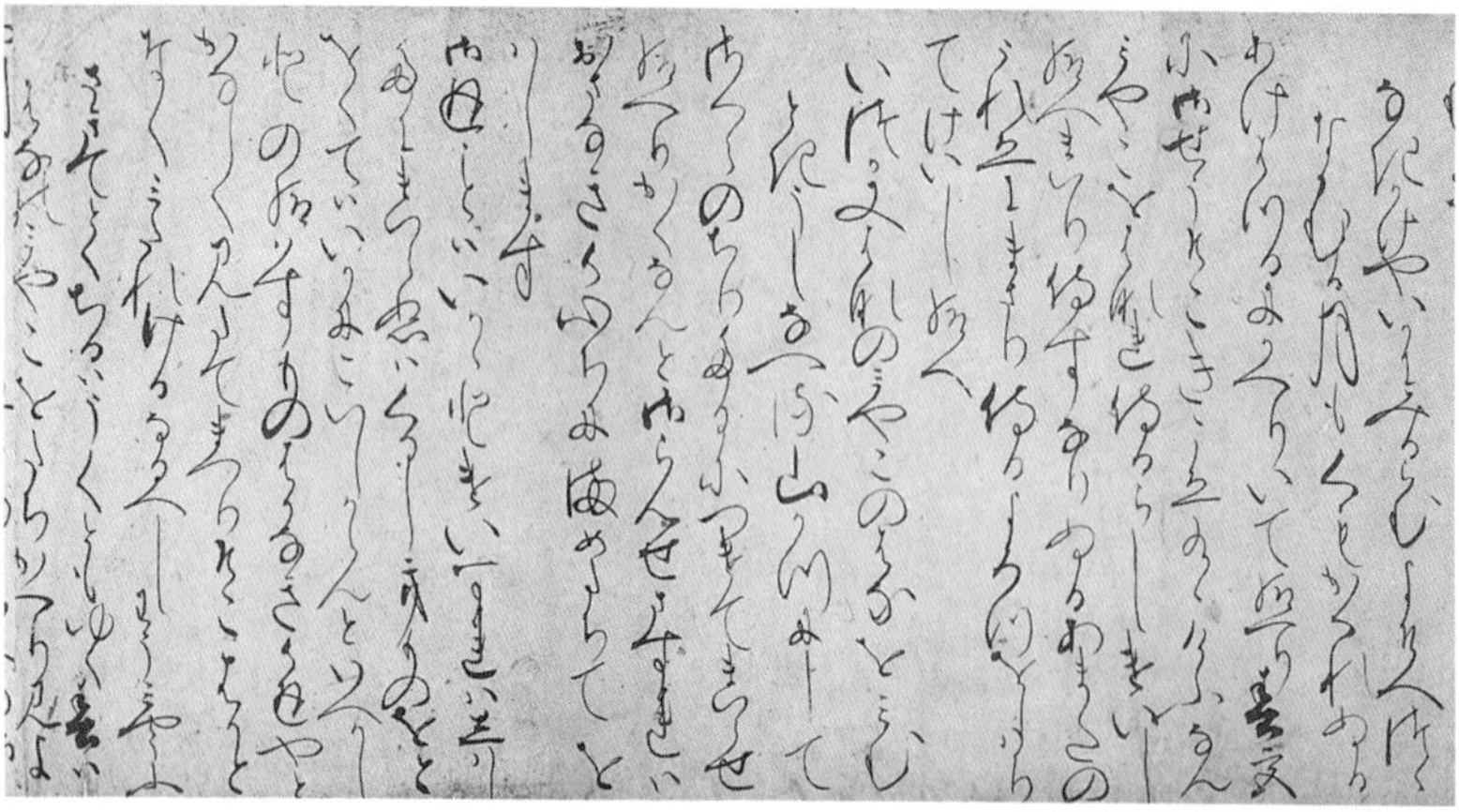

なきかけやいかにみるらむよそへつゝ
　なかむる月もくもかくれぬる
あけはつるにかへりいて給へり春宮
に御せうそこきこゑ給けふなん
ミやこをはなれ侍るらしけいし
給へまいり侍すなりぬるあまたの
うれゑにまさり侍るよろつをしハかり
てけいし給へ
いつか又はな（ママ春カ）のミやこのはる（ママ花カ）をミむ
　ときうしなへる山かつにして
さくらのちりたるにつけてまいらせ
給へりかくなんと御らんせさすれハ
おさなき御心ちにまめたちてを
ハします
御返ことハいかゝとけいすれハしハし
たにまいらぬハくるしきものをと
をくてハいかにこいしからんといへかし
との給ハすものはかなき御返やと
かなしくみたてまつるそこはかと

絵②　絵②

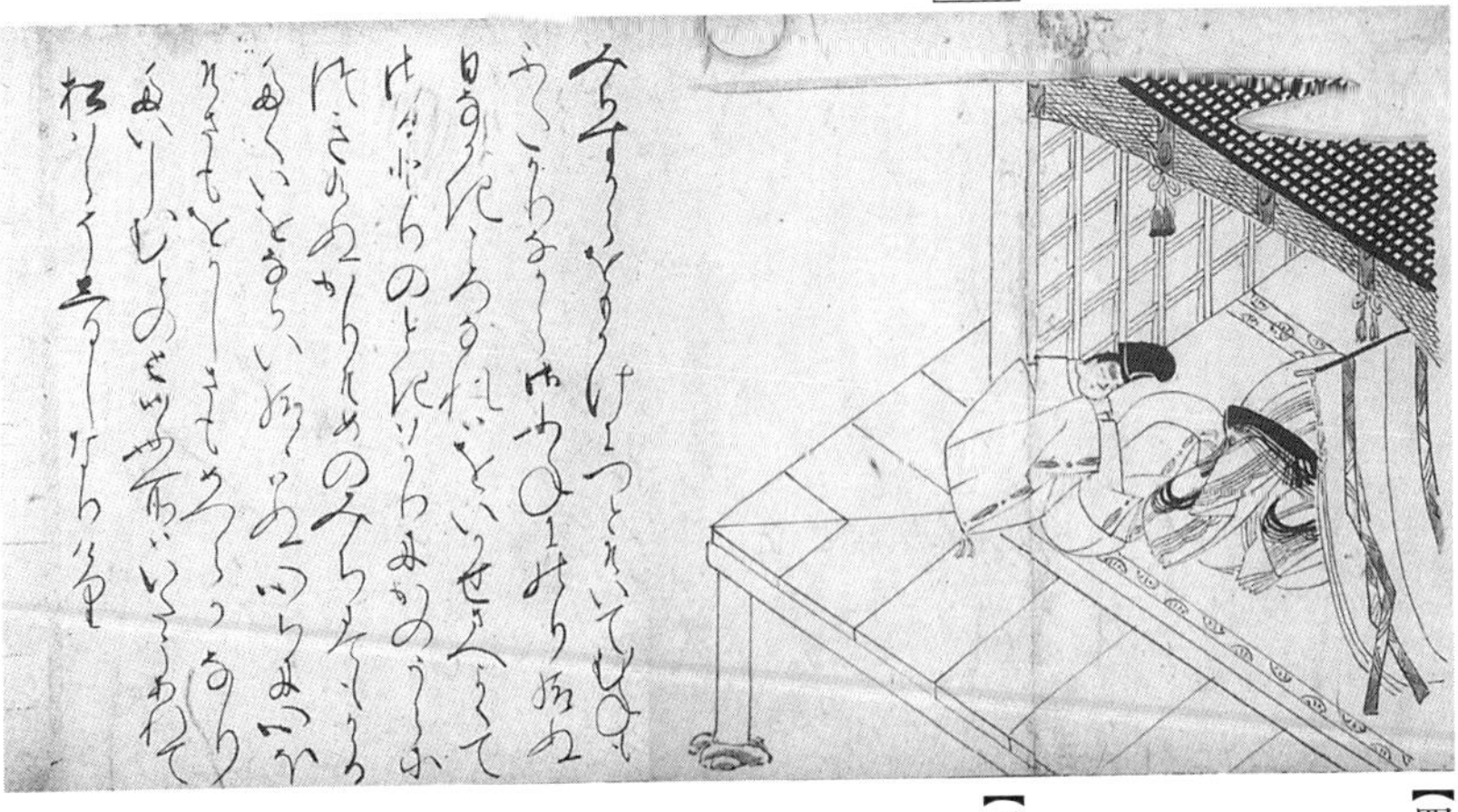

【四】　【五】

なくミたれけるなるへしわうミやうふ

　さきてとくちるハうくともゆく春ハ
　はなのミやこをたちかへりみよ

絵②

【四】　八・三センチ

【五】　二七・五センチ　九行

絵② みちすからをもかけにつとそいてむねも
ふたかりなから御ふねにのり給ぬ
日なかきころなれハをいかせさへよくて
さるとりのときハかりにかのうらに
つき給ぬかりそめのみちにてもかゝる
たくいをならい給ハぬ心ちに心ほ
そさもをかしさもめつらかなり
たいしむとのといふ所ハいたうあれて
松ハらそしるしなりけり

絵③

【六】

【七】

【六】　二三・二センチ

絵③

【七】　三一・五センチ　二五行

おわすへき所ハゆきひらの中なこん
のもしほたれつゝわひたりけん
いゑ井ちかきわたりうミつらやゝいれ
てすこけなるやまの中なりかや
屋なともあしふけるやなとをかしう
つくろいなしたり所につけたるすまい
をかしうかゝるをりならさらまし
かハやうかハらましものをとむかしの
御心すまいにおほしいつ時のまに
いとゝ見所ありてつくろいなさせ
給ふミつふかくやりなしうへ木
なとしわたしていまハとしつまり
給ふ心ちうつゝならすやう〳〵事
しつまりゆくになか雨のころに
なりぬけふの事おほしやるに

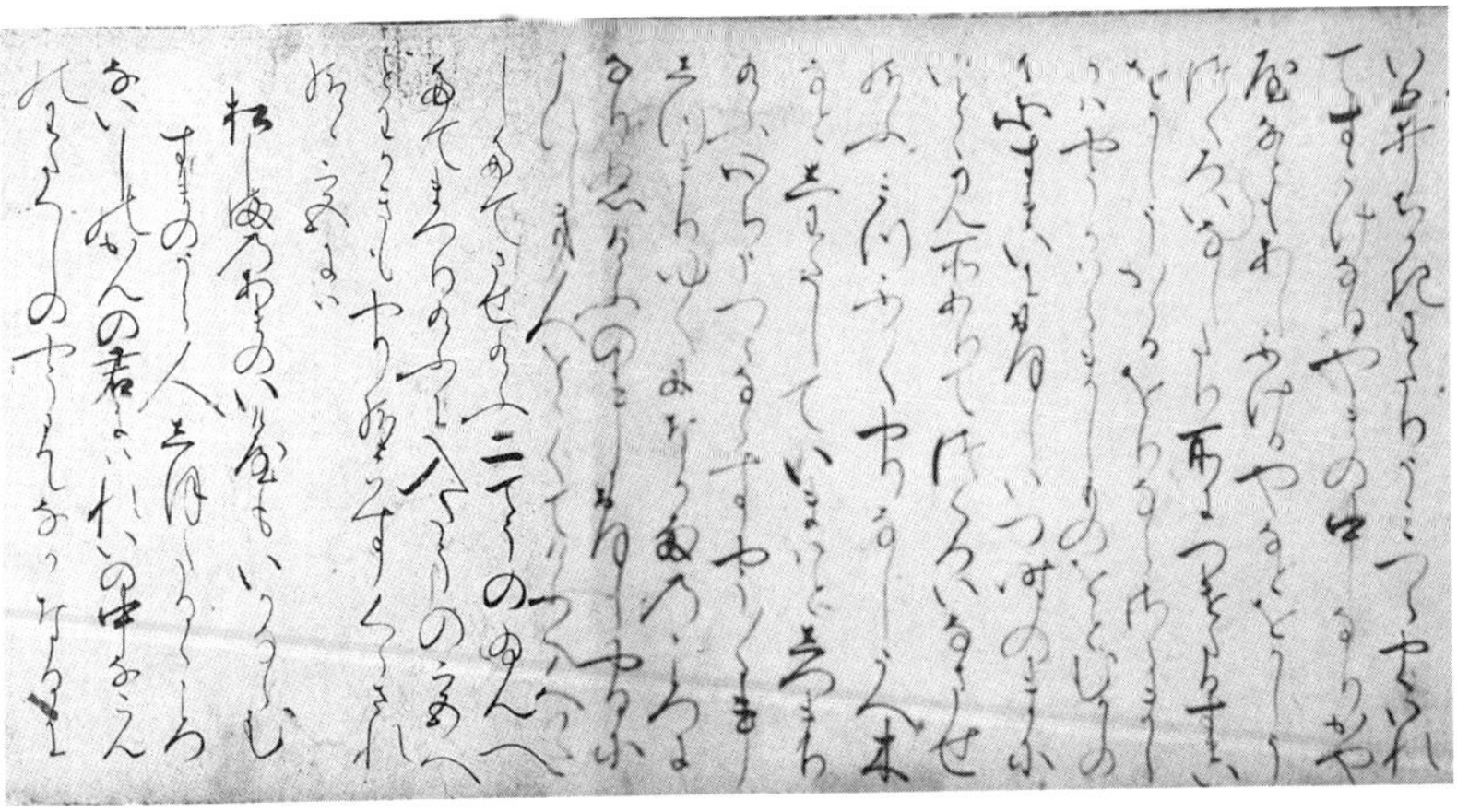

こひしき人をゝくてけふへ人いた
したてさせ給ふ二てうのゐんへ
たてまつり給ふに入たうの宮へ
とわかきもやり給ハすくらされ
給宮にハ
　松しまのあまのいそ屋もいかならむ
　すまのうら人しほたるゝころ
ないしのかんの君にハれいの中なこん
のわたくしのやうにてなかなるに
　こりすまのうらのみるめもゆかしきに

【八】　四三センチ　三四行
　しほやくあまやいかゝおもわむ
さま〳〵にかきつくし給ふことの葉
思やるへし二てうの君ハそのまゝに
おきもあかり給ハすつきせぬさま
におほしこかるれハさふらふ人〻こし
らゐわひて心ほそくおもひあへり
入たうのミやは返事こまやか

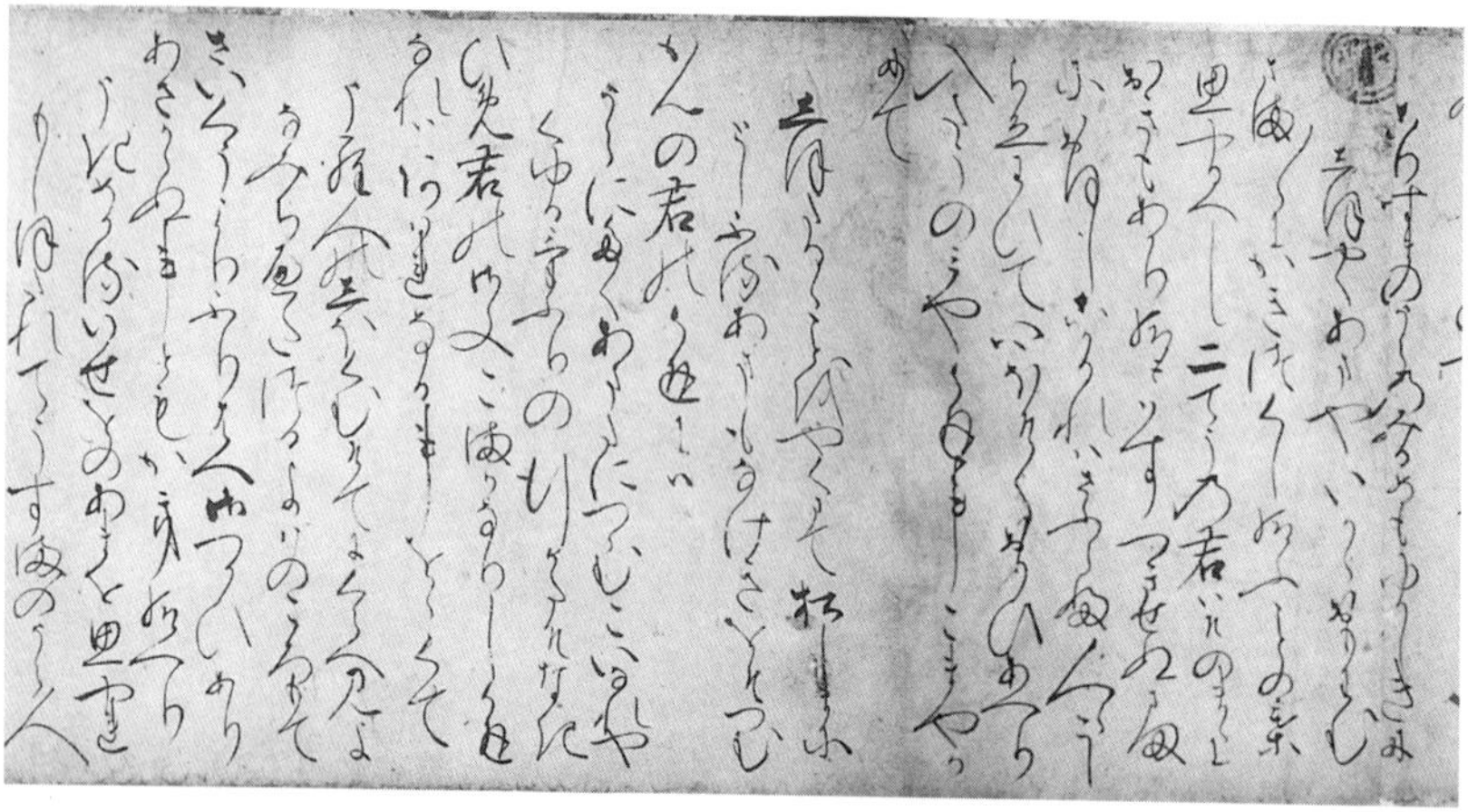

【八】

にて
しほたる、ことをやくにて松しまに
　としふるあまもなけきをそつむ
かんの君の御返にハ
うらにたくあまたにつゝむこいなれや
　くゆるけふりの行かたそなき
ひめ君の御文こまかなりし御返
なれハあハれなる事を、くて
　うら人のしほくむそてにくらへみよ
　なみちへたつるよハのころもて
さいくうよりふりはへ御つかひあり
あさからぬ事ともかき給へり
　うきめかるいせをのあまを思やれ
　もしほたれてうすまのうら人
いせしまのしほひのかたにあさりても
　いふかひなきハわか身なりけり
はなちるさともかなしうおほへ給ふ
まゝにかきあつめ給ふいつれをも
うち見給いつゝなくさめたまふも

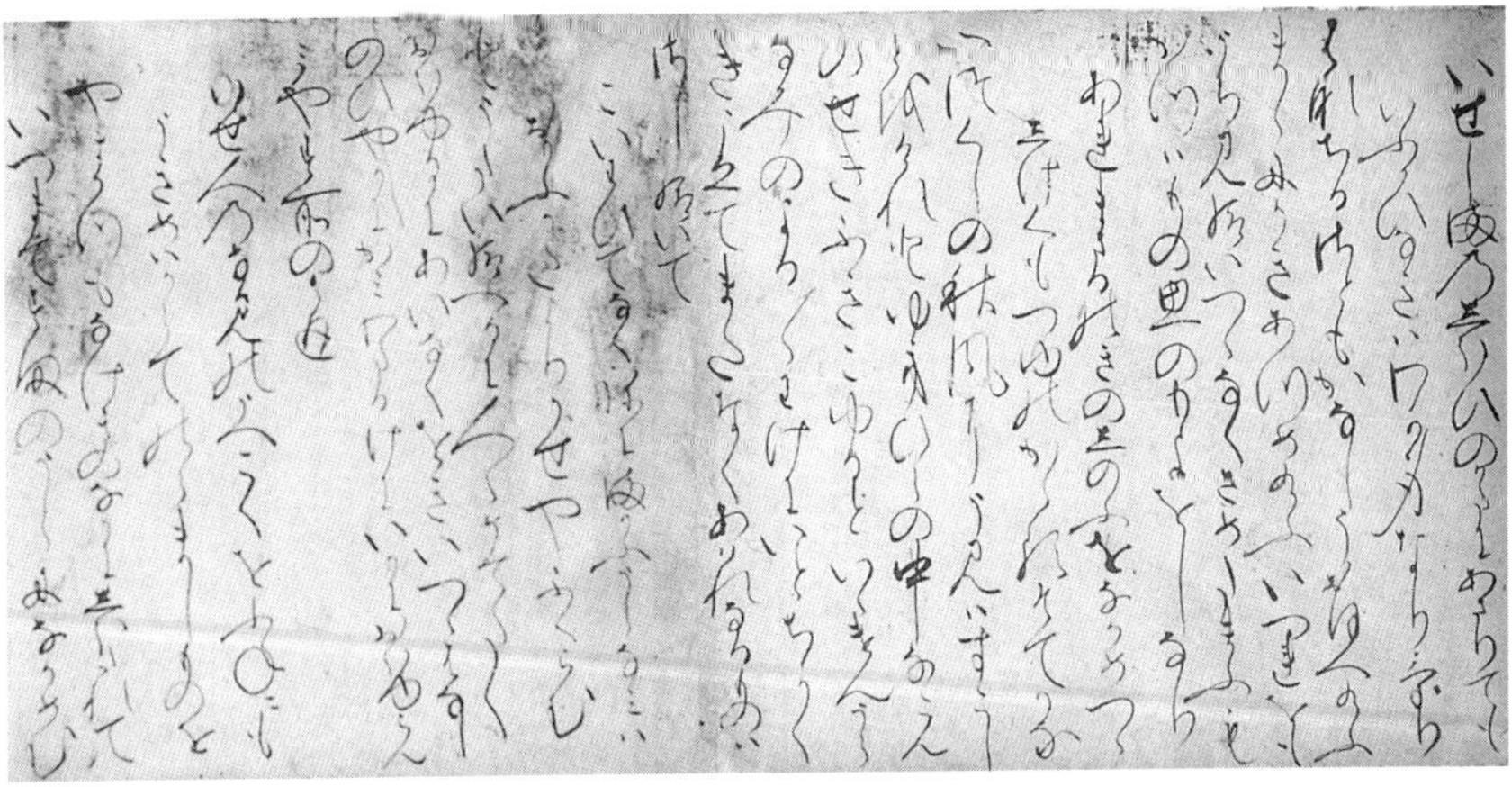

【九】

かつハもの思のもよをしなり
　あれまさるのきのしのふをなかめつゝ
　　しけくもつゆのかゝるそてかな
心つくしの秋風にうみハすこし
とをけれとゆきひらの中なこん
のせきふきこゆるといゝけんうら
なみのよる〳〵わけにいとちかく
きこゑてまたなくあはれなるものハ

【X】

【九】　一四センチ　一一行
さし給いて
　こいわひてなくねにまかふうらなミハ
　　おもふかたよりかせやふくらむ
とうたい給へるに人〻めてたく
おほゆるにあいなくをきいつゝはなし
のひやかにかミわたるけにいかにおほゆらん
ミやす所の御返

絵④

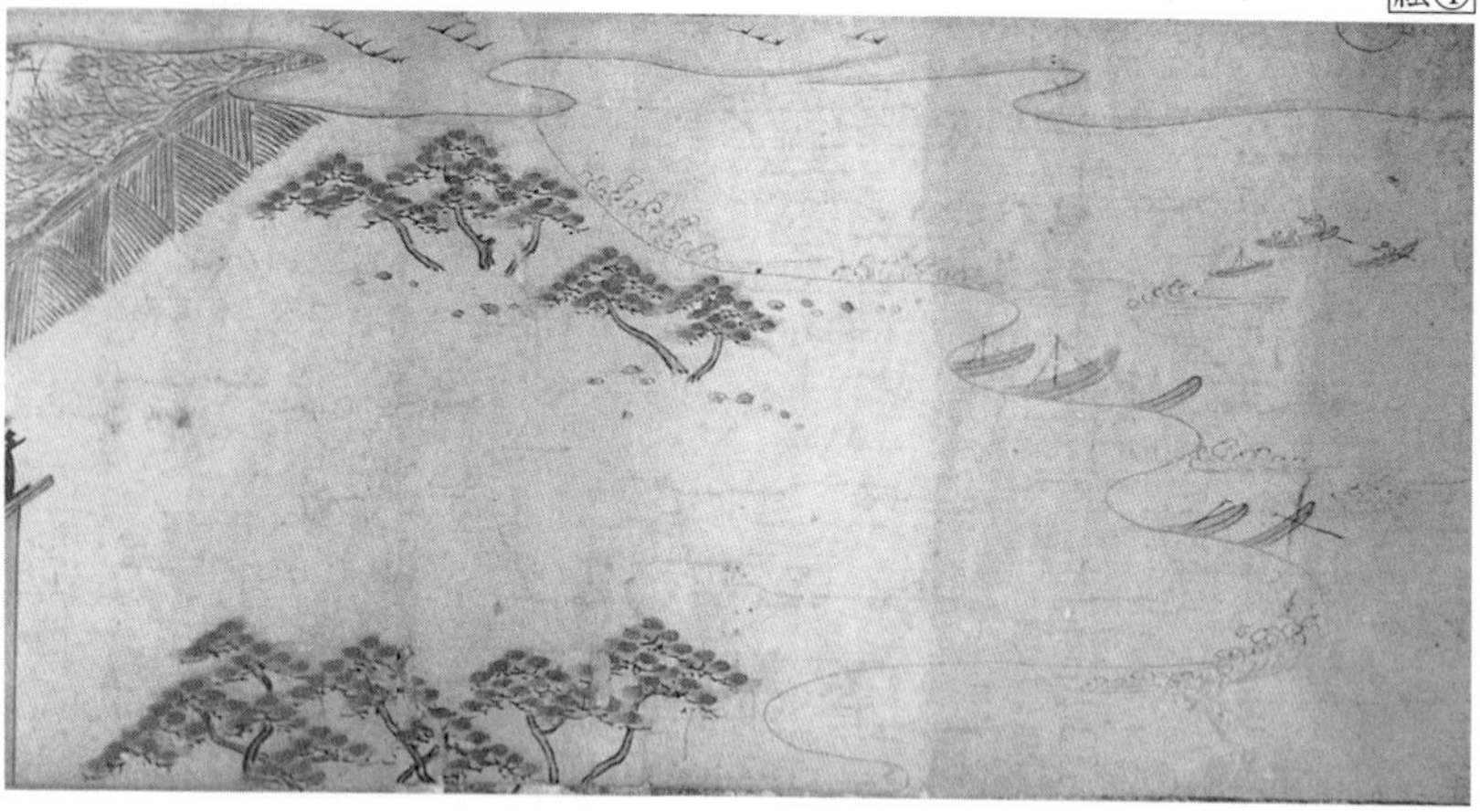

【一〇】

いせ人のなみのうへこくをふねニも
うきめハからてのらましものを
やまかつもなけきのなかにしほたれて
いつまてすまのうらになかめむ

【一〇】　三四センチ

絵④

【一一】

【一一】　四三センチ　一四行

絵④

そのようゐのいとなつかしうむかしもの
かたりし給ふさまいんにに給へりし
もこひしう思いてられ給て御し
のきよハいまこゝにありとすんし
給ていり給いとあハれなりま
ことに御そハ御かたハらに身はな
たすをき給へり
　うしとのミひとつにものハをもほして
　ひたりもみきもぬるゝそてかな

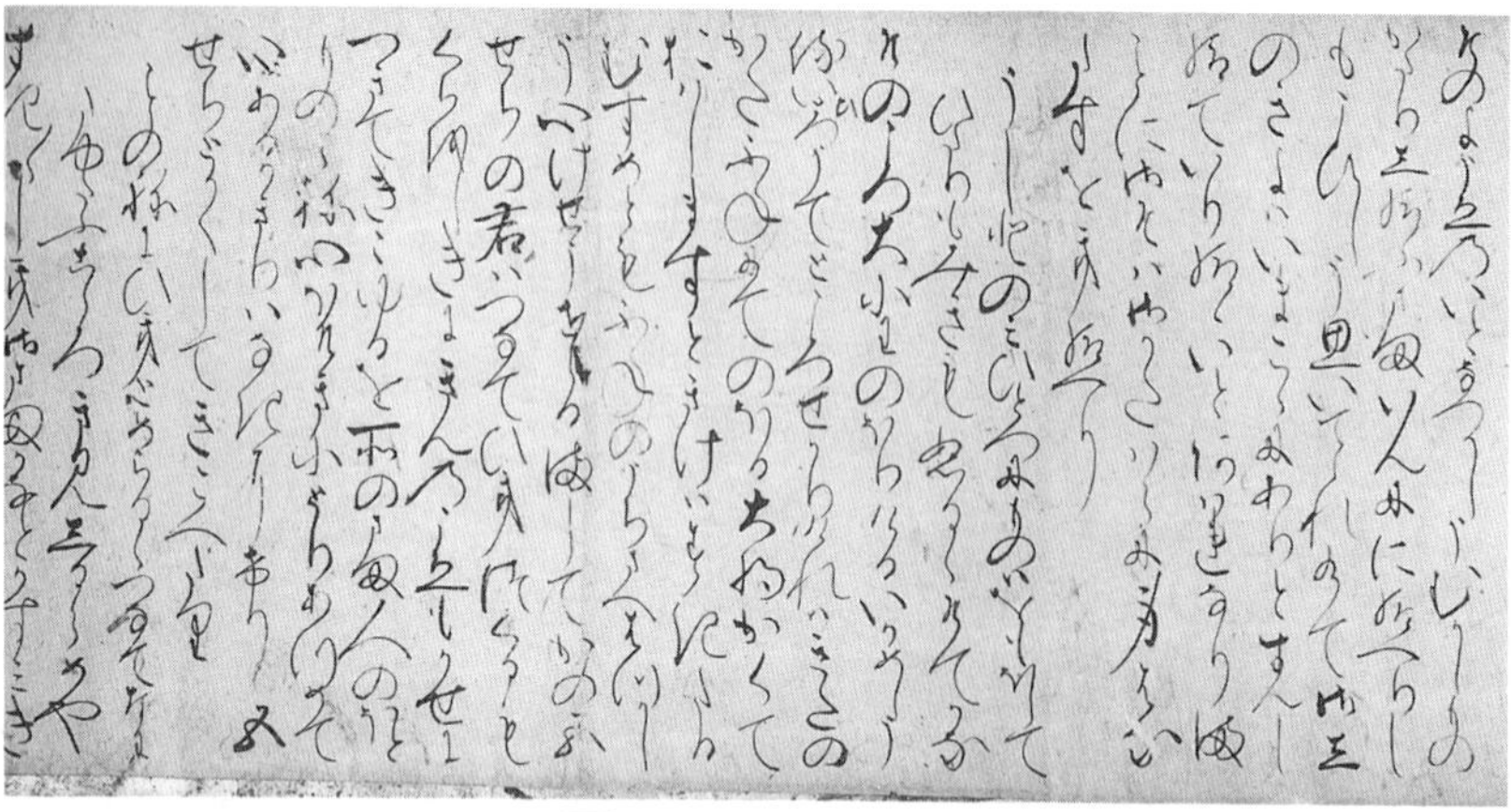

【一二】

そのころ大にわのほりけるいかめしう
るいひろうてところせかりけれハきたの
かたふねにてのほる大将かくて
おハしますときけハすきたる
むすめともふねのうちさへはつかし

【一二】　三八・五センチ　三三行

う心けせうせらるましてかの五
せちの君ハつなてひきつくるも
くちをしきにきんのこゑもかせに
つきてきこゆるを所のさま人のほと
もの、ね心ほそきにとりあつめて
心あるかきりハなきにけり五
せちとかくしてきこへたり
　ことのねにひきとめらる、つなてなわ
　　たゆたふこ、ろきみしるらめや
すき／＼しき御さまかなとかすミき
こゑたりほ、ゑみつ、見たまふもいと
はつかしけなり

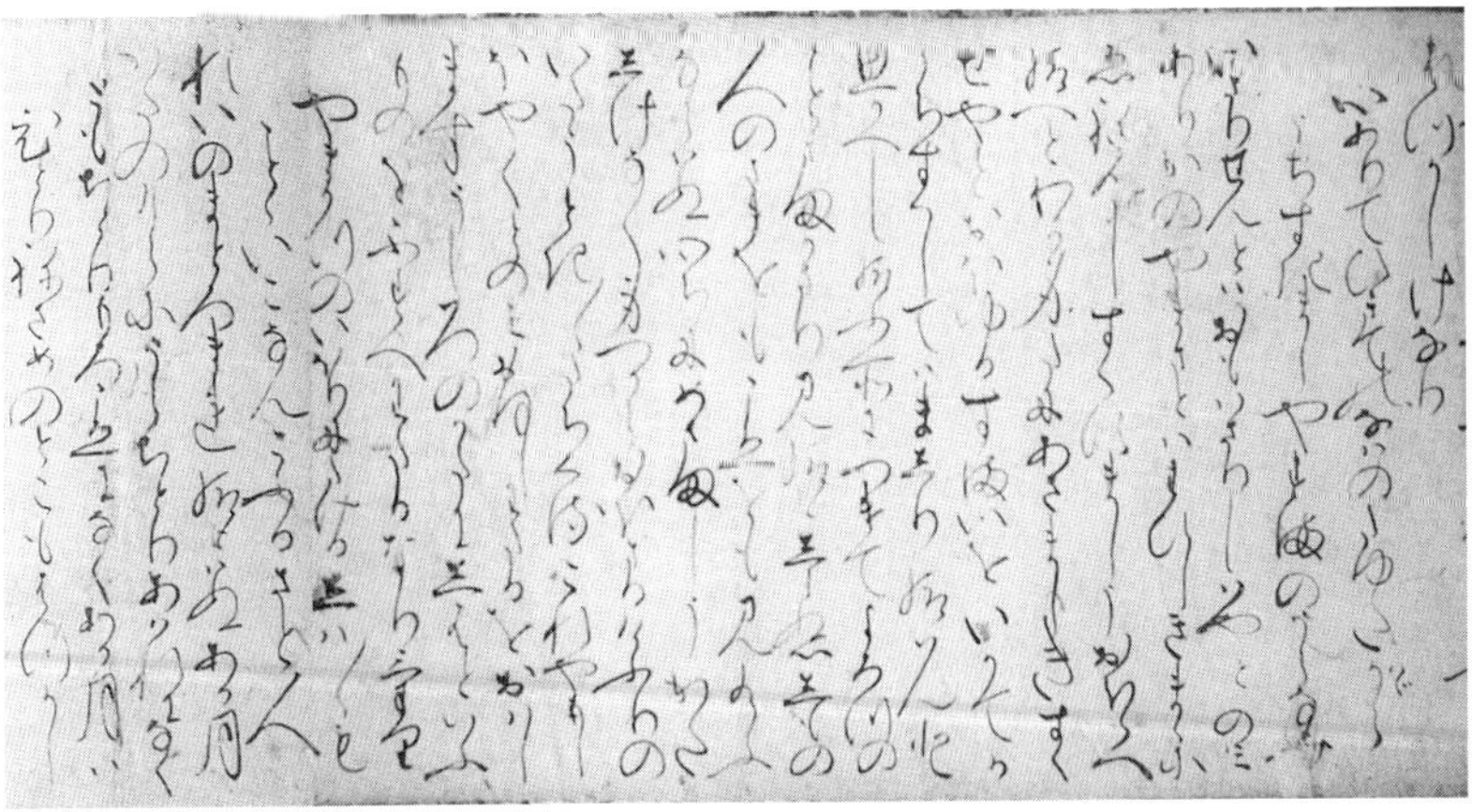

【一三】

心ありてひきてのなハのたゆたハゞ
　うちすきましやすまのうらなみ
いさりせんとハおもはさりしハやとのミ
ありかのやまさとハわひしきまゝに
ゑねんしすくすましうおほゝへ
給へとわか身たにあさましきすく
せやとおほゆるすまいをいかてか
うちすくしてハましり給ハんと
思へかし給ふ所につけてよろつの
ことさまかはりみ給しらぬしもの
人のさまをもこゑをも見給ふ
ならハぬ心ちにめさましうかた
しけなくみつからおほさるけふりの
いたうとき〳〵たちくるこれやもし
ほやくとのミおほしわたるをおハし
ますうしろのかたにしはといふ
ものをふすへわたるなりけり
　やまかつのいほりにたけるしハ〳〵も
ことゝいこなんこふるさと人

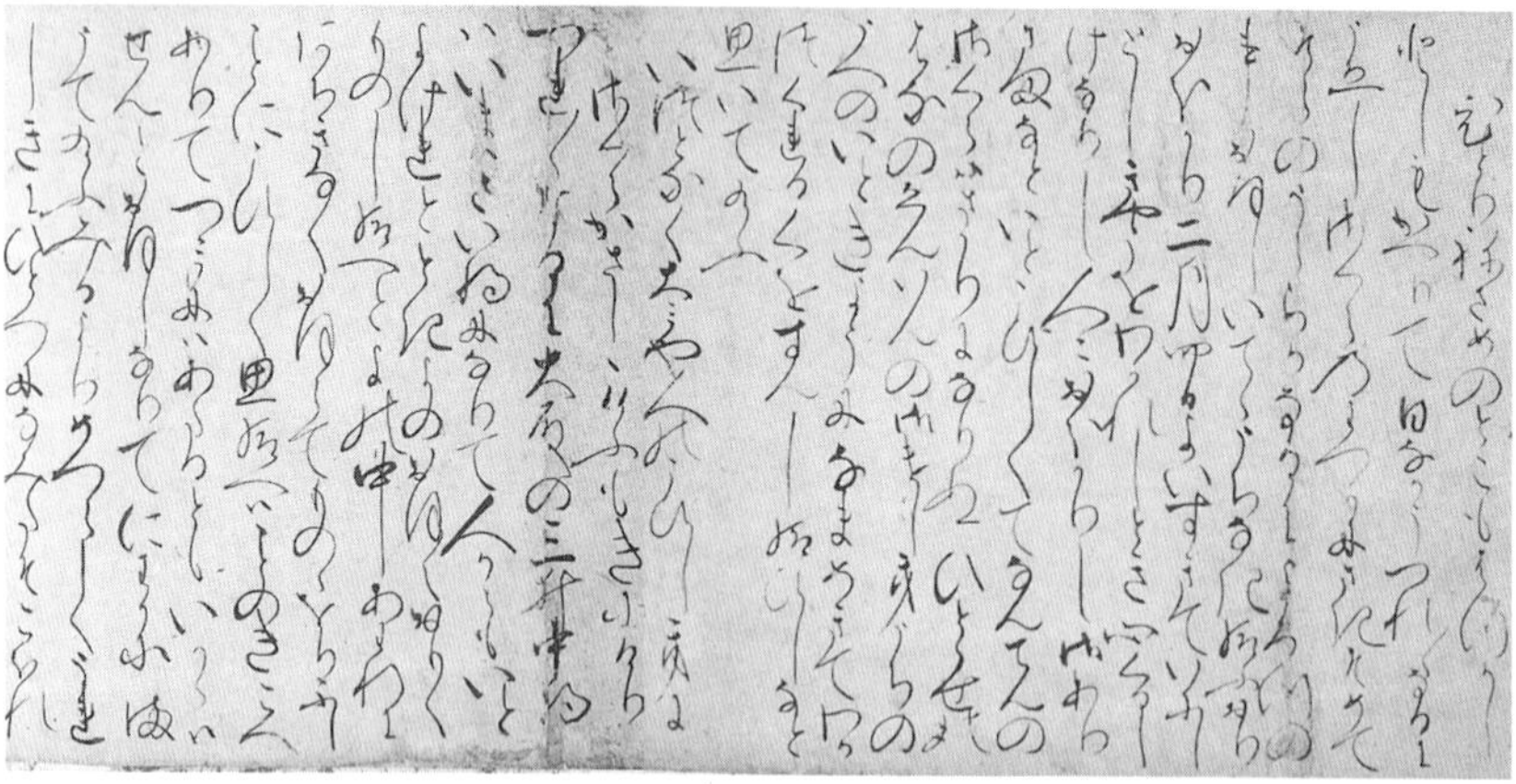

【一四】　【一五】

れいのまとろまれ給ハぬあか月
かたのそらにうらちとりあハれになく

【一三】　五・三センチ　　四行

ともちとりもろこゑになくあか月ハ
　ひとりねさめのとこもはつかし
としもかへりて日なかうつれ〳〵なるに
うゑしさくらのわつかにさきそめて

【一四】　一四・八センチ　　一三行

そらのうららかなるによろつの
事おほしいて丶うちなき給ふおり
おほかり二月廿日よいすきていにし
としきやうをわかれしとき心くるし
けなりし人〻おほかりし御あり
さまなといとこひしくてなんてんの
さくらハさかりになりぬひと丶せの
はなのゑんいん(ママらカ)の御けしきうちの
うへのいときようになまめきてわか

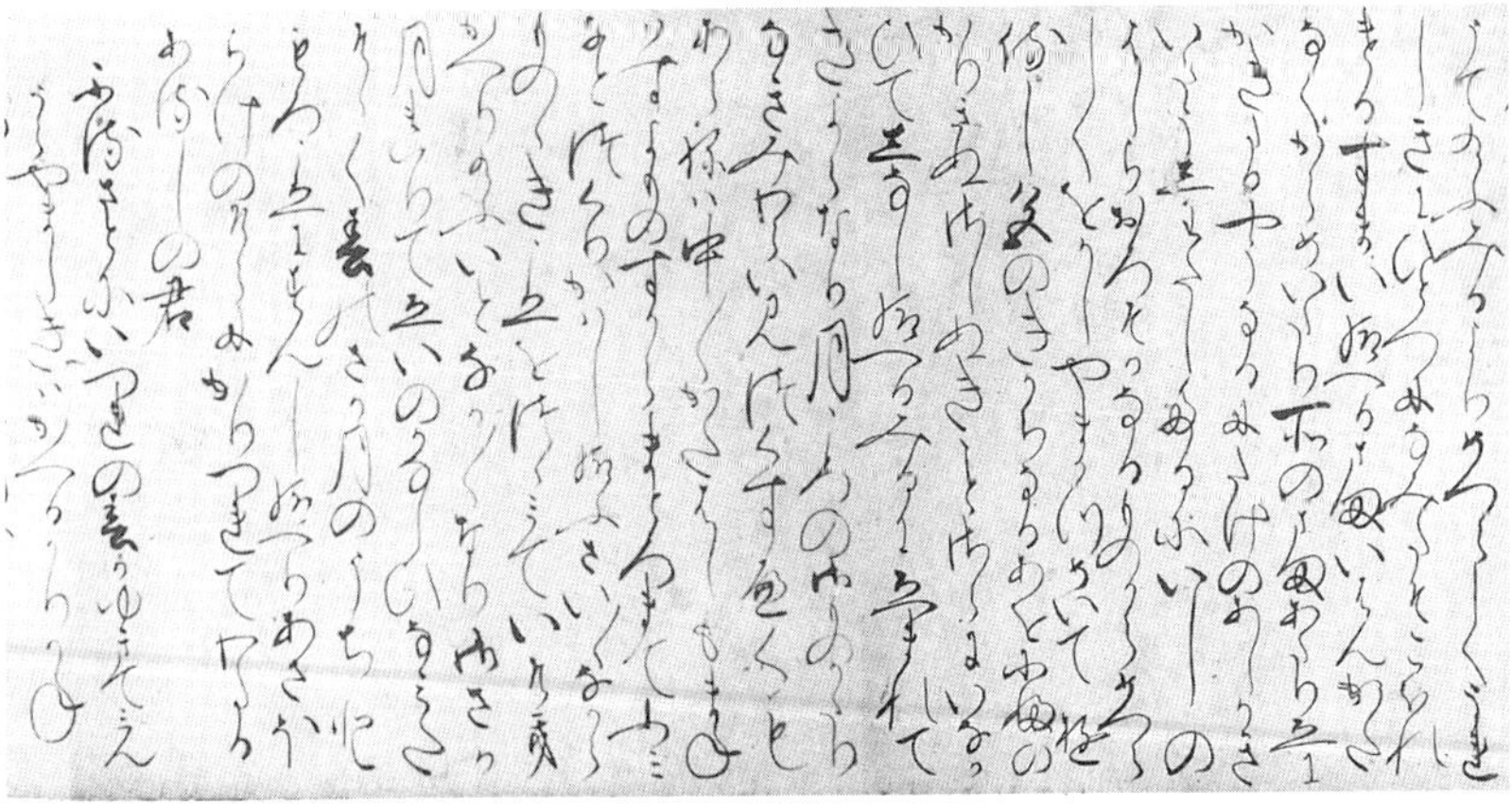

つくれるくをすんし給ひしなと
思いて給ふ
　いつとなく大ミや人のこひしきに
　　さくらかさしゝけふもきにけり

【一五】　四三・五センチ　三九行

つれ〳〵なるに大殿の三卄中将
ハいまハさい将になりて人からもいと
よけれとときよのおほえおもく
ものし給へとよの中あわれに
あちきなくおほしてものゝをりふし
ことにこひしく思給へハことのきこへ
ありてつミにハあたるともいかゝハ
せんとおほしなりてにわかにま
うて給ふみるよりめつらしくうれ
しきにひとつなみたそこほれ
けるすまい給へるさまいはんかた
なくからめいたり所のさまあたり烝に
かきたるやうなるにたけのあしかき

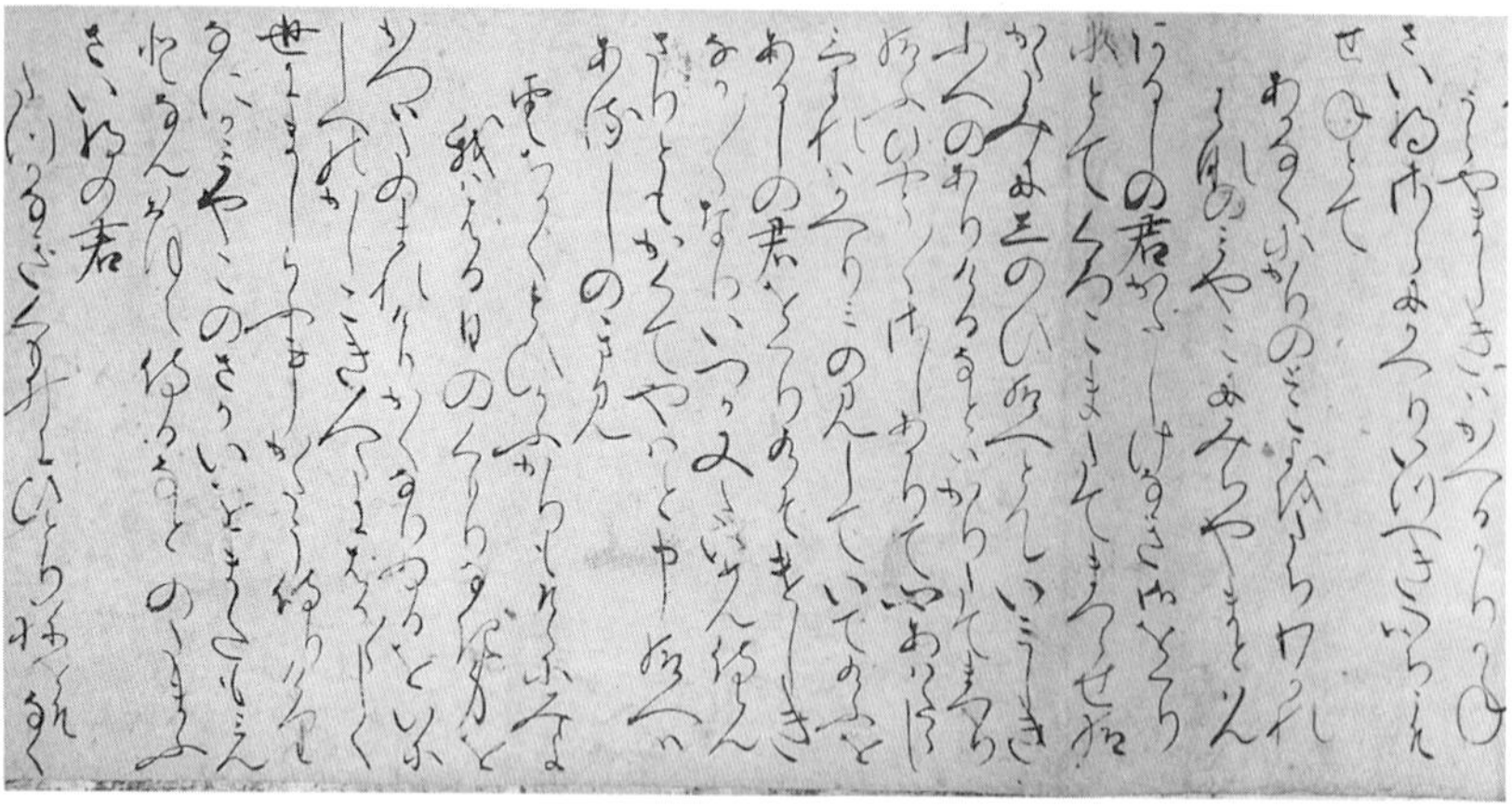

【一六】

いたうしわたしたるにいしの
はしらおろそかなるものからめつら
しくをかしやまかつめいてゆ
るし色のきかちなるあをにふの
かりきぬさしぬきことさらにいなか
ひてしなし給へるみるに〻まれて
きよらなり月ころの御ものかたり
なきみわらいみつくすへくも
あらねハ中〳〵かたはしもまね
ハすよものすからまとろまてふミ
なとつくりかハし給ふさい〳〵なから
もの丶きこ〻をつ丶ミていそき
かへり給ふいとなか〳〵なり御さか
月まいりて〻いのかなしひなミた
そ丶く春のさか月のうちと
もろこ〻にすんし給へりあさほ
らけのそらにかりつれてわたる
あるしの君
　ふるさとにいつれの春かゆきてみん

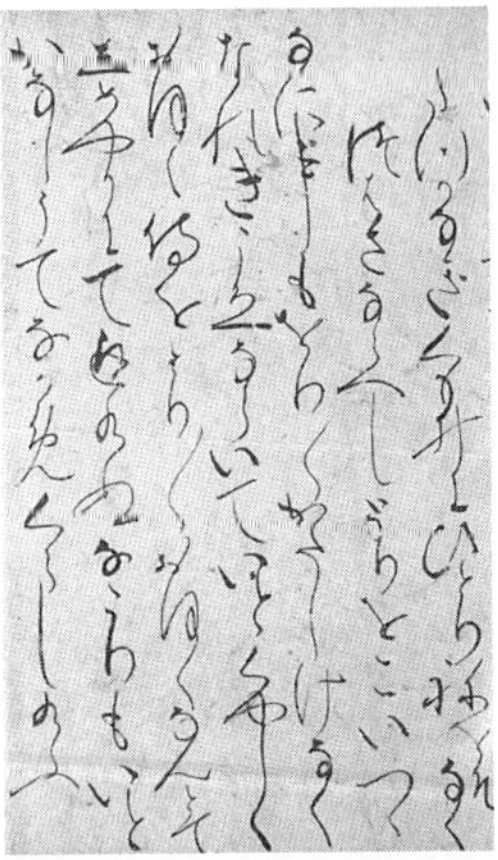

うらやましきハかへるかりかね
さい将さらにかへりいつへき心ちこそ
せねとて
　あかなくにかりのとこよをたちわかれ
　　はなのミやこにみちやまとハん
あるしの君かたしけなき御をくり
にとてくろこまたてまつらせ給

【一六】　二七・五センチ　二三行
かたみにしのひ給へとていミしき
ふへのありけるなとハかりたてまつり
給ふひやう〳〵さしあかりて心あハたゝし
けれハかへりミのみしていて給ふを
あるしの君をくり給そけしき
なか〳〵なりいつか又たいめん侍らん
さりともかくてやハと申給へハ
あるしのきみ
　雲ちかくとひかふかりもそらにみよ
　我ハはる日のくもりなき身を

絵⑤

【一七】

かつハたのまれけりかくなりぬるをいに
しへのかしこき人たにはかく〳〵しく
世にましらふ事かたう侍りけり
なにかミやこのさかいをまたもミん
となんおほえ侍るなとのたまふ
さい将の君
　たつかなきくも井にひとりねをそなく
　つはさならへしとりをこいつゝ
なに事もをり〳〵かたしけなく
なれきこゑならいていとくやしく
おほえ侍をとり〳〵おほくなんとて
しめやかにて返給ぬなこりもいと
かなしうてなかめくらし給ふ

絵⑤

【一七】　三六・五センチ

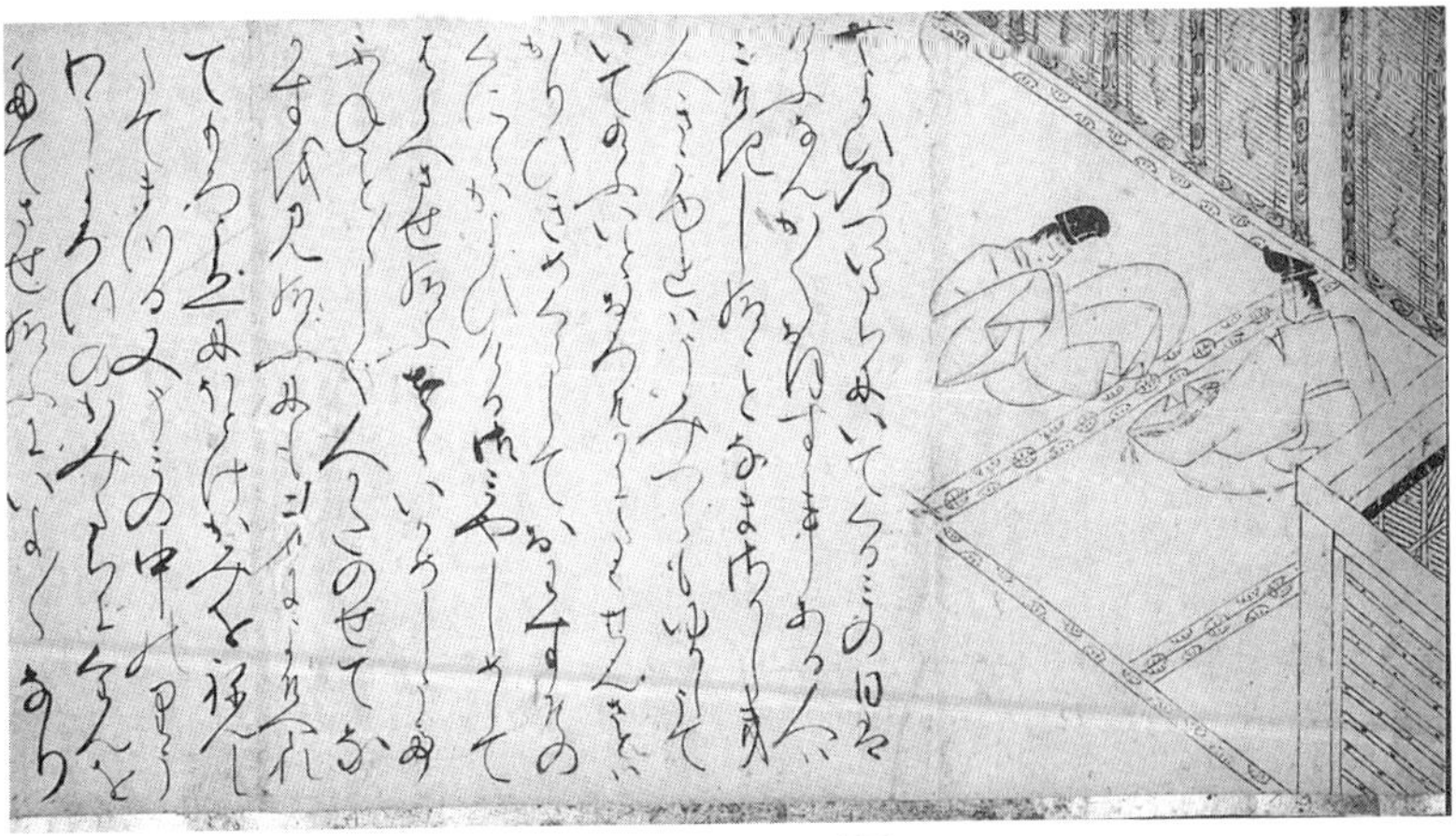

【一八】

【一九】

【一八】　一三センチ　一〇行

やよひのついたちにいてくるミの日は
けふなんかくおほす事ある人ハ
ミそきし給ことなまさかしき
人きこゆれハうみつらもゆかしうて
いて給ふいとおろそかにたゝせんさとハ
かりひきめくらしておわすその
くにゝかよひける御ミやしめして
はらへさせ給ふせしいかめしうて
ふねこと〳〵しく人かたのせてな
かすを見給ふにも身によそへられ

【一九】　一七センチ　一四行

てもろこゐにほとけかみをねんし
たてまつる又うミの中のりう
わうよろつのかみたちにくわんを
たてさせ給ふにいよ〳〵なり
とゝろ（ママるカ）きておハしますにつゝ
きたりらうにをちかゝりぬほのを

絵⑥　絵⑥

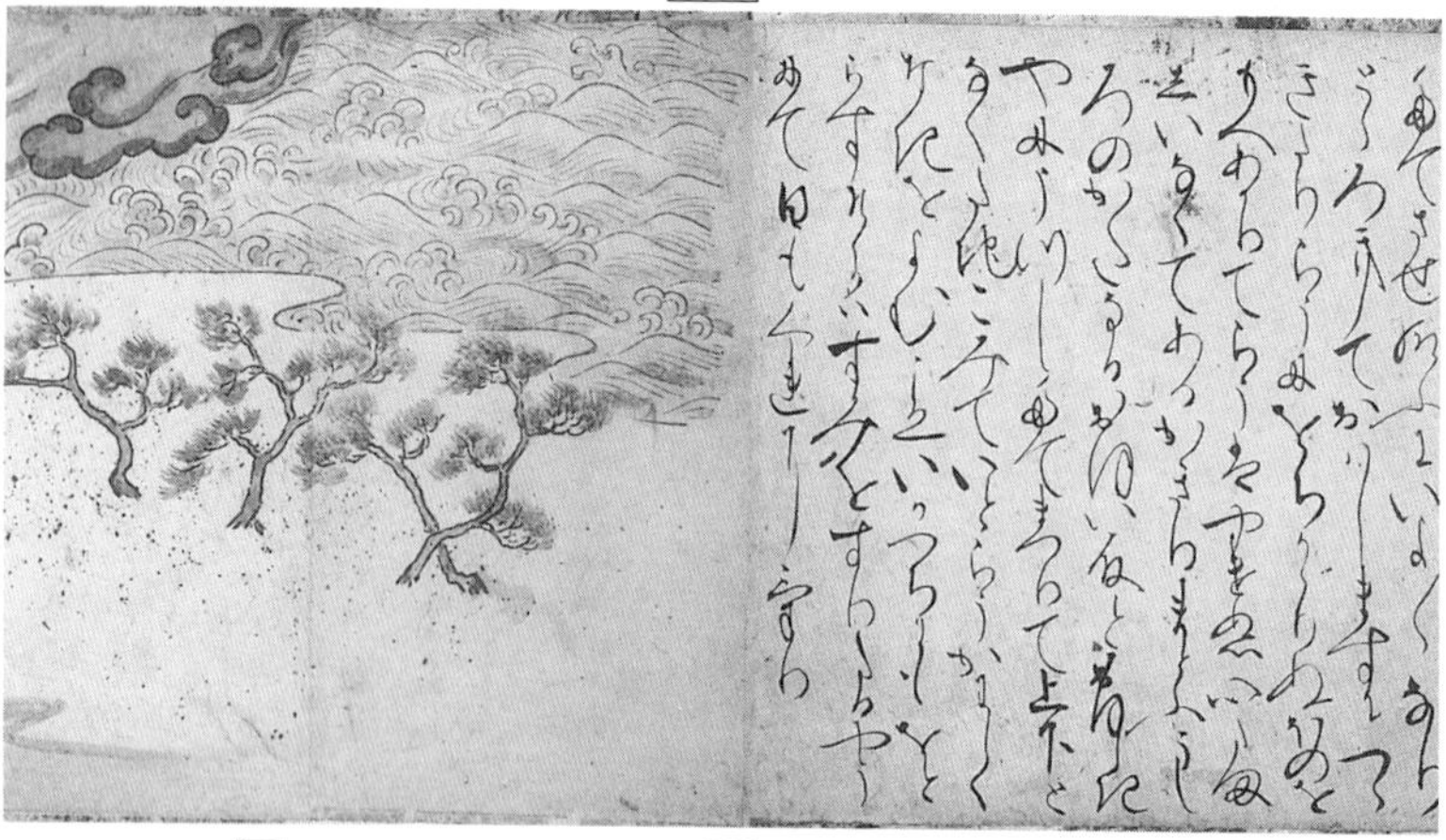

【二一】　【二〇】

もへあかりてらうはやけぬ心たま
しいなくてあるかきりまとふうし
ろのかたなるおほい殿とおほしき
やにうつしたてまつりて上下と
なくたちこみていとらうかわしく
なきをよむこゑいかつちにもをと
らすそらハすみをすりたるやう
にて日もくれにけり

【二〇】　八・一センチ

絵⑥

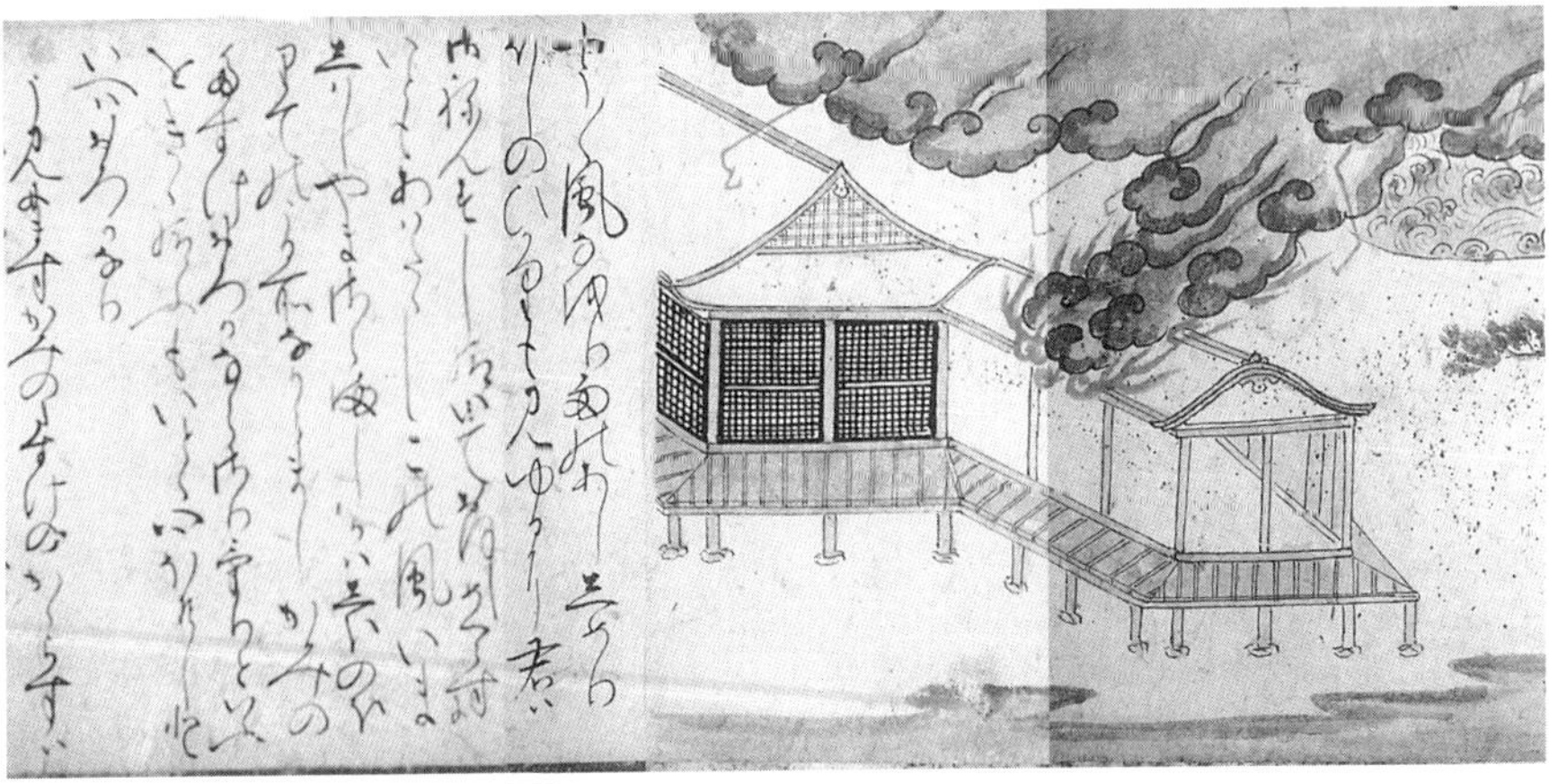

【二二】

【二一】　二三・五センチ

絵⑥

【二二】　一九・二センチ　一五行

やう〳〵風なをり雨のあししめり
ほしのひかりも見ゆるに君ハ
御ねんすし給いておほしめくらすに
いともあハたゝしこの風いま
しハしやまさらましかハしほのほ
りてのこる所なからましかみの
たすけおろかならさりけりといふ
をきゝ給ふもいとゝ心ほそしと
いへはおろかなり
　うみにますかみのたすけのかゝらすハ
　　しほのやをあいにさすらへなまし
ひめもすにいりもミつるかみのさわき
にさこそいへいたうこうし給ふに
けれハ心にもあらすうちまとろミ
給ふにたゝおハしましゝさま

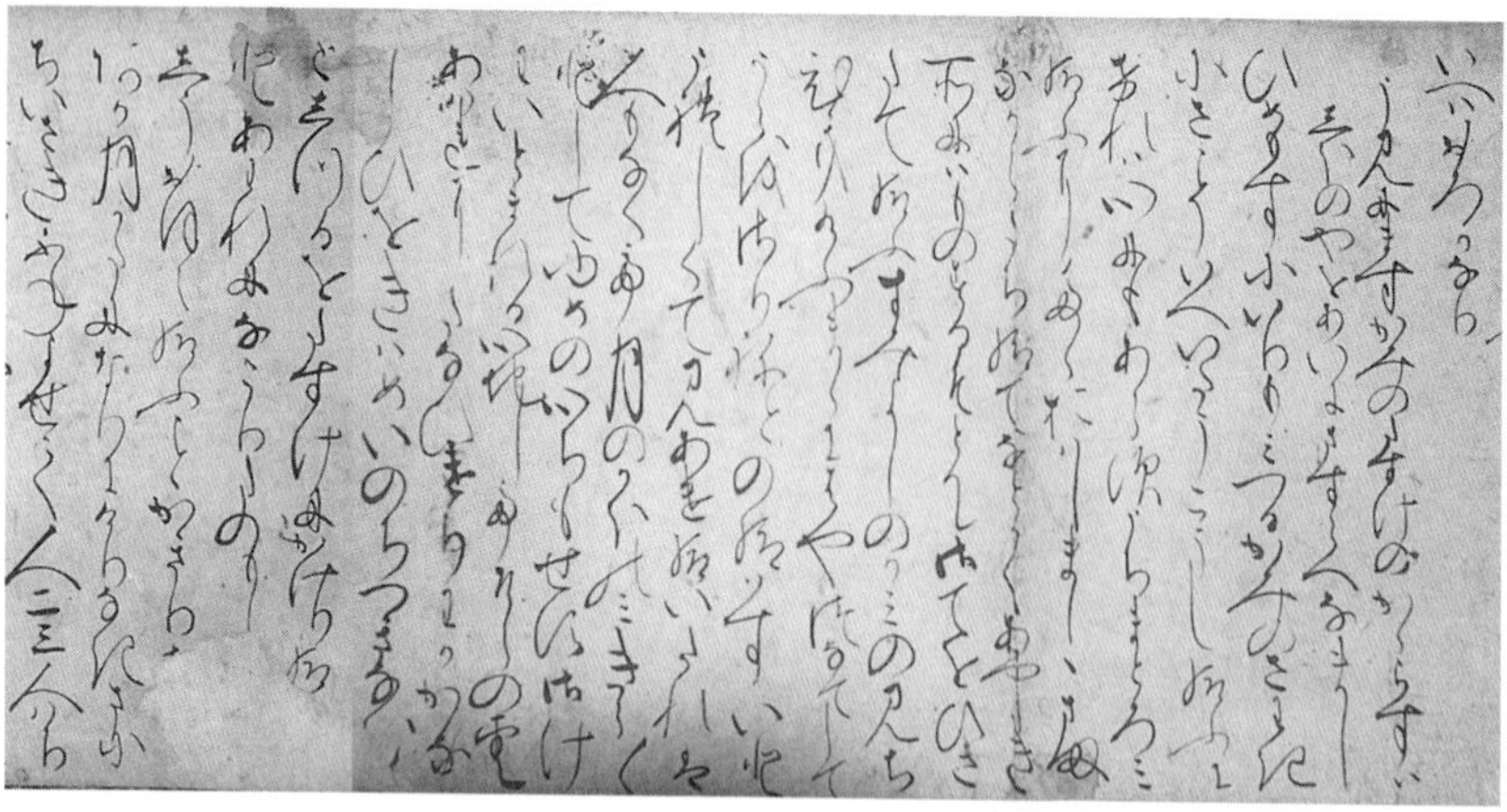

【二三】

【二三】　二五・二センチ　二一行

なからたち給てなとかくあやしき
所にハものするそとて御てをひき
たて給ふすみよしのかミのみち
ひき給ふまゝにはやつなてして
うらをさりねとの給ハすいと
うれしくて見あけ給いたれは
人もなくて月のかほのミきら〳〵
としてゆめの心ちもせす御け
わいとまれる心地してそらの雲
あわれにたなひけりわかかな
しひをきハめいのちつきなむ
としつるをたすけにかけり給（三字分毀損・うれ脱カ）
とあわれになこりたのもし（二字分毀損・なし脱カ）
しうおほえ給ふことかきり
あか月かたになりにけりなきさに
ちいさきふねよせて人二三人はかり
このたひの御屋とりをさして
くなに人ならんととへハさきのかミ

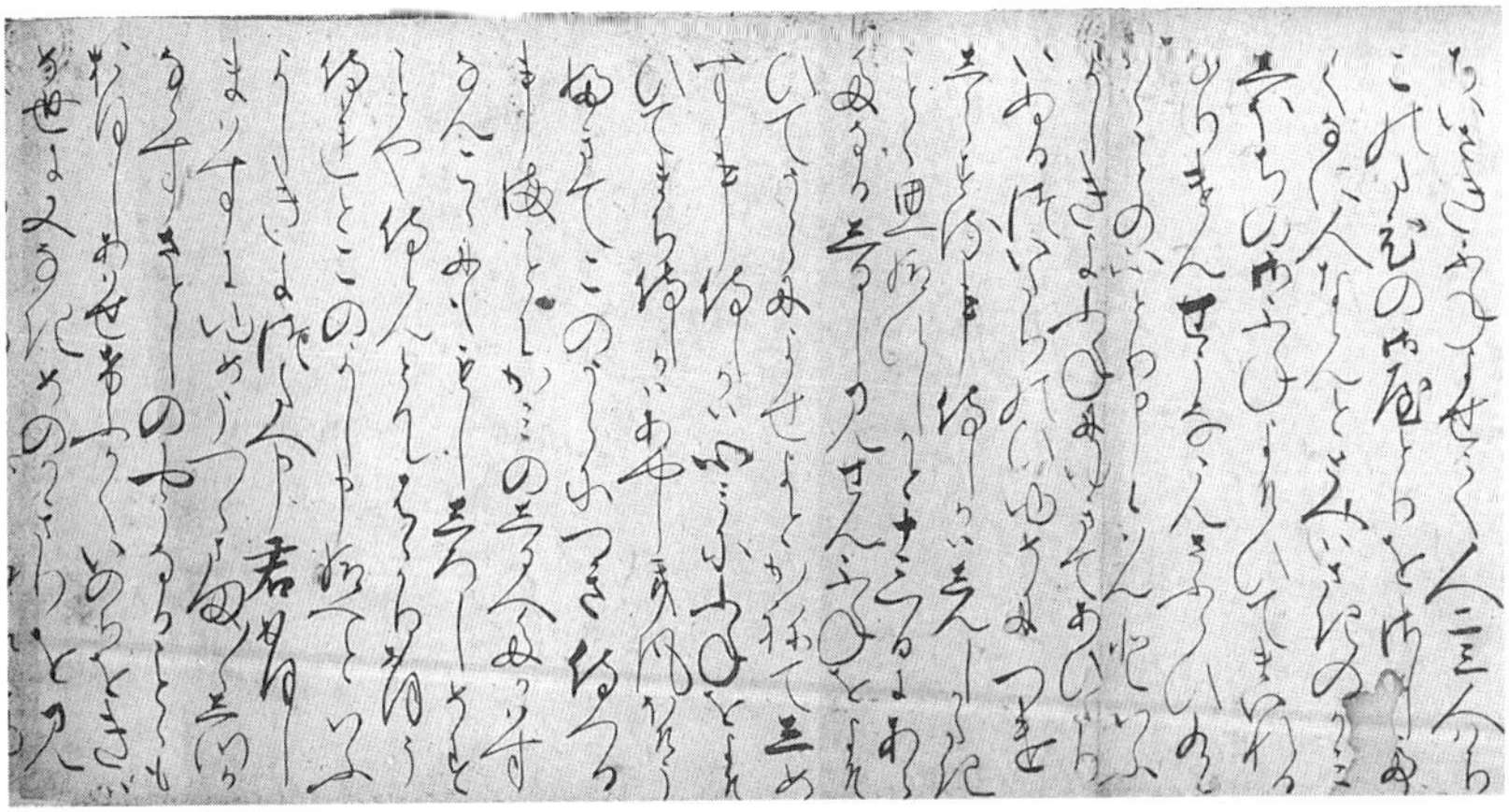

【二四】

しほちの御ふねよそひてまいれる
なりけんせうなこんさふらひ給
は、ことの心とり申にハ(ママ)んといふ

【二四】　二〇・七センチ　一八行
よしきよふねにゆきてあひたり
いぬるついたちのひゆめにつけ
しらする事侍しかハしんしかたき
こと、思給ひしかと十三日にあら
たなるしるし見せんふねをよそ
ひてうらによせよとかねてしめ
す事侍しかハ心ミにふねをよそ
ひてまち侍しかハあやしき風ほそう
ふきてこのうらにつき侍つる
事まことにかミのしるへたかハす
なんこゝにもししろしめす
ことや侍らんとてはゝかりおほう
侍れとこのよし申給へといふ
よしきよつたへ申君おほし

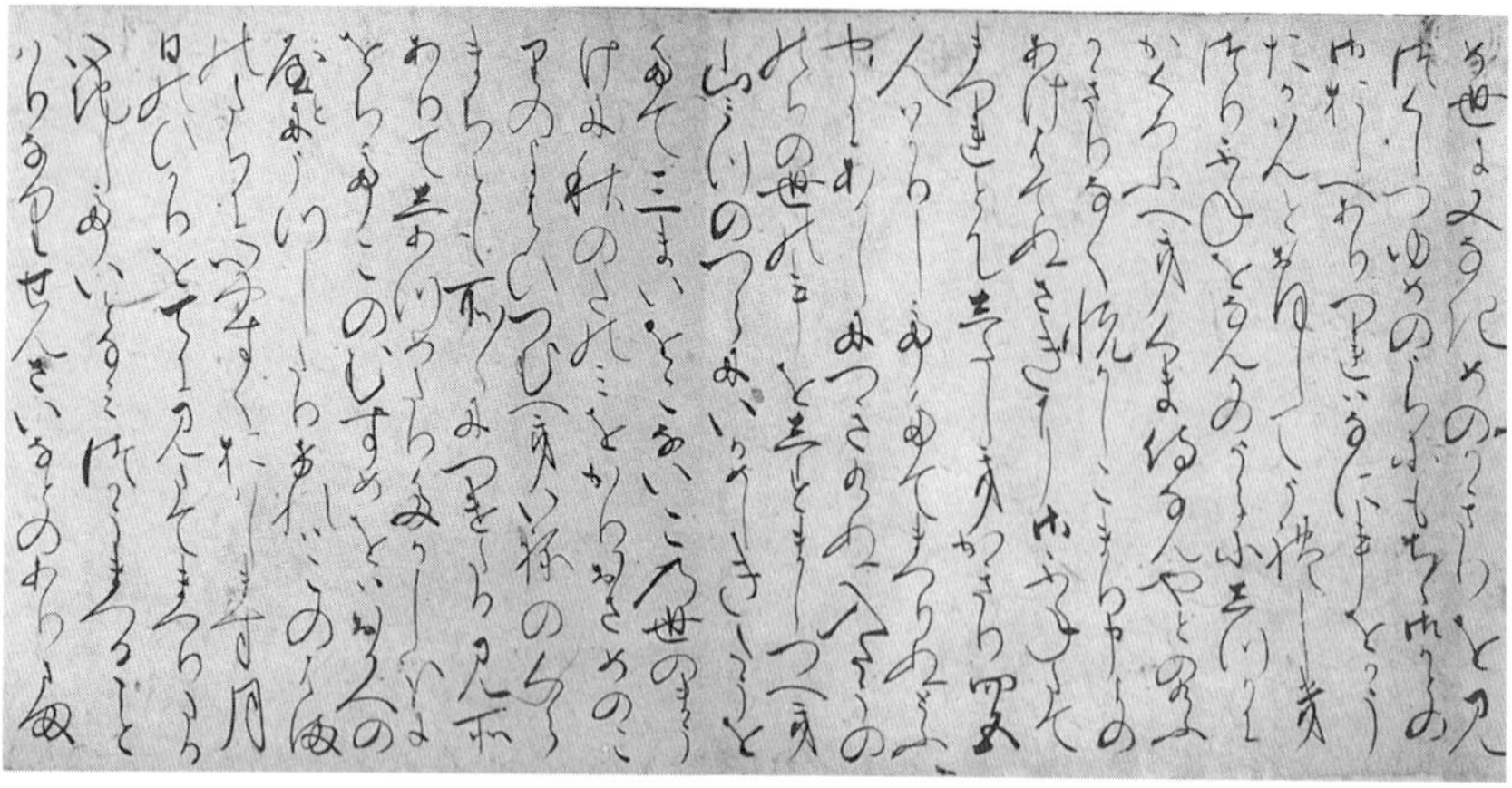

【二五】

まハすにゆめうつゝさまく〳〵しつか
ならすさとしのやうなることゝも
おほしあハせけふかくいのちをきハ
め世に又なきめのかきりを見

【二五】　四二・八センチ　三五行

つくしつゆめのうちにもちゝ御かとの
御おしへありつれハなに事をかう
たかハんとおほしてうれしき
つりふねをなんかのうらにしつかに
かくろふへきくま侍なんやとの給ふ
かきりなく悦かしこまり申よの
あけはてぬさきに御ふねたて
まつれとてしたしきかきり四五
人ハかりしてたてまつりぬとふ
やうにあかしにつき給ぬ入たうの
のちの世の事をしすましつへき
山ミつのつらにいかめしきたうを
たて三まいをこないこの世のまう

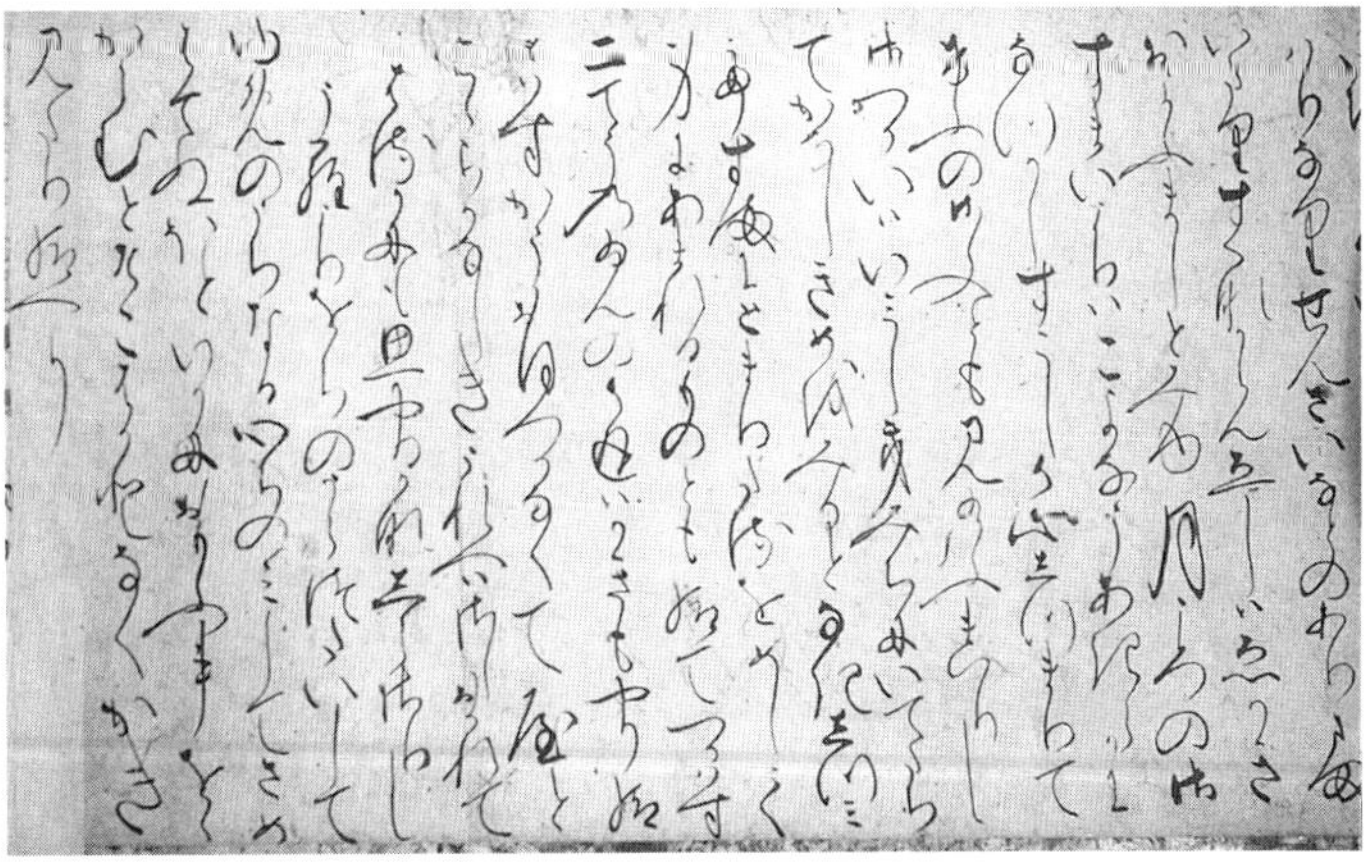

【二六】

けに秋のたのミをかりおさめのこ
りのよはひつむへきいねのくら
まちとも所〳〵につけたる見所
ありてしあつめたりたかしほに
をちてこのむすめをハおかへの
屋とにうつしたりけれハこのはま
のたちに心やすくおはします月
日のひかりをてに見たてまつりたる
心地していとなミつかうまつること
ハりなりせんさいなとのありさま
いたりすくなからん忩しハ忩かき
およふましとみゆ月ころの御
すまいよりハこよなうあきらかに
なつかしすこし御心しつまりて
けふの御文ともみ給ふまいりし
御つかいハいミしきみちにいてたち
てかなしきめをみるとなきしつミ
てすまにとまりたるをめして
身にあまれるものとも給てつかハす

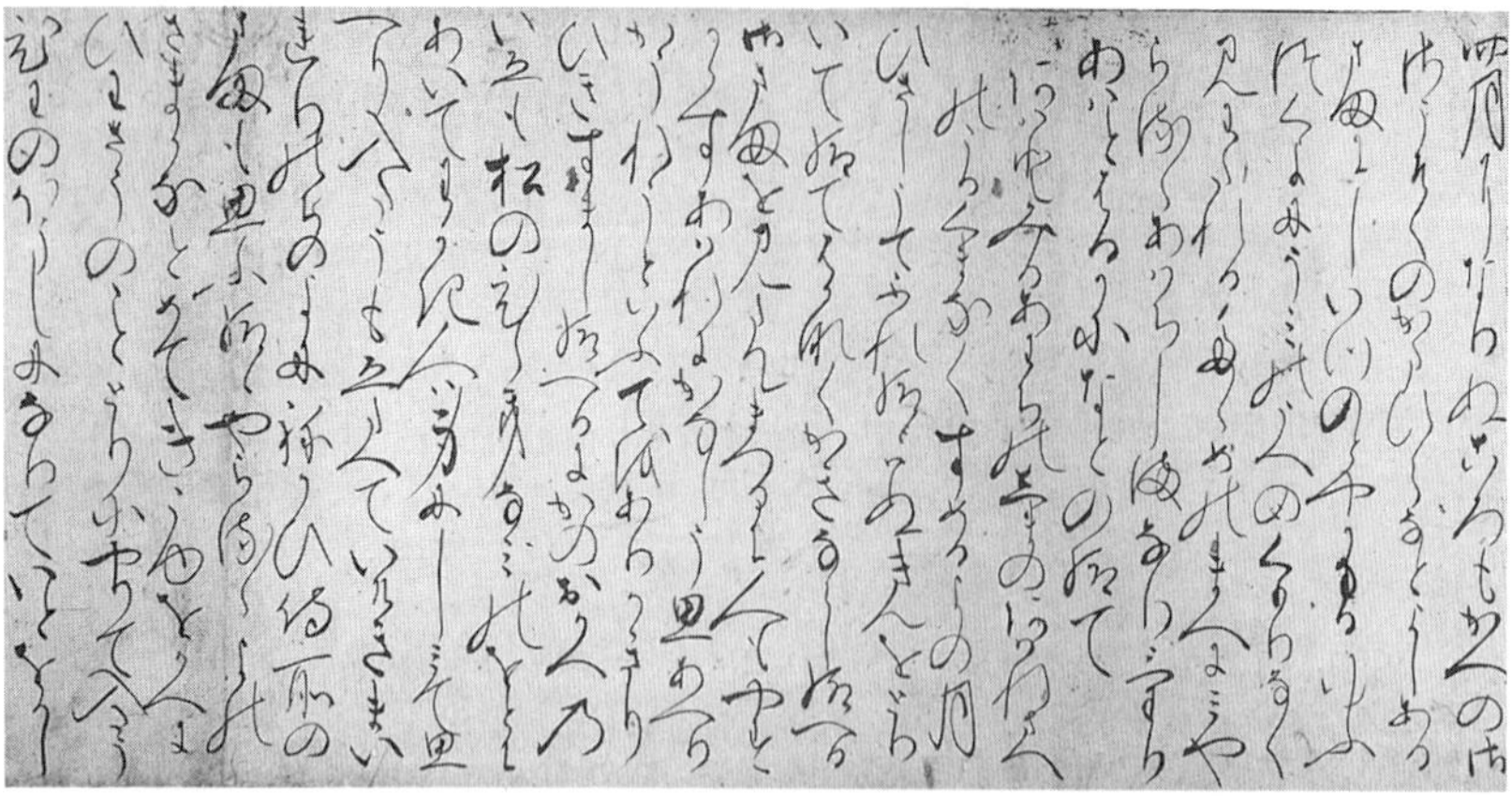

【二七】

【二八】

二てうのゐんの御返ハかきもやり給
ハすかうおほつかなくてやと
こゝらかなしきうれへハさしおかれて

【二六】　八・八センチ　六行
はるかにも思やるかなしらさりし
　うらよりをちのうらつたいして
ゆめのうちなる心ちのミしてさめ
はてぬほといかにおもふ事をゝ
からむとそこはかとなくかき
みたり給へり

【二七】　二四・二センチ　二〇行
四月になりぬころもかへの御
さうそくのかたひらなとよしある
さまにしいつのとやかなるゆふ
つくよにうミのうへくもりなく
見わたれるたゝめのまへにミや
らるゝあハちしまなりけり

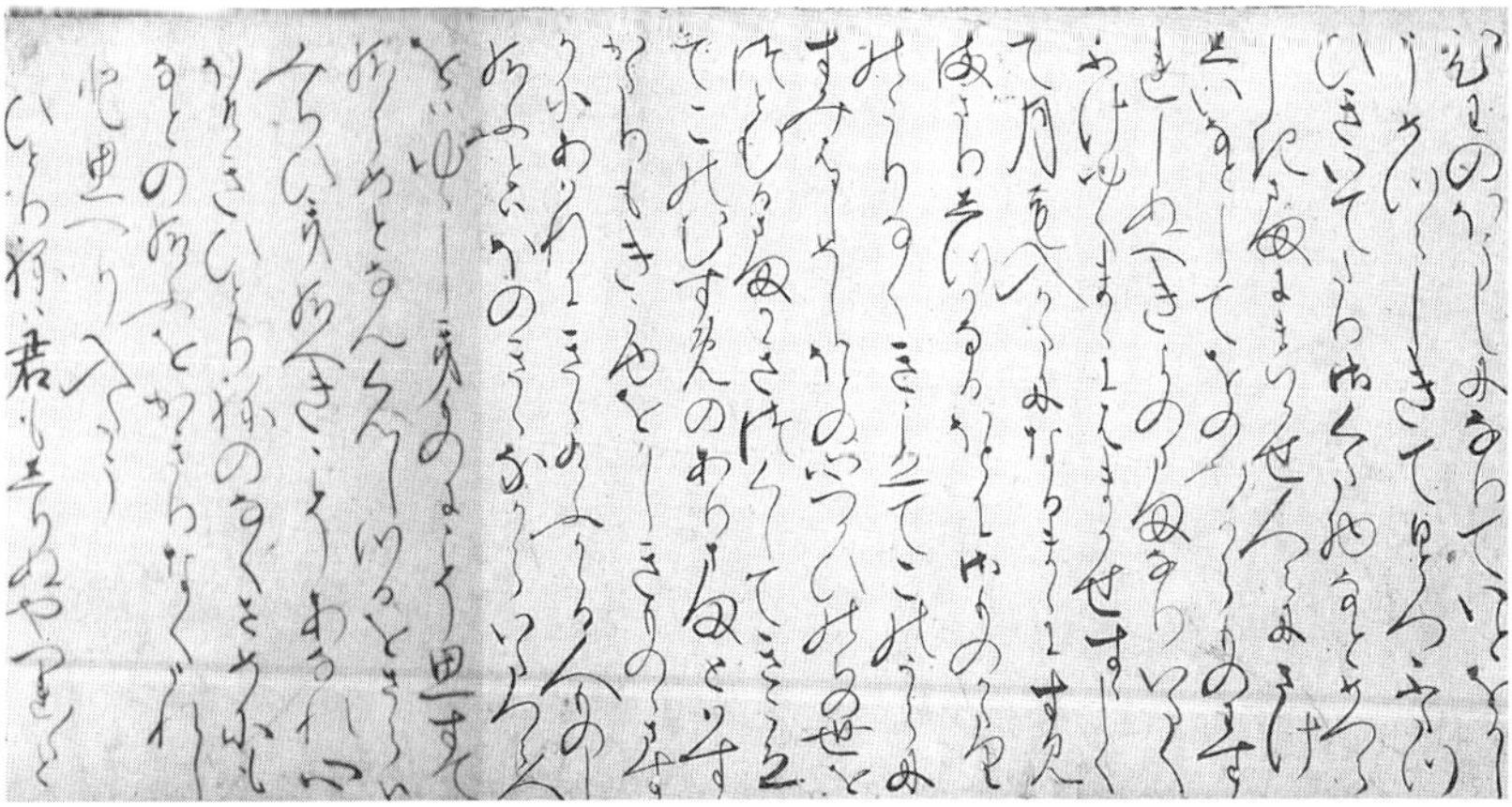

あハとはるかになとの給て
　あハとみるあわちのしまのあハれさへ
　　のこるくまなくすめるよの月
ひさしうてふれ給ハぬきんをとり
いて給てはかなくかきならし給へる
御さまをみたてまつるに人もやす
からすあハれにかなしう思あへり
かうれうといふてをあるかきり
ひきすまし給へるにかのおかへの
いゑも松のひゝきなミのをとに
あいてわかき人ハ身にしミて思
へり入たうもゑたへていそきまい
れりのちのよにねかひ侍所の
さまも思ふ給えやらるゝよの

【一八】　三三・五センチ　二六行
さまかなとめてきこゆをかへに
ひわさうのこととりにやりて入たう
ひわのほうしになりていとをかし

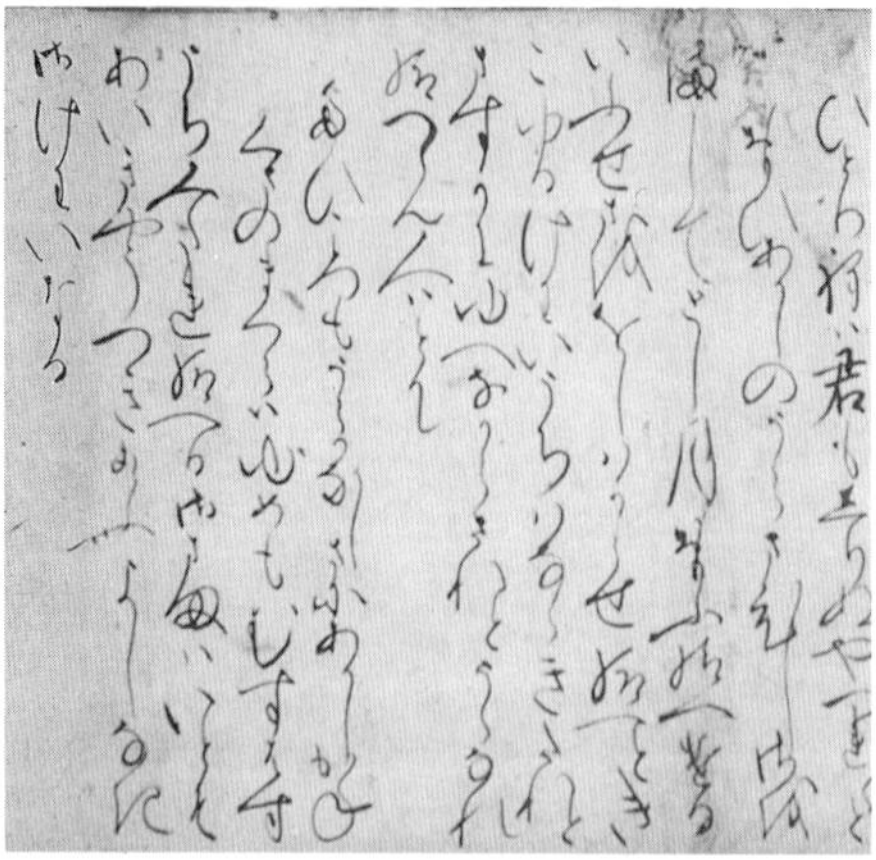

【二九】

うめつらしきてひとつふたつ
ひきいてたり御くた物なとめつら
しきさまにまいらせ人〻にさけ
しいなとしてをのつからものわす
れしぬへきよのさまなりいたく
ふけゆくま〻にはまかせす〻しく
て月も入かたになるま〻にすみ
まさりしつかなるほとに御ものかたり
のこりなくきこゑてこのうらに
すみはしめしほとの心つかひのちの世を
つとむるさまかきつくしてきこゑ
てこのむすめのありさまとハす
かたりもきこゆをかしきもの〻さす
かにあハれにき〻給ふか〻る人ものし
給ふとハほのき〻なからいたつら人
をハゆ〻しきものにこそ思すて
給らめとなんくんしつるをさらハ
みちひき給へきこそあなれ心
ほそきひとりねのなくさめにも

絵⑦

【三〇】

なとの給ふをかきりなくうれし
と思へり入たう
ひとりねハ君もしりぬやつれ〳〵と
おもひあかしのうらさひしさを

【二九】　一三センチ　一〇行

ましてとし月おもふ給へける
いふせさをしハからせ給へとき
こゆるけわいうちはなゝきたれと
さすかにゆへなからされとうらなれ
給へらん人ハとて
たひころもうらかなしさにあかしかね
くさのまくらハゆめもむすはす
うちみたれ給へる御さまハいとそ
あいきやうつき給ふよしなき
御けわいなる

【三〇】　五六・五センチ　一八行

絵⑦

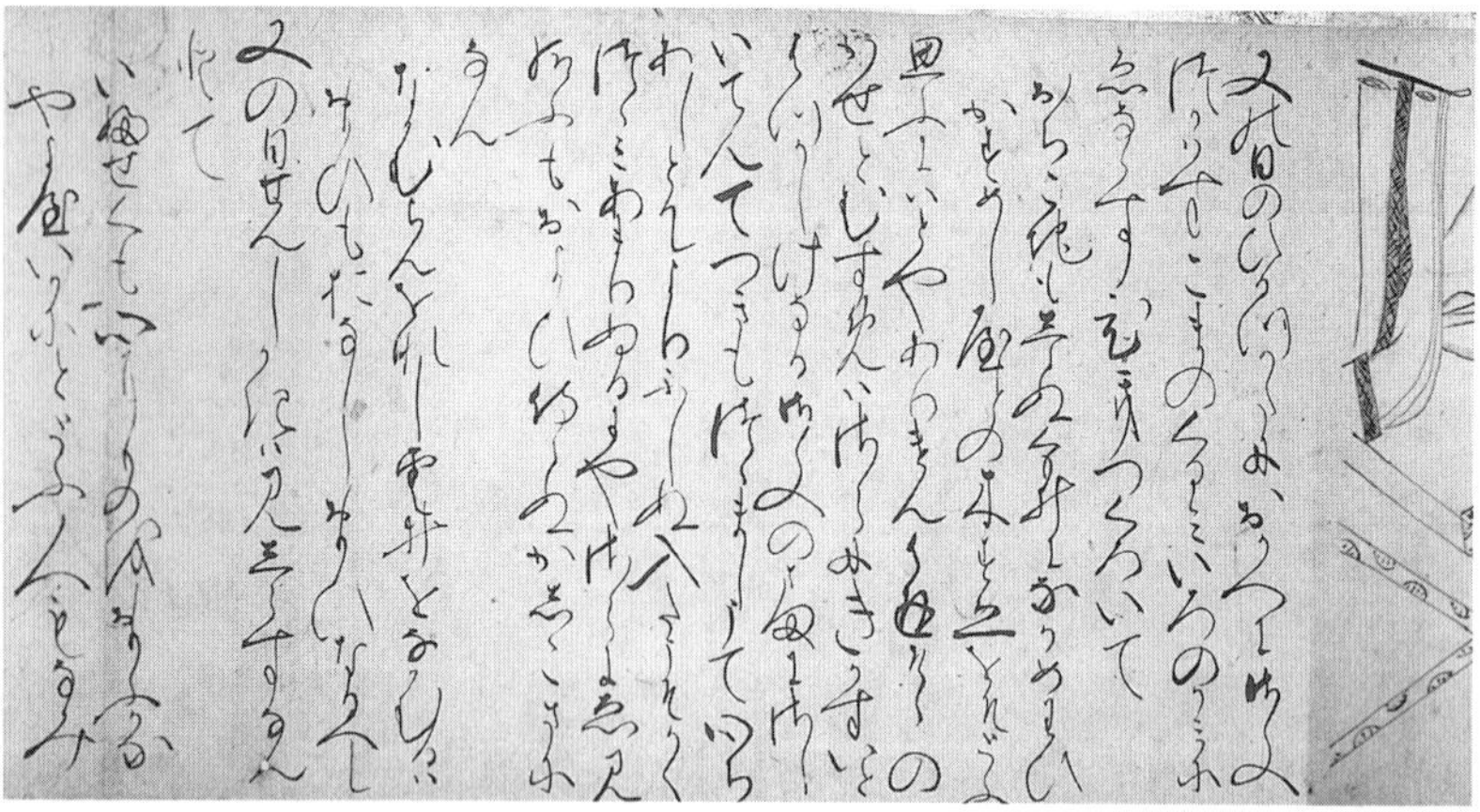

【三一】

又の日のひるつかたにおかへに御文
つかハすこまのくるミいろのかミに
ゑならすひきつくろいて
　おちこちもしらぬくも井になかめわひ
　　かすめしやとの木すゑをそとふ
思ふにいとやありけん御返そゝの
かせとむすめハさらにきかすいと
はつかしけなる御文のさまにさし
いてんてつきもつゝましうて心ち
あしとてよりふしぬ入たうそかく
つゝミあまりぬるにやさらにゑみ
給ふもおよひ侍らぬかしこさに
なん
　なかむらんをなし雲井をなかむるハ
　　おもひもおなしおもひなるへし
又の日せんしかきは見しらすなん
とて
　いふせくも心にものをおもふかな

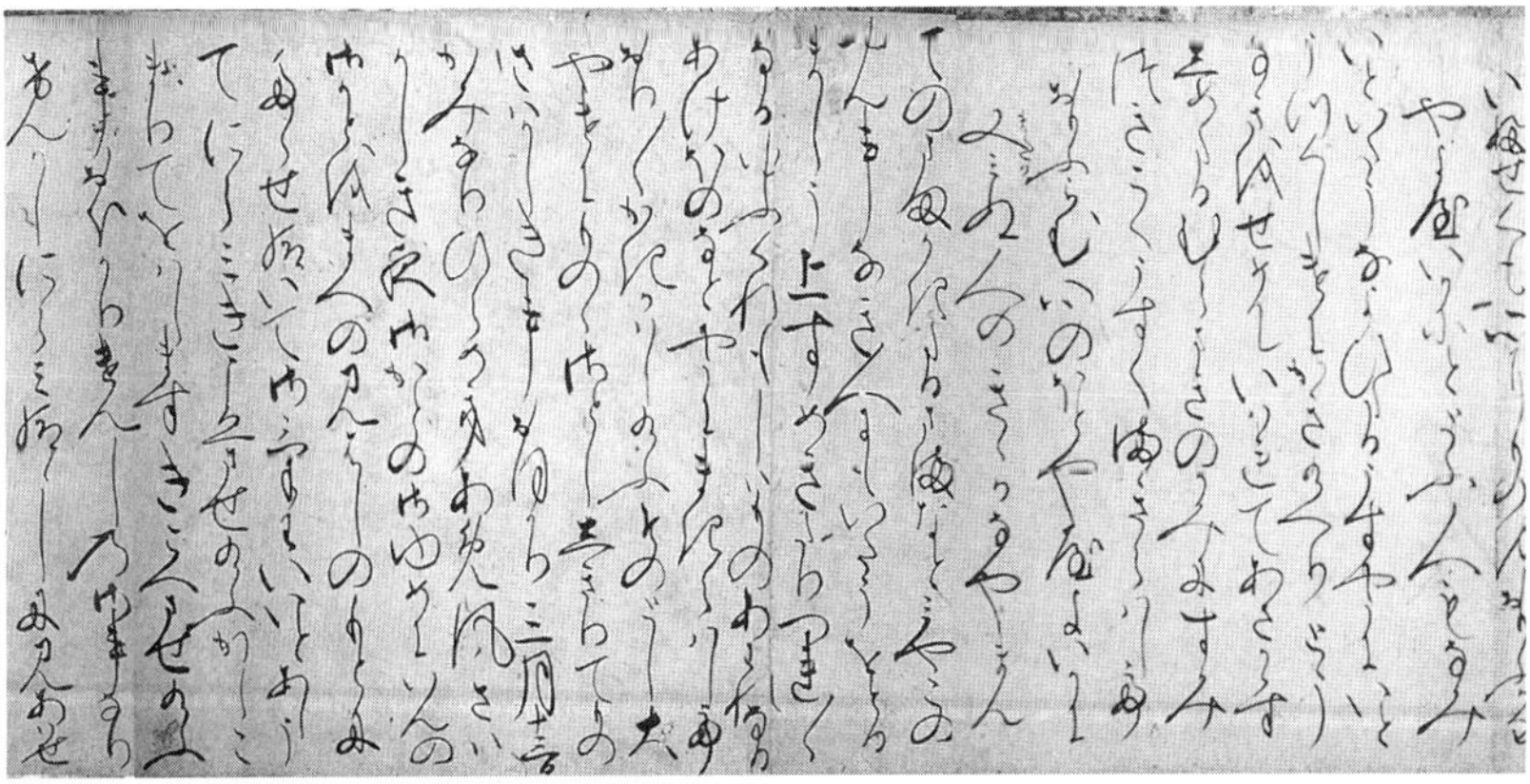

【三二】

【三一】　一四・五センチ　一一行

やよやいかにととふ人もなみ
いといたうなよひたるうすやうにいと
うつくしけにかき給へりとう
なきをせめていハれてあさからす
しめたるむらさきのかみにすみ
つきこくうすくまきらハして
おもふらむ心のほとややよいかに
文(またか)ミぬ人のきゝかなやまん
てのさまかきたるさまなとみやこの
やん事なき人にもいたうをとる
ましう上すめきたりつれ〱

【三二】　二九・一センチ　二五行

なるゆふくれもしハものあわれなる
あけほのなとやうにまきらハして
おり〱かきかハし給ふそのとし大
やけにものゝさとししきりてもの
さハかしき事おほかり三月十三日

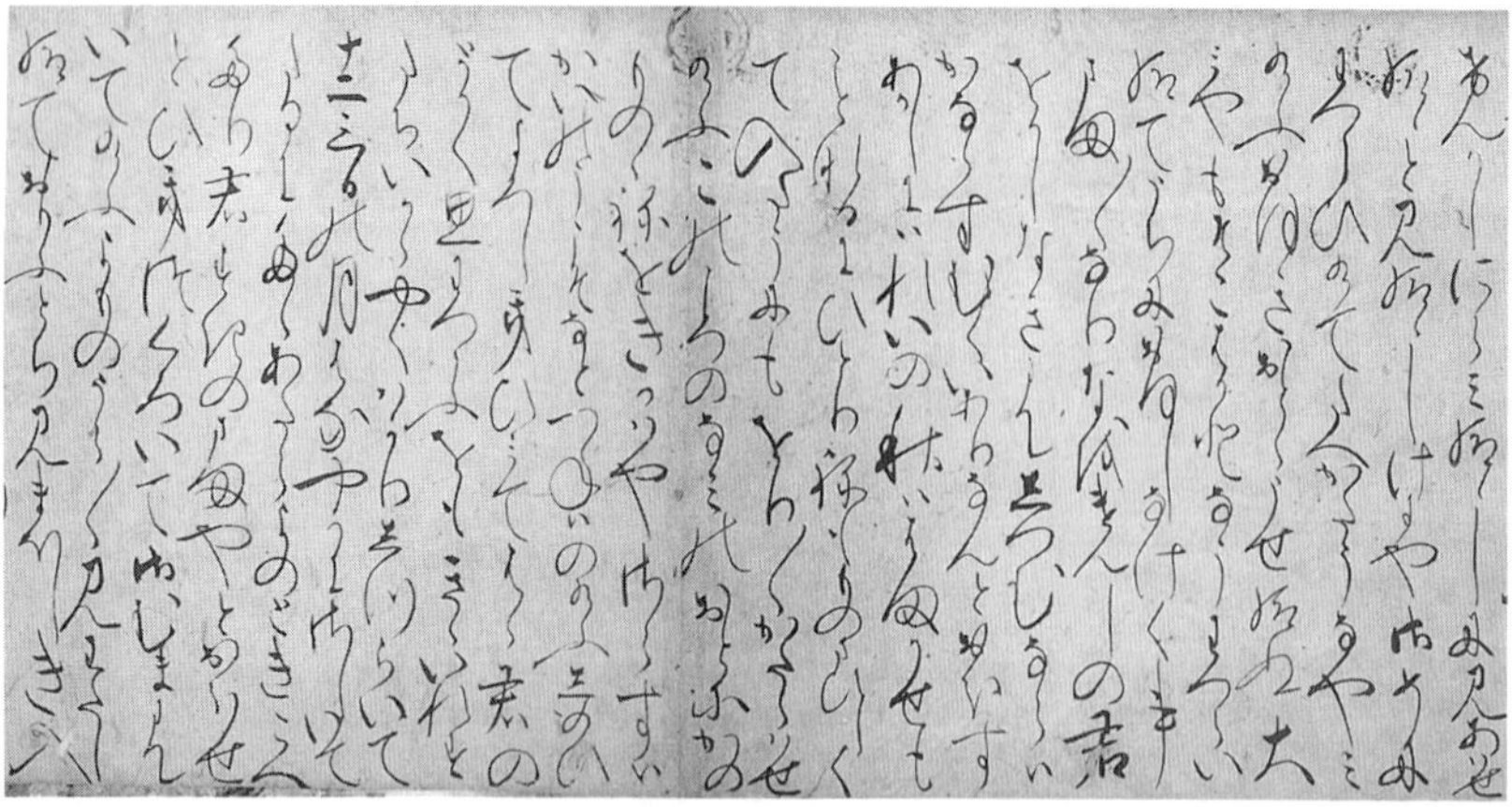

【三二】

かみなりひらめきあめ風さハ
かしき夜御かとの御ゆめにいんの
御かとをまへのみはしのもとに
たゝせ給いて御けわいいとあしう
てにらミきこゑさせ給ふかしこ
まりてをハしますきこへさせ給ふ
事おほかりけんしの御事なり
けんかしにらミ給しに見あハせ
給と見給しけにや御めに
わつらひ給てたへかたうなやミ
給ふおほきおとゝうせ給ぬ大
ミやもそこはかとなうわつらい
給てうちにおほしなけく事
さま〳〵なりなをけんしの君
をかしなきにてしつむならハ
かならすむくいありなんとおほす
あかしにハれいの秋ハはまかせも
ことなるにひとりねもものさひしく
て入たうにもをり〳〵かたらハせ

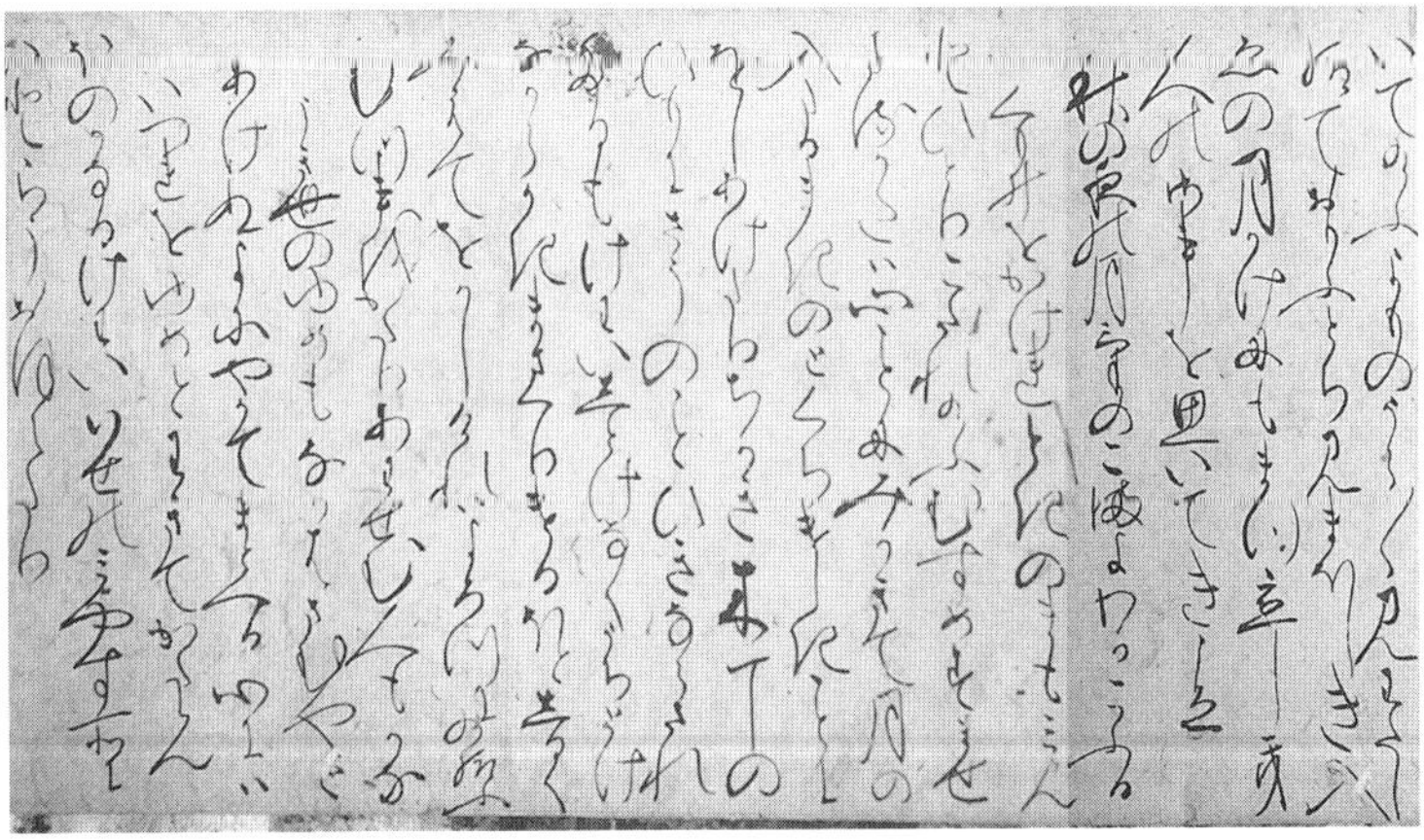

【三四】

給ふこのころのなミのおとにかの

【三三】　二七センチ　二二行

もの丶ねをきかハやさらすハ
かいのうこそなとつねハの給ふしのひ
てよろしきひニては丶君の
とかく思わつらふをもき丶いれす
たちいか丶やくハかりしつらいて
十二三日の月はなやかにさしいて
たるにた丶あたらよのときこへ
たり君すきのさまやとおほせ
とひきつくろいて御むまにて
いて給ふよものうら〳〵みわたし
給ておもふとちみまほしき入
ゑの月かけにもまつ恋しき
人の御事を思いてきこゑ
　秋の夜の月けのこまよわかこふる
　　くも井をかけれときのまもミん
とひとりこたれ給ふむすめすませ

絵⑧

【三五】

たるかたハ心ことにみかきて月の
入たるまきのとくちけしきことに
をしあけたりちかき木丁の
ひもにさうのことひきならされ
たるもけわいしとけなくうちとけ
なからかきまさくりけるほとしるく

【三四】　一〇・四センチ　七行
みえてをかしけれハよろつにの給ふ
むつ事をかたりあわせむ人もかな
　うき世のゆめもなかはさむやと
あけぬよにやかてまとへる心にハ
　いつれをゆめとわきてかたらん
ほのかなるけわいいせ(ママよカ)のミやす所に
いとらうおほえたり

絵⑧
【三五】　二七・六センチ　四行
かくてのちハしのひてとき〳〵おハし

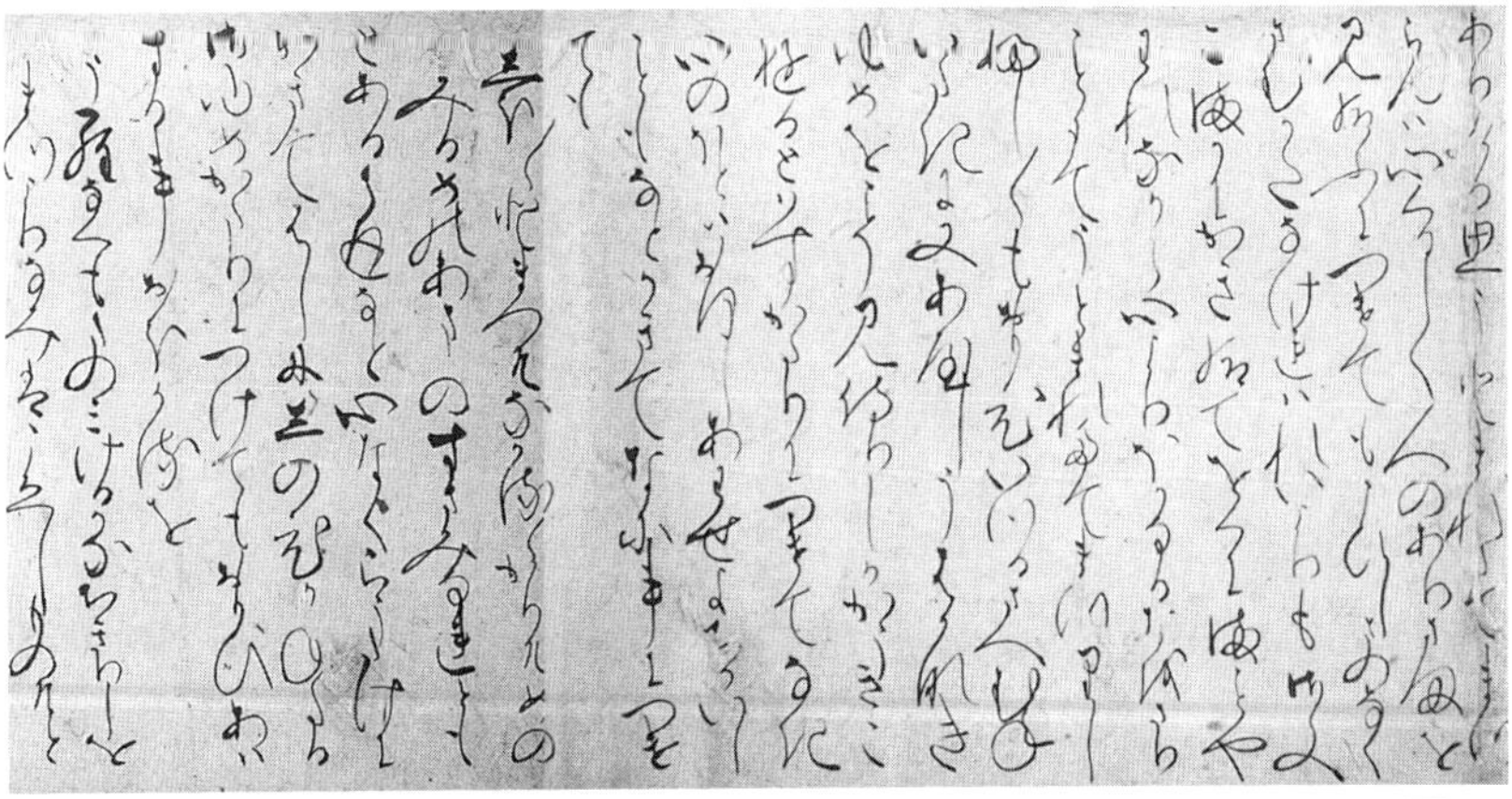

【三六】

ます二てうの君かせのつてにも
き、給らん事ハ心のへたて
ありける思うとまれたてまつ

【三六】　三二センチ　二四行
らんハ心くるしく人のありさまを
見給ふにつけてもこひしさのなく
さむかたなけれハれいよりも御文
こまかにかき給てをくにまことや
われなから心よりほかなるなをさり
ことにてうとまれたてまつりし
ふし〳〵もおもひいつるさへむね
いたきに又あやしうはかなき
ゆめをこそ見侍りしかかうきこ
ゆるとハすかたりにつけてなき
心のほとハおほしあわせよちかいし
こともなとかきてなに事につけ
ても
　しほ〳〵とまつそなかるゝかりそめの

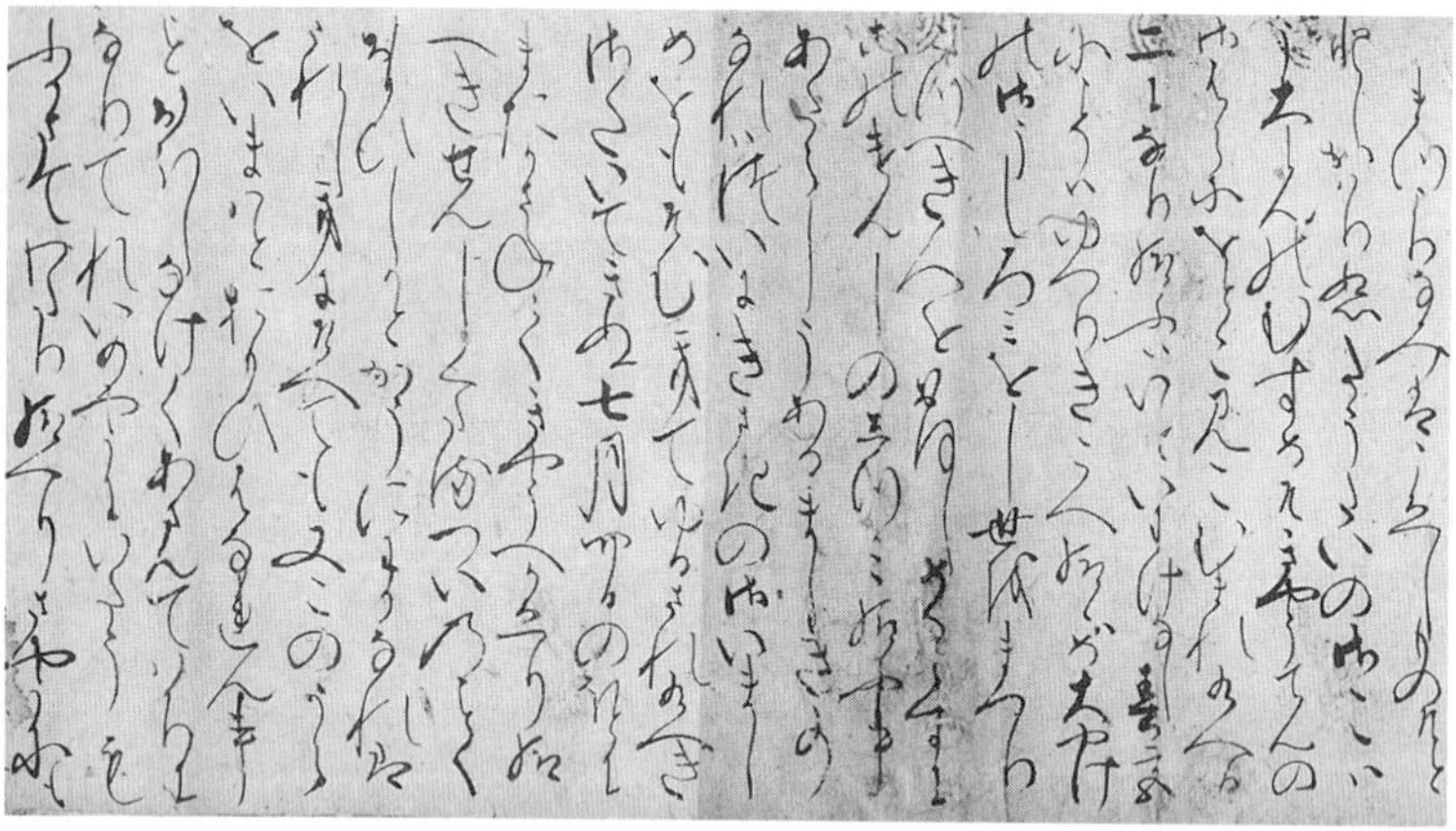

【三八】【三七】

みるめのあまのすさみなれとも
とある御返なと心なくらうたけに
かきてはしにしのひかねたる
御ゆめかたりにつけてもおもひあハ
する事おほかるを
　うらなくもたのミけるかなちきりしを
　　まつよりなみはこゑしものそと
としかハりぬたうたいの御こハ
う大しんのむすめそきやうてんの
御はらにをとこみこむまれ給へる

【三七】　五・二センチ　　四行
二になり給ふハいといわけなし春宮
にこそハゆつりきこへ給ハめ大やけ
の御うしろミをし世をまつり
こつへき人をおほしめくらすに

【三八】　四四・六センチ　　三五行
このけんしのしつミ給ふ事

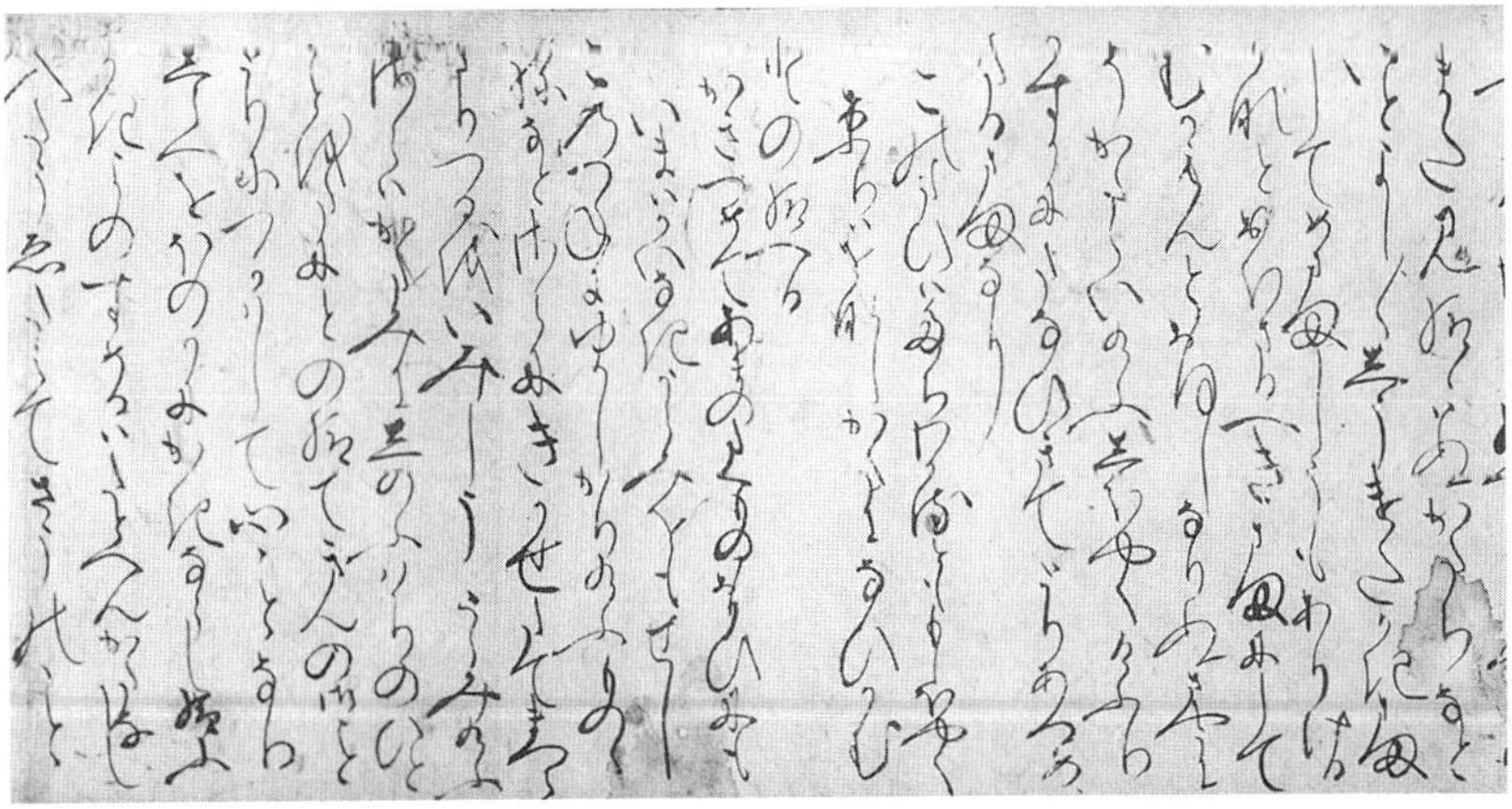

あたらしうあるましき事
なれハついにきさきの御いまし
めをもそむきてゆるされ給へき
さたいてきぬ七月廿日のほとに
またかさねてきやうへかゑり給
へきせんしくたるついのことく
おもひしかとかうにわかなれは
うれしきにそへても又このうら
をいまハとおもひはなれん事
とおほしなけくあさんてハかりに
なりてれいのやうにいたうも
ふかさてわたり給へりさやかにも
また見給ハぬかたちなと
いとよし〳〵しうけたかきさま
してめさましうもありける
かなとおほさるへきさまにして
むかえんとおほしなりぬさやうに
そかたらい給ふしほやくけふり
かすかにたなひきてとりあつめ

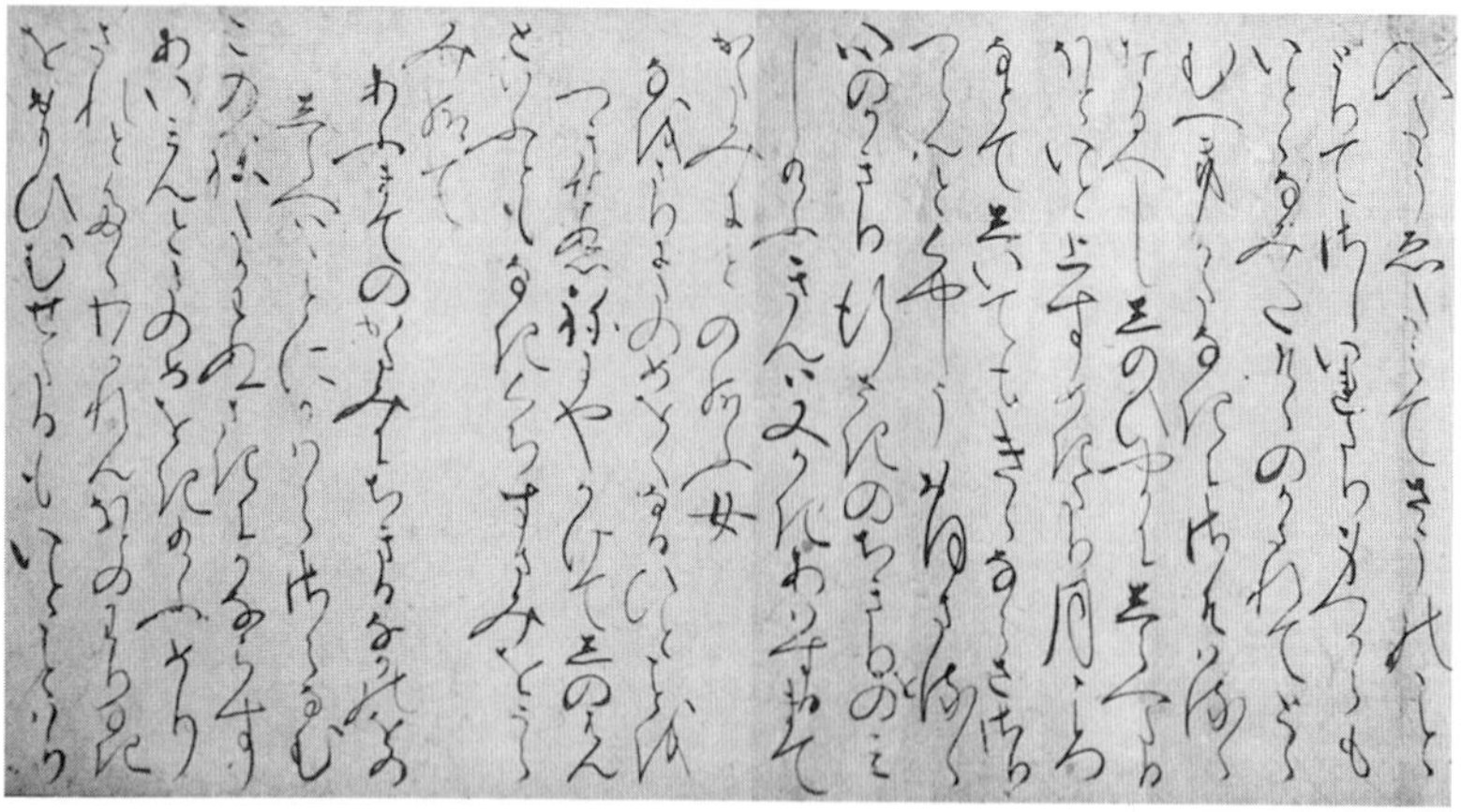

【三九】

たるさまなり
このたひハたちわかるとももしほやく
けふりハをなしかたになひかむ
との給へる
かきつめてあまのたくものおもひにも
いまハかいなきうらみをもせし
このつねにゆかしかり給ふもの、
ねなとさらにきかせたてまつら
さりつるをいみしううらみ給ふ
さらハかたみにしのふハかりのひと
ことをたにとの給てきんの御こと
とりにつかハして心ことなる
しらへをほのかにかきならし給ふ
かきよのすめるハたとへんかたなし
入たう𛀁たえてさうのこと

【三九】　二七・三センチ　二一行
とりてさしいれたりみつからも
いと、なみたそ、のかされてと、

絵⑨　絵⑨

【四〇】　【四一】　【四二】

むへきかたなきにさそハる、
なるへししのひやかにしらへたる
ほといと上すめきたり月ころ
なとてしいてもき、ならささり
つらんとくやしうおほさる、
心のかきり行さきのちきりをのミ
し給ふきんハ又かきあハするまて
かたみにとの給ふ女
　なをさりにたのめをくなるひとことを
　　つきせぬねにやかけてしのはん
といふともなきくちすさみをうら
み給て
　あふまてのかたみにちきるなかのをの
　　しらへハことにかはらさらなむ
このねたかわぬさきにかならす
あいミんとたのめをき給ふめり
されとた、わかれんほとのわりなき
をおもひむせたるもいとことハり
なり

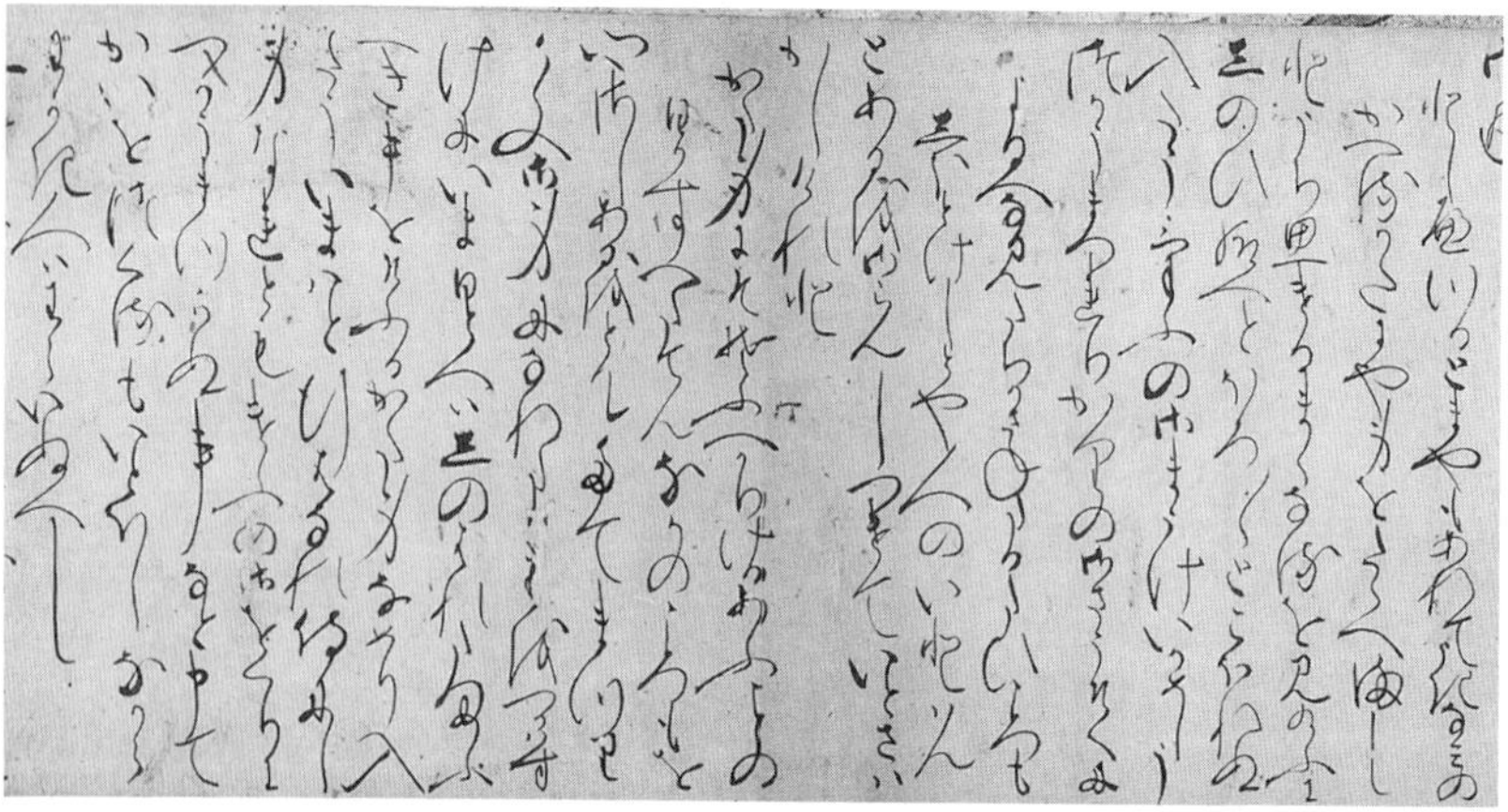

【四〇】　一一・一センチ

絵⑨

【四一】　一三・九センチ　　六行

絵⑨

たち給ふあか月ハ夜ふかくいて給ふに
御むかへの人〻もさわかしけれハ
心もそらなれとひとまをはから
いて

　うちすて〻たつもかなしきうらなミの
　　なこりいかにとおもひやるかな

【四二】　二九・五センチ　　二三行

御返

　としへつるとまやもあれてうきなミの
　　かへるかたにや身をたくへまし

とうち思けるま〻なるを見給ふに
しのひ給へとほろ〳〵とこほれぬ
入たうけふの御まうけいかめしう

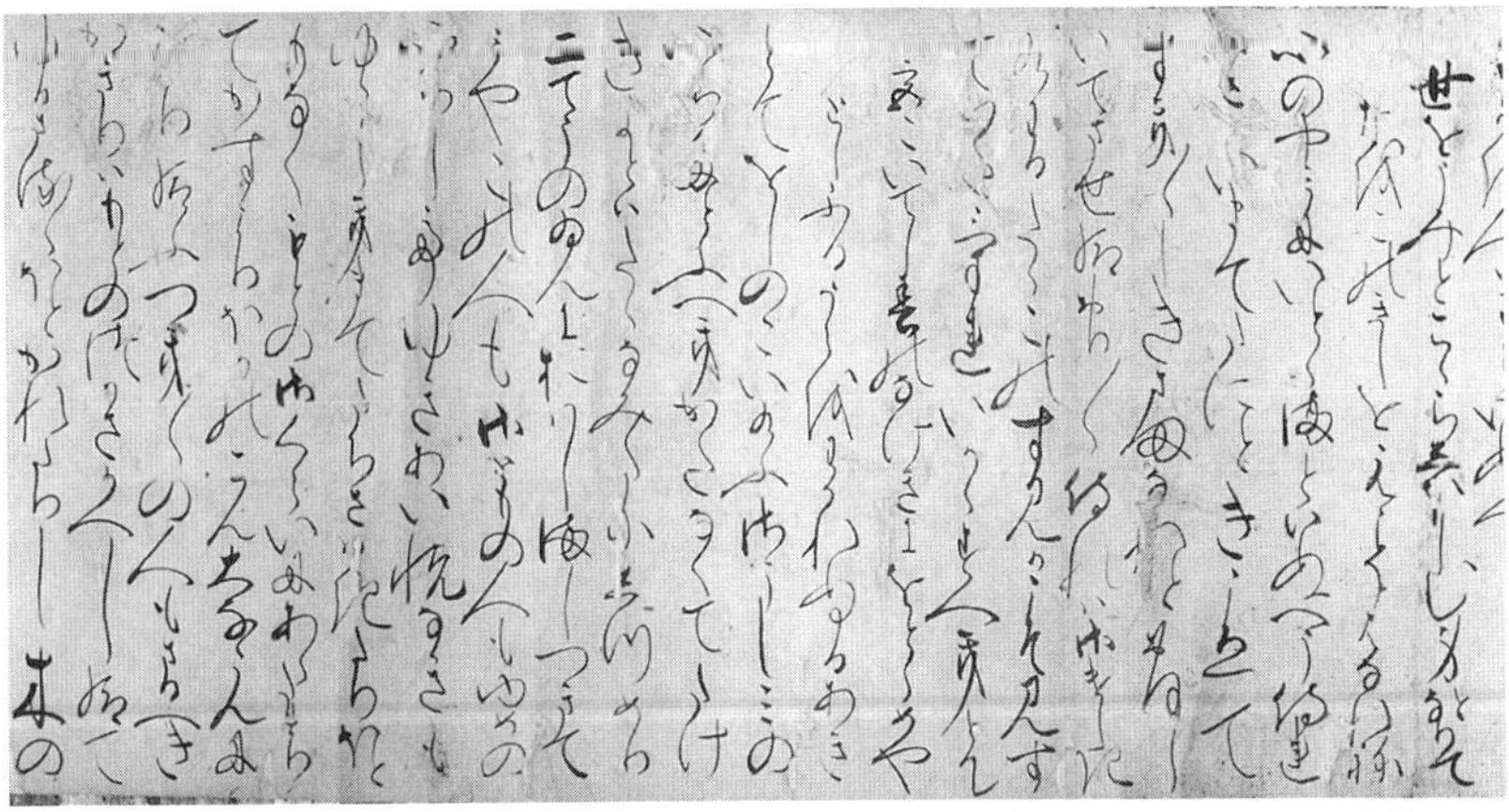

【四三】　【四四】

つかうまつれりかりの御さうそくに
よるへなみたちかさねたるたひころも
　しほとけしとや人のいとハん
とあるを御らんしつけていとさハ
かしけれと
　かたみにそそふへかりけるあふことの
　　日かすへたてんなかのころもを
心さしあるをとてたてまつり
御文御身になれた（虫損・るとも脱カ）をつかハす
けにいまひとへハしのはれたまふ
へき事をそふるかたみなめり入
たういまハと行はなれ侍にし
身なれともけふの御をくりに
つかうまつらぬ事なと申て
かいをつくるもいとほしなから
わかき人ハわらいぬへし
　世をうみとこゝらしほしむ身となりて

【四三】　六・七センチ　五行

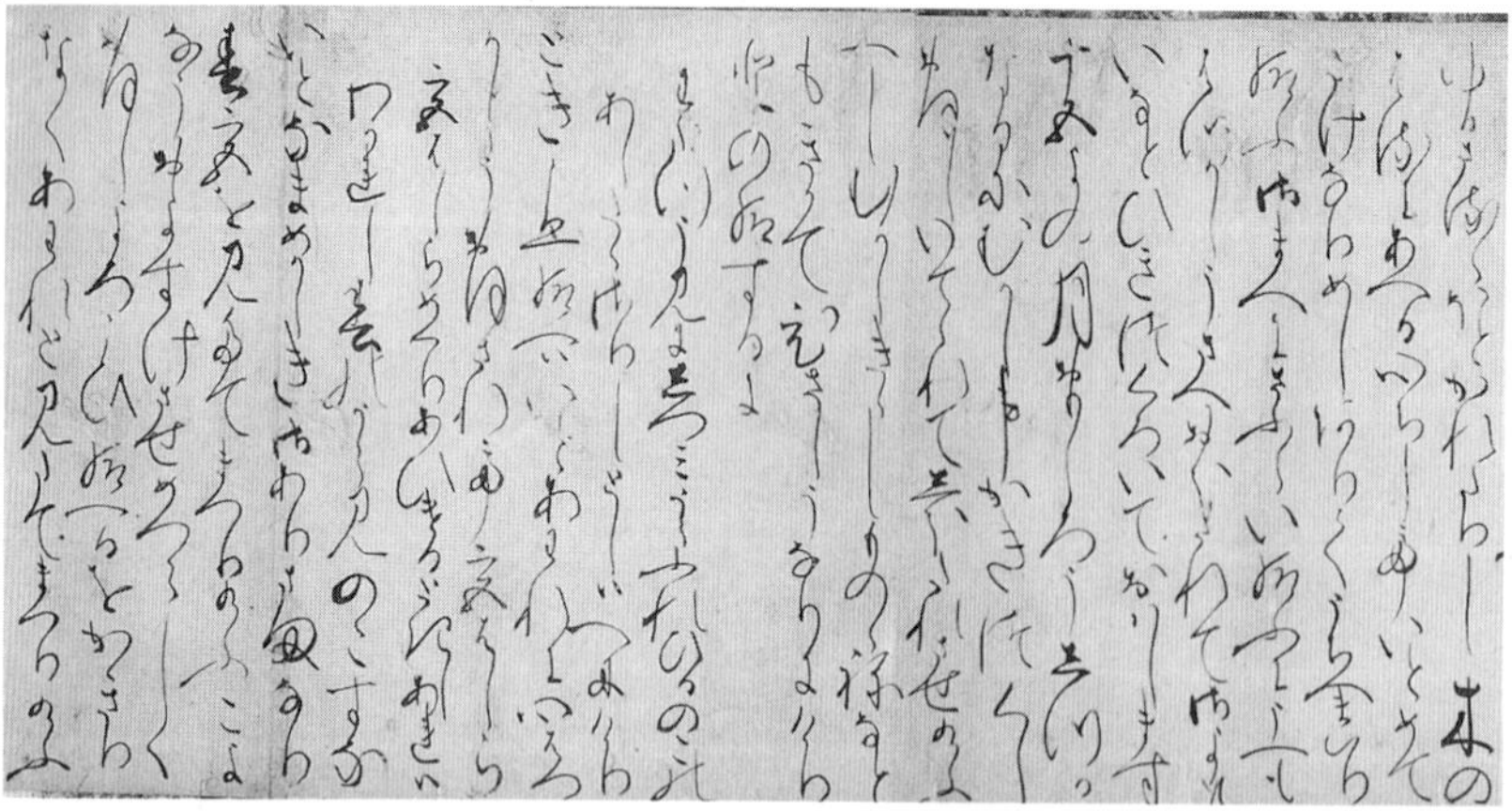

【四五】

なをこのきしをえこそはなれね
心のやミにいと、まといぬへう侍れ
（虫損・はさか脱カ）いまてたにときこゑて
すき〳〵しきさまなれとおほし
いてさせ給おり〳〵侍れハ御けしき

【四四】　四二センチ　三四行

給わるたゝこのすみかこそみす
て（虫損・かた脱カ）けれいかゝすへきとて
宮こいてし春のなけきにをとらめや
　としふるうらをわかれぬるあき
とてをしのこい給ふさうしミの
（虫　損）まとふへきかたなくてたけ
きよとハたゝなみたにしつめり
二てうのゐんにおはしましつきて
みやこの人も御ともの人もゆめの
心ちしてゆきあい悦なきも
ゆゝしきまてたちさハきたりほと
もなくもとの御くらいにあらたまり

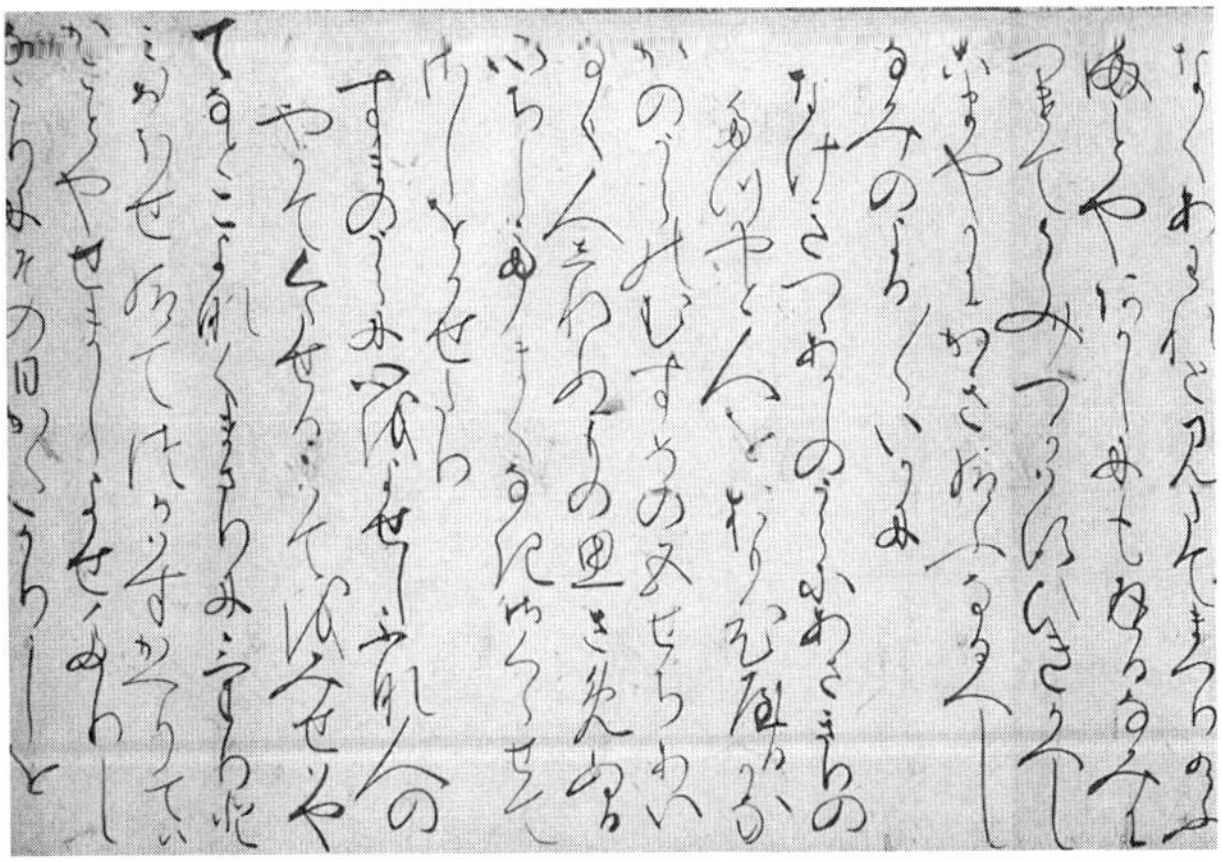

てかすよりほかのこん大なこんに
なり給ふつき〲の人もさるへき
かきりはもとのつかさかへし給て
ゆるさるゝほとかれたりし木の
はるにあへる心ちしていとめて
たけなりめしありてうちへまいり
給ふ御まへにさふらい給ふにうへも
はつかしうさへおほされて御よそ
いなとひきつくろいておハします
十五よの月おもしろうしつか
なるにむかし事かきつくし
おほしいてられてしほたれさせ給ふ
へしむかしきゝしものゝねなと
もきかてひさしうなりにけり
との給するに

　わたつうみにしつミうらふれひるのこの
　　あしたゝさりしとしハへにけり

ときこゑ給へハいとあわれに心はつ
かしうおほされて宮（ママ脱カ）はしら

絵⑩　絵⑩

【四六】　【四七】

宮はしらめくりあひけるときしあれハ
　わかれし春のうらみのこすな
いとなまめかしき御ありさまなり

【四五】　二六・二センチ　二〇行

春宮を見たてまつり給ふこよなうおよすけさせめつらしくおほしよろこひ給へるをかきりなくあはれと見たてまつり給ふまことやあかしにも返るなみにつけて御文つかハすひきかへしこまやかにかき給ふなるへしなみのよる〳〵いかに
なけきつゝあかしのうらにあさきりの
　たつやと人をおもひやるかな
かの（ママそちカ）うらの むすめの五せちあいなく人しれぬもの思さめぬる心ちしてまくなきつくらせてさしをかせたり

すまのうらに心をよせしふな人の
やかてくたせるそてをみせハや
てなとこよなくまさりにけりと
みおほせ給てつかはすかへりてハ
かことや(ママて脱カ)せましよせたりし
なこりにそのひかたかりしを

【四六】　一九・八センチ

絵⑩

【四七】　三八・八センチ

絵⑩

【四八】

【四八】　四一・八センチ

絵⑩

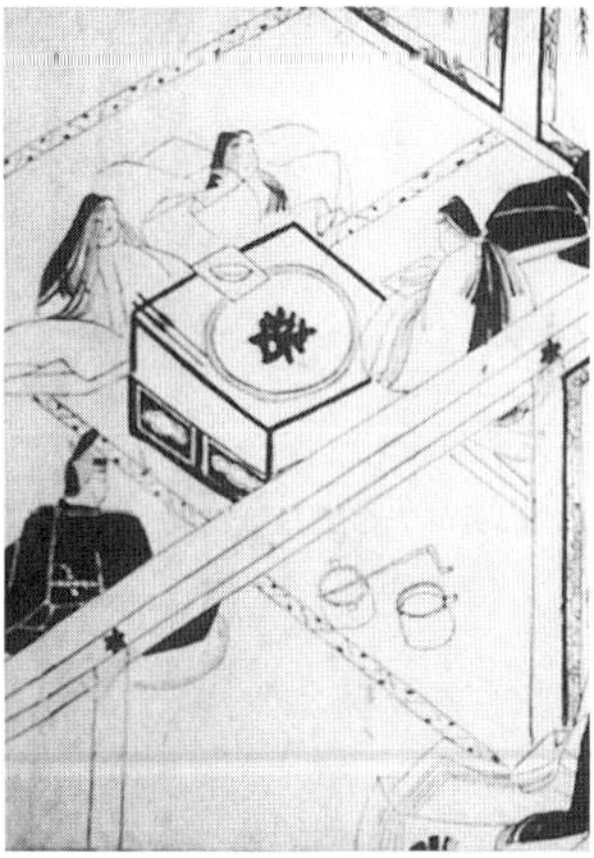

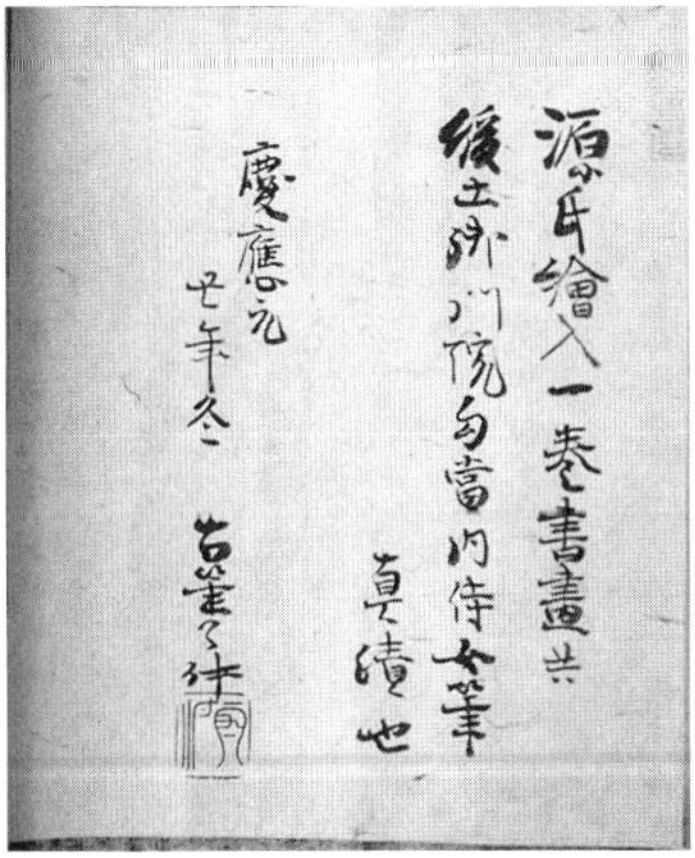

源氏繪入一巻書畫共
後土御門院勾當内侍女筆
真績也
慶應元
乙丑年冬
古筆了仲

【四九】

【四九】　一二・二センチ
識語

舞台

宝塚と『源氏物語』

（一）

『千年の恋　ひかる源氏物語』は平成十三年（二〇〇一）十二月に封切られた娯楽映画である。東映が創立五十周年を記念して企画、東映以下十一社のプロジェクトが製作した。上映時間一四三分。監督・堀川とんこう。脚本・早坂暁（あきら）、音楽・富田勲、美術・西岡善信。出演者には紫式部・吉永小百合、光源氏・天海祐希（あまみゆうき）、紫上・常盤貴子（ときわたかこ）、藤壺中宮・高島礼子、弘徽殿大妃・かたせ梨乃（りの）、朧月夜・南野陽子、明石御方・細川ふみえ、六条御息所・竹下景子等の有名女優を起用。特に紫式部役に吉永小百合を配し狂言回しをさせ、揚（あ）げ羽（は）の君と称する松田聖子演じる生霊（いきりょう）に、洛中を徘徊させ切なく歌わせるなどは、商業ベースが露骨であった。立石和弘も「『源氏物語』の映画化と大衆文化」[注一]の中で、「映画としては確かに破綻している」とし、その原因は「原典に即した映画化や王朝風俗の再現には関心が薄く、荒唐無稽な想像力の映画化に主眼がおかれている」点にあることを指摘した。ただ注目したいのは、宝塚のトップスター天海祐希に光源氏を演じさせた点である。そこで以下、宝塚と千年の恋物語『源氏物語』のかかわりをいささか見てゆきたい。

（二）

田辺聖子は宝塚と『源氏物語』に関し次のように述べる。

私はかねて『源氏物語』は宝塚歌劇で上演されるのが、もっともふさわしい、と信じているものだ。べつに『源氏物語』のテーマカラーの「むらさき」が、宝塚の「すみれ」色と通ずるから、というつもりではないが、しかし宝塚のテーマソング、あの「すみれの花咲くころ　はじめて君を知りぬ」という歌とそのしらべは、『源氏物語』の本質をなんとよく、いい当てていることであろう。「君を想い　日ごと夜ごと　悩みしあの日のころ……忘れな君　われらの恋……」は、まさしく『源氏』五十四帖の一貫したテーマなのである。注二

私は『源氏物語』は宝塚の舞台にこそ、ふさわしいと思っている。「女にもみたてまつらまほし」と原典にある美青年・光源氏は、宝塚歌劇の夢そのもの、あまたの女君たちが物語を織りなすさまも、美女の花園である宝塚でこそ、具象化できるというものである。注三

『源氏物語』は「紫のゆかり」の物語。宝塚のテーマソングはまさに「紫のゆかり」で貫かれ、光源氏の美、平安期の美の具象化は「美女の花園である宝塚」にのみ与えられた特権であるというのである。わかりやすい口語訳『新源氏物語』を著した田辺ならではの発言である。

ところで宝塚は女性だけの歌劇団。女性が男性を演じる不自然さに対して、荷宮和子は、

宝塚はポルノグラフィーではない。（略）宝塚の舞台は期せずして「人間の体は性交をするためだけにあるわけではない」ということを表現することになる。従って（略）現実とはえらく異なった空気が宝塚歌劇には漂うというわけだ。舞台から伝わってくるこの空気は、奇しくも劇団のモットー「清く正しく美しく」と近似している。[注四]

とし、「プラトニックな恋愛を中心に描いている宝塚歌劇は、（略）真に成熟した人間同士での恋愛感情をこそ描いているのだ」と述べる。敢えて男性の恋、女性の恋などと区別するのではなく、恋の総体として精神性高く描くのが宝塚のやり方だというのである。従って男役を演じても、女役を演じても、人間の精神を演じ切るのが目的である以上、ポルノグラフィーなどとは縁遠い、芸術として高い完成度が目指せるのである。

こうした宝塚の演じられ方は、田辺が「美青年・光源氏は、宝塚歌劇の夢そのもの、あまたの女君たちが物語を織りなすさまも、美女の花園である宝塚でこそ、具象化できる」としたことに重なる。光君の美が女性美と区別しがたかったように、『源氏物語』の美は、男女を敢えて区別する必要のない美意識に立っているからなのである。そうしたニュートラルな美を描くのに、殊更男役は男性に、女役は女性に演じさせる必要はない。従って宝塚の『源氏物語』は、平安期と宝塚の双方の美意識の類似性に立っての人間描写であるという視点を持って鑑賞する必要があるのである。

（三）

では宝塚はどのように現在の不動の地位を築き上げたのであろう。しばらく市橋浩二編集『宝塚歌劇五十年史』[注五]をおもに参照しつつ宝塚の略史を見ておこう。

まず小林一三（いちぞう）（明治六年〈一八七三〉～昭和三二年〈一九五七〉）。山梨県に生まれ、慶応義塾で学び、明治・大正・昭和の実業界で活躍。阪急電鉄をはじめ、阪急百貨店、東宝などの阪急東宝グループを起こし、太平洋戦争直前の難局には商工大臣、戦後の混乱期には国務大臣復興院総裁を歴任した人物。そして小林こそ宝塚歌劇の創設者でもあった。洋書を手放さなかったというエピソードが語るように、西洋の演劇・映画の移入を中心に芸術活動を行った小林は、また『小林一三全集』七巻の著述、茶道における大乗茶道の提唱と実践を行い、さらに晩年には逸翁と号し、逸翁美術館に収蔵される美術工芸品五千点あまりの収集もなした。注六

一方明治四三年（一九一〇）、宝塚と大阪を結ぶ箕面有馬電気軌道株式会社が発足。発起人として専務取締役であった小林は乗客誘致をねらい、現在の池田市を中心に日本で初の田園都市計画を立て、大阪市民のレクリエーションセンターとして、箕面に渓谷・緑陰・紅葉を売る自然公園を作った。さらに明治四四年（一九一一）、終点宝塚にはゴチック風な宝塚新温泉を建設、宝塚パラダイスと銘打ち室内プールを中心とした娯楽施設を誕生させた。しかし男女が共に泳ぐのは公序良俗に反するとの旧弊な風俗取締を前に、プールの使用が不可能となる。

そんな時、小林は東京の帝国劇場で三浦環（たまき）演じるオペラ「熊野」を見る。舞台そのものより、オペラという新しい文化への憧憬を観客に感じた小林は、プール再利用の方向を決めた。オペラ劇場への改装であった。

当時、東京三越百貨店には少年音楽隊があった。それに対抗するように、小林は大正二年（一九一三）七月、取り敢えず「宝塚唱歌隊」を立ち上げ、唱歌好きな良家の少女十六名を加入させた。これが宝塚の第一期生となった。

高峰妙子（十四歳）・雄島艶子（十六歳）・外山咲子（十五歳）・由良道子（十二歳）・八十島楫子（十四歳）。雲井浪子（十二歳）・関守須磨子（十五歳）等で、最年長でも十六歳、最年少は十二歳。現在の中学生程度の少女ばかり。舞台名（いわゆる芸名）は小林の創案で「小倉百人一首」の歌に採り、響きのよさと親しみやすさを狙った。藤原定家撰の

「小倉百人一首」に因む舞台名というのは、宝塚と『源氏物語』がさほどかけ離れていなかった暗示のようでもある。

因みに彼女等の日給は五十銭。一箇月で約十五円になる。小学校教諭が月給十円程度、上級学校教師でも三十円という時代。破格の待遇であった。良家の子女を高給で集めるやり方は、宝塚の品格を保つ礎（いしずえ）となったと思われる。そして同年十二月、取り敢えずの名称「宝塚唱歌隊」は「宝塚少女歌劇養成会」と改名された。注七 三越の「少年音楽隊」に対し、宝塚は「少女歌劇」（傍点宮川、以下同じ）で行くことになったのである。

（四）

「宝塚少女歌劇養成会」の第一回公演は、大正三年（一九一四）四月一日。乗客誘致に開催された「婚礼博覧会」の余興であった。公演場所は宝塚のパラダイス劇場。例のプールを改装したにわか仕立ての劇場である。出し物は、歌劇『ドンブラコ』注八、喜歌劇『浮れ達磨』注九、ダンス『胡蝶』注一〇、管弦楽合奏・独唱・合唱の四部。前年七月に集められた十六名の第一期生は、十ヶ月の猛練習を積んで初舞台を踏んだ。この時『ドンブラコ』を演じたのが高峰妙子以下七名で、桃太郎役の高峰は男役スターの第一号となった。観客は「可愛い」「いや味がない」「美人がいる」などと評し大反響を呼んだ。それを受け急速な改革もなされる。今までの日本舞踊、とりわけ歌舞舞踊の型を打破し、少女には少女の振りごとの必要が叫ばれ専属の振付師も招かれた。

第二回公演は夏休み期間を狙い、同年八月一日から三十一日までと決まる。ところが開催直前の七月、オーストリアがヤルビアへ宣戦布告したのに端を発した第一次世界大戦が勃発。日本も英・仏の連合軍側へ参戦。経済不況が巻き起こった。ために順調に滑り出したかに見えた少女歌劇は客の入りが殆ど望めなくなる。

しかしそのままで終わりはしなかった。同年十二月、宝塚の人気に着眼した大阪毎日新聞慈善団は、北浜の帝国座注一一で年末慈善歌劇会を企画。大阪毎日新聞紙上で喧伝された宝塚少女歌劇は一挙に知名度があがる。紙面は宝塚を「無邪気な少女オペラで、老若男女家族が揃って観覧しても他の演芸のように顔を赤らめるような場合がない健全さがうけた」と評した。子供から老人までが健全なムードで鑑賞できるオペラだというのである。中学生程度の少女達が演ずるのであるから、「可愛い」く、「いや味」がなく、「無邪気」なのは当然といえば当然なのだが、そこには「唱歌好きな良家の少女」達が醸し出す健全さや上品さがあったのも否めまい。

一方、小林も大阪毎日新聞に記事を寄せ、宝塚少女歌劇設立の主意を明確にした。要約すれば次のようになる。

昨今、幼稚園・小学校・女学校を通じて教えられる唱歌は洋楽ばかりだから、国民の芸術的趣味の源泉は洋楽にあるといっても過言ではない。しかし学校を離れると洋楽趣味を味わい楽しむ機会がなくなり、三絃を中心にした長唄・清元・常磐津・義太夫などの俗謡に傾く。これではせっかく身につけた洋楽の教養も台無しというもの。そこで洋楽趣味に立脚した音楽と舞踊の連合した「オペラ」を紹介し、社会の趣味的欠陥を補い、少年少女や青年男女達に一種の情味ある趣味的資料を提供しようと考えたのだと。

（五）

小林はどこまでも純粋なオペラ[注一二]ではなく歌劇を目指した。振付は従来の舞踊を踏襲しつつ、進行は管弦楽と合唱に担わせるという西洋風な歌劇の形式を取り入れ、調和のとれたオペレッタ[注一三]を完成させたのである。本格的なオペラを我が国に導入する運動はことごとく失敗していた[注一四]当時、宝塚少女歌劇は独自の領域を創り上げ、日本式歌劇を根付かせて行くことになる。

小林が少女達に要求したのは、「男役は男役ばかりをするのではない、男役もやれば娘役にもなる。女役でダンスを踊るものもお芝居では男役にもまわるし、日本舞踊も舞うというように、誰もが振幅のあるひろい舞台に立つ」ことであったから、必然的に少女達はオールラウンドにこなせる能力を磨いた。

演目も例えば『日本書紀』に取材した『日本武尊(やまとたけるのみこと)』、おとぎ話の『舌切り雀』や『大江山』、ひな人形に取材した『雛祭』など、日本文化や日本の古典を素材にしたストーリー性のある作品が多く演じられるようになる。こうして①少年少女本位のお伽もの、②大人に親しみのある旧歌舞伎式のもの、③青年士女本位の西洋もの、④革新的な芸術上の試みを実現したもの、と大きく四つの部立(ぶだて)が構築されていった。

もっとも彼女達に弱点がなかったわけではない。台本が標準語になっている以上、東京語の正しいアクセントを身につけないと聞き苦しいという批判もあった。発音と発声を自然にするには関西弁ではこころもとなかったのである。

一方、大正七年（一九一八）五月、歌劇団は初めて東京公演をおこなう。成功裏に終わったそれを機に、東京で入団希望者の採用試験を実施、天津乙女、初瀬音羽子、久方静子らが入団。ばりばりの江戸弁が宝塚にのぼり、内部浄化されてゆくことになった。

こうして宝塚少女歌劇が日本におけるオペレッタ文化定着の一翼を担い始めて五年目、大正八年（一九一九）一月六日、宝塚少女歌劇団養成会は解散し、新たに文部省私立学校令の認可を得た宝塚音楽歌劇学校が設立された。音楽と歌劇の技芸を実用的に教授することを目的とし、修業一年の予科、修業一年の本科、本科修了後も技芸専攻を目指す研究科の三科を設置、研究科には修業年限を設けなかった。初代校長には小林が就任。

ここにプール再利用に出発した小林案は、音楽歌劇学校創立として結実したのである。同時に室内プールを改造しただけのパラダイス劇場では観客を収容しきれないことから、同年三月には箕面公会堂を現在の宝塚大劇場のすぐ近くへ移築、春季公演以降はそこを使用することになった。

では宝塚で『源氏物語』はどのように採り上げられて来たのであろう。結論的に述べるなら『源氏物語』は五回企画上演されているから、九十余年の宝塚史で単純に割れば二十年に一度ということになる。

（六）

最初が大正八年（一九一九）の夏季公演。当年は一月に文部省に認可され宝塚音楽歌劇学校が設立され、三月には箕面公会堂移築による劇場が落成し、本格的な歌劇上演の環境が整った年であったのは見たとおりである。

二回目は第二次世界大戦後の昭和二七年（一九五二）一月の花組、二月の星組公演まで待たなくてはならない。その間の三十数年の空白には戦時下での『源氏物語』のありようが透けて見える。

三回目は昭和三二年（一九五七）三月の月組公演。二回目からわずか五年にしてまたまた採り上げられたのは、『源氏物語』を自由に享受できるようになった世相の反映か。この傾向は本格的な『源氏物語』研究が学会で一気に開花して行く時期にほぼ重なってもいる。

四回目は昭和五六年（一九八一）一月の月組公演。田辺聖子『新源氏物語』の翻案を礎にしたものであった。

五回目が平成十二年（二〇〇〇）四月〜五月の花組公演。これは七月〜八月に東京公演、さらに翌年四月〜五月には全国ツアーもなしたロングラン。大和和紀『あさきゆめみし』の翻案であった。

こうして列挙してみると意外に少ないというのが正直な感想であった。宝塚公演に続き東京公演もなされることが多かったから、幾度も上演されたような錯覚に陥るのであるが、宝塚の『源氏物語』は五回しか作られていなかったのである。そこには『源氏物語』を舞台化する難しさが存在するように思う。その点へ言及しているのが柴田侑宏。第四回の脚本と演出を担当した柴田は、「『新源氏物語』について」[注一五]で次のように述べる。

「源氏物語」は、元来、多くの短編の集合体のような形をとった長編小説である。（略）これをこのまま劇化しようとすると、単なる絵巻か絵草紙にとどまる危険性があり、ドラマとしての結構に難をもつ。無理が生じてくるのだ。とくに、限られた上演時間の中ではなおさらのことである。私がそれでも「源氏」をやろうと思い立ったのは、全編を通して（宇治十帖を除く）、光源氏の生き方をタテに見ながら、太い線で抽出して、その生き方と恋のあり方を再構築すれば、ドラマとしての形をととのえ得る、と考えたからだ。この仕事は、あるいは、わが国が世界に誇る最大の古典、「源氏物語」を、壊すことになるかもしれない。しかし、「源氏物語」をドラマの形にして、「源氏物語」を読まない若い世態に、光源氏を見せることは、意義のある仕事だと信じたから踏み出した。（略）長編の原作をトリミングしながら縫って行く手法として、語り部的コロスを多用した。注一六これができるのは、宝塚の強味であると思っている。

長編小説『源氏物語』を、制約ある上演時間内で劇化する場合、どうしても原作をトリミングし、どこかに焦点を合わせた組み替えが必要になるというのである。ということは『源氏物語』の原典を知る者がそうした舞台に抱く違和感は、劇化する側の苦心に思いを馳せていない点にあるのかもしれないし、映画『千年の恋』の破綻も、このトリミングや組み替えが、必要以上に興味本位の商業ベースでなされていた点に存したのかもしれない。

（七）

以下、劇化の難しさに立ち向かいながらなされた宝塚の五回の『源氏物語』公演を、各々の脚本をおもに参照しつつたどっておきたい。

第一回は大正八年（一九一九）の夏季公演。七月二十日から八月三十一日までの四十日間。標題は「歌劇『源氏物語』－賢木の巻－」。小野晴通作。高木和夫作曲。当時小野は新進気鋭の脚本家であった。そもそも宝塚では創立四周年を迎えた大正六年（一九一七）頃、脚本の一般公募をなした。集まった七十編から選ばれた『花争』の作者が小野。平凡な筋ながら歌のことばの美しさと隅々まで行き届いた神経の細やかさに、芝居を充分に理解した作品として評価された。

初回の『源氏物語』はサブタイトルに「賢木の巻」とあるように、舞台は晩秋の嵯峨野の野々宮。登場人物は光源氏・六条御息所の他は、野々宮に奉仕する女房二人に女童二人、源氏の従者二人の計八人という小規模なもの。野々宮を訪れた源氏に、六条御息所が葵上を呪い殺したのは自分の生き霊で、賀茂の祭りの折の車争いで受けた屈辱の報復であったと打ち明けるストーリー。

舞台は野々宮に奉仕する女房二人と女童二人の合唱に始まる。

「秋も更けたる野々宮の　仮の御館（みたち）の宵毎に　露けさまさる柴垣の　濃染（こそめ）の萩もうつろへば　いと細り行く鈴虫の声にたぐへてふり添ふは　涙の玉か白露の　風に吹き敷く思ひかな」とあるのを一読すれば、小野作品の持つ、「歌のことばの美しさと隅々まで行き届いた神経の細やかさ」が諒解される。歌詞の美しさは全編を網羅、引歌も交えたそれは、格調高い和歌作品を味わうような文学性に溢れている。

ところが舞台そのものの評価はさほど芳しくなかった。全編楽曲で、一言の台詞もないオペラそのものとして演じられたからである。大野廣太郎は「源氏物語を見て声唱本位の傾向を難ず[注一七]」と題する一文で、

あの声唱や作曲では義理にでも倦怠なしに四十分近い一幕を見終る事は出来ぬではないか。（略）貧弱な声唱

に加ふるに小学唱歌式の、賛美歌式の頗る平凡な作曲でもって、これが宝塚の新しき試みと打出した当事者の大胆なるに驚かざるを得ぬ。（略）宝塚歌劇団当事者も其創設の当初宝塚歌劇はオペラと呼び度く無い歌劇と云つて貰ひ度いと声明した意味を推測するに声唱を主とせず舞踊中心の新日本歌劇であるといふ事らしかった。又其方針の脚本がズン〳〵上場されて可成の成功を収めて来たものであるが、近来どういふ風の吹き廻しか追々声唱に重きを置く傾向を帯びて来たのである。（略）種々の事情の下に男声登場者を加へる事を出来ぬこの歌劇団が一人や二人少し位歌へるものが出来たといふて変化のないキーキー声の少女許りで声唱本位の歌劇に成功しやうといふのは実に思わざるも甚だしいものであろう。

と酷評した。高木和夫が「小学唱歌式の、賛美歌式の頗る平凡な」曲をつけたのは、歌詞の美しさを損ねないためであったのであろうが、全編唱歌で綴るオペラ形式そのものは、声量の足りない少女が「変化のないキーキー声」で四十分も歌い続けるには無理があった。そもそも「歌劇」と銘打ったのは、「声唱を主とせず舞踊中心の新日本歌劇であるという事」ではなかったのか。妙に方向を変えず本来の舞踊中心で行くべきで、そこにこそ理想的な日本大歌劇を生み出す道程があるはずだと大野は敢えて苦言を呈したのである。

もっとも大菊福左衛門は「歌劇場の客席より―夏期公演の初日を見て―」[注一八]と題し、

「源氏物語賢木の巻」は「花争」の作者小野晴通氏の新作にて高木和夫氏の作曲、全部歌詞のみにて一句のせりふのないのは宝塚歌劇初めての試みだといふ自慢だけあって中々面白い。（略）夏期公演中の傑作と言ふべしである。

と褒めているから一概に断定はできないが、以後の宝塚がレビュー[注一九]に力を注いでゆくのを見ると、大野の批評を真摯に受けとめ、本格的オペラとは別路線を歩む方針を改めて認識し直したのではないかと思われるのである。

こうして宝塚創立の初期に、さっそく『源氏物語』が演じられながら、その後三十数年にわたり登場しないのは、戦時下を挟んだ時代背景もさることながら、古典中の古典を宝塚らしく劇化する難しさを思い知らされたからではなかろうか。動きの緩慢な平安期の日常を劇化する場合、舞踊のあり方、歌唱の方法、台詞の挟み込み方等、宝塚としてどこまでオペラを離れて独自性を発揮できるのか、それこそが第一回公演を終えた宝塚が担った大きな宿題であったのかもしれない。

（八）

第二回は昭和二七年（一九五二）の一月の花組、二月の星組公演。これは大正八年（一九一九）の夏期公演から三十数年後に久々に登場した『源氏物語』であった。花組、星組ともに脚本は同一なので一月の花組に代表させて見てゆく。[注二〇]

ところで宝塚は戦後になって各公演に際し脚本集の他にプログラムの販売を始めている。昭和二七年時の定価は十円。表紙に宝塚スターの上半身写真を飾り、「宝塚歌劇　一月花組公演　宝塚大劇場　解説と配役」の文字や、「TAKARAZUKA REVUE」の横文字を印刷する。

「解説」は冒頭で、公演期間が一月一日より三十日までの、「平日一時一回　日曜祝日及び二日より五日まで十時、三時、二回開演」だと予告。演目は「歌劇「源氏物語」全二十二場」。白井鐵造構成演出、小野晴通脚色とする。小野は大正八年、最初の『源氏物語』の作者。以下振付・作曲・舞台装置・衣裳考証・舞台照明・小道具考案・美術考証・箏曲演奏などの各担当者が列記される中に、「紫式部学会協賛」の名が見える。宝塚の『源氏物語』に、紫式部学会が協賛していたのは面白い発見であった。そして学会の協賛は続く前置きの文章と「梗概」部分に発揮されたのではなかろうか。直前きの文章は次のようにある。

「源氏物語」は万葉集と共に、吾国最高の古典文学である。作者の紫式部が寛弘五年（一〇〇八）頃に書いたものであるだらうとされているので、作品中の年代もその前後であらうといわれている。その時代は女尊の風習が残つていて、夫は妻の許に通い、又一夫多妻近親婚等が普通であつたのを観る人も頭に入れておいてほしいのである。

『源氏物語』のモデルの時代などに訂正される部分はあるものの、プログラムにこうした専門性の高い前置きを載せたのは、宝塚の意識の高さを語るものであろう。続く「梗概」は演目のあらすじであった。

おもな配役は、光源氏・春日野八千代。弘徽殿・藤波洸子。桐壺帝と惟光の二役・月空美舟。朧月夜・梓真弓。若紫・八千草薫。葵の上・有馬稲子。藤壺・由美あづさ。夕顔・朝倉道子。六条御息所・水原節子。左大臣・汐風みちみ。現役女優の名も見える。

ストーリーは須磨巻までの改編。第一場は清涼殿の花の宴。南殿のはずのそれを清涼殿に採り、帝・女御・更衣・公卿・殿上人・女房達が居並ぶ前で舞姫と舞人が次の合唱に合わせ踊る。

いろは匂へど散りぬるを　この花のみぞ今もなほ　変らぬ色の美しや　紫の花　恋の夢　あゝいつまでも忘れじ

の　藤紫の　愛の花　物のあはれを知ることは　遠い昔の恋歌に　涙ながして憧れし　紫の花　恋の夢　あゝ何
　時までも忘れじの　藤紫の愛の花

「紫の花　恋の夢」、「あゝいつまでも忘れじの　藤紫の　愛の花」は、田辺の言にあったように宝塚の『源氏物語』のありようを如実に語る。つまり『源氏物語』は「紫のゆかり」がテーマで、源氏の愛は藤壺と紫上にあることを早速に伝えているのである。そのことは続く藤壺の舞いの歌詞にも確認できる。藤壺が舞うなど違和感もあろうが、制約された時間内で物語をわかりやすく伝えるには必要な脚色なのであろう。

　むらさきの　ひともとゆえに　武蔵野の　草はみなから　由縁とぞ見る　このひともとの紫の　色のゆかりにおのずから　惹かるゝ心うつゝなの　我れよ胡蝶の春の夢　恋の種々野に匂ふ　若むらさきや濃紫　露深見草いつしかに　憂きを身に知る草もみぢ

歌い出しは、「紫のひともとゆゑにむさしのの草はみなからあはれとぞ見る」（『古今集』巻第十七雑歌上収載・よみ人しらず・八六七番歌）[注二一]の五句目を「由縁」[注二二]と変えて引くもの。「このひともとの紫の　色のゆかりにおのずから　惹かるゝ心」は源氏の藤壺・紫上への想いに他ならない。

大正八年時の『源氏物語』の脚本を書いた小野は、この二曲をテーマ曲に据え、それを合唱させることで、独唱にありがちな「キーキー声」を回避、藤壺を舞わせることで「舞踊を中心にした路線」を外さない脚色をなしたのである。その点では大正期の雪辱戦となり得ている。

二場からは台詞と合唱が調和したオペレッタが始まる。弘徽殿女御が父右大臣に、藤壺に中宮を越され、左大臣家が光源氏を婿取った不満をぶつけることで、右大臣側と源氏側の敵対関係を知らせる。一方で愛を表沙汰に出来ない源氏と藤壺の苦悩を、「けふしも物を思ふかな　同じゆかりの紫に　もの思へとて行く春を　つれなく匂ふ藤波の花」と歌わせ、「紫のゆかり」の色調を高いテンションで持続させる。

続いて源氏にうち解けない娘葵を気に病む左大臣は、気分転換も兼ね葵達女性一行を葵祭りに送り出す。そして一条大路での車争い。次には源氏と夕顔の悲恋と北山での若紫の描写。夕顔も若紫も原典では花の宴の前に登場するのが入れ替わっている。そこには通行の巻順では平板になりかねない危険を避けた換骨奪胎を見る必要があろう。

続いては朧月夜と源氏の密会。原典に忠実であるなら、これも花の宴に登場する場面。しかし直後に密会の露見と源氏の須磨下向が語られるのを勘案すると、須磨下向の要因が密会にあったのが説明しやすいと気づく。そして頭中将が須磨を来訪、帰洛の時節を待つよう源氏を慰める。エピローグ（終結部）では平安京のにぎやかな春を描いて源氏の帰洛を示唆。名実共に「須磨かえり」の物語であった。

大正八年時は賢木巻だけの舞台化であったから、六条御息所の苦悩と葵への祟りを描くに留まっていた。今回は「紫のゆかり」を軸に据え『源氏物語』のテーマを明確にした上で、六条御息所が葵や夕顔に祟ることで女の情念を、朧月夜との密会を描くことで貴種流離譚（きしゅりゅうりたん）[注二三]を描き、物語のスケールがはるかに大規模になっている。

台詞も多くなり、いくつかの巻々を採り上げるため舞台装置にも工夫が凝らされ、車争いを舞踊で演じ切るなど舞踊の役割の充実も図られていて、オペレッタとしての完成度は高い。ただ「須磨かえり」で終わっているため、「紫のゆかり」をテーマにしている割には女三宮への言及もなく物足りない部分が残るのは否めない。

(九)

第三回は昭和三二年(一九五七)三月の月組公演。二回目から五年後にあたる。白井鐵造構成演出・小野晴通脚色であるのは第二回と変わらない。しかし二十二場が二十八場に増大している。増大部分では、須磨で三月上巳の祓えがなされ、海龍王が源氏を海底へ連れ去ろうとする。それを助けようと現れた桐壺院の亡霊が住吉明神の助けを得て須磨の浦を立ち去れと告げる。源氏と明石御方は結ばれ、良清は失恋の歎きを隠せない。そこへ頭中将が朱雀帝の召還の宣旨を携え下向。源氏は明石御方に別れを告げて上洛し、明石御方は涙にくれる。エピローグは源氏召還を得ての春爛漫の平安京が描かれる。

第二回で歌われた「紫の花　恋の夢」、「あゝいつまでも忘れじの　藤紫の　愛の花」はそのままテーマ曲として利用されるから、「紫のゆかり」がテーマだとわかる。しかし、明石御方との恋と別れにスポットライトを当てたため、第二回で描かれていた若紫の発見やそのあどけなさ、若紫を引き取りたいと尼君に熱心に頼む源氏の描写はすべて割愛されてしまい、「紫のゆかり」からいっそう遠ざかる結果になってしまっているのである。なるべく多くの場面を採用しようとすればテーマから外れる、これこそ構成演出・脚色を担った白井と小野が陥ったジレンマではなかったか。

もっとも「紫のゆかり」路線逸脱の手当のつもりか、源氏との別離の場面で明石御方に、「別れても影だにとまるものならば鏡を見ても慰めてまし」と歌わせる。しかしこれは源氏の須磨下向直前、源氏が、「身にはかくてさすらへぬとも君があたり去らぬ鏡の影は離れじ」と詠じたのに対する紫上の返歌。それを明石御方に口ずさませるのはいかがであろう。いっそう原典からもテーマからも外れてしまったように思う。

一方脚本にも仮名遣いにおいて大きな変化が見られる。我が国では戦後いち早く現代仮名遣への改定がなされた。これは歴史的仮名遣を現代語音に近づけて改定、現代口語文に使用する仮名用法の規範を作り、昭和二一年（一九四六）の内閣告示により一般化したもの。しかし完全に現代仮名遣になるにはかなりな年数を要し、旧仮名遣と新仮名遣の并存時期は長かった。

宝塚の脚本集にもそれが指摘できるのである。第二回までは例えば、「前世の契とでも言ふのでせう」、「お酌をいたしませう」、「訪ねて見やう」、「思はれます」、「住居であらうか」などとある。また用字も「妾」や「有仰います」とし、促音は「つ」で表記されていた。

しかし第三回からは新仮名遣で統一され、「妾」は「私」、「有仰います」は「おっしゃいます」になり、促音も「っ」（いわゆる小さい「つ」）が用いられるようになった。それと同時に「蔀戸（しとみど）」、「簾（すだれ）」、「八重葎（やえむぐら）」などのように古語にはルビが振られるようになる。大正八年（一九一九）から数えれば約四十年後にあたる昭和三二年（一九五七）のこと。初期の脚本の用語はもはや古語で、漢字が読めない宝ジェンヌの出現が窺える。[注二四]

最後に配役。光源氏・春日野八千代。彼女は第二回にも光源氏役であった。当たり役であったのが窺える。[注二五]弘徽殿・暇克美。桐壺帝・澄代春枝。惟光・八代洋子。朧月夜・雅章子。藤壺・三鷹恵子。夕顔・梓真弓。六条御息所・大和七海路。左大臣と明石入道二役・沖ゆき子。明石の母君・瑠璃豊海。良清・高羽千鶴。明石の上・筑紫まり。

第二回花組公演で朧月夜、星組公演で夕顔を演じた梓真弓がまたしても夕顔を演じているのは、春日野八千代が光源氏役が当たり役であったのと同様の理由からか。また第二回星組公演で弘徽殿を演じた瑠璃豊海が明石の母君を演じている。

見てくると、第二回にも第三回にも登場する団員もいる一方で、この五年間に多くが交代しているのがわかる。荷

宮和子が、

女役の場合は当たり役をきっかけに退団するパターンが少なくない。もちろん、男役にも見られる傾向だが、女役の方がより顕著だと言えるだろう。その時の心の根底にある思いとは「こんないい役はもうこれ以後は付かないかもしれない」という恐れ、強迫観念だと思われる注二六

と述べたのが想起される。少女歌劇から始まった宝塚は、「可愛い」く、「いや味」がなく、「無邪気」なのが受けて来た。ということは、暗黙裏に舞台に立てる年齢制限が存在、『源氏物語』などの大作で主要人物を演じた団員はそれを機に脱退してしまう場合が多かったのかもしれない。

（十）

第四回は昭和五六年（一九八一）一月の月組公演で、一月一日から二月十一日まで。第三回から約四半世紀後であった。正式な題目を、「グランドロマン『新源氏物語』二部二十五場―田辺聖子『新源氏物語』より―」とするように、田辺の『新源氏物語』の翻案であった。脚本・演出は柴田侑宏（ゆきひろ）。作詞は田辺。また主題歌の作曲を宇崎竜童に依頼。観客の希望を取り入れ光源氏は榛名由梨（はるなゆり）、藤壺は専科の上原まり、紫上は雪組の城月美保に演じさせた。因みに上原まりは平家琵琶の名手として名を馳せて行く。

ストーリーは以前のものを一新。「紫のゆかり」の物語として貫くことを目指し、「上の巻　紫のゆかりの恋」と「下の巻　恋の曼陀羅」の二部仕立てにした。「上の巻」は「紫のゆかりの恋」が語るように、源氏と藤壺との密通と

皇子出産及び我が子との対面、六条御息所と葵の車争い、若紫の登場と結婚、花の宴での朧月夜との密会と須磨流謫。そして嵐の中での明石御方との出会いを描く。「下の巻」は、都に帰還した源氏の栄華、立派な青年に成長した夕霧と雲居雁との恋、女三宮と柏木の密通に藤壺との密通の輪廻を思う源氏を描き、恋の曼陀羅模様が歌いあげられフィナーレとなる。『源氏物語』第二部までをほぼ網羅、源氏と藤壺、女三宮と柏木の密通を一貫させることに成功している。

プロローグは「紫のゆかりの女(ひと)ぞ　なつかしき　恋の源氏の夢深き春」のかげ歌で開始。早速の「紫のゆかり」である。それに続き、「ゆめさまざまの恋を知り　ゆめこなごなに傷ついた　ただひとときは与えられ　やがてまもなく奪われる　恋もいのちもうたかたの　めぐる月日に埋もれて　恋の曼陀羅五十四帖　恋のぬけがら五十四帖」と歌う。そして恋はひとときの夢だという視点で全編を貫いてゆく。以下第四回の特徴をいくつか具体的に見てみよう。

一つは夕顔との恋が一切カットされた点である。それに代わり雨夜の品定が描かれ、そこで男達の恋の体験談を、「才たけてみめ美しく　情けあるのはご用心　多情で浮気な女が多い」、「貞操堅固で家庭を守る　良妻賢母は考えもの　おしろい斑らで色気がない」、「ほどよく妬くのはかわいいけれど　たけり狂って角を出し　武者ぶりつくのはとんと興醒め」、「かしこぶるのも厭味なもの　愛の囁きもしかつめらしく　いつか話は教訓ばかり」、「素直でやさしく美しく　仄かな色香を漂わせ　控え目なのが　理想の女」の各々の歌詞に載せて聞かせる。

形代(かたしろ)という『源氏物語』のテーマを採り上げた点も新しい。紫上と少納言に、

紫の上「源氏の君は、なぜ子供だった私をいずれ妻にしようとお思いになったのかしら」

少納言「それは姫さまがお小さい頃からとてもお美しかったからでございましょう」

紫の上「それだけではないような気がするの、この頃になってふと思い当るのだけれど、源氏の君の中にははっ

きりした理想像があって、私をそれに近づけるように教育なさったんじゃないかしら」

と対話させて表現したのはうまい方法であった。しかし六条御息所までを藤壺の形代（かたしろ）とし、源氏の夜離は期待外れの落胆にあったと描くところには、「紫のゆかり」を強調せんがための無理がある。特に第一回の公演が六条御息所の情念を美しく描きあげていただけにその感は強い。

藤壺との密通では、

源氏「二人して罪に墜ちましょう　二人ならどんな地獄も楽しいはず」

藤壺「あなたのお姿を見るたびに　心の中で罪を犯しておりました」

源氏「紫の藤の花かげ　たおやかに気高く　この世に一人ただひとり」

などと歌わせ、抱擁や口づけもさせ、今までにない恋物語としての艶やかな雰囲気を盛り上げる。ラブシーンが街角でいくらも繰り広げられるようになった世相の反映か。

さらには物語の筋を廷臣や女房、町人男女達に歌わせる。

女房「桐壺帝が位をゆずられ」

廷臣「朱雀帝の御代となり」

町の男「葵祭りに先だって　賀茂の社のあるじも替わる」

町の女「替るあるじは姫宮　今日姫宮の社入り」

町の童「行列つくって一条大路　貴公子たちの供揃い」

廷臣「右大将光源氏も加わって」

女一同「源氏の君さま　光の君さま」

町の男「見んものと物見車もくり出した」
町の童「ところが大変大事件」
町の男「まだ行列も来ぬさきに　二台の車がぶつかった」
廷臣「片や源氏の妻の葵の上」
女房「こなた恋人御息所」
全員「互いに譲らぬ車の争い　さてこの勝負いかにいかに」

これこそ柴田が「長編の原作をトリミングしながら縫って行く手法として、語り部的なコロスを多用した。これができるのは、宝塚の強味であると思っている」[注二七]とした点である。

そしてもう一つ、それは「恋の輪廻」と題されたフィナーレ直前に桐壺帝を登場させ、次のように展開した点である（以下ゴチック体はト書き）。

カーテンが開くと、源氏が一人、荒涼とした冬景色の中に立っている。雪が降る。

光源氏「私は、傲り昂っていたのかもしれない、自分がこの世の小さい存在であることに気づかず…。そして深い落とし穴に落ちてしまった。私の栄華と歓楽の宴はいつまでも続いていくものと定めていた。傲りの罪に神は罰を下し給ふたのか…（前へ歩いていて突如）あ**！**（更に愕然となる）」

後景が透ける。少し高所に、藤壺の館を思わせるセットに、「我が子との対面」の時のように、みどり児を抱いた桐壺帝、藤壺の女御、そして源氏の影が見える。

桐壺帝「（エコー）どうだ、美しいよい子だろう。美しいものは似るものだな。そなたの幼い頃にそっくりだ」

光源氏「（ふり返って、奥へ走る）父上！」

幻が消えて、元の雪の荒野。猛然と、雪が降りしきる。

光源氏「父上！　あなたはなにもかもご存じだったのですね。御存知でいながら、黙って永久に胸にしまって行かれたのですね。そして父上、あなたは私を赦さなかった！」

吹雪の中に立ちつくす光源氏。ハミングコーラスの主題歌が高まりエンディングに。

「恋の曼陀羅五十四帖　恋のぬけがら五十四帖」

舞台装置や音響効果が格段にレベルアップし、立体的な舞台構成が可能になったのである。その中で、藤壺との密通を桐壺帝は決して赦してはいなかったと知った源氏が自らの傲慢に打ちひしがれる。帝が密通を知っていたか否かは原典には書かれていない。その解答を田辺氏は舞台の上から投げかけたのであった。

（十一）

五回目は平成十二年（二〇〇〇）、四月七日から五月十五日までの花組公演。昭和五六年（一九八一）の田辺『新源氏物語』の翻案から約二十年後にあたる。平成十二年は西暦二〇〇〇年。『源氏物語』が書かれてほぼ一〇〇〇年、ミレニアムの上演を強調してのそれであった。原作は大和和紀『あさきゆめみし』。脚本・演出は草野旦（ただし）。表題には、「宝塚ミュージカル・ロマン『源氏物語　あさきゆめみし』」とある。配役は光源氏・愛華みれ。紫上と藤壺の二役・大鳥れい。頭中将・匠ひびき。刻の霊（ときすだま）・春野寿美礼。夕霧・瀬奈じゅん。明石の上・彩吹真央。桐壺帝・磯野千尋。明石入道・星原美沙緒。特に愛華みれは源氏役にぴったりの美しさと期待されての抜擢であった。

そもそも『あさきゆめみし』は劇画。[注一八] 装束などは平安期にほぼ忠実だが、人物の表情は洋物のそれで、特に頭中将など金髪に描かれる。草野が「原作に忠実に描きながら、ビジュアル的には顔かたちにしても髪型にしても非常に今様で、これなら宝塚の雰囲気にぴったり合う」[注一九] と述べたのは故なしとしない。

初期の段階で宝塚の演目は、①少年少女本位のお伽もの、②大人に親しみのある旧歌舞伎式のもの、③青年士女本位の西洋もの、④革新的な芸術上の試みを実現したもの、と大きく四つであったから、[注二〇] ②③④の混合があって不思議ではない。草野が、

> 「若菜」以降になると、人間源氏が見え始めてきました。輪廻転生と言いますか、自分が犯した罪が晩年になってそっくりそのまま自分に返って来るというあたりから人間源氏の苦悩が出始め、面白いなと思いました。ですから今回舞台化するにあたっても後半部分を描きました（以下草野発言は注二九引用のプログラムのインタビュー記事による）。

と述べるように、ストーリーはいわゆる第二部を中心とし、第二回以降四回までの「紫のゆかり」の物語からは遠ざかる。舞台にはまず奇妙な姿の「刻(とき)の霊(すだま)」が登場。脚本集には「個々の人間の時間を支配する精霊」とある。草野が、

> 刻の霊というオリジナルのキャラクターを登場させることによって、ビジュアル的な面での新しさと言いますか、大和先生の絵が持つとても綺麗で今様な精神を生かせないかと考えました。（略）現代に通じるような衣装のキャラクター（略）現代と過去の掛け橋となるキャラクターが必要だと思ったんです。

とする存在で、金髪に二本の触角を持つ風貌。
次の場面は源氏の屍(しかばね)を担いだ葬送。そこへ登場した老年期の頭中将が、「時が全てを奪ってしまった。光までも…時よ、どうかもう一度かつての若さをこの世の夢を見させたまえ！」と叫ぶ。すると刻の霊が勝ち誇ったように笑いながら、「返してあげよう、時を！見せてあげよう、あさき夢を！」と応じる。
そもそも『あさきゆめみし』の題名は「いろはうた」に採ったもの。注三二 その「あさき夢」、はかない人間の生と死を、刻の霊がフラッシュバックで見せる手法を用いながら、須磨から帰還後の源氏の栄華を語る。中でも明石姫君の入内にあたっての紫上と明石御方の雪解け、源氏のひたむきな愛を想い出に逝去する藤壺、柏木と女三宮の密通を知った源氏の激しい嫉妬、紫上の逝去など、過去の作品に描かれることのなかった場面が構築される。舞台の進行にも工夫がこらされた。

日本物の世界を若い人たちに楽しんで見ていただくにはテンポが必要なのではないかと思い、それを一番心掛けました。そのためにショーのような流れの芝居の作り方になりました。私は音楽劇と名付けているのですが、オペラとミュージカルの間みたいな感じで、ほとんど全編音楽を流しながら、オペラほどすべてを歌に乗せるのではなく、ミュージカルほど独立してナンバー注三三があるのではなく、芝居から自然に歌が入っていくようにできたらと考えています。

と草野は語る。ただ「ショーのような流れの芝居の作り方」は、物語の筋や人物関係をわかりにくくする危険がある。そこで草野は、刻の霊に長い台詞を用意し狂言廻しをさせた。例えば明石姫君の入内直前を描く第九場では、時は止まることはない。雪がとけ桜が咲き、季節はめぐり、又正月をむかえる。四度の桜をながめ、四歳年(とし)を加え、明石の女の腹から産まれ、紫の上の養女となっていた源氏の娘は十二歳になった。次の御代を担う帝となるべき春宮(とうぐう)は十四歳。源氏の娘、明石の姫君は春宮の妃に十分ふさわしい年頃だ。更なる栄華の確立を目指して源氏は一人娘の婚礼の用意にとりかかる。更なる栄華の厚化粧に余念のなり源氏の大臣(おとど)―

と説明させ、準太上天皇即位式の場[注三三]（第十一場）では、

源氏の大臣は準太上天皇の位を授かった。光源氏四十歳、彼は昇る所まで昇った。彼はすでに臣下ではなく、皇族なのだ。準太上天皇…もはやこれ以上望むべくもない地位へ…

と言わせる。歌や舞踊を華々しく取り込んだ宝塚らしいショーの一方で、物語の筋を観客にわからせるには、どうしてもこの種の解説が必要になるのである。ただ物語の筋や年立(としだち)のこうした説明を、観客は果たして違和感を持たずに受け入れたのであろうか。というよりしらけることはなかったのであろうか。

終結部では、危篤の紫上が陵王の舞を舞いつつ逝去する。いかに紫上を愛していたかを悟った源氏は、「この世では　果たされぬ　愛　この愛こそ　夢の中で　密かに見た　愛　この愛こそ　あさき夢に　まどろみ見た　愛」と歌う。「あさき夢みし」を再び歌わせることで、テーマを確認させているのである。

最終場（十八場）のタイトルは「雲隠」。源氏の葬送から始まった舞台では、刻の霊が再び源氏の死を見せる。「雲隠」は題名だけあって本文が一行もない特異な巻で、通常『源氏物語』五十四帖の巻には含めない。それを敢えて一

場に据えたのは、「源氏の死と愛」をテーマにした草野には必要不可欠な脚色だったからであろう。

（十二）

大正八年（一九一九）、宝塚ではじめて『源氏物語』が演じられた。以後、次第に扱われる巻や規模が増大しつつ、平成十二年（二〇〇〇）のミレニアムまで五回に及んだ。その間約八十年、様々な世相の変遷を見てとることができる。それは宝塚の発展と同時進行で、団員の増加や新規の組の創立の時期とも重なっていた。ただその分、各組が競い合うように観客に媚びる方向へ進んだのではあるまいか。『源氏物語』の原典を枉げてでも、余興的要素を付加し観客受けを狙う商業ベースが目立つように思われてならない。もっとも宝塚のごく初期、大正三年（一九一四）四月一日の「宝塚少女歌劇養成会」第一回公演は、箕面有馬電気軌道株式会社の乗客誘致に開催された「婚礼博覧会」の余興としてであったから、商業ベースに乗ることは宝塚歌劇団の使命なのかもしれない。

しかし、既に創立九十年に至る宝塚が『源氏物語』を扱う際には、時間的な制約を緩め、演目を『源氏物語』一本に絞ったり、季節公演の全てを『源氏物語』で埋めるなど、思い切って腰を据えた企画が考え出されてもよいのではあるまいか。宝塚創設に尽くした小林一三が存命なら、そのあたりも柔軟に対応したかもしれない。もっともこうした客受けを狙う商業ベースは、なにも宝塚に限らない。『千年の恋　ひかる源氏物語』はその最たるものであったのは冒頭で述べた通りであった。

では『源氏物語』上演の際、商業ベースとの折り合いはどこにつければよいのであろう。『源氏物語』は決して専門家の占有物ではないが、専門家が扱う分野と、大衆文化のそれの間に存する隔たりに目配りし、『源氏物語』の品格を落とす方向はやはり阻止すべきであろう。かつて紫式部学会が協賛していたのは、ある種のお目付役を担っていたのかもしれないとさえ思う。その上で「日本物の世界を若い人たちに楽しんで見ていただく」ためになされる物語のトリミングや組み替えが必要なら、ある程度譲らなくてはならないのであろう。尾崎左永子が、

『源氏物語』は、何といっても日本の大きな文化遺産です。それに「古典」というものは、永い時の流れの中で生きのこって来ただけのことはあって、誰がどういう形で近付こうと、勝手に解釈しようと、びくともせずに受け入れてくれます。[注三四]

と述べたのを信じながら。

以上見てくると、九十年の歴史を誇り、多くの根強いファンを有する宝塚においてさえ、『源氏物語』を扱うには、商業ベースと大衆文化の要請を無視してはなりたたないのがわかる。ましてや巷の低俗な源氏文化の一人歩きの阻止など土台無理な話で、結局玉石混淆の『源氏物語』文化が生き続けることになる。

それならばと、『源氏物語』を文化遺産として大切に扱う最善の方法を模索しようとすれば、本物の『源氏物語』文化とは何かということを規定してかかる所から始めなくてはならないという新たな難問が持ち上がる。もはやここで云々するゆとりを持たないが、ただ宝塚には、千年の恋物語を、大切な文化として精神性高く演じ続けてもらいたいと個人的には考えている。

〔注〕

一、国際シンポジュウム「日本と世界における源氏物語」〈平成十七年〈二〇〇五〉三月二五日～二六日・於ニューヨークコロ

ンビア大学）での立石発表およびレジュメ。

二、昭和五六年（一九八〇）一月一日～二月十一日に公演された宝塚歌劇・月組公演「グランドロマン『新源氏物語』二部二十五場―田辺聖子『新源氏物語』より―」（脚本・演出　柴田侑宏）の折の『宝塚大劇場公演脚本集』に掲載された「「源氏物語」と宝塚」と題された田辺執筆のコラム。

三、平成十三年（二〇〇一）四月七日～五月十五日に公演された宝塚歌劇・花組公演「ミュージカル・ロマン『源氏物語　あさきゆめみし』（原作・大和和紀「あさきゆめみし」、脚本・演出　草野旦）の折の『宝塚大劇場公演脚本集』に掲載された「永遠の『源氏』永遠の宝塚」と題された田辺執筆のコラム。

四、荷宮和子『宝塚ショーへの招待』平成八年（一九九六）・廣済堂出版。

五、昭和三九年（一九六四）宝塚歌劇団発行。

六、昭和三二年（一九五七）十月、同年一月に逝去した逸翁のコレクションの公開を目的に大阪府池田市に開館された。収蔵される美術工芸品は五千点あまり。重要文化財の「谷水帖　石山切」（伊勢集・平安時代）、「佐竹本三十六歌仙切」（藤原高光・一幅・鎌倉時代）、「花鳥蒔絵螺鈿洋櫃」（桃山時代）、「豊臣秀吉像画稿」（狩野光信筆・一幅・桃山時代）、「奥の細道画巻（部分）」（与謝蕪村筆・江戸時代）、「白梅図屏風」（六曲一双・呉春筆・江戸時代）や、重要美術品の「紺紙金銀字交書賢却経」（巻第十〈中尊寺経部分〉・平安時代）、「露殿物語絵巻」（下巻〈部分〉・江戸時代）などを蔵する。

七、この名称も、昭和十五年（一九四〇）十月一日、戦時体制下で「宝塚歌劇」に名称変更されることになる。

八、桃太郎の物語。既に東京で試演されていたものの焼き直しで、後に宝塚が独自の演出・脚本を用意する歌劇とは趣を異にする既製品であった。

九、大正元年（一九一二）に東京白木屋呉服店の少女音楽団で上演された歌遊び。これも『ドンブラコ』同様、借り物の脚本であった。

一〇、明治四四年（一九一一）に開場した帝国劇場が、新作オペラとして上演した胡蝶の舞を、宝塚の少女達で上演できるよう改編したもの。

一一、新劇誕生の導火線となった川上音次郎・貞奴夫妻が建てた劇場。明治四三年（一九一〇）二月完成。敷地約七八〇平方メートル。ミラノのオペラ座を手本にし、客席は分割され、回り舞台もある二階建ての洋式劇場。あまりのハイカラさに世間は驚きを隠せなかったという。因みに東京の帝国劇場は帝国座完成の二年目に建てられている。

一二、オペラとは、歌唱を中心に器楽・舞踊を加え、歌手が扮装して演ずる歌劇のこと。十六世紀末から十七世紀初頭にかけイタリアで成立し、ヨーロッパ諸国に広まっていった。歌劇と翻訳されることが多い。

一三、オペレッタは、娯楽的要素が強く、軽快な内容の歌劇。独唱や合唱に対話形式の台詞を交える。十九世紀後半に成立し、後にミュージカルへと発展してゆく。喜歌劇・軽歌劇・小歌劇などと訳される。

一四、帝国劇場では三浦環を花形に大望のうちに歌劇団帝劇洋楽部を組織。しかし、西洋風な日常生活にない日本人が、舞台だけで西洋風の表情を演じようとしても失敗であった。往年のテノール歌手藤原義江（山口県生まれ。初め新国劇・浅草喜劇に出演。後にミラノに留学して欧米各地で活躍。昭和九年〈一九三四〉藤原歌劇団を創設。生没一八九八～一九七六）が生前、NHKのテレビ番組で「味噌を舐めて育った日本人が、舞台でバターの声を出そうとしても土台無理だ」という発言をしていたことがあったが、まさにそこに失敗の原点はあったのである。特に歌詞、曲譜、日本語の発音、旋律が各々没交渉のため、創意工夫も不調和を通り越し滑稽ですらあって、結局大正五年（一九一六）五月に解散。またオペラの巨頭として赤坂にオペラ劇場を建ててまで尽くしたローシーも同種の失敗に終わる。さらに、浅草六区によって大衆の人気を博した日本座のそれも、一、二喜劇風な創作に興味ある作品を発表した以外は、多くが翻訳劇の曲調を日本語で歌うだけで、構想も表情も振付も自分たちのものになりきっていなかった。

一五、昭和五六年（一九八一）一月から二月十一日までの月組公演の脚本集に寄稿されたコラム。因みに宝塚では大正五年（一九一六）十月から、公演毎に「宝塚少女歌劇脚本集」を発行し続けている。また大正七年（一九一八）八月には、機関雑誌「歌劇」も創刊された。これら発行も小林の尽力によるもので彼は編集にも携わった。もっとも小林は既に大正二年（一九一三）七月に「山容水態（さんようすいたい）」を創刊しており、文化的な出版物発行の必要性を思っていたらしい。「山容水態」は箕面有馬電気軌道株式会社の本格的な沿線PR誌。創刊号（第一巻第一号）から大正五年（一九一六）九月号（第三巻第十二号）までの三十五冊（二冊の臨時号を含み二冊分欠号）が、財団法人阪急学園池田文庫に保存されている。題名は「箕面電車沿線に於ける静然たる山の容、溶々たる水の態」（創刊号「社告」）に由来。全国で当該文庫以外に見られない貴重な資料である。そして「山容水態」の大正三年（一九一四）三月号に「婚礼博覧会と少女歌劇団の公演」のお知らせとして登場したのが、宝塚少女歌劇が活字化された最初。同年四月号にはその特集も組まれ「少女歌劇団員募集」のページも見られる（「山容水態」については津金澤聡廣氏『「山容水態」から雑誌『歌劇』へ」による）。そして「山容水態」の後を受けたのが機関雑誌「歌劇」であった。

一六、古代ギリシャの合唱歌。またその合唱隊。ギリシャ演劇発展の母胎と称され、劇の状況を説明するなど、進行上大きな役割を担う。

一七、『復刻版　歌劇1』第一～第十一号（大正七～九年）。原本所蔵財団法人阪急学園池田文庫。平成九年（一九九七）一月発行。宝塚歌劇団。二〇頁。

一八、注一七同書。二九頁。

一九、踊りと歌とを中心にコントを組み合わせ、多彩な演出と豪華な装置とを伴うショー。もとパリで、毎年十二月に一年間の出来事を急激に場面転換させながら諷刺的に演じた一種の喜劇。第一次世界大戦後各国に流行した。

二〇、花組も月組も白井鐵造構成演出、小野晴通脚色なのだが、前者が廿二場からなっていたのが、後者では廿一場と一場分少ない。これは夕顔の巻を描くにあたり、前者が五条あたりの風情に「餅売りの唄」と題した一場を設けたのを、後者では後の場に吸収させ敢えて独立した一場になさなかったなど、全く同一とは言いがたい部分もある。勿論配役が異なるのは言うまでもない。星組では、光源氏・南悠子。弘徽殿・瑠璃豊海。桐壺帝と惟光の二役・寿美花代（星組では桐壺帝の役を上げていない。帝は冒頭の花の宴で清涼殿に座しているだけだからであろうか）。朧月夜・浅茅しのぶ。若紫・尾上さくら。葵の上・長良しのぶ。藤壺・由美あづさ。夕顔・梓真弓。六条御息所・常磐木八千代。左大臣・春海陽子が演じた。なお夕顔の梓真弓は花組公演では朧月夜を、藤壺の由美あづさは同じく藤壺を演じている。

二一、『新編国歌大観』による。

二二、脚本にルビは振られていないが「ゆかり」と歌わせたものと思われる。

二三、説話類型の一つ。貴い家柄の英雄が本郷を離れて流離し、苦難を動物や女性の助けなどを得て克服してゆく話。大国主命（おおくにぬしのみこと）、光源氏の須磨流離などの類。

二四、パリジェンヌからの造語で、宝塚歌劇団の団員のこと。

二五　田辺聖子も「『源氏物語』といえば春日野八千代さんがすぐ思い浮かべられる」としている（注二引用のコラム）。
二六、注四引用同書。
二七、注一五に同じ。
二八、物語の登場人物や場面を絵で表し、人物の会話などを文字で書き入れた読み物。漫画を物語風に長編化したことに始まる。特に、写実性のある絵によるものをいう。講談社『KC　mimi』刊。
二九、注三同脚本集収載のインタビュー「演出家に聞く」での発言。
三〇、本稿五節に既述。
三一、「いろはうた（伊呂波歌・色葉歌）」は手習歌の一つで、音の異なる仮名四十七文字の歌から成る。「色は匂へど散りぬるを我が世誰ぞ常ならむ有為の奥山今日越えて浅き夢見じ酔ひもせず」。「あさきゆめみし」は第七句「浅き夢見じ」の転用。なお「いろはうた」は涅槃経第十四聖行品の偈「諸行無常、是生滅法、生滅滅已、寂滅為楽」の意を和訳したものという。弘法大師の作と信じられていたが、実はその死後、平安中期の作。
三二、曲目のこと。それが独立して歌い続けられるような曲目。例えば有名な『ウエストサイド・ストーリー』の「アメリカ」など。
三三、「准太上天皇」と表記するが、脚本では「準」の字を用いている。
三四、注二同『脚本集』収載「『源氏物語』あ・ら・かると」。

エピローグ

エピローグ『源氏物語』の京都

JR京都駅で新幹線を降り跨線橋を北に渡る。そこは駅舎、ホテル、レジャー施設、商業施設の全てを備えた巨大な駅ビル。その巨大さは羅城門を真似たと聞く。現在の京都の中心街は、駅ビルを背に、まっすぐ北に延びる烏丸通りの東側一帯に多く集まる。

平安京は、延暦十三年（七九四）に、唐の都長安（現在の西安付近）に倣い建設された碁盤目形の都市。東は東京極大路、西は西京極大路、北は一条大路、南は九条大路に囲まれた、東西四・五キロ、南北五・二キロが洛中、所謂旧市街地であった。

都の正門が羅城門。九条大路の中点に位置し、幅約三十六メートル、高さ約二十一メートルの偉容を誇り、門の左右には羅城（郭・囲み）を備えていたという。京都駅の新幹線口は八条にあたるから、それより更に一条分、南へ下った所が九条大路になる。

もっともこうした巨大な門は、都が荒廃するにつれ維持管理も放棄され、遺体の捨て場と化す。今日を生きる術のない老婆や盗人が、遺体の衣類を剥ぎ取り、鬘（添え髪）に売ろうと髪の毛を抜き取る――。芥川龍之介の『羅生門』のモデルともなった。

羅城門から二条大路に建つ朱雀門まで一直線に延びるのが、メインストリート朱雀大路。現在の千本通りにほぼ相当する。ＪＲ山陰本線（嵯峨野線）もそれに添って続く。

だが北上する前に左右に目を転じよう。かつては朱雀大路を挟み、東には東寺、西には西寺があったことを意識したいからだ。

京都の顔として全国に知られる東寺の五重塔。しかし現在のそれは、京都駅を大阪方面に進んだ左手に現れる。京都駅と烏丸通りを起点に行動を開始するのが大半の現代人からすると、東寺はかなり西寄りだという感がぬぐえない。現在の京都市内は当時と比べ、約一・五キロメートルほども東寄りに発展して来てしまったからなのだ。

東京極大路の名は、読んで字のごとく都の東の極限の意。その東は鴨川が北から南に流れるだけであった。それがどうであろう。現在は鴨川の東側一帯に、多くの観光名所が出現し、集客力たるや大変なものになっている。

それを非難することはできない。平安時代以降、千二百年余を経る間に、各時代の名所旧跡が新たに加わったこと、西側一帯は湿地や水路が多く、発展には不向きであったことを勘案しなければならないからである。ただ現代だけに照準を合わせていると、東寺と西寺がワンセットであったことなど遠い彼方。「東寺の五重塔」という単独の名所として終わってしまうのは、残念ではあるまいか。

記述を朱雀大路にもどそう。北上すると朱雀門に至る。朱雀門は大内裏の南面中央の門。そこでちょっと廻れ右。羅城門をはるか南に見て、左手を左京、右手を右京と呼ぶ。申すまでもなく、左京、右京は、都の中央に南向きに立った時の左右なのである。

さて、北は一条大路、南は二条大路、東は東大宮大路、西は西大宮大路に囲まれた、東西一・二キロメートル、南北一・四キロメートルの地域が大内裏。平安京の行政区である。現在の東京でいうなら、皇居から霞ヶ関の官庁街を包括した一帯に相応する。その中央の門が朱雀門というわけである。因みに大内裏南東の一角は、後に二条城本丸の敷地となるし、京都御苑（京都御所・大宮御所・仙洞御所を含む京都市民の憩いの場）は、大内裏より一キロメートルほど東にあるという位置関係を頭に入れておくと便利かもしれない。

朱雀門をくぐると応天門。それは大内裏朝堂院（八省院とも）の南面正門。朝堂院は、即位式など国家的儀式を行う施設で、その正殿が大極殿。明治二十八年（一八九五）、平安遷都一一〇〇年を記念し創建された平安神宮の表門には、「応天門」の扁額が掛けられており、朝堂院の再現を期したことが知られる。

朝堂院の西隣は豊楽院。大嘗会（天皇が即位後初めて行う新嘗祭）などの国家的饗宴のための施設の正殿である。朝堂院、豊楽院共に、緑の瓦に朱塗りの丸柱と白壁を持つ唐風の大建造物であったという。

闇夜にそびえ立つこうした壮大な建造物は、魔物でも出そうな不気味さを醸し出していたらしい。男性貴族達の肝試しには持ってこい。雨のそぼ降る夜中、大極殿の柱を削り取って来て、剛胆さを誇ったのが藤原道長であった（『大鏡』）。その道長の女で、一条天皇の中宮になった彰子に仕えたのが紫式部であったのは言わずもがなであろう。

朝堂院の北東に位置するのが内裏。天皇の居所である。その周囲には各省庁が配され、守りを固める風情である。そしてここそが『源氏物語』の舞台となった。

内裏の正門は建礼門。現在の京都御所にも美麗な唐破風の建礼門が建つ。それをくぐると突き当たるのが承明門。朱塗りの門で、左右に回廊が延びる。それもくぐると、白砂が敷き詰められた広い空間に出る。これが南庭。煉瓦が敷き詰められる北京の紫禁城（しきんじょう）南庭と比べ、優しさが感じられるものの、いずれも賊が潜む可能性のある物陰を作らない措置であった。

南庭を北上すると突き当たるのが紫宸殿。南殿とも呼ばれる皇居の正殿で、公的行事の場であった。優雅な勾配を持つ檜皮葺（ひわだぶき）の屋根は、御所建築の美しさを代表しているように映る。

殿舎の南面には南階十八級と呼ばれる十八段の階段が備わる。その左側に左近の桜、右側に右近の橘が植えられている。このたった一本の桜が満開になるのを待って開かれたのが南殿の花宴（はなのえん）。光源氏が政敵の姫朧月夜君と結ばれてしまうのも、この宴の夜更けであった。

紫宸殿の西隣りに位置する清涼殿は天皇の常の御所。とはいえ、殿上の間と呼ばれる閣議室を備えたそこには、廷臣達が出勤し政治に携わっていたのである。

紫宸殿北側の仁寿殿の背後には、後宮十二舎と呼ばれた七殿五舎が並ぶ。それらは天皇の后妃達の生活空間であった。光源氏が愛した女性達の多くが後宮（こうきゅう）に関係している。『源氏物語』が後宮文学といわれる所以でもある。

夏は油照りと言われる厳しい暑さ、冬は底冷えに震える平安京。その中で育まれて来た文化をじっくりと味わうには、改めて京都の地理と歴史を振り返るべきであろう。

あとがき

あれから八箇月も経ってしまった。三月十一日の東日本大震災のことである。あの日、たまたま研究日で在宅していたため、帰宅難民にならずに済んだのはありがたかったが、以後、執拗な余震も手伝い、常に周囲が揺れているという感覚から抜け出せないでいる。その中で、本書をまとめざるを得ない情況が重なった。淑徳大学の出版助成が交付されたからである。

しかし、鴨居にぶら下げたポトスの小鉢を地震計に見立て、少しでもそれがスイングすると食卓の下に潜り込むという動作を繰り返していては、何もまとまらない。緊急地震速報とやらの脅しも神経質にしてくれた。ようやく最近、何もかも流されたり、放射能に汚染されたりで、生活の目途の立たない多くの被災者の方々の分まで、頑張らなくてはならないのだと言い聞かせることが出来るようになったところである。

さて私は、恩師故寺本直彦先生の研究テーマを引き継ぎ、『源氏物語』の受容という面から、室町期の三条西実隆・公条・実枝等の古典学を出発点に研究を続けて来た。その途次、実隆が詠み石山寺に奉納した「詠源氏巻々和歌」の存在が、思いもかけず柳澤吉里（吉保継嗣）に近づくきっかけとなった。吉里が実隆に倣い「詠源氏巻々和歌」を詠じて石山寺に奉納していたからである。

なぜ柳澤家が三条西実隆にこだわるのか、単純な疑問が湧いた。それを解決しようと柳沢文庫へ通い文献を漁ってわかったのは、吉保側室の一人、正親町町子が正当な実隆の子孫であったという事実であった。そうなると柳澤家の文芸・学芸も無視はできない。目下、柳澤家の文書の調査にはまり込んでいる原因はそこにある。

そうした中でも、『源氏物語』そのものに関する論文を書き続けておきたいと常に思っていた。本書はそうした単発的な書き置きをまとめたものである。従って、壮大な構想下に論を発展させてゆくというような存在では決してなく、どこまでも単発の域を出ていない。そこには、章立てすべきバックボーンがないのではないかという批正も聞こえてきそうである。しかし、こうした方面にも『源氏物語』の受容がなされているのだという、小さい存在でも報告しておく必要性を思う。

特に梗概で扱った「伝後土御門院自筆『十帖源氏』―寺本本の位置づけ―」では、寺本先生のご遺族のご配慮のもと、写真撮影も許され、全貌を紹介できたのは嬉しいことであった。もっとも先生が既に論じておられたことから、更に大きく論を発展させるなどということは出来なかったが、資料として後続の研究者の役に立つ存在ではないかと考えている。

校正や索引作りにまたまた夫の手を借りてしまったが、夫の助けがなければ、精神的に落ち着かない揺れる日々の中で本書はまとめられなかったと思っている。最後に出版を快く引き受けてくださった青簡舎社長大貫祥子氏へ感謝を捧げたい。

平成二十三年十月晦日

著　者

〔付記〕　本書は、平成二十三年度淑徳大学出版助成費の交付を受けたことを明記しておく。

収録既発表論文

尾州家河内本『源氏物語』の来歴試論 ―豊臣家から徳川家への伝来をめぐって―
「国際経営・文化研究」第三巻第二号　一九九九年三月（伝本）
「花鳥余情」の成立前後 ―「大乗院寺社雑事記」を中心に―
「国際経営・文化研究」第四巻第一号　二〇〇〇年一月（注釈）
「源氏年立抄」―高松宮家旧蔵国立歴史民俗博物館蔵本翻刻と解説（上）桐壺巻〜藤裏葉巻―
「国際経営・文化研究」第五巻第一号　二〇〇一年一月（注釈）
「源氏年立抄」―高松宮家旧蔵国立歴史民俗博物館蔵本翻刻と解説（下）若菜上巻〜夢浮橋巻―
「国際経営・文化研究」第五巻第二号　二〇〇一年三月（注釈）
伝後土御門院自筆『十帖源氏』
「国際経営・文化研究」第十二巻第一号　二〇〇七年十一月（梗概）
物語・文芸評論
『源氏物語の注釈史』（講座源氏物語研究第三巻）　二〇〇七年二月　おうふう（評論）
楽翁と『源氏物語』
「文学」第七巻第一号（《特集》松平定信の文学圏）　二〇〇六年一月　岩波書店（評論）

白描源氏物語絵巻 ―後土御門院勾當内侍筆―
「国際経営・文化研究」第六巻第二号　二〇〇二年三月（絵画）

宝塚と『千年の恋』
『現代文化と源氏物語』（講座源氏物語研究第九巻）　二〇〇七年十月　おうふう（舞台）

但し収録にあたっては全面的に書き改めた。項目末尾の括弧内は本書の部立てを示す。

索引

凡例

一、索引は、本書の中から、書名・人名その他の事項を適宜選び一括して掲げた。
一、人名は実在の人物のみならず、『源氏物語』等の作中人物も含む。
一、和歌の上の句・連歌の初句も収載した。
一、書籍類に関しては、『　』を付して示した。
一、配列は現代仮名遣い・五十音順による。
一、男性の名は訓よみ、女性の名は音よみを原則とした。また男性の場合は、姓から出し、女性は名ないし通称を出すのを原則とした。
一、関連事項を↓印と（　）で示した。

あ

愛華みれ……394
葵上……77・80・86・87・295・299・382・385・387・391・402
葵巻……84・85・87・148・254
葵文庫……17
青馬（白馬）……100
青木一重……1・22・24・25
青表紙本……35・68・161・190・191・193・257
青柳（催馬楽）……103
青山伯耆守忠俊……16
明石（地名）……93・320
明石尼君……114・177・389
明石浦……91
明石御方……68・80・92〜94・97・101・102・106・111・122・123・171・172・178・179・181・222・229・273・274・302・320・321・373・388・389・391・396
明石中宮……68・122・134・139・143〜145・197・222
明石入道……91・92・114・320・389・394
明石女御……113・114・118
明石姫君……97・98・104・106・110・111・178・222・302・396
明石巻……91〜93・255・272・301・315
あかねさす光は空にくもらぬを……181
閼伽具……120
秋好中宮……85・86・87・90・94〜96・99・101・103・105・112・120・123・174・224・227・233・302・305
秋好中宮母→六条御息所
秋除目……101・127
秋の町……223
秋山虔……224
芥川龍之介……407
悪人……268・280
総角巻……132・154・249
あげまきに長き契りをむすびこめ……289
総角の君→宇治大君
浅井姉妹……25
浅井長政……15・18・21
槿（花）……136
朝顔斎院……88・110・273・274
朝顔巻……99
『あさきゆめみし』……380・394・395
浅草喜劇……401
浅草六区……401
朝倉道子……385
あさけれと岩まの水はすみはて、……186
浅茅しのぶ……402
朝露はみし夕かほのなこり哉……252
浅野長矩……32
浅野長勝……28
浅野長政……28・32
浅野幸長……21・27・28・32
浅野幸長女……28
朝日さす光をみても玉さ、の……184
朝日姫……29
浅間山……246
足利義尚……43・240・247
足利義政……2・42・43・65〜67・69・71・147・215・240
葦垣（催馬楽）……111
悪様（あしざま）……142
阿闍梨……128・131・132・134・137
飛鳥井雅有……17
飛鳥井雅康……19
梓真弓……385・389・402
東琴……109
東屋（催馬楽）……83
東屋巻……138・154・250
按察大納言……129・130・136・138
按察大納言北方……100
按察君……136
阿茶局……21・24・30〜32
敦明親王→小一条院
悪行……268・280
熱田……26
あてき……212・219
姉小路基綱……253
阿仏尼……17
油照り……410
阿部正次……16
尼……94・96・99
尼君（北山）……80
天津乙女……379
尼寺……20
天海祐希……373
『雨夜談抄』……31・257・260・275
雨夜品定……77・181・272〜275・391
雨風雷鳴……91
彩吹真央……394
あやめがさね……175
『改め正したる年立の図』……147
あらハれていと、あさ、のみゆるかな……175
有川武彦……5
有栖川宮→職仁
有栖川宮家……154
有馬稲子……385
粟田ノ脇差……29
あはれ……281
あはれをとは、なてしこの宿……252

安禅寺宮……249
安藤為章……265・284
安藤為実……289
安藤重信……16
安和の変……305
安養寺……247

い

井伊直政……29
伊井春樹……5・31・41・45・47・49・51・52・54・55・59～61・63・67・69・159・212・259・323
五十日……94・119・138
医学……277
いかならん色ともしらてむらさきの……186
生霊……86
池田市……376
生け花……163
異香……127
威子……305
石川雅望……289
石田三成……32
石山寺……95・289
『石山寺縁起絵巻』……243
石山寺参籠起筆伝説……272・289
石山詣……96・141
医書……84
『伊豆権現奉納和歌』……294
伊勢（地名）……86・284
『伊勢集』……400
『伊勢物語』……60・68・246
『伊勢物語愚見抄』……60
『石上稿』……277
磯野千尋……394
板倉勝重……21
市（信長妹）……15
一条大路……387
一条兼冬……150
一条兼良……2・41～43・45～49・52～55・57～61・63・64・66・67・69・70～72・146・149・161・239・244・257・265・271
一条教房……48・69
一条天皇……223・305・409
一条宮→落葉宮
一条御息所……119・120・121
一条冬良……48・56～58・60・65・67・149・150・251
一部大事……284・287・290
市橋浩二……375
異朝……275
逸翁→小林一三
逸翁美術館……376
一揆……248・254
一勤……253
一家三后……305
一周忌……132
一夫多妻……385
一品宮→女一宮
乙夜……162
居所事……68
稲賀敬二……239
因幡守……141
猪苗代兼載……161・162・259
井上宗雄……316
猪……288
今井源衛……31
今川氏真……22
今川氏親……23
今川氏政……22
今川範政……239
今川義元……22
いまさらにいかなる世にか若竹の……174
いまはとてやとかれぬともなれきつる……185
妹尼……144・145
妹が門（催馬楽）……81
いもせ山ふかきみちをハたとらすて……183
伊予守……77・79・96
伊予守之女……78
いろはうた……396
色は匂へど散りぬるを……403
『伊呂波文字鏁七』……247
『伊呂波文字鏁聯句』……247
石清水八幡……102・168・213
『いはねの松と云絵』……245
石見国……276
因果応報……285・303
院司……94

う

上原まり……390
浮れ達磨……377
うきことにむねうちさハくひゝきにハ……167
うきことを思はさりせハさま〳〵に……185
うきしまを漕ハなれたる舟路には……167
浮名……274
浮橋（桂川）……231
浮舟……144・145・154・267・268・310
浮舟巻……140・250
鶯ハ軒のうてなに伝来……71
右近……79・102・141・143・168～170・217・218
右近の橘……410
宇崎竜堂……390
宇治……128・132・137・138・140・142・

143・154・208・274
宇治院……144・145
牛飼童……320
『宇治拾遺物語』……243
宇治十帖……74・250・260・286・308・381
艮町……114・125
宇治大君……127・132・273・274・289
宇治中君……127・128・130・132～136・138・139・207・268
宇治姫君達……132・154
宇治八宮……127・128・130・131・154・274・289
後見……302
薄雲女院→藤壺
薄雲巻……98
うす氷とりぬるいけのか、みにハ……171
薄衣……78・79
右大将……103・108
右大臣……296・299・300・387
右大臣家……295
右大臣四君……77
右大臣六君……84
宇多帝……275
宇陀法師……112
内裏……75・82
うちきらし朝くもりせしみゆきには……153
うちきらしあさくもりせるみ雪には……180
うちとけてねもまたみぬに若草の……175
淵に身をなけつへしやと此春は……173
内御曹司……77
空蟬……68・77～79・96・102・222・253・273・274
空蟬巻……78
卯槌……140
『宇津保物語』……68
移香……137
内舎人……142
優婆塞→宇治八宮
産養……114・138
梅……135
梅枝……110
梅枝巻……109
梅桜……122
梅壺……88
梅壺女御……96・100・172・179・302
梅花……113
梅柳いそく都のにしき哉……42
うらめしや沖津玉もをかつくまて……182
雲林院……88
温明殿……83

え

絵……92・96
絵合……96・97・302
絵合巻……96・302
影印……3・5・33
『詠歌覚悟』……154
栄華の極み……286
『詠歌大概注』……249
『栄華物語』……304
『詠源氏巻々和歌』……161・266・267・293・294・297・308・313・323
『永徳百首』……247
叡覧……162
絵詞……321
江戸……24
江戸城……17
江戸弁……379
エピローグ……387・388
絵物語……104・144
衛門督→柏木
右衛門佐局……154
延喜……110・272
縁切寺……20
冤罪……301
遠州緞子……160
遠州流……163
艶書……77・103・137
円頓……252

お

扇……84・86・179・233
『往生要集』……245
応天門……409
応仁・文明の乱……2・4・41・42・241・257・316
応仁の乱……149・215
王命婦……80・83・90・98
近江（地名）……163
近江君……104・105・107・109・154・177・188・228
『鸚鵡ヶ杣』……30・31
於江与（徳川秀忠御台所）……18・25
大炊殿……300
大井里……97・98・99
大炊御門信宗……240
大内（氏姓）……2・43・60
大内持盛……62
大内教弘……43・44
大内教幸……44
大内政弘……43～46・60～62・67
大内持広……43
大内義弘……43・44
大内義興女……19
大江殿……90

大江山……379
『大鏡』……304・409
大風……105
大方の荻の葉すくる風のを
　とも……179
大菊福左衛門……383
大后……89・101
正親町町子……309
大国主命……402
大蔵卿局……21・25・26
大坂……24・26
『大坂覚書』……16
大坂城……15・18
大坂城落城……15・21
大坂の役……13
大坂冬の陣……21・23・25・31・32
大阪毎日新聞……377
大嶋（地名）……165
『大島本源氏物語』……19・60
オーストリア……377
大津（地名）……46
大津有一……45・47
大鳥れい……394
大野治長……15・21・25
大野廣太郎……382
大原野……232
大原野行幸……106・152・230
大宮……100・105・106・233・234
岡崎（地名）……14
岡嶌偉久子……5・33
岡辺宿……92・321
岡山陣営……32
岡山藩士……282
小河第……240・243
沖津舟よるへなミ路にた、
　よはゝ……188
沖ゆき子……389
『奥入』……68
奥書……44・54・59・61・63・64・
　160・259
御薬……88・92・113
『奥の細道画巻』……400
『小倉百人一首』……20・376
桶狭間……22
尾崎左永子……399
幼恋……227・302
御産……114
小塩庄……71
小塩山……180・232
小塩山の御狩……230
小塩やまみ雪つもれる松原
　に……180
雄島艶子……376
織田信長……15・28
落葉宮……117・118～120・122・125・
　129・135・136・138・140・141・144・267・
　268・286・310
男踏歌……103・109・127・222
少女巻……54・99・100・101・223
おなし巣にかへりしかるの
　みえぬかな……187
おなし野のつゆにやつる、
　藤ハかま……183
小野（地名）……120・121・145
尾上さくら……402
小野晴通……382～384・388・402
帯……89
帯曲輪……15
御仏名……124
御部屋（大奥）……31
オペラ……376・401
オペラ座……401
オペレッタ……378・379・387・401
朧月夜……84・88・113・295～297・
　299・300・321・373・385・387・389・391・
　402・410
女郎花……37
おもひあまりむかしの跡を
　尋ぬれハ……176
おもふとも君はしらしなわ
　きかへり……174
思ハすに井ての中みちつた
　ふとも……187
父子関係……268
おりたちてくみハみねとも
　わたり川……184
尾張……310
尾張家祖……21
『尾張徳川黎明会蔵河内本
　源氏物語開題』……13
御賀……118
御教訓……154
音響効果……394
『御書籍目録地部』……27
『御双紙共目録』……244
女一宮……116・129・134・143～145
女楽……116
女曲舞……249
女五宮……99
女三宮……68・86・112～118・127・
　285・286・302～304・310・387・391・396
女二宮→落葉宮
御悩……98・112・118

か

戒師……45・112
外戚……215
海賊……167・216
海津物……91
『改訂新潮国語辞典』……47
懐妊……80・83・86・92・117・127
垣間見……126・138

海龍王……388
返さむといふにつけてもかたしきの……171
栢殿……101・112
還饗……129
『花屋抄』……313
薫……74・105・118・119・120・122・123〜125・127・128〜130・132〜134・136・147・154・267・268・286・289・303・304・310
『河海抄』……2・41・49〜53・55・59・61・63・64・66〜68・70・74・124・212・230・239・244・257・272・305・309
かゞやく日の宮……285
篝火……105
かゝり火にたちそふ恋のけふりこそ……178
篝火巻……105・178・200・228
加冠……76
加冠役……57
かきたれてのとけきころの春雨に……187
かきりとてわかるゝ道のかなしきに……34
楽人……82・113
掛川……14
歌劇……401・402
「歌劇場の客席より」……383
『花月草紙』……3・294・298・309
蜻蛉式部卿宮……143
蜻蛉式部卿宮姫君……144
『かげろふの日記』……305
蜻蛉巻……142・144・250
加持……80・145
栂井一室……289
勧修寺経茂……57
勧修寺教秀……242
勧修寺教秀女……244
柏木……103・107・109・112・114・119〜121・128・174・177・183・188・234・267・268・285・286・303・310・391・396
柏木巻……118・246
春日社……249
春日局……32
春日野八千代……385・389・403
『春日法楽独吟百韻』……252
春日法楽和歌御会……255
春日霊験会……249
数ならぬみくりハなにのすちなれハ……170
数ならハいとひもせまし長月に……183
風さハきむら雲まよふゆふくれも……179
風ふけハ浪の花さく色みえて……173
火葬……256
片桐且元……25
片桐洋一……287
形代……137・139・298・299・391・392
かたせ梨乃……373
堅田（地名）……308
方違……77・78・122
帷子……225
かち路……168
徒歩……217・218
『花鳥口伝抄』……44〜46・49・60・67
花鳥蒔絵螺鈿洋櫃……400
『花鳥余情』……2・41・45・46・49〜51・53〜57・60・62・66・67・70・147・161・212・239・244・257・265・309
『花鳥余情抄』……68
合唱……387
勝仁→後柏原院
『勝仁本源氏物語』……248
桂川……231
葛木山験者……118
桂殿……97
加藤清正……32
金沢文庫……17
仮名草子……161
仮名遣……389
仮名文字遣……243
仮名物語……271
かねの御前……165
『兼良自筆本』……150
狩野光信……400
香ハかりは風にもつてむ梅の花……187
楽府……288
鎌倉四大社寺……20
髪上調度……75・107・233
鬘曽木……86
『紙本白描源氏物語絵』……313
亀のおの山をたつねし舟のうちに……173
亀姫……16
亀山（地名）……14
賀茂神社……276
賀茂齊院……85・88
賀茂祭……86・111
賀茂真淵……3・266・271・273〜276・282・289・297・310
『賀茂真淵全集』……272
賀茂御形……111
荷葉（薫物名）……110
唐衣……107・233
嘉楽門院……240・247
唐衣歌……102

からころも又からころもからころも……182
唐崎（地名）……177・228
唐破風……409
仮随身……86
苅萱……106
鴨子……109
かるの子……187
『嘉禄本古今集』……253
川上音二郎……400
貂裘（かわぎぬ）……82
河尻（地名）……167
川瀬一馬……63
河内方……50〜52
『河内本源氏物語』……16〜23・25〜30・35・190・191
瓦……229
河原院……79
神尾忠重……31
菅家ノ歌……29
漢家……146
管絃……320
菅公→菅原道真
換骨奪胎……387
関西弁……379
神崎充晴……161
冠者君→夕霧
關鳴螽斯……270
観世……42
『寛政諸家系譜』……62
『寛政重修諸家譜』……19・28・29・31・294
寛政の改革……3・294・308
漢籍……271
官撰史料……294
勧善懲悪……267〜269・279・280・282・307・308
神田雲光院……32
上達部……180
漢帝……272
菅天神→菅公
神無月……82・183・223
関白……47・48・53・55・57・69・167・215
関白太政大臣……215
灌仏……111
巻名の由来……68
願文……79
甘露寺親長……161・257

き

紀伊（紀州徳川）……310
喜歌劇……401
『聴書竝覚書』……154
菊……86・135・137
聞こゑも玉の数ある霰哉……69
菊綿……124
后がね……302
鳩……180
雉一枝……106・152
騎射……104・226
紀州家祖……15
貴種流離譚……387
木曽義仲……32
北大路殿……243
北川博邦……309
北小路殿→小河第
『北野天神縁起絵巻』……315
北之丸様→千姫
北村季吟……5・265・294・298
北村季春……294
北村季文……294・298
北村湖元……294
北村湖春……294
北山（地名）……387
北山御墓……90
北山聖……80
義太夫……378
几帳……175・225
『貴重典籍叢書』……73
忌月……101
きてみれハうらみられけりから衣……171
紀伝体……275
衣……171・181・182
後朝文……111
衣配り……221
紀伊守……77・145
季御読経……103・153・222・224
起筆……273
吉備津宮……289
黄表紙……68
君すめは人の心のまかりをも……247
君にわか心たかは、まつらなる……166
脚本……389
脚本集……384
旧仮名遣……389
旧注……265・270・276・282・287
旧年立……147
旧弊……276
教育論……305
教誡……270・276・281・282・290
行啓……88・112・122
狂言廻し……396
行幸……88・98・135・241・262・286
尭孝……246
京極北政所……68
京極忠高……19・32
『京極中納言定家本』……68
京極家……81

けふさへや引人もなきみかくれに……175
享受史……159
胸痛……140
『峡田山荘詩歌』……294
京都……26・64・277
京都御苑……409
京都所司代……21
凶服……99
玉栄……313・314
『玉栄集』……313
虚構……272・304・305
御物本……36・37
清元……378
吉良義央……32
桐壺帝……35・74・85・268・275・284・295・298・299・300・315・319・385・388・389・393・394・402
桐壺更衣……35・74・75・298
桐壺巻……30・33・68・74～76・84・161・246・250・253・272・273・285
切箔・野毛模様……160
琴……80・81・91・92・116・120
銀壺……143
今上……116
近親婚……385
『近世歌文集上』……308
禁裏御連歌……71
禁裏守護……32
『禁裏千句連歌』……249
『禁裏二十首続歌』……243
禁裏本『伊勢物語』……253
禁裏本『源氏物語』……244
禁裏本『原中最秘抄』……243
『源氏物語建保名所百首』……247
禁裏本『古今集』……243
禁裏本『長谷寺縁起』……252
禁裏本『宝治百首』……248

く

寓言……270
『公卿諸家系図』……62
『公卿補任』……47・57・62・215
『愚考一歩抄』……154
草木も風のしつかなる時……71
草野旦……394
草わかミ常陸の海のいかゝさき……177
櫛……233
櫛笥……107・112・143・181
九条（地名）……102・167
九条家……257
くだもの……225
邦高親王……250・251
『国冬本』……36
国松丸……20
薫衣香……96・110
供奉……84
熊沢蕃山……265
雲井浪子……376
雲井雁……100・110・111・121・122・179・227・391
雲隠巻……124・294・397
くもりなきいけの鏡に万代を……171
競馬……104・112
グランドマロン……390
車争い……111・299・382・387・391
蔵人少将……79・124・126
黒駒……91
黒谷聖真正……245
黒戸……241・255
黒方（薫物）……110
群行……87
君臣……267

け

経覚……45
警固……142
敬公→徳川義直
経済的不如意……248
系図……89・129
契沖……3・266～270・276・280・282・287～290
『契沖全集』……287
兄弟の約……28・29
慶福院→玉栄
化義……269・288
劇画……395
外題……160・161・257・259
結願……89
化法……269・288
巻纓……87
『源義弁引抄』……161・256
変化物……144
『源語秘訣』……45・49
『兼載雑談』……162・259
妍子……305
源氏……78・102・108・109・170・171・173・174・180・182・218・221・225・228・230・232・267・268・273・278・283～286・291・293・294・296・319・320・373・382・385・386・388・389・394・396・402・410
源氏絵……3
『源氏大鏡』……3・159・190・197・258・261
源氏学……41・148・153
源氏学者……54・58
源氏供養……161・257
源氏外伝……265
源氏研究……54～56

源氏講釈……43・54・65〜67
『源氏小鏡』……3・159・261
『源氏最要抄』……258
源氏四十賀……286
源侍従……127・130
『源氏書写目録　源氏おほえ』……73
『源氏清濁』……30
『源氏清濁・岷江御聞書』…31
『源氏年立抄』…2・54・73・146・148
『源氏古鏡』……258
『源氏物語』……1・159・161・190・209・256・274・374
『源氏物語絵巻』……262
源氏物語巻名和歌→詠源氏巻々和歌
『源氏物語系図』……243・247
『源氏物語研究』……31
『源氏物語事典』……45
『源氏物語写本の書誌学的研究』……33
『源氏物語諸巻年立』……68・74・124・146・271・397
『源氏物語新釈』…3・265・266・271・276・282・289・297
『源氏物語図典』……224
『源氏物語大成』…33・159・190
『源氏物語玉の小櫛』…3・147・265・266・282〜284・289・307・308
『源氏物語玉の小櫛』の序…276
『源氏物語玉の小琴』……278
『源氏物語注釈史の研究　室町前期』…31・47・50・52・54・67
『源氏物語注釈書・享受史事典』……159・259
『源氏物語提要』……190・239・258
「源氏物語の映画化と大衆文化」……373
『源氏物語のおこり』……68
『源氏物語の文化史的研究』……30・60
『源氏物語初音巻聞書』……73
『源氏物語人々居所』……58
『源氏物語評釈』…3・265・266・282
『源氏物語不審抄出』…257・260
『源氏物語論考　古注釈・受容』……5・159・260
「源氏物語を見て声唱本位の傾向を難ず」……382
顕昭……287・288
『献上本花鳥余情』……63
『献上本校勘』……66
源氏読の女……17・19・26・31
『源氏和秘抄』……54
眷属……166
現代仮名遣……389
建築……163
『原中最秘抄』…70・73・83・244
『源註拾遺』…3・265〜267・276・280・282・287・289
源中将→薫
源中納言→薫
『顕注密勘』……267・287
『源注余滴』……289
源典侍……83・86・99
元服…56〜58・60・65・76・84・93・100・109・110・125・154・240
『源夢物語』……245
建礼門……409

こ

碁……135・145
故按察大納言旧宅……81
恋せずは人は心もなからまし……281
小一条院……305
後一条天皇……305
恋わたる身ハそれなから玉かつら……171
故院……91〜93・95
『弘安源氏論議』……73
更衣母……35・75
皇胤……285
降嫁……303・310
梗概書…2・3・159・162・214・258・260・313・321・385
後宮……410
後宮十二舎……410
孔子……268
『皇室御撰之研究』……154
厚首座……248
好色……267
庚申連歌……257
『庚申六十四句』……253
構想論……148
構造論……148
皇大神宮……255
勾當内侍……316
荒唐無稽……373
河野通春……46
紅梅……123
紅梅右大臣……89・130
紅梅御方……136
紅梅巻……74・129
興福寺別当……2
弘文荘……322
弘法大師……403
『高野雲絵詞』……244
廣陵散（楽曲）……92
後涼殿……97

鴻臚館……76
講和の特使……31
こゑハせて身をのミこかす
　蛍こそ……175
後宴……84・103
後円融院……247
氷……143
後柏原院……241・242・245・256・316
五月五日……104・175・226
弘徽殿（殿舎）……295・299
弘徽殿女御（大后）……75・86・94・295・373・385・387・389・402
弘徽殿女御
　……96・177・188・227・228・302
弘徽殿細殿……84・88・295・299
小君（空蟬弟・浮舟異父弟）
　……77・78・96・146
『古今和歌集全評釈』……287
『古今集』……110・386
国忌……88
『谷水帖　石山切』……400
『国文註釈全集』……282
『国宝源氏物語絵巻』……3・313
国務大臣復興院総裁……376
極楽寺……110
極楽曼陀羅……124
国立歴史民俗博物館……73・148
御禊……84～86・117・240・299
『湖月抄』……2・148・265・266～270・289・298
小御所……256
九重をかすミへたてハむめ
　のはな……186
心あてにそれかとぞ見る白
　露の……291・293
心あてに見し夕顔の花ちり
　て……291・293
こころから春まつ苑はわが
　やどの……223
こゝろさへ空にみたれし雪
　のよに……185
『心の双紙』……308
こゝろもて光にむかふ玉
　さゝの……184
小宰相……143・145
輿……262
居士……46～49・53
こし方もゆくゑもしらぬ沖
　に出でて……165
『古事記』……277
『古事記伝』……289・310
小侍従……115・117・118
小柴垣……80
腰結……107・112
腰結役……233
五十韻連歌御会……67
五十御賀……101・116
呉春……400
五条……102・170・220・288・291
後成恩寺禅閤→一条兼良
『五条三位俊成卿本』……68
五条家……78
御所建築……410
五節……100・124
五節君……104
『後撰拾遺難義』……249
後醍醐天皇……20
小鷹狩……97・144
古注釈……269・275・309
こてふにもさそハれなまし
　心ありて……174
胡蝶巻
　……103・153・172・195・222・223・377
後土御門院……2～4・42・63・159～162・215・229・240・242・254・256・260・316
後土御門院勾當内侍……3・262・313・314・316
琴……105・179・320・321
古道……310
後藤庄三郎光次……16
後奈良院……241・242
近衛稙家……322
近衛稙家女……313
近衛政家……215
後花園院……54・69・147・240・251
小林一三……376・398・400
『小林一三全集』……376
古筆学……262
古筆学研究所……161
古筆了件……317
古筆了仲……58
後深草院……26・36
後深草院二条……26・58
五奉行……28
小堀遠州……163
小町谷照彦……224
小松（子日）……102・153
小松茂美……161・262
高麗人……76
『古万葉集』……110
後水尾院……30・32
後陽成院……19
五葉の松……171
御霊社千度祓……255
惟光……78～81・94・95・100・385・389・402
惟光女→藤内侍
『古老茶話』……32
コロス……381・393
更衣（ころもがえ）……92・99・123
『紺紙金銀字交書賢劫経』……400

権大納言宗家……266
金春……42
婚礼博覧会……377・398

さ

齋院……84～86・99
西園寺実遠女……316
齋宮……85～86
齋宮女御→秋好中宮
『再稿本花鳥余情』……44
『在五絵』……134
西寺……408
『再昌草』……240・256
斎藤妙椿……2・56・69
さいの目（双六）……177
『細流抄』……147・275
催馬楽……289
左衛門佐……96・86
酒井忠次……29
賢木巻……87～89・96・254・299・382・387
榊原康政……29
坂﨑成政……18
嵯峨野……382
嵯峨院……124・125
『嵯峨のかよひ』……17
嵯峨野上下（巻名）……68
嵯峨野線……408
嵯峨帝……110
嵯峨御堂……97・113
さかの山むかしの夢をのこす也……62
前齋宮→秋好中宮
前博陸叟……149
左金吾……149
作事奉行……163
作庭家……163
作文盃酌……91
桜宴……84
桜花……123・126
桜人（巻名）……68
『狭衣物語』……244・266
左近衛府……226
左近の桜……410
左近将監……94・128
さしくし（巻名）……68
刺櫛筥……96
左遷……89
左大将北方……113
左大臣……89・215・240・295・300・385・389・402
左大臣女→葵上
『佐竹本三十六歌仙切』……400
貞奴……400
錯簡……150・154・316・317
『左伝』→『春秋』
里居……83・89
『実隆公記』……67・240・242・254・255・273
左馬頭……77
五月雨……94
『小夜寝覚』……43
『更級日記』……266・287
『左良志奈日記絵』……245
猿楽……255
早蕨巻……135・250
散逸……162
参賀……83
三月上巳……301・320・388
残簡……162
三卿……297
三家……310
残欠本……260
三絃……378
『三源一覧』……257
三光院→三条西実枝
三魂七魂安健祭……255
三条（人名）……168・169・217・219
三条院……176・305
三条公敦……61～63・243
三条殿（屋敷）……111・121・125
三条西学統……31
三条西公条……251・265・270・297・309・310
三条西家……297
三条西家の源氏学……257・265・309
三条西家の古典学……248
三条西家本（青表紙）……193
三条西実枝……296・309・310
三条西実隆……2・30・31・41・56・62・65・147・241・242・265・271・309・316
『三条西実隆と古典学〔改訂新版〕』……22・69・240・255・316
三条家……140
三条の大宮……178・181・182
三条局……42・67
三条宮（藤壺実家）……68・82・88・120・126・128・129・132・133・135・138・154・229
参内……321
『三代集間事』……249
三宮→匂宮
三位中将→頭中将
三位中将之女→夕顔
『山容水態』……401・402

し

『詞花集』……250
椎本巻……130・132・154・249
しほかせ……169
汐風みちみ……385
死骸……79

試楽……82・118
『紫家七論』……265・284
『史記』……271・275・288
識語……44・58・60・61・160・259
敷島のやまとごころを人問はば……277
職仁……2・148・154
『職仁親王御日記』……154
『職仁親王百首』……154
職曹司……109
式部卿宮……101・108・185・205・234
四教……269
詩経……288
紫禁城……410
淑景舎……77・94
侍従（薫物）……110
四十九日……79・143
仁寿殿……236・410
四十御賀……111・113
私淑……282・287
四条家……58
四条前中納言……57
四条大納言隆親卿説……70
四条隆親……58・70
四条隆量……58・60・69・70
『紫女七論』……290
紫宸殿……236・410
賜姓源氏……76・305
紙燭……225
『舌切り雀』……379
した露になひかましかは女郎花……179
七社講釈……249
七大寺……114
七殿五舎……410
七人衆……32
昵近公家衆……17
実事……133・137
実証主義的方法……271
嫉妬……274
実録……272
死出……142
四天王……29
四天王寺……31
蔀戸……389
信濃（国名）……14
柴田侑宏……380・390
持仏……120
『紫文要領』……277
清水（御三家）……310
清水浜臣……271
持明院基春……149
『紫明抄』……49・50・68・70・124・257
除目……130
『下野入道本宇治十帖』……62・243
釈尊……288
『釈万葉集』……290
寂蓮……269
沙弥……45・47
従一位麗子……68
周栄……32
十五夜……90・120
『十帖源氏』……2・4・159・161・162・190・191・193・197・209・261
准太上天皇……111
『十輪院内府記』……46
受戒……117
首巻……273
儒教……268・270・276・288
儒教的……307
『種玉編次抄』……147・257・260
数珠……319
受禅……84・85・116・240
入内……32・84・93～96・107・111・126・128・215・227・234・245・302・396
出京……134
出家……112・118・127・145・154・300・304
出生の秘密……306
朱点……5・33
儒仏……273・274・276・280～282・310
受容……1・5
春鶯囀（舞楽）……84
準拠……1
『春秋』……253・267～269・271・275・280
春秋優劣競べ……222
春水……294
准太上天皇……285・286・302・305
准勅撰集……162
譲位……241・302
紹永……59～61
正栄尼……21・25
荘園制度崩壊……56
照応……275
勝音寺……61～63
政覚……45
貞観三年……85
承香殿……93・236
承香殿女御……109
常高院尼……21・24・31・32
彰考館……289
商工大臣……376
彰子（上東門院）……288・289・304・305・409
障子……169・219
障子穴……132
上巳祓……91
成就院……41・43・56～58・71
聖寿寺……241
昇進……74・84
装束……226・233

装束一領……75
城月美保……390
少納言乳母（若紫乳母）……80・81
少弐……101
少弐北方……102・165
少年音楽隊……376
肖柏……41・257
焼亡……132
称名院→三条西公条
承明門……409
逍遥……134
逍遥院→三条西実隆
上洛……97
小林寺殿（兼良正室）……42
書経……288
触穢……79
『諸国名所』……80
諸司……85
書誌……160
書写……2・161
女性評論……31・273
初度禊……85
除服……82・87・100・107・133・135・136
除名……89
白井鐵造……384・388・402
白河藩主……3・297
白河法皇……231
しらすとも尋てしらんみしまえに……170
白浪……149
白拍子……249
『史料綜覧』……44・66・67
白木屋呉服店……400
新仮名遣……389
宸翰……32
神器……248
仁義……288
仁義五常……268
神教……276
仁義礼智……270
『新源氏物語』……380・390・394
信玄女……22
新国劇……401
進士……101
寝所……133
『新続古今集』……248
臣籍降下……268
『新撰菟久波集』……59・161・162・251・257・260・316
尋尊……2・41・42・44〜46・49・50・52・53・55・56・63〜66・69・72
新注……265・287
新注時代……3
『新勅撰集』……266
『新訂寛政重修諸家譜』……308
寝殿……113
寝殿放出……114
神道……276
『新年立』……147
宸筆……3・159・161
『新編武蔵風土記稿』……294
神武天皇……252・284
『新和歌類句集』……248・249

す

透垣……229
『水原抄』……31・49・68・74
末摘花……68・81・82・95・102・107・171・172・182・221・222・234・273・274
末摘花巻……81・253
周防……61
すかくれて数にもあらぬかるの子を……187
菅原孝標女……19・266
菅原道真……47・48・315・320
杉原家利女……28
宿曜……94
双六……104・177
朱雀院……75・84・85・96・97・112・113・116・118〜120・215・272・284・286・295・299・302・304・310・315・321・388
朱雀院行幸……81・82・101
朱雀大路……408
朱雀門……408
鈴木良一……50・51・65・66
鈴屋……276
鈴屋学派……289
鈴虫巻……120・294
硯紙……106
簾……389
スペンサーコレクション……313
『スペンサーコレクション蔵源氏物語絵巻』……322
『スペンサーコレクション蔵日本絵入本及絵本目録』……322
須磨……95・294・296・319・320・388
須磨がえり……387
須磨下向……387
須磨退却……315
須磨浦……90
須磨巻……68・89・91・97・254・262・272・289・301・315・385
須磨流謫……296・297・300・391
須弥山……114
寿美花代……402
住吉明神……91・92・388
住吉詣……94・116
澄代春枝……389

すみれ……374
すみれの花咲くころ　はじめて君を知りぬ……374
巣守（巻名）……68
駿河（国名）……27
駿河御譲本……14・27
駿府……14・21・22・24
駿府城……21

せ

『井蛙抄』……249
青海波……82
棲霞寺……97
西軍……44
聖主賢臣……267・268
清書……61
清少納言……68
清書本……59
『清石問答』……271
歳暮……82
清涼殿……315・321・385・402・410
関ヶ原の戦い……32
関守須磨子……376
関屋巻……95
軟障……218・219
膳所……14
摂関政治……215・302
摂関政治家……305
『雪玉集』……240
摂家……65
摂政……215
摂政太政大臣……98・215
切臨……161・256
瀬奈じゅん……394
『芹川大将絵』……144
台詞……382・384・387・396
芹蕨……132
セルビア……377
禅閤→一条兼良
善行……268・280
『戦国武士と文芸の研究』……62・67
前栽……124・105
宣旨……92
禅定閣下→一条兼良
践祚……256
先帝……298
先帝女四宮→藤壺
泉涌寺……241・256
善人……268・280
『千年の恋　光源氏物語』……373・381・398
千姫……18・20
千部法華経……122
前坊……86
千本通り……408
先例……85

そ

副臥……77
箏……83・92・98・116・119・131・144
造園……163
宗祇……2・31・41・46・59・64・71・72・147・246・249・251〜253・257・260・275
蒼玉院……242
草稿本『花鳥余情』……48・52・57〜60
贈三位……75
荘子……267・270
曹司……127
僧都……80
葬送……75・121・123・134・142
葬送奉行……247
増封……14
奏覧……251
疎開……2・42・55・56・66
即位……215・240
続篇（『源氏物語』）……147
『続本朝通鑑』……47
俗謡……378
素寂……50
帥宮→蛍兵部卿宮
卒去……75・81・86・94・96・123・134・154
袖のかによそふるからにたちハなの……175
そのかみのこゝろたづねてみだれたる……276
その駒もすさめぬ草の名にたてる……176
『其葉』……154
素読……30・31
反町茂雄……322
『尊卑分脈』……62
尊誉……45

た

第一次世界大戦……377
大液芙蓉未央柳……36
大学寮……302・304・305
大願……91
大饗……131
『退閑雑記』……309・310
大閤→一条兼良
大極殿……409
醍醐帝……215・275・310
大斎院選子内親王……289
泰山府君祭……255
大衆文化……398・399
大乗院……2・41・56
『大乗院寺社雑事記』……2・41・

45・48〜50・52・53・56・58・60・61・63・64・66〜70・147
『大乗院寺社雑事記　ある門閥僧侶の没落の記録』…50・65
大嘗会…240・409
大乗茶道…376
太上天皇…110
『代々集』…243
大内裏…408
『台徳院殿御実紀』…14
大徳寺…154
大内記…141
第二次世界大戦…380
大弐乳母（源氏乳母）…78・291
台盤所…142
『太平記』…245
『泰平年表』…17
台本…379
平頼綱…26
内裏…178・409
内裏女房…168
鷹…180
箏…119
高木和夫…382・383
高砂（催馬楽）…89
高潮…301
高島礼子…373
高羽千鶴…389
高松宮御本…13
高松宮家…2・148・154
高松宮家旧蔵…73
高峰妙子…376・377
宝ジェンヌ…389
宝塚…4・373・374・398・399
宝塚音楽歌劇学校…379・380
宝塚歌劇…375・376・400
『宝塚歌劇五十年史』…375
宝塚唱歌隊…376・377
宝塚少女歌劇…378・379
『宝塚少女歌劇脚本集』…401
宝塚少女歌劇養成会…377・379・398
『宝塚ショーへの招待』…400
宝塚新温泉…376
宝塚大劇場…379・384
『宝塚大劇場公演脚本集』…400
宝塚パラダイス…376
宝塚ミュージカルロマン…394
薪猿楽…42
薫物…110・184
匠ひびき…394
竹河（催馬楽）…126
竹川巻…74・125・127・130・131
竹下景子…373
武田信玄…22
『武田本伊勢物語』…252
『竹取物語』…68・250
竹橋御殿…18
竹本筑後之掾…30
打碁…78
大宰権帥…305
大宰大弐…165
太政大臣…87・93・100・102・106・109・111・112・152・305
太上天皇尊号事件…309
尋ぬるにハるけき野への露ならハ…183
畳…168
多々良（人名）…46
橘…174・225
たちはなのかほりし袖によそふれハ…174
橘樹雪…82
橘小嶋…141
たちまふ袖もか、やける庭…252
脱屣…85
竪（並びの巻）…78・81・82・102〜106・120・125・130
立石和弘…373
伊達重村…308
伊達宗村…308
伊達吉村…308
立蔀…229
竪幷（並びの巻）…82
竪横（並びの巻）…78
且紙…89
田中（地名）…14
七夕…124
「七夕御歌合」…243
田辺聖子…374・380・390・403
谷文晁…294
玉鬘…79・102・106・125・127・130・152・162・165・167・169・170・173〜176・178〜184・186・187・190・191・197・211・212・216・218・225・227・228・232・234・236・273・274・277・278・283
玉鬘系…162
玉鬘十帖…3・159・162・260
玉鬘巻…101・197・221・260
玉つさ…174
田安家…297・310
田安侯…271・276
田安宗武…297
大夫監…101・121・166・197・213・216
大輔命婦…81

ち

親重→野々口立甫
筑前…165
地獄…267・268

地獄観……268
致仕……116・300
地誌……294
致仕大臣……77・85・93・118・119・123
致仕表……89
乳付……94
茶臼山……15・18・31
茶具……163
着服……143
茶人……163
着袴……75・98
茶道……163
茶の湯……42
中陰……87・88・132・134
中和門院前子……19
註釈……2
注釈書……51・52
中将君……79・123・137〜140・144
忠仁公……100
『中世歌壇史の研究　室町後期〔改訂新版再版〕』……316
中堂（比叡山）……145
中道実相……268
潮音院殿覚山志道尼……20
『長恨歌絵』……35・75
『長秋詠草』……246
朝堂院……409
朝拝……83
勅使……85・86
勅使饗応役……32
勅命……161
楮紙……160
茶道師範……163
『知良奴桜』……243
珍皇寺……119

つ

追号……256
追善……143
追善連歌……252
津金澤聡廣……402
『通鑑』……275
月組……380・388・390・400・402
月空美舟……385
月詣……168・170・221
築山殿……29
筑紫……95・101・165・169
筑紫五節……90・93・100
筑紫まり……389
作絵……90
蔦唐草模様……160
蔦紅葉……137
土御門有宗……255
土御門皇居……241
土御門左大臣女→従一位麗子
土御門邸行幸……223
津国……167
椿市……168・217
椿餅……115
妻戸……105
『露殿物語絵巻』……400
釣殿……104

て

帝位……302
鄭衛の詩……270
『定家小倉ノ色紙』……29
帝国劇場……376・400
帝国座……377
剃手……45
定数歌……294
輦車……237
輦車宣旨……75
手習……81
手習歌……87・113・403
手習尼君→浮舟
手習君弟→小君
手習姫君→浮舟
手習巻……144・145・164・247・250
寺元直彦……2・5・159・256・258〜260・262
田園都市計画……376
天下ノ名物……29
天癸……84
天授院……18
天秀尼……19・20
天守閣……16
殿上の間……410
伝称筆者……160
殿上童……112
天神像……48
天台宗……269
天台法文……88・104
伝通院……18
『天徳歌合』……97
天盃……138
『天福本伊勢物語』……22
天変……98

と

同一異時場面……321
東映……373
藤花……111
藤花宴……84・138・299
踏歌節会……186
『踏歌節会次第』……248
桃花坊……67
桃花坊文庫……149
東京語……379
東京公演……379・380
東京三越百貨店……376
東宮……84・85・90・93・109・110・

東慶寺…………20・112・129・295
東氏…………69
唐詩…………272
東寺…………408
藤式部丞…………77・273
『東照宮御実紀』…………17
投身…………141・142
『東遷基業』…………16
藤内侍（惟光女）…100・111・116・122・129
頭中将…77・80〜84・86・89・91・105・124・215・273・294・302・320・387・388・394・396
東常縁…………69
東福門院和子…………32
東宝…………376
『同名々所』→『頓阿法師抄』
遠江守…………163
時方…………141〜143
刻の霊…………394〜397
常盤木八千代…………402
常盤貴子…………373
常盤津…………378
独詠…………136
徳川家光…………32・163
徳川家康…13・15・17・18・20・21・23〜28・30〜32
徳川秀忠…………16・24・25・32
徳川綱吉…………309
徳川義直…………14・15・21・27
徳川頼宣…………15
徳川吉宗…………297
徳川方…………26
徳川家…………1・13
『徳川実紀』…………294
『徳川諸家系譜』…………18
『徳川幕府家譜』…………29・31
独吟歌…………117
『独吟源氏詞百韻』…………244
『独吟源氏詞連歌』…………161・257
独自異文…191・194・197・199・201・203・209
独詁…………80
常夏巻…………104・176・199・227
土佐…………48
土佐将監光信…………244
年立論…………277
とし月を松にひかれてふる
　人に…………172
年をへていのる心のたかい
　なは…………166
留書…………154
宿物袋…………88
『とはずがたり』…………26・58
富田勲…………373
冨小路俊通…………257
巴御前…………32
ともかくも岩もる水のむ
　すほゝれ…………186
外山咲子…………376
豊臣方…………22・23・26・27・32
豊臣家…1・13・15・16・19・20・30
豊臣家安泰…………25・26
豊臣秀次…………13・15・30
豊臣秀吉…………15・28・29
『豊臣秀吉像画稿』…………400
豊臣秀頼…15〜19・21・22・24
豊臣謀反…………21
鳥蝶…………224
鳥辺野…………86
トリミング…………381・393・399
頓挫…………275
頓死…………79・293
『頓阿法師抄』…………246
ドンブラコ…………377・400

な

内題…………160・259
直物…………137
長雨…………90
中泉（地名）…………14
長唄…………378
中川家…………78
中川女…………89
永島福太郎…………46・47・67
中田武司…………296
中務卿…………154
『長門国住吉法楽百首』…………252
中院通勝…………265・309・310
道綱母…………305
中院通村…………17・19・26・30〜32
中野書店…………314
中野実…………314
長橋局…………245
中原康富…………54
なかめする軒のしつくに袖
　ぬれて…………187
中山宣親…………65
長良しのぶ…………402
なくこゑのきこえぬむしの
　思ひたに…………175
名古屋…………14・21・24・26
夏の陣…………18・27・28・32
夏の町（六条院）…………226・233
撫子…83・87・104・165・177・181・227
なてしこのとこなつかしき
　色をみは…………176
なとてかくはいあひかたき
　むらさきの…………186
某院…………277・294・293

難波……93・94
名のみして……151
奈良……42・55・64・255
並びの巻……68・147・171・172・175・176・178・180・182・184・260
なれきとハおもひいつとも
　なに、よりも……185
暇克美……389
南階十八級……410
南家高倉家……316
南庭……409
南殿……84・410
難波新左衛門尉……64
『何路百韻』……59

に

二位尼……21・24
新枕……299
新美哲彦……190・210
匂宮……118・120・122・123・125・129・136・139〜142・154・173・175・184・267・268
匂宮巻……74・125・129・257
鳰とりもかけをならふるわ
　か駒も……176
西岡善信……373
西京乳母……79
西対……81・87・90・99・106
西放出……113
西宮左大臣……68・310
西廂……139
西山御寺……113
『二十二社伝』……248
二条院……68・77・79・81・82・90・93・98・117・122・134〜138・140・141・168・170・174・181・268・303・304・319・321
二条家……287
二条城……14・17・30・32・409
二条城行幸……32
二条東院
　……68・94・95・97・100・172・222
『二条師伊房本』……68
二条政嗣……42
二條持通……215
二度禊……85
二丸帯曲輪……16
荷宮和子……374・389・400
二品……116
『日本紀』……58
日本紀の御つほね……288
『日本古典文学大事典』……289
日本座……401
『日本書紀』……249・252・379
『日本書誌学之研究』……63
『日本随筆大成』……294
日本文化……1・379
ニューヨーク・パブリック
　ライブラリー……313
仁王会……301
忍従……274

ぬ

貫河（催馬楽）……104
塗籠……88

ね

猫……115
寧子（秀吉室）……28
子日……102・171
『涅槃経』……403
年紀……147
年貢徴収……248
年中行事……62
『年中行事絵巻』……224
年譜……74・146
年末慈善歌劇会……378

の

能阿弥……252
直衣……104・111
直衣帯……83
嚢祖……150
軒端荻……78・79
野行幸……230
野々口立甫……161・163・259
野宮……85〜87・382
野も山も雪に平の都哉……71
典仁親王……309
賭弓……129
野分……105・179
野分巻……105・178・201・228

は

俳画……163
梅花（薫物）……110・130
俳諧……163
俳諧連歌……261
配所……91
俳人……163
歯固祝……102
萩原広道……3・266・282・284
幕臣……294
白梅図屏風……400
白描……313・315
『白描源氏物語絵巻』……3・313
幕府歌学方……294
八講……143
箱書……162
橋姫巻……127・128・154・249・250
橋本経亮……289
柱のわれたる所……185

長谷寺……102・138・168・213・219・220
長谷詣……131・144・146・170
裸城……21
畠山……65・71
八月十五日……124
八月十五夜……79・93・293
八月十五夜の月……289
蜂須賀至鎮……32
八幡→右清水八幡
白虹貫日……88
初参内……83
『八社伝』……248
八省院……409
初瀬音羽子……379
はつせ川はやくの事ハしらねとも……169
初音……153・171・194・221
初音巻……30・102
花争……382
花老いにけり志賀故郷……252
花瓶……224
花組……380・384・394・400・402
花そのゝこてふをさへや下草の……174
花たて……172・174
花喩……116
花散里……68・90・94・95・97・100・102・104～106・116・122・123・125・153・170・176・178・181・226・229・233・273・274
花散里巻……89・254
花の宴……84・385・387・391・410
花宴巻……84・148・246・254・283・294・297・322
花香……127
花見（巻名）……68
花屋玉栄……323
馬場……226
母尼……144
箒木巻……30・31・68・77・78・84・177・181・253・257・272・273
帚木巻進講……17・19・26・32
『帚木別註』……275
母恋……298
浜田藩主……276
濱館……91
はやこと（早言）……177
早坂暁……373
林述斎……294
祓……388
パラダイス劇場……377・379
パリジェンヌ……402
波瀾……275
榛名由梨……390
春の池やゐての河せにかよふらむ……173
春の寿美礼……394
春の日のうら／＼さしてゆく舟は……173
春の町（六条院）……223・224
春海陽子……402
春やとき花やおそきときゝわかむ……287
『藩翰譜続編』……294
阪急学園池田文庫……401
阪急電鉄……376
阪急百貨店……376
板行……265
班犀帯……143
『伴大納言絵巻』……262
般若寺……70

ひ

美悪雑乱……270
ひゝな遊び……83・100
比叡法華堂……79
東対……99
東廂……76
東山……79
東山御文庫……36
『光源氏物語』……50・68
彼岸結願日……133
引入……76
引歌……5
引出物……91
飛香舎……295
ひきわかれとしハふれともうくひすの……172
卑下……274
鬚黒……103・116・125・183～187・234～237
鬚黒北方……184・185・236
鬚籠……102・140・171
肥後国……166
久明親王……26
久方静子……379
尾州……24
尾州家……14・15・20・27・29・30
『尾州家河内本源氏物語』……1・13・33
肥前国……219
常陸国……96
常陸（風俗歌）……81
常陸なるするかの海のすまの浦に……177
常陸守（空蟬夫）……96
常陸守（浮舟義父）……137・143・154
常陸前司女→浮舟
常陸宮→末摘花
常陸宮姫君→末摘花
筆録……272
人違……78・141

一橋家……309・310
ひとりゐてこかるゝむねの
　くるしきに……185
火取灰……108・184
雛祭……379
雛屋……163
日野富子……2・43・65・66・252・316
日野政資……241
ひゝきのなた……167
『百韻連歌』……59・253
百韻連歌御会……67
『百句連歌』……162
『白虎通』……288
兵庫……46
標準語……379
病悩……75・106・118・122・131・134
屏風……133
兵部卿宮（紫上父）……82
兵部卿宮→匂宮
兵部卿宮→蛍兵部卿宮
兵部君―あてき
平田篤胤……289
昼寝……134
琵琶……83・92・98・116・128・320
琵琶湖……289
檜皮……229
檜皮葺……410
檜破子……102

ふ

『風雅集』……248
『風神来迎図』……315
諷喩……276・285～287
笛……144
深き夜のあはれを知るも入
　る月の……246
舞楽……172
吹きみたる風のけしきはを
　ミなへし……179
不義密通……229・298
奉行……45
服（服喪）……75・86・87・107
伏案……275
不敬……268
房子（鷹司）……242
成仁……161・240
富士山……246
藤井高尚……276・277・279
藤井高久……289
『ふち河の記』……55・56・59
藤子（勧修寺）……242・245
藤衣……182
藤壺……76・80・82～84・88・99・135・138・229・267・268・284～286・296・298～300・302・305・306・310・319・373・385～387・389・390・392・394・396・402
藤波洸子……385
藤裏葉巻……110・135・286
藤袴巻……107・160・182・190・204・234
伏見院……247
『伏見院比女房百首懐紙』……253
伏見城……18
伏見奉行……163
富士見文庫……17
藤原歌劇団……401
藤原氏……304・305
藤原俊成……281
藤原高光……400
藤原言直……287
藤原孝長……240
藤原忠平……215
藤原為家……17
藤原為時……266
藤原定家……22・161・249・257・267・270・287・288・376
藤原惟規……288
藤原道長……304・310・409
藤原義江……401
ふすゐのとこ……269
風俗（風俗歌）……109
舞台装置……387・394
二かたにいひもてゆけは玉
　くしけ……181
二もとの杉のたちとを尋ね
　すハ……169
仏果菩提……270
仏教……270
婦徳……273
舟楽……103・134
舟子……165・167
舟人もたれをこふとか大し
　まの……165
文箱……114
文袋……128
書始……76
豊楽院……409
豊楽門院……242
ふるき跡をたつぬれとけに
　なかりけり……176
ふるさとの春の木すゑにた
　つねきて……172
古田織部……163
古女房……272
古物語……68
プログラム……384・385
プロローグ……391
文化遺産……399
文芸評論……308
豊後介……102・167・168・213・218・220
文台……138

文治政策……276
粉本……314
『文明一統記』……43

へ

平安神宮……409
平家琵琶……390
『平仲物語』……82
北京……410
別本……36・37・190・191・194
変化物……145
弁尼……135・137・138・140・141

ほ

崩御……88・98・241・254・255・299
方言……284
方広寺鐘銘事件……25
宝生……42
北条氏康……22
『北条記』……22
北条実時……13
北条時宗……20
包丁……58
『防長地名渕鑑』……62
暴風雨……301・320
『宝物集』……266
褒貶……267・268・280
朋友の道……268
亡霊……388
卜定……84・86
北面の武士……180・231
『法華経』……120・271
反古……124
『保坂本』……194
星組……380・384・402
星原美沙緒……394
細川勝元……42・46
細川忠興……32
細川ふみえ……373
細川幽斎……265・309
蛍……104
蛍巻……103・153・175・198・225・227・278・283
蛍兵部卿宮……97・103・107・109・110・115・186・235
法性寺……141
『法性寺関白本』……68
堀田正敦……294・309
堀田正富……308
『堀川左大臣俊房本』……68
堀川とんこう……373
翻案……380・390・394
本位……93
翻刻……2・3・73
本多忠勝……29
本多忠刻……18
本多正純……21・32
『本朝皇胤紹運録』……154・240・241
本丸……16
本明圓心院→職仁

ま

マーガレット・チャイルス……322
舞人……82
鉤（地名）……247
真木柱姫君……108・115・129・130・185
真木柱巻……108・109・184・190・205・235
『枕草子絵巻』……245・322
負態……89
まさこも雪もなひく松風……69
賢丸→松平定信
ませのうちにねふかくうへしくれ竹の……174
町顕郷女……67
松岡御所……20
『松陰日記』……309
松風巻……69・70・97・246
松坂……277・289・310
松平定邦……297
松平定信……3・291・293・296・297・305・308～310
松平忠明……16
松平康定……276
松田聖子……373
松永貞徳……163
『松永本花鳥余情』……5・41・44・46・51・54・58・59・67・69
松野陽一……294・308
松虫……120
松浦（地名）……166・167・169・213・219
まとひけるみちをハしらていもせ山……183
真名……289
幻巻……74・123・124・286
まめ人……178・179・182・267・268
鞠……115
『万葉集』……290
『万葉代匠記』……290

み

御燈明……219
三浦環……376・401
澪標巻……93
三日夜餅……133・136
御狩……180
御匣殿……88
御格子……234
御子左家……287
『みしま江と云絵詞』……245
御誦経……114・119
御簾隙……115

御簾のつま……234
水原節子……385
水原一……30
御曹司……94
禊……320
御台所……31
三鷹恵子……389
『通村日記』……19
密会……297・300・391
水口（地名）……14
みつ瀬川わたらぬさきにいかてなを……184
密通……79・80・83・87〜89・113・117・268・284・286・295・296・303・390・394・396
角髪……224
水戸……310
御堂（宇治）……138・140
水戸光圀……289・290
南野陽子……373
南悠子……402
源朝子……242
源定……85
源高明……305
源周子……310
源親行……13・50
源光行……13・50・68
身にはかくさすらへぬとも君があたり……388
美濃……2・14・55〜57・59・60
箕面有馬電気軌道……376・398
箕面公会堂……379・380
『美濃千句』……59
御法巻……122・286
御八講……89・93・95
御封……94
壬生忠岑……288
宮川葉子……22・30・60・69・70・255・316
宮木の、つゆふきむすふ風のをとに……34
都……165・167・170・178・180
雅章子……389
太山木にハねうちかはしゐる鳥の……186
ミュージカル……401
行幸……152
見ゆきせし紅葉の陰のいかはかり……252
行幸巻……70・106・152・154・180・202・230
『明恵上人絵詞』……244
名香糸……132
『明星抄』……267〜269
妙椿……59・60・65
ミレニアム……394・398
澪標巻……84・255
『岷江入楚』……149・265・296〜298
民部卿典侍……316

む

昔物語……92
『麦生本』……36
虫籠……105
夢想……91
陸奥守……137
謀反……296・300
馬場殿……104・112
無文袍……87
村上帝……215・289
紫式部……37・68・266・268・272・274・279・304・373・409
紫式部学会……385・398
紫式部結縁経供養……266
紫式部堕地獄説話……266・268
『紫式部日記』……223・266・288
紫野……85
紫上……68・80・81・84・86・101・102・104・105・111〜113・116・119・122〜124・143・152・162・168・170〜172・174・178・181・197・222・224・229・272〜274・286・301・303・304・319・321・373・386〜388・390・392・394〜396
紫上系……162
紫のひともとゆゑにむさしのの……386
紫の物語……266・272
むらさきのゆえに心をしめたれハ……173
紫のゆかり↓紫上
室町第……42・240・243
室町殿↓足利義政

め

『明衡往来詞』……247
目崎徳衛……310
召人……235・236
めつらしや花のねくらを木つたひて……172
乳母子……212

も

裳……107・233
毛詩……248・270・288
孟子……288
裳着……107・109・110・112・135・138・233
木工の君……108・186・235・236
目録……74・146
牧谿……253
本居宣長……2・3・5・147・266・271・276〜278・281〜283・286・289・307

『本居宣長全集』……276
求子（東遊）……82
物忌……141・231
物語享受……267
物語生成論……280
物語六十巻説……266
物語論……3・266・276〜278・282・283・287
もののあはれ……278・281・282・286
もののあはれ論……271・277・279・284・307・310
物の怪……86・117・118・120・303・304
もの、まぎれ……285・286
物見車……231
紅葉……88・134
紅葉賀巻……77・82・83・85・254・295
紅葉逍遥……132
桃園中務宮……98・99
桃太郎……377・400
盛見……44
門覚……45
文章生……101
文章博士……79
文人擬生……100

や

八重葎……389
八百よろづ神もあはれと思ふらむ……301
『薬王品』……139
薬師仏……113
屋代弘賢……289
八代洋子……389
安井重継……28
『康富記』……54
八十島楫子……376
八千草薫……385
八橋（巻名）……68
宿木巻……134・135・136・137・154・161・247・250
柳澤吉保……309
山かつのかきねにおひしなてしこの……177
山岸徳平……13・15・16・27・30
山口（地名）……44・62・63
『山口市史』……43・44
山里秋景気……90
山里冬気色……91
やまとごゝろ……277
日本武尊……379
大和七海路（人名）……389
大和守……121
大和和紀……380・394
山名持豊（宗全）……42・44・46
山座主……89・112
山御門→朱雀院
山吹……109・187
耶輪陀羅……83

ゆ

夕顔……68・78・79・101・165・168・170・277・293・294・297・385・387・389・391・402
夕顔の露……81・293
夕顔の露より馴てかげきゆる……293
夕顔巻……78・81・245・253・291・294・297・402
夕顔の宿……78・79
遊学……277
夕霧……86・100・104・105・110〜112・114・116・125・129〜131・133・226・227・229・234・267・268・299・302・304・305・391・394
夕霧巻……120・154
夕霧六君……129・134・135・136・154
猶子……125
雄蔵殿……97
有職故実……1・45・148
雪組……390
行平中納言（在原）……90
雪ふれハ小塩の山にたつ鴙の……180
雪園……99
雪山……99
ゆくゑなき空にけちてよ篝火の……178
ゆくさきもしらぬなみちに舟出して……167
靫負命婦……75
湯嶋聖堂……309
弓会……115
由美あずさ……385・402
弓結……84
夢……81・120
夢見……119・142
夢浮橋巻……68・145・245
「揺らぐ青表紙本／青表紙本系」……210
由良道子……376

よ

夜居……145
夜居の僧……98・137・302・306
洋楽趣味……378
楊貴妃……74
用堂尼……20
楊名介が家……68
陽明文庫本……36・37
洋物……4
夜離……392
横川……144・145

横川僧都……144
浴恩園……309
『浴恩園和歌』……294
横（喜びの巻）……81・95・125・127・129
横竪（喜びの巻）……83
横并（喜びの巻）……82・95・144
横笛巻……119
与謝蕪村……400
良清……91・100・388・389
吉田（地名）……14
吉田兼右……148・150
吉田兼倶……148・248・249・255
吉田斎場……248
義直婚儀……22・26・27・29
吉永小百合……373
幸長女……26
吉見政頼……19
四日市……14
四辻善成……41・50
四辻季春……316
四辻春子……316・317
淀……15・18・21〜23・25
米原正義……62・67
四町（六条院）……101・302
読み曲……30・62
蓬生巻……95・161・162
蓬生宮→末摘花
寄合……3・159・261
寄合書き……63
寄りてこそそれかとも見めたそかれに……291
よるへなみかゝるなきさにうちよせて……182
よるへなミ風のさハかす舟人も……188
夜御殿……295

ら

来歴……1・13
楽翁→松平定信
楽只堂→柳澤吉保
落飾……89・241
洛中警護……32
落丁……33
『楽天詩』……119
落馬……79
落髪……118
落雷……300・301・315・320
羅睺羅尊者……83
『羅生門』……407
羅城門……407
蘭の花……107・182・234

り

利休……42
六義園……309
律師……121・143
立后……83・100・227・295
立坊……75・84・93・116・215・299
理髪……76
『李部王記』……230・231
『柳営婦女伝系』……31
柳花苑……84
龍頭鷁首……223・224
竜門文庫……257
諒闇……88・99
霊気道断祭……255
良家の少女……376・378
寮試……100
両度御祓……86
量繝……62
臨幸……240
臨済宗円覚寺派……20
綸旨……162
臨時客……103・222
輪廻……391
倫理観……308

る

『類題和歌集』……154
流罪……301
瑠璃豊海……389・402
瑠璃器……110

れ

霊柩車……241
『礼儀類典』……289
麗景殿……186・236
麗景殿女御……89・90
霊元院……2・148
冷泉院……74・83・84・93・96・115・120・125〜128・152・180・186・227・230・232・236・272・284・286・302・306
『冷泉中納言朝隆本』……68
『歴博本』……148・150・153・155
列帖装……160
レビュー……384
連歌……3・42・159
『連歌学書』……162
連歌御会……67
『連歌嫌物事御不審条々』……252
連歌師……59・161・265・275
『連歌抄物』……249
連歌付合……258

ろ

『朗詠注』……249
『弄花抄』……257
籠居……88
ローシー……401
六位宿世……111

六条院……68・74・84・101〜105・109・110・112・114・118〜121・123・124・127・129・136・143・168・170・171・173・176・178・180〜182・184・187・220・229・286・302・303
六条院行幸……112
六条河原……20
六条家……287・288
六条御息所……78・87・94・96・117・118・120・299・302・304・382・373・385・387・389・391・392・402
魯国……268
『論語』……248

わ

和歌……163
和歌・物語同一論……267
和歌御会……67
和学御用……297
若草山……162
若年寄……308
若菜……113
若菜下巻……68・115・116・154
若菜上巻……84・112・114・286
『和歌髄脳』……102
我身こそうらみられけれからころも……182
若紫……68・82・295・299・310・385・387・388・391・402
若紫巻……79・253・295
和歌山城……32
別れても影だにとまるものならば……388
和議の特使……31
和琴……81・104・116・119・126・144
わすれなむと思ふものから……160
忘れなむと思ふものの悲しきを……190
渡殿……178・229
和田英松……154
蕨土筆……135
童随身……94
瘧病……80・82

宮川葉子（みやかわ　ようこ）

昭和22年8月　兵庫県西宮市生
昭和46年3月　青山学院大学文学部日本文学科卒業
昭和58年3月　青山学院大学大学院博士課程単位取得
専　攻　中古文学、特に『源氏物語』の中世・近世の受容
学　位　博士（文学）
現　職　淑徳大学国際コミュニケーション学部教授
主　著　『三条西実隆と古典学』（平成7年、風間書房）（第三回関根賞受賞）、『源氏物語の文化史的研究』（平成9年、風間書房）、『三条西実隆と古典学（改訂新版）』（平成11年、風間書房）、『柳沢家の古典学（上）―『松陰日記』―』（平成19年、新典社）、『楽只堂年録　第一』（史料纂集古記録編・平成23年、八木書店）

源氏物語受容の諸相

二〇一一年一一月二五日　初版第一刷発行

著　者　宮川葉子
発行者　大貫祥子
発行所　株式会社青簡舎
〒一〇一-〇〇五一
東京都千代田区神田神保町二―一四
電　話　〇三―五二一三―四八八一
振　替　〇〇一七〇-九-四六五四五二
印刷・製本　株式会社太平印刷社

ISBN978-4-903996-48-6 C3093